『경성일보』 문학 · 문화 총서 ❷

장편소설 평행선·천사

〈『경성일보』 수록 문학자료 DB 구축〉 사업 수행 구성원

연구책임자

김효순(고려대학교 글로벌일본연구원 교수)

공동연구원

정병호(고려대학교 일어일문학과 교수)

유재진(고려대학교 일어일문학과 교수)

엄인경(고려대학교 글로벌일본연구원 부교수)

윤대석(서울대학교 국어교육과 교수)

강태웅(광운대학교 동북아문화산업학부 교수)

전임연구원

강원주(고려대학교 글로벌일본연구원 연구교수)

이현진(고려대학교 글로벌일본연구원 연구교수)

임다함(고려대학교 글로벌일본연구원 연구교수)

연구보조원

간여운 이보윤 이수미 이훈성 한채민

주관연구기관

고려대학교 글로벌일본연구원

京城日報

일본학 총서
45

『경성일보』
문학·문화 총서
02

장편소설

평행선·천사

류칸손(瀧閑村)·요코미쓰 리이치(橫光利一) 지음 | 이가혜·김효순 옮김

역락

〈『경성일보』 문학 · 문화 총서〉 기획 간행에 즈음하며

　　본 총서는 고려대학교 글로벌일본연구원에서 한국연구재단 토대
연구사업(2015.9.1~2020.8.31)의 지원을 받아 〈『경성일보』 수록 문학자
료 DB 구축〉 사업을 수행하는 과정에서 발굴한 『경성일보』 문학·문
화 기사를 선별하여 한국사회에 소개할 목적으로 기획한 것이다.

　　조선총독부의 기관지로서 일제강점기 가장 핵심적인 거대 미디어
였던 『경성일보』는, 당시 정치, 경제, 문화, 사회 지식, 인적 교류, 문
학, 예술, 학문, 식민지 통치, 법률, 국책선전 등 모든 식민지 학지(學
知)가 일상적으로 유통되는 최대의 공간이었다. 이와 같은 『경성일
보』에는 식민지 학지의 중요한 한 축을 구성하는 문학·문화의 실상
을 알 수 있는, 일본 주류 작가나 재조선일본인 작가, 조선인 작가의
문학이나 공모작이 다수 게재되었다. 이들 작품의 창작 배경이나 소
재, 주제 등은 일본 문단과 식민지 조선 문단의 상호작용이나 식민 정
책이 반영되기도 하고, 조선의 자연, 사람, 문화 등을 다루는 경우도
많았다. 본 총서는 이와 같은 『경성일보』에 게재된 현상문학, 일본인

주류작가의 작품이나 조선의 사람, 자연, 문화 등을 다룬 작품, 조선인 작가의 작품, 탐정소설, 아동문학, 강담소설, 영화시나리오와 평론 등 다양한 장르에서, 식민지 일본어문학의 성격을 망라적으로 잘 드러낼 수 있도록 구성하였다. 아울러 본 총서의 마지막은 〈『경성일보』 수록 문학자료 DB 구축〉 사업을 수행하는 과정에서 발굴된 문학, 문화 기사를 대상으로 식민지 조선 중심의 동아시아 식민지 학지의 유통과정을 규명한 연구서 『식민지 문화정치와 『경성일보』: 월경적 일본문학·문화론의 가능성을 묻다』(가제)로 구성할 것이다.

본 총서가 식민지시기 문학·문화 연구자는 물론 일반인에게도 널리 읽혀져, 식민지 조선의 실상을 바라보는 새로운 시각을 제시하고 동아시아 식민지 학지 연구의 지평을 확대시킬 수 있기를 기대한다.

2020년 5월
〈『경성일보』 수록 문학자료 DB 구축〉 사업 연구책임자 김효순

일러두기

1. 「평행선」은 1918년 6월 7일부터 1918년 9월 23일까지, 「천사」는 1935년 2월 28일부터 1935년 7월 6일까지 『경성일보』에 각각 연재되었다.

2. 현대어 번역을 원칙으로 하나, 일부 표현에 있어 시대적 배경을 고려하여 당대의 용어와 표기를 사용하기도 했다.

3. 인명, 지명 등과 같은 고유명사는 초출시 ( ) 안에 원문을 표기하였다.

4. 고유명사의 우리말 발음은 〈대한민국 외래어 표기법〉(문교부고시 제85-11호) '일본어의 가나와 한글 대조표'를 따랐다.

5. 각주는 역자주이며, 원주는 본문의 ( ) 안에 표기하였다.

6. 판독이 불가능한 경우는 ■으로 표시하였다. 단 원문에 ■로 표기되어 있는 경우는 원문 그대로라고 그 사정을 밝혔다.

차례

평행선
(平行線)

류칸손
(瀧閑村)

1.

문득 눈이 떠졌다.

지금이 몇 시인지를 생각하기도 전에 차가운 바람이 몸을 덮쳐왔다. 목이 바싹 마른다. 침을 삼켜보려 해도 혀조차 마음대로 움직이기 힘들 만큼 입안이 말라있다.

물, 물, 물!

센타로(宣太郎)는 벌떡 일어나 부엌으로 가 항아리에서 국자로 물을 실컷 퍼마셨다. 아아 맛있다! 라는 생각과 함께, 미리 길어놓은 물의 냉기가 코에서 머릿속까지 파고들어 왔다. 눈이 또렷해졌다. 맨발에 닿는 복도바닥의 냉기에 까치발을 들며, 다시 한 번 이불 속으로 파고들었다.

이불 속은 따뜻했다. 한밤의 서늘한 공기와 냉수를 마셔 차가워진 몸이 점점 따뜻해지는 좋은 기분을 느끼며 센타로는 잠시 이불깃의 감촉을 만끽하였다. 손발이 두세 마디씩 늘어나는 것 같은 기분이 들었다.

시계가 졸린 듯 두 번 울렸다.

센타로는 이 따뜻함에 둘러싸인 채 머릿속으로 오늘, 아니 이제 어제가 되어버린 오후의 광경을 떠올렸다.

센타로와 그의 친구인 다카야마(高山)가, 조선에 매우 많이 서식하는 어떤 식물 섬유를 재료로 종이를 만들 수 있다는 사실을 발견한 것은 이미 3년 전의 일이었다. 두 사람은 풍족치 못한 생활비를 쪼개어 이 실험에 열중했다. 불완전한 실험은 변덕스러운 가을 하늘처럼 그 결과가 일정하지 않았다. 오늘은 결과가 매우 좋아서 이제 됐다고 안심을 한 다음날에는 어찌 해도 정리가 안 되어 내던져버리고 싶은 결과로 바뀌었다.

머리카락이고 뭐고 다 쥐어뜯고 싶을 정도로 화가 나기도 하고, 말을 잃을 정도로 실망에 빠진 적이 한 두 번이 아니었다.

"이제 틀렸어. 이런다고 해서 뭐가 달라지겠어."

그런 날이면 센타로는 하루 종일 성을 내며 모두 포기해버렸다. 그래도 다카야마는 들리지 않는 척 그 실험을 계속하였다. 그러면 그의 모습에 마음을 되잡은 센타로가 겸연쩍게 다시 작업에 착수하기도 했다.

이런 방법으로 이렇게 하면 이러한 종이가 만들어 진다는 것은 정해져 있다. 일단 문제 없었다. 하지만 이렇게 안심을 하더라도 두 사람의 일은 아직 매우 많이 남아 있었다. 그들에게는 이 제지사업을 제대로 일으키기 위해 얼마만큼의 자본이 필요한지, 이 종이가 제품으로서 어느 정도의 가치를 갖는지, 판로는 어떻게 개척해야 하는지 등의 경제조사 문제가 부담으로 남아 있었다. 이 사업은 지금까지 해오던 일과는 전혀 별개의 지식을 필요로 했다. 다행이라 한다면, 경성상업회의소에 근무하는 다카야마의 친구의 조력을 얻어 일단 어느 정도의 이익을 얻을 수 있는 사업임을 확인한 상태라는 것이었다.

지금까지는 어떻게든 진행해 왔지만 앞으로의 일은 아직 용이하지 않았다. 재력이 부족한 두 사람은 누군가의 지원을 받아 이 사업을 개시해야만 했다. 그러나 사업가들 중에는 횡포를 부리는 자들이 많다. 탐욕스럽고 노회(老獪)⁰¹하여 교묘하게 두 사람을 속여 이 내용을 훔쳐내려 하거나, 또는 두 사람을 속여 단물을 빨아먹고자 하는 자도 있었다. 그들로부터 힘겹게 벗어난 두 사람은 안도의 한숨을 쉬며 더더욱 깊은 절망에 빠졌다.

(1918.6.7)

2.

유럽의 전쟁은 센타로의 사업을 호황으로 이끌었다. 전쟁이 낳은

---

01 늙고 교활함.

'벼락부자(成金)'란 단어는 사람들을 강하게 자극했다. 이 사람 저 사람 할 것 없이 보다 높은 사다리를 타고 누구보다 빠르게 벼락부자의 정점에 오르고 싶어 애가 닳았다. 이러한 상황은 두 사람에게도 기회가 되었다. 그들의 섬유산업이 야마모토(山本)라는 사업가에게 인정받아, 잠시 동안 야마모토의 보호 아래에서 실험을 진행하게 된 것이다.

야마모토는 매우 성실한 남자였다. 자신의 자본이 충분치 않았음에도 불구하고, 3개월 만에 〈조선화학제지주식회사(朝鮮化學製紙株式會社)〉를 설립했다. 자본금은 투자금의 4분의 1인 35엔에 불과했지만, 센타로와 다카야마는 자신들의 아이디어가 어느 정도의 성과를 냈다는 데에 만족하고 또 감사했다. 이 사업을 통해 자신들이 부를 거머쥘 수 있느냐 마느냐를 고민한 것은 그로부터 수일이 지난 일이었다.

"그럭저럭 잘 되었네."

"정말이야."

두 사람은 서로의 손을 잡으며 말했다. 센타로의 눈에서는 눈물이 뚝뚝 흘렀다. 어쩐지 쑥스러운 마음에, 누가 볼까 다카야마의 얼굴을 슬쩍 바라보았다. 그의 눈에도 반짝이는 눈물이 맺혀있었다. 두 사람은 서로의 손은 더욱 꽉 잡았다.

센타로의 눈앞에는 어제 오후에 있었던 〈조선화학제지주식회사〉의 개장식 광경이 생생히 떠올랐다. 본사와 공장은 공업용수 조달을 위해 경성에서 조금 떨어진 둑도(纛島)[02]에 지어졌다. 새 건물의 나무

---

02 지금의 뚝섬.

향, 페인트 냄새, 콘크리트 냄새 모두 기분 좋은 것들이었다. 공장 구석구석 빈틈없이 정연하게 놓인 기계들부터 탁자와 의자에 이르기까지, 모두 살아 숨 쉬는 것 같았다. 야마모토 씨의 소개를 받으며 다카야마와 함께 여러 사람들과 인사를 하거나 악수를 나누는 기쁨은, 이제껏 경험하지 못한 감동적인 일이었다. 사람들이 축사를 읽을 때에도 왠지 자신의 공적만을 칭송하는 것 같아 얼굴이 달아올랐다.

"아직 조선에는 여러분의 힘을 기다리는 일이 많이 있습니다. 아무쪼록 애써 주시기 바랍니다. 잠시 한 말씀 해주시지요."

한 총독부 고관의 이 말 한 마디가 아직도 센타로의 귓가에 생생하게 들리는 듯 했다.

제품을 만들 원료는 이미 준비되어 있다. 이것이 절단되고 표백되어 새하얀 종이가 되는 날도 머지않았다.

식이 끝나고 입식파티(饗應)가 열렸다. 많은 사람들이 센타로에게 잔을 주고 술을 따라 주었다. 센타로는 이것이 마치 자신의 성공을 축복하는 상징과도 같이 느껴져 거절할 수가 없었다. 센타로는 거나하게 취해 숙소로 돌아왔다.

센타로에게는 기쁜 일이 하나 더 있었다.

그것은 야마모토가 자신을 거의 가족의 일원처럼 대해준다는 것이었다. 야마모토에게는 시즈코(靜子)라는 딸이 있는데, 그녀를 자신에게 보내려는 기색을 보인다는 것이다.

문득 시즈코의 귀여운 두 눈이 어둠 속에 하얗게 떠올랐다.

시계가 세시를 가리켰다. 센타로는 꾸벅꾸벅 졸음이 오기 시작했다. 저 멀리 어딘가에서 종소리가 들릴 즈음에는, 기분 좋게 잠이 들었다.

(1918.6.8)

3.

"불이야, 불이 났어요. 이케타니(池谷) 씨."

센타로는 눈을 감은지 얼마 되지 않아 자신을 부르는 소리에 잠을 깼다. 한밤중의 적막을 깨고 저 멀리서 경종소리가 들려온다.

"어디야."

"글쎄 어디지, 멀기는 먼 곳인 것 같은데…."

그곳에 하녀가 찾아왔다.

"사장님, 둑도에서 불이 났다고…."

"뭐, 둑도?"

센타로는 벌떡 일어났다. 비바람을 막는 덧문을 열어 밖을 보니 섬 쪽의 하늘이 붉다. 덧문의 틈 사이로 3월 초순 한밤의 차가운 공기가 들어와 센타로의 몸을 휘감았다.

"큰 일 났군. 차를 한 대 불러주세요. 서둘러요."

센타로는 허둥대며 준비를 했다. 혹시나 하는 생각이 들자 전신이 부들부들 떨려왔다.

차에 뛰어올라 현장으로 향하는 도중에도 센타로의 얼굴은 붉게 달아올랐다가 파랗게 질리기를 반복했다. 둑도에 자신의 공장만 있는 것도 아니니 그렇게 당황하거나 걱정할 일이 아니라고 자신을 다독여 보았지만, 바로 뒤이어 혹시나 하는 기분이 머릿속 깊은 곳에서 스멀스멀 올라오고 있었다. 창문을 가린 천을 통해 불이 일렁이는 것을 바라보여 여러 걱정에 잠겼다.

"큰일 났다!"

차에서 내린 센타로는 무작정 뛰어들었다. 화재는 자신의 회사에서 일어난 것이었다.

"위험해."

누군가가 센타로의 소매를 잡아끌었다.

"아, 야마모토 씨."

"이케타니 씨."

두 사람 모두 달리 할 말을 찾지 못하였다.

회사와 공장은 전소되고 말았다. 불에 탈 수 있는 것들은 모조리 타 버리고 말았다. 소방관들의 검은 얼굴이 선명히 보일 정도로 새빨간 불길에 타 버리고 말았다. 공장도 기계도 창고도 사무실도, 구분할 것 없이 한 번의 불길에 모조리 타 버리고 말았다. 그곳에는 굴뚝과 석문(石門)만이 남았다.

이것이 어제 성대한 개장식을 치른 회사인가라는 생각이 들자, 센타로는 뭐가 뭔지 알 수 없게 되었다. 분한 것인지 화가 나는 것인지 슬픈 것인지. 몸을 부들부들 떨며 두 손을 꽉 쥐고 돌처럼 우뚝 서있었다.

"어쩔 수 없어. 어쩔 수 없어."

야마모토 사장은 마구 고개를 흔들었다.

소방관이 합세하여 점차 불길이 잡혀갔다. 하얀 연기와 검은 연기가 부지지 일어났다. 독처럼 흘러가는 물, 내던져진 파편, 그을린 냄새가 어지럽게 얽혀있는 가운데 밤은 점차 물러가고 동쪽 하늘에서 아침이 가까워져 왔다.

"아까부터 멍청히 서서는 뭐 하는 거야. 방해되잖아."

소방관 한명이 센타로를 보며 욕을 했다. 그 역시 귀에 들어오지 않는 상태로 센타로는 멍하니 서있었다.

다카야마가 다가왔지만 슬프게 눈을 마주칠 뿐 어떠한 말도 하지 않았다. 아무 말도 할 수 없었던 것이다.

(1918.6.9)

4.

"무슨 말을 해도 소용이 없군. 이곳을 어떻게든 다시 해보려는 것 아닌가. 자네들도 힘들지. 우리 집에 가서 저녁식사라도 하시게."

화재가 일어난 다음날 저녁, 화재현장에서 기계들을 검사하고 있는 두 사람에게 야마모토 사장이 찾아와 말했다.

기계들은 공장에 설치된 채로 불에 타 버렸는데, 어떠한 것은 녹아 없어지고, 어떠한 것은 미라처럼 검고 흉한 모습만 남아 있었다. 다시 사용할 수 있는 것은 단 하나도 없었다. 화재는 개장식에 사용된 잡동사니 중 알 수 없는 곳에서 시작된 것으로 보였다. 야마모토가 두세 번 경찰서에 불려간 결과 실화(失火)로 결론이 났다.

"홀라당 다 타버렸네요."

다카야마는 새까매진 손가락 끝으로 이마에 흘러내린 머리카락을 쓸어 올렸다.

"이제 어쩔 수 없는 노릇이지."

야마모토는 미소지어 보였다. 그에 이끌려 두 사람도 살짝 웃어보지만, 웃음 끝이 오히려 허무하기만 했다.

"자 갑시다."

야마모토 사장은 뒷정리를 지시한 후, 두 사람과 함께 가까운 정류장에서 전차를 탔다. 북한산에서 불어오는 누런 모래바람이 사람이며 집들에 몰아쳤다. 교외 곳곳에 보이는 포플러나무에도 소나무에도 아직 봄기운은 감돌지 않았다.

전차의 흔들림에 그간의 피로가 더해지자 두 사람의 눈은 점차 감겨왔다. 경성에 들어서자 곳곳에 불빛이 보였다.

남산정(町)에 위치한 야마모토 사장의 집에 들어가 순서대로 몸을 씻어내자 전신이 노곤해져서 손가락 하나 까딱하기 싫어졌다. 사장은 크게 기지개를 켜고 하품을 하며 팔베개를 했다.

"모두 좀 누우시게. 아 피곤하다."

그때 음식이 들어왔다. 그리고 야마모토의 딸인 시즈코가 옅은 화장을 하고 나타났다.

"자, 어서 술을 따라드리려무나."

사장이 먼저 술잔을 들어올렸다.

"이케타니 씨, 받으세요."

시즈코가 주전자를 들어올렸다.

"다카야마 군부터 받지."

"아니네, 자네부터."

"그럼 먼저 실례하겠네,"

술이 약간 들어가자 세 사람 모두 기분 좋게 취하였다. 화재가 일어난 하루 전날 밤과는 전혀 다른 세계에 살고 있는 것만 같았다. 목욕 후에 마시는 한잔 술에 전신의 뼈가 녹아내리는 듯 느껴졌다.

세 사람 사이에 회사 재건에 관한 이야기가 화두에 올랐다. 어쩔 수 없다. 어떻게든 해보겠다고 하는 사장의 말 속에서, 투자금의 4분의 1을 엉망으로 만들어버린 지금, 투자금을 구하는 것이 더더욱 곤란해졌다는 뜻이 읽혀졌다.

"이제 많이 마셨습니다. 오늘 밤은 여기에서 정리하시고 다시 내일 일하시죠."

다카야마는 붉게 물든 얼굴을 쓰다듬으며 말했다.

"사양하지 말게. 조금 더 따라드리렴."

"다카야마 씨, 받으세요."

시즈코가 술잔을 권한다.

"아니, 이제 더는 힘듭니다. 더 마시면 일어서지도 못할 것 같아요."

"그러면 오늘은 여기서 주무시고 가세요."

친밀한 시즈코의 이 말에, 센타로는 가벼운 질투를 느꼈다. 이런 상황에서도 시즈코의 마음이 자신보다 다카야마에게 더 많이 가 있는 것이 아닌가 하는 걱정을 떨칠 수 없었다.

전화가 와 잠시 자리를 비웠던 야마모토가 돌아와 앉으며 말했다.

"회사 일로 잠시 나갔다 와야 할 것 같네. 오늘 밤은 이걸로 실례하겠네. 아무쪼록 편히 쉬다 가게나."

야마모토는 인사를 나누고는 피곤한 듯 일어나 별실로 향했다.

두 사람도 이쯤에서 술자리를 마치기로 했다. 센타로는 문 앞에서 하녀와 마주쳤다.

"이케타니 씨, 전보가 왔습니다."

(1918.6.10)

5.

"뭐, 전보? 줘봐."

센타로는 봉투를 뜯어 전등불에 비춰보았다.

'부친 위독. 바로 돌아올 것.'

발신국은 시즈오카(静岡)였다. 센타로는 깜짝 놀라 순간 취기가 사라지고 말았다.

"이봐, 무슨 일인가?"

다카야마가 걱정스러운 듯 얼굴을 들이밀었다.

"아버지가 위독하시다는군. 아, 때가 좋지 않아."

"그거 큰일이군. 자 어서 준비를 해서 고향으로 돌아가시게."

"어쩔 수 없군."

센타로는 그 전보를 사장의 집에 둔 채 뒤돌아서, 다카야마와 인사를 나눈 뒤 숙소로 돌아왔다. 그리고 바로 고향으로 돌아가겠다는 답신을 보내고는 잠자리에 들었다.

몸도 머릿속도 극도로 피곤하고 혼란스러워 도저히 잠이 오지 않았다. 눈이 말똥말똥 빛난다. 지금까지 노력하여 이루어낸 회사의 화재에 대한 안타까움과 재흥(再興)을 포기하고 돌아가야만 하는 억울함 등이 가슴속에서 휘몰아쳤다. 그리고 부와 사랑을 모두 얻을 수 있는 기회를 잃어버릴 것 같은 두려움이 그 모든 감정을 감싸 안고 타올랐다. 사업상으로는 매우 가까운 다카야마도 사랑 앞에서는 원수와 다름없었다. 그 다카야마를 홀로 남겨두고 고향으로 돌아가야 한다는 사실이 견딜 수 없었다. 그리고 이번에 고향으로 돌아가게 되면 두 번 다시 조선에 돌아올 수 없을 것만 같은 예감이 들었다. 센타로의 눈앞에는 불에 타기 전의 회사의 모습이 보이는 것 같기도 하고, 시즈오카에 계신 쓸쓸한 부모님의 집이 보이는 듯도 했다. 하얗게 떠오르는 시즈코의 얼굴은 곧, 병든 아버지의 얼굴로 변하기도 했다.

평생의 공명(功名)과 부와 사랑이 여름날의 불꽃놀이처럼 덧없이 사라진다고 생각하니 도무지 고향으로 돌아가고 싶지 않았다. 그러나 자신을 기다리는 병든 아버지를 떠올리면 모든 것을 내려놓아야만 한다는 생각이 들기도 했다.

센타로는 고뇌와 번민에 지쳐 어느새 잠에 들었다. 다음날 아침 센타로는 창백한 얼굴로 야마모토 사장을 찾아와 잠시 시간을 내어주길 요청했다. 야마모토 사장은 곤란한 표정을 지어 보이다가는 이내 마음을 돌려 말했다.

"그것 참 안됐군, 돌아가 아버님을 잘 보살펴 드리는 것이 좋겠어. 자네도 알다시피 지금 자네가 가버리면 회사일도 무척 곤란하긴 하지만, 지금 상황에 그런 말을 하기는 어려우니까…. 그리고 자네에게는 따로 할 말이 더 있지만, 돌아오거든 하도록 하지. 미안하지만…."

야마모토는 몇 장의 지폐를 종이에 싸서는 센타로에게 건네었다.

"여비로 쓰게. 또 필요할 때엔 부담 갖지 말고 연락을 주면 더 보내주겠네."

"감사합니다. 저도 가능한 빨리 이곳으로 돌아올 예정입니다."

"그렇게 해주게. 그럼 출발은?"

"오늘밤 7시 50분에 떠나려 합니다."

센타로는 대답을 하고 헤어졌다.

심야열차는 상당히 붐볐다. 야마모토 사장을 비롯한 열 두세 명에게 배웅을 받으며 센타로는 열차에 올라탔다.

"이거 별거 아닙니다만…."

시즈코는 과일 상자를 내밀었다.

"고마워요."

과일을 건네받은 센타로는 아직 하고 싶은 말이 남아있었지만 배웅을 나온 사람들도 있고 해서 아무 말도 하지 못했다. 결국 이별의 시간이 다가왔고, 열차는 남대문역을 출발하여 어둠 속을 달렸다. 잠시 뒤 센타로는 상자 곁의 하얀 종이봉투를 발견하였다. 열어보니 안에는 반지 하나가 들어 있었다. 첨부된 편지에는 이렇게 써 있었다.

'손가락에서 손가락으로, 잊지 않으리. 시즈코.'

센타로는 반지에 입을 맞춘 뒤 새끼손가락에 끼웠다.

(1918.6.11)

6.

기차는 몇 개의 역에서 멈추기도 지나치기도 하며 계속해서 달렸다. 센타로는 좁은 의자 위에 옹색하게 몸을 뉘었다. 처음에는 역 이름에 귀를 기울였지만, 점차 그것도 익숙해져 신경도 쓰지 않게 되었다. 배가 고픈 듯 했지만 그렇다고 무언가를 마시고 싶지도 않고 먹고 싶지도 않았다. 밤이 깊어질수록 날씨가 추워진 듯 난방이 점점 따뜻해졌다. 여행용 목베개를 하고 기대었지만 머릿속이 지끈지끈 아파왔다. 실내의 대화소리도 어느샌가 줄어들었고, 옆으로 몸을 누이거나 반듯이 고개를 젖히고 앉은 사람, 창문이나 짐에 몸을 기대어 잠을 청하는 사람들이 늘어났다.

어느 역에서 두루마기를 입은 조선인 한 사람이 허둥지둥 들어왔다. 방을 잘못 찾아온 듯 낭패라는 표정을 짓고는 곧 나갔지만, 아무도 그를 돌아보는 사람은 없었다.

아버지가 돌아가신 후에는 어떻게 할 것인가? 오늘 아침부터 이 생각이 무거운 쇳덩이처럼 센타로의 가슴을 짓눌렀다. 마음 여린 어머니와 사람 좋기만 한 형님, 그 주변에는 수많은 조카들과 육아에 지친 형수, 골칫거리인 백부님과 욕심쟁이인 백모님이 있다. 계산적이지 못한 아버지에게는 계산적이지 못한 탓에 부채도 있을 것이고, 이미 3~4년간 연락을 하지 않아 최근의 소식은 모르지만, 그 시절보다 형편이 좋아졌을 리 없다. 가장이 쓰러져 대들보가 무너지면 이후에는 제각각 쓰러질 것이 분명하다.

센타로 앞에 있는 의자에서 자고 있던 남자가 일어났다. 그 순간 센타로의 베개가 미끄러지며 바닥에 떨어졌다. 센타로는 떨어진 베개를 주우려 그 남자의 발을 밟고 말았다.

"이런 실례했습니다"

센타로가 말했다.

"괜찮습니다."

남자는 얼굴을 들어 센타로를 바라보았다. 그리고는 생각이 났다는 듯이 말했다.

"당신, 이케타니 군 아닌가요?"

센타로는 매우 놀랐다.

"누구신지요?"

"구로타(黒田)입니다."

남자는 둥근 얼굴에 하얀 이를 드러내며 웃었다.

"너무 오랜만이라 잊어버렸나 보군."

"아, 구로타 군이군. 이런, 실례했네."

구로타는 센타로가 도쿄의 공수학교(工手學校)[03]에 다니던 시절에 만난 친구였다.

"벌써 십년 가까이 흘렀으니까…그래 자네는?"

구로타는 담배에 불을 붙이며 다정하게 물었다. 센타로는 그간 있던 일을 간단하게 이야기했다.

"그럼 자네는?"

구로타는 담뱃재를 툭 떨어내며 말했다.

"나는 작은 면직물 회사를 운영하고 있는데, 그 상용 문제로 하얼빈까지 다녀오는 참일세. 러시아에 변고가 생긴 바람에 4~5만 엔을 날려 먹었지만, 전쟁 덕분에 다른 곳에서 만회할 수 있게 되었지. 돈을 벌려면 지금이라고. 나는 잘 안되었지만, 이번 기회에 큰돈을 번 사람들이 아주 많아."

구로타는 이렇게 말하며 몇몇 동창의 이름을 댔다. 오랫동안 모국을 벗어나 있던 센타로는 그 이름들을 거의 기억하지 못했다. 그러나 그들 ―대부분은 학교를 다니던 당시 자신보다 특출나지 못하던 자들 ―이 지금은 막대한 부를 축적하여 자신을 점차 추월했다는 생각이 들자 암울한 기분이 들었다.

차장이 들어와, 현재 파도가 높아서 내일 아침 부산을 출발하는 연락선이 결항되었다는 소식을 전했다.

---

03 1949년에 설립된 대학으로, 현재는 공학대학원(工学院大学)으로 명칭이 바뀌었다.

기차 안의 사람들이 동요했다. 곤란하다는 표정을 짓는 사람, 급히 기차에서 내릴 준비를 하는 사람도 있었다.

"마침 잘되었군. 동래(東萊)의 온천이라도 가서 오랜만에 한잔 하지 않겠나."

구로타는 태연스럽게 말했다.

(1918.6.12)

7.

센타로의 아버지 요시타카(敬孝)는 70세가 넘었지만 아직 허리도 꼿꼿하고 이도 많이 빠지지 않았다. 아버지는 중년에 들어서면서부터 별 도움이 되지 않는 발명에 푹 빠지기도 하고 정당에 투신하기도 하면서, 원래부터도 많지 않던 재산을 모두 잃었다. 그러나 젊은 시절 좋아하며 즐겨 연습했던 간제류(觀世流)[04]의 요쿄쿠(謠曲)[05] 덕분에 생계를 이어갈 수 있었고, 4~5년 전부터는 요쿄쿠 스승이 되었다. 일주일의 6일은 아침부터 교대로 제자들이 찾아와, 열두세 명이 요쿄쿠를 연습한다. 그 동안에는 작은 채소밭을 가꾸거나 화초를 돌보며 지냈다.

---

04 노가쿠(能樂) 5대 유파의 하나. 무로마치(室町) 시대의 간아미(觀阿彌)·제아미(世阿彌) 부자(父子)를 시조로 한다.

05 노가쿠(能樂)의 대사에 가락을 붙여서 부르는 것. 또는 그 사장.

그 이름도 유명한 나니와즈(難波津)의, 그 이름도 유명한
나니와즈의, 노래에도 있듯이 오미야 안쪽까지 들린다는
그물 당기면, 그물 거두는 어부 부르는 소리까지 들린다고
읊어져 있지.

「아시카리(蘆刈)」[06]라는 요쿄쿠를 흥얼거리며, 대여섯 개 되는 분재
의 이파리를 정성을 다해 닦아주곤 했다.

아버지는 포기가 빠른 성격이라, 지금도 서랍 한 구석을 보면 당시
에 발명한 파리 잡는 기계―과자에 파리가 앉으려 하면 나사가 돌면
서 파리를 아래에 놓인 물 접시에 떨어뜨리는 장치―의 미완성품과
기성품이 여기저기 굴러 나온다. 그런데 이 파리 잡는 기계를 실제로
사용해 보면 나사를 돌리자마자 파리가 획 하고 날아가 버리기 때문
에 접시에 떨어지지 않는다. 이렇게 파리에 날개가 있다는 사실을 잊
어버려서 실용화하지 못했던 일 역시 지금에 와서는 생각도 나지 않
았다. 따라서 옛날의 영화에 취해 그리워하지도 않고, 지금의 궁핍을
억울해 하지도 않는다. 3남매 중 형인 고이치(光一)가 가문을 이어가
고, 여동생인 나쓰코(夏子)는 어느 중학교의 선생에게 시집을 간 것 역
시 무르익은 홍시가 나무에서 저절로 떨어진 것이라 생각하고는, 저
녁에 마시는 술 한 잔 이외에는 걱정이 없는 듯 했다. 아버지보다 세
살 아래인 어머니는 젊은 시절에는 아버지보다 기개가 좋아서, 때때

---

06 노가쿠를 개작하여 제아미가 만든 요쿄구.

로 아버지를 엄하게 혼내기도 했기 때문에, 주변 사람들은 웃으며 이렇게 말하기도 했다.

"이케타니 씨 부부는 마치 뒤바뀐 것 같아."

어머니가 기개 넘치던 시절에는 가정을 건실하게 지켜왔는데, 갱년기가 되어 여자로서 있던 것이 없어지던 마흔 여섯에 반 년 정도 심한 두통을 앓은 후에는 돌연 사람이 확 바뀐 듯 만사태평한 성격이 되어버렸다.

센타로가 어머니의 이전 성격을 물려받은데 반해, 형인 고이치는 아버지를 상당히 많이 닮았다. 고이치는 벌써 서른여섯 살로, 아내인 오무라(お村)와의 사이에 세 자녀를 두었으며, 보험이나 정기저축을 권유하는 일을 해오며 틈틈이 학용품 판매를 부탁받거나 그림을 주선하는 일을 해 왔다. 지금도 시즈오카(静岡)의 에토(江藤)라는 고리대금업자의 대리점인 도쿄의 어느 저축은행에서 영업사원으로 일하고 있다.

아버지는 술도 마시지 않고 담배도 피우지 않았으나, 그저 아름다운 기모노를 입는 것을 유일한 도락(道樂)으로 삼았다. 아버지의 수입은 자신들의 용돈과 저녁 술상 비용 밖에 되지 않아 그 이외에는 고이치가 벌어온 돈으로 충당했다. 그러나 어찌되었든 고이치의 수입만으로는 일곱 가족의 생계를 꾸려나가기 어려운 점도 있었다.

그런 아버지가 어느 날 오후, 요쿄쿠를 가르치던 중 쓰러졌다.

"머리가 아프구나, 가슴도 아파."

제자들은 깜짝 놀라 물었다.

"무슨 일이세요, 선생님."

아버지는 손으로 가슴을 감싸 쥐며 고통스러워하며 말했다.

"여기, 여기가."

제자들은 곤란해 하며 집안사람들을 불렀다. 태평하게 지내던 어머니도 깜짝 놀라 의사를 찾아갔지만 이미 회진을 나간 이후였다. 두세 곳을 더 찾아가서 겨우 대리진료를 부탁했을 때에 아버지는 이미 혼수상태에 빠져 있었다. 젊은 견습의사가 뇌빈혈인 것 같다고 진단했을 때에, 제자가 근처에서 전화를 걸어 고이치가 달려왔다. 간절히 오기를 바라던 의사도 도착했다. 혼수상태가 계속되고 있었다. 의사는 얼추 진찰을 하고는 말했다.

"아무래도 뇌빈혈은 아닌 것 같습니다. 뇌출혈인 듯합니다."

바로 지혈 준비를 하고는 오른쪽 어깨를 절개하자 아버지는 '으으으' 신음소리를 냈다. 약간 정신을 회복하는 것 같더니 다시 혼수상태에 빠졌다.

"아무래도 어려울 것 같습니다."

고이치는 이러한 의사의 선고에, 그저 '네'하고 답할 뿐, 물끄러미 아버지의 마지막을 지켜보았다.

(1918.6.13)

8.

센타로에게 전보를 친 것은 이때였다. 급히 모인 제자들이 손을 나누어 여기저기에 아버지의 위독한 상황을 전한 것이다.

봄날 저녁 시간, 약 냄새로 가득 찬 실내는 빠르게 어두워졌다. 일곱 살이 된 고이치의 큰딸 요시코(よし子)는 어쩐지 무서워 이 방에 들어오지 못했지만, 다섯 살인 큰아들 마모루(護)는 성큼성큼 들어와 고이치의 무릎에 기댔다.

"할아버지, 왜 그래요?"

어린아이의 눈에도 흰자위를 보이며 누워있는 할아버지의 얼굴이 잠든 모습으로 보이지 않는 듯, 아버지의 귓가에 대고 이렇게 물었다.

"아, 할아버지 몸이 아프시니까 조용히 하고 있자."

"몸이 아프면 안 돼. 일어나세요. 일어나세요."

"아, 곧 좋아지실 거야. 할아버지가 아프시면 마모루도 싫지?"

고이치는 무릎 위에 앉은 아들을 안고는 옆을 바라보았다.

전등이 켜지고, 환자의 얼굴은 점차 혈색을 잃어갔다. 체인스톡 호흡[07]이 몇 번이나 일어났다. 모두들 마음을 졸이며 단지 숨소리를 지켜보는 수밖에 없었다. 이때 진찰하던 의사가 엄숙하게 선언했다.

"이제 방법이 없습니다."

실내는 폭풍이 휘몰아친 듯 적막해졌다.

---

07 체인스톡 호흡(Cheyne—Stokes respiration). 호흡리듬이 불규칙하며 무호흡과 과도호흡이 교대로 일어나는 특징. 임종시 볼 수 있음.

이 적막에 고이치의 큰아들 마모루가 겁이 났는지, 큰 소리를 내며 울기 시작했다. 이를 시작으로 둑이 터진 듯 모든 이들의 눈에서 눈물이 뚝뚝 떨어졌다. 어머니도 울고 고이치의 아내인 오무라도 울었다. 그 누구도 이 이상하고도 가차 없는 힘 앞에서는 무릎을 꿇지 않을 수 없었다. 죽음 앞에서는 가족도 사제지간도 부부도 없다. 황제의 위엄을 가지고 있더라도 어찌할 방도가 없는 엄숙한 사실이 모두의 눈앞에서 펼쳐졌다.

모여든 사람들은 베개를 북쪽으로 고쳐 놓고 머리맡에 선향을 바쳤다.

"정말이지 안됐습니다."

의사는 예를 갖추어 인사를 하고는 돌아갔다.

장례식을 치르기 위해서는 여러 가지 사무가 넘쳐났기 때문에, 고이치와 어머니 모두 슬퍼하고만 있을 수는 없었다.

절에 사람을 보내는 한편, 돌아가신 아버지의 소지품부터 친한 이들의 연락처가 적힌 장부도 찾아야 했다. 전등이 없는 방에는 어두운 남포등이 켜졌다. 집안은 밝지 않았지만, 선향의 연기와 함께 슬픈 기운이 온 집안을 채웠다.

이러한 와중에 센타로의 답신이 도착했으나, 상의 끝에 아버지가 돌아가셨다는 소식은 보내지 않기로 했다.

"장례식은 며칠에 하려나."

좁은 현관에 식탁을 내어 놓고 자리를 차지하고 있던 무리 중 한 사람이 질문을 했다.

"글쎄, 아무래도 동생분이 돌아오고 나서겠지."

"돌아오고 나서라면, 조선에서 오늘밤 출발하더라도 모레 밤이나 그 다음날 아침에나 도착할 텐데."

"그렇겠지. 날은 어떤가."

달력을 세어보니, 글피는 흉일인 센푸(先負)[08]이고 그 다음날은 친구들에게 안 좋은 일이 생긴다는 흉일인 도모비키(友引)[09] 날이었다.

"도모비키날은 안 되지. 고이치 씨와 상의해서 모레나 글피에 장례식을 치르지 못하게 해야겠어."

잠들었던 세 아이들은 거실 구석에서 나뒹굴고 있었다.

(1918.6.14)

9.

슬픔의 밤이 점차 깊어졌다. 10시 경에 젊은 승려가 와서 법명을 선택하고는 독경을 시작했다. 평소에는 아무렇지 않던 경문도 왠지 모르게 가슴을 파고드는 듯 했다. 잠시 후 승려는 선약이 있다며 철야

---

08 '센푸(先負日)'의 준말로, 음양도(陰陽道)에서 급한 일이나 송사(訟事) 등에 나쁘다 하여 피하는 날.

09 '도모비키히(友引日)'의 준말로, 음양도(陰陽道)에서, 사물의 승패가 없다고 하는 날이다. 흔히, 이 날 장사를 지내면 친구의 죽음을 부른다고 하여 꺼린다.

기도를 거절하고는 돌아갔다.

12시가 지나자 한 사람 두 사람 사라지더니 예닐곱 명이 남았다. 먹고 마실 음식이 들어오자 모두 한자리에 모였다. 3월이지만 밤이 깊어지자 날은 더욱 쌀쌀해져서 화로에 벌겋게 불을 피웠다.

이야기를 하지 않으면 잠이 올 테지만, 당연히 화제라는 것이 한정된 것이라 점차 자리가 끝나는 형국이 되었다. 어딘가에서 장기판을 찾아와서는 열심히 장기를 둔다.

고이치도 오무라도 어머니인 오세이(おせい)도 모두 부은 눈으로 멍하니 앉아있었다. 이들의 마음속에서 돌아가신 아버지의 생애가 여러 모양으로 떠올랐다.

"아버지도 참 좋은 분이셨어요. 적어도 2~3년은 더 사실 줄 알았는데. 그러면 센타로도 좀 더 안정이 되고, 정말이지 안심할 수 있었을 텐데."

고이치가 절절한 마음을 이야기 했다.

"그건 그렇지만, 또 그렇게 되더라도 아쉬운 부분은 생길거야. 뭐 단념해야지."

어머니는 생각에 잠긴 채 대답했다. 선향을 올리고는 자리에 돌아온 오무라는 눈물을 훔치며 말했다.

"그래도 너무 맥 빠져 있지 마세요. 최소한 하루 이틀이라도 간호를 해 드리고, 모든 사람들의 얼굴을 보여드렸으니까요."

"그 대신 고통 없이 가셨으니까 돌아가신 분께는 잘 된 일이지."

어머니가 위로하며 말했다. 그러나 곧 넋두리를 시작했다.

"아버지는 포기가 빠른 분이셨으니까 따로 유언을 남기지 않았는지 몰라. 사람 욕심에는 끝이 없지만…그래, 센타로와 오나쓰가 보고 싶긴 하셨겠네…."

이때 자동차 소리가 들리며 여동생인 오나쓰가 도착해 방으로 들어왔다.

"아, 아버지."

오나쓰는 시신 앞에서 오열했다.

"아. 이제 끝이야. 아버지 왜 이리 급히 가셨어요. 적어도 살아계실 때 알려주셨다면…저는…."

눈물 가득한 눈으로 오빠를 쳐다보았다.

"그게 너무 급박하게 일어난 일이라 제때 알리지 못할 정도였어. 내가 돌아왔을 때 이미 혼수상태였지. 뇌출혈…뇌졸중이라는 병이었거든."

"그래도 단념할 수 없어요, 저는…."

오나쓰는 얼굴을 들지 못했다. 새로운 슬픔의 검은 그림자가 또 다시 가족들의 가슴을 세차게 덮쳐왔다.

"다 하늘이 정한 목숨이야. 이제 와서 그런 말은 한다고 해도 달라지지 않아. 아버지 입장에서는 이런 편이, 이렇게 갑자기 돌아가신 편이 오히려 만족스러우셨을지 몰라. 아직 오지 못한 센타로는 더 애석하겠지만, 이것만은 그 누구의 힘으로도 바꿀 수 없는 일이니까."

어머니는 타이르듯 말했다.

잠시 뒤 오나쓰도 겨우 눈물을 멈추고 어머니 곁으로 다가갔다.

"지난 달 23일에 우리 집에 오신 것이 마지막 모습이셨어요. 전에 없이 편히 계시면서 저녁 식사를 하시고는 요쿄쿠를 부르시며, 여자는 요쿄쿠보다는 북을 치는 편이 좋지만 북을 치려면 역시 요쿄쿠를 배워야 한다고 말씀하셨어요. 지금 와 생각해 보니 그것이 이생에서의 마지막 이별이었어요."

오나쓰는 이렇게 말하며, 돌아가신 아버지를 바라보고는 다시 어머니의 얼굴을 바라보았다. 나뭇잎이 점점 자람에 따라 나무는 점차 약해진다. 나에게 몸을 나누어준 분이 이제 이렇게 말라버리고 말았다. 지금, 부모에 대한 감사의 마음이 절실하게 느껴졌다. 눈을 감으면 아버지의 자애로운 모습이 그림처럼 수없이 펼쳐진다. 눈을 뜨면 돌아가신 아버지가 누워있다.

깊은 밤 어디에서인가 닭 울음소리가 들려온다.

오무라는 사람들 뒤에서 작게 하품을 했다. 이러한 슬픔 속에서도 시간이 지나면 잠이 오는 법이었다.

(1918.6.15)

10.

다음날은 아침부터 문상객들과 도와주러 온 사람들의 출입이 많았다. 날이 밝자 서풍이 불어오며 갑자기 추워졌다. 손을 씻기 위해 받아놓은 물에는 살얼음이 얼고, 매섭게 추운 북쪽 하늘 구석에는 바람에 밀려간 하얀 구름이 미동도 없이 남아 있다.

"다시 겨울이 됐네요."

"그러게나 말이에요, 한번 따뜻해졌다가 추워지니 괜히 더 견디기 힘들군요."

손님들 모두 이런 인사를 나누었다.

고이치는 지난밤부터 장례식 비용 때문에 마음이 무거웠다. 매달 부족한 생활비를 메워온 고이치로서는 비용을 마련하느라 남 모를 고충이 있었다. 이번 장례식을 치루려면 아무리 적게 잡아도 백 엔 이상은 필요하다. 부의금이 조금은 들어오겠지만, 그 대부분은 답례하는 데에 써야 한다. 아버지의 지인이나 제자 등을 생각하면, 장례를 초라하게 치룰 수도 없다. 가까이에 있는 매제는 학교 교사이기 때문에 도저히 이런 문제를 의논하기 어렵다. 모아둔 돈을 융통해 줄 수 있을만한 사람 앞에 서면 이런 이야기가 나오지 않는다. 말을 할 수 있는 사람에게는 돈이 없다. 이럴 때 센타로라도 곁에 있어주면 좋으련만, 그 역시 어쩔 수 없다. 어찌해도 필요한 돈은 필요한 것이다.

고이치는 추위로 인해 아침부터 지릿지릿 아픈 배를 주머니난로로 누르며 돈을 마련하러 나가야 했다. 걱정과 수면부족으로 인해 얼굴이 푸석푸석해졌다.

아침 일찍 도착한 매제가 사망신고서를 작성해 와서 말했다.

"형님, 여기에 도장을 찍어주세요. 제가 시청에 다녀올게요."

고이치는 상자에서 도장을 꺼내어 이름 아래에 찍었다.

"수속이란 게 서식이 번거로우니 도장을 가져가는 것이 좋을 걸세."

"그렇군요. 그럼 잠시 빌려서 가지고 갔다 올게요."

매제가 도장을 자신의 주머니에 넣고 일어서는 순간, 고이치는 문득 생각이 났다.

"아, 그 도장은 나도 필요하니까…그럼 나가는 김에 내가 신고하고 오지."

고이치는 도장을 다시 돌려받았다.

"여보 식사는요?"

곁에 있던 아내가 물었다.

"글쎄, 지금 먹고 싶지 않군. 점심때 같이 먹을게. 나는 일단 다녀올게. 장의사가 오거든, 좋아 보이는 곳, 뭐 중간쯤 되는 곳으로 정해두라고 해줘."

고이치는 매제에게 당부한 뒤 사람들에게 인사를 하고 집을 나왔다.

하지만 사실 이렇다 할 목적지는 없었다. 은행 대리점 주인 에토라면 이야기가 통할지 모르겠지만 아직 갚지 못한 빚도 남아있고, 특히 돈 이외에는 권위랄 것이 없는 남자기 때문에 그에게 빚을 지게 되면 그 고통을 견딜 수 없을 것이다. 고이치는 고개를 떨구고는 머릿속에 아는 사람이나 친구들의 이름을 하나씩 떠올려보았다. 옆을 지나려던 차가 멈춰 섰다.

"이케타니 씨, 상심이 크시지요. 정말 큰일을 당하셨습니다. 사실 지금 조문을 가던 길인데…."

말을 건 사람은 아버지의 요쿄쿠 제자인 어느 회사의 중역이었다. 고이치는 당황하며 말했다.

"감사합니다. 일부러 찾아주셔서 감사합니다."

자동차는 지나갔다. 주머니난로가 식었는지 추워지며 배가 심하게 아파왔다.

"어쩔 수 없군. 또 저기에서 융통해 볼까."

이렇게 중얼거리며 미심쩍은 듯 사방을 돌아보았다.

자신의 집 대문에 걸린 '상중(喪中)'이라 적힌 하얀 팻말이 보였다.

(1918.6.17)

11.

"싫어, 싫어. 할아버지를 데려가면 안 돼."

출관(出棺)을 하기 위해 관을 운구 틀에 올려 놓으려 하자 둘째 마모루가 돌연 뛰어와 관에 매달렸다. 모두가 깜짝 놀랐다.

"그런 말 하는 거 아니야. 저쪽으로 비키렴."

고이치가 달래보아도 마모루는 말을 듣지 않는다.

"싫어. 할아버지 죽으면 안 돼."

점점 더 격렬하게 울음을 터뜨린다.

혈육과의 이별― 모두 얼굴을 돌렸다. 실내는 물을 끼얹은 듯 했다. 고이치는 백색의 예복을 입고 마모루를 안고 뒷문으로 나갔다.

"마모루는 똑똑하고 착한 아이니까, 그런 말 하는 거 아니야. 할아버지는…."

아이를 타이르려는 고이치의 목소리가 목에 걸려 나오지 않았다. 아들과 손자는 죽음의 엄숙한 위엄에 서로를 껴안고 눈물을 흘렸다.

이렇게 관은 아버지가 죽은 지 삼일 째 되던 날 오후 세 시가 지나 집을 나왔다. 영원히 돌아올 수 없는 외출이었다.

흐린 햇빛을 받아 금장이 희미하게 빛나는 관을 멘 장의사 인부의 더러운 옷자락이 바람에 펄럭였다. 장례에 참여한 사람들은 웃으며 이야기를 나누며 따라간다.

절은 그다지 멀지 않았다. 본당 정문에 관이 옮겨졌다. 기름지고 살찐 주지승은 화려한 법의를 입고 곡록(曲彔)[10]에 기대 앉아 있었다. 인도(引導)와 독경(讀經)도 척척 진행되고 분향이 시작되었다. 어머니가 분향을 한 후 고이치가, 그 다음에 오무라의 남편이 분향을 했다. 뒤이어 오무라가 일어나는 동시에 오나쓰도 함께 일어났다.

"오나쓰는 그 뒤에 하거라."

어머니가 낮은 목소리로 말했다.

"네."

오나쓰가 대답을 하며 허리를 숙이자 오무라도 자리에 앉고 말았다.

"언니 먼저 하세요."

"어머, 아가씨가 먼저 하세요. 따님이잖아요."

"아니요, 먼저 하세요."

두 사람 사이에 약간의 신경전이 있었지만, 오무라가 먼저 분향을

---

10 불교에서 승려가 사용하는 의자의 일종으로, 주로 법회(法會) 등에 사용된다.

했다. 아버지라는 존재의 영향력이 사라지자 이런 상황에서도 암투가 생겼다.

분향이 끝나자 경내에는 이미 옅은 어둠이 깔려 있었다. 고이치는 서둘러 사찰 정문 쪽으로 나가 장례에 와준 사람들에게 일일이 예를 표했다. 사람들이 돌아간 후 집안 여자들도 돌아가고, 고이치는 오나쓰의 남편인 신스케(真介)와 그 외에 세 명의 친척들과 함께 화장터로 향하기로 했다.

화장터는 10리 이상 떨어져 있었다. 마을에는 이미 불이 켜질 때가 되어 많은 사람들이 돌아다니고 있다. 장의사 인부는 화장터까지만 관을 옮기면 자신들의 역할은 끝난다는 생각에 척척 서둘러 길을 걸었다. 동행자들은 긴 하카마(袴)를[11] 입어 걷기 힘든 복장을 하고서 관을 뒤쫓아 마을에서 마을로 걸었다.

화장터에 도착했을 즈음에는 이미 하늘 높이 별빛이 반짝이고 있었다.

"정말 빨리 왔군."

"땀이 이렇게나 많이 났어. 운구가 워낙에 빨라서 말이야."

사람들은 손바닥으로 이마를 닦았다.

이곳에서 다시 한 번 짧은 독경을 마치자 관은 화장터의 인부들에게 넘겨져 가마로 옮겨졌다. 기와를 쌓아 만든 가마에는 아주 무거운 철문이 달려있다. 사람으로서의 마지막― 그 사지오체(四肢五體)를 원

---

11 기모노 위에 입는 일본 남성의 전통 바지.

래대로 돌려놓기 위해서 커다란 입을 열고 기다리고 있다.

"이제 조금 힘을 줘서 밀어."

관이 수레에서 그 입으로 스르륵 빨려들어 가버렸다. 쾅하고 무거운 철문이 닫히고 철커덕 자물쇠가 채워졌다.

"내일 아침 여덟시 이후엔 언제든 괜찮습니다."

승려는 고이치에게 열쇠를 건넨 후 징을 울리고는 독경을 시작했다. 고이치가 가마 속에 불을 집어 던졌다.

"아아, 이걸로 이제…."

이렇게 말하며 고이치는 자신도 모르게 합장을 했다.

센타로가 탄 열차는 그 시간 교토(京都) 부근을 달리고 있었다.

"드디어 반쯤 왔군."

센타로는 창문을 열고 북쪽을 바라보았지만 길가에는 민가의 불빛만이 슬픈 빛을 띠며 빛날 뿐 아무것도 그 눈동자에 들어오지 않았다.

(1918.6.18)

12.

열차는 마이바라(米原)에서 고장이 나서 네 시간 정도 늦어졌다.

센타로는 시즈오카(静岡)역에 도착하자 수화물 열쇠를 주머니에 넣은 채 바로 차에 올라탔다.

집 대문을 두드리려는 순간, 장례를 마치고 돌아오는 고이치와 마주쳤다.

"아 형님, 아버지는?"

센타로는 가장 먼저 이렇게 물었다.

"늦었구나. 네가 돌아오는 게 하루 늦었어."

몇 년 만에 만난 두 형제가 처음으로 나눈 대화는 이것이었다.

"늦은 건가요. 도대체 어떻게 된 거죠. 왠지 꿈을 꾸고 있는 것 같아요."

"너는 그동안 멀리 있었으니 그렇게 생각하는 것도 무리가 아니지. 곁에 있던 나조차도 꿈을 꾸는 것만 같구나. 나도 임종은 지키지 못했다. 뇌출혈로 쓰러지시자마자…."

"나리, 여기…."

기사의 재촉에 센타로는 겨우 정신을 차리고 돈을 지불했다.

두 사람은 얼굴을 바라보며 잠시 가만히 서 있었다.

"자 들어가자. 여기에 서 있어봤자 소용이 없으니까."

"그러시죠."

형제는 집 안으로 들어갔다.

형수와 아이들이 반겨주었다.

"저는 위독하다는 그 전보를 받았을 때, 큰일이라고 생각하면서도 이렇게 급박한 줄을 몰랐어요. 부산에서 연락선이 하루 늦어지는 바람에 이렇게나 늦어버리고 말았지요. 서두른 보람도 없이."

아버지가 계시던 자리는 정리되어 휑했다.

"아, 이제 와서 무슨 말을 해도 소용없지. 향부터 올려야 겠어요."

센타로는 자리에서 일어섰다.

불당만은 그대로 남아있었다. 옛날 모습 그대로의 그 불당은 그 역사를 말하듯 빛나고 있었다. 선향 연기 속에서 새로운 위패가 흐릿하게 보였지만, 쓰인 글자는 눈물에 가려 보이지 않았다.

"아버지께서 결국 이렇게 되셨구나."

센타로는 뚝뚝 눈물을 흘렸다.

"형님께도 형수님께도 정말 큰 신세를 졌습니다."

"천만에. 내가 곁에 있었더라면 이렇게 가시지는 않았을 텐데…"

가족들은 비로소 인사를 나누었다.

"사실 장례식도 오늘까지 하고 싶었지만, 오늘이 도모비키날이라기에 연장할 수 없었다. 어제까지 장례식을 마치고 화장터에 보내서 오늘 아침에 유골을 받아와 지금 매장하고 돌아오는 길이었어. 어찌할 수가 없어. 이렇게 이 자리에 오면 아직도 아버지가 저기에 앉아계시는 모습이 눈에 선해서 어찌 할 수가 없구나. 건강하셨다고는 해도 연세가 많으셨으니까…"

"그렇군요. 하지만…"

센타로는 말을 꺼내며 실내를 돌아보았다.

"아버지 물건들은 그대로 남아 있는데."

마음이 진정된 센타로는 일순간 피로를 느꼈다.

"피곤하군요. 오나쓰도 만나고, 산소에도 가보고 싶지만 이제 일어서지도 못하겠어요. 잠시 잘 수 있을까요. 그런데 여기는 조선보다 꽤나 따뜻하네요."

센타로는 따라준 차를 한숨에 마시고는 말했다.

"형수님, 좀 더 주세요. 반차(番茶)[12]가 좋군요. 반차도 좀 더 주실 수 있나요."

"목이 마르시지요. 그 전에 옷을 갈아입어야겠어요. 양복은 불편할 테니."

형수는 찻주전자를 들고 자리에서 일어났다.

"센타로, 결국 우리 두 형제만 남았구나."

"그렇군요."

형제는 슬픈 듯 서로의 얼굴을 바라보았다.

▶ 지난 화의 두 번째 단의 첫 번째 줄에 있는 "어머니가 분향을 한 후 고이치가, 그다음에 오무라의 남편이 분향을 했다"는 내용 중 '오무라'는 '오나쓰'의 오기(誤記)임.

(1918.6.19)

13.

매우 추운 날이 지나고, 다음날 아침은 언제 그랬냐는 듯 따뜻해졌다. 해안가 근처에 난류가 흐르고 있는 시즈오카에는 봄이 이르게 찾아온다. 성의 해자 주변에 죽은 듯 말라있던 버드나무에 둥글고 작은

---

12 어린잎이 아닌, 다 자란 잎과 줄기로 만든 차.

푸른 새잎이 돋아나나 싶더니, 어느새 봄기운이 완연한 듯 갈수록 푸르러졌다. 조만간 우지가미(氏神)[13]의 아사마신사(淺間神社)의 제례가 있기 때문에, 밤이 되면 여기저기에서 피리를 불거나 큰북을 두드리며 기야리온도(木遣音頭)[14]를 연습하는 소리가 활기차게 들려왔다. 버릇이 된 팔짱을 끼고 한쪽 손만 꺼내어 서양 지팡이를 짚으며 마을을 산책하고 싶어지는 밤이 점점 늘어갔다.

센타로는 내몰린듯한 기분을 품은 채, 온몸의 맥이 탁 풀리는 것처럼 초조하고 나른한 나날을 보냈다.

오나쓰의 남편인 하세가와 신스케(長谷川真介)의 집은 오가와(小川)강을 경계로 한 시즈오카의 교외에 있었다. 센타로는 저녁부터 어슬렁어슬렁 오나쓰의 집을 찾아갔다.

"어머, 오빠 잘 오셨어요. 자, 들어오세요."

오나쓰가 기쁜 듯 반겼다. 검은 강아지가 사람이 그리웠는지 꼬리를 흔들며 센타로에게 달려든다.

"베스, 베스, 그렇게 까불면 안 돼. 이놈."

이렇게 말하며 손을 들어보이자, 넘어질 듯 도망쳤다. '개를 키우고 있구나.' 센타로는 이 조용한 생활이 아름답게 느껴졌다.

"어서 들어오세요."

---

13 그 고장의 수호신.

14 많은 사람이 목재나 돌 등을 옮길 때에 땅의 기운을 고양하기 위해 부르는 노래로 일본의 무형민속문화재이다.

신스케도 마중을 나왔다.

두세 가지 이야기를 나누다 보니 저녁상이 들어왔다.

"차린 건 없지만 드세요."

오나쓰는 센타로에게 잔을 권한 후 남편에게도 잔을 권했다.

"아, 나는 못 마셔. 매제는?"

"나도 조금밖에 못 마셔요."

이 말을 부정하며, 오나쓰가 웃으며 말했다.

"거짓말이에요. 마실 땐 다섯 잔 정도는 마신다구요."

뒤편의 밭에서는 벌써 개구리가 개굴개굴 울고 있다.

"여긴 참 조용하군."

신타로는 주변을 살펴보았다.

"형님댁은 대단하지요. 식사 시간도 보면 마치 싸움이라도 하는 것 같고요. 그건 그렇고, 형님 조금 피곤해 보이시네요."

"왠지 몸 상태가 좋지 않아."

"멀리에서 급히 오시다 보니 피로해진 거겠지요. 저희 집은 조용하 니, 괜찮으시면 저희 집에 머무는 건 어떠세요."

신타로가 권했다.

"그러세요, 오라버니."

오나쓰 역시 이렇게 말하며 고이치의 얼굴을 바라보았다.

"고맙네. 실은 나도 조선에 남겨두고 온 일이 있어서, 삼칠일이 지 나면 다시 조선으로 돌아갈 생각이야…아, 이거 별건 아니지만, 선물 이네."

고이치는 보자기에 싼 선물을 내밀었다.

"정말 감사합니다. 하지면 몸 상태가 그렇게 안 좋으시다면 더 더욱 오라버니 혼자 계실 게 걱정이에요. 가능한 한 시즈오카에 계실 수는 없으신가요?"

"글쎄, 그것도 쉽지 않을 것 같아."

"시즈오카 주변보다는 조선쪽이 활동할 수 있는 여지가 많으니 분명 재미있겠지. 나도 기회가 있다면 조선으로 해서 만주에 가보고 싶군."

신스케는 아내의 말을 반박했다.

"싫어요. 저는 그런 추운 곳에 가고 싶지 않아요."

"그렇게 나쁘게만 말하지는 마. 내가 지금까지 살던 곳이잖니. 아버님께서도 한번쯤은 가보고 싶다고 말씀하실 정도였어."

센타로는 웃으며 말했다.

"여보, 혼자만 그렇게 마시지 말고 형님께도 잔 좀 드리세요."

"그럴까?"

부엌 쪽에서 무언가 타는 냄새가 났다.

"이봐, 무슨 냄새가 나는데."

남편의 목소리에 오나쓰는 당황하며 자리에서 일어났다.

"어머, 깜빡했네."

(1918.6.20)

14.

술과 음식을 적당히 먹은 세 사람은 즐겁게 대화를 나누었다. 센타로는 솔직하고 스스럼없는 이 조용한 가정에 완전히 녹아든 듯, 여느 때와 달리 느긋한 기분이 들었다. 비교적 말수가 적은 신스케와 센타로 사이에 오나쓰는 없어서는 안 될 연결고리였다.

"학교에서 일하면 조용하고 좋겠군. 게다가 학생들도 어느 정도 큰 학생들이니 소학생들보다 힘 들 것도 없고."

센타로는 바쁘게 보낸 자신의 과거가 아무것도 남기지 못했다는 사실을 떠올리며, 오히려 신스케를 부러워하며 말했다.

"맞아요. 그 대신에 소학생들 보다 귀찮은 점도 있어요. 이제 순수하지 않으니까."

신스케는 조금 웃으며 이어 말했다.

"그리고 학교 교원도 힘들어요. 조금만 세상과 멀어져도 세상물정 모르는 신선 같아지고, 그렇다고 해서 세상과 가까워지면 돈 욕심이 생기기도 하고, 맛있는 음식을 먹고 싶어지기도 하고…."

"그렇군."

센타로는 중얼거린 후 오나쓰를 향해 물었다.

"형님은 지금 은행에서 영업인지 뭔지 하고 계시는 것 같던데, 요즘 생활은 어떠니? 아이들도 많아서 돈이 이만저만 드는 게 아닐 텐데. 도대체 수입이 어느 정도인지 너는 아니?"

오나쓰는 남편의 얼굴을 한번 보고는 말했다.

"그렇지요. 돈이 이만저만 드는 게 아니에요. 저희 집은 둘 뿐이지만

이 수입에도 조금만 방심하면 금방 돈이 부족해지는 걸 생각해보면…"

오나쓰는 조금 주저하며 말을 이었다.

"때로는 저도 어떻게 생활하는 건지 신기할 정도에요. 큰 오라버니도 말씀을 좀 해주시면 좋으련만."

"그렇지. 어머니가 오시면 말하겠지만, 어머니는 내가 모셔도 되지만 조선으로 모시면 오히려 죄송스럽기도 하고."

이렇게 말하는 센타로의 눈에는 조선에 있는 자신의 새로운 가정이 보이는 듯 했다.

"나도 실은 언제까지고 혼자 살 수는 없는 일이고, 조선에서 그런 이야기가 있기도 했었어. 내가 하는 일과도 관계가 있고 해서 아직 아무것도 정해지진 않았지만."

오나쓰는 기세 좋게 되물었다.

"그것 참 잘 됐네요. 실은 제 친구나 지인에게 조금 물어보기는 했는데, 일단 조선이라면 말 꺼내기가 어려워서…어서 결혼을 하시면 얼마나 좋을까요."

"하지만 조선이라면 일단 이야기가 안 되니."

"그건 그렇지만, 그래도 잘 되었네요. 조금 이상한 이야기지만, 아버지가 돌아가신 후 왠지 큰 오라버니가 남이 된 것 같아서요. 저야 이미 이케타니 집안의 사람이 아니지만 괜히 마음이 좋지 않아요."

오나쓰는 신중하게 말했다.

"그럴 리 없어."

센타로는 아무렇지 않은 듯 말했지만, 마음속에서는 아버지라는 끈으로 연결되어 있던 형제라 할지라도 그 끈이 끊어지면서 뿔뿔이 흩어질 운명이라는 것을 부정할 수 없었다. 형은 누군가의 남편이자 부모이다. 여동생은 누군가의 아내이다. 센타로의 가슴 속 깊은 곳에 혼자가 되었다는 기분이 침식해 왔다.

"아버지는 참 좋은 분이셨지."

센타로는 다정한 눈빛을 하고 혼잣말을 되뇌었다.

창밖에서는 여전히 개구리 두세 마리가 개굴개굴 울고 있다.

(1918.6.21)

15.

센타로의 부친상을 전해들은 야마모토 사장이 정성스러운 조사(弔詞)와 함께 부조금을 보내왔다. 편지의 말미에는 이런 글이 적혀있었다.

회사 화재 후 재건에 고심을 하고 있지만, 종종 이견을 주장하는 자들이 있어 아직 임시총회를 소집하지 못하였습니다. 따라서 투자금 여부도 아직 결정되지 않았지만, 투자금을 구하여 사업을 개시하지 않으면, 아무래도 화재의 손실을 막을 수 없는 상황입니다. 물론 조만간 결정되리라 생각하니 걱정 마십시오. 하루라도 빨리 조선에 돌아오길 기다리겠습니다.

그러나 센타로는 이 편지 외에 자신이 돌아오길 기다린다는 또 다른 편지가 오지 않은 것에 실망했다. 그리고 매일 매일 편지를 기다렸다. 외출을 했다가 돌아올 때면 늘 물었다.

"형수님, 제게 편지가 오지는 않았나요?"

"아니요."

이런 대답을 들으면서 하루하루를 실망과 번민 속에서 보냈다.

잠들지 못하는 날들이 계속되었다. 시즈오카에 돌아온 그날 밤부터 줄곧 잠을 잘 수가 없었다. 처음에는 너무 피곤한 탓이라 생각했지만, 이런 날들이 계속 이어졌다. 억지로 잠들어보려 노력하면 할수록 더 잠이 오지 않았다. 후회와 상상이 끝없이 이어지고 새벽이 밝아올 즈음에야 겨우 스르르 잠이 들고, 그리고나면 악몽에 시달리곤 했다. 쇠로 된 족쇄를 찬 듯 몸이 무겁다. 하품이 끊임없이 나오고, 식욕이 없다. 무엇을 해도 어디를 가도 즐겁지 않고 하루 종일 멍하고 초조했다.

고이치도 걱정이 되었다.

"너 무슨 일 있는 거니. 안색이 너무 안 좋고 눈은 퉁퉁 부어 있다고. 의사한테 진찰을 받아보는 게 어떠니."

"그런가요. 왠지 잠이 오지 않아 좀 힘들지만, 걱정할 거 없어요."

센타로는 별일 아닌 듯 이렇게 말했다. 그러나 결국 불쾌한 나날들이 이어지자 근처 병원의 문을 두드렸다.

약냄새가 가득한 공간에서 대기하고 있는 입을 꾹 다문 창백한 얼굴들을 보고 있자니, 센타로는 암울한 곳에 끌려온 듯한 기분이 들어 견딜 수 없었다. 어떻게든 참아보려 두세 번 밖에 나가 침을 뱉어 보았지만 더는 견딜 수 없을 것 같아 돌아가려고 결심한 순간, 비로소 자신의 이름을 부르는 소리가 들렸다.

의사는 몸 상태를 들은 뒤 간단하게 진찰을 했다.

"어딘가 안 좋은 건가요."

센타로는 허리띠를 추스르고는 조금 날선 목소리로 물었다. 의사는 조용히 손을 소독한 후 말했다.

"신경쇠약입니다. 피로가 많이 쌓여 있으니, 당분간 요양을 하셔야 해요."

"어떻게 요양을 하면 되나요?"

"글쎄요."

의사는 견습의사에게 처방을 전하고는 말을 이었다.

"가장 좋은 방법은 생활을 바꿔보는 것이에요. 여행도 좋고 온천도 좋지요. 약도 먹어야 하겠지만, 기분을 전환하고 잠시 편안하게 영양을 보충하는 것이 가장 중요해요."

"밤에 잠들지 못하는 게 가장 힘듭니다."

"그렇겠지요. 그건 약을 드릴게요."

약을 받아 집에 돌아오는 도중, 센타로는 이즈(伊豆)에 있는 온천에 다녀오기로 결심했다. 형님 집에 얹혀있는 미안함에서도 벗어나면서, 그곳에서 조용히 편지를 쓰고 싶다는 생각을 하며.

(1918.6.22)

16.

결호

(1918.6.23)

17.

결호

(1918.6.24)

18.

"저희 집이 좁아서 편하실지 모르겠지만, 어서 들어오세요."

오치아이(落合)의 숙소에서 슈젠지(修善寺)[15]와 함께 소개받은, 슈젠
지에서 가까운 세코(世古) 폭포의 오래된 여관에 도착한 센타로는 슈
젠지에서와 같은 운명에 마주치게 될까 두려웠다. 그러나 안내를 받
고 올라간 2층 방은 지저분하긴 하지만 네 평이나 되는 넓은 방이었

---

15 헤이안(平安) 시대부터 있던 이즈의 온천으로, 구카이(空海, 774~835)라는 스님이 불
법을 설파할 목적으로 슈젠지에 갔다가 강변에서 병든 아버지의 몸을 씻는 소년
을 위해 바위를 깨뜨리자 그곳에서 온천수가 솟아 나왔다는 이야기가 있다.

다. 마루에 나가면 강을 가로지르는 현수교가 있고, 작은 집들이 모여 있는 마을 뒷산에는 울창한 삼나무 숲이 보였다. 센타로는 선 채로 크게 숨을 들이쉬었다.

"점심 식사는 어떻게 하시겠어요."

주인인 듯한 서른쯤 되어 보이는 여성이 식사를 물으러 오자, 센타로는 오랜만에 배고픔을 느꼈다.

"아직 입니다만, 부탁합니다."

"차린 것은 없습니다만, 그럼 방으로 가져다 드릴게요."

여주인이 내려가더니 곧이어 삶은 닭이 든 냄비와 풍로를 가지고 왔다. 센타로는 맛있게 음식을 먹고는 비로소 체력이 회복되는 것을 느꼈다.

"온천은 어디인가요."

"네, 집 앞에 있으니 편하게 사용하세요."

온천장은 징검다리로 건너갈 수 있을 정도로 가까운 곳에 있었다. 돌로 만든 온천탕에서는 따뜻한 물이 콸콸 넘쳐흐르고 있다. 세 시경, 센타로가 온천에 몸을 담그고 있을 때에 우편배달부가 왔다. 배달인가 했더니, 우편배달부가 짚신과 각반(脚絆)**16**을 벗기 시작했다.

"어이쿠."

센타로가 놀란 사이에 배달부는 알몸이 되었다.

---

16 걸을 때 간편하게 방한과 보호를 위해 발목에서부터 무릎 아래까지 감거나 돌려 싸는 띠.

"나리, 죄송합니다."

이렇게 말하며 온천탕 안으로 들어오기에 센타로도 웃지 않을 수 없었다.

"자네, 배달은 벌써 끝난 건가?"

센타로는 상냥하게 물었다.

"네, 벌써 끝났습니다. 하루 한 번이긴 하지만 산 속 여기저기 다니다 보니 피곤하네요."

"요즘은 여기저기에 온천이 많군."

"맞습니다. 돈이 벌린다고 생각하는지, 전에 없이 많습니다. 나리는 도쿄에서 오신건가요? 아니면 시즈오카에서?"

"나는 시즈오카에서 왔는데…이제 막 온 참이요."

이윽고 우편부가 탕을 나가더니 짚신과 각반 대신 조리를 빌려 신고는 수건을 상자 속에 집어넣고 나가버렸다.

남포등 아래에서 저녁식사를 한 것도 매우 신선했다. 커다란 화로에 불이 활활 타고 있어서 조금 현기증이 날 것만 같았다. 여관 앞에 흐르는 강물 소리가 세차게 귀를 때렸다. 숙박부를 가지고 와서는 어려운 듯 정좌를 하고 앉은 주인에게 물었다.

"강물 소리가 꽤나 요란한데, 항상 이러한가?"

"아니요. 지금은 가물어서 소리가 가장 적습니다. 여름이 되면 그야말로 소나기 같은 소리가 나지요."

주인은 자랑하듯 답했다.

이 어두운 남포등 아래에서, 센타로는 형과 여동생, 야마모토 사장에게 편지와 엽서를 썼다. 시즈코에게도 편지를 쓰려다 펜을 멈추었다. 그리고 조선에서 있었던 일들을 생각하며, 강여울이 들려주는 자장가 소리에 금방 잠이 들었다.

(1918.6.25)

19.

장례식이 끝나자, 고이치는 조문객들에게 감사 인사를 하고 부의금 답례품을 보내는 등 관련된 많은 일들을 하느라, 자신의 직업인 영업일을 하루도 하지 못했다. 때문에 지출만 많을 뿐 수입은 매우 적어졌다.

"이렇게 해서는 안 돼. 이제 일하지 않으면 입에 풀칠하기도 어렵겠어."

고이치는 스스로를 독려하며 하루 이틀 분주하게 뛰어다녔지만, 결과는 좋지 않았다.

이 무렵 도쿄와 나고야(名古屋)의 저축은행 두세 곳이 연달아 파산했다. 이들 은행에 적금을 넣었던 이들은 모두 중류 이하의 서민이나 상인들이 많았기 때문에, 은행이 파산하여 손해를 본다는 것은 피땀과 바꾼 소중한 돈을 잃게 되는 것이었다. 사리에 어두운 그들은 파산은행을 원수처럼 매도하고 아는 한 여러 곳에 소문을 내고서야 분이 풀린다. 그리고 파산한 이 은행들 모두 시즈오카에 대리점을 두고 상당히 영세한 자금을 모았기 때문에, 고이치의 월 정기적금 등도 그 영향을 받는 게 당연했다.

그러나 고이치에게는 그 외에 또 다른 고민이 있었다.

"혹시 내 장부가 조사를 받게 된다면…."

자신이 다니는 은행이 혹시라도 파산을 하게 된다면, 예금자들에게 원망을 듣고 저주 받는 것 이외에도, 자신의 횡령죄가 밝혀지고 처벌을 받게 될 것이었다. 자나 깨나 이 걱정은 머릿속을 떠나지 않았지만, 수많은 저축은행의 내부가 폭로됨에 따라 고이치의 이 고민과 번뇌는 검은 그림자를 점점 더 넓게 드리워만 갔다.

"어때, 한번 해보지 않겠나. 그렇게 정직한 일만 깨작깨작 해서야 크게 될 수 있겠냐고. 돈을 번 후에 메꾸면 되지 않겠어. 다들 하는 일이라고."

친구들 중 투기에 한번 발을 들인 자들은 두세 번 만에 그치지 않는다. 종종 그들로부터 권유를 받고 비웃음을 샀다. 그리고 그들이 아름다운 기모노를 입고 팔짱을 끼고 놀고 있는 것을 보면 한번 해 볼까 하는 생각이 들기도 한다. 하지만 혹시라도 실패하게 되면 결국에는 파멸하게 될 것이라는 생각에 주저하게 된다.

'그렇게 우물쭈물 해서 어떻게 할 거야. 그렇다고 달리 돈을 메꿀 방법이 있는 거야?'

마음 속 누군가가 화를 내면, 고개를 숙이고 가만히 있을 수밖에 없다.

그렇게 우물쭈물한 태도로 보내는 날들에 광명이 비칠 리 없다. 일을 하러 나가서도 가슴속에 무언가 막힌 것이 있으니 잘 되지 않았다.

일에 게으름을 부리는 것은 아니었지만 점점 속이 썩어 들어가 왠지 기운이 나지 않았다.

아버지가 돌아가신 후에는 큰소리로 대화하는 일도 없기 때문에 집안은 어두워져만 갔다. 아이들은 아버지에게 가거나 어머니에게 매달려 보아도 따뜻하게 받아주지 않았기 때문에 싸워서 울고, 울면 혼이 나서 구석으로 가 풀이 죽어 있거나 사람들을 흘겨보게 되었다.

"아버지, 같이 놀아요. 팽이놀이 해요."

네 살 먹은 시게루(茂)가 다섯 살 마모루와 함께 장부를 보고 있는 아버지에게 와서는 졸라댔다

"지금 아버지가 바쁘니까 나중에 놀아줄게."

"지금 놀아요."

"다음에. 밖에 나가서 놀다 오렴."

아버지가 뒤도 돌아봐 주지 않아서 풀이 죽은 두 아이가 밖으로 나가자, 입구에 두통의 편지가 배달된 것이 보였다.

"우편이다."

마모루가 편지를 집어 들었다.

"형, 나 우표 줘."

"내가 가질 거야."

"아니 내꺼야."

서로 뺏기 위해 잡아당기다 보니 편지는 엉망진창이 되고 말았다. 시게루는 울기 시작했다. 마모루는 엉망이 된 편지를 들고 어머니에게 달려갔다.

(1918.6.26)

20.

"엄마, 시게루가 편지를 이렇게 찢어버렸어요."

"아니야, 형이 찢었어."

형제는 그 편지를 어머니에게 들고 가서 일러바쳤다.

"또 둘이 싸운 거지? 할 수 없지. 자, 어디에서 온 편지니? 보자."

오무라는 편지를 받아보고는 안색이 변했다. 봉투도 서신도 엉망이 되어 있었지만, 잘 맞추어 보니 센타로에게 온 편지였다. 뒷면을 돌려보니 경성의 야마모토 시즈코라는 이름이 적혀 있었다.

"너희들 큰일을 저질러 버렸구나. 이건 센타로 삼촌에게 온 편지인데 큰일 났어."

오무라는 편지를 손에든 채 어찌할 바를 몰랐다. 아이들도 혼이 날 줄 알았는데 오히려 어머니가 곤란해 하는 모습을 보자 정말이지 풀이 죽고 말았다.

"큰일이네."

"엄마, 용서해 주세요."

마모루는 조금 울먹였다.

오무라도 겨우 정신을 차렸다.

"하는 수 없지. 하지만 앞으로는 편지를 이렇게 하면 안 돼. 오늘은 내가 우편 소리를 못들은 거니까…앞으로 편지는 꼭 엄마에게 가져다주는 거야."

어머니가 용서를 해 주자 두 아이는 금방 기운을 되찾았다.

"시게루, 밖에 나가서 놀자."

"응, 가자."

두 아이는 함께 뛰쳐나가버렸다.

오무라는 어떻게든 센타로에게 사과를 하고 이 편지를 다시 보내려 했다. 하지만 너무도 심하게 찢어진데다가 시즈코라는 여성의 편지이기에, 대체 무슨 편지인지 궁금하다는 호기심에 휩싸여 몰래 읽기 시작했다.

찢어져서 의미를 알 수 없는 부분은 건너뛰어 가며 3분의 1정도 읽자, 오무라는 자신도 모르게 주변을 돌아보았다. 그리고는 편지를 읽은 것을 후회했다.

… 돌아오시지 않으니 아버지께서는 당신이 이제 돌아오지 않을 모양이라고 말씀하십니다. 다카야마 씨는 매일 찾아와 아버지와 줄곧 의논을 하세요. 어젯밤에도 아버지께서는 저녁 반주를 하시며 당신이 돌아오지 않으면 저보고 다카야마에게 가는 것이 좋겠다고 웃으며 말씀하시기에, 저는 대답도 하지 않고 일어나 버렸습니다. 그리고 제 방에서 혼자 엉엉 울었습니다. 저는 무언가 무서운 것이 저를 호시탐탐 노리는 것만 같아 견딜 수 없습니다. 게다가 당신이 아프시다는 말씀까지 들으니, 이제 저는 어찌하면 좋을까요…

아무도 모르게 편지를 읽은 것을 후회하는 한편, 왠지 모를 부러움과 시샘이 걷잡을 수 없이 솟구쳐 올라왔다.

오무라는 그 편지를 손에 쥐고는 잠시 동안 그 곳에 가만히 서 있었다. 그리고는 결국엔 편지를 갈기갈기 찢어 쓰레기통 깊은 곳에 처박았다.

"엄마, 시게루가 도랑에 빠졌어요."

그곳에 장녀인 요시코가 더러워진 조리를 한손에 들고는 울고 있는 시게루의 손을 끌고 들어왔다.

(1918.6.27)

21.

거짓은 거짓을 낳는다. 잘못을 감추기 위해서는 다시 잘못을 저지를 수밖에 없다. 오무라는 다음날 다시 시즈코에게서 온 센타로의 편지를 받았다. 아무것도 아닌 편지이지만, 편지를 받아 든 순간 오무라는 떨려왔다. 그리고 자신의 집이지만 누군가 보고 있는 것만 같아 무서워졌다.

"쪽지를 첨부해서 이즈로 보내자. 보내야 해."

하지만 이 편지에 이전에 보낸 편지에 대해 적혀있다면, 그리고 그 편지에 대해 따지고 들면 어쩌나 하는 공포, 그리고 '어차피 어린 여자의 편지인걸. 읽든 말든 상관없어' 라는 질투심에 오무라는 이 편지를 허리띠 속에 감추었다.

저녁이 되자 오무라는 그것을 목욕탕 아궁이 속에 던졌다. 쓰레기통에서 찾아낸 지난번 편지 역시 불 속에 던졌다.

다시 이틀이 지나고 같은 사람이 같은 사람에게 보낸 편지를 받은 오무라는 또다시 그것을 태웠다. 이번에는 지난 두 차례 만큼 고민하지 않았다.

고이치는 유가시마(湯ヶ島)에서 보내온 센타로의 그림엽서를 오무라에게 보이며 명령했다.

"조선에서 편지가 오면 여기로 쪽지와 함께 보내주시오."

"오면 보낼게요."

오무라는 아무렇지 않게 대답했다. 이때 은행 대리점장인 에토의 심부름꾼이 고이치에게 와서 대리점에 한번 와줄 것을 전했다.

"그럼 나는 에토 씨에게 다녀올게."

"다녀오세요."

부부는 서로 다른 고민를 숨기며 아무렇지 않은 얼굴로 집을 나서고, 집을 나서는 이를 배웅했다.

에토의 집은 비좁은 마을에 두 채의 건물을 함께 쓰는 이상한 구조이다. 이미 손님 한명이 있기에 고이치는 어두운 응접실에서 30분 정도 기다렸다. 손님이 돌아가고, 고이치는 에토의 방에 불려갔다. 에토는 고이치의 얼굴을 보자 덮어 높고 한탄을 늘어놓았다.

"이번 달은 은행의 적금 성적이 너무 나쁘지 않나. 곤란하군. 그렇게 대강대강 하면 절대 안 돼. 자네가 하지 않는다면 다른 사람을 시키지."

"아 실은 아버지 일도 있고, 아무리 해도 마음처럼 되지 않아서…"

에토는 고이치의 말을 자르며 말했다,

"그러니까 더욱 일을 해야지. 본인 역시 보람이 없지 않은가. 사람이 죽으면 돈이 많이 든다는 건 모두 다 아는 이야기야. 그걸 메꾸려면 일하는 수밖에 없어. 제대로 하지 않으면 곤란해."

몹시 화가 난 기색이다. 고이치는 이렇게 말할 수밖에 없었다.

"앞으로 전력을 다해 일하겠습니다."

"열심히 해주게. 나는 내일 아침 이즈의 친척에게 재(齋)를 올리러 가서 2~3일은 걸릴 거야. 돌아올 때까지는 상응하는 성과를 올려놓도록 하게."

"네."

"듣자하니 동생이 돌아왔다던데. 비싼 밥을 먹고 놀게 하면 쓰나. 조금 도와달라고 해보는 건 어떤가."

고이치도 과연 여기에는 대답을 하지 못했다.

(1918.6.28)

22.

유가시마에 온지 열흘이 지났다. 센타로는 시골 숙부의 집에 놀러온 것처럼 느긋한 기분으로 하루하루를 보냈다. 산책을 하고, 식사를 하고, 약을 먹고, 오래된 신문을 읽고, 그리고 잠을 자는 것이 하루의 일과였다. 독일이 패배하고 연합군이 승리한 것 역시 이렇다 할 가치가 없는 것처럼 보였다. 그 동안에는 조렌(淨連) 폭포에 가기도 하고 핫초이케(八丁池) 연못 근처까지 가보기도 했지만, 닷새 째 되는 날부터는 슬슬 권태를 느끼기 시작했다. 지금까지 너무도 바쁘게 지내면서 극도로 긴장하고 있던 마음이 고무풍선의 공기가 빠져 나간 듯 점점 느슨해져서 걸핏하면 하품만 나왔다. 산속의 봄은 늦게 찾아오는 법이라, 아직 매화꽃이 군데군데 하얗게 남아 있는 정도이고, 두세 번쯤은 아침에 서리가 잔뜩 내리기도 했다. 그러나 요양의 효능은 센타로의 머릿속 고통을 거의 잊게 해 주었다.

가져온 두세 권의 공업서적은 한 번도 펴보지 않은 채 가방 안에 들어있다. 그리고 커다란 화로 옆에는 『미토코몬기(水戸黄門記)』[17]와 『아라키 마타에몬(荒木又石術門)』[18]과 같은 강담집(講談集)이 펼쳐져 있다. 이렇게 모든 것을 내던져 버리고, 아무런 고생 없는 생활과 온천에 둘러싸이자 센타로의 마음은 점차 누그러졌다.

하지만 센타로에게는 너무나 찜찜한 것이 있었다. 형님을 비롯한 조선의 야마모토 사장과 그 외 지인들에게서는 편지를 받았지만, 시

---

17 일본 에도시대(江戸時代) 미토번(水戸藩) 제2대 번주인 도쿠가와 미쓰쿠니(徳川光圀)를 주인공으로 하여, 일본 각지를 유랑하는 민간의 이야기이다. 도쿠가와 미쓰구니는 황문관 출신으로 미토코몬기(水戸黄門)이라 불렸다.

18 에도시대 초기의 무사이자 검객으로, 가기야노쓰지전투(鍵屋の辻の決闘)에서 활약한 것으로 유명하다.

즈코에게서는 어떠한 소식도 듣지 못했다는 것이었다. 마음 같아서는 매일이라도 편지를 보내고 싶지만 참고 있는 것은, 아직 정식으로 교제를 허락받지도 않은 여성에게 소식을 전하는 것이 사장님에게 실례가 되기도 했고, 시즈코가 소식을 전하지 않는데 자신이 먼저 보내는 것이 어쩐지 자존심이 상하는 것 같아서였다. 그럼에도 불구하고 회사의 사업 진행과 함께 다카야마의 활동을 매우 두려워했던 이 씁쓸한 기분이 가슴속 깊은 곳에서 점점 커져만 갔다.

이 초조함과 권태감은 센타로를 이 산속에서 떠나도록 만들었다. 열하루 되는 날 아침, 센타로는 아래로 내려와서 말했다.

"오랫동안 신세를 졌습니다. 오늘 돌아가려 하니 계산을 부탁드립니다."

"너무 빨리 가시네요. 좀 더 편히 쉬셔야 할 텐데요."

주인은 부업으로 투망을 정리하던 손을 멈추고는 매우 아쉽다는 듯 말했다.

"일단 할 일도 있으니…다시 나갔다 올게요. 어디 마지막으로 한 번 더 온천을 해볼까."

편안하게 목욕을 하고 준비를 마친 센타로가 이 숙소를 나온 것은 이미 정오에 가까운 때였다. 여관에서 숙박 답례품(茶代返し)으로 말린 표고버섯을 받은 것 역시 산 속 온천이구나 하는 생각이 들게 했다. 강가 덤불 속에서 불타는 듯 붉은 동백꽃이 피고, 낯선 목소리를 내며 까마귀가 울고 있었다. 하늘에는 여전히 겨울이 남아있지만, 땅은 이미 봄이 시작되었음을 알고 있었다. 아마기(天城) 거리로 나가자 산을 내

려가는 마차가 막 출발하려던 참이었다. 승객이 거의 가득 차 있었다.

"가방은 여기에 두세요."

마차 한쪽에 가방을 맡겼지만, 차 안은 여전히 매우 비좁았고 센타로는 갑갑함을 견뎌야 했다. 부, 부. 나팔소리와 함께 기사가 출발인사를 했다.

"그럼 출발하겠습니다."

기사가 정류장의 사람들에게 인사를 하고 손잡이를 당기자, 말이 달그닥 달그닥 달리기 시작했다. 그 순간 마차는 크게 흔들렸고 손님들은 서로 머리를 부딪쳤다.

"위험해, 위험해. 부탁이니 얌전하게 몰라구."

"미인이라면 일부러라도 가서 부딪칠 텐데 말이야."

일행 중 상인으로 보이는 한 남자의 말에 모두 크게 웃음을 터뜨렸다.

마차는 끊임없이 흔들리며 유가시마에서 멀어졌다. 창문을 통해 들어오는 햇살이 잠이 올 정도로 따뜻하다.

(1918.6.29)

23.

"이즈는 어딜 가든 경기가 좋군. 우리 같은 사람들도 살기가 편해."

행상인 한 명이 앞에 앉은 늙은 농부에게 말을 걸었다.

"■의 가격이 워낙에 좋으니까요."

노인은 느긋하게 대답했다.

곧 승객 중 여자 두 명이 내리고, 뒤이어 행상인도 내리자 좌석이 한산해졌다. 마차의 진동에도 불구하고 창문을 통해 들어오는 따뜻한 햇살에 센타로는 자신도 모르게 꾸벅꾸벅 졸기 시작했다. 두세 번 더 정차한 마차는 나카카노무라(中狩野村)를 지나 사가사와(嵯峨澤) 다리를 건너 벌써 오히토(大仁) 역 근처에 다다랐다.

끝없이 이어지는 길가에 전신주 공사를 하는 인부들 한 무리가 쉬고 있었다. 인부들이 일어나더니 옆으로 누워있던 전신주를 세웠다. 그때 센타로가 타고 있던 마차가 바로 그 앞까지 다가왔다. 말은 눈앞에 세워진 커다란 전신주를 보고 크게 놀라서는, 큰 소리를 내며 울더니 갑자기 뛰기 시작했다. 마부는 깜짝 놀라 고삐를 잡아당겼지만, 놀란 말은 멈추기는커녕 눈빛이 바뀌어 목을 좌우로 흔들며 광분했다.

"위험해. 위험해. 비켜요. 비켜!"

마부는 필사적으로 고삐를 잡아당겼다.

"말이 날뛴다! 다들 조심해."

인부들도 모두 도망을 쳤다. 슈젠지길과 만나는 주변부터는 사람의 통행이 많아지기 때문에 마부는 더욱 강하게 고삐를 당겼다. 그러자 고삐가 우지직하고 부러졌다. 자유로워진 말은 기세를 몰아 마차를 끌며 더욱 더 미쳐 날뛰며 오히토 쪽으로 돌진했다. 누군가 도망치느라 길에 버린 채소수레를 뒤집어엎고, 아이를 향해 말발굽을 치켜들었다.

마차 안에는 센타로와 함께 청년 한명이 타고 있었다. 두 사람은 격렬한 진동과 공포로 인해 창살을 꽉 쥐고 있을 수밖에 없었다. 청년은 이윽고 뛰어내리기로 결심하고는 공처럼 굴러 떨어져 쓰러졌다.

"위험해. 위험해."

마부는 소리 높여 외쳤다. 그는 목에 걸고 있는 호루라기를 부는 것조차 잊어버릴 정도로 당황하고 있었다. 좁은 길을 쏜살같이 달려간 말은 가노(狩野) 강에 가설된 오히토 다리 근방까지 이르렀다. 마부는 마음을 단단히 먹고는 마차에서 뛰어내렸다. 쓰러진 마부가 일어서는 사이에 말은 이미 저 멀리 달려가고 있었다. 그 순간 슈젠지로 향하는 마차가 오히토 다리를 건너오고 있었다. 말을 멈추게 하기 위해 마부와 함께 근방의 사람들이 뛰어갔지만 이미 때는 늦었다. 날뛰는 말이 이끄는 마차가 다리 초입에서 반대편에서 오는 마차를 옆에서 들이받았다. 눈 깜짝할 사이에 두 개의 마차가 함께 옆으로 쓰러졌다.

사방에서 사람들이 몰려들었다. 순사도 뛰어왔다. 그리고 마차에서 승객을 끌어냈다. 반대편 마차에는 남자 두 명과 여자 두 명이 타고 있었고, 젊은 여자 한명이 기절해 있었다.

"누가 의사를 좀 불러줘요."

순사는 옆에 있는 한 남자에게 명령했다. 그 남자는 재빨리 뛰어갔다.

센타로는 고통을 참아가며 마차에서 기어 나왔다. 오른쪽 팔에 상처를 입어 참을 수 없이 아팠지만, 그 고통 속에서도 다행이라는 생각에 안심이 되었다.

"저 말은 미친 말이야. 이렇게 날뛰는 게 벌써 세 번째라고."

"마부가 멍청해서 그래."

"상처는 없나? 이대로 강에라도 뛰어들면 정말 큰일인데."

구경꾼들은 한마디씩 거들었다.

그때 의사가 자전거를 타고 급히 달려왔다.

기절한 여자를 일으키자 구경꾼들이 주변으로 몰려들었다.

"이봐, 가까지 오지 말라고. 저리 비켜요, 저리 비켜."

순사는 얼굴이 벌게져서 밀려드는 구경꾼들을 제재했다.

(1918.6.30)

24.

의사의 노력으로 기절한 젊은 여성도 곧 이어 깨어났다. 그녀는 시즈오카에 사는 에토 규고(江藤久吾)의 딸인 오노부(おのぶ)였다.

"아, 다행이야. 어떻게 되는 줄 알았는데. 정말 생각지도 못한 사고였어."

동행하고 있던 아버지 규고는 다친 팔뚝을 어루만졌다.

다행히 승객 모두 크게 다치지는 않았다. 오른팔에 타박상을 입고 얼굴과 손발에 찰과상을 입은 센타로의 상처가 가장 심했으며, 규고나 오노부, 그 외의 사람들 모두 가벼운 찰과상을 입은 정도였다.

하지만 마부는 양팔 모두 크게 다쳤고, 센타로가 타고 있던 마차의 말은 앞다리 하나가 부러지고 말았다. 순사는 마부를 경찰서로 인계

하도록 하고, 모든 승객의 주소와 이름을 적기 시작했다.

이때 비로소 에토는 센타로의 존재를 알게 되었고, 센타로는 에토를 만나게 되었다.

"당신이 이케타니 씨 댁의 차남인가요? 조선인가에 가 계셨다던…. 저는 에토입니다. 이케타니 씨, 당신의 형에게 신세를 지고 있습니다."

에토는 모자의 먼지를 털며 인사했다.

"처음 뵙겠습니다. 이케타니 센타로입니다. 형이 여러 가지로 신세를 지고 있습니다. 오늘은 정말이지 뜻밖의 사고였지요. 어디 가시는 길이신가 보네요?"

센타로도 인사에 답했다. 규고는 오노부도 소개했다.

재미있는 장면이 끝나자 구경꾼들은 하나 둘 사라졌다. 오노부는 조금 창백한 얼굴로 옷매무새를 다듬으며 말했다.

"아버지, 외투 소매가 이렇게 찢어져 버렸어요…."

오노부가 가리키는 곳을 바라보자, 정말이지 규고의 외투 소매가 한 척 정도 찢어져서 바닥에 끌리고 있었다.

"이런, 말도 안 돼. 외투를 걸레짝으로 만들어 버렸군."

규고는 아까운 듯 중얼거렸다.

"당신은 시즈오카에 돌아가는 길인가요?"

"네, 오히토에서 이 팔을 치료한 후에 돌아가려 합니다. 에토 씨는요?"

"실은 나미야마(並山)의 친척에게 재를 올리고 돌아오는 길이었는데, 이게…."

규고는 이렇게 말하며 오노부의 얼굴을 바라보며 말을 이었다.

"슈젠지에 가보고 싶다기에, 하루 이틀 머물다 갈까 했던 것인데. 어떻게 하겠니?"

"저는 왠지 무서워져서 가기 싫긴 하지만, 이왕 왔으니…."

규고는 두세 번 고개를 끄덕였다.

"그래서 내가 온천 따위 가지 말자고 했잖니. 자, 일단 오히토에 가서 결정하자. 슬슬 가볼까. 이케타니 씨, 큰일을 함께 한 사이니 저기까지 함께 가시죠."

세 사람은 짐을 수레에 싣고는 오히토까지 걸어가 정차장 앞의 여관으로 들어갔다.

센타로는 바로 병원으로 가 상처에 약을 바르고 붕대를 칭칭 감고 돌아왔다. 이를 본 규고가 말했다.

"이런, 엄청난 붕대로군. 아프진 않나요? 정말이지 말도 안 되는 일을 당해버렸어."

"붕대를 많이 감고는 있지만, 그렇게 심한 상처는 아닙니다. 단지 오른팔을 다친 것이라 좀 난처할 뿐이에요."

센타로는 쓴웃음을 지으며 하오리(羽織)[19] 외투를 벗어 걸려고 했지만, 왼손만 가지고는 잘 되지 않았다. 이를 본 오노부가 친근하게 곁으로 다가와 말했다.

"아프시죠? 제가 걸어드릴게요."

(1918.7.2)

---

19 일본옷의 위에 입는 짧은 겉옷.

25.

"정말이지 말도 안 되는 일까지 당해버렸는데, 슈젠지에 가겠니? 어떻게 할까"

규고는 딸이 내려준 차를 마시며 딸에게 물었다. 오노부는 센타로에게 과자를 권하며 말했다.

"글쎄요. 그런 무서운 일도 있었고 하니 저는 더 이상 슈젠지는 가도 그만, 안가도 그만이긴 하지만요…."

오노부는 약간의 미련이 남은 듯 말했다.

"네가 가고 싶지 않다면, 나야 원래부터 그다지 가고 싶지 않았으니 바로 시즈오카로 돌아가자꾸나."

규고는 주변을 둘러보며 서두르듯 말을 이었다.

"미시마(三島) 쪽으로 가는 기차는 몇 시에 출발하려나?"

오노부는 센타로의 얼굴을 살피며 혼잣말을 하듯 말했다.

"하지만 온천욕을 하면 이케타니 씨의 상처가 좀 더 빨리 낫지 않을까요?"

"그렇기는 하지만…."

규고는 별로 신경 쓰지 않는 다는 듯 말을 이었다.

"이케타니 씨는 어떻게 하시렵니까?"

"저는 오른팔이 이래서는 생활이 몹시 불편하니, 시즈오카로 돌아가려 합니다."

"그건 얼마든지 도와드릴 수 있어요…."

이렇게 말한 오노부는 아버지를 올려다보며 부탁했다.

"그렇죠. 아버지?"

그러나 규고는 무엇보다도 비용이 드는 것이 걱정이었다.

"아니 이런 사고를 당한 상황에 구태여 가지 않는 게 좋겠구나. 돌아가도록 하자."

규고는 시계를 보며 말을 이었다.

"어디서 먹든 밥은 먹어야 하니, 기차 시간이 맞으면 여기에서 저녁식사를 하고 떠나도록 하자."

"그럼 그렇게 해요."

오노부도 하는 수 없이 동의했다.

하녀를 불러 발차시간을 묻고는, 그에 맞추어 식사를 할 수 있도록 저녁을 부탁했다. 젓가락을 쓸 수 없는 센타로는 숟가락을 빌려 음식을 입에 넣었다.

"많이 불편하시겠어요."

오노부는 자신의 일처럼 마음 아파했다.

"아뇨, 이정도로 끝나서 다행이지요. 저보다 먼저 마차에서 뛰어내린 청년은 어떻게 되었을지. 저보다 더 심하게 다치지 않았을까 싶어요."

겨우 식사를 끝내고 잠시 쉬고 있자, 정차장에서 딸랑 딸랑 종소리가 울렸다. 하녀가 계산을 독촉했다. 규고는 세 사람의 저녁식사 비용을 계산하고 일어섰다. 센타로는 슬쩍 찻값을 계산했다.

차표를 사는 것도, 짐을 옮기는 것도 센타로에게는 무척 불편한 일이었다. 오노부와 하녀의 도움을 받아 기차에 올라탔다. 미시마에서 환승을 할 무렵에는 이미 해가 저물어, 봄날의 노을이 서쪽 하늘을 아름답게 물들이고 있었다.

시즈오카에 도착한 것은 9시가 다 되어서 였다. 기차 안에서도 계속된 오노부의 친밀한 듯한 도움이 귀찮았던 센타로는 정차장의 인파를 빠져나오자 크게 한숨을 쉬었다. 세 사람이 헤어질 시간이 되었다.

"여러 가지로 신세를 졌습니다. 실례했습니다."

"아니요, 어서 쾌차하시지요. 시간이 나시면 한번 놀러 오시고요."

"몸 건강하세요."

오노부도 인사를 했다.

두 대의 차가 정차장 앞에서 서로 다른 방향으로 멀어져갔다.

(1918.7.4)

26.

조선화학제지의 수습을 위해 여러 가지 비난과 논의가 진행되었지만, 아무리 비난하고 논의를 해 보아도 사업을 다시 시작하지 않는 이상 이전의 투자금을 전부 잃을 상황이라는 것이 자명했다. 때문에 투자금의 4분의 1을 다시 투자하기로 결정되었다. 공장 터는 남아있었기 때문에 토지 매입비는 들지 않았지만, 건축비와 기계종류는 전에 비해 2~30%씩 비용을 올랐기 때문에, 이에 대한 야마모토 사장의 고심이 보통이 아니었다.

둑도의 화재현장은 깔끔하게 정리되었고 건축 목재의 향기가 감돌기 시작했다. 경쾌한 망치소리가 들리기 시작했다. 나무를 패는 손도끼의 날이 봄 햇빛을 받아 빛나기 시작했다. 야마모토 사장은 매일 현장에 나와 공사를 독려하였다.

공사는 자신이 독려할 수 있지만, 기계부분은 다카야마에게 의지해야만 했다. 센타로가 고향으로 돌아간 이후, 다카야마는 눈코 뜰 새 없이 바쁜 것은 물론 매우 중요한 존재가 되었다. 누구든 다카야마와 상의하지 않고는 기계를 좌우할 수 없었다. 기계는 회사의 원동력이었고, 동시에 다카야마의 지위는 지사장으로 승격되었다.

거의 매일 야마모토 사장과 다카야마는 아침 전차를 타고 함께 공사장으로 향했다.

"어떤가요. 4월 중에 상량식이 가능할까요?"

"글쎄."

야마모토는 공사 과정을 어림잡아보며 말했다.

"가능하고말고. 다음 달에 기계가 들어오기만 하면 바로 사업을 시작할 수 있어."

"하루라도 빨리 시작하고 싶군요."

"그렇고말고. 늦어질 일은 없겠지?"

"그건 걱정마세요. 제가 책임지겠습니다."

두 사람의 앞에는 희망이 있었다. 광명이 있었다. 야마모토 사장은 귀가가 늦어지는 날이면, 다카야마를 곧잘 자신의 집으로 데려가 함께 저녁을 먹곤 했다. 그러다 보니 지금은 센타로를 대신하여 다카야마를 가족의 일원처럼 대하고 있다.

우이동(牛耳洞)의 벚꽃도 꽃봉오리가 부풀고, 경성에도 제법 봄기운이 만연해 지던 어느 날 저녁, 두 사람은 저녁밥상을 사이에 두고 앉았다.

"그건 그렇고, 근래에 이케타니 군에게서 연락이 온 것이 있습니까? 요즘 제게는 일절 연락이 없어서요."

다카야마는 걱정스러운 듯 물었다. 야마모토 사장은 눈썹을 살짝 움직이며 말했다.

"아니, 근래에는 내게도 아무런 연락이 없군. 몸이 안 좋다고는 했는데 무슨 일인지 잘…."

"아프다는 건 가벼운 신경쇠약이라 했으니, 회복하는데 그다지 오래 걸릴 것 같지는 않습니다. 이건 제 추측, 어쩌면 상상에 지나지 않습니다만…."

다카야마는 이렇게 말하며 목소리를 조금 줄였다.

"내지(內地)에서 무언가 다른 사업을 시작한 것이 아닌가 싶습니다. 그렇지 않은 한 이쪽 사정도 알고 있고, 그렇게 중한 병도 아니니 서둘러 돌아와야만 할 상황인데. 책임이 있는 사람이 이렇게 꾸물거리고 있는 것이 이상해요."

야마모토 사장은 크게 고개를 끄덕였다.

"그래, 어쩌면 그럴지도 모르지. 아니, 내가 그 사내를 조금 과대평가 한 것 같아…."

그러고는 마음을 바꾸고는 말했다.

"무슨 일이 있어도 자네가 있어 준다면, 사업은 문제없을 테니 안심이네."

옆방에서는 시즈코가 이 이야기를 듣고 있었다.

(1918.7.5)

27.

"어머니, 저 머리가 조금 아파서 먼저 물러가겠습니다."

"어머, 큰일이네. 안색도 좋지 않고. 감기에 걸린 건 아니니?"

"그런 건 아닌 것 같아요…. 푹 자면 금방 나아질 거예요."

시즈코는 어머니에게 적당히 둘러대고 침실로 들어갔다.

'이케타니 씨는 어떻게 된 걸까.'

이런 생각은 여러 형태로 시즈코를 괴롭혔다. 눈을 감으면 쇠약해진 센타로가 병상에 누워있는 모습이 눈앞에 보이는 듯했다. 간병을 해줄 사람이 있을 리도 없으니 얼마나 불편할지. 5000리의 산과 바다는 두 사람의 사이를 완전히 가로막고 있었다.

문득 조금 전 다카야마가 한 말이 머릿속에 떠올랐다.

'병에 걸린 게 아니에요. 내지에서 무언가 사업을 하고 있으니까 두 번 다시 조선에 돌아 올 마음이 없는 거죠.'

이 말은 너무도 큰 상처가 되었다. 이케타니 씨가 있었다면 다카야마는 그의 아래에서 일을 하고 있었을 텐데, 이케타니 씨의 불행은 다카야마의 행운이 되었고, 그가 기계 분야를 담당하게 되었다. 이케타니 씨를 모함하려 하는 것은 남자답지 못한, 단지 비열한 방법이었다. 회사 사장인 아버지의 입장에서는 이케타니 씨가 없는 상황에서 다카야마에게 의지할 수밖에 없지만, 그것을 기회로 자신의 승진만을 노리는 것은 원망해 마지않을 행위이다. 애초에 근래에 연락이 없다면서 이케타니 씨가 내지에서 사업을 하려고 하는지, 더는 조선에 돌아올 마음이 없는지 어떻게 안다는 말인가….

'이케타니 씨는 분명 돌아오실 거야. 돌아오실 게 분명해.'

이케타니 씨만 돌아온다면 다카야마가 어떤 수단을 써도 그 여지는 사라지는 것이라 시즈코는 생각했다. 나의 이케타니 씨는 분명 돌아올 거야….

그러나 이러한 마음속에서도 '혹시나' 하며 그 기대를 위협하는 것이 있었다.

'혹시나.'

생각해보면 시즈코 역시 의심 가는 점이 없는 것은 아니었다.

'내가 보낸 편지에 한 번도 답장을 해주지 않아.'

아무도 우리 사이를 모르는데 답장을 하지 않을 이유가 없지 않은가. 보내야 할 답장을 보내지 않는 데에는 그만한 이유가 있음이 분명해. 나와의 약속을 저버린 것일까….

'이케타니 씨는 그런 사람이 아니야.'

'그런 사람이 아니라면 어째서 경성을 떠난 지 두 달이 다 되어 가는데 편지 한번을 보내지 않는 것인가!'

부정하면 할수록 의심의 잿빛 구름은 짙어지고 두터워져만 갔다.

눈물이 터져나와 끊임없이 흘러내렸다.

'어떻게 해서든 다시 한 번 이케타니 씨의 마음을 내 것으로 만들어야 해.'

이러한 마음 한편에서는 또 다른 마음이 나타난다.

'틀렸어. 이케타니 씨의 마음은 이미 오래전에 널 떠났잖아. 헤어지지 않을 것이라는 근거가 어디 있어!'

시즈코는 아무리 울어도 눈물을 멈출 수 없었다. 집을 떠나 시즈오카에 가볼까 하는 생각도 들었다. 아버지에게 털어놓고 도움을 구해볼까도 생각했다. 그러나 이케타니로부터 편지 한번 없다는 사실은 이러한 생각을 모조리 산산조각 내버리고 말았다.

의심은 점점 더 깊어져서 시즈코를 기세 좋게 질질 끌어당겼다.

'버림받은 것이라면 내게도 생각이 있어.'

복수! 라는 두 글자가 머릿속에 떠오른 순간 시즈코는 점차 단념하게 되었다.

'한번만 더, 딱 한번만 더 편지를 보내보자. 그래도 답장이 오지 않는다면….'

반드시 답장이 올 것이라 생각하며 시즈코는 고개를 들었다. 하지만 창백한 그녀의 얼굴에는 아직도 눈물이 흐르고 있었다.

밤 늦은 시각까지 시즈코는 펜을 놓지 않았다.

(1918.7.6)

28.

대수롭지 않은 상처라 생각했던 센타로의 팔이 좀처럼 낫지 않았다. 아이가 있는 형수에게 도움을 받는 것이 미안한 마음에, 여동생의 집으로 거처를 옮겼다. 오른손을 쓸 수 없게 된 탓에 펜을 들 수도, 젓가락질을 할 수도 없었다. 우습지만 왼손으로 숟가락을 드는 데 익숙해질 정도였다. 매일 병원에 다녔다. 길었던 아사마(淺間) 신사의 축제가 지나고, 벚꽃이 보기 싫은 겹꽃잎을 가지에 남기는 사이, 어린 찻잎은 엄청난 기세로 자라났다.

그 사이 에토를 두 번 정도 방문했다. 첫 번째는 중학교에 다니고 있는 오노부의 남동생의 성적이 매우 좋지 않아서, 졸업 후 바로 일을 할 수 있는 학교에 보내고 싶다는 에토의 상담을 들어주기 위해서였다. 저녁을 먹으며, 센타로는 조선화학제지 사업에 대해 이야기 했다.

"응, 그것 참 좋군. 그 제지사업은 자네 혼자 운영해 온 것인가?"

규고는 관심이 있다는 듯 물었다.

"저 외에 한 명 더 있어서 두 명이서 일을 하고 있습니다. 사업만 시작되면 상당한 성과를 낼 수 있었는데…그래서 가능한 빨리 조선으로 돌아갈 생각입니다."

"그것 참 좋은 사업이군. 그 사업은 분명 돈이 될 거야. 좋은 분야에 관심을 가졌군. 나도 그런 일을 한번 해보고 싶다네."

센타로는 황금만능주의인 규고의 고리대금업자 기질이 마음에 들지는 않았지만, 자신의 사업을 좋게 평가하는 데에는 조금도 기분 나쁘지 않았다.

이틀 정도 지난 저녁, 형님 집에서 장녀인 요시코가 편지 한통을 들고 왔다. 펴보니 한번 집에 와달라는 내용이었다. 특별한 일이 없던 센타로는 저녁식사를 끝낸 후 산책을 겸하여 길을 나섰다.

"어서 들어와. 팔은 좀 어떠니?"

"네, 좀처럼 낫지를 않네요."

형님 집은 아직 아이들이 잠들지 않아서 도저히 차분하게 대화를 할 수 없었다. 싸우고, 울고, 이르는 형제의 모습은 싸움 밖에는 할 일이 없는 것처럼 보였다.

"자, 어서 자렴. 그렇게 떠들면 대화를 할 수가 없잖니."

혼이 난 아이들이 첫째 딸부터 순서대로 잠이 들자, 이번에는 무슨 일이 있었냐는 듯 조용해졌다.

"무슨 용건이 있나요?"

"갑작스러운 이야기지만, 실은 오늘 에토 씨가 자기 딸을 너에게 주면 어떻겠냐고 묻더구나. 한번 결혼을 했던 여자니 그다지 감사한 일은 아니지만, 그 대신 네가 독립해서 사업을 할 수 있는 자본금 정도는 내어 줄 수 있다고 했다. 너도 이제 결혼해서 가정을 이룰 때가 되었으니 한번 생각해 보는 것이 어떻겠니?"

고이치는 몹시 말하기 어렵다는 듯, 그러면서도 열심히 말을 이으며 센타로의 표정을 살폈다.

"그렇군요."

"딸도 오히토에서 너를 만났다고 하더구나."

"그렇습니다. 그때 함께 마차 사고를 당한 사람들이니까요…. 하지만 이 이야기는 거절하겠습니다."

센타로의 머릿속에 시즈코의 모습이 떠올랐다. 고향에 돌아온 후 한 번도 편지를 보내주지 않는 시즈코에게 의심과 고민을 안고는 있었지만, 센타로의 몸은 다른 여성을 받아들일 여지가 없었기 때문에 단칼에 거절했다.

고이치도 어느 정도 예상했다는 듯 말했다.

"너는 그렇게 말할 것 같았다. 하지만…."

이때 형수인 오무라가 아이들을 재우고 돌아왔다.

"다른 무언가 조건이 있다면 네 희망도 수용할 테니 다시 한 번 생각해 보지 않겠니?"

오무라는 이 대화를 듣더니 조용히 자리를 떠났다.

"조건이고 뭐고 그냥 거절하겠습니다."

"그렇게 말하면 나도 중간에서 곤란해. 에토는 말하자면 내 주인 같은 사람이니까."

"그렇다고는 해도 혼인은 별개의 문제이지 않습니까."

"그게 참 곤란하단 말이지."

(1918.7.7)

29.

오나쓰의 집은 시즈오카 시와 개천 한 줄기를 사이에 둔 시외에 있다. 본래 농가였던 곳을 개축한 집이라 살림은 단출했지만, 방이 크고 뒤편에는 구마노(熊野) 신사의 울창한 숲이 자리 잡고 있어 언제 보아도 눈이 즐거운 풍경이었다.

센타로는 아침 일찍 일어났다. 중학교는 연중 8시에 수업을 시작하기 때문에 이집 사람들은 아침 일찍 일어나는 습관이 몸에 배어 있다. 기지개를 켠 뒤, 한손으로 세수를 했다.

해는 아직 옆 동산에 걸쳐 있고, 아침은 살결이 차가워질 정도로 상쾌했다. 작은 새 여러 마리가 숲속에서 서로 지저귀고 있었다. 그 소리가 무어라 말할 수 없는 리듬을 만들었고 이른 아침의 맑고 조금은 촉촉한 공기가 통하는 이곳은 센타로의 마음을 편하게 만들었다. 센타로는 이 풍경과 새소리에 이끌려 뒷문을 통해 경내의 숲으로 들어갔다.

모든 풀이란 풀, 나무란 나무가 하늘에서 빨아들이기라도 하는 듯 분주하고 기세 좋게 위를 향해 싹을 틔우고 잎사귀를 피워냈다. 봄기운의 환희에 활짝 피었던 붉고 하얗고 보라빛을 띤 꽃들이 지고, 모두들 열매를 맺을 준비를 하고 있는 모습에 놀라지 않을 수 없었다.

센타로는 매일같이 열심히 일을 해오면서는 자연을 이렇게까지 음미해보지 못했다. 자연을 취해서 어떻게 사람을 위해 이용할 것인가만을 고민해 왔다. 폭포나 강도 그의 눈에는 수력발전의 원천으로 보였다. 산이나 들 역시 그의 눈에는 공장 부지 정도로만 비쳤다. 그리고 그러는 동안 갖가지 미명 하에 질투, 사기, 간음과 같은 죄악을 교묘하게 저지르려고 안달난 사람들끼리 서로 싸우고 있는 속에 섞여 분투하고 있었다는 사실을 깨달았다.

센타로는 고요한 마음으로 나뭇가지 끝을 올려다 보았다.

'얼마나 아름다운 색인가.'

거기에는 녹나무, 떡갈나무, 메밀잣밤나무 등의 활엽수가 제각기 새로운 머리카락을 늘어뜨리고 있다. 노란색에 가까운 어린잎, 초록으로 빛나는 어린잎, 주황색이 더해진 어린잎, 붉은색이 스민 듯한 어린잎이 고요하게 겹쳐져서 아침 바람에 작게 흔들리며, 손을 뻗어 아침 햇살을 흠뻑 받으려 하고 있다. 이러한 어린잎 시기를 지난 오래된 잎은 모두 어두운 빛을 띠면서도 나뭇가지에서 떨어지고 싶지 않다는 듯, 나뭇가지에 꽉 매달려 있다. 센타로는 늙어버린 어머니와 돌아가신 아버지를 떠올리지 않을 수 없었다.

'일을 해야 해. 일을 해야 해.'

힘있게 뻗어 나가는 어린잎의 모습은 센타로를 위압했다. 오른팔에 감겨 있는 붕대를 풀어 내던지고 싶어졌다. 그러자 조선에 남겨둔 회사의 모습이 떠올랐다. 어제 도착한 다카야마의 편지에는 회사의 공사나 사업에 관한 내용이 적혀 있었다. 그리고 그쪽 일은 걱정 말고 편히 요양하여 쾌차하라는 야마모토 사장의 전언도 함께 적혀 있었다.

다카야마의 활동과 야마모토 사장이 사업에 전념하고 있는 모습, 그리고 시즈코의 무소식을 종합해 보면, 이제 자신은 더이상 조선에 갈 필요가 없는 것만 같았다. 회사와 사장 모두로부터 버림받은 것은 아닐까 하는 생각이 드는 것도 무리는 아니었다. 이러한 생각이 들자 고요했던 센타로의 마음에도 커다란 파도가 몰아치는 것을 금할 수 없었다.

자신이 먼저 시즈코에게 편지를 보낼 기회를 놓치고 말았다. 이제 와서 어찌할 도리가 없다는 마음과 함께 분노와 증오의 마음도 더해 졌다. 그렇다 해도 결국은 자신을 원망할 수밖에 없다는 것을 깨닫자 센타로는 차츰 마음이 초초해져 왔다.

'나는 도대체 앞으로 어떻게 해야 할까?'

비칠 듯 투명하고 아름다운 어린잎사귀 사이로 아침 햇살이 가늘 게 새어나와 괴로운 센타로의 마음을 푸르게 물들였다.

(1918.7.8)

30.

"에토 씨의 따님과 결혼을 해달라고 하더구나."

오나쓰가 신스케를 배웅하고 설거지를 마친 뒤, 신문을 사이에 두 고 그녀와 마주 앉은 센타로는 툭 던지듯 이렇게 말했다.

"아, 그 오무라씨하고요?"

오나쓰도 비웃는 듯 대답했다.

"큰오빠가 할 말이 있다던 게 그 이야기였어요? 그래서 오빠는 뭐라고 답했는데요?"

"나는 거절했어. 거절은 했지만, 형님이 한 번 더 생각해 보라기에 그러겠다고 하고 돌아왔지. 무엇보다도 한번 시집을 갔다 온 여자라지 않니. 나도 오히토에서 한번 만나서 얼굴은 알고 있지만….."

"그렇군요. 벌써 스물대여섯은 됐죠? 저보다도 한 두 살 위였으니까…. 오빠만 좋다면야 괜찮지만, 잘 생각해 보는 게 좋겠어요."

"나도 그렇게 생각해."

오나쓰에게는 조건에 대한 이야기는 하지 않았다. 시즈코에 대해서도 아직 이야기하지 않았다. 한 두 가지 이야기를 더 나눈 후 오나쓰는 빨래를 하러 나갔다.

센타로는 신문을 집어 들었다.

유럽의 전황은 날이 갈수록 심각해져 갔다. 성미가 급한 일본인 입장에서 보자면 답답한 점도 있지만, 비행기의 활약이나 독가스, 탱크 등의 위력과 방대한 전투지, 병사의 규모 등은 일본인이 상상조차 하기 어려울 정도로 막대한 숫자였다. 바다에서는 독일 잠수정이 종횡무진 휘젓고 다니며 연합군의 증기선을 줄줄이 침몰시키고 있었다.

일본 역시 이 커다란 전쟁의 소용돌이에 휘말리지 않을 수 없었다. 일본국민은 칭타오(清島)를 공격한 이래, 이제 자신들의 역할은 다 했다고 여겼지만, 경제상의 영향은 좀처럼 그런 느긋한 무자각을 허용하지 않았다.

전쟁으로 인해 염료, 약품, 선박, 총기류가 부족해지자 가장 먼저 빠르게 가격이 폭등했다. 종래에는 모두 내수가 가능하다고 여겼던 물품이었지만, 수입이 감소함과 동시에 모두 외국의 공급에 의지하고 있다는 것을 깨달은 것이다. 자급자족을 주장하는 목소리가 커졌다. 그리고 뒤늦게 과학이 진보하지 못한 일본의 현실을 규탄하고, 소 잃고 외양간 고치는 격의 연구를 한 결과, 각종 공업을 일으켰다. 그리고 그와 동시에 연합군의 일국으로부터는 무기 등의 막대한 주문이 쇄도하여 무기제조 역시 대규모로 시작되었다. 지금껏 수출하지 않았던 일본제 물품과 재화를 지금껏 수출하지 않았던 나라에 활발하게 수출하게 되면서, 국내 경기가 상당히 좋아졌고 물가상승 역시 가라앉았다. 염료 벼락부자, 철 벼락부자, 선박 벼락부자 등의 단어가 유행하기 시작하였고, 이것이 선망과 동경의 대상이 되었다. 외국의 사전에서도 이자, 게이샤(芸者), 기모노(着物)라는 단어와 함께 벼락부자라는 신조어를 추가할 정도였다.

시즈오카현은 기후의 영향상, 상대적으로 미온적인 곳이기는 하지만 그렇다 하더라도 각종 공업이 발흥하였고 그 4~50%를 배당하면서 소규모의 벼락부자가 다수 생겨났다.

이날의 신문에는 이런 내용의 기사가 몇 개나 실려 있었다. 이는 센타로의 시선을 사로잡았다.

'조선으로 돌아갈 수 없다만, 나도 여기에서 새로 일을 시작해야 해. 결혼 따위는 내가 좀 희생하더라도 어쩔 수 없어!'

센타로는 흥분하며 마음속으로 이렇게 외쳐보았다.

(1918.7.9)

31.

오노부와 센타로의 혼담이 시작되었다는 이야기를 들은 오무라는 자신이 시즈코의 편지를 숨긴 일에 그다지 죄책감을 갖지 않게 되었다. 오히려 그렇게 한 일이 이 혼담을 성사시키는데 힘을 보탰다고까지 생각했다. 그리고 그 후에도 편지 두통을 더 태워버리고 말았다.

이틀이 지난 오후, 고이치가 센타로를 찾아왔다.

"오나쓰는?"

고이치는 자리에 앉자마자 이렇게 물었다.

"지금 잠깐 장을 보러 간 것 같아요."

고이치는 오나쓰가 없어서 다행이라는 듯 주변을 둘러보며 말했다.

"전에 말한 이야기는 생각을 좀 해 봤니?"

"그게, 생각을 해 봤습니다만, 역시 거절하는 것이 좋을 것 같아요…."

"흠."

두 사람 사이에 5~6분 동안 침묵이 흘렀다. 고이치는 한숨을 쉰 후, 목소리를 낮추어 말했다.

"실은 이런 이야기까지 너에게 하고 싶지는 않았지만, 네가 알아두지 않으면 내가 곤란해져. 경우에 따라서 나는 범죄자가 될지도 모르거든."

"범죄자요?"

센타로는 깜짝 놀라 자신도 모르게 재촉하며 물었다.

"왜죠?"

고이치는 괴로운 듯 고개를 숙이고는 몇 번이나 큰 숨을 들이쉬었다.

"실은 내가 은행의 돈을 많이 빼돌렸어. 그게 무슨 도박을 한 것도 아니고, 투기에 손을 댄 것도 아니야. 단지 집안 가계 사정이 좋지 않은 차에 수중에 있던 돈이라서 나중에 되돌려 놓을 생각으로 그만 손을 대 버렸지. 한번 손을 대 버리니 좀처럼 되돌릴 기회가 오지 않더구나. 그러던 중 집안에 환자도 생기고 뭣도 생기고 하며 예상치 못한 비용이 들게 되고, 또 돈을 융통하려던 차에 결국 아버지가 돌아가시면서 구멍이 더 커져 버리고 만 거야."

"그렇군요. 그래서 그 액수는 얼마나 되나요?"

"액수는 8~900엔이지만 나한테는 너무 큰돈이기도 하고, 지금 상황에서는 갚을 방법도 없어. 게다가 더 곤란한 건 에토가 그걸 눈치 챈 것 같다는 거야."

"…"

"그래서 네가 그 딸과 결혼이라도 하면 사돈 관계가 되는 거니까, 너랑 나 모두에게 가능한 한 편의를 도모하겠다고 하는데, 그 이면에는 만약 승낙해 주지 않으면 다 자기에게도 생각이 있다는 말투더라고."

"…"

"나도 이왕 소개하려면 그런 여자가 아니라 좀 더 적당한 상대를 소개하고 싶지만, 이런 연유로 상황이 좀 곤란해졌어. 이런 일로 네 인생을 재미없게 만들어 버린 것도 정말 미안하고, 게다가 나는 내가 저지른 일이니까 벌을 받는 게 당연하다고 생각하다가도 가족을 떠올리면 또 마음이 약해져서 괴롭구나. 네게 이런 이야기까지는 절대 하고 싶지 않았는데, 에토가 계속해서 재촉을 해 와서 어찌 할 방도가 없었어."

괴로운 듯 말하는 고이치의 겨드랑이가 땀으로 젖었다.

"그렇군요. 그런 이유가 있었군요."

형에 대한 연민의 감정이 드는 한편, 에토의 더러운 마음에 대한 증오심이 불타올랐다. 단칼에 물리치고 싶었다. 하지만 시즈코가 자신을 떠나가 버린 것이라면, 이 문제에 대해서도 고려해야겠다는 생각이 들기도 했다.

"잘 알겠습니다. 저도 한번 더 생각해 보겠습니다."

센타로는 이렇게 말하며 형의 얼굴을 바라보았다. 나이보다 늙어 보이며 거칠어진 형의 모습을 보자 센타로의 가슴은 미어질 것만 같았다.

(1918.7.10)

32.

시즈코의 번민은 날이 갈수록 더해져만 갔다.

화학제지 공사가 진행됨에 따라, 센타로의 그림자는 점차 옅어져 갔다. 과거의 사람으로 치부되는 일이 많아졌다. 아버지도 센타로와 다카야마 두 사람의 인물이 비교된다는 것을 모르는 것은 아니었지만, 파손된 자동차보다는 멀쩡한 인력거에 의지할 수밖에 없었다. 이는 사업상에서도 피할 수 없는 선택이었다.

지금의 고충을 토로한 마지막 편지 역시 결국 답장이 오지 않았다. 주변에는 반대만이 있을 뿐이다. 시즈코는 며칠간 고민하고 번민한 끝에 집을 뛰쳐나가기로 결심했다.

한번 집을 나가면 두 번 다시 이 집에 돌아올 수 없다. 꼴 사납지 않도록 뒤처리를 해 두어야 한다. 여비 등도 마련해야 한다. 어떻게 집을 나가야 할지도 고민해야 했다. 시즈코는 이러한 생각을 작은 가슴에 안고 자신의 주변 정리를 시작했다.

책상에도 장신구 보관함에도, 각각 깊은 추억이 있었다. 사진, 학교의 증서, 친구들의 편지, 손때 묻은 책들은 하나하나 서로 다른 의미를 가지고 있다. 시즈코는 학교를 다니며 느꼈던 평화와 희망을 떠올렸다. 그 당시에는 학과 공부에 쫓기기도 하고, 다른 사람에게 지지 않기 위해 노력해야 하는 고통도 상당했음에 틀림없지만, 지금 돌아보면 그것은 매우 쉬운 문제들이었다는 생각이 들었다. 그리고 그와 함께 당시의 희망의 대부분은 환상을 품고 꿈을 키운 것에 지나지 않았다는 사실을 깨달았다.

'앞으로 다시 나는 어떻게 변할지도 몰라.'

이런 생각이 들자 창밖에 보이는 푸르른 남산도 그리워 질 것만 같았다. 하물며 부모님과 친구들은….

하지만 그날 이후 시사를 제대로 하지 못하는 시즈코의 모습은 어머니의 의심을 사기 시작했다. 저녁식사를 할 때에도 시즈코는 젓가락을 살짝 댈 뿐 곧 자신의 방으로 들어가고 말았다.

"여보, 무슨 일 있어요? 시즈코가 요즘 통 밥을 먹지를 않아요."

야마모토 사장의 뒤에서 아내가 물었다.

"속이라도 안 좋은 게 아닐까?"

"그런 것 같진 않아요. 아무래도 요즘 좀 이상해요."

"이상하다니, 어떻게 이상한데?"

그때 하녀가 편지 두 세 통을 가지고 왔다. 사장은 편지들의 뒷면을 살피고는 그 중 하나의 봉투를 열었다. 편지를 다 읽은 야마모토 사장은 얼굴색이 조금 변하며 편지를 내던졌다.

"괘씸한 녀석이다."

사장은 벌컥벌컥 잔을 비웠다.

"무슨 일 있어요?"

"이케타니가 500엔을 보내달라고 하는군. 뭔가 돈이라도 맡겨둔 것처럼 말하고 말이야. 조금 잘 해주었더니 머리끝까지 기어오르려고…. 괘씸한 놈이야."

사장은 몹시 화를 내며 욕을 하더니, 문득 생각이 났다는 듯 목소리를 낮추며 말했다.

"시즈코와 이케타니가 무슨 관계가 있는 것은 아니겠지?"

"설마요."

"나도 그렇게는 생각하지만 잘 살펴봐 줘."

그날 밤 시즈코가 목욕을 하러 간 사이 시즈코의 방에 들어간 어머니가 책상 서랍에서 유서를 발견했다. 시즈코의 계획은 이렇게 망가지고 말았다.

이를 전해들은 야마모토 사장은 몹시 화를 냈다.

"내게 돈을 내 놓으라 협박하지를 않나, 이제는 딸까지 꾀어내려 하다니. 정말 괘씸한 놈이다. 내가 단단히 한마디 해야겠어."

(1918.7.11)

33.

예상치 못한 파멸의 날이 다가왔다. 모든 것을 파멸시킬 때가 다가왔다.

결국 센타로의 손에는 시즈코의 편지가 단 한통도 들어오지 않았다. 센타로의 입장에서는 야마모토 사장도 자신과 시즈코 사이를 암묵적으로 인정했다고 여겼다. 그러나 시즈코에게서는 연락이 오지 않고, 사장의 편지도 아무렇지 않은 듯 평범한 내용인 것만 같았다. 그리고 한편으로는 다카야마의 득의양양한 편지를 받자, 센타로는 견딜 수 없이 괴로워졌다.

고통은 여기에서 그치지 않았다. 거리에 넘쳐나는 발랄하고 싱그러운 푸른 기운은 아침저녁으로 센타로를 압박해왔다. 처음에는 상쾌하게 느껴지던 거리의 녹음이 짙어짐에 따라 점차 센타로를 위압해왔다. 이러한 상황을 마주할수록 더욱더 답답한 기분이 들어 머리가 아파왔다.

불쾌한 나날이 점점 더 강도를 더하며 이어졌다. 넘쳐나는 고민에 시달리던 센타로는 무언가 탈출구를 찾아야 했다.

"야마모토 사장이 나를 얼마나 신용하고 있는지 시험을 해보자."

센타로는 야마모토 사장에게 500엔을 빌려달라는 편지를 보내기로 했다. 당시 센타로는 조선에서 가져온 돈이 다 떨어져 가는 상황이었다. 게다가 형의 곤란한 상황에도 어느 정도 도움을 주고 싶었다. 500엔은 조금 무리일지 몰라도 적어도 300엔 정도는 보내줄 것이라는 속내가 있었다. 그리고 분명 어서 돌아오라는 말도 있으리라 생각했다. 이미 펜을 들 수 있을 정도로 손이 나았으니, 이번 기회에 조선으로 돌아가자. 그러면 자신을 괴롭히는 두통 역시 자연히 나을 것이라 생각했다.

형의 횡령사건도 오노부의 청혼을 거절했다고 해서 갑자기 고소를 할리는 없었다. 고소를 한다고 해서 에토가 얻을 이익이 아무 것도 없을뿐더러 대리점장인 자신 역시 책임을 져야했기 때문에 이는 결국 일종의 책략에 불과했다. 그보다도 자신이 어서 일을 하여 형의 횡령금을 변상하는 것이 가장 좋은 방법이라 생각했다.

이러한 생각을 고이치에게 말하자 고이치는 곤란해 하며 간절하게 말했다.

"네 말도 맞지만, 에토는 자존심이 강한 남자라서 한번 결심한 일은 어떻게 해서든 해내고야 마는 사람이라…. 나도 각오는 되어 있지만, 너도 한번만 더 생각을 해줘."

소심한 형의 입장에서는 이러한 걱정을 하는 것도 무리는 아니라 생각했다.

"그렇군요. 그럼 조금 더 시간을 주세요."

센타로는 이렇게 말하며 그 순간을 모면하고 돌아왔다.

그러나 야마모토 사장에게 그 편지를 보낸 이후, 센타로는 매일을 두려움을 속에서 보냈다. 다른 방법을 썼어야 했다고 후회를 하기도 하며 오로지 답장이 오기만을 기다렸다.

예정된 날에 야마모토 사장의 답장이 도착했다. 센타로는 물끄러미 편지 봉투를 바라보았다.

(1918.7.12)

34.

봉투를 뜯는 센타로의 손이 부들부들 떨려왔다. 짧은 편지가 팔랑거리며 떨어졌다.

> 이케타니 센타로 앞
>
> 배복(拜復).
>
> 요청하신 대출은 강하게 거절합니다. 딸 시즈코의 건 역시 여러 가지로 신세를 졌습니다만, 최근 좋은 인연이 생겨서 다른 곳으로 시집을 가게 되었으니 부디 널리 이해해 주십시오. 회사 역시 예정대로 사업이 개시되었으니 걱정할 필요 없습니다. 내지에서 편안히 요양하길 바랍니다.
>
> 야마모토 쓰토무(山本 力)

센타로는 이 편지를 읽고는 돌처럼 굳고 말았다.

여동생은 집안일을 하고 있었다. 센타로는 여동생의 눈을 피해 정원 입구를 통해 몰래 밖으로 나갔다. 정처 없는 발길은 구마노신사의 숲으로 향했다.

"이게 뭐야. 돈을 거절하는 거라면 단지 거절만 하면 되지 않은가. 딸에게는 좋은 인연이 있으니 편히 요양하라니. 이게 뭐야. 바보취급 하지 말라고!"

센타로는 이를 갈았다.

"시즈코! 당신만은 그런 여자가 아닐 것이라 생각했는데, 역시나 돈밖에 모르는 식민지의 여자였군. 역시 헤어지고 나서 한 번도 편지를 보내지 않은 이유가 있었어. 그것도 모르고 혼자 갖가지 희망을 품고 있던 내가 바보지. 나쁜 여자! 그런 여자에게 오랫동안 감정을 휘둘렸다는 것이 안타까울 뿐이야."

센타로는 눈앞에 시즈코가 있기라도 한 듯 욕을 퍼부었다.

"다카야마에게도 당한거야. 다카야마가 나를 제쳐놓고 혼자서 기술을 담당하다니 말도 안 되는 일이야. 따져 묻고 싶지만…."

센타로는 양팔을 부들부들 떨며 망부석처럼 서 있었다.

"아무리 여기에서 화를 내 봤자 조선에 전해질 리 없지."

이런 마음이 들자 자신이 원망스러워졌다.

"아, 이걸로 모든 게 끝났어. 내 반평생이 산산조각 나 버린 거야."

머릿속이 조금 정리가 되자, 점점 자신의 볼품없는 모습이 눈에 들어왔다.

"모든 것을 파괴해 버린 것은 누구인가? 다 내가 자초한 일이지 않나. 내가 쌓아 올리고 내가 무너뜨린 것을, 누굴 원망하겠어."

센타로는 그 자리에서 무력하게 몸을 숙였다.

쾌청하던 하늘에 구름이 짙게 드리우더니 비가 내리기 시작했다. 초록 잎 사이로 떨어지는 빗방울이 센타로의 얼굴을 때렸지만 센타로는 알아채지 못한 채 깊은 생각에 빠졌다.

숲을 지나는 두 세 사람이 이상하다는 듯 센타로를 쳐다보았지만, 그 역시 알아차리지 못했다.

잠시 뒤 후 하고 한숨을 쉬며 창백한 얼굴을 들며 외쳤다.

"그래. 나는 이렇게 죽지 않아. 이렇게 무너질 수 없어. 그 무엇을 희생시키더라도 다시 한 번 세상에 나서겠어."

전멸이 된 후에는 재생이 뒤따른다.

빗방울은 점차 굵어졌다. 구름은 서쪽 하늘로 빠르게 움직였다.

(1918.7.13)

35.

내장까지 썩어 들어갈 듯한 장마가 시작되었다. 우산을 말릴 틈이 없었다. 정원에는 이름 모를 잡초가 자라나고, 그 아래에는 이름 모를 버섯이 머리를 드러냈다. 잿빛으로 잔뜩 찌푸린 하늘은 당장이라도 비를 내릴 것만 같다. 어쩌다 비가 오지 않는 날이면, 머리 위에서 강렬한 태양이 내리 쬐며 수증기를 증발시키는, 너무나도 무더운 날이 이어졌다. 벽이며 책은 끈적거리고 겨드랑이는 줄줄 흐르는 기분 나쁜 땀으로 젖어있다.

센타로는 점차 금전 부족에 시달리게 되었다. 일을 해야만 했다.

에토의 딸과 결혼을 하여 사업에 몰두하기로 마음 먹은 센타로에게도 일말의 미련이 남아있었다. 조선화학제지의 사업과 시즈코와의 사랑이 헌신짝처럼 버려지는 것을 견딜 수 없었다. 그러나 자신이 먼저 사장과의 연을 끊는 것과 마찬가지인 짓을 해버린 이상, 어찌 해도 회복할 방법이 없었다.

뿐만 아니라 시즈오카에는 아는 사람이 별로 없는 센타로로서는 지금 와서 시즈오카에서 뭔가 사업을 이끌어갈 전망도 보이지 않았고, 고용할 사람 또한 없었다.

'이렇게 우물쭈물 해서는 아무 것도 안 돼.'

이런 생각도 한 두 번 한 것이 아니었다. 조선에서 가져온 옷들 중 당분간 필요 없는 겨울 옷 몇 벌을 팔았다. 그러면서도 에토의 딸을 아내로 맞이하겠다는 답변을 하는 것은 주저하고 있었다. 어쩌면 시즈코에게 어떤 소식이 와서 활로가 열릴지도 모른다는…바보 같은 생각이라며 자신을 비웃으면서도, 센타로는 마음 한켠에서 이를 기다리지 않을 수 없을 지경에 빠졌다.

하지만 그 역시 헛된 기대였다. 그 이후 조선에서는 단 한 통의 엽서조차 오지 않았다. 이렇게 아무 일도 하지 않고 보내는 날이 이어지자, 여동생과 매제를 볼 면목이 없어졌다. 그렇다고 해서 어디 갈 곳도 없었다.

그 즈음 센타로에게는 목욕탕에 가는 것이 유일한 위로가 되었다. 세시 경까지 아무도 들어가지 않는 시간을 노려서 수건을 들고 몰래 목욕탕으로 향했다. 그리고는 따뜻한 물이 담긴 욕조에 몸을 담그고 있는 동안에는 괴로운 생각도, 껄끄러운 사람들의 이목도 사라졌다. 씻을 곳도 없으면서 가능한 천천히 몸을 씻었다. 지금의 센타로에게 는 최선의 회피 방법이었다.

어느 날 쪽지가 잔뜩 붙은 편지 한 통이 왔다. 뜯어보니 모교의 동창회 안내문이 들어 있었다. 7월 15일을 시작으로 도쿄에서 동창회 가 열리고 회비는 얼마라는 내용 아래에 발기인 십 수 명의 이름이 적혀있었다. 이 발기인들은 도쿄의 동창생으로, 모두 갖가지 직함을 가지고 있었다. 그리고 동창생 명부가 동봉되어 있었다.

명부를 살펴보니, 동창들 중에는 미국이나 남양(南洋)에 가 있거나 국가 기관에서 일을 하는 사람도 있었지만, 대부분은 사업을 하고 있 거나 큰 회사의 사업에 종사하고 있었다. 센타로는 얼핏 자신의 이름 을 찾아보았다.

'조선화학제지 주식회사 지사' 라는 직함이 적혀있었다.

센타로는 조롱을 당한 듯 기분이 나빠졌다. 팔짱을 끼고는 생각에 잠겼다.

정원에 핀 하얀 장미 꽃잎이 팔랑팔랑 떨어졌다. 떨어지는 빗방울 은 오동나무의 넓은 잎사귀를 두드리고 있다.

(1918.7.21)

36.

시즈코는 더 이상 자신의 힘으로는 아무 것도 할 수 없게 되었다. 새장에 갇힌 새처럼, 발버둥 치면 칠수록 자신의 자유는 속박되어져 만 갔다.

아버지안 야마모토 사장은 처음에는 센타로에게 호의를 갖고 있 었다. 그리고 시즈코와 센타로를 결혼시킨 마음이었다. 그러나 사업 을 목숨처럼 여기는 그는 사업을 위해서라면 어떠한 희생도 애석하 게 여기지 않았다. 센타로에게 딸을 주려 했던 것은 그의 인격을 인정 해서라기보다는 회사를 창립하는 데에 중요한 기술자이기 때문이었 다. 그러나 센타로의 병과 귀국이 늦어지면서 그 기대는 무너졌다. 거 기에 더해진 다카야마의 이야기와 센타로의 대출 요구, 그리고 시즈 코의 가출 계획은 그 기대를 뿌리 째 흔들어 버렸다.

"그놈은 겉만 번지르르한 엉터리 같은 놈이다."

야마모토 사장은 몹시 화를 냈다. 따라서 무슨 일이 있어도 시즈코 와 센타로 사이를 갈라 놓아야겠다고 생각하게 되었다.

시즈코의 어머니는 시즈코의 마음을 고려하여 어떻게 해서든 센 타로와 이어주고자 했었다. 하지만 역시나 시즈코가 가출을 하려 했 던 일에 몹시 놀랐기 때문에, 시즈코의 마음을 동정하면서도 경계하 는 것이 우선되었다. 그저 사랑스러운 딸로 남아 있어주기를 바랄 뿐 이었다.

그날 밤부터 시즈코는 어머니의 방에서 지내게 되며 외출마저 자 유롭게 할 수 없는 신세가 되었다. 어머니는 시즈코를 어딘가에 가두

자는 야마모토 사장을 겨우 설득하여 자신이 감시하기로 했다.

시즈코 역시 조금 냉정하게 되짚어 생각해 보자, 자신의 행동이 얼마나 사랑에만 매달린 무모한 일이었는지를 깨닫게 되었다. 게다가 센타로는 자신이 보낸 편지에 한 번도 답장을 보내지 않았다. 마지막을 보낸 편지에 조차도 아무런 답이 없는 것을 보면, 어쩌면 자신이 센타로를 그리워하는 것처럼 그의 마음도 같은 것인지 의심스러웠다. 시즈코에게 이것은 단지 센타로가 자신에게 돌아올 것인가, 그의 마음이 자신과 같은 것인가의 문제였다. 이것이 모두 산산 조각 부숴진다면, 시즈코에게 남는 것은 오랜 시간동안 자신의 감정을 가지고 놀았다는 씁쓸한 회환만이 있을 뿐이다.

저녁 밥상을 물린 후, 어머니는 요즘 들어 잘 먹지도 못해 말라만 가는 딸의 모습을 안쓰럽게 바라보았다. 방안을 일부러 밝게 밝히고 사람들을 물렸다.

"전부터 물어보려고 했는데, 기회가 없어서 말을 못 꺼냈어. 오늘밤은 너의 진심을 이 엄마에게 말해주지 않겠니? 그에 따라서 엄마도 각오를 해야 하고, 또한 경우에 따라서는 너를 위해서 어떤 일이라도 할 테니까…"

어머니는 시즈코의 마음이 다치지 않도록 노력하며 조심스럽게 물었다.

"…."

"그렇게 아무 말도 하지 않으면 엄마도 알 수 없으니, 네 생각을 그대로 말 해보렴."

"저…."

이렇게 대답을 함과 동시에 시즈코의 눈에서 눈물이 뚝뚝 흘러 넘쳤다. 울지 않으려 하면 할수록 더욱 더 눈물이 넘쳐흘렀다.

(1918.7.22)

37.

잠시 동안 어머니의 어깨에 고개를 묻고 눈물을 떨구며 울던 시즈코의 마음은 이내 눈물에 씻겨 점차 진정되어 갔다. 시즈코는 눈앞에 떠오르는 과거의 여러 일과 앞으로의 모습을 지워내며 말했다.

"어머니 아버지께 큰 걱정을 끼쳐드려서 정말 죄송해요. 저는 이케타니 씨의 마음만 변하지 않았다면 이케타니 씨가 있는 곳에 가려고 했어요. 하지만 이케타니 씨는 일본에 돌아가신 후부터 어찌된 일인지 소식이 없으세요. 저는 이 상황을 어떻게 해석해야 할지 몰라서 저 스스로도 어찌해야 할지 모르겠어요."

어머니는 점차 마음을 여는 시즈코의 모습에 기뻐하며 고개를 끄덕였다.

"그건 나도 알고 있단다. 그거야 이케타니 씨가 빨리 귀국하여 회사의 일을 해 주었다면 이런 일이 생기지도 않았을 테고 나도 걱정할 일도 없었을 텐데…. 돈 문제나 네 일로 아버지께서 몹시 마음이 상하셔서…."

"하지만 어머니, 제 일은 전적으로 저 혼자서 생각한 일이에요. 이케타니 씨는 아무런 관계가 없어요. 이 일로 이케타니 씨가 오해를 받게 되면 저는 너무 미안해요…."

"그건 그렇지만, 마침 그런 때에 일이 벌어진 것이니 오해를 받아도 어쩔 수 없는 상황이었단다…."

어머니는 변명을 하듯 말을 하더니 마음을 바꾸어 말을 이었다.

"그건 그렇고 시즈코 넌 앞으로 어떻게 할 생각이니?"

이 질문에 시즈코는 쉽게 대답이 나오지 않았다. 일생의 기로에 서 있다는 두려움에 몸이 떨려왔다. 모녀 사이에 침묵이 이어졌다.

"네 마음을 숨김없이 말 해 주렴."

시즈코의 눈은 여전히 눈물에 젖어 있었다.

"저도 지금 와서는 이케타니 씨를 믿고 의지할 수 없을 것만 같지만…만약 정말로 의지할 수 없다면 저도 다시 생각해 볼 참이에요. 하지만…어머니 어찌 하면 좋을까요?"

어머니는 고개 숙인 딸의 얼굴을 바라보며 말했다.

"네가 그렇게 말하니 나도 곤란하지만, 너와 이키타니 씨 사이에 어떠한 약속이 있었다 하더라도 이케타니 씨는 이제 두 번 다시 조선에 돌아올 생각이 없는 듯 해. 그렇다면 네가 아무리 기다린다고 해도 이루어 질 수 없는 일이지 않니. 또 오늘까지 네가 한 일로 이케타니 씨에 대한 의리는 끝이 난 것이 아닌가 생각된다만, 그런 이상 너도 잘 생각해서 앞으로의 너의 거취를 정하는 것이 좋을 것 같구나."

"거취라 하시면, 뭔가 이야기가 있는 건가요?"

"이야기는 있지. 두 세 가지 이야기가 있지만, 가장 중요한 네 마음이 정해지지 않았으니 어찌 할 도리가 없어서…."

"죄송해요. 죄송해요. 걱정만 끼쳐 드려서 정말 죄송해요."

시즈코는 당황하여 가슴을 누르며 말했다. 이 한마디로 자신의 운명이 결정된다고 생각하니 쉽게 입이 떨어지지 않았다.

"저는 이제 아무 말도 하지 않을게요. 부디 아버지와 상의하셔서 결정해 주세요. 다만 다카야마 씨와 이어지는 것만은 참아주세요."

말을 마친 시즈코는 입술을 굳게 다물었다.

(1918.7.23)

38.

조선화학제지의 가건축은 5월에 완공되어 기계도 들어오고 직원도 모집되었으며 5월 하순에는 기계를 가동하기 시작했다. 기계를 가동하자 원료의 수급관계나 제품의 판로 확장 등으로 야마모토 사장은 더욱 더 바빠졌다. 이와 함께 기계를 가동하는 데 예상치 못한 고장이 일어나며 다카야마는 자신 혼자서는 아무리 해도 해결할 수 없는 난관에 봉착했다. 잠과 식사를 반납하고 연구에 매진해야 하는 일이 한 두 가지가 아니었다.

이렇게 되자 다카야마는 결국 지사장으로서 이 회사에 없어서는 안 될 사람이 되어 버렸다. 야마모토 사장은 사업상 고려하여, 다행히 내심 시즈코를 원하고 있는 다카야마가 회사에 깊게 뿌리를 내릴 수 있게 하기로 마음을 결정했다. 야마모토 사장은 이 일을 아직 다카야마에게 말하지는 않았지만, 다카야마는 사장의 의중에 그러한 생각이 있음을 알아차리고 마음 속 깊이 기대하고 있었다. 그 결과 야마모토 사장은 아내에게 시즈코의 의중을 물었다.

하지만 아내에게서 다카야마는 싫다는 시즈코의 대답을 전해들은 야마모토 사장은 마음이 심란해졌다.

"누가 싫다는 거야. 시즈코의 말은 정말이지 제멋대로이지 않은가. 그 녀석이 부모를 버리고 집을 나가려 한 것조차 불효막심한데, 원래대로라면 상응하는 벌을 내려야 하는데도 당신이 말리니까 용서하고 넘어간 거야. 그랬더니 기고만장해져서는 제 마음대로 하려고 말이야. 도대체 어떻게 단속을 했기에 그런 제멋대로인 소리를 한다는 거야?"

"그렇게 말씀하시면 제가 뭐라 할 말이 없지만, 본인 입장에서 보자면 일생이 걸린 문제이니 제멋대로는 아니더라도 자기 생각은 있겠지요. 그걸 아무리 강요한다고 해도 나중에 일이 잘못되면 서로 거북해지고 결국에는 되돌릴 수 없게 되니까요…."

아내의 이야기도 맞는 말이기에 야마모토 사장의 얼굴은 어두워졌다.

"그건 그렇지만, 회사 입장에서 보자면 이케타니가 돌아오지 않는 상황에서 다카야마는 회사에서 가장 중요한 사람이야. 다카야마가 열심히 일을 하느냐 마느냐가 회사의 성과에 상당한 영향을 미친다고. 그러니 어떻게 해서든 다카야마를 내편으로 만들어 두기 위해서 시즈코와 결혼을 시키고 싶은 거야. 다카야마에게 다소 결점이 있기는 하지만 그거야 누구든 완벽한 인간은 없으니까. 다카야마라면 결혼을 하면 우리사람이 되는 거나 다름 없으니 얼마든지 내부로 들일 수 있고, 시즈코 역시 편하고 좋지 않은가…."

야마모토 사장은 차분한 어조로 말을 이었다.

"아니, 당신과 이야기한다고 해서 될 일은 아니지만…, 회사 입장에서 보자면 이 문제는 시즈코가 조금 양보해 주지 않으면 곤란해. 당신이 이 점을 좀 잘 이야기 해줘."

"그럼 시즈코를 이 자리에 불러서 한 번 더 이야기 해 보죠. 하지만 당신도 너무 무리해서 꾸짖지는 말아주세요…."

"그건 알고 있소."

이윽고 시즈코가 부모님 앞에 불려 왔다. 그리고 부모님이 하는 말을 들었다. 두 손을 모은 채 조용히 고개를 숙이고 있던 시즈코는 잠시 뒤 빛을 잃을 얼굴을 들어올렸다.

"잘 알겠습니다. 다카야마에게 가겠습니다."

시즈코는 담담하게 대답했다. 그녀의 두 눈에는 더 이상 눈물도 보이지 않았다.

(1918.7.24)

39.

기다리지 않던 날은 빠르게도 찾아왔다.

시즈코는 다카야마와의 혼인이 결정된 이후 슬픔 속에서 하루하루를 보냈지만, 마음을 정해버리고 나자 다시 태어나기라도 한 듯 냉정하고 조용해졌다. 몸을 내던져 운명의 파도에 맡기기에는 주춧돌도 구명조끼도 필요 없다. 시즈코의 짧은 인생은 이미 끝이 났다. 앞으로의 삶은 더 이상 자신을 위한 삶이 아니다. 부모를 위한 삶이다. 살아있어도 기쁘지 않은 대신 죽더라도 조금도 아깝지 않다.

아버지는 일이 바빴기 때문에 대부분의 결혼 준비는 어머니에게 맡겨졌고, 혼담으로 인해 집 안에도 화색이 돌기 시작했다. 의복상과 잡화상이 빈번하게 집을 드나들었다.

하루에도 예닐곱 개의 옷감을 들고 시즈코의 방에 찾아왔다.

"저기, 이건 예복인데 어떠니? 새로 염색을 하고 싶은데 이제 그럴 시간이 없으니 이중에서 골라야 할 것 같구나. 너도 한번 봐 보렴."

시즈코는 방안에 늘어 놓인 아름다운 색색의 옷감에 눈길을 한 번 줄 뿐이었다.

"아무 거나 괜찮아요. 저도 잘 모르니 어머니 마음에 드시는 것으로 골라 주세요. 예복은 한 번만 입는 것이니 저렴한 것으로 해도 될 것 같아요."

"그런 말 하지 말고, 자, 한번 만져보렴."

"그래요. 이게 좋은 것 같아요. 이걸로 해 주세요."

시즈코가 고른 옷감을 본 어머니가 말했다.

"하지만 이건 너무 수수해 보이는데."

"이게 좋아요. 이걸로 정해 주세요."

시즈코는 수수한 옷감을 골랐다.

이를 결정하자, 친척이나 친구들에게서 축하 선물이 도착했다. 축하 편지도 왔다. 방안은 아름다운 색으로 장식되었지만, 시즈코는 여느 때와 다름없었다. 결혼식은 길일인 6월 5일 저녁에 새로 빌린 다카야마의 집에서 열렸다.

밝은 전등 아래 비춰진 시즈코의 모습은 놀라울 정도로 차분했다. 잔을 따를 때에도 앞을 바라본 채로 조금도 움직이지 않았다. 그에 비해 기쁨을 감추지 못하는 다카야마는 부산스럽게 움직여서 매우 얼빠져 보였다. 시즈코는 축하의 말을 전하는 사람들의 인사를 남의 일인 냥 듣고만 있었다.

식이 끝나자 두 사람은 남대문역에서 야간 기차에 올라탔다. 때마침 회사 일로 도쿄에 갈 일이 있으니 겸사겸사 신혼여행을 다녀오라는 야마모토 사장의 계획이었다.

창 밖에는 배웅하는 사람들이 많이 모여 있었다. 축하주를 마신 탓에 모인 사람들 모두 얼굴에 즐거움이 넘치고 웃음소리가 끊이지 않았다.

"몸 조심해서 다녀오렴."

이것저것 짐을 챙겨주던 부모님은 걱정스러운 듯 말하고는 기차 안을 둘러보았다. 차 안의 시선이 시즈코에게 쏟아지고 있다는 사실에 기쁘기도 했다.

여왕—그렇다. 시즈코는 마치 왕좌에 앉은 여왕처럼 단정하게 앉아 있었다. 이제 누군가의 아내가 되어버렸다는 슬픔을 절절히 느끼며—

(1918.7.25)

40.

장마가 끝이 나고 강렬한 여름이 찾아왔다.

비를 맞고 무성하게 자라나는 거리의 녹음이, 그 아래를 지나는 여성의 양산을 아름답게 물들인다. 거리에 강렬하게 내리쬐는 새빨간 태양빛에 개들도 얼굴을 돌리고 혀를 축 늘어뜨리고 있다.

센타로는 동창인 구로타에게서 엽서 한 통을 받았다.

> 지난번 경부철도에서는 실례가 많았네. 오랜만에 도쿄
> 에 돌아와 겨우 일이 정리되어서 내일 아침 8시에 출발하
> 는 급행열차로 돌아가려 하네. 혹시 정차장에 나와 줄 수 있
> 다면 꼭 한번 만나고 싶군. 상황이 된다면 시즈오카에서 하
> 루 정도 묵어도 좋겠네. 자세한 이야기는 만나서 하세.

센타로는 동창을 만나는 것이 기쁘면서도 부끄러웠다. 경부철도에

만났던 당시만 해도 센타로의 상황이 지금처럼 실의에 차 있지는 않았다. 하지만 사람의 정이 그리웠던 센타로는 동창을 만나지 않을 수 없었다.

센타로는 시간표를 확인하고는 조금 이른 점심식사를 끝낸 후 정차장으로 향했다. 가는 길에 쓰고 있던 여름모자가 바람에 날려 진흙투성이가 되었지만, 닦아내고 다시 뒤집어쓰는 수밖에 없었다. 플랫폼으로 나가자 세면대 거울에 자신의 모습이 있는 그대로 비치고 있었다. 야윈 얼굴, 초라한 복장. 센타로는 옆을 바라보고는 스쳐 지나갔다.

시끄러운 종이 울리며 열차가 들어왔다. 1등 칸과 2등 칸이 센타로의 앞을 지나 멈춰 섰다. 센타로는 좌우를 살펴보았다.

"이케타니 군, 여기야. 여기."

앞쪽의 2등 칸에서 구로타가 살찐 모습으로 손을 흔들었다. 구로타가 플랫폼에 내렸다.

"오랜만이군. 엽서 보내줘서 고마워."

"아, 실은 자네가 아직 여기 있는지 몰랐는데, 동창회에서 소식을 들었거든. 일본에 있다면 만나고 싶어서 편지를 보낸 거야. 몸이 안 좋았다며? 이제 괜찮은가?"

"고맙네. 몸은 많이 나아졌는데, 사정상 조선으로는 돌아가지 않게 되었어."

"그럼 지금은 무얼 하고 있는데?"

"지금은 놀고 있다네. 아직 몸이 완전히 낫지 않아서…."

센타로는 이렇게 말하고는 스스로 자신의 말의 모순을 느끼며 땅을 쳐다보았다.

구로타는 쾌활하게 말했다.

"그럼 이건 어때? 내가 일하는 곳, 만주로 건너오지 않겠나? 일은 얼마든지 많이 있거든. 자네 사정도 있으니 강요는 못하겠지만, 괜찮으면 한번 분발해 보지 않겠나?"

"고맙네. 잘 생각해보고⋯. 아니면 폐가 될지도 모르겠지만, 이쪽에서 기획하고 있는 일도 있나⋯?"

센타로는 매달리고 싶은 마음을 겨우 참아가며 괴로운 듯 이렇게 답했다.

발차를 준비하는 숨막힐 듯한 종소리가 울렸다.

"그럼, 가겠네."

구로타는 열차에 다시 올라탔다.

"잘 생각해 보시게. 동창회는 성황리에 끝났다네. 모두들 기세가 대단했지. 그럼 잘 지내게."

"잘 가게."

열차는 조용히 달리기 시작했다. 이케타니는 열차를 따라 걷기 시작했다. 열차는 서행하고 있었지만 이내 이케타니를 추월했다. 무심히 쳐다본 뒤따르는 2등 칸 창문에 다카야마의 얼굴이 보였다. 그리고 시즈코의 얼굴도.

"앗, 다카야마⋯."

이 목소리를 들은 시즈코는 벌떡 일어나더니 말릴 새도 없이 상반신을 창밖으로 내밀었다. 이케타니는 정신없이 열차를 뒤쫓았다.

"위험해, 위험해!"

역무원에게 저지를 당했을 때에는, 열차는 이미 점점 멀어지며 작아져 갔고 창밖으로 보이는 창백한 얼굴도 점점 희미해져 가더니… 사라지고 말았다.

(1918.07.26)

41.

"형님은 아직 돌아오지 않았나요?"

센타로는 아이들의 침실에서 선잠을 자고 있는 형수에게 물었다.

"아, 어서 오세요. 네, 저녁에야 올 거예요…."

오무라는 센타로의 얼굴을 올려다보았다.

"어머, 무슨 일 있었어요? 안색이 너무 안 좋아요."

깜짝 놀란 오무라는 벌떡 일어났다.

"아무 일도 아닙니다…. 그럼 다시 저녁에 올 테니 형님에게 집에 계셔 달라고 전해주세요."

센타로는 이렇게 말하고는 빠르게 돌아가 버렸다.

저녁이 되어 돌아온 고이치는 아내에게서 오늘 낮의 일을 전해 들었다.

"이런, 무슨 일인 거지?"

고이치는 욕실로 가서 몸을 씻고는 떠들썩한 저녁 식사를 마쳤다. 그리고 오무라는 아이들을 데리고 목욕을 하러 갔다.

그리고 얼마 되지 않아 센타로가 도착했다.

"형수님은?"

방안에 누워 있던 고이치가 일어나며 말했다.

"지금 목욕하고 있어. 많이 더워졌구나. 어쩐 일로 오늘은 얼굴이 붉구나?"

센타로는 형을 찾아오기 위해 술기운을 빌린 참이었기에, 이런 말을 듣자 조금 마음을 정한 듯 전등을 피해 앉았다.

"저기, 에토 씨의 딸 말입니다. 본의 아니게 질질 끌게 되었습니다만, 그 이야기는 거절한 것인가요? 형님이 거절해 주신 건가요?"

"아니, 아직 거절하지 않았어. 거절할 생각이긴 한데, 여러 가지 사정이 있어서 아직 그대로구나."

"그런가요. 저도 깊이 고민한 끝에, 결혼을 받아들일까 합니다…."

고이치는 의외라는 듯 눈을 반짝였다.

"그래, 결혼을 하겠다고?"

"네. 그런데 지난번에 말한 조건 말인데요. 상당한 자금을 내어 주겠다는 것은 틀림없는 거지요?"

"그건 틀림없지. 그 여자와 결혼하는 데 그 정도 받는 건 당연한 거야."

"그럼 결혼을 받아들이도록 하겠습니다. 그렇게 전해주세요."

고이치는 더욱 이상하다는 얼굴로 말했다.

"너, 그 여자에 대해 조금이라도 알아본 것이니?"

"아니요. 아무 것도 알아보지 않았어요."

"좀 알아보는 게 좋지 않겠니? 나야 전에 말할 것처럼 성가신 일들이 얽혀 있지만, 일단은 좀 알아보는 것이 훗날 문제가 없지 않겠니?"

센타로는 태연하게 답했다.

"괜찮아요. 알아본다고 해서 이제 와서 과거의 일을 어떻게 하겠어요. 모르고 지나가는 편이 오히려 서로에게 득이 된다고 생각하니, 그렇게 해 주세요."

고이치는 고개를 끄덕였다.

(1918.7.29)

42.

"네가 그렇게 말하니 이해는 된다만…. 뭔가 나 때문에 네가 희생되는 것만 같아서 미안하구나. 인생에서 매우 중요한 일이니…."

"그렇지 않아요. 그럼 그쪽에 말해 주세요."

"그렇게 하고말고. 필시 에토도 좋아할 거야.

"잘 부탁드릴게요. 그리고 가능한 한 결혼식은 간단하게 그리고 빨리 진행 하는 게 좋지 않을까요?"

"그래. 그 말도 하지. 자 편하게 있거라. 차라도 한잔 하자."

형과 헤어지고 돌아오는 길에 이미 취기는 사라지고 고요하고 쓸쓸한 쓴맛만이 가슴에 남았다.

물처럼 투명하게 빛나는 달이 떠 있는 하늘을 바라보며 센타로는 무기력하게 걸었다.

"도대체 나는 앞으로 어찌 해야 한단 말인가!"

센타로는 침을 퉤 뱉었다.

"젠장!"

욕을 퍼붓자 지나가던 사람이 발걸음을 멈추었다.

"뭐라고?"

뒤를 돌아보며 화를 냈지만, 센타로는 그런 소리 따위 귀에 들어오지 않는다는 듯 저벅저벅 걸어갔다.

"기다려, 기다려. 이 자식아. 도망가는 거냐."

여전히 센타로가 걸음을 멈추지 않자 그는 쥐고 있던 막대기를 있는 힘껏 집어 던졌다.

"이런, 미친 놈."

욕을 퍼붓고는 되돌아갔다.

센타로의 머릿속에는 오늘 오후, 서쪽으로 향하는 열차의 광경이 커다란 소용돌이를 치며 몇 번이나 몰려왔다.

"그렇다고 해도 내가 있는 시즈오카를 백주대낮에 통과해 가다니. 이 얼마나 나를 유린하는 짓인가. 내 앞에서 흘린 눈물이 진실인가, 다카야마에게 보인 미소가 진실인가. 도대체 정조라는 것이 있기는 한 것인가. 이런 매춘부!"

아무리 질문을 해도 대답해 주는 이는 없었다. 오히려 자신의 상처에 소금을 뿌리는 것처럼 저릿저릿 마음이 아파올 뿐이었다.

쓸쓸하다. 쓸쓸해.

나만 버림받았다는 생각이 들자 한없이 쓸쓸해졌다. 괜스레 붉은 등이 그리워졌다.

센타로는 밝은 등불이 켜진 번화한 마을을 향해 걸어갔다. 지나가는 여자들의 마음을 끌어당기는 밝은 불빛들이나, 과일가게, 꽃집의 아름다운 색채가 눈에 들어오기는 했지만, 그 어느 것도 마음을 위로해주지는 못했다.

문뜩 정신을 차린 센타로는 어느 활동사진관 간판을 발견했다. 서양 영화가 상영되고 있었다. 자동차가 질주하고 증기선이 충돌하기도 했다. 수많은 사람이 현란하게 나타났다가 사라졌고, 관람객들은 그때마다 박수갈채를 보냈다. 그러나 센타로는 그 어떠한 흥미도 느끼지 못했다. 사람들의 불쾌한 입김과 떠들썩한 분위기에 머리가 아파올 뿐이었다. 센타로는 곧 그곳을 빠져나왔다.

거리에는 서늘한 밤바람을 즐기는 사람들의 통행이 끊임없이 이어졌다. 아이를 데리고 나온 부부, 여자의 뒤를 쫓아가는 청년, 나팔꽃을 손에 든 여자가 지나다니는 길에 시끄러운 종소리를 울리며 인력거가 지나갔다. 센타로는 잠시 동안 그 사람들의 무리에 몸을 맡겨보았지만, 그들은 그들이고 자신은 자신일 뿐, 이 무수한 사람들도 결국 자신과는 아무런 관계가 없었다.

'아, 나는 결국 혼자가 되었어. 이 넓은 세상에 결국 외톨이가 되어버린 거야.'

센타로는 절실히 느꼈다.

'술, 술!'

센타로의 마음속 한 구석에서 이렇게 외쳤지만, 원래부터 술을 그다지 좋아하지 않던 센타로는 흔쾌히 술에 취할 수 없었다. 술이 깬 후 찾아올 쓸쓸함을 떠올리면, 마음껏 술에 돌진할 수도 없었다.

눈물이 날 것만 같은 기분으로 센타로는 비틀거리며 떠들썩한 마을을 걸었다.

(1918.7.30)

43.

"그런 사람과 결혼을 하다니, 여자는 그 사람 말고도 얼마든지 있잖아요."

여동생인 오나쓰는 센타로와 오노부의 결혼을 반대했다.

"그런 여자를 새언니라 불러야 한다면, 앞으로 오빠 집에는 찾아가지 않을 거예요."

센타로는 원망하는 오나쓰를 달랬다. 그리고 얼마 지나지 않아 센타로는 오노부를 아내로 맞이했다.

센타로는 팔 수 있는 모든 것을 팔고, 매제인 신스케의 중계로 융자를 받아서 허울뿐인 가정을 만들었다.

센타로는 시즈오카에서 제지사업을 일으킬 계획을 시작했다.

결혼식을 올린 지 닷새쯤 지난 저녁, 센타로의 집에 장인인 규고가 불쑥 찾아왔다.

"어서 오세요. 여보, 아버지가 오셨어요."

"집 안에서 일을 하고 있던 센타로도 나와 규고를 집 안으로 안내했다. 규고는 집안 구석구석을 살펴보더니 자리에 앉았다.

"집이란 것이 참 묘한 것이라, 사람이 들어와 살아야 집의 모양이 갖춰지는 것이야."

집안에는 오노부가 가져온 서랍장과 화장대 등의 고풍스러운 세간살이가 자리 잡고 있었다. 센타로는 쓴웃음을 지어보이는 수밖에 없었다.

"그런데 조선의 회사는 그 후에 어떤 상황인가? 그리고 자네는 언제쯤 그쪽으로 가게 되는가?"

센타로는 얼굴을 숙였지만, 대답하지 않을 수도 없었다.

"회사는 건축을 끝내고 사업을 시작했다고 합니다. 하지만 저는 사정이 생겨서 경성에는 돌아가지 않을 생각입니다."

규고는 귀를 의심하며 다시 물었다.

"조선에 돌아가지 않는다고?"

"네."

"이게 무슨 말인가. 어쨌든 그만큼 일을 해놓고 내던져버리다니, 막대한 손해로군. 무슨 일이 있었는지 모르겠지만 다시 가보는 편이 좋지 않은가?"

규고는 불쾌한 듯 이렇게 말하고는 센타로의 얼굴을 노려보았다.

사실 규고가 오노부를 센타로와 결혼시키고자 한 것은 센타로가 조선의 제지사업에서 매우 중요한 지위를 점하고 있기 때문이었다. 때문에 그 자리를 잃어버린 센타로는 그저 별 볼일 없는 사내로 보일 뿐이었다.

오노부가 차를 내리며 두 사람의 이야기를 듣고 있었다. 오노부 역시 조선에 가지 않는다는 이야기는 처음 듣는 것이었다.

"그래도 당신이 시작한 일이니, 당신이 안계시면 그 일을 대신 할 사람이 없지 않은가요?"

"아니, 나 외에 또 한명이 있으니 사업에는 지장 없을 거요."

센타로는 단호하게 말했다.

"하지만 조선에 가지 않는다면 앞으로 어찌 할 생각인가? 이쪽에 뭔가 괜찮은 사업이라도 있는 건가? 아니면 자내도 곤란한 상황인 건가?"

규고는 거침없이 추궁했다.

(1918.8.1)

44.

전등에 불이 들어오고 밤이 되었다. 조금씩 불어오던 바람이 멈추자 후텁지근해졌다.

"당신은 가서 얼음물이라도 좀 가져오지."

이 상황에 오노부까지 말을 거드는 것이 보기 싫었던 센타로가 오노부에게 명령했다. 그러자 규고가 손을 내저으며 거절했다.

"아니다, 아니야. 나는 그런 거 안 마신다. 마시고 나면 오히려 목이 뜨거워져서 손해야."

그리고는 다시 화제를 돌렸다.

"그래서 무슨 계획이 있는 건가?"

"이곳에서 사업을 하고자 합니다. 실은⋯."

센타로는 아직 계획 중인 일을 규고와 오노부에게 말하고 싶지는 않았지만 다른 도리가 없었다.

"실은 지금 계획 중입니다. 시즈오카와 주변 현에서 다른 공업에 사용하고 버려지는 목재의 섬유를 사용하여 제지사업을 해보려고 여러 가지로 알아보고 있습니다. 볏짚 이외에도 종이를 만들 수 있는 섬유의 종류는 매우 많으니 가능한 저렴하고 원료가 풍부한 것을 찾고 있는 중입니다."

규고는 약간 비웃는 말투로 말했다.

"그런 것이 있으면 다행이지만, 이마 다른 사람이 손을 대고 있겠지."

"그 외에도 다른 무언가가 더 있을 겁니다."

"조금이라도 생각해 놓은 것이 있는가?"

"아니요. 아직 거기까지는 진전이 안 됐습니다."

"그렇다면 뜬구름 잡는 이야기 아닌가. 다른 무언가를 찾지 못하면 어쩔 샘인가."

"꼭 찾아낼 겁니다. 분명 아직 남아있는 다른 것이 있으니⋯. 무언가 발견해서 사업이 시작될 기미가 있으면 부디 원조 부탁드리겠습니다."

규고는 미간을 찌푸렸다.

"돈이 될 만한 기미만 있다면 또 한번 이야기를 나누겠지만, 지금 같은 상황이라면 도무지 믿을 수가 없지 않나. 그런 목표만 가지고 빈둥빈둥 놀고 만 있으면, 실례가 되는 말일지 모르겠지만, 입에 풀칠하기도 어려울 걸세."

"그럴 일 없습니다."

"여보, 어떻게 다시 한 번 조선으로 갈 수 있는 방법은 없는 건가요?"

"불가능해."

센타로는 화가 치밀어 오르는 듯 자신도 모르게 목소리를 높였다. 이에 규고는 조금 기분이 나쁘다는 듯 말했다.

"나는 고이치에게서 자네가 조선으로 돌아가지 않는다는 말은 전해듣지 못했네. 마치 한통속이 돼서 나를 속인 것 같군."

"속였다고 말씀하시면 곤란합니다. 조선에 가지 않기로 결정한 것은 결혼을 약속한 이후니까요…. 무슨 일이 있어도 좋은 사업안을 찾아낼 테니 안심하십시오."

실은 규고가 가장 걱정한 것은 사업에 원조를 해달라는 부분이었다.

"이렇게까지 말한다면 나도 자네의 기량을 한 번 봐야겠군. 남자라면 혼자 힘으로 걸을 줄 알아야지. 다른 사람에게 도움을 받는 것은 오히려 좋지 않아. 나도 자네에게 도움을 주지 않을 테니 아무쪼록 혼자 힘으로 잘 해보게."

규고는 이렇게 말하며 입가에 기분 나쁜 웃음을 지어 보였다.

센타로도 불쾌한 듯 입을 다물었다.

(1918.8.2)

45.

센타로는 결혼식 다음 날, 아무 말 없이 오노부에게 100엔을 건넸다. 센타로의 수중에는 이제 100엔도 남지 않았다. 때문에 이 돈이 남아 있는 동안 사업의 윤곽을 잡아서 규고의 후원을 얻고 사업을 개시할 생각이었다.

그래서 우선 원료 조사를 시작하고 각종 섬유를 연구했다. 그러나 시즈오카현에서는 수자원과 원료가 풍부한 만큼 이미 각지에서 여러 제지사업이 성행하고 있었다. 사업에 적당한 원료는 이미 대규모로 사용되고 있었고, 사용되지 않는 원료는 가격이 비싸거나 원료의 양이 충분하지 않았기 때문에 센타로는 점점 초조해지며 연구에 몰두했다.

호화스러운 생활을 하던 오노부에게 이러한 일은 점점 귀찮게 여겨졌다.

센타로는 틈만 나면 자신의 방에 처박혀 있었다.

"여보, 잠깐 산책을 나갔다 오지 않겠어요?"

때때로 저녁식사를 한 후 오노부가 제안을 해도 거절할 뿐이었다.

"나는 할 일이 있으니 가고 싶거든 혼자 다녀와."

아직 마련되지 않은 가구를 사고 싶다고 말을 해도 마음대로 하라고 할 뿐이었다. 찾아오는 사람도 없었다. 마을과 떨어진 변두리에 있는 집에는 정원이라고 할 만한 공간도 없었다. 신혼의 단꿈에 취한 듯한 아름다운 날은 단 하루도 없이 단조로움과 적막감에 둘러 싸였다. 오노부는 유배지에 갇힌 것처럼 쓸쓸했다.

게다가 앞으로 어떻게 성장할지 모르는 조선화학제지의 그 높은 지위를 내던져 버린 것 역시, 이유는 알 수 없었지만 어쩐지 스스로 선택한 일은 아닌 듯 하니, 거기에는 분명 무슨 어두운 그림자가 있는 것은 아닐까 하는 생각도 들었다.

슈젠지에 가는 길에 만났을 때만 해도 좀 더 밝은 사람인 것 같았는데, 결혼을 하고 보니 어둡고 무뚝뚝한 사람이었다. 어떻게 다가가야 할지 도통 알 수가 없었다.

외출을 하면 하루 종일 돌아오지 않는가 하면, 아침부터 밤까지 방 안에 처박혀 있는 날이 많았기 때문에 가족이 되고 나서도 하루도 편하게 대화를 나누어 본 적이 없다. 무슨 요리를 만들어도 맛있다거나 맛이 없다거나 하는 말도 없다. 이 음식이 맛있느냐 물어도 그렇다고 답할 뿐 좋다 나쁘다 말도 없이 밥만 먹고는 젓가락을 내려놓고 만다.

결혼을 한지 2주도 지나지 않았는데도 이런 상황인데, 앞으로 몇 십 년의 세월을 어떻게 보내야 할지 걱정이 되었다.

소지품이 없는 것은 이해가 되지만, 옷 한 벌 제대로 없는 것도 이상했다. 아무리 남자라고 해도 옷 한 벌 정도는 가지고 있을 법한데 말이다. 어딘가에 맡겨 둔 건가 싶다가도 속 시원하게 물어볼 수도 없는 노릇이라 불신만 깊어져 갔다.

자신 역시 초혼이 아니기 때문에 내 마음대로 할 수는 없는 일이었지만, 이런 날이 계속해서 이어진다면 불만을 갖지 않을 수 없었다.

'아, 이런 사람과 결혼하는 게 아니었나 봐.'

이런 생각을 하면 안 된다고 생각하면서도, 가슴 속 깊이 이런 생각이 들 때도 있다.

(1918.8.3)

46.

어찌되었든 시간은 흘러 한 달 정도가 지났다.

센타로는 끊임없는 연구 끝에 대나무 섬유로 종이를 만드는 방법을 발견했다. 몇 번의 실험을 반복하며 상당 한 성과를 낼 수 있다는 확신을 얻었다. 대나무의 껍질을 벗기고 남는 잔여물은 원래 불쏘시개로 밖에 쓰이지 않았기 때문에 이를 원료로 사용하면 매우 낮은 가격에 원료를 구할 수 있다. 그리고 이 원료는 하코네(箱根)와 아이치(愛知)현 부근의 대나무 파이프 공장 등에서 원하는 만큼 공급받을 수 있다. 센타로의 사업 준비는 여기까지 진전되어 있었다.

어느 날 밤, 센타로는 규고를 찾아갔다. 규고는 알몸으로 툇마루에 대자리를 깔고 앉아, 물에 흠뻑 젖은 정원을 바라보며 소주를 마시고 있었다. 이야기를 듣는 규고의 태도는 좋지는 않았지만 센타로는 실험의 성과를 알아듣기 쉽게 설명했다. 규고는 새빨개진 옆얼굴을 어루만지며 말했다.

"문외한인 나는 잘 모르겠지만 들어본 바로는 상당히 전망이 좋군. 그래, 앞으로는 어떻게 할 생각인가?"

그러고는 규고는 집안을 향해 말했다.

"이봐, 센타로에게 음식을 좀 가져와."

"아니요, 신경 쓰지 않으셔도 됩니다. 우선 아버님의 승낙을 받은 뒤, 누구라도 유력자를 소개 받고 싶습니다."

집에 남아 있던 음식들로 상이 차려져 나왔다. 규고는 비어있는 센타로의 술잔에 소주를 따르며 말했다.

"그렇군."

이렇게 말하며 얼굴을 찰싹 때리자 피를 잔뜩 빨아먹은 모기 한 마리가 손바닥에서 떨어졌다.

"이것 참 지독한 녀석이야. 이렇게나 피를 빨아대다니…."

규고는 옆에 놓인 수건으로 손을 닦은 뒤, 부채를 들어 정신없이 흔들어댔다.

"그래, 누가 좋을까…. 그…."

규고는 부채질을 하다가 멈추고는 생각했다.

"그래, 그게 좋겠어."

그리고는 자신도 모르게 소리쳤다.

"자네, 원주에서 인조석회사를 하던 구노전차(久能電車)의 이토 히로시(伊藤広)라는 자를 알고 있나?"

"성함을 들어본 적이 있습니다만, 만나 뵌 적은 없습니다."

규고는 싱글싱글 웃으며 술에 취한 표정으로 말했다.

"이토가 좋겠어. 그 남자라면 나도 잘 알고 있고, 배짱이 두둑한 사람이니까 사업에 전망만 있다면 분명 힘이 되어 줄 걸세. 하마마쓰(浜松)에 살고 있는데, 여름에는 오카쓰(岡津)에 있는 별장에 와 있을 거야. 내가 소개장을 써줄 테니 한 번 가서 만나보게."

규고는 술을 한 잔 더 마시고는 집안을 향해 말했다.

"벼루와 종이를 가져와 주게."

"이토 씨는 지금 오카쓰에 계신 건가요?"

"글쎄, 오카쓰에 있을 것 같긴 한데…, 만약 없으면 하마마쓰까지 가면 될 일이지."

규고는 안경을 쓰고 먹을 갈아 편지를 쓰려 했지만 손이 떨려서 생각대로 움직이지 않았다. 두세 번 다시 쓰기를 반복했지만 역시나 잘 되지 않았다.

"이거 큰일이군, 한잔 마시면 이렇게 괴발개발이 되어버리니. 이것 참 곤란하군."

센타로는 더는 차마 볼 수 없다는 듯 말했다.

"꼭 오늘 밤에 쓰지 않으셔도 되지 않을까요?"

"그건 그렇군. 그럼 내일 아침에 써 두지."

규고는 붓을 내려놓았다.

"그런데 말이야, 혹시 이 사업이 잘 되면 나도 소개료에 상응하는 주식을 주는 거지?"

규고는 진심인지 농담인지 알 수 없는 말을 하고는 크게 웃었다.

(1918.8.4)

47.

오카쓰에 있는 이토의 별장은 세이켄지(清見寺)와 함께 경치가 매우 좋은 곳에 자리 잡고 있다. 별장 앞에는 흰 돛단배가 떠다니는 짓푸른 빛의 바다, 뒤에는 오래된 소나무 숲, 시원한 바람에 개똥벌레와 잠자리가 함께 날아다니고, 처마에 매달린 풍경은 바쁘게 흔들리며 소리를 낸다.

그 응접실에 센타로와 이토가 마주 앉아 있었다. 이토는 센타로의 설명을 듣고 그 견본을 본 후 대수롭지 않다는 듯 금종이로 만 담배에 불을 붙였다.

"흥미롭군요. 하지만 회사를 세우기에는 시즈오카 현내의 원료만으로는 조금 부족할 것 같은데요? 만약 부족하다면 근방의 다른 현에서 원료를 조달해야 하는데 그 부분에 대한 조사도 필요하고, 공장의 위치도 고민해 봐야지요. 이런 문제에 대해 어떤 의견을 갖고 계신가요?"

센타로는 바람에 휘날리는 하오리의 옷자락을 신경 쓰며 대답했다.

"지당하신 말씀입니다. 공장의 위치는 후지(富士)나 슨토군(駿東郡) 중에서 공업용수 조달이 용이한 곳으로 고르려 합니다. 시즈오카 현 외의 원료 조달에 대해서는 아직 조사가 충분히 되지 않았습니다."

"그 제품의 거래처나 가격 등 경제적인 부분의 조사는 어떻게 되었나요?"

센타로는 보자기에 든 서류 속에서 괘선이 그어진 서너 장의 종이를 꺼내 이토에게 건네며 말했다.

"실은 그 방면은 제가 잘 알지 못합니다. 이건 간단하고 범박한 조사이긴 합니다만 참고해 주시기 바랍니다."

이토는 그 서류를 한 번 훑어보고 말했다.

"말씀하신 이야기는 잘 알겠습니다. 하지만 제 입장에서도 좀 더 자세히 조사해 보아야 여기에 투자를 할지 여부를 확실히 말씀드릴 수 있기 때문에, 이 서류를 잠시 동안 제가 맡아두어도 될까요?"

"네 알겠습니다. 있는 그대로 말씀드리자면, 제가 알고 있는 것은 단지 종이에 적힌 정보들 정도이니 부디 충분한 조사를 부탁드리겠습니다.

의논은 이것으로 끝이 났다. 이토는 하녀가 가져온 아이스크림을 권하며 기탄없이 말을 건넸다.

"저도 요 근래에 일이 바빠서 오랫동안 에토 씨하고는 만나지 못했습니다만, 에토씨는 변함없이 잘지내고 계시지요? 벌써 재산이 상당하지요?"

이토는 미소를 지었다.

"네, 대단하시긴 여전히 대단하십니다."

먼 바다 쪽에서 잉크를 풀어놓은 것처럼 구름이 퍼져왔다. 구름은 점차 육지 쪽으로 밀려오고 시원한 바람은 더욱 강하게 불었다.

"갑자기 날씨가 흐려졌네요. 이케타니 씨는 조선에 계셨던 것 같은데, 그쪽에서는 몇 년 정도 머무셨나요?"

"5년이 조금 안됩니다."

"주로 경성에 계셨던 건가요? 그렇군요. 그쪽에는 아직 손을 대지 않은 각종 재미있는 사업이 많이 있지요? 제 지인들 중에서도 조선에서 사업을 하고 있는 자들이 많습니다. 저도 한 번 가보고 싶었는데 아직 가보지를 못했네요. 없는 사람이 시간도 없다고 하지 않습니까."

빗방울이 하나 둘 떨어지나 싶더니, 갑자기 폭우가 쏟아지기 시작했다. 나무와 풀, 개와 사람 할 것 없이 모두 쓰러뜨릴 듯 비가 내렸다. 두 사람은 대화를 멈추고 나란히 하늘을 올려다보았다.

"비 한번 시원하게 오네요."

"네, 참 시원한 비네요."

센타로는 전에 없이 쾌활한 목소리로 답했다.

(1918.8.5)

48.

장인인 규고에게 이토와의 회의 내용을 보고하는 편지를 보내고 집에 돌아오자 목욕물이 데워져 있다. 시원하게 목욕을 한 후 툇마루로 나간다. 오랜만에 느껴보는 시원한 바람이 젖은 머리카락을 흔든다.

"오늘은 덥군. 오카쓰에는 한바탕 소나기가 쏟아졌는데 여기에도 비가 왔나?"

"네, 한 시간 정도였지만 장대같은 비가 내렸어요. 그 비 덕분에 훨씬 시원해졌어요."

오노부는 차가운 보리차를 건네고 일어섰다.

센타로는 좁은 정원을 둘러보았다. 나무와 풀들 모두 기분 좋게 시원한 저녁 바람을 즐기고 있다. 화분의 나팔꽃도 내일 아침 피워낼 작은 봉우리를 안고 있다. 비가 갠 저녁의 달빛은 더욱 선명하게 만물을 비추고 있었다. 센타로는 오늘 낮에 있었던 이토와의 회의의 모습을 다시 한 번 떠올리며, 비로소 소박한 자신의 집에서 편안함을 느꼈다.

그곳에 목욕을 한 후 옅은 화장을 한 오노부가 저녁상을 가지고 왔다.

"안으로 들어가시겠어요? 아니면 툇마루로 가져갈까요?"

"날도 시원하니 툇마루에서 먹지 않겠어?"

"정말이네요. 그렇게 해요."

밥상이 툇마루에 차려졌다. 오노부가 직접 만든 세 종류의 반찬이 밥상 위에 올라 있었다.

"오늘은 꽤나 반찬이 많군."

센타로는 반찬에서 시선을 돌려 아내의 얼굴을 바라보았다.

"당신도 꽤나 아름답군."

"어머, 그런 말씀을 하시다니…."

오노부는 이렇게 말하면서도 내심 기쁜 듯 미소 지었다. 식탁 앞에 앉은 센타로가 밥공기를 들자 오노부가 말했다.

"여보, 잠깐만 기다리세요. 지금 가져올 테니."

오노부는 이렇게 말하고는 다시 일어섰다. 센타로는 밥통을 가져오려나 보다 싶었는데, 의외로 오노부가 가져온 것은 맥주였다.

오노부는 컵을 건넸다.

"더위도 떨칠 겸 한잔 어떠세요? 차갑게 해 두었거든요."

술을 그다지 좋아하지 않는 오노부는 한 번도 저녁 반주를 생각해 본 적이 없었지만, 이번에는 홀린 듯 컵을 손에 들었다.

"그러지. 차가운 맥주라니 한잔 마셔볼까? 취하면 내일이 괴로우니 딱 한잔만."

변명하듯 말하며 내민 컵에 호박색의 액체가 넘실넘실 채워졌다. 정원에서 불어오는 저녁바람이 가슴을 가볍게 쓸어주었다.

센타로는 맥주를 3분의 1정도 마시고는 식탁 위에 내려놓았다.

"나는 별로 좋아하지 않지만, 여름날에 차가운 맥주는 취하지 않을 정도라면 아주 맛있군. 그런데 이런 게 집에 있는지는 몰랐는걸?"

그러고는 젓가락질을 하며 말했다.

"상당히 맛있군."

"당신도 상당히 아부를 잘 하시네요."

오노부가 웃으며 처마 끝의 기후등불[20]에 불을 붙이자 옅은 불빛이 탁자위로 떨어지고 아내의 옆얼굴을 아름답게 비추었다.

---

20 기후등불(岐阜提灯). 기후(岐阜)지역의 특산 초롱으로, 긴 달걀꼴로 가는 실에 미농지를 바르고, 흰 색이나 옥색 바탕에 가을 풀 등의 그림을 그린 것이다. 주로 백중날이나 여름 밤에 매단다.

센타로는 맛있다는 듯 남은 맥주잔을 비우더니 물기를 닦아내고 오노부 앞에 내밀었다.

"당신도 한잔 하지."

(1918.8.6)

49.

"고마워요. 정말 조금만 줘요."

거절할 줄 알았던 오노부는 의외로 컵을 집어 들더니 반쯤 따른 맥주를 다 마셔버렸다.

"놀랐어. 아주 멋진 솜씨야."

오노부는 짐짓 부끄러운 듯 말했다.

"여자는 술을 마시면 안 되는 거죠? 친정집에서는 아버지가 마시다 보니…."

"조금이라면 괜찮지."

센타로는 달래듯 말하고는 또 맥주 한잔을 마시자 처마에 매달린 전등이 새빨개진 센타로의 얼굴을 비추었다.

오노부는 부채질을 하던 손을 멈추었다.

"어머, 얼굴이 새빨개졌어요."

"이런, 완전히 취해버렸어."

센타로는 뺨을 두드렸다.

"자, 밥을 먹읍시다. 밥."

그러고는 밥그릇을 내밀었다.

오노부는 맥주병을 전등에 비춰보며 말했다.

"아직 남아 있어요, 여보."

"이미 많이 마셨어. 이 이상 마시면 취한다고."

두 사람은 여러 가지 이야기를 나누며 즐겁게, 그리고 조용히 저녁 식사를 마쳤다.

저녁상을 물린 후 두 사람은 다시 마주보고 앉았다.

"오늘 밤은 정말 시원하군. 매일 밤 이러면 좋으련만…."

"그 대신 농사꾼들이 곤란해지겠지요?" "그것도 그렇네."

오노부는 결혼을 한 후 처음으로 부부가 된 것 같은 느낌이 들었다. 신혼부부다운 즐거움, 우리 집이라는 안점감이 느껴졌다.

"어때, 산책이라도 나가볼까?"

센타로의 제안에 오노부는 반지를 만지작거리며 대답했다.

"좋아요."

그리고는 조금 새삼스럽게 물었다.

"오카쓰에서 일은 어땠어요? 잘 다녀오신 거예요?"

센타로도 다시 자리에 앉으며 대답했다.

"다행히 이토 씨를 만나서 충분히 이야기는 했어. 대체적으로는 이토 씨도 찬성을 했는데, 내가 조사한 것만으로는 조금 부족한 듯해서 이토 씨가 좀 더 자세하게 조사해 보겠다고 하더군. 확실한 건 아직 몰라."

"그래도 대체적으로 찬성했다면 잘 된 거네요."

"그래. 첫 회의에서 그 정도면 괜찮지. 잘 되어야 할 텐데."

"분명 잘 될 거예요. 걱정 하지 않아도 괜찮아요."

이런 말을 들으니 센타로도 어딘가 든든한 기분이 들었다. 그리고 기분이 좋은 듯 일어났다.

"여보, 빙수라도 먹고 올까?"

"어머."

오노부는 깜짝 놀랐다는 듯 말했다.

"잠깐만 기다려 줘요. 설거지도 해야 하고, 집안 문단속도 해야 하잖아요."

"아, 그런가."

두 사람을 서로를 바라보며 웃었다.

(1918.8.7)

50.

두 사람 사이는 표면적으로는 비교적 고요한 나날이 이어졌다.

그러나 센타로의 마음속에서는 매일같이 파도가 일었다. 지금으로 서는 자신의 운명은 이토의 대답 여하에 달려 있다. 이토의 조력 여하에 달려 있기 때문에 사활이 걸린 그 편지만을 오랫동안 기다리고 있다. 그렇다고 해서 독촉을 할 수도 없는 노릇이라 만일 거절한다면 어쩌나 하는 걱정과 함께 조바심이 나면서도 단지 기다릴 수밖에 없었다.

물가는 날로 상승하였고, 고정된 수입이 없이 지출만 있던 센타로의 가계는 점점 더 어려워졌다. 오노부 역시 센타로에게서 받은 100엔은 이미 다 쓴지 오래되었고, 이제 300엔 정도 되는 자신이 가져온 돈에 손을 대기 시작했다.

이 사실을 알게 된 센타로는 결국 이제나 저제나 하고 그 답장이 몹시 기다려졌다.

어느 날 아침 센타로는 우편배달부에게서 오노부 앞으로 온 남자의 편지를 받았다.

"여보, 당신 앞으로 편지가 왔어."

집안일을 하고 있던 오노부는 젖은 손을 닦으며 나왔다.

"나한테요?"

오노부는 이상하다는 듯 편지를 건네받았다. 그리고 뒤편으로 돌려 발신인을 확인하더니 얼굴색이 변하였다. 하지만 그때 이미 센타로는 다시 대문 밖으로 나가 있었기 때문에 이를 알지 못했다.

오노부는 그 편지를 허리띠 깊숙이 집어넣었다. 자신도 모르게 주위를 살피고는 부엌으로 가 봉투를 열어보았다.

편지는 상당히 길었다.

당신은 원하던 사람과 결혼하여 필시 즐겁고 달콤한 환락에 빠져 있겠지. 천년만년 경사스럽기 그지없겠군.

편지는 원망하는 문장으로 시작되었다.

하지만 나는 아무리 해도 당신을 잊을 수 없어. 결혼을 했다고 해서 나는 당신을 비난하지 않아. 왜냐하면 당신은 분명 다시 내게 돌아올 거라고 확신하고 있으니까.

마음을 자극하는 문장도 있었다.

나는 지금 죽을힘을 다해 노력하고 있어. 만약 지금의 내 모습을 이전의 당신이 본다면 분명 울어주겠지. 나는 끝까지 노력해서 꼭 성공을 할 거야. 하지만 그 노력과 성공도 당신이 나를 영원히 떠나버린다면 아무 소용없는 노력이겠지…. 하지만 그럴 일은 없을 것이라고 마음 깊이 믿고 있어.

강하게 마음을 끄는 문장도 있었다.

이렇게 해서라도 당신을 잡아야 겠어. 당신을 위해 행복을 얻기 위해 애쓰는 나를, 부디 안쓰럽게 여겨 주시오. 예전의 나를 위해 흘려주었던 눈물의 몇 분의 일이라도 좋으니, 부디 지금의 나를 위해 흘려주시오.

연민을 구하는 문장도 있었다. 그리고 마지막에는 이렇게 적혀 있었다.

하지만 나는 당신이 과거의 이력을 숨기고 지금 그 사람과 결혼을 했다는 사실도 알고 있어. 그건 500리가 떨어진 도쿄에 있어도 현재의 당신의 성씨와 주소를 알고 있다는 점에서 헤아릴 수 있겠지. 만일, 만에 하나라도 혹시 당신이 내 소원을 들어주지 않는다면, 내 말을 받아주지 않는다면 나는 맹렬히 일어날 것이오. 그리고 당신의 모든 것을 파괴할 거야. 나의 명예와 장래를 버리고 모든 과거를 고백한다면 당신의 미래와 행복을 끝내버리는 것은 아주 간단한 일이야. 하지만 병사는 결코 흉기를 함부로 휘두르지 않지. 그 점은 안심하고 내게 마음을 열고 답장을 해 주시오.

협박의 문장이었다.

오노부의 몸이 부들부들 떨려왔다. 그러나 이 편지는 다시 한 번 허리띠 속에 감추어 졌다.

(1918.8.8)

51.

오노부에게는 이러한 어두운 그림자가 있었다.

오노부는 열일곱 살 때까지 천진무구한 소녀 시절을 보냈지만, 그 해 여름에 해수욕을 다녀오는 길에 옆집에 사는 변호사 출장소의 서생인 히코자카 세이사쿠(彦坂淸策)라는 남자와 친한 사이가 되었다. 세이사쿠는 당시 징병 검사를 막 마친 스물두 살의 청년이었다. 하지만 오노부는 특별히 세이사쿠를 사랑하는 것도 아니었고, 단지 한 여름 밤의 불장난에 지나지 않는다고 생각했다.

그러나 금단의 사과를 먹어버린 이상, 그에 상응한 대가 없이는 끝나지 않았다. 세이사쿠의 마음은 날로 격해졌고, 오노부도 그에 휘둘려 가다보니 가을바람이 불어올 즈음에는 이미 두 사람은 헤어질 수 없는 사이가 되어버렸다.

두 사람은 미래의 일에는 꿈처럼 희미한 희망을 건 채로, 오로지 현재의 환락에 빠져있었다. 점차 사람들의 눈에 띄고 집안사람들의 주의를 받기 시작한 때에, 이를 질투한 사람이 지방의 신문에 투서를 하게 되면서 두 사람의 염문은 대서특필되어 이곳저곳에 팔려나갔다.

오노부는 그 신문을 보고 새파랗게 질려버렸다. 그리고 그 신문을 들고 옆집으로 뛰어갔다. 세이사쿠 역시 그 신문기사를 읽었다.

"이를 어찌 해요. 큰일이 났어요."

"그러게, 곤란해졌군."

"저는 도저히 집에 있을 수 없어요. 아버지가 저렇게 엄하시니…."

"…"

"어떻게 좀 해봐요."

"…"

두 사람의 머릿속에는 동시에 '도피'라는 두 글자가 떠올랐다. 두 사람은 눈을 마주보았다.

"도쿄로 가자. 일단 가면 어떻게든 될 거야."

"그렇게 해요. 저도 곧 준비를 해서 올게요."

그날 아침 8시 열차를 타고 두 사람은 도쿄로 달렸다. 그리고 이곳 저곳 숙소를 전전하며 즐겁지만 두렵고 불안한 며칠을 보냈다.

세이사쿠는 두 사람이 생활하기 위해 일을 찾았다. 가능한 한 육체 노동이 아닌 일을 찾았다. 오노부의 수중에는 아직 두 사람이 한 달 정도 생활할 수 있는 돈이 남아 있었다.

하지만 직업을 찾는 일은 용이하지 않았다. 세이사쿠와 오노부 모두 도쿄에 친척이나 친구가 있기는 했지만, 그들을 찾아갈 수는 없었기 때문에 무얼 하더라도 상당히 번거로운 방법을 택할 수밖에 없었다.

저녁이 되면 세이사쿠는 잔뜩 치쳐서 돌아왔다.

"어디 일할 곳은 없었어요?"

오노부가 물었다.

"응."

세이사쿠는 이렇게 말하고는 털썩 주저앉았다.

"아무리 해도 일이 찾아지질 않아. 일이 없는 건 아니지만 사람이 많으니 발 빠른 놈들한테 다 뺏겨버리는 거야."

"정말 큰일이네요."

"어쩔 수 없어. 육체노동이든 뭐든 해야지."

세이사쿠는 이렇게 말했지만, 그의 가는 팔로 수많은 물건을 옮길 수 있을 리가 없었다. 이렇게 또 하루가 지났다.

다음 날 아침 세이사쿠는 여느 때와 같이 아침밥을 먹고 얼마 안 있어 숙소를 나섰다.

세이사쿠가 자리를 비운 동안 오노부는 최근 자신의 몸 상태가 이상하다는 것을 눈치 채고는 혼자서 걱정에 빠졌다. 세이사쿠를 사랑하지만 고향도 그리웠다.

"손님이 오셨어요."

하녀가 장지문을 열었다. 누구인지 물으려 할 때에, 그곳에는 쓸쓸한 얼굴을 한 아버지가 서 있었다.

오노부는 그 즉시 아버지와 함께 신바시(新橋)로 급히 떠나야 했다. 세이사쿠에게 인사 한마디 남길 틈도 없이.

(1918.8.9)

52.

아버지에게 붙잡혀 시즈오카로 돌아온 오노부는 이미 몸도 마음도 이전의 오노부가 아니었다. 얼굴도 까칠해져서 이전의 윤기를 잃어버린 것만 같고, 마음도 그 광택을 잃어버렸다. 부모님의 훈계를 얌

전하게 들으면서도, 마음속으로는 세이사쿠를 잊을 수 없었다. 그리워하던 고향에 돌아와 보니 다시 도쿄가 그리워졌다.

세이사쿠에게서는 열렬한 편지가 몇 번이고 이어졌지만, 오노부의 손에 전해지지 못하고 찢겨졌다. 세이사쿠가 오노부를 납치해 갈 것을 대비하여 오노부를 친척 집에 맡기자는 이야기도 있었지만, 막을 수 있을 때까지 비밀에 부치고자 하다 보니 점점 일이 지연되는 사이에 아무래도 오노부를 집에 둘 수 없게 되었다.

그것은 오노부의 임신 때문이었다.

스무살이 되던 해 정월, 오노부는 시즈오카에서 100리 정도 떨어진 산속 집으로 옮겨졌다. 그곳은 신문조차 다음날이나 되어야 읽을 수 있는 첩첩산중이었다. 오노부는 산속 생활을 단순하고 소박하다고 여겼다. 편지를 보내려면 산 하나를 넘어야하고 옆집에 가는 데에도 한 두 시간이 걸렸다.

"이런 산속에 사는 게 불편하기는 하지만, 조금 참고 편히 지내요. 이래봬도 봄이 돼서 꽃이 피게 되면 재미있는 일도 있답니다."

오노부는 이러한 산속 집 사람들의 도움을 받으며 살을 에는 듯한 추위를 고타쓰[21]에 의지하여 보냈다.

그러나 이 역시 순조롭지 않았다. 2월에 접어든 지 얼마 되지 않아 오노부는 유산을 하고 말았다. 옆 마을에서 깊은 산속까지 의사가 찾

---

21 일본에서 쓰이는 온열기구로, 나무로 만든 밥상 아래에 화덕이나 난로가 있고 그 위를 이불이나 담요 등을 덮은 것.

아왔다.

아직 태동도 없었기 때문에 오노부는 엄마가 되었다는 자각을 느껴 볼 새도 없이 십 수 일만에 시즈오카로 돌아왔다.

"어차피 자기가 키울 것도 아니었으니, 오히려 잘 되었지."

집안사람들은 이렇게 말했다. 아이의 사랑스러움까지는 알지 못했던 오노부도 그런 것이라 여겼다. 밖을 돌아 다닐 수 있게 되었을 즈음에는 여기저기에 눈부시게 하얀 매화꽃이 피었다.

걱정하던 세이사쿠는 시즈오카에는 모습을 보이지 않았다. 그 후 서너 차례 편지가 왔지만 그 역시 오노부가 볼 수는 없었다.

몸이 어느 정도 회복되자 오노부는 이따금 세이사쿠의 꿈을 꾸고 환영을 보았다. 그러나 도쿄로 다시 도망갈 정도의 열의는 사라졌다. 그 그리움도 저녁 무지개가 흐려지듯 점차 옅어져갔다.

그해 여름에는 소녀다운 복장을 하고 밤 나들이를 나갈 수 있을 정도가 되었지만, 새로운 인연을 찾을 수는 없었다. 친구 중 누군가가 결혼을 하고 엄마가 되었다는 소문을 들을 때마다 오노부는 괴롭고 쓸쓸한 기분을 느꼈다.

"어디라도 받아주는 곳이 있다면 부탁을 하고 싶군."

아버지인 교고도 집에 드나드는 사람들에게 이런 부탁을 했다.

"신랑이라면 분명 있어요. 단지 인연이라는 게 아무리 서두른다고 해서 되는 것이 아니니까."

모두들 이렇게 대답했지만 역시나 이렇다 할 인연은 나타나지 않았다.

스무 살, 스물한 살, 스물두 살이 되도록 오노부는 집에 있었다. 다시 한 번 공부를 하고 여학교 교사가 되어 평생 독신으로 살까도 생각했지만, 실행하지 못하는 사이에 또 한 살을 먹으며 혼담은 점차 줄어들었다.

이리하여 오노부는 센타로에게 가게 된 것이었다.

(1918.8.11)

53.

오노부는 세이사쿠의 편지를 여러 가지 의미로 받아들었다. 첫사랑인 자신을 어디까지고 찾아오겠다는 의미와 자신을 협박해서 돈을 뜯어내겠다는 의미, 그리고 단순히 한번 유혹하여 놀아보자는 데 불과하다는 의미로 받아들었다.

'어떻게 하면 좋을까.'

오노부는 설거지를 마치고 선반에 걸터 앉아 생각에 잠겼다.

가장 좋은 방법은 이 모든 사실을 남편에게 털어놓고 그 판단과 처벌을 기다리는 것이다. 받아들이기 어렵다고 한다면 친정으로 돌아가고, 다행히 용서해 준다면 남편과 상의하여 이 적을 막아내는 것이다. 이렇게 말하면 간단한 일이지만 이는 좀처럼 실행하기 어려운 일이었다.

"여보, 아침 식사는 아직인가?"

센타로의 부름에 깜짝 놀랄 정도로 오노부는 상심해 있었다.

"지금 가요."

오노부는 겨우 대답을 하고는 서둘러 아침식사를 준비했다. 식사가 끝나자 센타로가 말했다.

"하오리를 꺼내줘요. 오늘 아침에 오카쓰에 다녀올 테니."

"아, 그럼 몇 시 열차로 가시는 거예요?"

"글쎄, 9시 차로 갈까?"

센타로는 시계와 열차 시간표를 살펴보며 대답했다.

센타로는 슬슬 내려쬐는 태양빛을 피하며 정차장으로 급히 걸어갔고 도착했을 때에는 부채질을 할 정도의 시간이 남아 있었다.

피서지인 오카쓰에는 여행 짐을 잔뜩 든 부유한 사람들이 적지 않게 왕래하고 있었다. 센타로는 이토의 별장으로 향했다.

응접실로 안내되어 잠시 기다리고 있자 하녀가 들어왔다.

"주인님께서 지금 일을 하고 계서서요. 20분 정도 기다려주세요."

이렇게 말한 하녀는 다과상과 대여섯 장의 신문을 내려놓고 나갔다.

센타로는 지루함을 달래기 위해 그중 한 장을 집어 들어 외국전보란부터 읽기 시작했다. 그러자 2면 가운데에 「후지제지 설립(不二製紙設立)」이라는 제목의 기사가 보였다. 별 생각 없이 기사를 읽고 있던 센타로의 얼굴색이 변했다. 깜짝 놀란 눈이 그 기사에 고정되었다. 그 기사의 내용은 다음과 같았다.

자본금 일백만 엔을 가지고 기획된 후지제지가 드디어 어제 설립되었다. 본사를 도쿄에 두고, 공장은 본현의 후지 2군에 설치되어 드디어 제지사업을 개시하게 되었다. 사장은 제지왕인 △△씨이다. 당사는 제지 방법을 비밀에 부치고 있으나 본사가 취재한 바에 따르면, 폐 대나무 목재와 그 외에 무가치한 것들을 이용한다고 한다. 이미 본현 및 주변의 각 현과 원료계약을 완료했다. 산출액 등에 대해서는 뒤이어 자세하게 보도하겠지만 그 전망이 매우 밝다.

　　"오래 기다리셨습니다."

　　에토가 들어왔다. 센타로는 인사조차 견딜 수 없었다.

　　"여러 가지로 폐를 끼쳐드렸습니다만, 제 일이 늦어져서요. 이거 보셨습니까?"

　　센타로는 신문을 내밀었고, 이토는 한번 쑥 훑어보더니 말했다.

　　"실은 이 이야기는 전에 저도 한 번 들은 적이 있는 것이었는데, 원료에 대해서는 저도 잘 몰랐습니다. 과연 이걸 보니 원료가 같으니 배합 방법에 약간의 차이가 있더라도 이제 와서 손을 댈 방법이 없겠네요. 당신에게도 미안하고 나로써도 안 된 일입니다만, 한발 늦었으니 어쩔 도리가 없습니다. 다시 한 번 분발하여 다른 방면을 연구해 보시죠."

　　센타로는 이를 갈며 고개를 숙인 채 자리에서 일어나지 못했다.

(1918.8.12)

54.

센타로는 오카쓰의 거리를 터벅터벅 걸어 정차장으로 향했다.

그의 눈에는 푸른 바다도 하얀 돛단배도 들어오지 않았다. 강하게 내리쬐는 태양에 겨드랑이가 땀에 젖어오는 것도 모른 채 고개를 숙이고 계속해서 걸어갔다.

'안타깝다.'

최후의 희망을 걸었던 이 사업은 보기 좋게 산산조각 나버렸다. 사업을 준비해온 수십 일 간의 고심이 모조리 수포로 돌아가 버렸다. 먼 산에 피어있는 꽃을 바라보고 있다가 뒤통수를 맞고 시커먼 계곡 아래로 떨어져버리고 만 것이다. 어디서부터 기어 올라가야 하는 것인가? 센타로는 눈앞이 캄캄해지며 문뜩 제정신이 들었다.

점심때가 지날 무렵에 센타로는 초연히 자신의 집 문 앞에 도착했다. 오노부는 마중도 나오지 않았다.

집에 들어가 보니 오노부는 이불을 깔고 누워 있었다.

"어서 오세요. 많이 더웠지요?"

들어온 센타로를 보고 오노부는 고개만 든채 말했다.

"무슨 일 있었어?"

"왠지 머리가 아파서 참을 수가 없어서요…."

센타로는 아무 말 없이 자신의 방으로 들어가 버렸다.

"무슨 일이 있는 건가?"

오노부는 그 뒷모습을 바라보았지만 극심한 두통으로 몸을 일으키기조차 어려웠다. 오노부는 오늘 아침 센타로를 배웅하고 나서부터 청소를 하고 세탁을 했다. 그리고 세탁한 빨래를 너는 와중에 극심한 현기증을 느꼈다. 쓰러질 것만 같아서 벽에 기대었다. 누워 있자니 오늘 아침의 편지가 떠올라 계속해서 오노부를 괴롭혔다.

'어떻게 해야 할까?'

오노부의 눈에는 까맣게 그을린 세이사쿠가 육체노동을 하는 모습이 보이는가 하면, 유산된 아이의 가엾은 얼굴이 떠오르기도 했다. 깜빡 잠이 들어나 싶었는데, 어둠 속에서 밝게 빛나는 두 개의 눈이 보였다. 가까이 다가가 보니 센타로였다. 센타로는 아무 말도 없이 조용히 오노부를 노려보고 있었다. 오노부는 도망치려 했지만 도망칠 수 없었다.

"여보, 무슨 일이야. 일어나봐."

자신을 부르는 소리에 오노부가 눈을 뜨자 센타로가 화로 곁에 앉아 있었다.

"아, 무서운 꿈을 꿔서⋯. 내가 무슨 말을 했나요?"

"가위에 눌리는 것 같아서."

센타로는 오노부의 이마에 손을 짚으며 말했다.

"열도 조금 있는 것 같아. 물이라도 가져올까?"

오노부는 몸을 조금 일으켰다.

"금방 나을 거에요. 당신, 점심은요?"

"아직이긴 한데 별로 생각이 없군."

"그래요? 별로 차릴 건 없지만 괜찮으면 한술 뜨세요."

"조금 뒤에 먹지. 지금은 조용히 있고 싶어."

센타로는 이렇게 말하고는 다시 자리에서 일어섰다.

오노부는 센타로에게 물을 가져다 달라고 하고 싶었다. 자신이 이렇게 아픈데도 개의치 않는 것 역시 원망스러웠다. 약을 가져와 주거나 의사를 불러주기를 원했다. 괜스레 옹졸해졌다.

센타로는 너무나도 큰 상처를 받아 견딜 수가 없었다. 위로해주었으면 하는 아내는 잠이 들어 버렸다. 어떠한 위안도 되지 않았다. 사업은 어찌 되었냐고 묻지 않는 것도 아쉬웠다.

센타로는 옷을 벗고는 알몸인 채로 방안에 맥없이 쓰러졌다.

(1918.8.13)

55.

초저녁에 아주 조금 내린 비가 바람을 가지고 가버린, 매우 무더운 밤이었다.

오노부는 아침에 일어나기는 했지만 얼굴이 퉁퉁 부은 채로 나른하게 움직이고 있다. 두 사람은 아무 말 없이 맛없게 식사를 마쳤다. 오노부가 부엌에서 달그락 달그락 소리를 내며 식기를 씻고 있는 동안에도 센타로는 손으로 턱을 괴고 눈을 감고 있었다. 모기가 유달리 몰려드는 것 같았다.

그곳에 규고가 왔다. 저녁 반주를 하고 온 듯 얼굴이 붉었다.

"덥군. 요즘 통 못 본 것 같아서, 어떻게 지내나 하고 한번 와 봤네."

규고는 이렇게 말하며 자리에 앉았다. 센타로는 아직 이토와의 제지사업 교섭이 단절되었다는 사실을 규고에게 알리지 않았기 때문에 묘하게 마음이 놓였다. 규고에게 방석을 내어주고 부채를 건네며 말했다.

"오랫동안 찾아뵙지 못해 죄송합니다. 몸이 좀 안 좋기도 하고 오노부가 몸져눕는 바람에요. 아버님은 별일 없으시지요?"

"이 정도 더위엔 끄떡없어. 몸을 단련해 두었거든."

규고는 입을 벌리고 크게 웃었다. 그리고는 술 냄새에 이끌려 온 파리를 부채로 쫓아내며 말했다.

"그건 그렇고, 제지 쪽 일은 그 뒤에 어떻게 되었는가?"

오노부도 손을 닦으며 다가와 인사를 한다.

센타로는 장인에게 차마 이야기할 수가 없었지만, 질문을 받은 이상 대답하지 않을 수도 없었다.

"그게…, 실은 말씀드리려 했는데, 생각처럼 잘 되지 않았습니다."

"생각처럼 잘 안 되다니, 무슨 의미인가?"

그 말에 규고는 더욱 추궁하며 물었다.

"실은 제 계획이 조금 늦었더군요. 이미 같은 계획을 세운 사람이 있어서 벌써 회사까지 세웠더라고요. 그쪽은 자본금도 많고, 사장이라는 자는 제지계의 왕이라는 △△라니 도무지 제가 상대할 바가 못 되지요."

규고는 다그치며 말했다.

"그런 계획이 있다는 걸 모르고 있었다는 것도 조금 어리석은 일이지만, 이미 벌어진 일이니 어쩔 수 없지. 그 회사에 자네의 계획을 팔아보는 건 어때? 그냥 물러서기엔 아쉽지 않은가."

센타로는 바닥으로 시선을 떨구었다.

"그렇다면 가장 좋겠습니다만, 그 정도로 큰 회사에서 하는 일이니, 분명 제가 생각한 방법 이상의 무언가가 있을 텐데 이제 와서…."

"자네의 그런 태도가 문제라는 거야. 그렇게 의지가 약해서 쓰나. 하는 데까지는 해 봐야지…. 조금 무리해서라도 결과를 내야 하지 않겠나. 해 보게. △△에게 부딪혀 봐."

"하지만…."

"아니, 그렇게만 되면 얼마나 득이 되겠나. 그런 태도는 안돼."

규고는 조롱하듯 이렇게 말하고는 오노부를 돌아보았다.

"네가 좀 잘 이야기해 보거라."

오노부는 무어라 대답해야 할지 몰라 입을 다물고 있자, 규고는 화가 나서 요즘 젊은이들의 무기력함을 성토하고는 돌아갔다.

그 후, 두 사람은 잠시 동안 서로의 얼굴을 바라보았지만, 아무런 할 말도 없고 말할 기운도 없었다.

(1918.8.14)

56.

시계가 10시를 가리키고 있지만 다카야마는 돌아오지 않았다.

"너희들은 먼저 자렴."

하녀들을 잠자리로 보낸 뒤 시즈코는 홀로 일어나 있었다.

8월이었지만 조선의 여름은 서늘하고 추웠다. 시즈코도 모직옷을 입고 있었다. 바느질도 다 끝나버렸기 때문에 자리에서 일어나 책장에서 책 한 권을 꺼내 들고는 등불 아래에서 조용히 읽기 시작했다. 단눈치오의 소설 『죽음의 승리』의 번역서였다.

시계가 11시를 가리켰다. 다카야마는 아직 돌아오지 않는다.

방안은 사람의 기척도 느껴지지 않을 만큼 조용했다.

조선화학제지는 가끔 기계가 고장이 나서 예정된 공정을 맞추지 못하거나, 원료비가 예상보다 비싸거나, 운임료가 상승하거나, 게다가 기대한 결과물이 나오지 않는 일도 있었지만 그럼에도 불구하고 경기가 좋았다. 내지에서 생산된 종이류의 가격이 폭등하면서, 운 좋게 그 조류에 빠르게 편승한 이 회사는 전도유망한 회사로 주목을 받음과 동시에 다카야마의 지위도 굳건해졌다.

시즈코는 자주 다카야마의 사업에 이용되었다. 그러나 시즈코의 미모는 인간계의 그것이라기보다는, 오히려 길상천녀(吉祥天女)[22]나

---

22 귀자모(鬼子母)신의 딸이자 비사문천(毘沙門天)의 아내로, 중생에게 복덕을 준다는 여신.

변재천녀(辨財天女)[23]와 같은 초인간계의 미모에 가까웠다. 굳게 입을 다문 그녀의 모습에는 어쩐지 거역하거나 업신여기기 어려운 부분이 있었다. 주부로서도 나무랄 데가 없었다. 그러나 다카야마에게 아내로서의 시즈코는 너무나 답답한 존재였다. 취미가 많지 않은 다카야마는 이 답답함을 참을 수 없었다. 점차 압박감을 느끼게 되었다. 압박에서 벗어나, 그리고 자유롭고 방종한 생활을 하게 됨에 따라 다카야마는 점차 가정에 소홀해지기 시작했다. 날개 돋친 듯 성장하는 회사와 대체 불가한 자신의 지위 역시 다카야마의 마음을 교만하게 하였고, 결국 그를 화류의 유혹에 빠지게 만들었다.

그쪽 방면의 여자는 굳이 찾지 않아도 매일 많아졌다. 처음에는 주변의 눈치를 살피며 몰래 요리옥의 문을 드나들었지만, 점차 익숙해지자 활개를 치며 돌아다니게 되었다.

게이샤에 익숙해질 무렵에는 술맛도 알게 되었다. 술자리의 흥을 돋우는 말도 할 수 있게 되었다. 자신의 집보다 요리옥에서 뒹구는 것이 편해졌다. 이렇게 되자 집에 있는 것이 답답해 견딜 수 없게 되었다. 예의 바른 모습으로 배웅을 하는 시즈코의 얼굴을 차마 똑바로 보기가 힘들어졌다. 조선인들의 입맛이 고추의 자극적인 맛에 익숙해지듯, 다카야마 역시 자극에 익숙해져 갔다. 익숙해지니 평범한 자극은 자극이 되지 않았고, 새로운 자극을 찾기 시작했다. 그리고 습관적

---

23 불법(佛法)을 노래하는 여신으로, 무애(無碍)한 행동으로 불법을 유포하여 많은 이익을 가져다준다고 믿어짐.

으로 집에 들어가지 않게 되었다.

회의, 손님 접대 등 사업상 필요한 온갖 회합을 핑계로 댔다. 시즈코도 처음에는 모든 일을 믿었지만, 얼마가지 않아 다카야마의 유흥을 알게 되었다. 그러나 그러한 기색을 보이지 않았다.

오늘 밤도 다카야마는 무언가 상담이 있다며 집을 나간 참이었다.

모두가 깊은 잠에 빠지자, 집안은 매우 고요해졌다. 자신의 혈관이 뛰는 소리가 자신의 귀에 들려왔다.

저 멀리에서 샤미센 소리가 들리는 것 같더니 그 후에는 들리지 않았다. 열어 놓은 툇마루를 통해 정원수 사이로 밤기운이 몰려와 시즈코는 자신도 모르게 옷깃을 여몄다.

'난 언제까지 살아있어야 하지?'

마음속으로 외쳐보기도 한다.

'살아있는 게 아니잖아.'

그러면 곧 마음속에서 이렇게 대답을 한다.

살아있기 때문에 죽음을 생각하는 것이다. 나는 결혼을 한 그날 밤부터 산송장이 되어 있지 않은가. 부모님을 위해 이미 다른 사람에게 마음을 주어버린 빈껍데기만을 다카야마에게 준 것 아닌가. 시즈코는 자신을 돌아보며 쓸쓸히 웃었다.

(1918.8.16)

57.

살아있는 송장에게 사랑이 있을 리 만무했다. 만약 사랑이 없는 관계를 부부라 부를 수 없다면, 자신은 단순한 동거인이라 해도 좋다. 이혼을 원하는 것은 아니지만, 만약 이혼을 당한다면 그건 그것대로 어쩔 수 없는 일이라 여겼다.

'그건 그렇고 이케타니 씨는 어떻게 지내고 계신 걸까?'

이런 생각을 하자 곧 지난번 시즈오카역에서 있었던 일이 머릿속에 떠올랐다. 위험하다고 막지 않았으면 나는 그 날 창문 밖으로 뛰어내렸을지 모른다. 뛰어내려서 열차에 치이기라도 했다면 오히려 행복했을지 모른다. 그러나 이케타니 씨를 만난 것은 찰나의 순간으로, 한 마디 말도 나누지 못했기 때문에, 필시 나를 믿을 수 없는 여자나 정조를 저버린 여자라 생각하시겠지. 그렇게 생각하신다면 그 원망은 달게 받아야 하겠지만, 이렇게 부모님을 위해 삶을 포기했다는 것은 아실까.

자신은 이미 재가 되었다. 예전의 불타는 색깔도 열정을 모두 사라지고 없다.

운명이다.

'이런 생각을 한다고 뭐가 달라지겠어?'

시즈코는 머릿속에서 생각을 지웠다.

시계바늘이 1시를 가리켰다.

시즈코는 조금 전 읽던 책을 다시 읽기 시작했다.

잠시 뒤, 문 밖에 자동차가 멈추는가 싶더니 현관 초인종이 깨질 듯 울렸다. 시즈코는 팅겨나가듯 일어났다. 그 순간이었다.

"나리, 위험합니다."

"괜찮아. 괜찮아. 이봐, 놓으라고."

"정말 괜찮으세요?"

쿵 하고 사람이 쓰러지는 소리가 났다.

"그런 말 마세요. 여기요, 나리."

기사는 이렇게 말했지만, 다카야마는 손을 뿌리쳤다.

"돌아가시오."

시즈코가 현관으로 나가려 할 때에 유리 쪽문이 열렸다.

"괜찮으니까, 이제 돌아가."

다카야마가 잔뜩 취해 넘어질 듯 들어왔다.

"다녀오셨어요?"

시즈코는 다카야마의 팔을 붙잡아 일으켰다.

"기사님 수고하셨어요."

그리고는 기사에게 돈을 쥐어주고 돌려보냈다.

다카야마는 현관에 축 늘어져 잠들어버렸다.

"여보, 들어가서 주무세요."

시즈코의 소리에 다카야마가 일어나더니 의자로 가 앉았다.

"자고 싶으면 먼저 자면 되잖아."

다카야마는 시뻘게진 얼굴로 사방을 둘러보더니 말했다.

"누가 기다려 달라고 했나? 부탁하지도 않았는데 불평하지 좀 마.

웃기지도 않군."

입맛을 한번 다시더니 말을 이었다.

"이봐, 당신은 정숙한 여자야. 나한테는 아까운 여자라고."

(1918.8.17)

58.

센타로와 오노부 모두 그럭저럭 하루를 보내고 있었다.

오노부는 세이사쿠의 협박의 마수가 다가오는 것을 두려워하면서도, 이를 센타로에게 자백할 용기가 나지 않았다. 첫날에 다 털어놓지 못하면 그 다음 날에는 더욱 털어놓기 어렵게 된다. 갈 데까지 가서 점점 좁아지는 길을 터벅터벅 걸어가는 수밖에 없었다. 어떤 때에는 의지가 되지 않는 센타로를 보면 반쯤 자포자기의 마음이 들어서 현상황을 파괴하고도 싶었지만, 그 역시 철저하지 못하다. 찌는 듯한 폭염과 몰려드는 공포로 인해 오노부의 신체는 현저하게 쇠약해졌고 건강을 잃어가고 있었다. 그리고 눈에 띄게 히스테릭해 졌다.

센타로는 이제 지쳐버리고 말았다. 한 번 더 분발하여 사업을 계획하고 성공하고 화목한 가정을 이루려 하기보다는, 우선 대자로 뻗어서 늘어지게 잠을 자고 싶었다. 편히 쉬고 싶었다. 그러나 그 어느 것도 자신이 원하는 데로 되지 않았다. 마지못해 끌려가듯 살아가고 있었다.

센타로는 9월이 되어도 끝나지 않는 더위에 질린 나머지 식욕을 완전히 잃고 말았다. 밥상을 앞에 두고서도 의무적으로 젓가락질을 하는 듯 보였다.

"좀 더 맛있는 음식 없나?"

센타로의 얼굴에는 불만이 비쳤다. 만사가 귀찮아진 오노부 역시 아침에 일어나 아궁이에 불을 지피는 것이 제일 고통이었다. 낮이 되면 설거지를 하거나 빨래를 하기 싫어졌다. 하지만 안 할 수도 없는 노릇이라 축 늘어진 몸을 일으켜 집안일을 했다. 이것만으로도 오노부에게는 벅찬 일과였으니 각종 요리를 준비하는 일은 도저히 불가능했다.

'나도 이렇게나 살이 빠졌는데, 조금은 알아봐 줘야 하는 거 아닌가? 그리고 자기가 일도 안하고 맨날 빈둥거리고 있어서 입맛이 없는 걸 가지고 내 탓이라 하는 건 말도 안 돼.'

오노부는 센타로를 원망했다. 두 사람은 이렇게 사소한 일에도 서로를 반목하게 되었다.

'계획했던 제지 사업이 생각처럼 잘 안 된 것은 안타깝지만, 그렇다고 해서 다 내팽개치고 아무 것도 안하며 허송세월을 보내다니, 도대체 앞으로 어쩔 셈인지. 아직 내가 가지고 온 돈이 있으니 어떻게든 생활을 할 수 있지만, 만약 그게 다 떨어지면 어떻게 살아갈 생각인 건지….'

오노부는 센타로의 태도가 불안하여 견딜 수 없었다.

센타로의 여동생과 형수만 해도 결혼을 한 후 한번 잠깐 얼굴을 비추었을 뿐 전혀 왕래가 없었다.

'저런 사람들까지 나를 바보취급하고 있어. 내가 부족해서이기도 하겠지만, 여기에 대해 아무말 하지 않는 센타로도 참으로 무정하구나.'

센타로에 대한 원망은 이런 부분까지 불똥이 튀었다.

아침저녁으로 날이 선선해지며, 나팔꽃잎도 날로 시들해졌다. 꽃집에 여랑화가 나올 가을은 성큼 다가왔지만 두 사람은 여전히 서로를 반목하고 있었다.

어느 날 결국 오노부가 말했다.

"당신도 이제 앞으로 어떻게 할 건지 좀 생각해 보세요. 집에 돈도 이제 별로 없고 저도 요즘 들어 몸이 많이 약해졌으니까요."

그러자 센타로는 아무 말 없이 고개를 숙이고 있더니, 벌떡 일어나 집밖으로 나가버렸다.

남겨진 오노부는 울음을 터뜨리고 말았다. 아무리 울어도 눈물이 멈추지 않았다. 3~40분 뒤 부엌에 섰을 때까지도 오노부는 오열하고 있었다.

(1918.8.18)

59.

또 다시 오노부에게 세이사쿠의 편지가 도착했다.

서두에는 이렇게 쓰여 있었다.

내가 이렇게까지 진심을 피력했는데도, 이에 대해 아무런 답이 없는 것은 내 정성이 부족했기 때문인가? 아니면 나의 진심을 받아주지 않는다는 것인가?

편지는 이어졌다.

내 정성이 부족했다면 별 수 없지. 하지만 만약 나의 진심을 받아주지 않는 것이라면 나는 꼭 그 이유를 들어야만 하겠어.

나는 지금 다행히도 일이 잘 되고 있기 때문에 물질적으로 당신에게 무언가를 요구할 마음은 조금도 없어. 당신을 협박해서 금전을 뜯어낼 마음 따위는 털끝만큼도 없으니, 그러한 부분은 안심해 주시오.

도쿄와 시즈오카는 빠르면 4시간, 왕복한다고 해도 하루면 충분하오. 편지로는 내 마음이 온전히 전해지지 않으니 당신을 만나러 가고 싶은 마음이 들기도 하지만, 당신을 위해서는 그래서는 안 된다고 생각을 고치고 참고 있어.

그러니 이런 나의 행동이 모두 당신을 위한 노력임을 부디 알아주시오. 그리고 누구보다도 당신의 행복을 바라고 있다는 것도 알아주시오. 그러니 모든 것을 선의로 받아들이고 나처럼 숨김없이 당신의 본심을 털어놓아 주시오. 그에 따라 향후 내가 해야 할 일을 정하려고 하오.

편지는 이렇게 끝맺고 있었다.

편지를 가만히 읽던 오노부는 다시 눈물을 흘렸다. 슬픈 것은 아니었지만. 단지 눈물이 흐를 뿐이었다.

물푸레나무의 달콤하고 정겨운 향기가 마을 곳곳에 감도는 계절이 되었다. 센타로는 어딘가에서 금물푸레나무꽃 한 송이를 사와서 책상 위 화병에 꽂았다. 가을 정취를 풍기는 향이 방안을 가득 채웠다. 방에 들어온 오노부가 인상을 찌푸렸다.

"뭔가 이상한 냄새네요."

"말도 안 돼. 물푸레나무 향을 이상하다고 하는 사람이 있다니."

"저도 물푸레나무를 싫어하는 건 아닌데, 왠지 메슥거리네요. 이거 버려요."

"이상하군."

센타로는 웃었다.

그러나 이상한 일은 이뿐만이 아니었다. 식사 준비를 하면서 반찬 냄새를 싫어하는가 하면. 아무 냄새도 나지 않는 것을 보고 냄새가 난다고 하기도 했다. 음식을 맛있게 먹다가도 갑자기 아무 것도 넘길 수 없기도 했다. 음식에 대한 기호가 눈에 띄게 바뀌었다.

"여보, 저 뭔가 이상해요."

어느 날 오노부가 센타로에게 말했다.

"어떻게 이상한데?"

"왠지…아직 잘 모르겠지만…임신인 것 같아요."

오노부는 조금 얼굴을 붉히며 이렇게 말하고는 고개를 숙였다. 오노부의 눈에서는 눈물이 떨어졌다.

"임신?"

센타로는 전기에 감전된 듯 전율을 금하지 못했다.

그날 역시 점심을 먹고 나자 오노부는 곧 화장실로 달려갔다. 센타로가 주의해서 들어보니 먹은 음식을 게워내고 있었다. 그리고 저녁을 먹은 후에도 마찬가지로 오노부는 음식을 다 토해냈다.

의심의 여지없이 임신이었다.

'내가 부모가 된다.'

이러한 생각을 하자 센타로는 가만히 있을 수 없었다.

(1918.8.19)

60.

'부모가 된다.'

이 깊고도 새로운 경험은 두 사람의 마음을 단단하게 붙잡았다. 멀어져만 가던 두 사람을 붙잡아 제자리로 되돌려 놓았다.

"의사에게 진찰을 받아보고 몸조심해야 해."

센타로는 진심으로 걱정이 되어 견딜 수가 없다는 듯 이렇게 말했다.

"네. 병원에 가도 아직 확실히 알 수 없을지 모르겠지만, 내일 가볼게요."

오노부는 센타로가 이렇게 상냥하게 말을 걸어 줄 것이라고 예상하지 못했다. 예상하지 못한 행복을 맛봐서 일까, 다시 눈물이 앞섰다.

"여보, 울지 마. 울 것 없어."

"네, 울지 않아요."

이렇게 말한 오노부는 더욱 감정이 벅차올라 눈물이 흘렀다.

"큰일이군. 당신 혼자만의 일이 아니니까. 그렇게 흥분하지 않아도 돼…."

"괜찮아요, 괜찮아요."

오노부는 10분 정도 지난 후 겨우 울음을 그쳤다.

"당신 기분은 어때?"

센타로는 전등에 비친 오노부의 창백하고 마른 옆얼굴을 안쓰럽게 바라보여 물었다

"아직 잘 모르겠어요…."

"그래도 뭔가 바뀐 것 같은 기분이 들지 않아?"

이렇게 말하는 센타로 역시 이렇다 할 구체적인 말이 떠오르지 않았다.

두 사람은 설명할 수 없는 미묘한 감정을 가슴에 안고 미소지었다.

잠시 뒤 센타로는 무언가 결심했다는 듯 말했다.

"이렇게 된 이상, 나도 무엇이라도 일을 해야겠어. 이제 더 이상 두 사람만 있는 것도 아니니 그 준비도 해야 하고."

"미안하지만, 부디 그렇게 해주세요. 다음 달 수입이 정해지지 않으면 저도 마음이 많이 불안해져서 큰일이니까요."

오노부는 어렵게 말을 꺼냈다.

서늘한 저녁바람이 불어왔다. 하늘에는 희읍스름한 은하수가 흐르
고 있었다.

* * * *

센타로는 규고와 고이치에게 일자리를 부탁했다. 다행히 시즈오카
의 공업시험장에 하급 기수 중 결원이 생겨 그쪽에 이력서를 제출하
였다. 약 한 달이 지난 뒤 센타로는 드디어 공업시험장 기수로 임명되
었다.

"그럼, 다녀올게."

하오리와 하카마를 정갈하게 차려입고 아침 일찍 출근한 센타로
는 정오가 조금 지나서 집에 돌아왔다.

"드디어 관리가 되었어."

센타로는 웃으며 보자기에 싼 작은 꾸러미를 내밀었다. 오노부는
이를 받아 열어보았다 .

> 시즈오카현 기수 임명
>
> 단, 공업시험장(工業試驗場) 근무

꾸러미 안에는 임명장과 함께 봉급이 들어 있었다.

(1918.8.22)

61.

매일 아침 도시락을 들고 출근하여 저녁에 돌아오는 날이 이어지는 사이, 송이버섯이 나고 밤이 익어가고 밤이 되면 따뜻한 화로가 그리워지는 계절이 되었다. 먼 산이 떠오르듯 선명해지며 가을이 깊어져 갔다.

센타로의 일은 사무실에서 장부나 서류를 뒤적거리는 단조로운 일이 아니었다. 각종 공업이 부흥하고 있는 시기인 만큼 여러 시험이나 조사 의뢰가 많았고, 정신없이 바쁘면서도 동시에 흥미롭기도 했다.

"시험이나 조사 모두 성공을 목전에 둔 때에 멈추고 마는 것은 역시나 내 일이 아니기 때문에 어쩔 수 없는 일이야. 이중에 무언가 재미있는 일을 발견해서 내가 할 거야."

센타로는 집에 돌아와 오노부에게 이런 이야기를 하기도 했다.

오노무의 입덧과 히스테릭한 거동 역시 날이 지나며 점차 나아졌다.

"다녀올게."

인사를 하고 출근하는 남편을 배웅한 뒤에는 두 사람 살림에 집안일을 할 필요가 없는 날도 많았다. 게다가 남편에게 부탁해서 집 뒤편의 10평 정도 되는 공터를 농사꾼을 시켜 일구고는 거기에 순무나 배추, 감자 등을 심었다. 그리고 운동을 할 겸 잡초를 뽑거나 쌀뜨물을 뿌려주기도 했다. 감자는 벌써 수확해도 될 만큼 이파리가 크게 자라 있었다.

임신을 알게 된 후부터 안부인사 차 오무라와 스가코(菅子)가 찾아왔다.

"첫 아이는 딸이 좋다고들 하지만 역시 아들을 낳는 게 좋겠지? 아들을 낳으면 둘째를 못 낳더라도 걱정 없으니까."

스가코의 말에 오노부가 말을 이었다.

"하지만 여자아이가 힘이 되기도 하고, 동생들을 돌보기도 좋으니 역시 첫째는 딸이 좋은 것 같아요."

"그렇게 애를 많이 낳을 생각이야?"

세 여자가 모여 이런 이야기를 나누며 크게 웃기도 했다.

태동을 느끼기 시작한 날에는 센타로에게 소식을 알렸다. 태동 소식을 이야기하던 도중에 또 다시 태동이 느껴졌다.,

"봐요, 또 움직여요."

오노부는 고개를 숙여 아랫배 부근을 가리켰다.

"어떻게 움직이는데?"

센타로는 물었다.

"어떻게 움직이냐니…."

오노부는 설명이 어렵다는 듯 말했다.

"어쩐지 손으로 두드리기라도 하는 것 같아요."

오노부는 이렇게 말하며 미소지었다.

일요일이 되면 두 사람은 곧잘 텃밭에 모습을 보였다. 센타로는 오노부를 이끌고 누렇게 물든 논 사이의 시골길을 산책했다. 농가의 감나무에는 감이 주렁주렁 매달려 햇빛을 받아 붉게 빛나고, 고추잠자리가 빙글빙글 하늘을 날고 있다. 이름 모를 가을 풀 더미 속에서 벌레들이 울고, 두 사람의 발소리에 놀라 날아 가는 메뚜기를 잡아보기도 했다.

벌써 추수 때가 되어 모든 집에서는 여자아이들까지 들에 나와 일을 하고 있었다. 볏단을 산처럼 쌓은 수레를 남편이 앞에서 끌고 가면, 한 손에 질주전자를 든 아내가 수레 뒤편에서 밀고 가는 모습을 보기도 했다.

그날 이후 세이사쿠의 편지는 더 이상 오지 않았다. 잊으려 한 것은 아니었지만 오노부는 점차 그 일을 잊고 지내는 날이 많아졌다. 파도가 가라앉은 것은 아니었지만, 어쨌든 평안한 날이 이어졌다.

(1918.8.23)

62.

어느 날 집으로 좀 와달라는 연락을 받은 시즈코는 가고 싶지 않은 몸을 억지로 움직여 친정집으로 향했다.

11월의 경성은 이미 초겨울에 접어들었다. 낮 동안에는 가을 날씨처럼 맑고 따뜻했지만, 날이 흐리거나 밤이 되면 불을 지피지 않으면 추위가 느껴지는 날이 많아졌다. 저녁 무렵 경성공원 정상에 올라가 보면 여기 저기 조선인 마을에서 온돌에 불을 지피는 연기가 낮게 깔려 있어 연보라 빛으로 보이기도 했다.

시즈코는 사람의 통행이 적은 길을 골라 걸어갔다. 안쪽 현관을 통해 집으로 들어가자 처음 보는 얼굴의 하녀가 나와 인사를 했다. 왠지 자신의 집이 아닌 것만 같았다. 소리를 들은 어머니가 곧 마중을 나왔다.

"어서 오거라. 이쪽으로 오렴."

거실에 앉아 인사를 하고 정원을 바라보니, 하늘하늘한 코스모스가 만개해 있었다.

"여기 코스모스는 활짝 피었네요. 저희 집에 핀 꽃들은 이미 시들어버렸는데."

시즈코는 반가운 듯 정원의 코스모스를 바라보았다.

"그렇니? 여기 꽃은 조금 늦게 심었거든."

어머니는 차를 따르며 이렇게 말하고는 과자를 권하며 물었다.

"다카야마도 잘 지내지?"

"네."

시즈코는 말을 이을 수 없었다. 별 뜻 없는 인사였겠지만, 다카야마의 최근의 행태를 알고 있을 어머니의 입에서 이런 말이 나오자 무어라 답해야 할지 순간적으로 생각이 나지 않기 때문이다.

어머니는 별 뜻 없다는 듯 다시 말했다.

"그래, 네가 좋아하는 과자가 있었지."

어머니는 일어서더니 과자 상자에서 기비단고(吉備団子)[24]를 꺼냈다.

"한 번 먹어보렴. 오카야마(岡山) 토산품으로 선물 받은 거야."

---

24 찹쌀반죽에 앙금을 넣은 경단의 일종으로 오카야마현(岡山県)의 화과자.

"고맙습니다. 오랜만에 먹어 보네요."

과자를 한두 개 집어먹던 시즈코는, 자신이 좋아하는 음식을 잊지 않고 출가한 자신을 어린애처럼 여겨주는 어머니의 정을 느끼며 즐거운 기분이 들었다.

두 사람은 이렇게 잠시 동안 서로를 바라보고 앉아있었다. 자신을 부른 어머니가 아무 말 하지 않고 있자, 시즈코가 먼저 입을 뗐다.

"어머니, 무슨 일로 부르신 거예요?"

어머니는 시즈코의 얼굴을 바라보았다.

"시즈코, 조금 말랐구나."

시즈코는 당황하며 고개를 숙였다.

"다카야마나 네 일은 여러 가지로 들어서 아버지와 나도 잘 알고 있단다. 너도 힘든 일이 많은 것 같지만, 이 일만은 좀처럼 이래라 저래라 할 수 없는 일이라 지금까지는 아무 말 안하고 있었어."

시즈코의 마른 어깨와 목덜미를 보며 말을 이었다.

"아버지는 불같은 성격이시니, 다카야마를 보고 경을 칠 놈이라고 크게 화를 내시며 지금이라도 너를 데려오라고 말씀하셨어. 하지만 그럴 수도 없는 일이고 회사 일도 있으니, 그러다 말겠지 하는 생각에 지금까지 그냥 내버려 두고 있었구나…."

시즈코는 눈에 눈물이 고였지만, 아무렇지 않은 듯 말했다.

"어머니께 걱정을 끼쳐드려서 죄송합니다. 하지만 다카야가가 저에게 그렇게 못되게 구는 것도 아니고…."

어머니는 엄한 표정으로 물었다.

"너 그 귀 옆에 상처는 뭐니?"

"…"

시즈코는의 얼굴이 하얘졌다.

(1918.8.24)

63.

"너는 우리가 모를 거라고 생각하고 그리 말하겠지만, 나는 다 알고 있단다."

"…"

"어젯밤 다카야마가 던진 잔에 맞아서 생긴 상처지 않니."

시즈코는 무심코 왼쪽 귀 옆에 붙은 반창고 위에 손을 대었다.

어젯밤 또 다시 술에 취해 귀가한 다카야마는 시즈코에게 술을 더 내오라고 명했다. 시즈코가 집에 있는 음식으로 술상을 내었지만 내온 술을 한 모금 마신 다카야마는 술이 맛없다며 다른 술을 내오라 화를 냈다. 이에 시즈코가 이미 12시가 넘은 시간인데다가 그 술은 항상 마시던 술이지 않느냐고 말하자 다카야마는 크게 화를 내고 욕지거리를 내뱉으며 손에 들고 있던 술잔을 던졌다. 깜짝 놀란 시즈코가 급하게 몸을 피했지만 왼쪽 귀 옆에 명중하며 피가 흐르기 시작했다. 시즈코는 조용히 상처를 치료하고는 자신이 제대로 챙기지 못했다며 다카야마에게 사과했다.

어머니는 이러한 상황을 알고는 조금 흥분한 듯 말했다.

"너를 다카야마와 결혼시킨 것은 애초에 다카야마가 원하기도 했고 회사를 위해서 결정한 일이었지만, 이렇게 말도 안 되는 일을 당하면서까지 너를 그 집에 둘 수는 없구나. 아버지도 회사 쪽 일은 제쳐두고서라도 이번에야말로 너를 위한 일을 해야겠다고 생각하고 계신단다. 네가 원한다면 지금이라도 너를 데려올 테니 네 생각을 숨김없이 말해주렴."

말을 끝낸 어머니는 기가 찬다는 듯 한숨을 토했다.

시즈코는 무릎에 손을 올려둔 채 아무런 대답을 하지 않았다. 어머니도 그런 시즈코의 모습을 바라볼 뿐이었다. 두 사람 사이에는 폭풍 전야와 같은 침묵만이 감돌았다.

"어머니."

시즈코는 얼굴을 들었다. 그리고는 낮지만 힘 있는 목소리로 말했다.

"다카야마의 최근 행태에 대해서는 잘 알고 계신다 하니 제가 무어라 할 말이 없습니다. 하지만 그것이 다카야마의 본심이라고는 생각하지는 않습니다. 또한 다카야마가 그렇게 된 것은 제가 무심하게 대했기 때문일지도 몰라요. 그러나 조금만 더 상황을 지켜보고 싶습니다. 그리고 다카야마의 품행이 좋지 않다고 해서 제가 이제 와서 집으로 돌아올 수도 없는 일이에요. 제가 그러한 사람에게 시집 간 것이 잘못이었다고 생각할 수밖에 없어요. 여러 가지로 심려를 끼쳐드려서 죄송하지만, 부디 잠시만 제게 맡겨주시지 않겠어요?"

어머니는 이러한 시즈코의 결심이 애처로워서 견딜 수 없었다.

"하지만 네 앞길도 창창하고 지금이라면 아직 무슨 방도가 있을 터인데, 가망 없는 일을 질질 끌고 갈 필요는 없지 않니? 이건 내 생각일 뿐만 아니라 아버지도 똑같은 생각이란다."

"감사합니다. 하지만 아직 가망이 있다 없다 말할 정도도 아니고, 제게도 생각이 있으니 부디 걱정 마시고 조금만 더 이대로 지켜봐 주세요. 부탁드려요."

시즈코는 처음부터 아버지와 회사를 위해 이미 모든 것을 포기했다는 사실은 끝내 말하지 않았다.

"그렇구나. 네가 그렇게까지 말한다면, 나도 더는 이래라 저래라 할 수는 없는 일이지만…."

어머니는 입을 닫았다.

(1918.8.27)

64.

오노부의 임신으로 인해 신혼의 달콤한 꿈에서 깨어난 센타로는, 그간 다소 호기롭게 기대해오던 분만의 고통을 예감하며 점차 마음을 단단히 먹었다.

세상에서 가장 중요한 것은 자신의 사업이라 여겼던 센타로에게는 오노부 역시 사업을 진행하기 위한 하나의 도구에 지나지 않았다. 그러나 그 과거의 어두운 그림자는 더 이상 센타로에게 아무런 의미가 없었다. 뿐만 아니라 사업이 좌절되고 물가폭등으로 인해 가계가 어려워지며 날로 목을 죄어오는 지금과 같은 상황에서는, 오노부를 단순히 하나의 도구로 여길 수 없는 노릇이었다. 게다가 오노부와 결혼을 하고 함께 살면서 두 사람만의 공간을 만들어감에 따라 아내의 마음이 자신이 아닌 곳을 향할 때에는 질투를 느낄 정도로 애정도 더해져 왔다.

이러한 시선으로 오노부를 바라보자 몇 가지 결함이 발견되었다. 오노부는 임신을 한 이후, 더 이상 센타로가 자신을 떠나지 않을까 하는 걱정을 하지 않게 되었다. 그러나 생각처럼 몸이 움직이지 않는 생리적인 장애와 함께, 자신도 어찌 할 수 없을 정도로 격렬한 감정의 변화도 남아있었다. 임신으로 인한 변화라고는 해도, 앞으로 수십 년간 동고동락해야 할 아내로서의 결함은 적지 않았다.

'이런 생각을 해서는 안 돼. 불쌍하지 않은가?'

마음을 다잡아 보려고 해도 눈앞의 사실은 어찌 할 도리가 없었다. 임신과 센타로의 취업으로 얻게 된 생활의 안정과 안심은, 날이 갈수록 두 사람 사이에 일종의 권태감을 만들어 갔다. 두 사람 모두 서로에 대한 반항이나 논쟁거리를 노골적으로 입 밖에 꺼내지는 않았다. 하지만 센타로도 오노부에게 불평이 있었고, 오노부 역시 센타로에게 불만이 적지 않았다. 하지만 불꽃이 다른 곳으로 번져 폭발하는 것은 막을 수 없었다.

"언니."

종종 나쓰코가 집에 찾아와 부엌 입구에서 오노부를 불렀다. 나쓰코는 오노부의 임신이 신기하기도 하고 시샘이 나기도 했다. 또한 깔끔한 성격인 나쓰코는 요즘 들어 센타로의 집이 지저분한 것이 우선 맘에 들지 않았다. 어느 날 두 사람은 가구 정리 같은 사소한 일로 작은 언쟁을 벌였다.

"좋아요. 어찌되었든 여기는 제 집이니까요."

오노부는 화를 내며 말했다.

"그건 저도 알고 있어요. 단지 저는 이렇게 하는 편이 더 좋지 않을까 싶었을 뿐이에요."

나쓰코 역시 지지 않았다.

"내가 혼자라고 자기들끼리 뭉쳐서 나를 괴롭히기나 하고. 그야 나는 당신들처럼 여학교를 나온 것도 아닌 바보니까…."

"어머, 언제 제가 바보취급을 했다고 그러세요?"

"지금 바보취급을 하고 있잖아요."

나쓰코는 기회를 봐서 집으로 돌아가 버렸다.

저녁이 되어 센타로가 집에 돌아오자, 오노부는 바로 낮에 있던 일을 이야기했다.

"당신이 나를 바보취급 하니까 다들 나한테 함부로 하잖아요. 아이, 분해."

오노부는 눈물을 쏟았다. 센타로의 위로도 귀에 들어오지 않는다.

하루 종일 일을 하고 피곤한 몸으로 집에 돌아온 센타로는 아내에게 위로를 받기는커녕 싸움의 여파를 토로하는 것을 들으며 진절머리가 났다. 그리고 친 여동생의 욕을 듣는 것 역시 유쾌하지 않았다.

"적당히 하고 어서 밥이나 줘."

센타로의 호통에 오노부는 더욱 큰 소리로 울었다.

(1918.8.28)

65.

센타로는 이 외에도 오노부의 성격이나 자신의 일과 관련된 여러 고민들에 대해 오노부가 조금도 이해하려거나 동정하지 않는다는 점이 불만이었다.

시간은 모든 것을 여과하여 미화시킨다. 현재의 오노부에 대한 불평불만이 심해질수록, 마음속에서 시즈코의 그림자가 번개처럼 번쩍이는 것을 금할 수 없었다. 놓친 물고기가 더 크게 느껴지는 것 같은 아쉬움이 더해진 것은 말할 것도 없었다.

12월이 되자 시외에 위치한 센타로의 집에는 시내보다 빨리 겨울이 찾아왔다. 불어오는 바람에 허술하게 만들어진 덧문이 밤새 덜컹덜컹 소리를 내며 흔들렸다. 바쁘게 돌아가는 세상과는 반대로, 센타로의 일은 오히려 한가해졌다. 센타로는 이 여유 속에서 그동안 잊고 지냈던 여러 가지 일을 추억하며 유쾌하지 않은 나날을 보냈다.

오노부의 배가 점차 눈에 띄게 커져왔다. 점점 거동이 불편해지더니 이제는 함께 산책을 하는 날도 줄어갔다. 오노부는 친정집에 자주 갔다.

"어머니가 안부 전해 달라 하셨어요."

처음에는 안부를 전하거나 음식을 싸오기도 했지만, 친정집에 가는 일이 빈번해지면서 이러한 인사와 음식도 줄어들었다.

거리의 가게들은 '연말 대 할인' 푯말을 내걸고 전등이나 초롱, 깃발을 주렁주렁 달아 장식하기 시작했다. 약국 앞에는 '연수 도소산(延壽屠蘇散)'[25]이라 적힌 붉은 봉투가 누런 바람에 흔들리고 있었다. 12월 중순이 지나자 오노부는 센타로가 출근해 있는 동안, 점심을 먹은 후 평소처럼 집 문을 잠그고 연말 떡 장만을 상의하기 위해 친정으로 향했다. 3시가 조금 지나 보자기 하나를 끌어안고 집에 돌아와 보니, 뒷문에 걸어놓은 자물쇠가 열려있었다.

"어머?"

오노부는 그 자리에 멈춰 서서 잠시 동안 집 안의 상황을 살핀 후, 겨우 문턱을 넘었다. 거실에 들어가 보니 장롱의 서랍장이 나와 있고 벽장의 옷들은 바닥에 널브러져 있었다.

'도둑이다.'

이런 생각이 들자, 어딘가에 도둑이 숨어 있을 것 만 같았다. 저무는 겨울 해가 방안 구석구석을 잿빛으로 만드는 이 집안에 혼자 있는 것이 어쩐지 거북해서 견딜 수 없었다. 두근두근 뛰는 심장을 부여잡고 어찌할 바를 몰랐다.

"이봐, 여보. 문 열어줘."

센타로가 돌아왔다. 오노부는 겨우 마음을 진정하고 입구의 자물

---

25 길경·방풍·산초·육계 따위의 약초를 조합한 약제로, 술에 우려 도소주를 담금.

쇠를 열었다. 그리고 센타로의 얼굴을 보자마자 쫓기듯 하소연 했다.

"여보, 큰일 났어요."

센타로는 구두를 벗으며 말했다.

"무슨 일이야?"

"도둑이 들었어요…. 제가 친정에 다녀온 사이에."

"훔쳐간 건 없고?"

"저도 이제 막 돌아온 참이에요."

센타로 역시 도둑맞은 자신의 집을 보는 것이 불쾌했지만, 두 사람이 천천히 살펴보니 오노부의 지갑과 두 사람의 옷 예닐곱 벌이 사라져 있었다.

"잡을 수 있을지는 모르겠지만 일단 경찰서에 신고를 하지. 당신이 함부로 집을 비워두니 이런 일이 생기는 거잖아."

오노부는 변명할 생각보다는 도둑맞은 옷들이 아까울 뿐이었다.

"그 하오리는 좋은 비단으로 만든 거였는데…. 이제 살 수도 없으니."

(1918.8.29)

66.

이 도난사건은 오노부를 공포에 떨게 만들었다. 친정에 가는 것은 물론 마음 편히 물건을 사러 나가지도 못했다.

"여보, 되도록 빨리 돌아와 주세요. 무서워요."

출근하는 센타로를 배웅하러 나와서는 도무지 믿음이 안 간다는 듯 이렇게 말했다.

24일 아침, 경찰서에서 연락이 왔다. 도난당한 물품 중 절반가량을 발견했으니 경찰서에 출두하라는 내용이었다.

두 사람을 그 연락에 시선을 떼지 못했다.

"전부 찾았다는 건가요?"

"글쎄, 그건 잘 모르겠어. 없어진 물건들은 당신이 잘 알고 있으니 당신이 다녀오지 않겠어?"

"싫어요, 경찰서는. 당신이 다녀와 주세요."

"그럼 회사에 가는 길에 들려보지. 책상 서랍에 도난품 목록이 있으니 꺼내줘."

그 날은 비가 추적추적 내리고 뼛속까지 시릴 정도로 추운 기분 나쁜 날이었다. 경찰서에 도착하고 나서는 난로도 없는 응접실 같은 곳에서 한 시간 넘게 기다려야 했다.

"이케타니 센타로. 도난품을 보여주겠소."

센타로는 순사를 따라 어느 방으로 들어갔다.

"발견된 것은 이것뿐이오. 자네 것이 맞소?"

경부가 가리킨 책상 위에는 센타로와 오노부의 하오리 한 벌과 오노부의 지갑이 있었다.

"지갑 안에 돈은 들어있지 않았소."

수령증을 작성하고 물건들을 받아 든 센타로는 조금 전까지 있던 응접실로 돌아와 미리 준비해 온 보자기에 물건들을 담으려 했다. 그 순간 솟아난 호기심에 센타로는 오노부의 지갑을 열어보았다.

경관이 말한 대로 돈은 한 푼도 들어있지 않았다. 지갑 한 칸에는 각종 부적이 들어있었다. 부적을 도둑맞았다는 사실에 빈정거리며 또 다른 칸을 열어보니 두 통의 편지가 나왔다. 그 중 한 통을 읽은 센타로는 전기에 감전된 듯 전율을 느꼈다. 그것은 세이사쿠가 보낸 편지였다.

순사가 다가오는 것을 느낀 센타로는 응접실을 나왔다. 응접실을 빠져나오고 나서야 옷 보따리를 두고 나왔다는 것을 눈치 챌 정도로 센타로의 마음은 동요하고 있었다.

비는 계속해서 내리고 있었다. 한기가 연신 센타로의 몸을 덮쳐왔다. 아직 읽지 않은 한통의 편지를 무서운 폭탄처럼 품에 지닌 채, 센타로는 땅을 보고 걸었다. 땅이 울렁울렁 흔들리는 것만 같았다.

"세이사쿠, 세이사쿠."

편지에 적혀 있던 남자의 이름을 중얼거렸다.

'아내는 그 전부를 내게 허락한 것이 아니었어. 나만의 소유가 아닌 거야.'

이러한 생각이 들자 온몸의 피가 거꾸로 솟는 것만 같았다. 그 자리에 멈춰 서서 지나가는 사람들이 힐끔힐끔 쳐다보는 것도 신경 쓰지 못할 만큼 상심해 있었다.

잠시 뒤 센타로는 정심을 차리고 고개를 들었다. 센타로가 서 있던 곳은 공업시험장으로 가는 정 반대 방향에 있는 길이었다. 게다가 게이샤나 유곽이 즐비해 있는 마을이었다. 조금 비위가 상한 센타로는 발걸음을 재촉해 그곳을 떠났다.

길을 오가는 사람들의 발걸음은 하나같이 분주했다. 눈앞에 다가온 새해를 맞이할 준비를 위해 모두 전투를 앞둔 듯 긴장한 태도로 자신들의 일을 하고 있었다. 센타로는 군중 사이에서 낙오자와 같은 걸음걸이로 공업시험장에 도착했다.

(1918.8.30)

67.

시계를 보니 10시가 다 되어 가고 있었지만, 사무실 안에는 아무도 없었다.

"무슨 일이지?"

그 순간 도안부실에서 커다란 웃음소리가 들렸다. 의자에 앉아 그 웃음소리를 듣고 있자니 센타로의 마음도 조금 누그러졌다. 응어리 없는 그 웃음소리가 부러워 견딜 수 없었다. 센타로는 조용히 일어나 그 사무실로 들어갔다.

"많이 늦었습니다."

인사를 했다.

"늦긴 뭘 늦어. 요즘 아무 일도 없는데. 자, 이쪽으로 오게."

도안부 주임이 기세 좋게 대답했다.

보아하니 도안부와 도색부, 제지부, 목공부 사람들이 3층의 큰 책상에 둘러앉아 잡담을 꽃피우고 있었다.

"다들 기분이 좋네요?"

센타로가 비어있는 의자에 앉으며 말했다.

"기분 좋고말고. 지금 소장님이 현청(縣廳)에 가서 봉급과 상여급을 가지고 오고 있다네. 그래서 오늘 밤에 망년회를 하자는 이야기를 하던 참이야. 자네도 당연히 찬성하는 거지?"

망년회에 대해 말하던 도색부 주임이 센타로의 얼굴을 보더니 놀란 듯 물었다.

"자네 안색이 안 좋군. 감기라도 걸린 건가?"

사람들의 시선이 센타로의 얼굴로 향했다. 센타로는 속마음까지 들킨 것만 같아 저도 모르게 고개를 숙였다. 그러나 사람들은 별로 개의치 않고 곧 여러 가지 이야기들을 나누기 시작했다. 한가한 틈을 타여행을 계획하는 사람, 이즈로 온천여행을 가려는 사람도 있었다. 목공부서의 한 젊은 조수가 다음 달 결혼을 한다고 발표하자 다들 신이나서 놀리기 시작했고 정작 당사자는 헤벌쭉 웃고만 있었다.

"여러분, 긴급 안건이 있소."

도안부 주임이 소리쳤다.

"오늘 밤 회식은 좋은 일 할당으로 하지. 결혼을 앞둔 사람, 가족을 데리고 여행 가는 사람. 그런 놈들이 돈을 더 내기로 하는 게 어때?"

"찬성."

여기저기에서 박수와 웃음이 터져 나왔다.

센타로는 조용히 그 자리를 빠져나왔다. 센타로의 기분은 모인 사람들의 기분과 너무나도 달랐다. 사람들의 웃고 떠드는 소리를 들을 때마다 센타로의 마음은 점점 더 강하게 움츠러들었고, 결국 울고 싶어졌다.

자신의 사무실로 돌아와서 보자기에 싸인 지갑에서 읽다 만 편지 한 통을 꺼냈다. 그리고는 단숨에 읽어 내려갔다. 센타로는 점차 혼란의 구렁텅이에 빠져들어 갔다.

'이런 협박을 받을 정도라면 오노부에게 엄청난 약점이 있는 게 분명해. 게다가 이런 편지를 받고서도 내게 아무런 티도 내지 않은 걸 보면, 그 사이에도 무언가 수상한 일이 있었던 게 틀림없어.'

글자에 숨겨진 뜻이라도 밝혀내려는 듯 센타로는 다시 한 번 두 통의 편지를 꼼꼼히 읽었다. 하지만 쉽게 알아 차릴만한 것은 없었다. 이번에는 눈을 감았다. 그리고는 평상시에 했던 오노부의 행동들을 떠올리며 무언가를 유추해 보려 했다.

그러자 여러 가지 의심스러운 점들이 보이기 시작했다. 그러나 하나하나 파고들어 보면 어느 것 하나 유력한 근거가 발견되지는 않았다.

센타로는 패배한 듯한 기분에 휩싸였다. 아내에게 유린을 당했지만 어찌할 도리가 없는 굴욕을 맛보았다. 그리고 그 마음은 더욱더 불타올랐다.

'오노부는 임신을 했어.'

그러나 최종적으로 이 문제에 맞닥트리게 되자 센타로는 자신도 모르게 한발 물러섰다. 오노부의 목덜미를 누르던 손을 놓으며.

(1918.8.31)

68.

'임신'은 사실이다. 엄연히 존재하는 사실이다.

게다가 이 사실은 조금의 애매함도 허락하지 않는다. 타협의 여지도 없다. 완전한 긍정과 완전한 부정, 선택지는 둘 뿐이다. 내 아이인가 다른 이의 아이인가.

'내 아이가 맞아.'

어떻게 생각해 보아도 오노부의 임신에 대해서는 의심의 여지가 없다.

'내 아이!'

이렇게 결정하자 연민이 섞인 미묘한 정이 발동했다.

센타로는 크게 숨을 내뱉었다. 퇴로를 원한 것은 아니었지만, 도망갈 구멍이 보였다. 활로가 발견된 것이다.

'이 편지를 받고서도 내게 말을 하지 않은 것은 용서하기 어려운 일이다. 하지만 편지 내용을 보더라도 오노부는 최근 들어 그와 아무런 교류를 하지 않았고, 상대방의 요구 역시 들어주지 않았기 때문에 이러한 협박을 받게 된 것이다. 그렇다고 한다면 현시점에 오노부를 의심할만한 이유가 없다.'

센타로는 이렇게 생각했다.

'과거의 비밀을 비난할 권리 역시 내게는 없다. 결혼 전에 이 점을 철저히 알아보고 결정하라던 형님의 말을 거부하고, 지금 와서 과거의 일을 조사해서 무슨 의미가 있냐며 거듭 조사가 필요 없다고 거절했지 않은가. 이는 과거의 일 모두를 용서하고 받아들인다는 말과 같다. 무엇보다도 현재 오노부와 함께 하려는 목적은 당시와 크게 다르기는 하지만, 솔직히 말하자면 애초에 내 목적을 위한 수단으로써 아내를 맞이한 것부터가 가장 잘못된 일이었다. 이것이야말로 용서받기 어려운 죄악이 아닌가. 이러한 점을 생각하더라도 나는 오노부를 비난할 자격이 없다.'

센타로의 생각은 이어졌다.

'오노부가 아내로서 일상생활에서 만족스럽지 않은 점이 있는 것은 앞으로 적당히 교정해 나가면 될 일이다. 가정은 두 사람이 꾸려가는 것이다. 두 사람을 떼어놓고 생각하는 것 자체가 우선 무리인 것이다. 남편으로서 그리고 가장으로서 나 역시 아내의 결점과 그 비난을 함께 감당하는 것이 지당하지 않은가.'

이렇게 생각하자 얽혀 있던 매듭이 하나씩 하나씩 풀려나갔다.

'이 일을 가지고 지금 와서 새삼 떠들어대는 것은 내 자신을 치욕스럽게 만드는 일이다. 나는 어디까지나 가정을 보호하고 아내를 보호해야 한다.'

센타로는 마음을 정했다. 이로써 마음은 평온을 되찾았지만, 마지막까지도 풀리지 않는 매듭이 있었다. 몇 번이나 생각하고 또 생각해도 어찌할 방도가 없는, 오히려 노력하면 노력할수록 더욱 크고 견고해지는 매듭 하나가 남아있었다. 이것만은 센타로도 어찌할 방도가 없었다.

사무실로 사환이 들어왔다.

"소장실에 와달라고 하십니다."

센타로는 악몽에서 깬 듯 벌떡 일어났다. 그리고 편지를 보자기에 싸고 의복을 정리한 뒤 방을 나왔다.

소장실 안에는 전 직원이 모여 있었다. 센타로가 들어오는 것을 본 소장이 의자에서 일어나 이야기했다.

"월급날은 내일이지만 일요일이니 오늘 드리겠습니다. 현청에서 연말 상여금을 받아왔습니다. 사람에 따라 금액이 적은 경우도 있어서 미안하게 생각합니다."

소장은 웃으며 인사말을 전했다. 직원들이 고개를 숙여 답하자 서기가 한 명 한 명에게 봉급과 상여금을 전달했다.

사무실로 들어오자 주임이 말했다.

"자네, 오늘 밤 망년회에 올 거지? 회장은 ○○이고, 예산은 한 사람 당 3엔 이내일세."

센타로는 바로 대답했다.

"기꺼이 가야지요."

벌써 퇴근하는 사람들의 발소리가 복도에 울려 퍼지고 있었다.

(1918.9.2)

69.

정월은 분주하게 지나갔다. 2월에 들어서자 추운 날이 이어졌다.

"겨울이라고 해도 전혀 춥지 않잖아? 조선에 비교하면 마치 가을 날씨 같아."

겨울이 시작될 무렵 센타로는 이런 말을 하며 으스댔지만, 점점 시즈오카에 익숙해짐에 따라 추위를 느끼게 되었다. 2월이 되자 거의 오노부와 비슷한 정도로 추위를 탔다.

3월 초에는 아버지의 첫 번째 제사를 지냈다. 고이치와 오무라, 센타로와 오노부, 쇼스케와 나쓰코, 시골에서 올라온 몇몇 친척이 모이자 넓지 않은 고이치의 집은 사람으로 가득 찼다. 고이치의 아들인 마모루와 시게루는 즐거워하며 사람들 사이를 뛰어다녔다.

예정된 시간보다 조금 늦은 정오 가까운 시간에 승려가 도착했다. 화려한 색상의 가사(袈裟)[26]가 방안을 밝혔다. 승려의 뒤에 모든 사람이 자리를 잡고 앉았다. 징을 울리며 경문을 읊는 승려의 목소리는 점점 작아졌다. 독경 소리에 사람들은 절로 고개를 숙였고, 그들의 마음속에는 아버지 생전의 일들이 새롭게 되살아났다.

센타로에게는 아버지의 죽음을 추억하는 것이 괴로울 뿐이었다. 조선에서의 사업에 차질이 생긴 것도, 시즈코와 헤어진 것도 모두 아버지의 죽음에서 비롯되었다. 그리고 달팽이처럼 작은 집을 등에 짊어지고 괴로워하고 있는 지금의 상황에 생각이 이르자, 돌아가진 아버지의 영전에 송구스러운 마음이 들었다.

오늘 아침, 다롄(大連)의 구로타에게서 온 편지가 생각났다. 내지에서 꾸물거리고 있지 말고 이쪽으로 건너오라며, 내지에서는 사람이

---

26 장삼 위에 왼쪽 어깨에서 오른쪽 겨드랑이 밑으로 걸쳐 입는 승려의 법의.

일을 구하고 있지만 식민지에서는 일이 사람을 구하고 있다는 내용이 적혀 있었다. 다시 한 번 마음을 다잡고 만주에 가볼까 하는 생각도 들었다.

독경이 끝나자 승려에게 오찬을 대접했다. 승려를 돌려보내고 다함께 점심 식사를 한 후 성묘에 나섰다.

무덤으로 향하는 사이에도 여자들 사이에서는 작은 암투가 끊임없이 이루어지고 있었다. 의복과 소지품, 남편의 지위, 취업 등을 가지고 서로 무언의 암투를 벌이고 있는 모습이 종종 보였다.

남자들 역시 이렇게 모두 모이는 일은 흔치 않았다. 이야기를 나누며 걸어가는 남자들은 저만치 앞서있었다.

"다들 걸음이 너무 빨라요."

오나쓰가 앞서가는 남자들에게 두세 번 말을 걸었다. 여자들은 웃으며 대화를 나누면서도 서로의 의복이나 소지품을 비교하며 교묘하게 뽐내거나 샘내는 것을 잊지 않았다. 대화 역시 그러한 범위를 넘어가지 않았다. 이러한 와중에 오노부가 커다란 배를 안고 힘들어하는 모습이 눈에 들어왔다.

"새언니만이라도 차를 탈 걸 그랬네요."

"그러게요."

오노부와 도모코(友子)가 말했다.

"아뇨, 괜찮아요. 가까운 걸요."

사람들의 걱정에 오노부는 이렇게 말하며 무거운 걸음을 옮겼다.

성묘를 끝내고 돌아올 무렵에는 해가 거의 저물고 있었다.

고이치의 집에는 아직 아버지가 좋아하던 서화 등이 남아있었다. 고이치는 벽장에서 아버지의 물건들을 꺼냈다.

"센타로와 매제도 맘에 드는 것이 있으면 가져가게."

고이치가 물건을 늘어놓았지만, 그림을 보는 눈이 없는 센타로는 도통 뭐가 뭔지 알지 못했다.

"뭔가 이상한 그림뿐이네. 나는 제일 깨끗한 그림 하나 가져갈게요."

센타로에 말에 고이치는 웃음을 터뜨렸다.

모두 함께 저녁 식사를 한 후 형제는 다시 헤어졌다. 이렇게 매일 조금씩 멀어져 갈 것이라는 묘한 쓸쓸함을 가슴에 안은 채.

(1918.9.3)

70.

올해 들어 고이치의 집에는 여러 안 좋은 일들이 이어졌다. 신년 초에는 장남인 오사무가 단독(丹毒)[27]에 걸렸지만, 다행히 이른 시기에 백신주사를 맞아 완치되었다. 그러나 장남이 나았나 싶던 때에 차남이 폐렴을 앓게 되면서 오무라는 매일같이 얼음을 사다 날라야 했다. 이 역시 3주 정도 앓은 후 점차 나아졌지만, 이 와중에 고이치는 중요한 서류를 넣어둔 보자기를 분실하고 말았다. 아버지의 제사를

---

27 다친 곳이나 헌데에 균이 들어가서 일어나는 급성 전염병.

치룬지 이틀 후에는 오무라의 얼굴에 악성 부스럼이 나기 시작했다. 사람들에게 수소문하여 10리 정도 떨어진 곳에 있는 오래된 침술원에 뜸을 맞으러 갔다. 으슬으슬 떨려오는 추위까지 겹쳐 흔들리는 차를 타고 이동하는 도중에도 몹시 괴로웠다. 그러나 이미 침술원에는 스무 명 정도 되는 환자가 기다리고 있었기 때문에 오무라는 한 시간 정도 더 고통을 참으며 어두침침한 대기실에 앉아있었다. 드디어 자신의 차례가 되었다.

뜸을 놓는 사람은 비교적 젊은 남자였다. 그는 오무라의 얼굴을 잠시 살피더니 부스럼 주변을 손가락으로 눌러보았다.

"이것 참, 좋지 않은 위치에 생겼네요. 하지만 아직 많이 진전되지 않았으니 나을 수 있겠어요. 이삼 일만 더 늦었어도 힘들었을 거예요."

그는 이렇게 말하며 오무라의 양손 엄지손가락 주변에 뜸을 놓았다.

"참을 수 있을 때까지 올려두세요. 오래 올려둘수록 빨리 나으니까."

이렇게 말한 후 다음 환자를 불렀다.

치료를 마치고 나왔지만, 오무라의 기사가 점심을 먹으러 간 상황이라 오무라는 또 잠시 동안 대기실에 앉아있었다. 반드시 나을 것이라는 말에 어느 정도 안심은 되었지만, 마음은 여전히 어두웠다.

대기실에는 여전히 열대여섯 명 정도가 치료를 기다리고 있었다. 그중 대다수는 근처 마을 농가의 여자들이었다. 그들은 스스럼없이 큰 목소리로 대화를 나누었다. 굳이 들으려 하지 않아도 귀에 들려오는 이야기들이었다. 그중 어딘가에 매우 용한 무녀가 있다는 대화가 오무라의 귀에 들려왔다.

"그게 말이야, 무서울 정도로 잘 맞춘다는 거야. 저 팽나무 뒤편에 사는 여편네가 겨우 모아두었던 돈 스무 냥을 도둑맞아서 미칠 노릇이었다네."

마흔 정도에 등이 굽은 여자가 말을 꺼냈다.

"스무 냥이면 많이도 잃어버렸네."

"많고 말고. 그래서 사람들한테 물어물어 그 무녀를 찾아갔더니, 사나흘 후에 돈을 되찾긴 할 건데 반절만 찾을 거라 했대."

"흠."

모든 이의 시선이 이야기를 하는 여자에게 모였다.

"그랬더니 딱 사흘째 되던 날에 도둑이 붙잡혀서, 열 냥을 돌려받았다지 뭐야."

"거참, 신기하네."

"신기하고말고. 그게 귀신이 곡할 노릇이란 거지. 그뿐만이 아니라 병이든 뭐든 물어보기만 하면 줄줄 읊어대는 것이 무서울 정도라니까."

최근 들어 온갖 안 좋은 일들을 겪은 오무라의 마음은 이런 사람에게라도 매달리고 싶을 정도로 약해져 있었다.

"그 무녀가 있는 곳이 어디인가요?"

오무라는 주저 없이 물었다. 등이 굽은 여자는 오무라의 얼굴을 흘깃 쳐다보고는 대답했다.

"××마을이라고 여기에서 3~4리쯤 더 가면 있어요."

"네."

오무라는 애매하게 대답을 하더니 말을 이었다.

"언제 가든 상담을 할 수 있나요?"

"오전에만 받는다더라고요."

"아, 그래요? 고맙습니다."

오무라는 인사를 한 후 차에 올라탔다.

어째서인지 차 속에 앉아있는 오무라의 눈앞에 그 무녀의 얼굴의 보이는 듯했다.

(1918.9.4)

71.

오무라는 식사 시간을 아껴가며 뜸치료를 받으러 다녔다. 부스럼의 고통과 혹한 속에서 쉬지 않고 뜸을 받으러 다닌 것은 여간한 노력이 아니었다. 하루가 지나고 이틀이 지나자 그 고통이 점차 수그러들어 갔다. 이때에는 이미 환부가 커져서 뜸만으로는 치료가 어려웠기 때문에 쑥을 사 와서 쑥뜸을 올렸다. 집 안은 쑥향으로 가득 찼다.

고통이 점차 줄어들자 지난번 들었던 무녀 이야기가 자꾸만 떠올랐다. 무녀에 의지해서 어떻게든 이 안 좋은 일들의 근원을 찾아내서 그 뿌리를 뽑아버리고 싶었다. 그러나 마음 한편으로는, 자신의 비밀을 털어놓아야 하는 것이 두렵기도 했다. 무녀를 찾아갈 것인가 말 것인가를 고민하는 사이에 환부는 점점 거치고 농이 차오르더니 결국

염증이 터졌다.

"아, 다행이다."

오무라는 안심을 하는 동시에, 뜸과 같이 지금의 과학으로는 설명할 수 없을뿐더러 오히려 부정되고 있는 것들에 대한 신앙이 깊어져 갔다. 본디 소학교 교육 정도밖에 받지 못한 오무라의 마음속 어딘가에 이러한 소질이 뿌리를 내리고 있었음이 틀림없지만, 이것이 뜸의 효능으로 인해 그 머리를 번쩍 처들게 된 것이다.

며칠 동안 집에 있으면서 집안일부터 아이들 육아까지 해야 했던 고이치는, 오무라가 나아지자 곧장 집을 벗어나려고 했다. 그러나 오무라는 하루만 더 집안일과 아이들을 부탁하고는 아침밥을 먹은 뒤 뜸을 맞으러 간다며 집을 나섰다. 병상에 누워 있던 것은 불과 며칠에 불과했지만, 밖으로 나오자 가벼운 현기증이 날 정도로 밝게 느껴졌다. 아직 몸이 피로한 상태였기 때문에 두세 번 쉬어가며 3리 정도 떨어진 경편철도 정류장으로 갔다.

장난감 같은 경편철도가 심하게 진동을 하며 출발했다. 오무라는 무녀의 얼굴은 어떠할지, 어떤 모양으로 신탁을 모시고 있을지 궁금해 하며 무서우면서도 신기한 마음으로 그 얼굴을 창문 유리창에 그려보기도 했다.

오무라는 작은 정류장 세 개를 지나서는 네 번째 정류장에서 내렸다.

그곳은 옛 도카이도(東海道) 주변의 농촌으로, 거의 문명이 들어오지 않은 듯한 모습에 부유하지 않은 마을이었다. 정류장 근처에는 마을 수호신을 모시는 숲이 있었다. 철도 표를 판매하는 찻집에 들어갔다. 찻집이라고는 하지만 작은 귤이나 막과자를 진열해 놓은 것에 불과했다. 지저분한 닭 한 마리가 모이를 조며 그 과자 상자 위를 걸어 다니고 있었다.

오무라는 먹고 싶지도 않은 귤을 사며 속삭이듯 찻집 여주인에게 물었다.

"저기, 여기에 굉장히 용한 무녀가 있다는 이야기를 듣고 왔는데요. 집이 어디인지 아세요?"

"무녀요? 그야 용하지요. 집은⋯."

찻집 여주인은 몸을 돌려 선로 건너편 숲을 가리키며 말했다.

"이 경편 선로를 따라 100미터 정도 가면 왼쪽으로 들어가는 길이 있어요. 무녀 집은 그 숲 아래에 있어요."

"그런가요. 오늘은 무녀가 집에 있을까요?"

"있고말고요. 오늘 아침에 요 앞을 지나갔으니까요."

"정말 감사합니다."

오무라는 여주인이 알려준 대로 선로를 끼고 걸었다. 뒤에서 달려오던 열차가 오무라를 추월하여 앞으로 달려 나갔다. 창문 밖으로 얼굴을 내밀고 있는 사람들의 눈이 전부 자신을 쳐다보고 있는 것만 같아 오무라는 고개를 돌렸다. 갈림길에 다다르자 숲속의 큰 나무가 녹나무라는 것을 알 수 있었다. 하지만 마치 죄를 벌하는 곳이라도 끌려온 듯 오무라의 발걸음은 더이상 들어가지 못하고 있었다.

(1918.9.5)

72.

"이런 일이 있어서 일부러 찾아 왔습니다."

오무라는 최근 가족들에게 생긴 좋지 않은 일련의 일들을 하소연하듯 이야기했다.

무녀는 오무라가 상상하던 모습은 아니었다. 환갑에 가까운 나이에 몸집이 작고 주름이 자글자글하고 부드러운 할머니의 모습이었다. 다만 유독 새하얀 틀니가 그 얼굴을 유별나게 보이게 했지만, 오무라는 그 첫인상에서 어쩐지 이 사람에게 매달리면 반드시 구해줄 것이라는 친밀감을 느낄 수 있었다.

"신께 기도를 드려봅시다."

할머니 무녀는 신전으로 걸어갔다. 공자처럼 검은 하카마를 걸친 이 할머니의 모습은 이상한 모양새였지만, 오무라에게는 무언가 특수한 계급의 사람처럼 비쳤다. 어둑한 시골집의 정면에는 삼목으로 만든 관이 놓여 있고 그 앞에는 신경(神鏡)이 서늘한 빛을 발하고 있었다. 비쭈기나무, 공물, 신주(神酒), 공양미 등이 팔족대(八足臺)[28] 위에 놓여 있었다.

무녀는 합장을 두 번 하더니 미끄러지듯 앞으로 나갔다. 그리고는 뒤를 돌아 오무라를 향해 말했다.

"이리 좀 더 오세요."

---

28 제사나 장례에 사용되는 다리가 여덟 개 달린 작은 책상.

오무라의 귀에는 절대 거역할 수 없는 명령처럼 들렸다.

무녀는 또 한 번 합장을 하며 예를 갖추더니 신들의 이름을 하나하나 읊기 시작했다. 처음에는 낮게 갈라지던 목소리가 점차 커지고 빛이 나기 시작했다.

"스루가(駿河)[29]에는 후지아사마(富士浅間) 신사의 대신(大神), 도쇼구(東照宮) 신사의 신으로부터…"

무녀는 오무라와 같은 사람들은 알 수 없는 여러 신들의 이름을 불렀다.

오무라의 고개가 절로 숙여졌다.

무녀는 또 한 번 합장을 하더니 이번에는 축사와 비슷한 글을 읽기 시작했다. 오랫동안 숙련된 듯 막힘없이 술술 읊는 이 소리는 일종의 가락을 만들면서 자못 신 앞에 선 것과 같은 기분이 들게 했다.

이것이 끝나자, 무녀는 팔족대 위에 이마를 대고는 미동도 하지 않았다.

오무라는 숨을 참으며 슬쩍 눈을 뜨고는 두려움에 떨며 그 광경을 훔쳐보았다.

무녀의 어깨가 흔들리기 시작했다. 그리고 그 진동이 점차 격렬해지며 상반신이 앞뒤 좌우로 요동치기 시작했다. 오무라는 점점 압도되었다. 5분 정도 지나자 요동치던 무녀의 몸이 일순 멈추었다. 빙글 몸을 돌며 오무라를 향한 무녀의 눈은 굳게 감겨 있었다. 그때였다.

---

29 지금의 시즈오카현 중앙부의 옛 이름.

"사람의 한은 무서운 거야. 물건을 감추는 게 가장 나쁜 일이지."

무서운 얼굴을 한 무녀가 날이 선 목소리로 말했다.

오무라는 돌로 머리를 한 대 맞은 듯한 충격을 받았다.

"신은 만 리 밖을 꿰뚫어 보는 분이다. 악행을 참회하고 신에게 기도하면, 닥치는 재난을 피하게 하고 건강과 부귀를 누리게 할 것이다. 사람에게 기대지 말지어다."

무녀는 이렇게 말하더니, 다시 팔족대 위에 엎드렸다. 이윽고 잠에서 깬 듯 무녀가 스르르 눈을 뜨자 다시 조금 전의 친근한 할머니의 모습으로 돌아와 있었다.

오무라는 양쪽 겨드랑이에서 식은땀이 흐르는 것을 느꼈다. 원래대로 돌아온 할머니의 얼굴조차 제대로 쳐다볼 수 없을 정도로 강하게 정곡을 찔린 것이었다.

사례금을 봉투에 넣어 할머니의 무릎 쪽으로 내밀고는 서둘러 인사를 고했다.

경편철도 선로까지 나오고서야 비로소 조금 마음을 놓을 수 있었다.

(1918.9.6)

73.

오무라는 뜸방을 다니며 부스럼을 치료하기는 했지만, 종기보다 더 큰 고통을 얻게 되었다. 시즈코가 센타로에게 보낸 편지를 파기해

버린 일이, 신의 계시를 통해 오무라를 격렬하게 위협했다. 그 당시에는 대수롭지 않게 여긴 일이었지만, 지금에 와서는 어떻게 해서든 조치를 취해야 했다. 만약 이대로 둔다면 가족의 목숨까지 위협받는다는 사실에 오무라는 죄책감을 느꼈다.

그날 밤은 도무지 잠이 오지 않았다.

'참회를 한다고 하더라도 어떻게 해야 좋은 걸까? 용서를 빌어야 하겠지만, 많은 사람들에게 알려지게 하고 싶지는 않아. 센타로는 손아랫사람이지만 어쩐지 다가가기 어렵다. 그런 센타로에게 사죄를 해야 한다니, 도무지 엄두가 나지 않는다. 만약 그 괴로움을 견디고 사죄를 한다 해도 오노부나 다른 가족들에게는 알리고 싶지 않아. 그렇다면 센타로의 집에 가서 이야기할 수도 없는 노릇이지.'

그렇다고 해서 남편을 통해 용서를 빌고자 한다면 이 사실을 모두 남편에게 말해야 한다. 센타로에게 용서를 빌기 전, 남편에게 먼저 사죄를 해야 한다는 사실은 좀처럼 큰 부담이었다.

오무라는 여러 번 고민을 거듭했지만, 도무지 자신의 입으로 모든 일을 말할 자신이 없었다.

다음날 아침이 되었지만, 이 고민은 계속해서 납덩이처럼 오무라의 가슴을 짓눌렀다. 결국 오무라는 이 고민에 대해 일일이 고이치에게 털어놓았다. 그러나 이야기를 들은 고이치는 왜 이런 일로 걱정을 하고 있는지 모르겠다는 투로 말했다.

"그런 편지 따위 그다지 중요한 것도 아니잖아. 그야 센타로에게 전달하지 않은 것은 잘못한 일이지만, 이미 지난 일이고 지금에 와서 어찌할 도리도 없지 않은가. 센타로에게는 내가 잘 이야기해 볼 테니 쓸데없는 걱정 하지 말고 있어."

"네. 부디 잘 용서를 구해주세요."

오무라는 거듭 부탁했다. 이로써 어느 정도 마음이 안정되는 것을 느꼈다.

그날 밤, 고이치는 센타로의 집을 방문하였고, 오노부가 장을 보러 가느라 잠시 집을 비운 사이에 오무라의 일을 이야기했다.

"사실 악의를 가지고 그런 것은 아니야. 애들이 가지고 놀다가 찢어져 버렸으니 이걸 네게 말하기가 어려웠던 거지. 오무라도 매우 걱정하고 있어."

고이치는 센타로에게 용서를 빌었다.

센타로는 이야기를 듣는 순간순간마다 경악했다. 그리고 이제 딱 1년 전에, 시즈코의 편지를 하염없이 기다리던 일이 어제 일처럼 마음속에서 되살아났다. 그 편지의 내용은 알 수 없지만, 그 편지가 자신의 손에 들어왔다면 두 사람의 사이가 이렇게 파탄나지는 않았을 지도 모른다. 자신의 반평생을 그르치고, 더불어 시즈코의 반평생을 망친 원인은 바로 그 편지가 자신의 손에 들어오지 않았기 때문이라고도 할 수 있다.

"그 편지는 몇 통이었나요?"

"세 통이 왔다더군."

센타로는 엄청난 실망감을 느낌과 동시에 오무라의 행동에 대한 격심한 분노를 금할 수 없었다. 하지만 이제 더 이상 어찌할 도리가 없다. 자신에게는 아내가 있고, 시즈코에게는 남편이 있다. 아무리 화를 내고 원망을 해도 이미 기울어진 형세를 되돌릴 수 있는 방법이 없는 것이었다.

끓어오르는 회한을 가슴 속에 끌어안은 채, 센타로는 조용히 팔짱을 꼈다. 그리고는 한숨을 내뱉었다.

"그렇군요. 이제 와서 어찌할 도리가 없으니 저도 이런저런 말 하지는 않겠습니다. 하지만 형님, 인간의 운명은 말 한마디 편지 한 통으로 좌우될 수 있는 거였군요."

고이치는 센타로가 하는 말의 의미를 충분히 이해하지 못한 듯했다.

"그거야 그런 경우도 있지만, 이번만은 좀 넘어가 줘. 내가 사죄할 테니."

"알겠습니다. 그래야지요."

센타로는 침통한 목소리로 이렇게 대답했다. 울고 싶을 정도로 애달픈 마음을 억누르며.

(1918.9.7)

74.

'운명이다!'

아무리 생각해 보아도 결국에는 이렇게 생각을 정리하는 수밖에 없었다.

센타로는 아무 것도 모른 채 곁에서 편안하게 잠들어 있는 아내를 보며 몇 번이나 몸을 뒤척였다.

존재하는 모든 기회가 자신을 버리고 떠나가 버렸다. 형수에게는 깊은 원망을 금할 길이 없지만, 지금에 와서 그것을 책망해 본다 한들 이미 떠나가 버린 기회가 돌아올 리도 없다. 새장을 떠난 작고 아름다운 새는 더 이상 내게 돌아올 수 없는 것이다.

그 편지에 어떠한 내용이 적혀 있었는지 물을 방법도 없지만, 분명 시즈코가 피를 토하는 마음으로 적어 내려갔음에 틀림없다. 그것이 다른 사람도 아니고 형수의 손에 의해 버려지리라고는 그 누구도 생각지 못했을 것이다. 이리하여 시즈코는 다른 사람의 아내가 되었다. 자신은 다른 사람의 남편이 되었고 곧 한 아이의 부모가 되려 한다. 그리고 자신이 개척한 사업을 버리고, 다른 이를 위하여 옷을 지으며 변변치 못하고 괴로운 삶을 살고 있는 것이다!

'시즈코, 정말 미안해.'

이러한 생각이 들자 저절로 눈물이 차올랐다, 연모의 정이 왕연히 끓어올랐다.

하지만 이 마음을 전할 수도 없는 노릇이다. 그간의 사정을 말하고 용서를 빌 수도 없다. 이미 다른 사람의 남편과 아내가 된 사람에게 그러한 자유는 허락되지 않는다.

'나는 무엇을 위해 살아가야 하는가.'

시즈코가 자신을 배신하고 다카야마가 조선화학제지를 빼앗아 갔다고 생각했을 때야 말로, 그에 대한 반항으로 더욱 분발하여 모든 것을 희생하더라도 사업을 성공시키고야 말겠다는 각오를 하지 않았던가. 그것이 유일한 복수였다. 그러나 그간의 사정이 밝혀지고 잘못은 내게 있었다는 것을 알게 된 지금에 와서 그것이 무슨 복수가 되겠는가.

싸워야 할 상대를 잃어버린 마음속에서는, 오무라가 형수가 아닌 자신과 아무런 관계가 없는 사람이라면 그녀를 죽이고 자신도 죽어 버리고 싶을 정도로 원한과 분노가 타오르고 있었다. 하지만 타고난 도덕심이 이를 허락하지 않는다. 이것이 인간의 비애인 것이다. 이것이 남자의 고통인 것이다.

이것이 운명이라고 생각을 정리할 수밖에 없지만, 그러기에는 너무나도 가혹하지 않은가.

'오히려 지금의 모든 상황을 때려치우고, 새롭게 시작해 볼까?'

다이렌에서 구로다가 보낸 편지가 떠올랐다.

모든 관계를 벗어 던지고 맨손으로 새로운 분야를 개척해 나가다 보면 이 고통에서 도망칠 수 있을지 모른다. 아버지도 돌아가신 지금, 비좁고 미적지근한, 그리고 불쾌한 기억이 가득한 이 시즈오카를 떠나는 데에 어떠한 미련도 없지 않은가.

'만주로! 만주로!'

센타로는 마음 깊은 곳에서 이렇게 외쳤다.

아내는 아무것도 모른 채 쌔근쌔근 잠들어 있다. 모든 것을 자신에게 맡기고 이렇게 편안하게 잠들어 있는 아내를 보자, 특히 임신을 한 아내를 생각하면 자신 혼자서 이 고통에서 도망친다고 될 일도 아니었다.

'운명이다!'

거듭된 생각의 끝은 이것이었다.

(1918.9.8)

75.

하늘과 땅에도, 풀과 나무들에도 다시 봄이 돌아왔지만, 센타로에게는 불쾌한 나날이 이어졌다. 사무실에는 기술자들만 모여 있어서 비교적 모든 일이 자유롭고 성가신 일도 없었기 때문에 오히려 일을 하고 있는 편이 마음이 편했다.

오노부는 뱃속 아이에게서 항상 신경을 떼지 못했다. 다달이 심해지는 태동은 눈에 보이지 않는 내 아이가 자라나고 있음을 끊임없이 말해주고 있었다. 아직은 기쁘다고 할 수도 없고 또는 슬프다고도 분명하게 말할 수 없는 '엄마'라는 단어는 주변 모든 상황 속에서 오노부를 자극했다. 밖에 나가면 부모에게 안겨있는 아이가 눈에 띄기 시작했다. 혈색이 좋고 건강해 보이는 아이나 이목구비가 잘 생긴 아이를 만나게 되면, 자신의 아이도 그러기를 기원하거나 틀림없이 저 아이들보다 더 건강하고 잘생긴 아이가 나올 것이라는 생각을 하기도 했다. 옷이 두꺼워지는 겨울에는 특히나 거동이 불편했지만, 아이의 건강을 생각하면 전혀 힘들지 않았다. 이렇게 오노부는 다른 사람들보다 조금 더 추운 겨울을 보내고 있었다.

어느 날 오후, 오노부는 곧 남편이 돌아올 시간이라 생각하며 빨래에 풀을 먹이고 있었다. 따뜻한 햇살이 비추는 장지문에는 겨울을 넘긴 파리 한 마리가 요란한 소리를 내며 날아다니고 있다. 도코노마(床の間)[30]에서 정원 한 켠으로 옮겨다 놓은 화분에 담긴 복사꽃이 당근처럼 볼품없이 잎을 늘어뜨리고 있다.

조용한 자동차 소리가 들린 후 얼마 지나지 않아 현관 초인종이 울렸다. 오노부는 남편이 돌아왔다고 생각하고 현관으로 나갔다.

"실례합니다."

남편이 아니었다. 오노부는 자물쇠를 열고 현관 밖으로 나갔다.

"앗."

오노부는 짧은 비명을 지른 채로 못 박힌 듯 그 자리에 굳어버리고 말았다.

현관 밖에 서 있던 것은 히코자카 세이사쿠였다.

헤어지던 당시의 소년 같던 모습은 사라지고 살이 오른 남자다워진 모습이었지만, 여전히 아이같은 눈매를 가지고 있었다. 외투의 먼지를 털어내는 그의 손가락에는 반지가 빛나고 있었다.

"아, 오노부. 오랜만이야. 나는 정말이지 못 만나는 줄 알았어."

---

30 일본식 방의 상좌(上座)에 바닥을 한층 높게 만든 곳으로, 벽에는 족자를 걸고 바닥에는 꽃이나 장식물을 꾸며 놓음.

세이사쿠는 이렇게 말하며 재빨리 겉옷을 벗었다. 겉옷 안에는 류큐(琉球)[31]식 하오리와 정교한 하카마를 입고 있었다. 세이사쿠는 얼굴로 내려온 머리카락을 쓸어 올리며 신고 있던 조리를 아무렇게나 벗고서는 기사를 불렀다.

"이봐, 이것 좀 잠시 맡아주게."

그리고는 기사에게 커다란 보따리를 건네며 이렇게 명령하고는 집 안으로 들어왔다.

오노부는 너무도 갑작스러운 일이었기에, 이를 어찌해야 할지 몰랐다. 세이사쿠가 자신의 집으로 들어오는 것을 막을 수도 없었다. 말로 표현할 수 없는 공포에 심장이 거세게 요동쳤다.

물론 구태여 세이사쿠에게 자리를 안내하거나 그와 대화를 할 생각은 없었지만, 세이사쿠가 집안으로 들어오자 오노부는 몸을 피하기 위해 어쩔 수 없이 옆방인 손님방으로 갔다.

세이사쿠는 마치 자신의 집에 돌아오기라도 한 듯 자연스럽게 손님방으로 들어갔다.

(1918.9.9)

---

31 현재 일본의 오키나와현 일대에 위치했던 독립왕국의 이름으로, 1879년에 강제로 일본에 병합되어 오늘날 오키나와현으로 바뀌었다.

76.

세이사쿠는 도코노마를 피해 그 옆에 앉았다. 오노부는 온몸이 굳은 채 입구 옆에 앉았다. 오래 전 연인은 이러한 모습으로 서로를 재회한 것이다.

"오랜만이군."

세이사쿠가 입을 뗐다. 그리고는 가만히 오노부를 바라보았다. 가장 먼저 눈에 들어온 것은 오노부의 임신한 배였다. 세이사쿠의 안색이 조금 변했지만 곧 반갑다는 듯 말을 이었다.

"나는 더 이상 당신을 만날 수 없으리라 각오를 해 왔어. 당신을 만나서 다만 2, 3분이라도 이야기할 수 있다면 그걸로 만족해."

세이사쿠는 이렇게 말하며 주변을 둘러보았다.

"옛날 일을 지금에 와서 이야기 해봤자 아무 소용없는 일이겠지만, 내 마음은 그때나 지금이나 조금도 변하지 않았어. 그래서 당신이 만약 날 받아준다면 나는 당신의 일생을 보장할 거야. 여러 가지 사정이 복잡하게 얽혀있긴 하지만, 수년간 당신을 불안하게 만든 것은 나니까 그 죄를 갚고 싶어. 그리고 당신의 처녀를 앗아간 것 역시 나니까 나는 그 책임을 져야만 해…."

세이사쿠의 말이 점차 고양되고 능숙해질수록 그와 반대로 오노부의 얼굴은 점점 창백해지며 그 자리에 앉아있기도 힘들어졌다.

"솔직히 말하자면 나는 당신의 몸도 마음도 갖고 싶어. 하지만 지금에 와서는 절대 할 수 없는 일이겠지. 물론 당신이 다시 생각해줄 여지도 없겠지. 그렇다 하더라도 어쩔 수 없어. 나는 구태여 당신을 원망하지 않아. 나를 원망하지도 않아. 헤어진 후 수년 동안 이어진 시련은 내게 많은 것을 체념하게 만들었어. 하지만 내 마음속에서 당신을 완전히 떠나보낼 수 없는 것은, 내 수양이 부족한 것일지 모르겠지만 도무지 어쩔 수 없는 일이야.”

세이사쿠는 옛 일이 눈앞에 선하게 보이는 듯한 눈빛으로 말을 이었다.

“부디 지금의 당신이 할 수 있는 범위 내에서 내 마음을 받아줘. 나를 불쌍하게 여겨줘요. 나는 그때 이후로 여러 가지 힘든 일을 해 왔어. 지방 무가(武家)의 하인으로 들어가기도 하고 호객꾼을 하기도 했지. 스스로도 용케 살아남았다는 생각이 들기도 했지만, 다행히도 전쟁으로 약간의 재산도 모았고 어느 정도의 지위도 얻게 되었어. 하지만 이런 것들을 함께 기뻐해 줄 사람은 이미 사라졌지. 나는 일 때문에 요리옥(料理屋)에 가서 게이샤를 만난 적은 있지만, 아직까지 결혼을 하지는 않았어. 어쩌면 일생동안 아내를 맞이하지 않을지 모르지. 이것이 내 죄를 갚는 일이기도 하고, 또 내 위안이기도 해.”

고개를 숙인 채 이야기를 듣고 있던 오노부가 창백해진 얼굴을 들고 무슨 말인가 하려 했지만, 입안이 바짝바짝 말라서 목소리가 나오지 않았다.

“당신은 이미 다른 사람의 아내가 되었고 부모가 되려 하는 군….”

오노부는 온몸을 부들부들 떨며 피를 토하는 목소리로 빠르게 말했다.

"제가 잘못 했어요. 하지만 이제 더 이상 어쩔 수 없어요. 부디 돌아가 주세요. 부탁이니까 제발 돌아가 주세요."

"당신이 돌아가라고 한다면 돌아가겠지만…."

세이사쿠의 얼굴에 약간의 노기가 서렸다.

(1918.9.11)

77.

오노부는 공포에 휩싸이고 말았다.

"그렇게 내쫓지 않아도 되잖아. 원래대로라면 내가 마음대로 들어와 앉더라도 그쪽이 뭐라 불만을 말할 수 없는 일 아닌가?"

세이사쿠는 노여움에 가득 찬 목소리로 말했다. 오노부는 더 이상 어찌 해야 할지 알 수 없었다. 그때 센타로가 집으로 돌아왔다.

센타로는 평소보다 조금 늦게 퇴근을 했다. 자신의 집 앞에 와보니 자동차 한 대가 세워져 있었다. 누군가 자신을 기다리고 있는 것이라 생각하고는 급히 대문을 열고 안으로 들어갔다.

현관에 놓인 남자의 신발을 보고도 크게 수상하게 여기지 않았지만, 그때 세이사쿠의 성난 목소리가 들려왔다. 센타로의 얼굴색이 변했다. 그리고는 성큼성큼 집 안으로 들어갔다.

센타로가 돌아온 소리에 오노부는 마음이 놓이는 한편, 세이사쿠가 집에 와 있는 일에 대해 무어라 변명을 해야 할지 두려움을 느꼈다.

"어서 오세요."

오노부는 떨리는 목소리로 인사했다.

"오노부, 누가 왔나?"

세이사쿠의 얼굴을 보기도 전에 센타로는 불쾌함을 감지했다. 오노부는 그 질문에 어떠한 대답도 할 수 없었다.

"남편분인가요? 처음 뵙겠습니다. 저는 히코자카 세이사쿠라고 합니다."

세이사쿠는 거침없이 인사를 건넸다.

그 즉시 센타로의 머릿속에는 과거에 세이사쿠가 보낸 편지의 문장들이 움찔움찔 떠올랐다. 꼭 쥔 두 손은 분노로 요동쳤다.

"저는 이케타니라고 합니다. 무슨 일이죠?"

센타로는 세이사쿠를 응시했다.

"아뇨, 그저 오노부…, 사모님께 할 이야기가 있어서요…."

"그런가요. 하지만 제가 남편이니 할 이야기가 있으면 제게 하시죠."

"구태여 당신에게 이야기할 용건은 아닙니다."

"그렇다면 돌아가 주시죠. 여기는 제 집이니 당신은 돌아가세요."

"당연히 돌아가야죠."

세이사쿠는 이렇게 말했지만 더욱 냉담한 태도로 말을 이었다.

"거참, 여자란 믿을 수도 방심할 수도 없는 존재로군요. 저 혼자서 이 사랑을 지키고 있다고 생각하시면 큰 착각입니다."

세이사쿠는 곁눈질로 오노부를 흘낏 쳐다보았다.

"오늘은 이쯤에서 돌아가겠습니다. 실례했습니다."

세이사쿠는 보따리를 들고 자리에서 일어났다.

문을 여닫는 소리가 나더니 자동차가 조용히 사라졌다.

센타로는 오노부를 노려보았다. 오노부는 도저히 고개를 들 수가 없었다.

"오노부, 도대체 저자는 무슨 이유로 내 집에 온 거요? 그리고 누구의 허락을 받고 집안에 들어왔다는 것이요?"

"…."

"당신의 대답에 따라 내게도 생각이 있소."

오노부는 그 자리에서 풀썩 쓰러져 기절하고 말았다.

(1918.9.12)

78.

"오노부, 오노부."

죽음의 문턱을 건너고 있는 굳게 닫친 그녀의 눈은 쉽게 열리지 않았다. 의사를 불러오려 했지만, 오노부를 혼자 두고 나가는 것도 걱정이 되었다. 급히 이웃사람에게 부탁하여 근처의 의사를 불렀고, 곧이어 젊은 의사가 왔다.

"아, 뇌빈혈인 것 같습니다만, 아주 경미합니다."

발 빠른 조치로 인해 얼마 안 있어 오노부의 정신이 돌아왔다. 낮은 베개를 베어 주고 잠자리를 만들어 편히 뉘였다.

"이제 괜찮습니다. 하지만 가능한 조용히 안정을 취하게 해 주세요."

의사는 주의사항을 말하고는 돌아갔다.

센타로는 엄청난 피로감이 몰려왔다. 그간의 사정을 밝히고 정리하는 일 모두 오노부의 건강이 회복된 이후에 해야 할 일이었다. 오노부의 임신은 모든 것을 덮고 센타로의 마음을 가라앉게 해 주었다.

오노부의 슬픈 눈동자를 보자 센타로는 어찌해야 할 바를 몰랐다. 그 옆에 잠자리를 펴고 누웠지만 쉽게 잠이 들지 못했다. 기분 나쁠 정도로 잠이 오지 않는 밤이었다. 그래도 어느 순간 잠이 들었나 싶었는데, 오노부의 부름에 눈을 떴다.

"무슨 일이야?"

"나 좀 이상해요. 산파를 좀 불러주세요."

오노부는 몸부림을 치며 괴로워했다.

센타로는 벌떡 일어났다. 하지만 산파의 집이 어디인지, 어떻게 처치를 해야 할지도 몰랐다.

배를 부여잡고 있는 오노부를 안쓰럽게 바라보며 시계를 보니 벌써 새벽 1시 반이었다. 갑자기 공복감이 들었다. 생각해보니 어제 저녁에 그 난리를 치루는 바람에 저녁을 먹지 못했다는 것을 깨달았다.

센타로는 다시 한 번 옆집 문을 두드렸다. 산파에 관련된 일은 센타로보다 옆집 아주머니가 더 잘 알고 있었다. 옆집 아들이 자전거를 타고 산파를 부르러 달려갔다. 아주머니는 서둘러 센타로의 집으로 들어갔다.

"아직 괜찮아. 걱정할 필요 없어."

아주머니는 힘주어 말하고는 화로에 불을 지폈다.

센타로는 차린 것 없는 맨밥을 맛없게 먹기 시작했다. 아주머니가 일어나며 말했다.

"이 시간에 무슨 밥이야?"

그리고는 센타로의 곁으로 와서는 작은 목소리로 물었다.

"아직 아기가 태어나기엔 좀 이르지 않나?"

"그렇지요."

"산달은 다음 달이니."

아주머니는 물을 끓이고 산실을 만들 준비를 했다. 한 시간 쯤 지나자 산파도 도착했다. 우선 산파가 대략적인 진찰을 했다.

"아직 조금 시간이 걸릴 것 같은데요. 산달보다 조금 이르니까요."

산파는 고개를 갸우뚱 했다.

센타로는 현관을 왔다 갔다 하며 공연히 번민하고 걱정할 뿐이었다. 산실에서는 산모의 고통스러운 목소리가 끊임없이 들려왔다.

"아직인가요?"

산모에게 줄 계란을 가지러 나온 아주머니에게 물어보았다.

"동이 틀 때쯤에나 나올 것 같다고 하니 우리 집에 가서 눈 좀 붙이고 와."

센타로는 앉았다 일어섰다를 반복할 뿐이었다. 산모의 괴로운 신음소리에 온 신경이 집중되었다.

드디어 날이 밝았지만 아기가 태어날 기미는 아직 보이지 않았다. 그래도 아침은 센타로의 걱정을 조금이나마 가볍게 만들어주었다.

정원에 나갔다가 집에 들어오기도 했다. 신문을 펼쳐보았지만 아무것도 머릿속에 들어오지 않았다.

8시, 9시, 10시.

센타로는 아이와 산모 모두 걱정이 되기 시작했다. 정오가 가까워지고 산모의 신음소리가 잦아들었다고 생각했을 때에 아주머니가 부엌으로 나와 따뜻한 물을 준비했다.

"태어났어요."

아주머니는 밝은 목소리로 센타로에게 전했다.

"딸인가요?"

"아들이에요."

아주머니는 따뜻한 물이 담긴 대야를 안고는 다시 방으로 들어갔다. 센타로는 툇마루에 털썩 주저앉아 안도의 한숨을 토했다.

(1918.9.13)

79.

출산 후 여러 가지 뒷정리를 마친 산파가 오후 3시 경에 돌아가려 나섰다.

현관까지 배웅을 나온 센타로는 걱정스러운 듯 조심스럽게 물었다.

"늦은 밤부터 정말 수고 많으셨습니다. 아이와 산모 둘 다 괜찮은 거지요?"

산파는 게타를 고쳐 신고는 대답했다.

"지금은 걱정하지 않아도 됩니다. 아기가 산달을 다 채우지 못했지만 비교적 발육이 좋으니, 보온 등에 주의하시면 별 걱정하지 않아도 될 듯 합니다. 산모는 진통시간이 좀 길어져서 몸이 많이 쇠약해졌지만, 출혈도 다 멈추었으니 조용히 안정을 취하시면 괜찮을 거예요. 내일 다시 찾아오겠습니다."

산파의 말을 들은 센타로는 조금 안심을 하고 산실로 들어갔다.

그곳에는 포대기에 싸인 조그마한 육체, 아직 눈도 뜨지 못하고 솜털이 보송보송한 붉은 육체가 있었다. 손을 들어 아이의 코에 살짝 대어보았지만, 숨을 쉬고 있는 것인지 알 수 없었다.

'이게 내 아이란 말인가? 육천만 동포들 중, 내 피를 이어받은 유일한 존재란 말인가?'

믿을 수 없다는 듯 낯 간지러운 기분이 들었다.

산모는 남편과 아이의 얼굴을 보고는 안심했다는 듯 창백한 얼굴에 희미한 미소를 지어보이더니 다시 눈을 감았다.

"아, 다행이야. 안심이야."

산모는 눈을 감은 채 중얼거렸다.

"점심을 먹어야지?"

옆집 아주머니가 들어오며 말했다.

"정말 큰 신세를 졌습니다. 덕분에 무사히 아이를 낳을 수 있었습니다. 감사합니다. 아무래도 손이 모자란 형편이라."

"아니야. 나는 이런 일을 많이 해 봤거든. 낳는 사람이 고생했지 뭐."

센타로는 오랜만에 식사를 하는 것만 같았다. 배가 부르자 잠이 쏟아져왔다. 팔베개를 하고 그 자리에 눕자, 연극을 두세 편 본 듯한 피로감이 몰려왔다.

'아버지가 되었다.'

이런 생각이 머릿속에 떠올랐지만 조금도 실감이 나지 않았다. 자신의 일이 아닌 것만 같은 여유도 느꼈다. 아직은 아이가 사랑스럽다는 생각 역시 조금도 들지 않았다.

꾸벅꾸벅 잠이 들었다.

눈을 뜨자 이미 집 안에 불이 켜져 있었다. 오나쓰와 장모님이 와 있었다.

"오빠, 축하해요. 아들이라면서요? 정말 잘 됐어요."

센타로는 쓴웃음을 지어보였다. 늘어지는 하품이 끊임없이 나왔다.

(1918.9.14)

80.

수많은 친척들이 들락거리며 축하의 인사를 전했다.

"축하하네."

하지만 센타로게는 설날 덕담을 들은 정도의 감흥밖에 일어나지 않았다.

오무라도 왔지만 금방 돌아갔다. 아이가 태어난 상황이었지만 센타로는 아직 오무라를 만나는 것이 유쾌하지 않았다.

수유와 목욕, 보온을 위해 난방기를 내어 놓으니, 집안의 풍경이 바뀌기 시작했다. 아이는 작기는 했지만 울고 하품을 하고 방구를 뀌는 사람의 아이였다. 사람들은 조그마한 아이를 중심으로 분주하게 움직였다.

시간이 지남에 따라 이 조그마한 아이의 권위는 높아져 갔다. 오노부는 아내가 아닌 엄마가 되었고, 센타로는 남편이 아닌 아빠가 되었다. 도대체 무얼 원하는 것인지 알 수 없는 아이의 격렬한 울음소리는, 도무지 내버려 둘 수 없는 힘을 가지고 있었다. 그나마 센타로는 사무실에 나가 일을 하는 동안에는 잠시 잊고 지낼 수도 있었지만, 오노부의 신경은 하루 24시간 내내 아이에게 집중되어 있었다.

옆집 아주머니는 매일 아침 아이의 기저귀를 빨아주었다. 나쓰코는 이 모습을 보고 아연실색했다. 아직 아이가 없는 나쓰코가 보기에는 얼굴하나 찡그리지 않고 더러운 기저귀를 빠는 것이 어이없던 것이었다.

산파는 매일 찾아와 아기를 따뜻한 물로 씻겨주었다.

"이렇게 새빨간 아이들은 곧 하얘질 거예요."

산파는 이렇게 말하며 마치 인형을 다루듯 솜씨 좋게 신생아를 씻겼다. 오누부는 자리에 누워서, 물속에서 머리와 손발을 움직이는 자신의 아이를 사랑스럽게 바라보았다.

"여보, 이제 이름을 지어야지요?"

토요일 저녁, 오노부는 미소 가득한 눈으로 아이를 바라보며 센타로에게 물었다.

"아직 생각해 보지 못했어."

"하지만 이제 곧 신고를 해야 하잖아요."

"그건 그렇군. 누군가에게 지어달라고 해 볼까?"

"그래요."

센타로는 형이나 숙부 등 이름을 지어 달라고 부탁할 만한 사람을 찾아보았지만, 그 정도로 존경할 만한 사람은 주변에 없었다.

저녁식사 후, 센타로는 일 때문에 잠시 잡지를 읽고는 아이의 이름을 고민하기 시작했다. 그러나 우선 어떤 기준으로 지어야 할지조차 알 수 없었다. 너무 특이한 이름도 곤란하지만, 또 너무 평범한 이름을 하면 장래의 운명에 영향이 있을 것만 같았다.

일단 한숨 자려는 즈음, 갑자기 아기가 울기 시작했다.

"무슨 일이니?"

오노부가 젖을 물렸지만 어쩐 일인지 울음을 멈추지 않았다. 달래면 달랠수록 더욱 심하게 울었다. 젊은 엄마는 곧 당황하고 말았다. 돌아갈 준비를 하고 있던 옆집 아주머니가 이 모습을 보고 말했다.

"무슨 일이람. 이리 오렴."

아주머니가 아이를 건네받아 안고 흔들어보았지만 좀처럼 울음을 멈추지 않았다.

"아기 옷에 바늘이라도 들어가 있는 건 아니겠지?"

양초에 불을 붙여 아기 옷을 살펴보았지만 아무 것도 없었다.

"개가 들어와서 물기라도 한 게 아닐까?"

아주머니가 문밖에 나가보았지만 역시나 아무 것도 없었다. 이런 저런 이유를 찾는 동안에 아기는 울음을 뚝 그쳤다. 모두들 안도의 한숨을 쉬었다.

다음날 아침, 센타로는 아이에게 이름을 지어 주었다.

"시즈오(静夫)"

"어째서 시즈오에요? 좋은 이름이긴 하지만요."

"어째서냐니, 좋지 않아? 시즈오카에서 태어났으니까."

센타로는 이렇게 설명했지만 그의 가슴 속에는 시즈코의 그림자가 남아있었다.

(1918.9.15)

81.

매실 꽃, 복숭아 꽃, 모과 꽃, 동백꽃이 몰아치듯 꽃을 피웠다. 마을 곳곳이 아름답게 물들었다.

오후가 되면 언제나 엿장수의 피리소리가 들려오고, 그 소리를 들으며 낮잠을 자는 것이 일상이 되었다.

아이를 낳은 지 15일 쯤 지나자 오노부는 자리에서 일어날 수 있게 되었다. 아이를 낳고 나자 무언가 떨어져 나간 듯 몸이 가벼워졌다. 도와주던 사람들도 돌아가고 센타로의 집안은 일상으로 돌아갔다.

시즈오는 젖을 먹으면 자고, 눈을 뜨면 젖을 먹었다. 어떤 때에는 육아가 이렇게 편한 일인가 하는 생각이 들기도 했다. 그런가 하면 낮밤이 뒤바뀌어서 새벽 1시가 지나고 2시가 지나도 잠들지 않아서 어쩔 줄 모르는 날에는 육아가 이렇게 힘든 일이구나 싶기도 했다.

출산은 부부 사이의 여러 문제를 잠시 방기하고 연기하게 했다. 그러던 어느 날 저녁, 센타로는 자신도 모르게 세이사쿠를 언급하고 말았다.

"그 일을 꺼내면 나는 무얼 어찌 해야 할지 모르겠어요. 그야 내가 잘못한 일이기는 하지만, 그날은 너무 갑작스러운 일이라 나도 깜짝 놀라 당황한 사이에 집에 쳐들어 온 것이니까요. 나도 어찌할 바를 몰라서 돌아가 달라고 했지만…."

오노부는 울음을 터뜨렸다.

"나는 옛날 일에 대해 이러니저러니 말하는 것이 아니야. 단지 그날의 사정을 알고 싶을 뿐이야."

"좋아요. 내가 잘못했어요. 나는 당신의 아내가 될 자격이 없어요. 자, 나도 각오했어요."

"각오라니?"

"이혼…. 이혼하고 본가로 돌아가겠어요. 내가 잘못한 일이니까…."

오노부는 점점 더 흥분했다. 센타로는 무턱대고 이 문제를 꺼낸 것을 후회했지만 이제 와서 어쩔 도리가 없었다.

"그런 말도 안 되는 일을…."

"말도 안 될 것도 없지요. 내가 잘못한 것이니까, 나는 어찌 되어도 좋…."

"아니, 나는 그럴 생각으로 이 이야기를 꺼낸 게 아니야. 그렇게 흥분하지 말고 천천히 잘 생각해 보라고."

센타로는 이렇게 말하고는 집을 나가버렸다.

아사마신사의 경내에는 벚꽃이 봉오리를 틔울 준비를 하며 봄의 제전이 가까워졌음을 알렸다. 문득 오노부가 무언가 되돌릴 수 없는 일을 해버리는 것은 아닐까 하는 걱정이 들었다. 센타로는 한 시간 정도 뒤에 집에 돌아갔다.

"어세 오세요."

오노부는 평상시와 다름없었다. 센타로는 안심하면서도 무언가 속은 듯한 기분이 들어서 화가 났다.

그러나 그날의 놀람과 슬픔은 오노부의 젖을 앗아갔다. 다음 날부터 오노부의 젖이 점점 줄어들더니 나오지 않게 되어 버렸다.

일이 또 하나 늘었다. 시즈오에게 우유를 연하게 타서 먹이거나, 분유를 먹여야 했다. 곤란한 것은 밤에 우유를 먹이는 일이었다. 처음부터 우유를 먹여 키운 것이 아니었기 때문에 좀처럼 우유를 잘 먹으려 하지 않았지만, 밤이 되면 더더욱 젖병을 빨지 않으려 했다.

"왜 젖이 나오지 않는 걸까?"

약을 먹기도 하고 젖을 짜보기도 했지만 아무리 해도 나오지 않았다.

그럼에도 불구하고 시즈오는 산달을 채우지 못한 아기라고는 보이지 않을 정도로 눈에 띄게 잘 자랐다. 그리고 그 반대로 센타로와

오노부는 눈에 보이지 않는 정에 이끌려 육아에 매진하였고, 점점 더
지쳐갔다.

82.

사업이 진행되며 점차 익숙해지자 원료 수급이 싸고 자유로워지
고, 공장의 능률이 증진되고, 제품의 품질이 향상됨에 따라 조선화학
제지의 성적은 날로 높아져 갔다.

작년도에는 공장 화재와 그로 인한 손실로 인해 무배당이었지만,
이번 분기에는 적어도 20% 이상의 성장이 예상되었다. 그리고 이러
한 호경기를 겪으며 지사장으로 있는 다카야마가 날로 교만해져 간
것은 말할 것도 없었다.

하지만 한정된 다카야마 수입으로는 그 한정 없는 방탕한 지출을
감당할 수 있을 리 없었다. 그러나 어찌되었든 모든 길에는 뒷골목이
라는 것이 있는 법이라, 처음에는 같이 노는 친구들 사이에서 돈을 융
통했다. 하지만 점차 돈을 빌리기 어려워진 무렵에는 이노우에(井上)라
는 남자가 어딘가에서 돈을 융통해 가져왔다. 고리의 약속어음 환전
이자가 불어났지만 그때만 잠시 걱정할 뿐 금세 잊어버리고 말았다.

오늘 밤에도 다카야마는 이노우에와 함께 술을 마시고 있었다. 부
른 게이샤가 아직 오지 않은 사이에 두 사람은 음담패설에 심취해 있

220 『경성일보』문학·문화 총서 ❷

었다. 다카야마는 술잔의 물기를 닦아내고는 이노우에게 내밀었다.

"또 다시 군용금이 부족해졌는데, 어디 괜찮은 방법 없을까?"

"그야 없을 리가 없지."

"있어? 고맙네. 그 말을 들으니 맘 편히 마실 수 있겠군. 매일 기름 냄새, 석유 냄새 나는 공장 안에만 있다 보면 정말이지 견딜 수가 없다고."

"정말 그래. 마찬가지로 노는 동안이 꽃 같은 시절이지. 아버지라도 돼 보게. 원치 않아도 얼굴을 찌푸리지 않을 수가 없으니까."

하녀가 들어왔다.

"자, 따뜻할 때 한잔 하세요."

두 사람에게 술을 따랐다.

"선생의…그게 너무 늦지 않은가?"

이노우에가 턱으로 다카야마를 가리키며 말했다.

"이노우에 씨, 비겁해요. 다카야마 씨 핑계를 대고, 실은 자기가 빨리 보고 싶은 거면서…."

"바보 같은 소리."

"뭘요. 얼굴에 다 써 있다고요. 정곡을 찔린 거죠? 뜨끔 하셨지요?"

하녀는 이노우에의 가슴을 가리켰다.

"뜨끔 하긴 했는데, 잘 들어보니 이건가?"

이노우에는 심술궂게 손사래 치는 흉내를 냈다.

"어머, 퇴짜 맞은 거군요? 아무튼 간에 늦긴 하네요. 재촉해서 데려올게요."

하녀가 일어나 나가는 것을 본 이노우에는 조금 자세를 고쳐 앉으며 말했다.

"다카야마 군, 자네를 꼭 만나보고 싶다고 내게 소개를 부탁한 남자가 있는데, 한 번 만나보지 않겠나?"

다카야마는 이유를 물었다.

"만날 수는 있는데, 혹시나 빚 독촉은 아니겠지?"

"농담 아니네."

"도대체 누구인데?"

이노우에는 목소리를 조금 낮추며 대답했다.

"본정(本町)의 무라카미(村上)."

"무라카미 군?"

무라카미라는 자는 이미 3년 전에 조선에 와서 막대한 재산을 쌓은 자로, 백동(白銅) 위조사건을 비롯하여 돈벌이가 되는 부정한 일이라면 이 남자가 가담하지 않은 일이 없을 정도로 놀라운 솜씨를 가진 남자이다. 그러나 다카야마는 그러한 남자가 어째서 자신을 만나려 하는지까지는 생각이 미치지 못했다.

"실은 지금까지 자네에게 융통한 돈도 다 무라카미의 주머니에서 나온 걸세. 무언가 자네에게 꼭 부탁하고 싶은 일이 있다고 하니 한번 만나보게. 자네에게 불이익이 될 만한 일은 절대로 없을 거야."

이노우에는 교활한 눈동자를 들어 다카야마의 안색을 살폈다.

(1918.9.17)

83.

"자, 일단 내가 무라카미 군에게 전화를 걸고 오지."

"여기에서 만나도 되는 건가?"

"되고말고."

이노우에가 전화를 걸고 돌아오자, 미리 이야기가 되어 있었다는 듯 얼마 지나지 않아 무라카미가 들어왔다.

쉰쯤 되어 보이는 기름지고 불그스름한 얼굴을 한 남자는, 세모난 눈동자를 빛내며 수상한 미소를 짓고 있었다.

이노우에의 소개를 받은 무라카미가 정중하게 인사를 전했다.

"다카야마 씨 되시죠? 저는 무라카미입니다. 성함은 이전부터 들어서 잘 알고 있습니다. 제지 방면도 당신의 노력으로 크게 성장했다고 들었습니다. 존경스럽습니다."

하녀가 술상을 들고 들어와서는 무라카미에게 잔을 따랐다.

"두 분이 즐겁게 계시는 데 갑자기 찾아와 죄송합니다만, 꼭 한번 만나 뵙고 고견을 듣고 싶었습니다. 그리고 제가 부탁드리고 싶은 일도 있고 하여…"

두세 잔 술을 마신 무라카미가 얼굴을 쓰다듬으며 말했다.

"저 게이샤들이 왔는데요…"

하녀는 그들을 불러도 좋은지 물었다. 다카야마는 이노우에에게 작은 목소리로 양해를 구하고는 하녀에게 말했다.

"아, 지금 할 이야기가 있으니 조금만 기다려 달라고 해줘. 너도 잠간 그쪽에 가 있고."

하녀가 물러가고 방 안에는 세 사람만 남았다.

"제게 뭔가 용건이 있으신가요?"

다카야마가 입을 뗐다.

무라카미는 담배에 불을 붙이며 대답했다.

"실은 조금 말씀 드리기 어려운 일입니다만…."

무라카미는 다카야마에게 얼굴을 쑥 내밀고 용건을 말했다. 자신 역시 제지사업을 계획하여 상당 부분 진전되고 있는 상황이니, 지금의 회사를 나와 자신의 회사에 지사장으로 와 줄 수 있느냐는 이야기였다.

"정말이지 큰 폐를 끼치는 무리한 부탁인 줄은 압니다만 그 대신에 충분한 대우를 해 드릴 테니…."

무라카미는 좌우를 살피며 말을 이었다.

"이노우에를 통해 드린 모든 것도 가능한 편의를 봐 드리겠습니다. 그러니 부디 저희 회사에 힘을 빌려주시지 않겠습니까?"

무라카미는 이렇게 말 하며 빛나는 눈으로 힐끗 다카야마의 얼굴을 쳐다보았다.

"그렇군요."

하지만 다카야마는 자신과 야마모토 사장과의 관계는 단순히 시즈코와 사이가 좋지 않다고 해서, 그렇게 쉽게 끊을 수는 없다고 말을 보탰다.

"다카야마 군, 내가 이런 말을 하는 것도 좀 이상하지만, 야마모토 씨와의 관계는 아내와 이혼하면 되는 일 아닌가? 대신 원하는 자도 있고. 무라카미 씨도 자네를 신뢰하니까 일부러 저런 이야기를 하는 거니까 받아주지 않겠나? 안 그러면 내가 무라카미 씨에게 면목이 없어."

이노우에도 한마디 거들었다.

"네, 아내 쪽 일은 별 문제가 안 됩니다만…."

"그럼 어떻게 하시겠어요? 예의 그 건도 이번 달은 기한이 되었으니까, 당신이 받아주신다면 모두 없던 일로 하겠습니다."

아무리 다카야마라 해도 이쯤 되니 무언가 잘못되었다는 생각이 들기 시작했다. 함정에 빠졌다는 사실을 깨달았지만 이미 늦은 후였다. 어음 환전과 좋은 대우를 미끼로 다카야마를 몰아쳐서 꼼짝도 할 수 없게 만든 것이다.

"깊이 고민해 보겠습니다."

"뭘 깊이 고민할 것까지야 있습니까?"

무라카미는 호주머니에서 비단꾸러미를 꺼내며 말했다.

"이건 명함 대신입니다. 부디 받아주십시오."

그때 게이샤들이 우르르 들어왔다.

"대화는 여기까지만 하세요. 기다리다 못해 지쳤다고요."

"한잔 어떠세요?"

"다카야마 씨는 뭘 그렇게 멍하게 계세요?"

다카야마는 비단꾸러미를 돌려줄 타이밍을 놓치는 바람에 받아들일 수밖에 없었다.

"자, 풍악을 울려라. 기분 좋게 해 드려."

무라카미가 게이샤들에게 명령했다.

(1918.9.18)

84.

아무리 숨기려 해도 그 사업은 숨길 수 있는 일이 아니었다. 무라카미가 제지사업을 시작하려 한다는 소문은 머지않아 야마모토 사장의 귀에 들어갔다.

"어떤 방법으로 할 생각인 건지. 잘 되면 좋으련만."

처음에는 야마모토 사장도 이렇게 말했다. 오십만 엔의 자본금을 가지고 한강에서 가까운 용산에 공장을 세운다는 이야기가 들려왔지만 야마모토 사장은 그다지 신경을 쓰지 않았다.

하지만 다카야마가 무라카미 쪽 지사장으로 가기로 약속했다는 이야기를 들었을 때에는 더 이상 흘려들을 수 없었다. 하지만 사위인 다카야마가 그런 바보 같은 짓을 할 리가 없다며 마음을 돌려먹었다.

하지만 그것이 사실이라는 보고를 받았을 때에는 아무리 야마모토 사장이라도 발끈 화를 내며 분노할 수 밖에 없었다.

"괘씸한 놈!"

야마모토 사장은 화를 내며 안색이 변했다. 하지만 회사에 있는 동안에는 화를 억누르고 아무렇지 않게 사무를 이어갔다. 일을 끝마친 후 다카야마가 돌아가자 곧이어 야마모토 사장도 그 뒤를 쫓았다.

다카야마의 집에 가보니 다카야마가 옷을 갈아입고 있었다.

"어머, 어서 오세요."

시즈코가 평상시와 다름없이 마중을 나왔다.

"다카야마도 지금 막 돌아온 참이에요."

"그래? 좀 급한 볼일이 있어서 왔단다."

야마모토 사장은 신발을 벗었다.

"어서 오세요. 오시는 줄 알았다면 함께 왔을 텐데요."

다카야마도 마중을 나왔다.

자리에 앉자 야마모토 사장은 잠자코 다카야마의 얼굴을 응시하더니 잠시 후 입을 열었다.

"다카야마 자네가 무라카미의 제지회사로 옮겨간다는 소문이 있더군. 그런 바보 같은 짓을 할 리가 없다고는 생각하지만, 어찌된 일인가?"

최대한 조용히 말을 꺼내려 매우 노력했지만, 말에는 가시가 돋아 있었다.

다카야마는 깜짝 놀랐다. 설마 하니 이렇게 빨리 야마모토 사장이 알게 되리라고는 생각지 못했던 것이다.

"네, 그런 제안을 받기는 했습니다만…."

"제안을 받았다…. 그래서?"

"여러 가지 사정이 있어서…. 승낙을 한 것은 아닙니다만…."

야마모토 사장은 험악한 기색을 비쳤다.

"다카야먀, 자네는 무라카미의 회사가 우리 회사와 경쟁할 생각으로 설립되었다는 것을 알고 있겠지? 그걸 알면서도 무라카미에게 간다는 것은 나를 적으로 두겠다는 걸세. 단순히 사장과 지사장의 관계라면 그런 부덕한 일이 있을 수도 있겠지만. 하물며 사위와 장인 사이에 이게 무슨 괘씸한 일이란 말인가?"

야마모토 사장의 목소리가 점점 거세졌다.

"나는 지금껏 이 이야기가 사실이라고 믿지 않았네. 그런데 지금 자네의 말을 들으니 기가 막혀 아무 말이 안 나오는군. 자네가 아무리 그리 한다고 해도 내가 이렇게 건재한 동안에는 절대 그렇게 내버려 두지 않을 테니 그리 알게."

다카야마는 처음부터 자신의 잘못을 잘 알고 있었다. 어떻게 해서든 적당한 구실을 찾아서 새로운 회사로 옮기려 했지만, 지금 이런 말을 듣자 걷잡을 수 없는 반항심이 솟아올랐다.

"그럼 저를 어찌 하실 생각인가요?"

"어찌 할 지는 내게도 다 생각이 있네."

"그렇게 말씀하시니 저도 무라카미에게 가도록 하겠습니다. 저는 평생 화학제지에만 묶여 있을 몸이 아닙니다. 어딜 가든 제가 이길 겁니다."

야마모토 사장은 쥐고 있던 두 손을 부들부들 떨었다.

"이런 괘씸한 놈. 돈 몇 푼에 장인을 팔아넘길 놈일 줄은 몰랐다. 개만도 못한 놈이로구나."

야마모토 사장은 입술을 깨물었다.

"좋아. 그런 놈을 사위라고 여기지 않는다. 상대해 줄 테니 네 마음대로 해라.”

“물론입니다.”

다카야마 역시 지지 않고 파랗게 질린 얼굴로 대답했다.

(1918.9.19)

85.

“여보, 아버지가 저리 말씀하신 건, 다 회사 일로 당신에게 의지하고 있기 때문이에요. 물론 여러 가지 사정이 있으시겠지만, 무라카미의 회사로 가는 것만은 다시 한 번 생각해 주세요. 아버지가 무례했던 것은 제가 사죄드릴게요. 네, 여보.”

야마모토 사장이 화를 내며 돌아간 후, 시즈코는 다카야마에게 매달려 부탁했다. 시즈코의 두 눈에는 눈물이 가득 차 있었다.

“만약 그리 하시면 저는 어찌 하란 말씀이세요….”

다카야마의 얼굴은 아직도 파랗게 질려 있었다.

“이봐, 술을 좀 가져와.”

“무라카미의 회사에 가지 않으신다면 아버지께는 제가 어떻게든 잘 말씀드릴 테니, 부디 그렇게 해 주세요.”

“시끄러워. 개만도 못하다는 말을 들었으면 이제 끝난 거야. 사위고 장인이고 없다고 했으니 너도 곧 데려갈 생각이겠지. 나도 원하던 바야. 갈 데까지 가 보자고.”

"그렇지만 아버지도 꼭 나쁜 뜻으로 그리 말씀하신 것은 아니니…"

"개만도 못하다는 말을 듣고 그냥 넘어갈 수 있겠어? 이런 집에 있으니 이런 말을 듣는 거야. 내가 나가주지."

다카야마는 자리에서 일어섰다.

"여보."

"성가시군."

다카야마는 손을 뿌리치고 나가버렸다. 시즈코의 눈에서는 둑이 터진 듯 눈물이 흘러넘쳤다. 다카야마를 쫓아갈 힘도 남아있지 않았다. 눈앞이 깜깜해졌다.

＊　＊　＊　＊

고요한 밤이 깊었다. 4월이지만 경성의 저녁은 아직 추웠다.

이제 시즈코의 얼굴에는 눈물자국이 남아있지 않았다. 책상 앞에 앉아 세통의 편지를 썼다. 펜을 놓더니 곧 하녀를 불렀다.

"이것 좀 부치고 오렴. 그리고 요즘 매일 밤 바쁘고 힘들었을 테니 오늘 밤에는 휴가를 줄게. 언니네 집에라도 다녀오렴."

시즈코는 용돈을 조금 쥐어 주며 이렇게 말했다.

하녀는 급히 나갈 준비를 했다.

"사모님, 그럼 다녀오겠습니다."

집 안에는 시즈코 혼자 남았다.

아버지에게는 가치 없는 딸이, 남편에게는 도움 되지 않는 아내가 되었다. 처음부터 죽었다 생각하고 시집을 온 몸이었다. 자신이 죽음으로써 아버지와 남편의 관계가 회복된다면 그보다 더한 기쁨은 없었다.

무릎에 손을 올리고 눈을 감았다. 그러자 지난날의 여러 가지 추억들이 눈앞을 스쳐지나갔다. 그리운 추억, 슬픈 추억….

기차의 창문을 통해 바라본 센타로의 성난 얼굴이 나타났다가 사라졌다.

시즈코는 작은 상자를 꺼냈다. 그리고 그 안에서 편지를 하나하나 꺼내어 읽어나갔다. 시즈코의 얼굴에 미소가 번지더니 이내 사라졌다.

시즈코는 편지를 들고 정원으로 내려갔다. 그리고 편지에 향유(香油)를 부었다. 봄밤에 어울리는 향기가 일었다. 조용히 성냥을 그었다. 불은 기름으로 옮겨 가 활활 타올랐다. 석고조각 같은 시즈코의 얼굴에 붉은 불길이 비쳤다. 시즈코는 고개도 돌리지 않고 타오르는 불길을 바라보았다. 점차 불이 사그라들고 하얀 재는 밤바람에 실려 사방으로 흩어졌다.

고개를 들어 바라본 하늘에는 짙은 어둠 속에 별 하나가 푸른빛으로 빛나고 있었다.

시즈코는 정원에서 들어와서는 모든 문과 창문을 닫았다. 그리고 다카야마의 호신용 권총을 꺼내들었다.

천정에서 쥐들이 부스럭거리는 소리가 들렸다.

돌연 한발의 총성이 울렸다. 문이 닫힌 방 안에 연기가 일었다. 연기가 걷히자 시즈코의 모습이 보였다. 시즈코는 엎드린 채 움직이지 않았다.

방안은 다시 고요해졌다.

(1918.9.20)

86.

폭풍처럼 지나간 세이사쿠는 두 사람 사이에 강력한 폭탄 하나를 던져 놓았다. 이 폭탄은 시즈오가 태어나면서 잠시 소강상태에 있었지만, 두 사람은 언제 폭발할지 모를 공포를 안고 살아가고 있었다.

봄이 깊어질수록 센타로는 다시 한 번 신경쇠약에 시달리게 되었다. 잠들지 못하는 밤이 이어지고 아침이 되면 깨질 듯 머리가 무거워졌다. 늘어지게 하품만 하는 날도 있었다. 겨우 잠이 들 때면 무서운 악몽에 시달렸다. 그래도 매일 사무실에 출근했다.

그러는 동안 시즈오는 무럭무럭 자랐다.

아직 목을 제대로 가누지는 못하지만 밝은 것을 좋아하고 불빛을 쫓기도 했다. 이목구비가 자리 잡자 엄마를 닮은 곳과 아빠를 닮은 곳이 눈에 띄기 시작했다.

때때로 본가의 어머니와 나쓰코가 찾아와서 아이를 안아 주다 보니, 어느새 습관이 들었는지 안아주지 않으면 잠들지 않게 되었다.

젖이 나오지 않게 된 이후부터는 우유나 분유를 먹였는데, 타는 방법이나 양에 따라서 배탈이 나기도 했다. 그러자 아이는 한층 예민해졌다. 기저귀의 양도 날로 많아져 오노부가 망연자실하는 경우도 적지 않았다.

저녁 무렵 돌아온 센타로는 오노부가 저녁식사를 준비하는 동안 아이를 안고 놀아주어야 했다. 하지만 익숙하지 않은 품에 안긴 아이는 울음을 터뜨리기 일쑤였다.

"우르르 까꿍. 우르르 까꿍."

아무리 어르고 달래보아도 울음을 그치지 않을 때에는 울화가 치밀어 아이를 내려놓고 휙 문 밖으로 나갔다.

"아빠가 내려놓고 가버렸네. 나쁜 아빠. 시즈오 아빠는 나쁜 아빠구나."

음식을 준비하던 오노부가 부엌에서 뛰어나와 아이를 안았다. 저녁식사를 할 때면 이런 일로 자주 언쟁을 벌이곤 했다.

"내가 집안일을 하는 동안만이라도 아이를 돌봐주셔야 해요. 여보."

오노부는 아이의 얼굴을 바라보며 원망했다.

"돌봐주고 싶어도 저렇게 울어재끼면 어찌 할 수가 없다고. 애초에 당신이 계속해서 안아주다 보니 이제 안아주지 않으면 혼자 놀지도 못하게 됐잖아."

센타로는 아내를 추궁했다.

"그건 제가 아니라 나쓰코 씨랑 어머니가 그런 거라고요."

"누구든 잘못됐다고 생각했다면 못하게 했어야지."

"하지만 그러기 쉽지 않은 걸요. 모처럼 안아주는 걸 어떻게 말려요."

"그 사람들은 예쁘고 귀여워서 안아준다고 해도 나중에 그 고통은 우리가 떠안아야 한다면 참을 수 없어."

낮 동안 내내 아이를 신경 쓰고 돌보느라 체력을 소모한 오노부는 밤이 되면 깊은 잠에 빠졌다. 잠들지 못하는 센타로에게는 그 점 또한 못마땅했다. 그중에서도 특히 한밤중에 시즈오가 아무리 울어대도 절대 일어나지 않을 때에는 오노부를 한 대 쥐어박고 싶기도 했다.

"이봐, 일어나봐. 이봐."

계속된 부름에 겨우 눈을 떴나 싶으면 젖꼭지를 물리고 시즈오는 울음을 멈춘다. 오노부는 바로 다시 잠이 들고 만다.

이렇게 되면 센타로는 점점 더 잠이 깨버려서 잠들어 있는 오노부의 모습이 얄미워 보였다.

(1918.9.21)

87.

"우리 시즈오 사진을 한번 찍어 둘까요?"

여느 때처럼 바쁜 저녁식사를 마친 후, 오노부가 시즈오의 뺨을 쓰다듬으며 센타로에게 말했다.

"찍는 건 좋지만 그렇게 서두를 필요는 없지 않아? 딱히 보낼 만한 곳도 없는데 말이야."

센타로는 뒤통수를 통통 두드리며 대답했다.

"그건 그렇지만….."

오노부는 미련이 남은 듯 말했지만 이 이야기는 여기서 마무리 됐다.

떨어진 꽃잎이 떠다니는 물가에서는 성미 급한 개구리가 개굴개굴 울기 시작했다.

그날 밤, 센타로네 부부는 일찍 잠자리에 들었다. 센타로는 사나흘 전부터 병원에 다니기 시작했다. 오늘 밤에도 잠들기 전에 수면제를 먹었다.

하지만 오늘도 오노부가 먼저 잠들었다.

아직 어스름한 시간에 잠에서 깬 센타로가 뒤척거리며 날이 밝기를 기다리고 있었다. 창문 너머에서 아침햇살이 흘러 들어오기를 기다리더니 혼자 일어나서 우물로 가서 몸을 씻었다. 그리고 그 주변을 청소하고 나서도 오노부가 일어나지 않자 흔들어 깨웠다. 오노부는 졸린 듯 눈을 감은 채 일어났다. 센타로는 덜컹덜컹 창문을 열었다.

"여보, 조금 조용히 해줘요. 아기가 깨면 안 되니까요."

시즈오의 얼굴을 살피며 말하던 오노부가 곧이어 센타로를 불렀다.

"어머, 여보. 여보. 시즈오가 이상해요."

"뭐라고?"

센타로도 깜짝 놀라 시즈오의 곁으로 왔다. 시즈오는 숨을 쉬지 않은 채로 차갑게 식어있었다.

"어떻게 해서든 의사를 불러 올게."

센타로는 집을 뛰쳐나갔다.

의사가 온 것은 한 시간쯤 지난 뒤였다. 진찰을 한 의사가 말했다.

"질식입니다. 혹시 밤중에 젖을 먹이진 않았나요?"

"젖이 나오지는 않지만, 밤중에는 물리기도 합니다만…."

"그거예요. 젖가슴이 아이의 코와 입을 막았기 때문입니다. 이제 손 쓸 도리가 없습니다. 제가 일단 경찰서에 신고하도록 하겠습니다."

오노부는 입술이 하얗게 질려 중얼거렸다.

"내가, 내가…."

실신할 듯 울지도 않았다.

"어쩔 수 없어. 여기까지 살 운명으로 태어난 거야."

아침 햇살에 비친 시즈오의 얼굴에는 아무런 고통의 흔적도 찾을 수 없었다. 지금이라도 눈을 뜨고 웃어줄 것만 같았다.

아기의 이름과 생년월일을 받아 적은 의사가 돌아가자 오노부는 그 자리에 쓰러져 울기 시작했다. 센타로의 마음도 침통했다.

머지않아 경찰이 와서 조사를 시작했다. 오후에는 울어서 눈이 퉁퉁 부은 오노부가 차를 타고 경찰서로 향했다. 오노부는 부주의에 대한 훈계를 받은 뒤 마치 정신이 나간 모습으로 집에 돌아왔다.

소식을 들은 사람들이 깜짝 놀라 모여들었다.

오노부는 계속해서 울고 있을 뿐이었다. 사람들이 건네는 어떠한 위로의 말도 귀에 들어오지 않았다.

"용서해 주렴. 용서해 주렴, 시즈오."

오노부는 시즈오의 몸을 붙들고 있었다.

다음날, 눈물 속에서 시즈오의 장례식이 행해졌다. 시즈오는 아직 만나보지도 못했던 할아버지의 옆에 묻혔다.

쓸쓸한 집 안에는 쓸쓸한 두 사람만이 남았다.

88.

센타로는 오노부의 얼굴을 보는 것이 고통스러워졌다. 뿐만 아니라 극도로 상심한 오노부가 정신을 놓을 수도 있는 상황이었기 때문에 오노부는 잠시 동안 친정에서 지내기로 했다.

쓸쓸한 집 안에 혼자만 남았다.

오노부가 없는 빈집을 지키고 있을 이유가 없었지만, 처가에도 형님 집에도 가고 싶지 않았다. 나쓰오의 신세를 지는 것도 번거롭게 느껴졌다. 당분간 하숙을 하기로 결정했다. 아침이 되어 옆집 아주머니에게 빈집을 봐달라고 부탁을 하고 사무실에 출근하려던 때였다. 우편배달부가 형님의 집으로 보내졌던 자신의 편지 한통을 가지고 왔다.

센타로는 깜짝 놀랐다.

그것은 시즈코의 편지였다.

센타로는 편지의 앞뒤를 확인하며 편지 봉투를 여는 것을 주저했다. 다섯 걸음 정도 걷고, 또 다시 열 걸음 정도 걸어가던 센타로는 마음을 결정한 듯 봉투를 열어 편지를 읽기 시작했다. 곧 센타로의 안색이 변했다. 걸음은 저절로 멈추었다.

"아, 시즈코도 죽었다."

센타로는 자신도 모르게 소리쳤다.

여름에 가까워진 따스한 햇살이 비추고 기분 좋은 꽃내음이 가득한 길가를 센타로는 장님처럼 비틀거리며 걸어갔다.

'시즈코도 죽었다. 시즈오도 죽었다.'

센타로의 머릿속은 이 두 개의 슬픔으로 가득 찼다. 어째서 세상이 멸망하지 않는 것인지 원망스러웠다. 툭하면 눈앞이 어두워져서 넘어지려 했다.

'나는 도대체 어떻게 해야 하지?'

생각하면 생각할수록 같은 곳을 왕복할 뿐이었다. 머릿속이 흔들거렸다.

그래도 센타로는 사무실에 출근을 했다. 동료들이 시즈오의 죽음에 애도를 표했지만, 센타로는 그저 고개를 숙여 인사를 할 뿐이었다. 다들 슬픔이 너무 커서 그런 것이라며 동정하였고, 잠시 쉬는 것이 어떠냐고 말하는 이도 있었다.

그날은 마침 월급날이었다. 센타로는 월급봉투와 함께 동료들과 곗돈을 넣었던 저축이 당첨되어 그 돈까지 받게 되었다.

센타로는 두 번이고 세 번이고 시즈코의 유서를 펼쳐보았다.

시즈오의 얼굴이 아직도 눈에 선했다.

갑자기 생각난 듯 센타로는 약을 꺼내 먹었다.

"이런 멍청이. 약을 먹어서 뭘 어쩌겠다는 거야."

그리고는 자조의 웃음을 띠었다.

센타로는 돌아갈 집이 없었다. 그 쓸쓸한 집으로는 돌아가고 싶지 않았다.

문뜩 구로타가 떠올랐다. 센타로는 다시 살아갈 생각을 했다.

'만주로 가자. 만주로 가자.'

* * * *

시즈오는 무덤에 묻혀 있다. 오노부는 친정으로 돌아갔다. 이 시즈오카에는 아무런 미련이 없다. 시즈코가 죽었으니 야마모토 사장도 자신을 책망하지 않을 것이다. 시즈코의 무덤으로 가 참배를 하고, 만주의 끝에 뼈를 묻자!

붉은 수수 들판 끝에 핏빛처럼 붉은 햇볕이 내리쬐는 광경이 눈앞에 보이는 듯 했다.

센타로는 사직서를 썼다. 그리고 책상 서랍에 넣었지만, 나중에 우편으로 부치기로 마음을 바꾸고는 주머니 속에 집어넣었다. 오후 2시경에 사람들에게 인사를 하고 사무실을 나왔다.

발걸음은 저절로 정차장으로 향했다. 경성까지 가는 3등석 표를 샀다. 잠시 뒤 탑승이 시작되었다.

"이 열차는 오카야마 행입니다."

역무원이 행선지를 확인하라는 듯 말했다.

"괜찮습니다."

센타로는 승차장으로 나갔다. 그리고 열차 뒤편의 3등석으로 가서 앉았다.

'우선 이걸로 됐어.'

센타로는 생각했다.

열차가 흔들리기 시작했다. 그러자 아무리 나쁜 기억으로 가득한 곳이지만, 이 시즈오카를 떠나려니 아쉬운 마음이 들었다. 사람들에게 인사도 하지 않고 출발한 것도 후회되었다. 오노부의 몸 상태도 걱정되었다. 다시 마음을 바꿀까 고민하는 사이, 열차는 빠르게 시즈오카에서 멀어져 갔다.

열차는 덜커덩 덜커덩 요란한 소리를 내며 물안개 사이로 사라져 갔다.

(끝)

(1918.9.23)

천사
(天使)

요코미쓰 리이치
(橫光利一)

1회

1의 1

높은 절벽 위에 서 있는 교코(京子)의 소매와 옷자락이 해풍에 날리며 배배 꼬여 나부끼고 있다. 그 옆에서 남편 미키오(幹雄)는 팔짱을 낀 채 묵묵히 아래의 해수면을 내려다보고 있었다.

오후의 밝은 햇살을 받으며 파도와 바람에 마른 풀 사이로 돋은 화사한 털 같은 연두색 새싹이 아련하게 물보라를 일으키는 바닷가까지 내려와 있다. 그러나 이제 두 사람은 이야깃거리가 아무것도 없는지 언제까지고 교코도 미키오도 아무 말이 없다.

교코는 낙타털 머플러를 두르고 적갈색 반코트 아래 수레바퀴 모양의 하오리와 화려한 화살깃 모양의 비백(飛白) 무늬 옷을 입고 있다. 그녀는 딱 보기에도 부유한 집안의 아가씨로 보이지만, 갸름하고 탄

력 있는 얼굴 표정이나 또렷한 눈빛, 약간 주걱턱으로 보이는 입 주변, 어쩐지 제 멋대로 고집을 부릴 듯한 기가 세 보이는 아름다움이 곧은 코끝의 강한 기세와 하나가 되어, 입을 다물고 있으면 화를 내는 게 아닌가 싶어, 보는 이로 하여금 불안감을 주는 야무진 표정이 온 얼굴에 드러나 있다.

그에 반해, 미키오는 미남이기는 하지만 아직 건강을 온전히 회복하지 못했는지, 지루한 청년처럼 나약하고 창백한 것이 눈에 생기도 없고 졸려운 듯이 풀이 푹 죽어 있다. 그러나 장티푸스에 걸려 한 때는 위독하다고 했을 정도로 중태였던 미키오로서는, 마침내 병마를 이겨내고 이 언덕 기슭에 있는 요양원에서 회복기를 보내고 있는 것을 보면, 단순히 병이 순조롭게 회복된다기 보다는 이미 건강해졌다고 여겨야 할 것이다.

하지만 아내 교코가 아까부터 미키오에게 별 말이 없는 것은 뭔가 석연치 않은 일이었다. 교코는 도쿄(東京)에서 이 머나먼 남쪽 요양원에 문병을 왔다고는 하지만 올 때마다 기운 없는 모습을 보였고, 미키오에게도 일종의 슬픈 감정이 전달되어 회복기의 그도 원기를 빼앗기지 않을 수 없었다.

지금도 미키오가 아까부터 입을 다물고 있는 것은, 마침내 요양원에서 나와 집으로 돌아가고 나서 뭔가 알 수 없는 여러 가지 새로 닥칠 복잡한 일과 갑자기 경험할 고통을 상상하고 있기 때문이었다. 그리고 교코는 교코대로 남편의 심정을 벌써 눈치를 챘는지 뭔가 말을 할 때마다 겉도는 말을 하는 자신을 깨닫자 남편과 자연스럽게 얼굴을 마주하는 것조차 고통스러워졌다.

"그럼 이제 날이 저물면 안 되니까, 나는 돌아갈게."

교코는 아래쪽에 있는 미키오를 슬쩍 보며 말했다.

"음."

그러나 미키오는 그렇게 말을 하면서도 좀처럼 풀숲에서 일어나려 들지 않았다.

"저, 있잖아. 나 고향에 한번 다녀오고 싶어. 괜찮을까? 어머니가 병이 좀 나셨대."

"그럼 다녀와."

미키오가 대꾸했다.

"당신, 상관없어?"

"나는 여기 있으니까, 당신이 어디를 가든 상관없어."

"그렇네."

교코는 미키오 옆에 쪼그려 앉아 얼굴에 바닷바람을 맞으며 물었다.

"그럼, 이 병원에 더 있을 거야?"

"응, 아직 당분간은 있을 거야."

"하지만 이제 퇴원은 해도 되는 거지?"

"아직 그게 분명치가 않아."

미키오는 애매하게 대답을 했다.

(1935.2.28)

2회

1의 2

교코는 남편이 병원에서 퇴원을 하고 싶어 하지 않는 원인을 이러니저러니 파고들으려 하지 않았다.

"그럼 나, 한동안 못 올 거야."

"음. 어머니 병문안이나 다녀 와. 나는 괜찮아."

미키오는 그렇게 말을 하고 버선 끝을 눌렀지만 그는 그대로 자기가 없는 동안 혼자 지내는 교코의 일상생활에 대해서는 굳이 생각하고 싶지 않은 표정이었다.

때때로 구름에 가려졌던 태양이, 이 때 구름 사이에서 쑥 나타나자, 해수면이 미키오의 이마에서 강하게 빛났다. 그러자 교코 대신 이번에는 미키오가 일어서서 절벽 아래의 파도를 내려다 보았다. 강어귀에 감싸인 곳 끝에서 무너져 내리는 흰 파도가 이빨처럼 반짝반짝 빛이 났다. 멀리 수평선 위를 흘수선을 붉게 드러낸 기선이 조용히 가슴을 젖히고 지나가고 있었다.

미키오 뒤에서 가만히 고개를 숙이고 있던 교코는 문득 무슨 말인가 하고 싶은지 고개를 들었다. 하지만 다시 고개를 숙이고 그대로 아무 말 없이 발 아래 요양원 쪽을 내려다보았다. 그러자 붉은 지붕 위에서 빨랫줄에 빨래를 널고 있던 사다코(貞子)가 이쪽 언덕 위를 바라보는 것이 눈에 들어왔다.

"사다코 씨가 잘 돌봐주고 있지?"

"음."

미키오는 낮은 목소리로 대답했다.

"고맙다는 마음을 전해야 하는데. 뭘 주면 좋을까?"

"그럴 필요 없어."

미키오는 이렇게 말하며 빨랫줄 옆에 있는 사다코 쪽을 바라보았다.

"그래도 나 아무런 선물도 하지 않았어."

"고맙다고 인사는 할게."

"그럼 나 아무것도 하지 않을 테니까 당신이 말이나 잘 해줘."

미키오는 말없이 또 해수면을 내려다보았다.

"나, 그럼 이제 돌아갈게요."

교코는 일어서서 길쪽으로 나왔다. 미키오도 뒤에서 따라와서 앞서거니 뒤서거니 하며 병원쪽으로 내려갔다. 이제 일광욕을 하고 있는 환자들의 수는 줄어들었다. 취사장 굴뚝에서 저녁 준비를 하는 연기가 바람에 나부끼며 계곡 사이로 불어드는 것을 보면서 미키오는 굳은 표정으로 요양원 마당으로 나왔다.

교코는 병실에 들리려 했지만 볼일이 없다는 것을 깨달았는지 바로 현관으로 돌아갔다.

"그럼, 잘 있어."

"잘 가."

"편안히 잘 쉬어."

교코는 현관 앞 자갈이 깔린 언덕길을 내려갔다. 그리고 뒤로 높이 병원이 보이는 아래까지 오자, 갑자기 눈물을 흘렸다. 그러나 문 옆 자동차 대기소에서 차를 타더니 손수건을 꺼내 눈물을 닦으며 화장을 고쳤다. 차가 움직이기 시작했다.

교코는 지금은 한 시라도 빨리 서둘러 도쿄로 돌아가려는 듯, 자동차가 긴 터널을 빠져나와서 갑자기 펼쳐진 바다를 보자 지금까지 쓸쓸하게 움직이지 않았던 신체도 차츰 앞으로 기울어질 정도로 활기를 띠어 왔다.

'나 어쩌면 이곳에 두 번 다시 안 올지도 몰라. 아마 그럴 거야.'

동시에 교코의 얼굴은 다시 흐려졌다.

'내가 잘못했지. 하지만 이제 어쩔 수 없어.'

교코는 숄을 다시 걸치고는 턱을 묻었다. 그러자 지금까지 옆에 펼쳐져 있던 바다가 어느새 멀리 떨어져서 보이지 않게 되었다.

(1935.3.1)

3회

1의 3

교코는 시나가와(品川)에서 기차를 내렸다. 그리고 자동차로 히비야(日比谷) 입구까지 오자 그곳에서 차를 버렸다. 거리는 벌써 밤이 되었다. 그녀는 플라타나스 나무 아래를 지나가면서 전방으로 보이는 빌딩 쪽을 바라보았다. 그러자 플라타나스 나무 그늘 아래에서 가로

등 불빛 속으로 아직 오지 않았을 것이라 생각한 아카시(明石)의 모습이 불쑥 나타났다.

"빨리 왔네. 내가 이래서 서두른다니까."

아카시는 교코가 기쁜 듯 하는 말에는 대답도 하지 않고, 그녀와 나란히 유라쿠초(有楽町) 쪽으로 걸어갔다. 아카시는 고개를 숙이고 물었다.

"미키오 군은 좀 어때?"

하지만 별로 걱정되지 않는 목소리였다.

"늘 그렇지 뭐. 나 이제 병원에는 안 가려고 해."

"왜?"

"딱히 이유는 없어. 하지만 그런 이야기는 나중에 해. 그보다 어디 가서 밥 먹지 않을래? 나 아직 밥 못 먹었어."

아카시는 이 때 갑자기 멈춰서서 잠깐 생각을 하는 것 같더니 주변을 둘러보고나서 다시 걸었다. 그는 교코의 공복과는 별도로 갑자기 고통스런 기분에 사로잡힌 것 같았다.

교코는 아카시와 나란히 걸으면서 아카시의 푹 들어간 턱 주변의 음울한 표정을 힐끗 보았다 .

"하지만 나 당신이 안 된다고 하면 병원에 또 갈게."

아카시는 그 말에도 입을 꾹 다물었다. 그러자 갑자기 교코는 길 한 복판에 멈춰 섰다. 아카시는 잠시 혼자 걸었지만, 교코가 오지 않는 것을 알고는 뒤를 돌아보았다. 그러나 교코는 아카시를 외면하고는 멈춰 서서 꼼짝도 하지 않으려 했다. 아카시는 교코 옆으로 되돌아오려고도 하지 않고, 제멋대로인 성격이 드러나는 교코의 옆얼굴을 멀리서 보고 있다가 얼마 안 있어 다시 터벅터벅 곁으로 다가갔다.

"뭐 하고 있는 거죠?"

"아무 것도 안 해."

"빨리 가요."

"당신 혼자 가."

아카시는 난처한 듯 입을 다물었다. 그러나 다시 교코의 손을 잡았다.

"어서 가요."

"싫어."

교코는 강하게 아카시의 손을 뿌리치고 똑바로 도로를 가로지르더니 아카시는 신경도 쓰지 않고 따다닥 혼자서 걸어갔다. 아카시는 교코의 건너편 길을 그녀와 같은 방향으로 걸었지만, 때때로 평행하게 걷고 있는 교코 쪽을 보며 생긋 미소를 지었다.

그는 옛날 생각을 한 것이다. 아카시와 교코는 교코가 미키오와 결혼하기 전에 지금 두 사람처럼 끊임없이 다투었다. 그러나 교코와 미키오는 어렸을 때부터 부모끼리 약속을 하여 억지로 결혼을 하게 되었다. 그리고 아카시는 혼자가 되자 간사이(関西)에서 경성으로 멀리 달아나 살고 있었는데, 미키오가 입원하고 있을 때 우연히 도쿄에 돌아온 아카시와 교코 사이는 어느새 다시 예전으로 돌아가려 하는 것이었다.

하지만 아카시와 미키오는 친구사이였다. 그로서는 한 때는 미키오에게 분노를 느낀 적도 있었지만, 두 사람이 약혼한 사이이고 보니 아카시도 막상 때가 되자 몸을 빼기로 결심하는 좋은 구실이 생긴 것이다.

(1935.3.2)

4회

1의 4

아카시는 교코와 미키오와의 결혼에서 물러선 이상, 두 사람의 결혼은 이제 자기에게서 멀리 떨어진 별개의 생활체라고 생각하려고 애썼다. 그리고 아카시의 그 노력은 슬프기는 하지만 지역을 바꾸어 떠도는 동안 저절로 그렇게 되었기 때문에 교코를 다시 만나도 이전과 같은 마음 속 괴로움은 이제 느끼지 않을 것이라고 생각할 정도가 된 것이다.

사실 아카시는 다시 교코와 만나서 미키오의 병세에 대한 이야기를 들었을 때는, 그가 입원하여 없는 동안에 미키오를 위해 교코의 위기를 지켜주는 것이야말로 우정이고 이 세상에서 얻기 힘든 덕이자 의무라고 생각했다.

그러나 막상 교코와 만나는 사이에 두 사람의 기억은 만날 때마다 과거로 되돌아가는 것이었다. 이제 두 사람은, 악마처럼 두 사람이 손을 마주잡았을 때나 문득 드러나는 흰 치아, 어색하게 입을 다물고 난 후에 힐끗 마주보는 원망의 시선, 옛날과 다름없이 몸 안에서 아직 사라지지 않은 버릇 등을 서로 자각했을 때도, 지금이 옛날인지 옛날이 지금인지 알 수 없는 채 서로 끊임없이 강렬하게 마음이 끌리는 것을 어찌 할 수가 없었다.

그리하여 이제, 두 사람이 만나면 두 사람 사이를 가르는 철벽은, 그저 첫째로 두 사람의 만남을 손쉽게 한, 미키오의 입원이라는 이 부재를 틈탄 두 사람의 비겁한 눈뿐이었다.

아카시는 문득 자신도 모르게 교코의 어깨에 손을 얹으려고 하다가 미키오가 없다는 사실이 몹시 양심에 걸려 아무것도 할 수가 없었다.

그러나 이 마음의 상태는 아카시에게만 일어난 특별한 감정은 아니었다. 교코도 마찬가지로 두 사람 사이가 앗 위험해라고 외치는 듯한 순간에는 이미 남편을 떠올리며 자신도 모르게 몸을 뒤로 빼는 것이었다.

"이제 더 이상 당신하고 만나면 안 되겠어."

교코는 이렇게 말했다.

"이제 안 돼. 당신도 나도 우선 옛날 일은 저쪽으로 밀어 놓자구."

두 사람은 그렇게 말하고 한 동안은 그럴 생각으로 떨어져 있었다. 그러나 역시 교코의 외로움은 어느새 아카시에게 전화를 걸게 하고 말았다.

두 사람이 만난다. 그러면 단 5분도 안 되어서 벌써 누가 먼저랄 것도 없이 문득 뜻을 알 수 없는 한숨을 쉰다. 그래서 두 사람은 곧 서로 나쁜 말을 주고받으며 굳이 옛날 일을 잊으려 애쓰지만, 욕이라는 것은 바닥을 보이면 더 한층 쓸쓸하게 두 사람을 가까이하게 할 뿐이었다.

어느 날, 아카시는 이제 더 이상 입을 다물고 있을 수 없다고 하며, 혼자서 미키오의 병원으로 문안을 가기로 결심을 했다. 그러나 교코는 갑자기 안색이 바뀌며 울기 시작했다.

"병문안만은 가지 말아 줘. 나 그런 일이 있으면 다시는 병원에 갈 수 없어."

아카시는 그렇다면 자신이 어딘가 여행을 가든가 간사이(関西)로 다시 돌아가든가 하겠다고 했다. 그러자 교코는 그것도 싫다며 더 우는 것이었다.

"그렇다면 당신은 두 사람을 동시에 사랑하는 것 아니에요?" 아카시는 이렇게 물었다. 그러자, 교코는 그렇다고 분명하게 인정을 했다.

(1935.3.3)

5회

1의 5

아카시와 교코의 감정은 이제 떨어질 수가 없게 되었다. 하지만 교코는 아무래도 남편이 없는 동안에 아카시에게 마음을 빼앗겼다는 사실이 처음에는 끊임없이 고통스러웠다.

그래서 어느 날, 교코는 미키오의 병원에 가서 언제까지고 병원에서 집으로 돌아오려 하지 않는 남편의 마음을 몰래 떠 보려 했다.

"여보, 집에는 언제든 돌아와도 괜찮아. 하지만 이곳이 마음이 편하다면 더 있어."

교코가 이렇게 말하자, 미키오는 흥이 깨진 표정을 지으며 대답했다.

"음."

"음이라니, 돌아오겠다는 거야? 아니면 돌아오고 싶지 안다는 거야? 어느쪽이야?"

"아직은 여기에 더 있는 것이 좋겠어."

"왜?"

"왜랄 것도 없지만 돌아가는 게 좋다면 돌아갈게."

뭔가 의미가 있는 듯이 미키오는 그렇게 말했다. 교코는 이 때, 그러면 이제 남편은 나와 아카시의 관계를 알고 있는 것이 아닐까 하여 자기도 모르게 흠칫 했다.

"그럼 빨리 돌아와 줘요."

이렇게 눈썹을 찌푸리며 응수를 했다. 그러자 미키오는 난처한 듯이 뭔가 생각에 잠기더니 문득 복도에서 다가오는 발자국 소리에 잠시 귀를 기울이고는 입을 다물었다. 그곳에 사다코가 세면기를 들고 들어왔다. 교코는 아아, 그렇군, 알았다 라고 생각하고는 후훗 웃었다.

"이상한 사람이네. 이해가 안 돼."

그리고 교코는 이렇게 말을 이었다.

"그래도 그런 건 좋을 대로 해. 나는 전혀 지장이 없으니까"

그러자 미키오는 갑자기 얼굴이 새빨개지며, 대꾸를 했다.

"딱히 뭐 어쨌다는 것은 아니야."

이 의외의 말은 교코를 더욱 더 헷갈리게 했다.

그러나 설마 남편이 사다코를 사랑하고 있다고는 생각하지 못한 만큼, 교코도 내심 당황하지 않을 수 없었다.

교코는 처음에는 일부러 소리 높여 웃었는데, 나중에는 점점 재미있어져서 진짜 웃게 되었다.

"아, 웃겨."

자신이 아카시와의 죄를 지우려고 남편 미키오를 속이려고 왔으면서, 반대로 미키오가 자신을 속이려는 것을 보니 교코는 지금까지의 자신의 죄도 금방 지워지는 것 같았다.

그러나 미키오는 교코가 웃으면 웃을수록 씁쓸한 표정으로 입을 다물고 있었다.

"화났어? 당신?"

교코는 놀리듯이 미키오의 얼굴을 들여다보며 물었다.

"이제 돌아가 줘."

미키오는 뿌루퉁하게 말했다.

"그럼, 돌아갈게."

교코는 그날 즉시 돌아왔다. 그녀는 돌아오자마자 바로 아카시를 만났다. 그리고 그를 안심시키기 위해, 미키오와 사다코의 모습에 대해 크게 떠벌리며 이야기해 보았다. 그러나 아카시는 병원에 있는 간호사와 환자 사이에는 교코가 상상하는 그런 일은 흔히 있는 일상다반사라 하며 상대를 하지 않으려 했다.

"그래도 정말이라니까. 그런 게 확실하다고."

교코는 그 날 있었던 일을 떠올리며 웃다가 갑자기 입을 다물더니 아카시 곁으로 다가왔다.

(1935.3.4)

6회

1의 6

교코가 아카시에게 다가가 찰싹 몸을 갖다 붙이고 서 있자, 아카시는 몸을 빼며 창가에 섰다.

"우리 고향에서는 지금쯤 창가에 이런 귤이 많이 열려 있을 거예요."

"그래? 예쁘겠네. 매일 귤만 바라보고 있으면."

"하지만 고향은 점점 잊혀져 가는군요."

교코는 이제 얼이 빠진 아카시가 참을 수 없다는 듯이 몸을 움직였다. 피부가 곱고 따뜻한 교코의 목덜미가 향기를 내며 흔들리는 것을 아카시는 애써 보지 않으려고 했다. 그는 벌써 3일이나 계속해서 교코와 만나고 보니 미키오는 완전히 잊혀져 버린 것이 틀림없다고 생각했다. 그러나 만약 지금 미키오가 퇴원해서 돌아온다면 교코는 어떻게 할까? 설마하니 교코는 미키오와 헤어져 자신과 함께 새로운 생활을 시작할 결심을 하지는 않을 것이다. 그러면 지금 자신은 교코와 무엇을 하고 있는 것이란 말인가?

어쨌든 미키오가 퇴원하기 전에, 한 번 병원에 가서 어서 퇴원을 하라고 해야겠다고 아카시는 생각했다. 그때까지는 무슨 일이 있어도 미키오를 존중해야 한다고 창가에서 서서 풀어지는 마음을 다잡았다.

그러나 교코는 이제 여기까지 온 이상은 전후 사정이나 미키오를 생각하고 있을 수는 없었다. 뭔가 주체할 수 없는 마음이 뚜껑이 열린 병에서 새어나오는 가스처럼 날아올라 냉정한 표정을 하고 있는 아카시의 모습에 엉겨 붙지 않을 수 없었다.

"창문 닫아 줘. 더 이야기하고 싶어."

교코는 아카시는 신경도 쓰지 않고 창문을 콱 닫았다.

아카시는 이제 이런 교코와 관계를 할 정도라면 마음을 다른 곳으로 돌리는 방법으로 교코 이외의 여러 여성들도 있을 것이라고 생각했다. 만약 지금 교코에게 향하는 자신의 마음을 다른 누군가에게 향하게 한다면 당연히 이렇게 궁지에 몰리는 고통은 없어질 것이라 생각했다.

"아카시 씨는 옛날에 내가 당신을 그렇게 잊고 미키오와 결혼 한 것 화나지 않아?"

"그야 처음에는 화가 나기도 했죠."

아카시는 이렇게 말하며 의자에 앉았다.

"역시, 그렇죠?"

"하지만 그런 건 벌써 잊었어요. 나는 요즘은 도시가 점점 싫어졌어요. 조만간 시간이 나면 시골로 돌아가서 농사라도 지을까 생각 중

이예요."

교코는 말없이 생각을 하고 있있더니 이렇게 말했다.

"그래도 그건 내 탓이 아니죠?"

"아니, 난 이제 뭐랄까, 도시에 지쳐 버린 거예요. 어디를 돌아다녀도 아무런 흥미도 일지 않고 흥분도 되지 않아요. 도시가 좋아서 견딜수 없었을 때는 시골에 사는 사람을 보면, 같은 사람으로 태어나 그렇게 사는 것 만큼 바보같은 짓은 없다고 생각했어요. 그게 요즘에는 정반대예요."

그러나 그렇게 이야기를 하는 아카시의 곁에서, 이제 교코는 아카시가 하는 말 따위에는 귀도 기울이려 하지 않았다. 교코는 무릎을 움직였다, 가슴을 뒤로 젖혔다, 하품을 했다 하며 초조하게 굴더니 마지막으로 말했다.

"오늘밤에는 더 이상 당신하고 같이 있고 싶지 않아."

(1935.3.6)

7회

1의 7

아카시는 담배에 불을 붙이고는 교코의 약간 창백해진 얼굴을 바라보며 조용히 연기를 내뿜고 있었다.

"당신은 내가 한 짓을 기억하고 복수를 하려는 거네. 그렇지?"

아 그렇지, 그런 것인지도 몰라, 문득 아카시는 이런 생각을 했다.

"그 무렵에는 나도 내 나름대로 여러 가지 꽤 즐거운 공상을 하며 미래에 대한 계획도 세웠지만, 이렇게 된 이상 아무것도 아니군요."

"옛일은 이제 어쩔 수 없어요. 그 때 나는 아직 어려서 아무것도 몰랐던 것을. 하지만 당신한테도 책임이 없는 것은 아니라고 생각해. 만약 당신이 진정으로 나를 생각해 주었다면 그렇게 깨끗이 나와 미키오를 결혼하게 내버려 두지 않았을 거라 생각해. 그야 나도 부모님이 하라는 대로 한 것은 잘못이라고 생각하지만, 여자는 그럴 때는 어쩔 수가 없다고. 당신이 조금만 더 신경을 썼더라면 이렇게까지 되지 않았을 거라 생각해."

교코도 아까부터 초조했던 마음이 이제는 좀 진정이 되었는지 조용하고 침착하게 말했다.

"그래요. 나도 그렇게 생각하고 있어요. 지금도 이러고 있어도 무엇보다 역시 미키오 군과 당신이 걱정이 돼요. 하지만 어쨌든 조만간 한 번 미키오 군을 만나러 가고 싶어요. 그 때 당신과 나의 관계에 대해 이야기해서 빨리 돌아오도록 권하고 올 거예요."

"병원에 가는 건 정말 싫어."

갑자기 교코는 토라진 듯이 몸을 굽혀 곁눈으로 아카시를 보았다.

"하지만 그렇게 하지 않으면 안 되잖아요. 미키오 군이 돌아오면 당신과 나 사이의 이런 문제는 다 끝이 날 거예요. 당신도 조금 더 참지 않으면 이도저도 아니게 될 때가 올 거예요."

"난 미키오가 돌아와도 이제 안 된다고 생각해. 이번에는 지난번

과는 달라. 나도 어린애가 아니니까 말야."

"난 그렇게 생각하지 않아요. 미키오 군이 돌아오기만 하면 문제는 없다고 생각해요.

"그럼 그렇게 생각하고 있어. 나는 이제, ……."

교코는 고개를 깊이 숙이고 입을 다물어 버렸다.

"그럼 어쨌든 오늘은 돌아갑시다."

아카시는 모자를 집어들었지만 교코는 아카시 쪽을 돌아보지도 않고 움직이지 않고 그대로 가만히 있었다.

아카시가 문 있는 곳까지 걸어갔을 때였다.

"아카시 씨, 정말 돌아갈 거야?"

교코는 기쁜 듯이 아카시를 바라보며 다가갔다.

"나, 내일 병원에 갈 거예요. 그리고나서 천천히 의논해요."

신발을 신고 나가려는 아카시에게 말했다.

"그럼 내일 내가 다녀올게. 그리고나서 가."

그리고 교코는 아카시와 헤어졌다. 그 다음날, 그녀는 미키오에게 갔다.

(1935.3.7)

8회

1의 8

아카시가 교코와 반대편 길을 걸어 유라쿠초의 가드 아래까지 가자, 누가 먼저랄 것도 없이 다시 다가왔다.

"밥 먹을 거면 하나야(花屋)로 가요."

아카시는 이렇게 말하며 골목길로 접어들었다. 교코도 그를 따라 하나야로 갔다.

2층으로 안내를 받은 두 사람은 마주앉았다. 아카시는 미키오의 상태에 대해 물었다.

"그 사람 역시 아직 돌아오고 싶지 않대. 그래서 나 당분간 어머니 뵈러 고향으로 돌아갈 것이라고 해 뒀어. 그래도 나 이제 병원에는 가고 싶지 않아."

교코는 부젓가락으로 재에 글씨를 쓰면서, 아카시가 무슨 대답을 할까 하고 기다리는 모양이었다. 그러나 아카시는 언제까지고 입을 다물고 있다.

"사다코 씨하고는 역시 그런 것 같아. 사다코 씨가 들어오면 미키오의 안색이 완전히 바뀌면서 나한테는 아무 말도 안 해."

"미키오 군은 나에 대해 알고 있나?"

아카시는 쓸쓸하게 웃으며 물었다.

"모르겠지. 하지만 나에 대해서는 틀림없이 알고 있는 것 같아. 나도 그래서 주의를 하고 있지만, 어딘가 이상한 점이 있겠지. 그래도 기뻐하고 있다고. 틀림없어."

"그럴 리는 없지."

"그야 당신이 사다코 씨를 몰라서 그래. 그 사람이라면 미키오가 병원에서 나오고 싶어 하지 않는 것도 무리는 아니라고 생각해. 나 이래 봬도 동정하고 있다구. 아니면 질투하는 것일까?"

"그야 그쪽이겠지,"

아카시는 웃었다.

"그럼 내가 좀 손해네. 당신은 이렇게 냉담하고."

그런 이야기를 하고 있는 참에 술과 요리가 나왔다.

"그렇지, 그렇게 생각하지 않아?"

교코는 팔로 턱을 괴고는 요리에는 신경도 쓰지 않고 아카시를 바라보았다.

"무슨 말이에요? 누가 손해고 누가 이득인지 따지는 거예요?"

"응, 맞아."

"하지만, 그렇다면 사다코라는 사람을 보지 않고는 뭐라고도 할 수 없지만, 이렇게 주눅이 들어 어쩔 수 없어 하는 것을 보면 역시 불리하다는 증거군요."

아카시가 술병을 들어 교코에게 내밀자 그녀도 입에 잔을 대었다. 하지만 그녀는 그것을 바로 바닥에 놓고 말했다.

"그래도 나 오늘은 정말로 결심하고 돌아온 거니까, 당신도 각오하고 있어요."

아카시는 자신을 가만히 바라보며 말을 하는 교코에게서 눈길을 돌렸다.

"알았지?"

"하지만, ……."

아카시는 말을 하려다 그만 두었다.

"하지만이 아니라고. 이제 안 돼."

교코는 이렇게 말하며 아카시에게 술잔을 기울였다.

"나는 말야, 당신처럼 그렇게 삶을 싸구려 취급하고 싶지 않아요. 나는 당신에게 만족을 주고 싶다는 생각은 늘 해. 하지만 미키오 군은 분명히 아직 당신을 생각하고 있을 거예요."

"난, 그런 건 아무래도 상관없다고 생각해."

"어쨌든 내일까지 기다려 줘요. 명료한 대답을 가지고 돌아올 테니까."

아카시가 이렇게 말했을 때, 교코는 갑자기 말없이 일어섰다. 그리고 아카시를 그 자리에 남기고 혼자 쌩하니 돌아갔다.

(1935.3.8)

9회

2의 1

정오 지나서 아카시는 요양원 언덕길을 올라왔다. 그는 어젯밤 교코와 헤어지고나서 혼자 저녁식사를 마치고 집에 돌아왔다. 이제 그는 교코와의 관계는 그날 밤을 끝으로 단념해야겠다고 생각했다. 그는 자신이 교코와 만나고 있는 것은 단지 지나간 청춘 시절의 추억을 사랑하기 때문일 뿐인 것 같았다. 그렇기 때문에 실은 병원으로 미키오를 찾아갈 필요도 이제 없는 것이었다. 하지만 역시 문득 지금 미키오를 보러가지 않으면, 미키오가 없는 틈을 타서 나쁜 짓을 한 것 같은 느낌이 나중에까지 어두운 후회가 되어 남을 것 같았다. 그래서 꼭 한 번은 만나 둬야겠다고 생각하고 일부러 길을 나선 것이다.

넓은 잔디 슬로프에 안락의자를 놓고 누워 있는 환자들이 조용히 하늘을 올려다보는 것이 이제 현관에서도 잘 보였다.

아카시가 안내를 청하자 별관 미키오의 방으로 안내해 주었다.

"이야, 오랜만."

"어떻게 지냈어?"

미키오는 창백한 얼굴로 기쁜 내색을 하며 말했다. 미키오는, 이곳은 안 되니까 응접실로 가자고 하며 광장이 잘 보이는 응접실로 아카시를 데리고 갔다.

마침 그 때 목사가 왔는지 병원 내 간호사들은 복도를 지나 인접해 있는 일광실로 주욱 들어가는 참이었다.

"어이쿠, 이제 곧 찬송가가 시작되겠네. 괜찮겠지?"

이렇게 말하며 미키오는 아카시를 보았다.

"괜찮아. 오랜만에 찬송가도 들어보고 싶군 그래."

두 사람은 창가에 의자를 갖다 놓고 아래로 내려다보이는 바다를 바라보며 담배를 피웠다.

"오늘은 바다색이 예쁘군."

아카시는 말했다. 아카시는 이제 기분 상 교코와 정리를 하고 온 자신을 상상할 수 없을 만큼 행복하다고 생각했다. 그는 맑게 개인 하늘같은 눈을 반짝이며, 생글생글 잔잔한 바다를 언제까지고 가만히 바라보고 있었다.

"자네 몸은 어떤가?"

잠시 후 아카시가 물었다.

"괜찮아. 의사가 이제 퇴원해도 괜찮다고 했어."

미키오는 엷은 미소를 띠었지만 곧 다시 진지한 표정이 되더니, 이미 재가 다 떨어진 담배를 몇 번이나 재떨이에 대고 털었다.

"그럼 퇴원하는 게 어떤가?"

"자네, 우리 집에 가 봤나?"

미키오는 불쑥 이렇게 물었다.

"음? 음. 갔지."

"교코는 있던가?"

순간 아무렇지도 않은 듯 이야기하는 미키오의 기분을 아카시는 이해할 수 없었다.

"있었지. 만났어."

"그 사람 어제 왔었는데, 거 참, 싸우고 헤어져서 말야. 자네, 번거롭겠지만 좀 부탁이 있네."

미키오는 또 싱글벙글 웃으며 입을 다물고 있었다. 아카시는 예기치 못하게 상대에게서 날라 온 한 마디에 내심 눈이 휘둥그레지며 긴장을 했다.

"뭐라구?"

아카시는 조용히 물었다.

"그게 좀 난처하게 되었다네. 실은 말이네."

미키오는 고개를 아카시 옆으로 갖다 붙였다.

그러자 그 때 옆방에서 찬송가 합창이 시작되더니 점점 소리가 높아져 갔다.

(1935.3.9)

10회

2의 2

미키오는 무슨 말인가 하려고 입을 열었다가 합창 소리에 방해를 받았는지 멍하니 입을 다물어 버렸다.

"뭔가?"

아카시는 물었다.

"아니, 여기서는 안 되겠네. 저 산으로 가지 않겠나? 저기 경치가 상당히 좋네. 가세."

미키오는 먼저 일어나서 정원으로 내려갔다. 두 사람은 화단을 가로질러 야트막한 산으로 올라가서 바람이 불지 않는 풀 위에 섰다. 햇볕은 기분 좋게 내리쬐고 있고, 찬송가가 아래쪽 일광실에서 들려왔다. 미키오가 앉자 아카시도 그 옆에 쭈그리고 앉았다.

아카시는 이제 곧 미키오가 사다코와의 문제를 이야기할 것이고, 그러면 당연히 자신도 교코와의 관계를 이야기해야 한다고 생각했다. 그러나 자신과 교코 사이에는 아직 거리낄 일은 아무것도 없었다. 그렇다면 오히려 지금은 이대로 입을 다물고 미키오에게 숨기는 편이 미키오와 교코 사이의 관계를 회복하는데 더 도움이 될 것 같았다.

"찬송가를 듣고 있으면, 재미있는 이야기를 하고 싶은 생각이 없어지지 뭔가."

미키오가 이렇게 말하자, 바다를 내려다보고 있던 아카시도 문득 찬송가에 마음을 빼앗겨 잔뜩 긴장하고 있던 갑갑함이 가슴 속에서 쑥 빠져나가는 느낌이 들었다.

"이제 곧 저 정원에 꽃이 가득 필 거네."

미키오는 아래쪽 화단을 손가락으로 가리켰다.

"나도 씨 뿌리는 것을 도왔어. 나도 씨를 뿌리고 나니 매일 신경이 쓰여."

"벌써 싹도 텄네."

아카시는 앉아 있는 주변의 마른 풀 사이로 돋아나는 작은 새싹을 손으로 뜯었다.

"오늘은 그래도 파도가 거칠어 보여. 저 곳에 저렇게 하얗게 파도가 일고 있잖아."

아카시는 미키오의 그 말에 뭔가 심란해 보이는 동요가 느껴지자, 자신도 모르게 아까처럼 마음이 어수선해지는 것이었다.

두 사람은 잠시 말이 없었다. 곶 앞에 바람에 부푼 흰 돛이 비스듬하게 떠 있다. 소나무 가지 사이로 바람이 지나가자 풀이 살랑살랑 일렁였다. 아카시는 바람소리에, 아직 교코가 결혼하기 전 어느 날 언제인지는 잊었지만, 둘이서 행락을 나와 이렇게 바다를 바라보던 일이 생각났다. 그 때는 아카시도 교코가 미키오의 아내가 되리라고는 꿈에도 생각하지 못했다.

"자네, 이제 퇴원 안 하나? 언제까지고 이러고 있을 수는 없지 않나?"

아카시는 이제 이야기해야 할 것이 있으면 조금이라도 빨리 이야기를 꺼내 심란한 마음을 편안하게 진정시키고 싶었다.

"그게 말일세. 나는 이제 돌아갈 생각이 없네. 자네 아까 보지 못했겠지만, 내 간병인으로 사다코라는 사람이 있네. 나는 아무래도 이 여자하고 헤어지고 싶지가 않네. 그래서 집안 일도 어떻게 좀 해야 하고, 그래서 실은 마침 자네가 와 주었으니 한 가지 부탁을 하고 싶어서 말이네.—교코에게 자네가 이야기 좀 잘 해 주지 않겠나?"

미키오는 이야기하기 거북하다는 듯이 얼굴을 붉히며 아카시를 보았다.

"말을 하기는 하겠네. 하지만 자네 벌써 마음을 굳힌 건가?"

(1935.3.10)

11회

아카시는 이 때 갑자기, 미키오에게 나무라듯 묻는 자신이 불쾌해졌다. 이렇게 되면 점점 더 교코에게 다시 되돌아가게 될 것이 틀림없다.—그렇다. 이제 과감하게 미키오에게 숨김없이 교코와 자신의 관계를 이야기해 버리자 라고 생각했다.

"결심이야 처음부터 했지. 교코하고는 어차피 잘 안 되네."

미키오는 의외로 딱부러지게 말을 하며 후회의 빛은 전혀 드러내지 않았다. 그러나 아카시는, 미키오가 왜 자신에게 교코의 일을 부탁할 생각이 들었는지 아무리 이해를 하려 해도 이해가 되지 않았다. 교코의 일이라면 적당한 다른 사람도 있지 않은가? 이는 어쩌면 나와 교코의 관계를 다 알고 선수를 쳐서 내가 마음이 편하도록 암암리에 동정심을 드러내는 것인지도 모른다.

그런 생각이 들자 아카시는, 다시 교코와 자신의 관계에 대해 이야기를 꺼낼 마음이 싹 가셨다. —

"그런데 그게 어려운 일이기는 하지만, 어쨌든 자네의 이곳에서의 상황을 교코에게 어디까지 이야기해야 좋을지 모르겠네."

"그야 어떤 이야기든 나는 괜찮네. 다만 나의 아버지와 교코의 아버지의 관계가 곤란하기는 하지만, 그런 것을 생각하면 이미 나는 목을 매야 하니까 말이야."

"그럼, 벌써 사다코 씨와 그 정도까지 갔단 말인가?"

"그야, 마음만 먹으면 그렇게 될 수 있겠지."

"그렇다면 아직은 돌이킬 수도 있다는 것인가?"

"그럴 수 없을 것 같아서 난처한 거지."

미키오는 세운 무릎에 턱을 올린 채 아래쪽 화단을 내려다보았다. 아카시는 그런 미키오의 모습을 보고 있자니, 전에 미키오가 교코와 결혼을 하게 된 이야기를 할 때도 자신에게 자주 똑같은 모습을 보였지 하고 생각했다. 그러나 그 때는 상대가 자신이었기 때문에 미키오도 아무것도 숨기지 않고 사랑하지 않는 여자와 결혼한다고 하는 우울감을 이야기할 수 있었던 것이 틀림없다.

아카시는 만약 다른 사람이 미키오 같은 짓을 했다면, ―애초에 미키오는 자신의 애인인 교코를 아내로 삼아 버리더니 이번에는 그것을 버리고 사다코야말로 자신이 진정 사랑하는 사람이라고 주장할 정도로 제멋대로 구는 인물인가 라고 생각했겠지만, 아카시는 미키오에게만은 어찌된 일인지 화를 낼 수가 없었다. 왜인지는 모르겠지만 미키오가 하는 말은 제멋대로인 것처럼 보이면 보일수록 이치에 맞기 때문이었다. ―아카시는 이때도 마음속으로는 주저주저했다.

"하지만 자네의 논리는 기묘하군 그래."

아카시는 쓸쓸한 웃음을 흘렸다.

"왜지?"

미키오도 묻기는 했지만, 이미 아카시가 하려는 말을 눈치챈 듯 싱글벙글 웃었다.

"뭐, 아직 이른 이야기이기는 하지만 자네는 내 애인인 교코를 훔쳐갔네. 그런데 그것도 사랑을 해서 가로챘다고 하면 나도 화가 나겠지만 사랑하지 않는데 결혼을 해야 한다며 내게 하소연을 했지. 그래서 나는 자네를 완전히 동정해서 물러났는데 이번에는 그런 말을 해서 말이네."

(1935.3.11)

12회

2의 4

미키오는 더한층 재미있다는 듯이 소리를 내며 후훗후훗 하며 기분 좋게 웃었다.

"웃을 일이 아니네."

아카시는 말했다.

"하지만 자네도 자네 아닌가? 자네가 그 때 교코를 사랑했다면 내가 아무리 하소연을 해도 나하고 결혼하게 하는 바보짓은 하지 않았어도 될 일 아닌가? 그렇게 어이없는 일이 어디 있단 말인가?"

"자네 생각이 잘못되었다고 생각하지는 않네. 하지만, 그렇다면 내 감정은 어떻게 할 것인가? 나는 자네 때문에 희생만 하고 있으니 말이네."

"그야 내가 생각해도 딱하기는 하네. 하지만 그 때는 나도 부모 때문에 희생을 하고 있어서, 자네가 희생을 하고 있다는 생각은 미처 하지 못 했네. 뭐 어느 쪽도 좋을 대로 하지는 못 한 것이니까 말이네. 이제라도 좋은 일을 한 가지 해서 생활을 풍요롭게 하지 않겠나? 지난 일은 아무리 이야기해 봤자 소용없으니 말이네."

뻔뻔스러운 데도 정도가 있다는 듯이, 아카시는 눈이 휘둥그레졌다. 그러자 미키오는 또 이야기했다.

"이 보게. 자네 사다코라는 여자는 정말 괜찮은 여자네. 내게는 아까울 정도지. 돌아갈 때 한 번 보지 않겠나? 내가 이 여자하고 결혼을 하게 되면, 분명 우리 아버지는 펄펄 뛰며 화를 내겠지만, 나는 사다코가 아니면 나의 가정을 꾸려나갈 수 없을 것 같네. 나는 병원에서 퇴원을 하면 아버지 대신 봉천(奉天)에 있는 호텔을 경영해야 하는데, 교코하고는 안심이 되지 않아서 도저히 일을 맡을 수가 없네."

"하지만, 그렇게 되면 교코 씨가 너무 불쌍하지 않은가?"

"그런데 그게 말이네. 불쌍하기로 치면 사다코 씨가 더 불쌍하네."

"하지만, 그것은 자네 책임이 아니지 않은가?"

"책임이라고 하면 누구의 책임인지 모르겠지만, 불쌍하다고 생각하면 책임 같은 것 생각할 수가 없어서 말이네."

"책임은 자네가 지는 것인가?"

아카시는 소리를 내어 와하하하하고 웃기 시작했다. 그러나 미키오는 어디까지나 진지했다.

"사다코는 3년 전까지만 해도 부르주아의 딸이었는데, 아버지가 죽고 나서 갑자기 몰락하여 지금은 혼자서 어머니하고 여동생을 부양하고 있네. 오빠가 있었는데, 한심한 사람이라서 말이네, 어떤 여자

하고 도망을 쳐서 행방을 알 수가 없네. 그래서 사다코 혼자 살림을 책임지고 있네. 뭐, 이런 이야기를 하면 변명 같지만, 그런 여자에게 신세를 한 번 져 보게. 허영심이 강한 아내는 정말 너무 싫어지니까 말이네. 할 말은 없네. 너무 나무라지 말게.”

“하지만 그런 이야기를 하자면 한이 없지. 어서 돌아가게.”

“음, 잠깐 기다리게.”

미키오는 말끝을 흐리다가 곧 다시 흥분을 하며 부탁했다.

“하지만 자네도 교코하고 결혼하지 않길 잘했네. 자네 대신 내가 골칫덩이를 책임져 준 것이니 말이네. 오늘은 아무 말 말고 돌아가 주게.”

(1935.3.12)

13회

2의 5

아카시는 입을 다물고 말았다. 그로서는 이제 미키오에게는 교코와 자신의 관계를 앞으로 계속 숨겨야 한다는 사실이 고통스러웠기 때문이었지만, 그러나 또 한편으로는 자연히 결심을 하고 미키오에게 자백을 해야 하겠다는 생각이 시시각각 더 강해졌기 때문이다. 그가 먼 바다로 눈길을 옮기자, 어느새 흰 돛단배가 물가 가까이까지 미끄러져 왔다.

"자네가 집을 비운 동안, 교코가 차츰 자네의 병원 생활을 눈치 채고 이상한 짓을 해도 불쾌하지 않단 말인가?"

이렇게 물으며 아카시는 미키오의 얼굴을 보았다.

"그야, 뭐, 불쾌할지 어떨지 그런 것은 잘 모르겠네만, 나로서는 사다코하고 있는 것이 비교도 되지 않을 만큼 훨씬 더 행복해서 말이네."

미키오는 요양원 지붕을 내려다보며 이렇게 대답했다.

"그럼 언제까지고 집에서 정절을 지키고 있는 것이 더 고통스럽겠군?"

미키오는 또 재미있다는 듯이 후후후훗 하고 웃는다.

"그럴지도 모르네. 하지만 어느 쪽이든 마찬가지 일 것이네."

"마찬가지일 것이라니, 그게 무슨 말인가?"

"교코가 정절을 지키며 나를 기다리고 있겠냐 말이네. 하하하하."

이렇게 되고 보니, 이제 미키오가 만사 모든 일을 눈치를 챈 것이 틀림없다는 생각이 들어, 아카시는 허리 주변이 싸늘해지는 느낌이었다.

"그럼, 자네는 그래서 자네대로 뭐 한 번 즐겨 줘야겠다는 것인가?"

"글쎄, 그렇게 진지하고 집요하게 캐묻지 말아 주게. 이야기가 딱딱해져서 재미가 없지 않은가? 그쪽은 그쪽대로 빈집을 지키고 있으니 그런 재미도 없으면 지루하지 않겠냐 이 말이네."

"하지만 자네처럼 그렇게 되지는 않을 것이네."

"아니, 뭐, 그에 대해서는 적당히 어떻게든 해 주게. 그보다, 이보게, 사다코를 소개하겠네. 이 사람은 참 좋은 여자네. 나는 지금까지 이렇게 괜찮은 여자를 만나본 적이 없어서 말이네. 가세."

미키오는 일어섰다. 그러나 아카시는 곤란한 듯이 가만히 앉아서 움직이지 않았다.

"어서 오게."

"아, 여기 잠깐만 더 있자구."

"안 되네. 바람을 너무 쐬이면 다시 덧나네."

"자네도 참 억지가 심하군 그래."

아카시는 이렇게 말하며 화를 냈다. 미키오는 뒤를 돌아보며 아카시의 얼굴을 바라보았지만, 자못 감당하기 힘든 완고한 남자를 만나기라도 한 듯, 눈썹에 주름을 모으며 아카시의 손을 잡고 억지로 일으켜 세웠다.

"가세, 가자구."

아카시는 미키오의 뒤에서 불만스러운 표정으로 따라 내려갔다. 그리고 화단을 가로질러 방으로 들어가니, 아까까지만 해도 없었던 사다코가 의자에서 일어나 인사를 했다.

사다코는 메이센(銘仙)⁰¹ 기모노(着物) 위에 앞치마를 하고 있었는데, 날씬하고 야무지며 기품 있는 몸짓이나 시원시원하고 서글서글한 눈은 깊은 곳에서 반짝이며 윤기를 내고 있어 아름답다. 이러니 미키오가 가정을 내던지고 돌아가려 들지 않는 것도 당연하다고 아카

---

01 꼬지 않은 실로 거칠게 짠 비단.

시는 처음으로 생각했다.

"사다코 씨, 이 사람은 나의 친구 아카시 호시(明石寶司)라고 해요."

(1935.3.13)

14회

2의 6

아카시와 사다코는 새삼 다시 인사를 했다.

"저, 있잖아. 아카시는 오늘 도쿄로 돌아가니까, 당신, 어머니께 용무가 있으면 아카시에게 말 좀 전해 달라고 하면 어때? 그게 빠르겠지?"

미키오가 이렇게 말을 하자, 사다코는 그러면 도쿄에서 편지를 우편함에 넣어 주었으면 한다고 아카시에게 부탁했다. 미키오는 사다코가 차를 타러 밖에 나가고 나자 작은 목소리로 말했다.

"어때? 좀 멋지지 않은가? 운이 좋으면 이런 사람을 딱 만나게 되는 거라구."

아카시는 득의만만해 보이는 미키오에게서 억지로 밝은 척 하려 과장하는 듯한 느낌을 받았으나, 말없이 웃으며 침대에 앉아 바다 쪽을 바라보았다.

"이보게. 사다코가 오면 교코 이야기는 하지 말게. 그게 말이네, 사다코는 마음이 상당히 완고해서 나도 당분간은 힘깨나 들 것이니 말이네.”

“그럼 교코에게 그렇게 전하지.”

“아니, 그런 이야기를 하면 또 안 되겠다 싶어 찾아올 테니까, 제발 그 이야기만은 말아주게. 그 사람이 오면 1주일 고생한 것이 물거품이 된다구.”

“하지만, 나도 난처하지 않은가?”

“그런가? 난처한가?”

이렇게 말을 하더니, 미키오는 갑자기 입술에 꽉 힘을 주고 입을 다물었다.

아카시는 결국 미키오도 교코와 자신의 관계를 눈치챘다고 생각하자, 차마 그의 얼굴을 바로 볼 수가 없었다. 뭔가 차가운 공기가 두 사람 사이를 벌려 놓았고 순간 둘 다 꼼짝도 하지 않았다. 그러자 미키오는 천천히 담배를 한 대 꺼내 불을 붙이고 말했다.

“하지만 그건 좀 민폐군.”

“민폐지.”

아카시가 한 마디 했다.

“자네한테 민폐라구.”

이렇게 고쳐 말하고, 미키오는 아카시의 얼굴을 보았다.

“물론이지.”

“자네, 도망치게.”

“도망쳐 온 것 아닌가?”

“하지만 이쪽으로 도망치지 말란 말이네.”

"어디로 도망치든 마찬가지네."

"그럼, 벌써 시작된 것인가?"

미키오는 남 이야기하듯 천연덕스런 표정으로 아카시에게 물었다.

"시작이 되었다고도 할 수 없고 시작이 안 되었다고 할 수도 없네. 어쨌든 자네가 돌아와 주면, 반드시 다시 좋아질 거네. 위태위태해서 옆에 가까이 갈 수가 없네. 마른 풀섶을 들고 불 사이를 뛰어다니는 기분이네."

"하지만, 그렇다면 상황이 나에게 유리하지 않은가?"

미키오는 시치미를 뚝 떼고 말했다.

"무슨 말 하는 것인가, 자네."

"아니, 하지만, 그건 그렇지. 내가 지금 자네 생각을 할 수 있겠나? 내 발등에 불이 붙어 타들어 가고 있어서 말이네."

"그럼, 내가 어찌 되든 화가 나지 않는다는 것인가?"

"나는 화가 나지 않지. 하지만 자네가 안 됐군. 도망치게. 도망치라구. 안 돼. 그럼."

"자네 진심인가?

아카시는 깜짝 놀라 물었다.

"그럼 내가 거짓말을 하겠나? 바보같이."

미키오는 히죽히죽 미소를 띠며 재미있다는 듯이 입을 다물고 천천히 담배연기를 내뿜었다.

(1935.3.14)

15회

2의 7

아카시는 말없이 오히려 기뻐하는 듯한 미키오의 얼굴을 보고 점점 더 슬픔이 느껴졌다. 그러나 미키오는 갑자기 눈을 반짝거리며 생기 있는 표정으로 아카시를 보았다.

"아, 그렇지."

"이보게, 자네. 오늘 이제 도쿄로 돌아가서 말이네. 곧바로 사다코의 집에 사다코의 편지를 가지고 가게. 우편함에 넣으면 안 되네. 그렇게 되면 말이네."

이렇게 말을 하며, 미키오는 갑자기 문 쪽을 돌아보았다.

"사다코가 오면 알려 주게. 그러면 말이네, 사다코의 여동생에 유키코(雪子)라는 여자가 있어. 그 아가씨도 정말 예쁜 아가씨거든. 가끔씩 여기로 사다코를 만나러 오는데, 이 유키코와 가까워지면 좋을 거야. 정말이지 자네에게는 좀 아까울 정도이긴 하지만, 뭐 괜찮을 거야. 꼭 가기야. 내가 잘 해 줄 테니까, 믿으라고. 알겠지?"

안달을 하며 조급히 구는 미키오의 말을 듣고, 아카시도 멍하니 아무 대답도 할 수가 없었다.

"그렇지, 잠깐 기다리게."

미키오는 아카시와 함께 침대에 앉은 채, 턱을 쓰다듬으며 생각을 하고 있다.

"이제 그만 됐네. 그런 이야기."

"아니, 아니, 그게 그런 게 아니라니까. 자네 나한테 고마워할 날이 반드시 올 걸세. 그쪽도 자네 같은 좋은 인연은 좀처럼 찾기 힘들 테니까 필시 좋아할 거네. 아, 그렇지, 그렇지. 내가 뭔가 유키코에게 줄 것이 있다고 하고 자네에게 갖다 주라고 하며 보낼 테니까, 그렇게 해서 가끔씩 만나게. 자네라면 괜찮을 걸세. 교코 쪽은 될 수 있으면 벗어나지 않으면 재미없을 걸세."

미키오가 이런 이야기를 하고 있을 때, 사다코가 차를 들고 들어왔다.

"어서 드세요."

"사다코 씨, 어서 집에 보낼 편지를 쓰세요. 아카시가 가져다준다 하니까요."

미키오가 말했다.

"아유, 그것 참. 감사합니다."

사다코는 테이블 서랍에서 펜과 종이를 꺼내더니 다시 방 밖으로 나갔다.

"자네, 그런 억지스러운 짓은 하지 말아 주게."

아카시는 침대에서 내려와서 이렇게 말했다.

"뭐, 어떤가? 내게 맡겨 두게. 자네에게 나쁘지는 않을 걸세. 요즘 남자들은 목표물이 나타나면 우물쭈물 생각만 하고 있는데, 그렇게 되면 때는 이미 늦네. 나는 그 점은 철저해서 결과는 어찌 되든 진행 과정에 중점을 두네. 그것이 최고네. 결과는 어찌 되든 상관없단 말이네."

"나는 무엇보다 결과가 중요하네."

"아, 그렇게 불평만 하지 말고 한 번 사다코의 여동생을 만나 보게. 결과야 어찌 되든 상관없으니 말이네."

아카시가 얼굴을 붉히고 입을 다물고 있자, 미키오는 다시 다짐을 하며 확인했다.

"알겠지? 내가 하는 말. 실행하는 거네. 기다릴 것 없이 바로 달려 들게. 교코는 내버려 둬도 상관없네."

"하지만, 어떻게든 어서 교코 씨 쪽 일은 정리를 해 주지 않겠나? 정말 난처하네."

"그럼, 그쪽은 자네에게 전권을 맡기겠네. 나는 이제 이러쿵저러쿵 할 권리는 버렸으니까 말이네."

미키오는 이렇게 말했다. 이후, 두 사람은 그대로 입을 다물어 버 렸다.

(1935년 3월 15)

16회

3의 1

아카시는 도쿄에 도착하자, 바로 그 길로 아카사카의 후쿠요시초 (福吉町)에 갔다. 사다코의 집은 조용한 뒷골목에 있었다. 그는 사다코 의 편지를 직접 자신이 가지고 가기를 주저했지만, 우편함에 넣으면 다음날 도착하게 될 것이고, 그렇지 않더라도 다행히 자기 하숙집에서 아카사카까지는 별로 멀지 않아서 직접 가지고 가기로 한 것이었다.

아카시는 작은 격자문을 열었다. 그러자 안에서 아마 유키코인지, 투명한 목소리로 누군가 왔음을 알리는 소리가 들렸다.

"어머니, 손님이 왔어요."

잠시 후에 쉰흔이 넘은 사다코의 어머니로 보이는 기품 있는 부인이 나와 현관에 무릎을 꿇었다.

"저, 오늘 사다코 씨에게서 편지를 가져다 드리라는 부탁을 받아서요."

아카시는 주머니에서 사다코의 편지를 꺼냈다.

"이것입니다만."

"아유, 이것 참, 감사합니다."

"그럼, 실례하겠습니다."

아카시가 인사를 하고 나오려 하자 부인이 만류하며 인사를 한다.

"저, 어서 들어오세요. 누추하지만 차라도 드시고 가세요."

"아, 감사합니다. 하지만 벌써 밤이라서요. 실례하겠습니다."

아카시가 다시 인사를 하고 고개를 들었을 때, 안쪽에서 이쪽을 빠꼼히 내다보는 유키코의 얼굴이 얼핏 보였다. 그 얼굴을 보자 아카시는 갑자기 뭔가에 확 끌려 눈길이 꽂힐 만큼, 가난한 집 아가씨로는 보이지 않는 아름다운 얼굴이었다.

아카시는 밖으로 나왔다. 하지만, 미키오의 충동질은 지금 이렇게 당혹스러워하는 자신의 모습을 상상해서 한 말이 틀림없다고 생각했다. 하지만 그는 지금 본 유키코의 아름다움에 마음을 빼앗긴 자신을 생각하니, 다시 한 번 어딘지 우울해 보이는 유부녀가 된 교코의 모습이 가엾어졌다.

만약 교코가 유키코보다 아름다웠다면, 자신은 아무런 안타까운 느낌 없이 바로 유키코를 찬미하는 마음 그대로 따라갔을 것이 틀림없다고 생각했다.

"좋아, 그럼 이제 교코를 만나러 가야지."

이렇게 생각하고, 아카시는 뒷골목을 오른쪽으로 돌아 대로 쪽으로 걸어갔다. 그리고 벌써 도로를 질주하는 자동차나 상점의 불빛이 아카시의 얼굴에 번득이는 희미한 언덕 아래까지 내려갔다. 그 때 갑자기 싹싹한 목소리로 아카시를 부르는 여자 목소리가 들렸다.

"아카시 씨."

아카시는 뒤를 돌아보았다. 그러자 방금 전에 보았던 유키코가 미소를 지으며 인사를 했다.

"저, 어머니가 부르셔서요. 다시 한 번 와 주시지 않겠어요?"

"아니, 오늘밤은 이만."

이렇게 인사를 하다 말고, 아카시는 갑자기 입을 다물고 하늘을 올려다보았다.

"와 주세요. 잠깐 차를 드시고 가시라고 해서요."

"그래요. 그럼 잠깐 실례하겠습니다."

"예, 그래 주세요."

유키코는 아카시와 다시 나란히 돌아갔다.

"언니 편지에 아카시 씨에 대해 씌어 있었어요. 대단히 감사합니다."

"아니, 저는 오늘 훌쩍 생각이 나서 병문안을 간 것이라서요."

"하지만 댁이 여기에서 머시죠?"

(1935.3.16)

17회

3의 2

유키코는 아카시를 올려다보았다.

"아니요, 별로 멀지 않습니다. 이쿠라(飯倉)예요."

아카시는 그렇게 이야기를 하면서도, 사다코의 편지에는 유키코가 자신을 다시 부르러 오게 할 만한 내용이 적혀 있었던 것일까 하고 생각했다. 그러나 그렇다고 해도 유키코의 싹싹한 미소는 천성이 상냥해서일까, 아니면 평소 남자들에게 너무 익숙해서 그런 것일까 헷갈렸다.

"매일 댁에 계신가요?"

"아니요, 상호(相互) 빌딩의 마쓰야마상회(松山商会)에 다니고 있어요."

"아, 일을 하시면 힘드시겠네요."

"그렇게 힘들지는 않아요. 아카시 씨는 어디에 근무하세요?"

"나는 오사카(大阪) 빌딩의 비료회사에 있어요."

두 사람은 차차 유키코의 집 가까이로 다가갔다. 그 때 갑자기 아카시는 다시 교코 생각이 났다. 미키오는 애인이 생겼으니, 자신이 교코와 가까운 사이가 된 것이 마음이 아프지 않을 것이다. 그렇게 생각하니 더욱 더 자신이 교코를 저버리는 것이 안타깝게 여겨지는 것이었다. 아카시는 미키오의 병원에서 있었던 일을 교코에게 이야기하고 될 수 있으면 미키오와 헤어질 것을 권하는 것이 그녀를 위해서 좋은 결과가 될지도 모른다고 생각했다.

"유키코 씨."

이렇게 말하면서 아카시는 자기도 모르게 얼굴을 붉혔다.

"저, 아무래도 역시 이만 실례를 해야겠습니다. 어머님께 잘 말씀 드려 주세요."

"어머나, 그러시면 곤란해요."

"아니, 다음에 다시 찾아뵙겠습니다. 볼일이 있는 것을 깜빡 했습니다."

"아, 그러세요."

유키코는 유감스러운 듯이 아카시를 보며 말했다.

"그럼, 안녕히 계세요."

"안녕히 가세요."

아카시는 유키코와 헤어져서 도로로 나왔다. 그는 전차로 아카사카미쓰케(赤坂見付)까지 와서 기오이초(紀尾井町) 쪽으로 걸어갔다. 양쪽의 조용한 공원 수목들 사이로 초봄의 새싹 향기가 떠돌았다. 파란 가스등 불빛을 받은 쓸쓸한 홍매화가 희끄무레하게 눈에 들어왔다.

'이제 곧 봄이군.'

아카시는 생각했다. 그는 봄 날씨에 어울리게 교코와 함께 이 홍매화 아래를 걷는 장면을 상상하려 했다. 그러나 어느새 그는 유키코의 밝은 미소를 머리에 그리고 있는 것이었다. 뭔가 진하고 그윽한 향기가 가슴 속을 꽉 채워 왔다.

'오늘 미키오에게 다녀오길 잘했어.'

이렇게 생각하자, 그는 미키오의 기지로 모두가 점차 행복해 지는 것 같은 생각이 드는 것을 어찌할 수 없었다.

'그야 뭐, 아마 교코도 그날 밤 헤어지고 나서 나를 생각하며 훌쩍훌쩍 울고 있지는 않을 거야.'

그래, 확실히 교코도 그날 밤 기세로 보면 그대로 있을 리가 없어.

아카시는 기오이 언덕 중간 쯤에 있는 교코의 집 현관으로 들어갔다. 그러자 과연 현관에 낯선 남자의 구두 한 켤레가 놓여 있었다.

"실례합니다."

(1935.3.17)

18회

3의 3

아카시의 목소리를 듣고 식모가 나왔다. 식모는 아카시를 보더니 잠시 망설이다가 잠깐 기다리라고 하고 서둘러 안으로 들어갔다. 얼마 후 교코가 나왔다.

"어서 오세요. 들어오세요."

교코는 평소보다 차갑게 어쩐지 비웃는 듯한 미소를 띠며 말했다.

"괜찮을까요?"

"으음."

"으음이라니 웬일인지 목소리가 작군요. 정말 들어가도 괜찮아
요?"

"그럼."

교코는 웃으며 말했다.

"오늘 나 미키오군에게 다녀왔습니다. 사다코 씨와의 사이는 당신
이 생각한 대로예요."

아카시는 안으로 들어가려고 신발을 벗다가, 오늘밤에는 안으로
들어갔다가는 필시 상대방이 난처해질 것 같은 낌새를 눈치 채고 들
어가지 않고 서 있었다. 교코는 굳이 들어오라고 권하지 않는다.

"그야 뻔한 것 아니겠어요? 미키오가 뭐라고 하던가요?

"네, 했어요. 그쪽 일은 교코 씨 좋을 대로 하라고 하던데요. 오늘
밤은 단지 그 말을 전하러 왔을 뿐이에요."

"그럼 전령(傳令)이네."

"음, 뭐, 그렇군요."

"수고했어."

아카시는 살짝 고개를 갸우뚱하고는 뭔가 생각을 하는 것처럼 입
을 다물고 서 있다가, 잠시 후에 물었다.

"그럼, 당신 의견은 어때요?"

"그런 것 없어."

"그럼 나에게도 없는 건가요?"

아카시는 웃으며 물었다.

"응, 없어."

"그럼, 이제 돌아가도 상관없겠군요. 만약 뭔가 곤란한 일이 있거나 미키오 군과의 사이에 의견교환이 필요하면 언제든 이야기하세요. 미키오 군도 그렇게 이야기했으니까."

"이제 이쪽 일은 미키오도 알고 있겠지. 모두 다."

교코는 살짝 진지한 표정을 지었다.

"알고 있어요. 내가 이야기를 했으니까요."

"당신이 직접 이야기를 했다구?"

"네, 안 되나요?"

교코는 어이없다는 표정을 지으며 아카시 앞으로 다가와 말했다.

"그래도 괜찮아. 그쪽이."

"하지만 언제까지고 입을 다물고 있을 수는 없어서요. 마음 크게 먹고 이야기했어요. 그랬더니 큰 소리로 웃으면서 도망쳐, 도망쳐 라고 하더군요."

"흠, 심한 말을 하는군. 대단하네."

교코는 교코 대로 지금은 재미있다는 듯이 마음껏 웃을 뿐이었다. 아카시는 기묘한 부부도 다 있다며 교코의 얼굴을 바라보고 있자니, 두 사람 모두 막상 부부로서 헤어지게 되자 이렇게 미련 없이 기분이 좋아질 수 있는 것이구나 하는 생각이 들뿐, 아무 말도 나오지 않았다.

"들어오지 그래."

"상관없다면 들어가겠지만, 그만 두죠."

"괜찮아. 당신 나한테서 도망친 벌이야."

(1935.3.18)

19회

3의 4

그렇다. 벌인지 뭔지 모르겠지만, 쓸쓸한 느낌도 없지 않다고 아카시는 생각했다. 그러나 이 때 아카시는 이제 교코가 무슨 짓을 하든 상관없다고 생각하는 자신의 마음을 자기도 모르게 자각했다. 아니, 그보다 그는 이런 경우에도 될 수 있는 한 밝은 마음을 유지하는 것이 인간이 살아가는 데 필요한 방도라고 생각했다.

그렇게 생각을 하자, 이기적이고 제멋대인 교코의 행동도 그렇고 지금 바로 눈앞에서 명랑하게 웃어 보이는 것도 그렇고, 책망할 일은 아니지 않은가 하며, 아카시는 고개를 들었다.

"그럼 안녕히 계세요. 정말이지 저도 미키오 군과의 사이를 어떻게든 해 볼 테니 어려워 말고 이야기하세요. 미키오 군도 교코 씨가 외톨이가 되는 것은 가엾다고 하며, 중간에서 여러 가지 힘든 일들을 적당히 처치해 달라고 제게 부탁을 했어요. 정말이에요."

"그야, 어려워할 게 뭐 있어. 그럴 일이 있으면 또 부탁할게."

"그러는 게 좋아요. 그럼, 안녕히 계세요."

천사 291

아카시가 밖으로 나오려고 하던 때였다.

"아카시 군."

갑자기 아카시를 부르는 남자 목소리가 들렸다. 아카시는 뒤를 돌아보았다. 그러자 지금까지 방 안쪽에서 서서 듣고 있었는지 미키오의 지인으로 아카시하고도 아는 사이인 사야마 후지타로(佐山藤太郎)가 서 있었다.

"아, 오랜만이군."

아카시는 인사를 했다. 그러나 사야마는 말없이 머리를 긁적거리며 시치미를 뚝 뗀 표정으로 입을 쭉 내밀고 신발을 걸치며 말했다.

"잠깐."

아카시가 기다리고 있자, 사야마는 곁으로 다가와서 무슨 말인가 하려다가 아무 말도 하지 않고 그대로 다시 교코 곁으로 돌아갔다.

"교코 씨, 잠시 저기까지 갔다 올게요. 다시 올 거예요."

사야마는 아카시와 함께 밖으로 나왔다.

"뭐야, 자네였나?"

아카시는 물었다.

"자네였나가 아니네. 실은 난처하게 되었네. 그래서 자네에게 한 가지 부탁을 하려고 이렇게 달려 나온 것이네."

사야마는 그 말만 하고 더 이상 뒷말은 하지 않고 아카시와 나란히 언덕을 내려가 벤케이바시(弁慶橋) 쪽으로 걸어갔다.

"자네, 오늘 미키오에게 다녀왔다구?"

"음, 갔었네."

"나도 가끔 갔는데, 그러다 결국 이렇게 되었네. 기진맥진한 상태인데 뭔가 묘책이 없을까?"

"묘책이라니, 그런 것이 왜 필요한가?"

아카시는 이렇게 물으며 사야마를 보았다. 사야마는 목덜미를 쓰다듬으며 대답했다.

"그게, 필요하게 되었네. 실은 이렇게 되었네. 내가 회사에 있는데 갑자기 교코 씨한테서 전화가 왔지 뭔가. 오늘 밤에 꼭 의논하고 싶은 일이 있다는 거네. 그래서 실은 무슨 일인가 하고 만났지. 그런데, 그게 아무래도 미키오와 헤어지고 싶으니까 의논 상대가 되어달라고 해서 그럴 요량으로 만났는데, 결국 일에 휘말려서 난처하게 되었다네. 이럴 수도 없고 저럴 수도 없고 대책이 없네."

"괜찮아."

아카시는 이렇게 대답했다.

(1935.3.19)

20회

3의 5

"자네, 괜찮다니. 그렇게 해서 끝날 일 같으면 내가 이렇게 굳이 자네에게 의논을 하지 않겠지."

"그럼, 어쩌겠다는 것인가?"

"그러니까 묻는 것 아닌가?"

"미키오 군은 자네가 걱정이 되면 한 번 가서 자백을 하고 오면 그 것으로 괜찮을 거네. 그보다, 어차피 일어난 일은 어쩔 수 없겠지."

"그야, 그런 생각도 하지 않은 것은 아니네만."

"미키오 군 쪽은 나라도 괜찮다면 잘 이야기해 둘게."

아카시는 말했다. 그러나 아카시는, 사야마가 지금 자신과 교코의 상황과 똑같은 짓을 하고 있다는 사실을 과연 알고 있을까 하는 의문 이 들었다. 하지만 사야마가 괴로워하다가 자신에게 교코와의 일을 의논하는 것을 보면, 아무것도 모르고 있는 것이 틀림이 없다고 생각 했다.

아카시는 불쾌감을 느끼기보다는, 오히려 자연스럽게 교코에게서 도망칠 수 있게 된 것이 다행이라는 생각이 들었다. 아카시는 문득 희 생이 된 사야마의 괴로움과 당시의 자신의 괴로움을 비교하며 어느 쪽이 더 괴로울까 하고 사야마의 얼굴을 바라보았다. 그러나 사야마 가 어디까지나 아무것도 모르는 듯이 자신의 옆에서 고개를 숙이고 따라오는 것을 보니, 아카시는 아무것도 모르는 표정을 하는 한베(半 兵衛)[02]처럼 느긋할 수 있는 자신이 몹시 교활한 것 같아 견딜 수가 없 었다.

그렇다면 자신도 사야마처럼 지금 모든 것을 자백을 할까 하고 갑 자기 교코와의 사건을 그만 입밖에 내려했다.

---

02 모르는 척 하는 것의 비유.

'아니, 아직은 안 돼.'

이렇게 생각하며 다시 걸었다. 그 일을 이야기해 버리면 교코의 장난이 사야마에게 나쁜 영향을 미쳐서 두 사람의 행복한 삶을 모두 산산조각 내 버릴 것 같았기 때문이다.

"하지만, 자네, 교코 씨하고는 결혼을 할 생각이 있는 것인가?"

아카시는 물었다.

"그게 말이네, 아무래도 나는 잘 모르겠네."

"하지만, 미키오 군이 괜찮다고 한다면 할 생각은 있겠지?"

"그것도 모르겠네."

"그럼, 단순히 불장난이었나?"

"아니, 불장난인지 뭔지 그런 말은 지금은 할 수 없네. 아, 자네, 자네도 한 번 이런 일을 겪어 보게. 내 심정이 이해가 될 테니까."

아카시는 갑자기 재미가 있어져서 웃음이 터져 나왔다. 그러자 사야마는 멍한 표정으로 한심하다는 듯이 아카시를 바라보았다.

"하지만 자네, 나로서는 웃을 일이 아니네. 정말로 난처하네."

아카시는 문득 사야마의 그런 변명을 전에 자신도 미키오에게 한 것 같은 기분이 들자, 갑자기 웃을 수가 없어졌다. 그는 자신이 곤란해 하고 있을 때 미키오가 한 말이 기억났다.

'도망쳐, 도망치라구.'

하지만 지금 아카시는 사야마에게 그 이야기를 할 수조차 없다. 그렇다면 애초에 미키오는 나보다 훌륭했던 것일까? 확실히 미키오는 그 때 그 말 한 마디로 자신을 구원해 주었다.

이렇게 생각하자, 아카시는 지금 자신이 사야마에게 하는 행위가 갑자기 비겁하게 여겨졌다.

(1935.3.20)

21회

3의 6

"그럼, 오늘밤에는 이쯤에서 이만 실례하겠네."

사야마는 이렇게 인사를 했다.

"그럼, 실례하겠네."

아카시도 인사를 했다.

"그럼, 조만간 다시 교코의 일에 대해 부탁을 하러 가겠네. 오늘밤은 갑작스러워서 깜짝 놀라 무슨 말을 해야 할지 모르겠네. 잘 가게."

아카시는 사야마와 헤어져서 반대쪽으로 걸었다. 아카시가 파란 가스등 아래 홍매화 가지가 쭉 뻗어 있는 곳 아래까지 왔을 때, 뒤에서 사야마가 다시 다가와 불러 세웠다.

"이보게, 이보게, 자네."

아카시가 멈춰 서서 기다렸다.

"미키오에게는 아직 나하고 교코의 관계에 대해 아무 말도 하지 말아주게. 나는 이런 일은 본인에게는 알리지 않는 것이 좋다고 생각하니 말이네."

아카시는, 그래, 나도 나와 교코 사이의 일을 사야마에게 알리지 않았어라고 생각했다.

"알려서 곤란하다면 알리지 않겠네. 하지만 미키오 군은 아까도 이야기한 대로, 내게 교코 씨 일을 부탁했네. 미키오 군은 교코에게 석연치 않은 일이 일어났다고 생각해서, 무슨 일이 생기게 되면 교코가 하고 싶은 대로 하게 해 달라고 해서 말이네. 나는 아직 교코 씨의 의향을 물어보지 않아서 아무 말도 할 수 없지만, 그와 관련해서는 자네가 잘 알고 있겠지."

"하지만 사실 교코 씨의 생각이 어떤지는 난 아직 모르겠네."

이 친구도 자신과 마찬가지로 이제 교코에게서 도망칠 준비를 하고 있구나 하고 아카시는 생각했다.

"그럼, 교코 씨가 자네와 결혼하고 싶다고 확실하게 말을 하면 자네는 그렇게 할 것인가?"

아카시는 길바닥에 눈길을 주고 있다가 다부진 체격의 사야마의 이마를 바라보며 물었다.

"그야 될 수 있는 한, 그럴 생각이네. 하지만 나도 생각이 있기는 하네. 나는 절대로 나쁜 생각은 하지 않았는데 그만 유혹을 당해서 어쩔 도리가 없었네."

"그냥 눈 딱 감고 단숨에 결혼을 하면 되지 않는가?"

"그런데 그게 복잡하네. 교코 씨 집안하고 미키오 집안은 그냥 헤어질 수 있는 관계가 아니네. 알겠나, 자네."

사야마가 그렇게 이야기하고 있는 곳에, 교코가 언덕 쪽에서 두 사람을 따라 내려오는 모습이 보였다.

"교코 씨가 왔네."

아카시가 보고 말했다. 두 사람은 입을 다물고 교코 쪽을 보고 멈춰 섰다.

"자네는 미키오 군에게 가끔 병문안을 가나?

갑자기 아카시가 물었다.

"음, 가네."

"그럼, 사다코 씨를 이미 봤나?"

"음, 봤네."

"그 사람 예쁘더군."

아카시가 말했다.

"음, 하지만 나는 여동생 쪽이 더 좋네."

사야마가 말했다.

"자네, 여동생도 알고 있나?"

아카시는 갑자기 뭔지 알 수 없는 불안으로 가슴이 쿵쾅거리는 기분이었다.

"알고 있지. 두 번 정도 그곳에서 만났네. 한 번은 같이 돌아오기도 했는데, 상당히 예쁜 아가씨였네."

교코가 다가오는 것을 보고 아카시는 갑자기 사야마와 헤어져서 혼자 밝은 거리 쪽으로 걸어갔다.

(193.3.21)

22회

4의 1

미키오와 사다코를 태운 지붕이 없는 고풍스런 가마쿠라 마차(鎌倉馬車)[03]가 해안선을 따라 하야마(葉山) 쪽으로 덜컹덜컹 달려가고 있다. 아직은 아침 햇살이 비치고 있고 사다코의 무릎 위에는 점심도시락이 하나 놓여 있을 뿐이었다. 두 사람은 서로 마주보고 앉아 주위 바다풍경을 바라보며 행복한 듯이 생글생글 미소를 짓고 있었다. 조금 길게 자란 미키오의 머리칼은 미풍에 나부끼고, 그는 한층 더 부드러운 눈빛을 하고 사다코에게 이야기했다.

"아름답군, 이곳 바다는."

"네, 정말 그래요."

그냥 인사치레로 하는 말 같았지만, 이 두 사람은 그래도 무엇보다 만족스러워 보였다. 파도 하나 없이 매끈한 바다가 길의 커브에 따라 조용히 나타났다 사라졌다 했다. 바다가 나타나면 일광에 빛나는 해수면이 두 사람의 얼굴은 밝게 드러냈고 두 사람은 부처처럼 말없이 마차의 진동에 흔들리고 있었다.

---

03 검은 칠을 한 멋스런 2인승 마차로 유람마차라고도 했다. 포장되지 않은 가마쿠라 시내를 덜컹거리며 달린 것은 다이쇼시대(大正時代)에 들어서서이다. 공사관(公使館)이나 화족(華族)의 불하로 차체가 비교적 양호했으며, 처음에는 역 앞에 인력거와 함께 늘어서서 대기하고 있었으나 장소를 차지한다 해서 다른 지역으로 쫓겨났다. 전성기에는 20대 이상 있었으나 그것도 한 때로 얼마 안 있어 반 정도로 줄어들었다.

"건강하다는 것은 이럴 때는 정말 감사하군 그래."

미키오는 건강의 고마움을 절감한 듯이 이렇게 말했다. 그는 이제 건강을 거의 다 회복했는지, 예전의 창백한 빛도 없었고 앙상하던 손목도 이제는 통통하게 살이 올랐다.

"이제 완연한 봄이네요. 벌써 저렇게 싹이 텄어요. 저기 좀 보세요."

사다코는 산의 잡목 가지에 돋아나는 새싹이 은회색으로 반짝거리는 것을 손가락으로 가리키며 말했다.

"아아, 봄이군. 정말 봄이야."

미키오는 산을 바라보았다. 그는 마차 위에서 몸을 뒤로 젖혔다. 먼지 하나 없는 희고 평탄한 외길이 마차가 가는 앞쪽으로 해서 곶까지 이어져 있다.

"어머, 저기에 저렇게 많은 사람들이 모여 있네요. 물고기라도 잡혔나?"

"아, 그래, 그렇군."

미키오는 이번에는 해안 쪽을 보며 말했다.

"이렇게 조용한 곳에 사는 사람들은 정말 아름다운 것 같아요."

"그거야 그럴 마음만 먹으면 아무것도 아니에요."

미키오는 그렇게 말을 하고는 갑자기 뭔가 의미가 있는 것처럼 사다코의 얼굴을 바라보았다. 사다코는 얼굴을 붉혔지만, 딱히 아무 말 없이 그대로 해수면을 바라보며 대답했다.

"하지만 우리는 언제까지고 이렇게 지낼 수는 없어요. 이제 곧 다음 환자를 돌봐야 해요."

"그런 일 하지 않아도 돼요."

"그래도."

사다코는 이렇게 말 할 뿐, 다시 또 입을 다물고 흘러내린 머리카락을 쓸어올렸다. 그녀의 얼굴은 더 빨개졌다.

"하지만, 당신도 억지에요. 우리 집사람 이야기는 하지 말아 줘요."

"저, 그런 말 하는 것, 아니에요."

사다코는 당황하여 미키오에게서 눈을 돌렸다. 그러자 미키오는 꺼내기 거북한 이야기를 시작하는 것은 이때다 싶어서 갑자기 말없이 생각에 잠겼다. 하지만 문득 다시 마차 위라는 생각을 하고는 다시 쾌활해졌다.

"아, 벌써 콩 꽃이 피었군 그래."

"어머, 정말 그렇네요."

목을 쭉 빼고 보는 두 사람의 행복해 보이는 얼굴 앞 둑방 위에는 연분홍색 콩 꽃이 파도가 일렁이는 물가까지 흘러넘칠 듯 가득 피어 있었다.

(1935.3.22)

23회

4의 2

마차는 곶을 돌았다. 개펄의 바위가 파란 해초를 뒤집어쓰고 해수면 위로 솟아 있다. 조개가 바위 틈에서 가끔씩 날카롭게 빛나고 있다.

마차가 인가에서 멀리 떨어지자 미키오는 사다코에게 이야기했다.

"이 근처에서 내릴까? 그리고 저쪽 곶까지 슬슬 산책을 하자구."

미키오는 마차를 세웠다. 두 사람은 해안에 내려 파도가 치는 물가에 섰다. 사다코는 뺨에 손을 댄 채 강한 해수면의 반사에 눈을 가늘게 뜨고 정신없이 먼 바다를 바라보고 있었다.

"자, 가죠."

미키오가 말했다. 두 사람은 해안가를 따라 바위 위를 건너기도 하고 모래사장으로 내려오기도 했다. 모래 위에 잔뜩 자라고 있는 부드럽고 어린 풀이 완만하게 강어귀 바닷가로 기어내려 온 곳까지 오자, 미키오는 자리에 앉았다. 사다코도 그 옆에 나란히 앉았다. 마차가 지나다니는 인도는 이제 멀리 떨어져서 보는 사람은 아무도 없었다. 두 사람은 흔들리는 마차를 타는 것이 피곤했는지 둘 다 아무 말이 없다.

"의사가 퇴원해도 된다는데, 아직 병원에서 버티고 있는 것은 상당히 힘든 일이야. 아플 때보다 이게 훨씬 더 힘이 드는군."

이렇게 말하며 미키오는 웃었다. 그러나 사다코는 미소를 띨 뿐, 아무 말이 없다.

"그래요. 당신이 정성껏 간호를 해 주어서 병이 나았는데, 이번에는 병보다 더 힘든 일이 생겨서 말야. 하하하하. 이렇게 되느니 차라리 그 때 죽는 게 나았을 걸."

"저게 뭘까요? 꽃인가?"

사다코는 잔디 끝자락 쪽에 있는 붉은색 작은 물체를 손가락으로 가리키며 물었다.

"나도 이제 정말 퇴원을 할까? 어때요? 찬성이세요?"

"에에."

사다코는 작은 소리로 대답했다. 미키오는 눈이 휘둥그레지면서 사다코를 보았다.

"에에라니, 그게 무슨 뜻이에요? 이제 당신 곁에서 떠나라는 의미인가요?"

사다코는 아무 말도 하지 않았다.

"그렇다면, 퇴원하지 않겠어요."

"하지만, 언제까지고 이렇게 계실 수는 없어요."

"왜죠?"

"그래도 사모님, 기다리고 계시잖아요. 가엾어요."

"또 시작이군."

미키오는 한심하다는 듯이 눈살을 찌푸렸다.

"하지만 그렇잖아요. 만약 제가 사모님이라면 얼마나 걱정이 될지 모를 것 같아요."

"그게 그렇지 않아요. 그 사람은 이 상황을 잘 됐다고 생각하고 있어요."

"저는 그렇지 않다고 생각해요."

"아니, 그렇지 않아."

"아니요. 다르지 않다고 생각해요. 저, 여자에 대해서는 당신보다 잘 알고 있어요."

"그렇다면, 남자에 대해서는 내가 더 잘 알고 있어요. 나에게 맡겨 주면 안 될까?"

사다코는 문득 재미있다는 듯이 웃다가 곧 진지한 표정이 되었다.

"하지만, 저, 사모님이 계시는데 그런 말씀 하시는 분은 좋아하지 않아요. 저라면 바로 헤어질 것 같아요."

(1935.3.23)

24회

4의 3

미키오는 여기에서 더 사다코에게 결혼을 재촉하는 것은 지금은 안 되겠다고 생각했다. 조금 있다가 장소를 바꾸어서 사다코에게서 뭔가 한 마디 승낙을 받아야지, 그것도 오늘 중에 말이다, 이렇게 생각하고 미키오는 사다코를 데리고 바위 위에서 내려갔다. 그러나, 두 사람이 나란히 걷기 시작하면서 미키오는 흥분하지 않을 수 없었다.

"방금 전 하신 이야기, 진정입니까?"

이렇게 미키오는 슬쩍 물어보았다.

"에에."

"당신, 저 보기 싫다고 했어요. 그런 이야기는 가슴 속에 몰래 담아 두고 있는 게 좋을 것 같아요. 지금 그런 이야기를 들으면 나도 맥이 풀려요."

"하지만, 정말 그런 걸요. 훌륭한 사모님이 계시잖아요. 저 같은 거야 만약 당신이 말씀하시는 대로 하게 되면 무슨 욕을 먹을지 몰라요."

"하지만, 아내가 없으면 괜찮은 건가요? 그래도 안 되는 건가요?"

"네."

"왜요?

미키오는 눈을 번득이며 물었다. 그러나 이제 사다코는 대답하려 들지 않았다. 두 사람은 고개를 숙이고 물가까지 걸어갔다.

소나무가 자란 들판까지 오자, 미키오는 다시 그곳에 앉았다. 하지만, 사다코는 이제 앉으려 하지 않았다.

"이제 도시락 드시겠어요?"

사다코는 물었다.

"나는 짜증이 나서 먹고 싶지 않아."

미키오는 외면을 하며 말했다.

"하지만 어서 드시고 돌아가셔야죠. 일요일이라 아마 누군가 또 병원에 찾아오실 거예요."

"와도 상관없어. 이런 날 찾아오는 녀석이 운이 나쁜 거지."

사다코는 웃으며 미키오 곁으로 다가갔다.

"그러니 어서 돌아가요."

"돌아가고 싶으면 돌아가라구."

"아유, 왜 이러세요."

사다코는 곁눈으로 미키오를 살짝 보았으나, 후하고 한숨을 쉬고는 조용히 물결치는 해수면을 바라보았다.

"저, 사다코 씨."

"예."

"당신 혹시 애인 있어? 그것 좀 알려 줘. 만약 당신한테 애인이 있다면 나 이제 단념할 테니까. 그렇지 않으면 너무 초조해서 가만히 있을 수가 없어."

"하지만, 오늘은 분명히 사모님이 오신다구요."

미키오는 갑자기 혀를 끌끌 차더니, 얼굴이 시뻘개져서 벌떡 일어섰다. 그러더니 그는 혼자 모래언덕을 달려 내려갔다. 그 순간 아직 익숙치 않은 발이 모래 속에 묻혀 있던 목재에 걸려 나동그라졌다.

"어머낫."

사다코는 비명을 지르며 미키오 옆으로 달려갔다. 그러나 미키오는 사다코가 다가오는 것을 알고는 용케 다시 일어서서 사다코로부터 달아나기 시작했다.

"데라시마(寺島) 씨, 데라시마 씨."

사다코가 부르는데도 뒤도 돌아보지 않고 미키오는 죽을 때가 있다면 바로 지금이다 라는 식으로 계속해서 쏜살같이 달려갔다.

"데라시마 씨, 안 돼요."

사다코는 이제 쫓아갈 수 없어서 쫓아가는 것을 그만두었지만, 그래도 걱정이 되자 다시 달리기 시작했다.

(1935.3.24)

25회

미키오의 모습은 사구 맞은편 쪽으로 사라졌다. 사다코는 겨우 건강을 회복시켜 놓은 미키오의 몸도 저렇게 계속 달리다가는 다시 전처럼 나빠질 것 같았다. 그녀는 겁이 덜컥 나서 사구 위까지 따라와서 아래를 보았다. 모래 언덕의 주름과 주름 사이의 골짜기에 미키오가 쓰러져 있는 것이 보였다.

사다코는 달려가서 미키오를 안아 일으키려 했다. 그러나 미키오는 얼굴이 새파래져서 움직이지 않았다.

"데라시마 씨, 데라시마 씨."

사다코는 어쩔 줄을 몰라 하며 미키오를 무릎 위에 올려놓았다.

"괴로우세요? 어찌 된 거예요?"

하지만 미키오는 눈을 감은 채 축 늘어져서 대답이 없었다. 사다코는 미키오의 가슴에 귀를 대 보았다. 거칠게 뛰는 심장 소리가 지금 당장이라도 미키오의 호흡을 끊어 놓을 것 같았다.

"안 돼요, 이러면. 괴로운 거죠?"

사다코는 미키오 손목의 맥을 짚어 보고는, 바로 물가까지 달려가 손수건을 바닷물에 적셔 가지고 돌아와서 미키오의 가슴을 풀어헤치려고 했다.

그러자 갑자기 미키오는 벌떡 일어나 앉았다.

"그냥 계세요. 더 쉬고 계세요. 큰일 나요."

"음."

하고 소리를 내더니 미키오는 다시 벌떡 일어나서 쏜살같이 달리기 시작했다.

"데라시마 씨."

이제 사다코는 아무 말도 할 수 없었다. 이래서는 무슨 일이 있어도 더 이상 심장이 견디지 못할 것이다.

사타코는 곧 울음을 터뜨릴 듯한 표정을 하고, 다시 미키오의 뒤를 쫓아갔다. 미키오는 가슴을 펴고 앞으로 달리고 있었지만, 점점 힘이 빠지자 이상한 모양으로 두 손을 휘젓는가 싶더니 앞으로 풀썩 넘어졌다.

"아악."

사다코는 소리를 질렀다.

그녀는 어느 새 미키오의 옆으로 달려가서 아직 바닷물에 젖어 있는 손수건을 미키오의 가슴 위에 올려놓았다. 미키오의 입술은 보랏빛으로 변했고 무릎은 부들부들 경련을 일으켰다. 사다코는 이제 미키오의 머리를 끌어안고, 아무 말 없이 모래 바닥에 무릎을 꿇고 있을 뿐이었다.

이윽고 미키오는 눈을 뜨고 무슨 말인가 하려다 말고, 그대로 아무 말 없이 다시 눈을 감았다.

"정말이지, 저."

사다코는 이렇게 말하며 한숨을 쉬었다.

그러자 미키오는 다시 일어나려고 했다.

"안 돼요. 안 돼요."

사다코는 필사적으로 미키오를 붙잡으며 일어나지 못하게 했다.

"아, 제발 가만히 계세요. 제가 잘못 했으니까 이제 움직이면 안 돼요."

"내버려 둬."

미키오는 작은 목소리로 말했다.

"싫어요. 이렇게 억지를 부리시면."

사다코는 미키오의 한쪽 손을 무릎으로 누르고 한쪽 손을 꼭 잡았다.

"아, 괴로우시죠?"

"괴롭든 말든 상관없잖아."

"그래도 이러시면 안 된다구요."

"이제 괜찮으니까 일으켜 줘."

"아직 안 돼요."

"웃샤."

미키오는 또 일어나려 했다. 그러나 이제 몸에 힘이 들어가지 않았다.

(1935.3.25)

26회

4의 5

아카시가 잠을 깨니, 방 유리창으로 늙은 매화나무의 모습이 눈에 들어왔다. 그는 누워서 담배를 집어들고 불을 붙였다.

'어디, 오늘은 데라시마 문안이나 한 번 갈까?'

이렇게 생각하고 그는 미키오와 사다코가 그 후 어떻게 되었을까 하고 생각했다.

그러나 미키오와 그의 아내 교코는 헤어질 수 없을 것 같았다. 설령 본인들끼리는 헤어질 의사가 있어도 양가 부모들이 허락하지 않을 것이다. 미키오의 집안은 지금까지 두 번이나 도산을 했고, 그것을 두 번 모두 도와서 일으켜 세운 것은 교코의 아버지였다. 지금이야 미키오의 집안이 안정이 되었지만, 미키오의 아버지 입장에서 보면 교코는 은인의 딸이다.

아카시는 교코를 싫어하는 미키오의 마음도 잘 이해가 되었다. 그렇게 무슨 일이든 거침이 없는 아내와 함께 사느니, 차라리 가난하지만 자신처럼 평생 자유롭게 살고 싶다고 생각하는 미키오에게 아카시는 공감이 더 되었다.

아니 이렇게 미키오와 교코 사이가 번잡스럽게 된 것은 처음부터 그렇게 되게 되어 있었기 때문이다. 역시 미키오 말대로, 자신은 교코를 미키오에게 양보하지 말고 결혼을 했어야 했다.

그러나 때는 이제 늦었다. 교코는 사야마와 결혼할지도 모른다.

하지만, 교코와 같은 여자는 누구와 결혼해도 마찬가지일 것이라고 생각했다. 교코는 누군가에 끊임없이 사랑을 받고 있으면 그것으로 하루 하루를 살 수 있기 때문에, 자신이 누군가를 사랑하려는 견실한 마음은 전혀 없었다. 교코의 아버지도 딸의 경조부박한 그 마음을 알고 있기 때문에, 부모의 위광으로 미키오와 결혼을 시켜서 평생 제 마음 가는대로 별 탈 없이 무사히 살게 해 주고 싶었는지도 모른다. 아마 미키오라면 제멋대로 구는 교코의 성격을 끝까지 참아 줄 것이 틀림이 없다.

그러나 교코는 사야마하고는 무사히 지낼 리가 없다고 아카시는 생각했다. 그렇다면 교코의 삶은 이리 저리 흘러가다 결국 어떻게 될지 모른다.

아카시는 일어나서 툇마루로 나가 햇볕을 쬐었다. 그곳에서 신문을 읽으면서 담배를 피우고 있자니, 아래층에서 식모가 올라왔다.

"손님 오셨어요."

"누구지?"

"아가씨요."

그렇게 말하고 식모는 엷은 미소를 지으며 아래층으로 내려갔다. 그렇다면 아마 사야마의 일로 교코가 온 것일 거라고 아카시는 생각했다. 그가 식모의 뒤를 따라 아래층으로 내려가니, 현관에 유키코가 서 있었다.

"안녕하세요?"

유키코는 어깨에 걸쳤던 털실로 짠 숄을 내려놓으며 인사를 했다.

"아이쿠, 일전에는 실례가 많았습니다."

"저, 오늘 데라시마 씨에게 병문안 안 가세요? 데라시마 씨의 편지에 아카시 씨하고 같이 오라고 씌어 있었어요. 바쁘신가요?"

"아니, 실은 나도 지금 오늘 한 번 가 볼까 하던 참이었어요."

"그래요?"

"그럼, 동행을 해 드릴까요?"

"네, 부탁드려요."

아카시는 유키코를 2층으로 데리고 올라가서 툇마루의 등나무 의자로 안내를 했다.

(1935.3.26)

27회

4의 6

아카시와 유키코는 정오가 조금 지나서 기차를 탔다. 두 사람이 나란히 앉아 있는 옆자리에는 오랜만에 일요일을 이용하여 아타미(熱海)에 가는 젊은 부부로 보이는 한 쌍의 남녀가 타고 있다.

유키코는 그들 남녀가 다정하게 이야기하는 것을 볼 때마다 아카시의 한쪽 팔을 톡톡 건드리며, 저것 좀 보라고 하며 눈으로 웃는다. 아카시도 처음에는 하라는 대로 그들을 보며 미소를 짓고 있었다. 그러나 어느새 문득 자기들 두 사람도 다른 사람들이 보기에는 같은 남녀 한 쌍으로 볼 것이 틀림없다는 생각이 들었다.

그러자 그런 오해를 받는 것이 점점 창피해졌고, 우리는 다른 사람하고 다르다고 가르쳐 주려면 어떻게 해야 할까 하고 생각했다. 하지만 유키코는 처음부터 천연덕스럽게 누가 뭐라고 생각하든 상관없다는 듯, 아카시 옆에 바싹 붙어 앉아서 끊임없이 다른 남녀 커플을 재미있다는 듯이 바라보고 있었다.

오이(大井), 오모리(大森), 요코하마(橫浜)를 지나자 유키코는 미키오나 언니 사다코에게서 명령을 받아, 아카시가 애인이나 되는 것처럼 마음을 푹 놓고 상냥하게 아카시에게 이런 저런 질문을 끊임없이 해댔다.

그러다 유키코의 질문은 결국 자연스레 미키오의 아내 교코에게로 옮겨갔다.

"데라시마 씨의 부인, 아카시 씨도 아세요?"

"알고 있어요."

아카시는 대답했다. 그는 이제 교코에 대한 이야기는 하고 싶지 않았다. 하지만 유키코는 또 물었다.

"그 분은 왜 병원에 병문안을 오지 않죠? 당신 아세요?"

"그렇게나 오지 않나요? 나는 잘 몰라요."

아카시는 대답했다.

"하지만, 언니는 난처해하고 있어요. 빨리 아내분이 데리러 와 주면 좋겠대요. 하지만, 상당히 냉담해요. 데라시마 씨는 아무 말씀도 안 하셨나?"

"뭔가 올 수 없는 이유가 있겠죠. 당신 언니는 빨리 병원에서 집으로 돌아오고 싶다는 것인가요?”

“그런 이야기는 하지 않아요. 하지만 이제 데라시마 씨, 괜찮지 않나요?”

“데라시마는 집에 돌아가고 싶지 않을 거예요.”

“왜요?”

“글쎄요. 이유가 뭘까요?”

아카시는 웃음으로 얼버무렸지만, 한 때 자신과 교코의 위험했던 시절을 생각하자 갑자기 마음이 어두워졌다.

“유키코 씨는 데라시마에게 종종 가세요?”

“예, 가끔요.”

“사야마라는 사람을 만났다면서요?”

“네, 만났어요. 그 분하고 같이 돌아온 적도 있어요.”

유키코는 전혀 주저하는 기색없이 말을 했지만, 아카시는 마음이 심란해지는 것이 느껴졌다. 그러자 유키코는 환하게 웃는 표정으로 말했다.

“그 분, 재미있는 분이세요. 저한테 자꾸 놀러 와라, 놀러 와라 하시는 거예요. 저는 아직 가지는 않았지만 가면 안 되는 것일까요?”

지금 이 상황에서 무슨 생각으로 그런 질문을 하는 것인지, 아카시는 유키코의 이런 기분을 이해할 수 없었다. 그러나 만약 지금 자신이 사야마에게 놀러 가라고 권한다면 어쩌면 유키코라면 갈 것 같은 불안한 생각이 들어서 입을 다물어 버렸다.

(1935.3.27)

28회

4의 7

유키코는 아카시가 입을 다물고 있는 동안에도 아카시가 왜 입을 다물고 있는지, 그런 것을 생각하는 성질이 아니었다. 그녀는 끊임없이 창문으로 보이는 산이나 들에서 자라고 있는 보리의 싹, 아름다운 강물의 흐름 등 이 이야기에서 저 이야기로 옮겨가며 계속 떠들어댔다.

아카시는 유키코의 성격이 밝다고나 해야 할까 아무 것에도 구애를 받지 않는다고나 할까, 얼굴처럼 천성이 아름답다고나 해야 할까, 보면 볼수록 점점 더 알 수가 없게 되었다.

"당신은 지금까지 살면서 뭔가 슬픔을 느낀 적이 있습니까?"

아카시는 느닷없이 유키코에게 이렇게 물어보았다.

"네, 그야 있지요."

"하지만, 그야 누구나 다 있겠지만, 당신은 특히 보통 사람들하고는 정도가 다르지 않나요?"

"그럴까요?"

이렇게 대답하면서도 유키코는 여전히 행복한 듯 생글거리며 생각을 하고 있는 듯 했다.

"당신을 보고 있으면 나는 이렇게 어떤 이상한 기분이 들어요."

"왜 그럴까요? 저, 아무것도 아니에요."

"당신은 다른 사람이 어떻게 생각할까라든지 이렇게 생각할까라든지, 그런 생각은 한 적이 없겠죠?"

"어머, 너무해요. 그럼 바보나 마찬가지게요."

"그런 게 아니에요."

유키코는 눈을 빠꼼히 뜨고 엷은 미소를 지으며 생각하고 있는 것 같았다. 그 모습은 아카시의 마음에 쉬익하고 소리를 내며 불을 붙인 것처럼 아름답게 느껴졌다.

"아아, 이것 참.—"

아카시는 자기도 모르게 황홀한 표정을 지었다. 그는 유키코의 옆 모습을 바라보며, 만약 이 아가씨를 비유하자면 무엇에 비유하면 좋을까, 문득 그런 생각을 했다. 그러자 아침햇살이 비친 금병풍을 배경으로 꽃바구니 안에서 지금 막 피어나기 시작한 복숭아꽃의 느긋한 아름다움이 머릿속에 그려졌다.

그래, 맞아 그거야. 이렇게 생각한 아카시는 이 아가씨와 결혼하는 사람은 평생 다툴 일이 없을 것이라고 생각했다. 하지만 그는 이런 생각을 함과 동시에, 사야마가 놀러 오라고 하는데 놀러 가지 않으면 잘 못하는 것이냐고 물어본 유키코에게 아직 아무 대답도 하지 않은 자신의 마음이 불순한 것 같았다.

자신이 유키코의 곁에서 지금 이렇게 아름다운 마음에 정화되고 있음에도 불구하고 왜 그런 질문에 대답할 수 없는 것일까 하며, 그는 갑자기 쓸쓸한 고독감에 엄습당했다.

그러나 만약 사야마에게 놀러 가라고 하면 유키코는 아마 갈 것이다. 만약 유키코가 사야마에게 가면 그 이후는 사야마의 일이다. 사야마가 어떻게 할지 그것은 모르는 일이다.

"어머, 히라쓰카(平塚)네요. 이제 다 왔어요."

유키코는 기쁜 듯이 손뼉을 쳤다.

얼마 안 있어 오후나(大船)를 지나 가마쿠라에 도착하자 아카시는 유키코를 앞세우고 기차에서 내렸다. 역을 나오자, 유키코는 꽃을 사 가지 않으면 미안하다며 꽃가게에 들렀다. 그곳에서 목련과 조팝나무꽃을 산 후, 자동차를 타고 시내를 빠져나와 바닷가를 달려 터널을 지났다. 그러자, 드디어 요양원 일광실이 언덕 위에서 하얗게 햇빛을 받으며 나타났다.

(1935.3.28)

29회

4의 8

아카시와 유키코는 상황을 잘 알고 있어서, 안내도 부탁하지 않고 바로 병실로 들어갔다.

"어이구, 왔나?"

미키오는 앉아 있던 침대 위에서 돌아보았다. 그러나 아카시는 미키오의 맞은편에서 동시에 이쪽으로 돌아본 사야마의 얼굴도 함께 보았다.

"아, 자네도 와 있었나?"

아카시는 자기도 모르게 물었다.

"오늘은 일요일이라서 말이네. 필시 자네도 올 것이라 생각하고 왔네."

사야마는 이렇게 말하고는 바로 유키코에게 웃는 얼굴을 보이며 인사를 했다.

아카시는 자신도 오늘 올 것을 뻔히 알고 있으면서 사야마가 이렇게 병문안을 온 것에 심상치 않은 무엇인가를 느꼈다.

"일전에는 손수 편지를 전해 주셔서 감사합니다."

사다코는 아카시에게 감사의 인사를 했다.

"아 뭐, 별말씀을요."

순간 아카시는 유키코를 보고 싶어서 사다코의 편지를 갖다 주러 간 그날 밤의 일이 떠올라 저절로 얼굴이 붉어졌다.

"사야마 군, 자네는 몇 시 기차로 왔나?"

아카시는 사야마에게 물었다.

"자네보다 30분 정도 앞 기차였네. 몇 시였지?"

사야마는 아카시의 얼굴을 보지 않고 대답했다. 지난 번 밤에 사야마는 교코와의 사건을 아카시에게 고백하면서 한 번 미키오를 만나서 의논을 하고 싶다고 했으니, 아마 오늘 그가 온 것은 교코와 엮인 것을 사죄하러 온 것인지도 모른다고 아카시는 생각했다.

만약 그렇다면, 사야마는 자신이 한 짓과 똑같은 짓을 하고 있는 것 같아서, 아카시는 참을 수 없는 불쾌감에 사로잡혔다. 잠시 후, 아카시는 사야마를 방밖으로 불러냈다.

"잠깐 보세. 사야마 군."

사야마는 아카시 뒤를 따라 나갔고, 두 사람은 사람이 다니지 않는 복도 구석에 멈춰 섰다.

"자네, 오늘 온 것은 뭔가 자네에게 생각이 있으리라 생각하네만, 교코와의 일에 대해서는 내가 이야기하지 않는 것이 좋은가?"

아카시는 사야마에게 이렇게 물었다.

"음, 뭐, 입을 다물어 주지 않겠나? 나는 오늘 데라시마에게 조언을 하러 온 것이네. 데라시마가 저런 식이면 정말 곤란해서 말이네."

"의견이라니, 그러니까 데라시마에게 빨리 교코에게 돌아가라고 하려고 온 것이라는 거지?"

"그렇네."

"하지만, 자네는 그런 말을 할 정도로 아직 자신이 있나?"

"자신이라니, 그게 무슨 말인가?"

사야마는 갑자기 안색이 싹 바뀌었다.

"아니, 자네는 아직 그럴 여유가 있느냐 하는 의미네."

아카시는 말하기 거북하다는 듯이 꾸물댔다. 그러자 갑자기 사야마는 찰싹 하고 아카시의 뺨을 때렸다.

아카시는 입을 꼭 다물고 사야마를 노려보았다.

"실례가 아닌가?"

사야마는 말했다.

"뭐가 실례라는 거지?"

"자네, 설마 나를 놀리려는 것은 아니지?"

"그럴 리가 있겠나?"

"그럼, 왜 그런 쓸데없는 말만 하는 건가?"

"하지만 자네는, 지난 번 그날 밤의 자네 태도와는 너무 다르니 내가 데라시마와의 사이에서 난처하지 않은가 말이네."

"내가 데라시마에게 뭘 어쨌다는 것인가? 날 뭘로 보구."

사야마는 아카시를 벽으로 밀어붙였다.

(1935.3.29)

30회

4의 9

아카시는 바로 일어났지만, 사야마가 하는 말을 이해할 수 없었다. 그는 미키오의 방으로 들어가려고 혼자 복도를 걸어갔다.

"이봐, 아카시, 기다려."

사야마는 아카시를 불러 세웠다.

"자네가 하는 말은 이해가 안 되네. 이제 방으로 들어가겠네."

"기다려."

사야마는 또 아카시의 손을 잡았다.

"놔."

아카시는 뿌리쳤다.

"자네는 교활하네. 자네는 교코 씨와의 일을 나에게 숨긴 것 아닌가?"

"아, 그 일인가?"

아카시는 갑자기 설명에 궁하여 입을 다물어 버렸다.

"자네는 나한테만 다 털어놓게 하고 자신은 입을 꾹 다물고 있었더군. 그러고도 여전히 내 이야기를 데라시마에게 하겠다는 둥 안 하겠다는 둥, 날 너무 우습게 보지 말게."

"내가 자네에게 그런 말을 한 대 봤자 달라지는 게 없지 않은가?"

아카시는 변명을 했다.

"달라지든가 말든가 그건 내가 알 바 아니지. 자네는 자네 혼자 착한 척 하고 내게 죄를 뒤집어씌울 속셈이겠지만, 뒤에서 숨지만 말고 할 말이 있으면 하면 될 것 아닌가?"

"자네는 아직 아무것도 모르네. 나중에 알게 될 걸세."

두 사람이 이런 이야기를 하고 있는데, 미키오가 방에서 나와 아카시 옆으로 살짝 다가왔다.

"뭘 하고 있나. 빨리 오지 않고."

하지만 두 사람은 말없이 계속 서 있을 뿐이었다.

"뭐야, 싸웠나?"

미키오는 아카시에게 물었다.

"아니, 아무 일 아니네."

아카시는 대답을 하고, 방으로 돌아가려 했다. 그러자 사야마는 미키오에게 말을 건넸다.

"이보게, 잠깐 할 말이 있네. 아까부터 말을 하려고 했는데 기회가 없어서 입을 다물고 있었네. 실은 오늘 내가 온 것은 교코 씨의 일로,

자네에게 꼭 하고 싶은 이야기가 있어서이네. 그래서, 하지만."

사야마는 여기까지 말을 하고는, 무슨 이야기부터 해야 좋을지 혼란스러운 듯 고개를 숙인채 입을 다물고 있었다.

"교코의 일이라면 나는 아카시에게 맡겨 두었네. 아카시에게 물어보지 않겠나? 내가 중간에 끼면 좀 복잡해 질 거네."

"하지만, 그렇게 말하면 안 되네. 교코 씨는 자네에게 화가 나 있네."

"그야 뭐, 어떤 상황이 되어도 화를 낼 걸세."

미키오는 이렇게 말을 하고는 사야마의 얼굴을 느긋하게 바라보았다. 사야마는 잔뜩 벼르고 있다가 갑자기 맥이 탁 풀린 듯 멍한 표정으로 미키오를 바라보았지만, 역시 불안한 듯이 이야기했다.

"교코 씨는 참 이상해. 날 보고 놀라오라고 해서 아무 생각 없이 갔지. 그런데 그게 상황을 듣고 보니, 자네를 병원에서 데리고 와 달라는 거였네."

"그건 거짓말이네. 그럴 리가 없네."

미키오는 갑자기 웃음을 터뜨렸다.

"아니, 그건 사실이네."

"자네는 유혹당한 거네. 알겠나?"

"아니, 그런 게 아니라네. 자네 좀 더 진지하게 생각해 주게."

"진지해지라니, 더 이상 어떻게 진지해지겠나? 어디가 진지하지 않다는 것인가?"

미키오는 불끈 화를 내며 힐난했다.

(1935.3.30)

31회

4의 10

사야마는 갑자기 안색이 바뀐 미키오의 눈을 보고는 이렇게 무서운 남자였던가 하고 의외의 느낌에 충격을 받은 듯 멍한 표정을 지었다. 그리고 사야마는 변명을 하듯이 꼬리를 내리며 말했다.

"그러나 어쨌든 나는 진지하게 이야기하고 있지 않은가?"

"그게 뭐 어쨌다는 것인가?"

"자네처럼 그렇게 억지를 쓰면 이야기를 할 수 없네."

"뭐가 억지라는 것인가?"

사야마는 대답할 방법이 없어서 입을 다물어 버렸다.

그러자 미키오는 갑자기 손끝을 부들부들 떨며 겨우 화를 삭히고 말했다.

"나는 자네한테서 교코에 대한 이야기를 듣고 싶지 않네."

"하지만 아카시는 거짓말을 하고 있네. 저 자식 괘씸하네."

"아카시는 아카시이고, 자네는 자네네. 나는 모두 다 알고 있네."

"아니, 자네는 모르네. 아카시가 교코 씨에게 무슨 짓을 했는지, 자네가 알면 나에게 그렇게 화를 낼 수가 없네."

"그런 건 아무래도 상관없다구. 자네가 나에게 아카시에 대해 말할 권리는 없네."

"자네가 아카시에게 속고 있으니까 그러는 것이네."

"흐흠."

미키오는 소리를 내어 웃고는 복도에서 다시 돌아가려고 했다. 사야마는 미키오 옆으로 따라가면서 말을 했다.

"내가 하는 말을 좀 더 듣지 않겠나? 내가 아카시를 불러 올 테니까 셋서서 이야기하지 않겠나? 그렇게 하지 않으면 자네는 확실히 이해를 하지 못 할 것이라 생각하네."

"이제 됐네."

미키오는 화가 난다는 듯이 말했다.

사야마는 미키오가 방에 들어가자 자신도 뒤에서 따라 들어갔다.

그러나 그 때는 이미 방안의 공기가 전과는 달리 싸늘하여 아무도 이야기를 하는 사람이 없었다.

그러자 마침내 사다코는 유키코를 데리고 방밖으로 나갔다.

"아카시, 나는 자네 때문에 데라시마에게 상당히 오해를 받고 있다는 것을 알았네."

사야마는 화가 난 눈빛으로 말했다.

그러나 아카시는 입을 다물고 있었다.

"오해를 할 리가 있나?"

이렇게 대답하며 미키오는 침대 위에 벌러덩 누웠다.

"오해를 하고 있지 않나. 아카시는 교코 씨의 일로 내가 곤란해 하자 나에게만 책임을 지우고 도망을 쳤지 않았느냐 말이네. 비겁하다는 말은 바로 이럴 때 쓰는 말이네."

사야마가 이렇게 말을 하고 있는데 미키오는 다시 돌아누웠다.

"이제 좀 그만 하는 게 어떤가?"

"그러나 자네 앞에서 말을 하지 않으면 나중에 내가 난처하지 않겠는가? 변명이라도 하지 않으면 불쾌해서 말이네."

"교코는 자네를 좋아하는 거네."

미키오는 사야마에게 이렇게 대답했다. 사야마는 말문이 콱 막혀서 안절부절 못 하더니 갑자기 미키오의 얼굴을 때렸다. 미키오의 뺨이 푹 들어갔다.

그러자 미키오는 잠시 사야마를 노려보다가 히죽히죽 웃으며 그대로 말없이 담배에 불을 붙였다.

"바보 자식. 한 번 더 말해 봐."

사야마가 화를 내며 말했다.

"말해도 상관없어?"

미키오는 사야마를 노려보았다. 사야마의 눈은 또 다시 사나운 빛을 발했다.

(1935.3.31)

32회

4의 11

사야마는 미키오의 머리를 또 때렸다.

"또 때릴 건가? 자네 병문안 온 것 아닌가?"

미키오는 사야마에게 물었다. 사야마는 모자를 집어들고 말했다.

"아카시, 돌아가자구."

"먼저 돌아가 주게."

아카시가 대답했다. 그러나 사야마는 나가려고 하지 않고 의자에 앉아서 창문 밖을 내다보았다.

미키오는 사야마의 기묘하고 뻔뻔스러운 얼굴을 연구를 하듯이 가만히 노려보고 있다가 큰 소리로 불렀다.

"이보게, 사야마."

"왜?"

"자넨 참 이상한 녀석이야."

"그런가?"

"그런가가 아니겠지. 작년에 교코에게 편지를 쓴 것은 자네 아닌 가? 게다가 자네는 아직도 부족해서 나를 때리는군."

"하하하하."

사야마는 갑자기 웃음을 터뜨렸다.

그러자 미키오는 아직 사야마의 웃음소리가 멈추기도 전에 찰싹 하고 사야마의 뺨을 때렸다.

사야마는 숨이 끊어진 듯이 웃음소리를 딱 멈추었다. 하지만 바로 또 방금 전보다 더 큰 소리로 웃기 시작했다.

"뭐가 우습다는 거지?"

미키오가 물었다.

"우습군. 뭐가 뭔지 전혀 모르겠지 않은가? 자네는 아나?"

"알든가 말든가 무슨 상관인가?"

그렇게 말하고, 미키오는 또 연달아 사야마의 뺨을 두 대 더 때렸다.

사야마의 몸은 의자 위에서 출렁거렸지만, 떨어뜨린 모자를 집어들고 정색을 하고 말했다.

"흠, 뭐 내가 먼저 때렸으니 맞아도 할 수 없지. 하지만 교코 씨의 일만은 좀 더 잘 생각해 보고 때리게."

"그럼 자네는 무엇 하러 왔나?"

미키오는 아직 화가 풀리지 않은 듯, 얼굴에 핏발을 세우며 물었다.

"그런 건 아카시에게 물어 라구. 아카시 자식이 중간에서 속이는 바람에 일이 이렇게 된 것이라구. 이봐, 아카시, 이거 어쩔 생각인가?"

사야마는 이번에는 아카시 쪽으로 시선을 돌렸다.

"나는 이미 자네에게 복도에서 맞지 않았나?"

"아니, 그 정도로 끝날 일은 아니지."

하지만 아카시는 이제 사야마를 상대하지 않았다. 그는 자신이 도쿄로 돌아오기 전에 이미 교코와 사야마 사이에는 뭔가 일이 있었다는 것을 처음부터 알고 있었기 때문에 놀라기 보다는 오히려 한심해서 이 음침한 분위기에서 한시라도 빨리 탈출하고 싶을 뿐이었다.

그는 유리로 된 창문을 열었다. 그러자 갑자기 일요일이면 늘 들리는 찬송가가 일광실에서 흘러들어왔다.

화단의 작약 꽃 사이를 유키코와 사다코가 뭔가 이야기를 하며 웃으면서 걷고 있는 것이 보였다. 유키코는 배나무 꽃 아래까지 와서 아카시를 발견하고는 언니에게 손가락질을 했다. 그리고 그 손으로 아카시에게 화단으로 오라고 손짓을 했다.

"이보게, 밖으로 나가세."

아카시는 이렇게 말을 하며 문 밖으로 나갔다.

"좋아, 나가지."

미키오도 아카시의 뒤를 따라 나갔다.

(1935.4.1)

33회

4의 12

유키코와 사다코는 미키오와 아카시가 나오는 것을 기다리고 있었다. 네 명은 앵초가 잔뜩 피어 있는 꽃밭을 천천히 돌아다녔다. 그곳에서 일동은 언덕 위로 올라갔고, 둔덕 꼭대기에 있는 평탄한 길로 나오자 갑자기 아래쪽에 바다가 펼쳐졌다.

유키코와 사다코는 사야마도 바로 뒤따라 올 것이라고 생각했는지 사야마에 대해서는 아무말도 하지 않았다. 하지만 아무리 기다려도 사야마가 나타나지 않자 사다코는 미키오에게 왜 사야마는 오지 않느냐고 물었다.

"됐어. 가자구. 이제 오늘은 산 너머에 있는 즈시(逗子)로 가서 도쿄에 가자구."

"하지만 이런 옷차림으로 갈 수는 없어요."

사다코는 이렇게 말하며 멈춰 섰다.

"뭐, 상관없잖아. 유키코 씨하고 아카시를 전송할 겸 오랜만에 도쿄에 가서 가부키(歌舞伎)라도 보고 오지 않겠어?"

"그럼, 도쿄는 다음에 가기로 하고 즈시까지만 바래다 줘요."

사다코가 이렇게 이야기를 하는 사이, 일동은 들었는지 말았는지 벌써 잡목림 속으로 들어갔다. 푸른 잎의 향기가 차갑게 흐르고 있었다. 새들이 나뭇가지에서 나뭇가지로 날아다니며 지저귀는 소리를 내는 숲속을, 미키오는 제일 앞장서서 걸어갔다.

나뭇가지 사이로 흘러들어오는 햇빛이 일행의 얼굴 위에 언뜻언뜻 무늬를 만들어 냈다.

"이 주변은 들판인지 숲인지 전혀 알 수가 없어요. 산 위 같지는 않지 않아요?"

아카시는 이렇게 물었다.

"그렇지. 이곳은 계곡도 있고 산도 있고 밭도 있어서 헷갈리지. 이곳에서 전쟁이라도 한다면 공격하는 쪽은 익숙하지 않아서 반드시 지게 되어 있다고. 요리토모(賴朝)가 훌륭한 것은 무엇보다도 이렇게 산으로 둘러싸인 지역을 선택했다는 거지."

마치 전술가라도 되는 양 이런 이야기를 하는 미키오의 뒤에 있던 유키코는 기모노 자락이 가시에 걸려 버리고 말았다.

미키오는, 부드럽고 진한 초록색 초원이 눈 아래 바다로 미끄러져 내려가는 끝 쪽으로 일행을 데리고 갔다.

"어머나, 여기는 현기증이 나요."

유키코는 무서운 듯이 그렇게 말하면서도 수백 척이나 아래에 있는 바다 쪽으로 다리를 내놓고 걸터앉았다.

"쇼난(湘南)에서 가장 절경인 곳이 바로 이곳이야."

미키오는 이렇게 말했다. 미풍이 불자 단애(斷崖)를 뒤덮은 사방의 풀들이 아래쪽에서 역방향으로 일렁거리며 나부꼈다.

"조망이 이상적인 곳에 오면 아무 말도 하고 싶지 않고 그저 졸려워지는 것은 왜일까?"

아카시는 이렇게 말하며 실눈을 떠 보였다.

"인간 만사 그런 거지 뭐. 이상이 눈 앞에 나타나면 사람은 죽은 것이나 마찬가지야."

"저쪽에 보이는 것은 오시마(大島)겠지?"

"그렇지. 저기에 가면 잠들기 보다는 죽고 싶어지니까 멋진 곳이야. 나 같은 사람은 한 번이라도 좋으니까 평생에 한 번 죽어보고 싶어."

"그러니까 그게 이상인 거지?"

아카시가 이렇게 말했다. 그러자 미키오도 사다코도 동시에 웃음을 터뜨렸다.

"이제 저쪽으로 가자구. 나는 이렇게 졸려워지는 곳은 질색이야."

아카시는 일어섰다.

(1935.4.2)

34회

4의 13

단애의 끝을 휘 돌아 오른쪽으로 나오니 햇살을 받아 빛나던 태평양은 이미 보이지 않는다. 그 대신 강어귀에 감싸인 즈시 마을이 단애 바로 아래 그늘 속에서 나타났다.

미키오와 사다코는 그곳에서 유키코와 아카시하고 헤어지기로 했다.

"그럼, 아카시, 유키코 씨 잘 부탁해. 무사히 잘 바래다주길 바래."

미키오가 이렇게 말하자, 아카시는 얼굴을 붉히며 사다코에게 말했다.

"걱정 마세요."

"부디 잘 부탁드립니다."

"그럼, 잘 있어 언니."

유키코는 언니에게 인사를 했다. 아카시와 유키코는 경사가 급하고 좁은 언덕길을 내려갔다. 미키오와 사다코는 언제까지고 서서 미소를 지으며 두 사람이 내려가는 것을 위에서 지켜보고 있었다.

아래에 도착한 아카시와 유키코는 역쪽으로 가서 전차로 요코하마(横浜)까지 가기로 했다. 도중에 유키코는 끊임없이 즐거운 듯이 아카시에게 이야기를 했다. 그러나 아카시는 둘이 되자 의외로 유키코와 함께 있는 것이 부끄러워졌다.

전차로 요코하마까지 가자, 유키코는 아직 시간이 이르니까 야마시타공원(山下公園)을 가자고 했다.

　두 사람은 버스로 야마시타 공원에 도착해서 공원 안으로 들어갔다. 이곳 공원은 외국기선이나 화물선이 정박하고 있는 해안을 따라 길게 이어져 있는, 부두의 휴게소 같은 곳이었다.

　두 사람은 바다를 바라보면서 외국인들이 산책을 하고 있는 잔디 사이를 걸었다. 기름이 잔뜩 떠 있는 항구의 풍경은 유키코를 더 한층 즐겁고 명랑하게 만들었다.

　"여기에서 쉬죠."

　유키코는 해안 벤치에 앉았다. 그는 이제 더 이상 할 이야기가 아무것도 없어서 측량선이나 둔중하게 움직이고 있는 기중기, 출발하는 배, 부두에 정박해 있는 기선에 씌인 글씨 등을 그냥 멍하니 바라보고 있었다. 그러자, 즐거운 마음이 들면서도 한편으로는 마치 꿈과 같은 일말의 쓸쓸함이 가슴속에서 배어나왔다.

　"오늘 당신하고 오길 정말 잘했어."

　"저도요. 이제 일요일에 가끔씩 이곳에 와요. 그래도 오늘은 꽤 많이 걸었어요. 한 바퀴 휙 돌았어요. 당신, 힘드세요?"

　"아니요, 힘은 들지 않지만, 이런 곳을 보고 있으면 어쩐지 슬퍼져요."

　"저도요. 왜 그럴까요?"

　"이 바다 저쪽 끝에 아직 우리가 모르는 나라가 수없이 많이 있다고 생각하기 때문이에요."

　"그럴까요?"

"이곳에서 슬슬 돌아다니는 어른들은 다 그럴 거예요. 일종의 불가사의한 병에 걸려 있어요."

"그럼, 이곳 공원은 병원 같은 것이네요."

유키코는 진지한 표정으로 바다를 바라보며 말했다.

"그래요. 당신 멋진 말을 했어요. 하지만 진정한 행복이라는 것은 지금 여기에 있는 것처럼, 이렇게 어쩐지 슬픈 것이라고 생각해요."

"그럼 진정한 행복은 모두 병이 드는 건가요?"

"하하하하. 그건 그렇군요."

아카시는 자기도 모르게 웃었지만, 마음속으로는 행복이라는 것은 역시 일종의 병과 같은 것이라며 깊이 수긍을 했다.

(1935.4.3)

35회

4의 14

"하지만, 매일매일 이곳에 와서 이렇게 하고 있으면 병도 나아 버릴 거예요."

유키코는 아카시를 올려다보며 이렇게 말했다. 행복이라는 것은 병과 같은 것이라고 한 후에 한 말이었기에, 유키코의 말은 생각해 보면 깊은 뜻이 있는 것 같았다.

"그래요. 하지만 그 병은 점점 더 위중해 질지도 몰라요."

유키코가 어떻게 생각할까 하여, 아카시는 나름 생각을 하고 한 말인데, 유키코는 말없이 그저 조용히 미소를 짓고 있을 뿐이었다.

그러나 아카시는 지금과 같이 이렇게 조용하고 수심을 띤 괴로운 행복감은 평생 두 번 다시 못 느낄 것이라 생각했다. 그러자 그는 점점 깊어져가는 봄날의 시냇물처럼, 마음이 쓸쓸하게 녹아서 수평선 저쪽으로 흘러가는 것 같았다.

"어머, 저기에 장미가 피어 있네. 저기로 가요."

유키코는 이렇게 말을 하며 일어섰다. 아카시와 유키코는 잔디 가운데 있는 석조 정자로 걸어갔다.

영국인으로 보이는 노부부가 마찬가지로 장미꽃이 흐드러지게 피어 있는 화단 쪽으로 다가왔다. 그리고 부인 쪽은 유키코를 보고 뭔가 속삭였다.

유키코는 정자에 가서 돌기둥을 타고 올라간 장미꽃을 한 송이 한 송이 둘러보며 돌아다녔다. 아카시는 정자 뒤쪽으로 가서 바닷기운이 가득한 허공에 환하게 떠 있는 듯 서 있는 유키코를 이 세상 사람이 아닌 것처럼 감동을 하며 바라보고 있었다.

"아아, 아름다워라."

유키코는 감탄을 했다.

녹색을 띤 잔디 위에 군데군데 피어 있는 붉은 장미 주위를 정신없이 바라보고 있는 유키코의 모습은, 아카시에게는 행복이란 바로 이와 같은 한순간의 그림이 아니고 무엇이겠는가 하고 생각하게 하는 것이었다.

"아카시 씨, 뭐하고 계세요? 어서 오세요."

잠시 후에 유키코는 뒤를 돌아보며 말했다.

아카시는 장미꽃 앞에 있는 벤치에 자랑스럽게 앉아 있는 유키코를 보자 문득 재미있다는 생각이 들어서 장난을 하고 싶어졌다.

"모든 것이 당신 것 같은 표정을 하고 있어요. 당신은."

"제 것이에요. 이 꽃은 모두."

아카시는 유키코와 나란히 앉았다.

그러나 그는 지금 자신이 세상 젊은이들이 몽상해 마지않는 감미로운 이 광경의 한 복판에 있다고 생각하니, 꿈이 아닌가 싶어 주변을 둘러보았다.

'이야, 이건 꿈이야, 확실히. 꿈이라면 깨지 않았으면 좋겠어.'

이렇게 생각하면서 옆을 돌아보았다. 유키코의 매끄러운 목선이 바로 옆으로 다가와 은은한 향기를 풍기고 있었다. 숨이 막힐 듯한 행복감에 아카시는 몸을 뒤로 젖혔다. 그리고 과거도 미래도 머릿속에서 사라져 버렸으면 하며 꼼짝도 하지 않고 두려운 듯이 그저 멍하니 눈을 뜨고 바라보았다. 그런데, 그 때 문득 어디서 몰래 파고들어 왔는지 사야마의 모습이 뇌리 속에서 번득였다. 그리고, 교코가—

'아아, 정말 재수가 없네. 지금 이 시점에 교코가 떠오르다니.'

그는 마음대로 되지 않는 자신의 머리가 불행의 원인이라고 생각했다.

'하지만 나는 움직이지 않을 거야. 이제는 필사적이지. 여기에서 움직이면 이제 꿈이 아니게 돼. 내일부터는 다시 비료회사의 현실이

기다리고 있어.'

그는 눈을 감고 심호흡을 했다.

(1935.4.4)

36회

4의 15

미키오와 사다코는 깎아지른 듯한 바위 산 위에서 절벽 아래 즈시 마을로 점점 작아져 가는 유키코와 아카시의 모습을 내려다보고 있었다.

"사다코 씨, 저 두 사람은 저대로 좋을 것 같은데, 당신은 어때요?"

미키오는 물었다. 사다코는 이 때 이미 미키오가 그 다음에 무슨 말을 할지 눈치를 챘는지 화제를 다른 곳으로 돌렸다.

"유키코는 행복하네요. 그렇죠? 이제 돌아가요."

두 사람은 숲속으로 되돌아갔다. 나무 사이로 축축한 공기가 떠돌고 햇빛은 아무데도 비치지 않았다.

"조용하네요. 전 지금까지 이런 곳이 있는 줄 몰랐어요."

"아직 이르니까 다시 한 번 바다가 보이는 저쪽 절벽까지 가지."

"저쪽은 무서워서 싫어요."

두 사람 앞에 늪이 나타났다. 미키오는 늪 안으로 돌을 던졌다. 하지만 문득 생각이 난 듯이 사다코 쪽을 돌아보더니 싱글거리며 말했다.

"사다코 씨, 저 두 사람이 왜 행복하다고 생각해요?"

"이제 그런 이야기 그만 해요. 저 같은 사람은 그런 생각을 하면 이런 일을 할 수 없게 돼요."

"그렇게 얼버무릴 일이 아니에요. 분명하게 대답하세요. 당신은 내가 아내 때문에 얼마나 험한 일을 당했는지 전혀 이해해 주지 않아요. 물론 나는 내가 하고 있는 짓이 잘 하는 짓이라고 생각하지는 않아요. 하지만 나도 잘 해보려고 한다는 것만큼은 당신도 이해해 주세요. 온갖 어려움을 헤쳐나가려는 제 결심만이라도 인정해 주면 좋잖아요."

"그래도 안 돼요."

사다코는 낮은 목소리로 말했다.

"왜죠? 왜 안 되죠?"

미키오의 눈빛은 갑자기 더 강렬하게 번득이고 있었다.

"이유 같은 것은 말씀드릴 수 없어요."

"그러니까 당신 말씀은, 내가 실연을 당하는 것이 싫어서 동정을 해서 적당히 대답을 해 두는 것이 상책이라는 것이죠? 그렇죠?"

사다코는 입을 다물고 아무 대답도 하지 않았다.

"네, 그렇죠?"

"그런 억지 말씀 하지 않으셔도 이제 충분히 아시잖아요."

"그럼, 나는 이제 자살을 해야겠군."

미키오는 얼굴이 시뻘개져서 외치듯이 말했다. 그는 사다코에게서 떨어져서는 혼자 바다에 면한 벼랑 쪽으로 걸어갔다.

"당신 또 그런 짓을 하시네요."

사다코는 당혹스러워하면서 미키오의 뒤를 쫓아갔다. 미키오는 아무 말 없이 성큼성큼 걸어갔다.

"이제 그만 하세요. 저, 당신이 이러시는 게 제일 싫어요. 그건 억지예요."

그러자 미키오는 갑자기 사다코의 팔을 잡았다. 그는 말없이 사다코를 벼랑 쪽으로 끌고 갔다.

(1935.4.5)

37회

4의 16

사다코는 미키오가 하는 짓이 또 예의 그 위협이라는 생각이 들어 별로 두렵지가 않았다. 그러나 지금은 위협이라고 해도 잠시 후 언제 진심으로 바뀔지 모른다는 생각이 들자, 지금은 미키오가 입을 다물고 있는 것이 불쾌했다.

미키오는 사다코의 팔을 잡아끈 채 나무 사이를 빠져 나와 갑자기 펼쳐진 벼랑 풀숲으로 들어가서 아래를 내려다보았다.

"됐어?"

미키오가 이렇게 말을 했지만 사다코는 상대도 하지 않고 냉정하게 대답했다.

"자, 어서 돌아가요."

그러자 미키오는 사다코의 손을 잡아 그 자리에 끌어다 엎어놓고 는 견딜 수 없는 고통에 엄습당한 듯이, 손에 힘을 주고 이를 부득부 득 갈기 시작했다.

"사다코 씨, 당신은 내가 지금 연극을 하고 있다고 생각하는 거네."

"저, 당신한테 이런 식으로 대우받고 싶지 않아요."

"그럼 어쩌라는 것이지?"

"저, 이제 돌아가고 싶어요."

미키오는 갑자기 사다코가 강하게 나오자 흠칫 하며 잠시 말없이 사다코의 손을 잡은 손에서 천천히 힘을 뺐다. 그러다 갑자기 그는 쓰 러져 있는 사다코의 머리에 자신의 머리를 갖다 댔다.

"사다코 씨, 제발 용서해 줘. 그 말만은 취소해 줘. 당신한테 그런 말을 들으면 나는 이제 끝장이야."

사다코는 말없이 풀 속에 얼굴을 묻은 채 움직이지 않았다.

"제발, 제발, 다시 한 번 뭐라고 말 좀 해 줘."

하지만 이 때 사다코는 더 한층 미키오에게 불쾌감을 느꼈다.

"저 돌아가고 싶어요."

할 수 있는 말이 없다는 듯이, 말없이 고개를 쳐들었다. 그는 다시 자신의 얼굴을 사다코의 얼굴에 찰싹 갖다대고 말했다.

"돌아가고 싶다니, 병원으로요? 집으로요?"

"제 집으로요."

이렇게 말하고 사다코는 얼굴을 미키오와 반대쪽 풀 속으로 홱 돌 렸다. 미키오의 얼굴은 한층 더 창백해졌다.

"왜 당신은 그렇게 나를 싫어하시는 거죠? 그 이유를 이야기해 주세요."

"저, 딱히."

사다코는 이렇게 말을 하려다 더 이상 말을 하고 싶지 않아졌다.

그러는 동안 머리를 내던지고 꼼짝하지 않던 미키오가 일어났는지, 사다코의 귀를 누르고 있던 풀이 사락사락 소리를 냈다. 그러나 사다코는 이제 미키오 쪽을 돌아보려고도 하지 않았다. 그러자 그녀의 눈에서는 까닭도 없이 눈물이 흐르고 있었다.

'왜 눈물이 나는 걸까? 아아, 하지만 울 수 있어서 좋아. 나 이렇게 사랑받고 있는데, 그런데 이렇게 싫다니 정말 미안해.'

사다코는 갑자기 피곤함이 느껴졌는지 일어날 기색을 보이지 않았다. 풀냄새에 섞여 교코의 모습과 눈빛이 떠올라 견딜 수가 없었다.

조용하던 풀이 바람에 날리고 서쪽으로 기울어가는 태양이 사다코의 눈을 날카롭게 비췄다. 사다코는 반신(半身)을 일으키더니, 다리를 쭉 뻗은 채 이제 오래 해오던 이 일도 이것으로 끝이구나 하며 눈 아래에 펼쳐진 바다를 내려다보며 한숨을 쉬었다.

(1935.4.6)

38회

4의 17

이제 지금은 미키오도 농담을 할 수 없게 되었다. 아무리 강고한 사다코라도 곧 자신의 애정에 마음이 움직일 것이라고 믿고 있었는데, 그것도 자기 착각이라는 것을 알게 되었다.

그는 사다코의 곁을 떠나 혼자 숲을 빠져나와 병원 쪽으로 돌아왔지만, 가슴은 종을 쳐 대듯이 어지러웠다.

그는 이를 악물고 흥분을 하여 얼굴이 새파래졌다. 자신이 어디를 걷고 있는지도 모르는 채, 가끔씩 나무 그루터기나 돌부리에 걸려 비틀거리며 밭 사이로 난 좁은 길로 나왔다. 짓밟힌 자존심은 절망으로 바뀌었다. 그러다 문득 그는 보리 밭 한 가운데 혼자 우뚝 서 있는 자신을 발견했다. 가슴은 한기에 휩싸여 몸이 덜덜 떨렸다.

'잠깐만. 이것 참 슬프군. 음, 맞아. 나는 이제 버림받은 거야.'

그는 히죽히죽 웃었다. 하지만 곧 다시 새파래져서 비틀비틀 주위를 둘러보았다.

"음, 버린 받은 것이란 말인가? 그래 꼴좋다."

혼자 중얼거리며 다시 숲속으로 가다가 나무 밑둥에 다리가 걸려 풀썩 넘어졌다. 그 바람에 옆구리가 탁 부딪혔는데, 이제 일어나는 것도 귀찮았다.

'에라, 될 대로 되라지.'

미키오는 생각했다. 그는 풀 위에 벌러덩 누워 일어날 생각도 하지 않았다. 신체는 널부러져 널빤지같았고, 누군가 지금 때려주는 사람이 있으면 흠씬 두들겨 맞고 싶은 기분까지 들었다.

'아아, 나는 이성을 잃었어. 아니 그런 게 무슨 소용이야?'

그러다 그의 마음은 갑자기 평정을 되찾았다. 그러자 지금까지 그렇지 않았던 하늘이 다른 무엇보다 아름답게 보이기 시작했다.

'아, 나는 저렇게 될 수 없는 것일까?'

그는 이렇게 생각했다. 하지만, 곧 다시 절망의 고통이 가슴 속에서 날뛰기 시작했다. 미키오는 벌떡 일어나더니 여기저기 성큼성큼 돌아다녔다.

'나는 왜 걷고 있는 거지? 어디로 가려고 하는 거지?'

그러나 그는 여전히 여기저기 돌아다녔다. 그리고 어느새 병원 마당에 내려와서 복도를 빠른 걸음으로 통과하여 자기 방으로 뛰어들어갔다.

그러자 방안에서는 사야마가 아직 돌아가지 않고 혼자 멍하니 의자에 앉아 기다리고 있었다. 미키오는 말없이 침대 안으로 기어들어갔다.

"어이, 아카시와 유키코 씨는 어디로 갔어?"

사야마가 물었다. 미키오는 말이 없었다.

"벌써 한 시간이나 기다렸어. 혼자 남겨 두고 너무 하는 것 아냐?"

미키오는 갑자기 일어났다. 그리고 입을 다문 채 사야마의 얼굴을 가만히 바라보고나서 갑자기 웃기 시작했다.

"하하하하."

사야마는 무슨 일인가 하는 표정으로 미키오를 보다가 점점 새파랗게 질려서 질린 얼굴로 외쳐댔다.

"바보 취급 하지 마."

"바보지."

미키오는 대답했다. 사야마는 미키오에게 달려들었다.

(1935.4.7)

39회

4의 18

미키오는 침대 위에서 사야마 밑에 깔렸으나 아무런 저항도 하지 못했다. 사야마는 미키오의 뺨을 두세 대 연속해서 때렸다. 그러나 미키오는 자못 기분이 좋은 듯 깔깔대고 웃을 뿐이었다.

그러는 사이 사야마도 맥이 풀려 때리기를 그만두었지만, 무슨 일인지 잘 모르겠다는 듯, 이번에는 갑자기 미키오가 누워 있는 모습을 멍하니 바라보고 있다.

"무슨 일인가?"

사야마는 이제야 처음으로 물었다.

"아니, 아무 일도 아니네. 자네에게 맞고 생기를 찾았을 뿐이네. 돌아가게, 이제."

"이상한 녀석이군."

"어쨌든 상관없잖나. 그 정도 때렸으면 이제 분이 풀렸겠지."

사야마는 입을 다물고 있다가 모자를 집어 들기는 했지만, 여전히 의아스러운 표정으로 미키오의 얼굴을 바라보며 돌아가려 들지 않았다.

"대체 어찌된 일인가? 영문을 모르겠네."

"왜 귀찮게 구나. 보면 알 것 아닌가?"

"엄청 기다렸다구. 산 위에 올라가서 한 바퀴 찾아보고 내려와서 또 한 번 돌았지. 완전히 지쳤다구."

"이보게, 사야마."

미키오는 다시 일어났다.

"무슨 일인가?"

"이번엔 내게 맞아 줘."

사야마는 입을 살짝 벌렸지만 아무 대답도 하지 않았다.

"괜찮겠나?"

"하지만 잘못은 자네가 하지 않았나?"

"누가 잘못을 했든 상관없어."

"그럴 때 웃는 자식이 어딨나? 사람을 그렇게나 기다리게 하고 말이네."

"아무도 기다리라고 한 사람은 없지 않은가?"

"하지만 신경에 거슬렸다고. 모두 한통속이 되어서 말야. 나는 오늘은 교코 씨 일로 꼭 하고 싶은 말이 있어서 왔으니까 이야기를 하지 않고서는 돌아갈 수 없네."

"교코 이야기는 다음에 해 주게. 나는 생각하고 싶지 않네."

"하지만 자네는 들을 의무가 있네. 자네는 아카시 자식의 농간으로 나를 오해하고 있는 거라구."

"아니, 그렇지 않아. 이제 오늘은 그만 돌아가 주게. 제발 부탁이네."

미키오는 진지한 표정으로 부탁했다.

"아카시 자식, 어디 갔어?"

"벌써 돌아갔어."

"돌아갔다구?"

사야마는 되묻더니 순식간에 얼굴에 노기를 띠었다.

"그 자식, 대체 얼마나 교활한 자식이지? 그 자식은 나한테만 죄를 다 뒤집어 씌었다고."

"그런 것 아니네."

"아니, 자네들 공모한 건가?"

"우리들이 공모를 했다면, 자네는 공모하지 않았으면 되는 것 아닌가?"

사야마는 무슨 말인가 하려다가 말문이 콱 막혔는지 그냥 안절부절 못하며 모자를 썼다.

"그래서 대체 잘했다는 것인가?"

사야마는 고함을 질렀다.

"이제 귀찮아. 불만이 있으면 편지로 해 주게. 나는 오늘은 액일이라서 말이네. 이제 목소리도 안 나와. 이 얼굴을 좀 보라구. 아직도 모르겠나?"

"하지만 좀 듣기라도 해 주게."

"귀찮대두."

미키오는 고함을 지르더니 옆에 있던 책을 집어들어 사야마에게 던졌다. 그러나 사야마는 여전히 움직이지 않았다.

(1935.4.8)

40회

4의 19

미키오는 이제 제정신이 아닌 것 같았다. 그는 다음에 뭔가 사야마에게 던질 것이 더 없나 하고 둘러보다가 문득 손거울이 눈에 들어오자 그것을 집으려고 침대에서 몸을 쭉 뻗었다.

사야마는 그것을 제압하며 사과를 했다.

"이제 좀 얌전히 있는 게 어떤가? 때린 것은 내가 잘 못 했으니 미안하네. 미안해."

"그럼, 돌아가."

"미안해. 돌아갈 테니까 진정하게. 그럼 나도 돌아갈 수 없지 않은가?"

사야마는 미키오를 안아 올리듯 하여 다시 침대 위에 눕혔다. 미키오는 이불을 확 뒤집어쓰더니 사야마에게서 등을 돌렸다.

"그럼, 실례하겠네. 오늘은 내가 확실히 잘못했으니 용서해 주게.

알았지?"

사야마는 이렇게 말을 하고는 미키오의 대답도 기다리지 않고 방 밖으로 나갔다. 그는 복도를 걸으며 대체 자신이 여기를 왜 왔는지 알 수가 없다고 생각했다. 미키오의 병문안을 왔으면서 그 환자를 네다섯 대나 때린 것이었다.

사야마는 근본이 양가의 장남으로 화가 나면 앞뒤 가리지 않고 사람을 때리는 나쁜 버릇이 있지만, 나중에는 상당히 후회를 하며 늘 풀이 죽어 버리는 것이었다. 이런 남자이므로 남들이 하는 말을 잘 믿고 늘 속았다. 속고나면 달콤했던 말이 억울하게 느껴져 어쨌든 완력이 앞서게 되었다.

그러나 이런 성격의 인물은 어느새 그에 상응하는 처세술도 몸에 익히기 마련이다. 그 처세술이란 바로 세상일이 잘 이해가 안 될 때는 버럭 화를 내면 나중에 어떻게든 된다고 생각하는 습관을 들이는 것이다.

지금도 사야마는 미키오를 때린 것을 후회하면서도 어쩐지 속이 후련해졌다.

그 때 사다코가 복도를 돌아서 돌아왔다.

"어머, 이제 돌아가세요?"

"아, 예, 돌아갑니다. 기다렸어요. 한참을 기다렸어요."

사야마는 이렇게 말을 하는 순간, 문득 미키오에게 하지 못 한 말을 이 사다코에게 해서, 그녀를 통해 미키오에게 전달하는 것도 한 가지 방법이겠구나 하고 생각했다. 특히 교코와 미키오 사이가 파탄이 난 원인 중 하나에 사다코도 있으니까 사다코에게 진상을 이야기하는 것도 오해를 푸는 유력한 수단이 될 것이라고 생각했다.

"사다코 씨, 잠깐 제 이야기 좀 들어주지 않겠습니까? 미키오에게 이야기하려고 왔는데, 무슨 일인지 오늘은 화를 펄펄 내서 도저히 어찌해야 할지 모르겠습니다. 그래서 말이죠. 당신이 제 이야기를 듣고 해도 괜찮은 말만이라도 전해 주시면 대단히 고마울 것 같습니다. 어떠세요?"

"예, 하지만, 제가 들어서 알 수 있을까요?"

사다코는 거절할 생각으로 한 말이었지만, 사야마는 그것을 눈치채지 못했다.

"아니 당신이 딱 좋아요. 잠깐 응접실로 와 주시겠어요?"

이렇게 부탁을 하고 사야마는 벌써 앞장서서 걷기 시작했다. 사다코도 마지못해 뒤를 따라갔다. 응접실에 들어가자 사야마는 갑자기 말을 꺼냈다.

"오늘 저는 아키시를 두 대, 미키오를 네다섯 대 때렸어요."

"어머, 무슨 일이세요?"

사다코는 깜짝 놀란 듯이 물었지만, 싱글벙글 웃는 사야마를 보니 이상하게도 불안한 기분이 사라지는 것이었다.

(1935.4.9)

41회

4의 20

사야마는 테이블을 사이에 두고 앉은 사다코에게 이야기했다.

"내가 아카시를 때린 것은, 그것은 이유가 있어서입니다. 나는 당신도 알고 있을지 모르겠지만, 미키오의 아내와 이상하게 엮였습니다. 이상하다고 해도 뭐 딱히 이렇다 할 만한 관계는 아닙니다. 미키오가 병원에서 너무 오랫동안 돌아오지 않아서 아마 외로울 거라 생각해서 결국 위로를 하러 놀러 갔습니다. 그런데 어쨌든 그 상대가 여자니 센티멘탈해진 거죠. 조금 더 계세요, 조금 더 계세요 하고 상냥하게 굴더라구요. 그래서 나도, 이제 곧 미키오도 돌아오겠죠, 조금만 더 참아 보세요 라는 식으로, 몇 번 놀러 갔어요. 그런데 어느새 미키오에게는 애인이 생겼고, 그 상대는 당신이라는 거예요. 이상하다 하고 있는데, 이번에는 결국 미키오하고는 헤어졌다는 거예요. 그러더니 또 그 다음에는 미키오하고는 헤어질 거라는 거예요. 뭐가 뭔지 알 수가 없어서 멍하니 있었는데, 앞으로 하루에 한 번은 와 달라, 그렇지 않으면 나도 어찌해야 할지 모르겠다, 일이 이렇게 된 거예요. 그래서 그만, 저도 어지간히 어리숙하게도 부지런히 의논상대를 하러 다녔죠. 그런데 그러는 사이에 교코가 불쌍해졌어요. 앞으로 혼자 살아가기에는 아직 젊고, 미키오도 뒷일을 걱정하지 않아도 되니까, 그럼 결혼을 해 줄까, 뭐 그런 생각을 하기에 이른 겁니다. 그런데 도중에 아카시 자식이 나보다 앞서서 교코 씨를 동정했다는 사실을 알게 된 것이에요. 그것도 말입니다. 단순한 동정이라면 그것도 나름대로 저도 찬성을 하겠습니다만, 아카시는 교코 씨가 부담스러워지자 책임을 회피하고 싶었고, 내가 나타나자 잘 됐다 싶어 미키오에게 보고를 했는데, 자기 혼자 착한 사람처럼 보고를 하는, 그런 비겁한 태도로 나오는 거예요. 나도 이렇게 당하고 보니 화가 나기도 해서 그래서 오늘 패 주었는데, 정신을 차리고 보니 미키오와 아카시는 공모를 한 것이지 뭡니까? 오늘도 나만 혼자 내버려 두고, 그렇게 박정한 짓을 하면 안 되는 것 아닌가요?"

사다코는 아무 말 없이 듣고만 있다가 입을 떼었다.

"뭐죠. 말씀을 듣다보니, 모두 제가 잘못한 것 같습니다. 하지만 저는 간호사니까 환자를 간병을 했을 뿐, 남의 가정에 대해 이러쿵저러쿵 한 일은 전혀 없어요. 저 방금 전에도 한 번 데라시마 씨 부인을 만나서 환자를 인수인계하라고 부탁드릴까 하고 결심을 했거든요."

"아니, 뭐 내가 당신에게 그런 말을 하러 온 것은 아닙니다."

사야마는 당황해하면서 대답했다.

"아니요, 그것은 저도 이미 잘 알고 있지만, 저로서는 일단 그 이야기만은 부인의 귀에 들어갔으면 해서 말씀을 드렸을 뿐입니다."

"이것 참 곤란하군."

사야마는 생각지도 못한 혼란에 빠진 듯, 목덜미를 아무렇게나 긁어댔다.

"저는 말이죠, 저는 제 나름대로 당신이 저와 교코 씨는 아무 사이도 아니라고, 단지 그 말을 당신이 이미키오에게 전해 주었으면 하는 마음뿐입니다."

(1935.4.10)

42회

4의 21

"그 말씀은 제가 데라시마 씨에게 잘 전하겠습니다. 하지만 제가 말씀을 드리면, 그 분이 정말로 믿으실까요?"

사다코는 이렇게 대답하며 쾌활해 보이는 사야마의 얼굴을 바라보았다

"그래요. 하지만, 그게 말이죠. 데라시마와 교코 씨가 다시 한 번 전처럼 부부로 돌아가지 않는다고 할 수도 없으니까, 만약 그런 일이 생겼을 때 제가 의심을 받게 된다면, 그것은 정말 몹시 불쾌해서요. 물론 내가 의심을 받아도 어쩔 수 없게끔, 아카시라는 친구가 사이에 있어서 웬만한 변명으로는 도저히 변명이 되지 않을 것입니다. 그래서 저도 흥분을 해서 찾아온 것입니다만, 정말이지 오늘 같아서는 참을 수가 없었습니다."

"하지만, 그런 일은 걱정하지 않으셔도 때가 되면 알게 될 것이라고 생각합니다."

그러자 사야마는 갑자기 얼굴을 붉히며 이야기를 이었다.

"하지만 그게 말이에요. 제 감정도 교코 씨 때문에 좀 움직이기는

천사 351

움직였어요. 하지만 움직였다는 이야기를 하지 않고 그것이 아무것도 아니라고 설명하려고 하니, 아무래도 저는 말재주가 없어서 제대로 이야기를 못 하겠어요. 자칫 말을 잘못 했다가는, 정작 제일 중요한 부분을 이해해 주지 않게 될 것이고 내 마음이 움직였다는 사실만 알리게 되어 뒤죽박죽이 되고 말 거예요. 그래서 그만 폭력을 쓰게 된 것이에요. 아, 오늘은 폭력을 썼어요, 폭력을."

이렇게 말을 하고 사야마는 웃음을 터뜨렸다.

사다코도 재미있어서 같이 웃기는 했지만, 갑자기 다시 아름다운 입가에 긴장감이 돌았다.

"저 정말로 부인께는 죄송하게 생각하고 있어요. 저 내일이라도 도쿄의 댁으로 찾아뵙고 부인께 데라시마 씨를 넘겨받으라고 부탁할까 하는데, 어떻게 생각하세요?"

사야마는 사다코에게서 눈길을 돌리고 잠시 말없이 고개를 숙이고 있다.

"그거 뭐, 그렇게 해 봐야 소용없어요."

"왜죠?"

"아니, 이는 제 일이 아니에요. 나는 데라시마가 돌아와도 전혀 당황할 필요가 없어요."

"아니, 그런 뜻으로 드린 말씀이 아니에요."

"아, 그러세요. 어쨌든 뭐랄까, 그 부부는 둘 다 헤어지고 싶어 해요. 그래서, 그 사이에서 마음을 졸이는 사람이 손해를 보는 것이고 나 같은 꼴을 당하는 겁니다. 아카시 자식은 눈치가 빨라서 나보다 한

발 앞서 도망을 친 거죠. 이렇게 되면 뒤늦게까지 도망을 치지 못한 사람이 제일 한심한 꼴을 당하는 겁니다. 그래서 나는 아카시에게도 화가 났지만, 미키오에게도 화가 난 거예요. 돌아갈 거면 돌아가고 헤어질 거면 헤어져서 분명히 하면 될 것을, 뭐가 뭔지 알 수가 없어서 병문안을 왔어도 병문안을 온 기분이 나지 않아요."

"정말 그렇군요."

사다코도 수긍을 하며 고개를 숙였다. 그러자 갑자기 사야마는 흥분을 하며 말했다.

"게다가 실은 저, 고백을 하겠습니다만, 유키코 씨와 아카시가 함께 병원에 온 것이 너무 유감스러워 견딜 수가 없습니다. 나는 유키코 씨하고는 아카시보다 더 전부터 알고 있었거든요."

(1935.4.11)

43회

4의 22

사다코는 너무나 갑작스런 사야마의 이야기에 대답을 할 수가 없었다. 그러나 사야마는 더 한층 화가 난 듯이 얼굴이 시뻘개져서 말했다.

"나는 마치 아카시의 뒤만 쫓아다니며 흉내를 내는 것 같지만, 이는 내 잘못이 아닙니다. 나는 교코 씨의 처지를 동정을 하기는 했지만, 사랑한 것은 아닙니다. 하지만 유키코 씨에게는 뭐라 할까요, 사랑이라고 하면 안 되겠지만 당신에게서 받은 것과 같은 아름다운 정애의 감정을 느끼고 있습니다. 제가 이런 말을 하면 사다코 씨는 불쾌하게 생각하시겠지만, 저로서는 이 번 사건은 매우 괴롭습니다."

"그래도 그렇게 말씀하시면 교코 씨 너무 가여워요."

사다코는 미소를 지으며 말했다.

"그런데, 그게 그렇지가 않아요. 나는 단순한 남자라서 내 앞에 닥친 두 가지 문제 모두에 의해 마음이 움직인 것입니다. 하나는 교코 씨를 동정하는 마음이고 또 하나는 유키코 씨와 당신에게 애정을 느끼는 마음, 한 때는 이 두 가지 마음 중 내가 어느 쪽으로 더 강하게 마음이 동하는 것일까 하고 매일 생각했습니다. 그런데 저는 아무래도 사랑보다 동정 쪽으로 마음이 움직이는 성질인지 교코 씨에게 끌려갔습니다. 그러나 이런 일은 남들에게 이야기해 봤자 말도 안 되는 소리라고 오해를 받을 뿐이라서요. 어지간히 마음이 넓은 사람이 아니면 이야기하고 싶지 않은 문제에요."

"그래서, 사야마 씨는 이제 교코 씨를 동정할 필요가 없어졌다고 생각하시는 겁니까?"

사다코는 예리하지만 가벼운 어조로 질문을 했다.

"네, 말하자면 그런 거죠."

사야마는 이렇게 대답했지만, 아직 하고 싶은 말이 더 있다는 듯 안타깝게 사다코의 얼굴을 바라보고 있었다.

"그럼, 저는 아무래도 데라시마 씨 부인을 동정해야만 하겠어요.

데라시마 씨에게도 그렇고 아카시 씨에게도 그렇고 사야마 씨에게도 그렇고 그런 취급을 당하다니, 정말이지 부인이 딱해요. 뭐죠. 전부 저와 유키코 때문인 것처럼 되었네요."

"아니 그게 그 사람이 모두 잘못 한 거예요. 그것은 누구나 인정하는 바입니다만, 다만 제가 가장 늦게 그 사실을 깨달은 것뿐입니다."

"그래도 들은 이야기만으로는 부인은 아무 잘못이 없다고 생각해요."

"그렇지만 말이에요. 교코 씨가 늘 미키오와 헤어지고 싶어 하는 것이 잘못이에요. 게다가 미키오 역시 헤어지고 싶게 만든 것도 잘 한 것은 아니니까요."

"그렇다면, 데라시마 씨도 부인께 그런 마음이 들게 한 것은 잘 못 하신 것이라 생각해요."

"아니, 이제 부부 사이는 저는 잘 모르겠습니다. 복잡해서 머리가 아플 뿐입니다. 그런 일에 관여하느니 차라리 저는 당신이나 유키코 씨를 더 생각하며 나의 이 찌든 마음을 깨끗이 정화하고 싶어요."

이렇게 말하고 나자, 사야마의 눈은 갑자기 생기를 띠며 맑아졌다. 그러자 사다코도 말없이 고개를 숙였다.

"그럼, 이만, 안녕히."

사야마는 갑자기 얼굴이 새빨개져서 일어섰다.

"안녕히 가세요."

사다코는 작은 목소리로 인사를 했다.

(1935.4.12)

44회

4의 23

밤이 되자 미키오의 고통은 한층 더 심해졌다. 그것도 병원내의 공기가 아직 활기차고 떠들썩할 동안에는 기분 전환이 되었지만, 옆방 환자들이 하나둘 씩 잠이 들어 버리고 불이 꺼진 복도 구석에서 간호사들이 서서 소곤소곤 이야기할 무렵이 되면, 아, 이제부터 날이 새려면 얼마나 더 기다려야 할까 하는 생각이 드는 것이었다. 게다가 사다코와 미키오 모두 서로에게 말을 걸려 하지 않았다.

그러는 사이 사다코는 방을 정리하고 침상을 펴고 세수를 하러 갔다. 미키오는 침대에 누워 사다코와 이렇게 같은 방에서 자는 것도 이제 오늘 밤으로 끝이라고 생각했다. 내일이 되면 사다코는 집으로 돌아가기로 했다.

사다코는 세수를 하고 돌아와서는 정중하게 인사를 했다.

"안녕히 주무세요."

그러나 미키오는 말이 없다. 사다코는 침상에 들어가서 미키오에게 등을 돌리고 누웠다. 미키오는 이불을 덮은 그녀의 뒷모습을 바라보고 있었다. 그러자 다시 가슴이 조여 오는 것처럼 아파왔다. 그는 사다코가 보이지 않도록 벽 쪽으로 돌아누웠다.

'하지만, 만약 지금 사다코와 헤어지면 어떻게 되는 거지?'

미키오는 잠시 후 생각했다. 하지만 오늘처럼 사다코에게서 단호하게 차이고 보니, 새삼 마음을 다잡고 무슨 말을 하더라도 소용없다는 생각이 들었다.

'그렇다면,— 그렇다. 앞으로 무슨 힘으로 살아갈까?'

미키오는 벌떡 일어나 사다코에게 다가갈까 하고 결심했다. 그러나 자신이 사다코를 곁에 두는 것은 그녀의 노동력을 단지 금전으로 사는 것일 뿐이라고 생각했다. 사다코로서도 노력 봉사를 사랑의 봉사로 오해를 받으면 화를 내는 것이 당연한 것이다.

만사가 자신의 오해에서 비롯된 것이었다.—

미키오는 이런 사실을 깨닫기는 했지만, 사다코의 경우는 노력 봉사와 사랑의 봉사를 어떻게 구별하고 있을까 하고 생각했다.

물론 미키오는 사다코의 노력 봉사와 애정의 봉사를 혼동했다. 자신도 잘못은 잘못이라고 생각은 했다. 하지만 사다코도 자신이 오해를 하게끔 상냥하고 정성스럽게 간호를 한 것이 아닌가?

'그렇다면, 대체 오해를 한 내가 잘못한 것일까? 아니다. 상냥하고 정성스럽게 간호한 것, 그것이 잘못된 것이다. 악마가 아닌가?'

미키오는 결국은 이러한 비속한 결론에 달했다. 그렇지만 이 결론을 지금은 어찌 할 수가 없었다.

'나는 어느새 사다코에게 눈이 먼 것이다. 그렇다면 장님은 장님답게 행동하는 수밖에 없지 않은가?'

그렇다. 장님은 장님다워야 한다. 다시 이렇게 생각하자, 이제 그는 더 이상 유예를 할 수 없었다.

미키오는 침대에서 내려와 사다코의 머리맡에 가서, 무릎을 꿇었다. 그는 격해지는 호흡 소리를 들으면서 가만히 사다코의 뺨을 응시하며 앉아 있었다. 그러자 그는 너무나 침착하게 잠들어 있는 사다코의 이 휴식 시간에 대해 아무런 보수도 지불하지 않았음을 깨달았다.

두 사람 사이의 철칙은 금전이었던 것이다. 그러나 미키오의 심경은 지금은 터질 듯 고조되고 있을 뿐이었다.

(1935.4.13)

45회

4의 24

그러자 그 때 지금까지 조용히 누워 있던 사다코가 갑자기 일어나서 말을 꺼냈다.

"저, 내일 일 그만 두겠어요."

미키오는 말없이 사다코의 얼굴을 바라보고 있다. 사다코는 언제까지고 자신을 응시하는 미키오를 보고는 다시 베개에 얼굴을 댔다.

미키오는 지금은 그저 있는 힘을 다 짜내서 사다코를 설득하고자 결심했다.

"사다코 씨."

하지만 그는 그렇게 한 마디 하고는 무슨 말을 해야 할지 할 말이 없어서 사다코의 턱에 손을 대었다.

"사다코 씨, 당신은 오늘 왜 화를 냈죠?"

"화내지 않았어요."

사다코는 낮은 목소리로 대답했다.

"그럼 왜 그런 말을 하는 거예요?"

사다코는 대답을 하지 않았다.

"나는 오늘 당신에게 상당히 거칠게 굴었는데, 그것은 제가 어떻게든 사죄를 할 테니까 이제는 제발 좀 제 말을 들어 주세요."

미키오는 북받치는 감정을 있는 힘껏 억누르며 조용히 이야기했고, 그 목소리는 묘하게 불쌍하게 떨렸다. 그러자 그는 갑자기 자신의 떨리는 그 목소리가 견딜 수 없을 정도로 싫어졌다.

"사다코 씨."

그는 강하게 말했다.

"네."

"일어나 주지 않겠습니까?"

"네."

사다코는 마지못해 일어나서 미키오에게서 얼굴을 돌리고 이불 위에 앉았다.

"이제 내가 여기에서 말을 더 하는 것은 남자로서의 자존심도 다 버리는 것이라서 아무래도 이야기하기 거북하지만 말이에요. 나와 함께 이곳에서 조금 더 지내주지 않겠어요?"

"하지만 이제 저 아무리 친절하게 대해 주셔도 마찬가지라 생각해요."

"그건 알고 있지만, 아주 잠깐만이라도 괜찮아요."

"저, 당신에게 그런 말을 들어야 할 짓은 조금도 하지 않았다고 생각해요. 하지만 뭔가 그런 지저분한 짓을 했다면 용서해 주세요."

이제 더 이상 무슨 말을 하랴 하고 미키오는 생각했다. 그러자 격한 분노가 부글부글 끓어올랐다. 그는 말없이 사다코의 양 어깨를 있는 힘껏 잡았다. 그러나 사다코는 더 조용해져서 움직이지 않았다.

"당신은 인간의 감정이라는 것이 얼마나 소중한 것인지 모릅니까?"

"그야 잘 알죠. 하지만 저는 데라시마 씨가 건강해지셨으니 이제 제 역할도 이것으로 끝났다고 생각해요."

"내 입장에서는 그런 것은 아무래도 상관없어요. 그런 것이 고맙다면 나는 이곳에 있지 않아요."

미키오는 이제 자신이 어떻게 조용히 있을 수 있는지 이상할 정도였다.

"당신은 나를 형편없다고 생각할지도 모르지만, 잘 생각해 보세요. 그렇게 침착하게 있을 수 있는 당신이 더 형편없어요. 당신은 바보라구."

이렇게 외치자, 사다코는 옆으로 쓰러졌다가 다시 일어나서 더 한층 차분한 표정으로 미키오의 일그러진 얼굴을 응시하였다.

(1935.4.14)

46회

미키오는 이 때 문밖으로 달려나가려고 생각했다. 하지만 문득 그는 사다코가 왜 이렇게 돌처럼 냉정해졌는지를 생각했다.

"사다코 씨, 당신은 나의 아내를 생각해서, 그래서 내 곁에서 떠나려고 하는 것 아닌가요?"

"그야 당연히 부인 생각을 했죠. 하지만 제가 만약 데라시마 씨 말씀대로 하면 나중에 어찌 될 지 아무래도 생각해야 해요."

"아내와 제 사이에 대해서는 벌써 몇 번이나 이야기했잖아요."

"당신이 하시는 말씀은 아무것도 아니에요. 저는 당신이 부인을 그렇게 싫어하셨다면 애초에 결혼을 했을 리가 없다고 생각해요."

"아니, 그건 그렇지 않아. 나는 교코가 좋아서 결혼을 한 게 아니에요."

미키오는 당황해 하며 말했다.

"저, 데라시마 씨가 싫어하는 사람하고 결혼하실 분은 절대로 아니라고 생각해요. 만약 그 정도로 참을성이 있는 분이라면 저에게 이런 말씀 하실 리가 없다고 생각해요."

미키오는 입을 다물어 버렸다. 그러나 슬픔은 더 한층 엄습해 왔다. 사다코는 손을 무릎 위에 올려 놓은 채 고개를 숙이고 있다가, 다시 고개를 들고 말을 했다.

"그렇죠? 이제 주무세요. 감기에 걸리세요."

"내가 무슨 말을 하는지 당신 그렇게도 모르겠단 말인가요?"

"알고 있어요. 다."

"그렇다면."

"하지만 그것은 처음부터 말씀드린 대로예요. 제가 당신 말씀대로 했다가는 당신 부모님께 무슨 말씀을 들을지 이제 알겠어요. 그러니까, 이제 아무 말씀 마시고 저를 내일 돌려보내 주세요. 부탁이에요."

"하지만 그런 것은 아무것도 아니잖아요. 이미 여기까지 견뎌 왔잖아요."

"아니요, 그렇지 않아요. 저, 이런 일을 한지 벌써 2년이나 되는데, 가끔씩 데라시마 씨 같은 말씀을 하시는 분들이 계세요. 그래서 저는 어느새 제가 냉정해졌다는 사실을 깨닫기도 한답니다. 하지만 저는 평생 이렇게 살고 싶어요."

"그게 재미있어요?"

미키오는 얼굴에 씁쓸한 미소를 잔뜩 지으며 말했다.

"저, 외로울 뿐이에요."

"당신, 남자에게 이런 말 몇 번이나 하게 했어요?"

사다코는 원망스러운 듯이 미키오를 살짝 올려다보았지만, 눈물을 뚝뚝 흘리며 말없이 일어섰다. 미키오는 사다코의 손을 잡았다.

"어디 가는 거예요?"

"잠깐 저기 좀."

사다코는 미키오에게서 손을 억지로 빼내고 방 밖으로 나갔다. 미키오는 그녀가 돌아오기를 기다렸다. 몸이 부들부들 떨릴 정도로 추워졌다. 그러나 시간이 아무리 지나도 사다코는 돌아오지 않았다. 문득 미키오는 유리에 비친, 우두커니 서 있는 자신의 모습을 보았다.

'아, 이게 나였군.'

이런 생각이 들자 일그러진 추하고 더러운 모습에 그는 소리를 내어 울고 싶어졌다.

(1935.4.15)

47회

5의 1

미키오가 사다코와 헤어진 지 반년 만에 자기 집으로 돌아갔을 때는 도쿄 거리거리에는 벚꽃이 피어 있었다. 아내 교코는 아직 집에 있었지만, 이제 두 사람의 생활은 남편도 아니고 아내도 아니었다. 두 사람은 친구처럼 같은 집에 살면서 서로 각자의 생활을 하게 되었다. 그러나 그것도 서로 슬퍼하거나 으르렁거리는 단계는 지났기 때문에, 오히려 옆에서 보는 것만으로는 두 사람은 즐겁고 편안하며 행복한 생활을 하는 것으로 보였다.

어느 날 교코는 미키오에게 말했다.

"저 잠깐 친정에 가 있을게요."

미키오는 그것도 좋을 것이라며 바로 승낙을 했다.

그러나 교코가 없어지고 나자 미키오는 의외로 외로움이 느껴졌다. 지금까지는 매일 거슬린다고 생각했는데, 그것이 그렇지가 않아서 넓디넓은 다다미 방조차 어쩐지 축축한 느낌이 몸에 스며드는 느낌이었다.

그는 이럴 때면 항상 사다코의 모습이 염두에서 떠나지 않았다. 그러나 그야말로 사다코에게도 버림받고 아내에게도 버림받은 처지가 되자 건강해진 자신의 신체를 주체를 할 수 없게 되었다.

그는 이제 아침에 일어나면 무료함에 엄습당했다. 오늘은 무엇을 할까 하고 생각하면 정오까지는 정말 길게 느껴졌고, 점심식사가 끝나면 끝나는 대로 밤까지 무엇을 할까 하고 생각했다.

미키오는 그렇게 며칠 동안은 그저 하품만 하면서 지냈지만, 문득 어느 날 이제 사다코와도 헤어진 이상은 교코에게 이혼장을 써 줘도 이쪽에 거리낄 일은 없을 것이라는 생각이 들었다.

그는 분명히 교코가 그와 이혼하기를 바라고 있다고 생각했다. 그리고 그쪽이 두 사람 모두의 마음이 되돌아오지 않은 이상은 교코도 자신도 행복해 지는 길이라고 생각했다.

그는 오히려 너무 늦었다고 후회하며 펜을 들어 이혼장을 쓰기 위해 종이를 마주했다.

오랜 동안 신세를 졌지만, 당신은 나에게서 자유로워지는 것이 좋을 것 같습니다. 그러는 것이 당신을 괴롭히지 않는 방법이라 생각하고 이 편지를 씁니다. 나의 감정은 이제 새삼 쓸 필요가 없다고 생각하여 쓰지 않겠습니다. 하지만,

당신은 저에 대해 전혀 신경 쓰지 않기를 부디 부탁드립니다. 좋지 않은 상태에서 결혼하고 서로 인내할 만큼 인내했으니, 이제 우리 모두 더 이상 인내하는 것은 인간으로 태어나서 득이 되는 것도 아니고 또한 도덕에도 반하는 것이라 생각합니다. 당신과 나는 이제 더 이상 서로 상처를 줄 필요가 없습니다. 나는 당신과 헤어지는 것을 안타깝게 생각하지만, 이 편지를 쓰지 않으면 더 한층 슬픔이 깊어질 것이라 생각합니다.

두 사람의 만남이 서로에게 아무리 잘못된 것이었다 해도, 운이 나쁜 것을 슬퍼하고 한탄해도 소용없습니다. 하지만 불행이 그렇게 길지는 않겠지요. 다음에 이어지는 당신의 자유로운 생활은 반드시 행복하기를 기원합니다.

미키오는 이렇게 편지를 마치고 잠깐 생각을 했다. 그러나 갑자기, 그래, 이왕 파탄이 날 것이라면 이도 저도 모두 될 대로 되라지 하는 생각이 들었다. 그는 편지를 봉하고 나자 눈물이 뚝뚝 떨어졌다. 하지만 편지를 품속에 집어넣고 밖으로 나갔다.

(1935.4.16)

48회

5의 2

미키오는 교코에게 보내는 이혼장을 들고 그대로 아카시의 회사에 갔다. 그곳에서 그는 아카시를 불러내어 지하에 있는 레인보우에서 기다렸다.

이윽고 내려온 아카시는 싱글벙글 미소를 짓고 있었다.

"어이쿠, 벌써 돌아 왔나?"

"벌써 돌아왔나라니. 돌아온지가 언젠데."

"그런가, 그럼 왜 진작에 가르쳐 주지 않았나?"

"가르쳐 줄 생각이 나겠나? 이번에는 정말이지 험한 꼴을 당했네."

이렇게 말을 하고 미키오는 차를 주문했다.

"험한 꼴이라니 병 말고 말인가?"

"그야 물론이지. 사다코에게 당했네. 이제 괜찮을 거라고 잘난 척했지만, 그게 그렇지 않았네."

아카시는 아름다운 눈을 멍하니 하고는 말없이 생각에 잠겼다. 그러자 오히려 미키오 쪽이 생생하게 활기에 찬 어조로 다시 말했다.

"그래서 말이네. 교코가 지금 친정에 돌아가 있는데, 이혼장을 보내려고 여기에 가지고 왔네. 우편함에 넣기 전에 자네에게 한 번 의논을 하려고 하네."

"하지만, 그건 좀 기다리는 게 어떤가?"

아카시는 깜짝 놀란 듯이 말했다.

"기다리고 안 기다리고의 문제가 아니네. 이미 기다리고 기다리다 지친 상황이 아닌가?"

"하지만 돌아와서 교코를 만났겠지?"

"그야 만나기는 만났지. 하지만 아무래도 딱해서 말이네. 나는 사다코에게 험한 꼴을 당하고 머리가 엉망진창이 되어 돌아왔기 때문에, 아직 교코에게 애정이 있는 동안에 이혼장을 보내려고 하는 거네. 그러는 것이 같이 마음고생을 하며 살아온 처지이니 서로에게 좋다고 생각하네."

"하지만 그렇다면 더욱 더 조금만 더 기다리게."

"하지만 안 되네. 기다리면 기다릴수록 내가 교코에게 냉담해 질 것 같단 말이네. 그래서 아직 애정이 남아 있는 지금 이혼을 하는 쪽이 교코를 사랑하는 셈이 되기 때문이네."

"하지만 그건 그렇지 않네. 애정은 다시 전으로 돌아갈 거네."

"아니 돌아가지 않네. 식을 뿐이지. 설사 내 마음은 돌아간다 해도 그쪽이 돌아오지 않는다구."

"아니, 그것은 모르는 일이네. 자네도 참 어지간히 머리가 어떻게 되었군 그래. 장티푸스에 걸리면 정신이 이상해진다고 하던데 자네 이상하지 않은가?"

아카시는 이렇게 말하고 미키오의 얼굴을 바라보았다.

"머리는 이상해졌겠지. 확실히 정상은 아니네. 하지만, 이것은 뭐 장티푸스 탓이 아니네. 사다코 탓이네."

"그건 어떤지 모르겠네만, 티푸스도 티푸스군. 아니 두리번두리번

하고 있지 않은가?"

"아니, 이건 너무 오랜만에 시내 한 복판에 나와서 그러는 것이네."

"하지만, 자네 조금도 슬퍼 보이지 않네. 생기에 넘치고 있지 않나?"

"즉, 흥분하고 있는 거지. 나는 자네를 만나서 처음으로 기운이 났는데, 알겠나? 나 이거 부치겠네."

미키오는 자기 품속을 두드려 보였다.

"아니, 그건 좀 기다리라구."

아카시는 그를 말렸다.

(1935.4.17)

49회

5의 3

"기다리라니, 자네 교코에 대한 책임을 회피하는 것인가?"

미키오는 웃으며 말했다. 그러나 아카시는 눈을 가늘게 뜨고 얼굴에 이상한 긴장감을 드러내며 말했다.

"부부라는 것은 그렇게 간단하게 헤어지거나 떨어지거나 하는 것이 아니라고 생각하네. 만약 그렇게 단순한 것이라면 나는 자네가 없는 동안 교코와 나와의 관계로 전혀 괴로워할 필요가 없었을 것이네."

"그러니까 교코에게 보내는 이혼장을 자네에게 맡겨 두겠네. 그러면 되겠지? 어쨌든 교코는 뭐니뭐니 해도 전에는 자네의 애인이었으니까 말이네. 자네에게도 책임이 전혀 없다고 할 수 없네.”

“그럼, 만약 교코 씨가 그 이혼장을 받기 싫다고 하면 자네는 어쩔 셈인가?”

“그럼 내가 다시 거두지 뭐.”

“그럼 뭔가.”

아카시는 강렬한 눈으로 미키오를 바라보았다.

“자네는 사다코 씨하고 결혼하고 싶은 의욕도 없어진 것인가?”

“사다코에게는 내 말이 통하지 않아. 상대가 결혼을 하겠다고 하면 그야 나는 결혼할 생각이 충분히 있지. 그러나 그것은 이제 불가능하네. 그러니까 내가 교코에게 이혼장을 쓴 것도 굳이 교코가 사다코에게 진 것이라고 생각하지 않아도 되는 지금이 교코에게는 딱 좋을 때라고 생각하네.”

듣고 보니 미키오의 입장에서는 그것도 당연하다고 아카시는 생각했다. 그렇다고 해서 자신이 지금 그 이혼장의 책임을 지는 것에는 망설이지 않을 수 없었다.

“그야, 내가 지금 교코 씨에게 전과 같이 희망이나 애정을 느끼고 있을 때라면 나도 자네 심부름으로 이혼장을 가지고 가겠지만, 지금은 아무런 교섭도 하지 않아서 말이네. 오히려 그런 심부름은 사야마가 적임이네.”

그러자 미키오는 다시 웃으며 말했다.

“자네들은, 라고 해도 나도 헷갈리기는 하지만, 마치 릴레이경주처럼 이혼장을 들고 이 사람에서 저 사람에게로 건네야 할 운명에 있는 것인가? 그렇다면 사야마는 대체 누구에게 건네면 되는 것인가?"

"그런 건 모르지만, 사야마도 교코 씨와 나에게 화를 내고 있는 것을 보면, 아직 다음 바톤을 넘길 사람은 있을지도 모르지. 하지만 어쨌든 처음에 교코 씨를 나에게서 빼앗은 것은 데라시마 자네니까 가장 중요한 인물은 자네네. 교코 씨에게는 죄가 전혀 없다고 생각하네. 여성에게 죄 같은 것은 없지. 아무것도 모르니까 말이네."

아카시는 이렇게 말하고 뒤로 기대어 괴로운 듯 이마를 두드렸다.

"그야 나도 교코 씨에게 죄는 없다고 생각하네. 교코의 아버지도 우리 아버지도 의리 때문에 무리를 하는 바람에 양쪽 자식들이 모두 이런 지경에 처한 것이지. 그런데 말이네, 그래도 부모님들은 잘 된 줄 알고 포기하지 않고 있다네. 양쪽 아버지 모두 이번에는 공동으로 백화점을 열겠다고 하니 말이네."

"그렇다면 더더욱 지금 이혼은 할 수 없지 않는가 말이네."

아카시는 눈을 크게 뜨며 말했다.

"아니 그렇게 되면 점점 더 이혼하기가 더 어려워질테니까, 지금이 더 나을 거네. 무슨 일이든 적당한 때가 있는 법이거든."

(1935.4.18)

50회

5의 4

"자네와 교코 씨에 대해서는 양쪽 아버님들은 아직 모르시지?"

아카시는 미키오에게 물었다.

"모르겠지. 이야기를 들으시면 우리 아버지는 당장 달려오시겠지. 그러나 내가 이 때 마음 크게 먹고 교코에게 이혼장을 보내면 그쪽 집안하고 우리 집안은 인연이 끊어지는 것이지. 이는 자식들 입장에서는 잘 된 것이라 생각하네. 왜냐 하면 그렇게 되면 우리 집안하고 교코의 집안하고는 싸움이 날 거네. 다른 일도 아니고 자식 일로 싸움이 나면 양쪽 아버지 모두 쉽게 마음을 접는 것만이 아니라네. 우리 아버지는 평생 교코의 아버지에게 예, 예 하며 머리를 숙이지 않아도 되게 되는 것이지. 부모 대에서 한 번 다른 사람에게 은혜를 입으면 자식대에까지 여전히 영향을 미치는 거지. 그 영향이 줄어드는 것은 손자 대나 되어야 하네. 나는 아직 자식 대라서 가장 힘이 드는 거네. 나는 교코 때문에 오랫동안 가만히 참고 그녀가 원하는 대로 맞춰서 살아왔는데, 나는 이렇게 참고 사느니 차라리 가난하게 사는 것이 훨씬 낫다고 생각하네."

"그럼 내가 이혼장을 가지고 가주겠네."

아카시는 분명하게 말했다.

"그렇게 해 주게. 자네가 가지고 가주면 나의 여러 가지 복잡한 기분도 가장 잘 전달이 될 것이라 생각하네. 물론 이혼장은 싫다고 하면 다시 받아 두겠지만 말이네. 하지만 가급적 싫다는 말이 나오지 않

게 해 주게. 교코도 역시 분명히 애인이 생겼을 테니 말이네. 반가워
할 것이라 생각하지만 자네도 조심하게. 자네한테 또 달려들지 말라
는 법도 없으니 말야.”

미키오는 진지한 표정으로 그렇게 말을 하고, 갑자기 히죽히죽 웃
기 시작했다.

“그런데, 유키코 씨는 어떻게 되었나?”

“내가 자네도 아니고, 나는 딱히 이렇다 할 만한 일이 없네. 나는
이혼장을 가지고 가기는 가겠지만, 어쩐지 교코 씨가 가엾어졌네.”

아카시는 풀이 죽은 듯이 말했다.

“그럼, 자네 생각을 교코에게 말하면 되지 않겠나?”

“자네는 바로 이렇게 나온다니까. 나는 그런 뜻으로 한 말이 아니
라고. 교코 씨는 누구하고 어떤 관계가 되든 불쌍한 입장에 있다는 것
이네.”

“그럼, 건네 두겠네.”

미키오는 이렇게 말하며 아카시에게 봉투에 넣은 이혼장을 내밀
었다. 아카시는 천천히 봉투를 받아들고는 주머니에 넣었다. 두 사람
은 잠시 말없이 가만히 있었다.

“나갈까? 이제 퇴근할 때지?”

미키오는 물었다. 아카시는 시계를 보며,

“그렇군. 이제 한 시간 남았으니 어디 가서 기다리고 있지 않겠나?”

그러면 긴자(銀座)에 있는 카페 고에서 만나자고 하고 두 사람은 헤
어졌다.

미키오는 빌딩을 나오자 한 시간 반 동안 어디를 돌아다닐까 하고 생각했다. 그러자 문득 유키코가 근무하고 있는 교바시(京橋)의 마쓰야마상회 생각이 났다. 마쓰야마 상회가 있는 대형 상호빌딩 5층에 유명한 양식당이 있다. 미키오는 그곳에 가서 유키코를 불러내어 사다코가 어디에서 간호일을 하고 있는지 물어보려고 마음먹었다. 그는 곧 택시를 잡아타고 교바시에서 내렸다. 상호빌딩 양식당으로 올라가서 거기에 달린 카페에서 전화로 유키코를 불러냈다.

유키코는 30분 정도 기다리면 회사가 끝나니까 나올 수 있다고 대답했다. 미키오는 당연히 사다코가 유키코에게 자신이 어디에서 간호 일을 하는지 가르쳐주지 말라고 입막음을 했을 것이라 생각했다.

그러나 지금 그는 이혼장을 쓰고 난 후였다.

(1935.4.19)

51회

5의 5

5시가 되자 유키코가 엘리베이터로 5층 끽다실로 올라왔다. 옅은 화장을 한 듯한 유키코는 미키오를 보더니 정답게 미소를 지으며 들어왔다.

"오랫만이에요."

그녀는 멍하니 기다리고 있는 미키오 앞에 서서 인사를 했다.

"아아."

미키오는 고개를 들고 올려다 본 순간 유키코의 웃는 얼굴에서 사다코의 웃는 얼굴이 느껴졌다.

'아, 이렇게나 닮은 구석이 있었던가?'

이런 생각하며, 미키오는 순간 숨이 막힐 듯한 감정으로 가슴이 조여오는 것을 느꼈다.

"오늘 잠깐 이쪽에 온 김에 만나고 싶었어요."

"그래요?"

미키오는 가볍게 대답하는 유키코를 보면서 가슴이 두근거리며 심란해지는 것을 이게 어찌 된 일일까 하며, 잠시 생각하듯 말없이 앉아 있었다.

얼마 후, 그는 2인분의 식사를 주문하고 테이블을 옮겼다. 미키오는 화병에 꽂힌 사향연리초꽃 너머로 유키코를 보면서 물었다.

"언니는 어디에 있어요?"

"우시코메(牛込)에 있어요."

"우시코메 어디요?"

그러자 유키코는 곤혹스러운 듯 눈을 깜빡이다가 눈을 감았다.

"저, 알고는 있지만 말을 하면 언니가 싫어할 거예요."

"저한테 화가 난 것인가요?"

"아니요, 화를 내는 것은 아닌데, 데라시마 씨가 오셔도 말하지 말았으면 좋겠다고 했어요. 그래도 저 언니가 그러면 안 된다고 생각해요."

"그럼 당신은 나와 사다코 씨에 대해 다 알고 있나요?"

"예."

유키코는 대답하며 웃었다.

"그것 참 난처하군. 하지만 그러면 당신 잘 와 주었어요. 감사합니다."

"저는 잘 모르지만, 언니가 아마 데라시마 씨의 감정을 상하게 하는 짓을 한 게 아닌가 생각해요. 언니는 가끔 이상한 상황에서 고집을 부리거든요."

"그렇지 않아요. 그건 나도 화가 나기는 하지만, 사다코 씨도 어쩔 수 없었겠죠. 고백하자면 내가 사다코 씨에게 한 일은 진심에서 해야 할 일을 한 것이에요. 그러니까 후회는 없어요. 나는 더 이상 어떻게 할 수가 없었죠. 다만 내가 잘못한 것은 일을 너무 쉽게 생각하고 나하고 결혼해 줄 것이라고 철썩 같이 믿고 있었다는 거죠. 그런데 결혼은커녕 이렇게 보기 좋게 퇴짜를 맞고 호되게 혼이 난 것이죠. 그래서될 대로 되라 하는 마음에 결국 오늘은 아내에게 이혼장을 쓰고 나온 참이에요."

미키오는 이렇게 말하면서 지금까지 웃고 있다가 갑자기 웃음을 멈추고 입을 다물어 버렸다.

유키코도 동시에 웃음을 멈추고 고개를 숙였다.

"저, 언니에게 그 이야기 할 거예요."

"아니, 그런 이야기 하지 마세요. 말해 봤자 소용이 없어요."

"그럼 지금 혼자세요?"

"음."

(1935.4.20)

52회

5의 6

유키코는 이 때 작은 입을 살짝 벌리고, 꿈을 꾸는 듯 눈을 움직이지 않고 멍하니 창밖으로 얼굴을 돌렸다.

미키오는 처음에는 알아채지 못했지만 문득 눈을 들어 보니 유키코의 옆모습이 눈에 들어왔다. 그러자 갑자기 술에 취한 듯 유키코의 천진난만한 아름다움에 이끌리게 되었다.

'이 아가씨가 이렇게 예뻤었나?'

미키오는 이렇게 생각하고 지금까지 사다코의 아름다움에 마음을 빼앗긴 탓에 유키코에게 주의를 돌리지 못한 자신이 후회스럽기조차 했다.

'아, 잘못했군.'

뭔가 마음속으로 혀를 끌끌 차는 듯 강하게 동요하고 있음을 느꼈지만, 이것도 자신이 의지할 곳이 없어 지푸라기라도 잡으려 하는 추한 마음의 결과라 생각하고 스스로 자신의 마음을 다잡았다.

하지만 보면 볼수록 신기하게도 유키코는 점점 더 아름다워 보일 뿐이었다.

'이래서는 안 돼지. 내가 이렇게나 바람둥이란 말인가? 어제까지만 해도 그렇게나 사다코 생각만 했는데, 이것을 인연이라 하는 것인가?'

미키오는 고개를 숙이고 유키코에게서 눈을 돌렸다. 그 때 요리가 나왔다. 그는 이제 요리가 나왔으니 흐트러진 마음도 진정이 되겠지 하며, 시험 삼아 뜨거운 스프를 마셔 보았다.

'하지만 사다코도 없고 교코도 없어서 마음이 자유로우니까 이렇게 유키코의 아름다움에 눈을 빼앗긴 것이 아닌가. 뭘 꾸물거리며 스프를 홀짝대는 것인가?'

하지만 이제 한 시간만 있으면 아카시를 만나야 한다. 자신은 유키코를 아카시에게 소개만 한 것이 아니다. 그와 유키코를 결혼을 시키려고 애를 썼다.

'잘못했군.'

그는 돌이킬 수 없는 짓을 한 것처럼 힘이 빠져서 또 다시 질리지도 않고 유키코의 얼굴을 바라보기 시작했다.

고개를 숙이고 스푼을 입가로 가져가는 유키코의 아름답고 긴 눈썹, 이마에서 코로 흐르는 우아한 선, 귀의 풍부한 혈색과 두 손으로 떠받들고 싶은 두 뺨. 특히 그 치아.

'하지만, 이래서야, 나 혹시 색마일지도 몰라. 하지만 원래 색마는 나처럼 이렇게 상냥하지는 않겠지?'

미키오는 아무리 스프를 먹어도 이상하게도 두근거리는 가슴이 진정되지 않고 더 심란해질 뿐이었다.

이러고 있는 가운데, 미키오는 문득 아카시 일이 다시 생각났다. 자신은 아카시에게서 교코를 빼앗았다. 그런데 지금 또 자신은 아카시에게서 유키코까지 빼앗으려 몸부림을 치며 괴로워하는 것이었다.

'좋아, 그럼 아카시를 위해 이번에는 참아야 해.'

스프 그릇이 치워지고 고기가 나왔다.

"아카시는 그 후 오지 않나요?"

미키오는 물었다.

"네, 안 오세요. 사야마 씨는 가끔씩 오시는데, 아카시 씨는 어떻게 지내시죠?"

"사야마가 온다고?"

"네, 자주 오세요."

미키오는 가슴이 점점 더 부풀어오르는 것을 느꼈다.

"안 돼요. 그런 남자를 만나면."

"그래도 오시는 걸요."

"안 돼요. 유키코 씨는 내 동생이나 마찬가지니까 용납할 수 없어요."

(1935.4.21)

53회

5의 7

유키코는 얼굴을 붉히더니 눈을 치켜뜨고 미키오를 올려다보며 생긋 웃었다.

"그래도 저 거절할 수 없어요. 사야마 씨, 갑자기 찾아 오시는 걸요."

"당신은 그래서 안 되는 거예요."

"그럼 어떻게 해야 해요?"

"언니 흉내는 그럴 때 내야 해요."

"하지만 언니도 나랑 똑같아요."

"그럼 됐어요."

미키오는 이렇게 농담을 하며 빠져나가자 다시 방금 전처럼 마음이 조용하고 차분해지는 것을 느꼈다.

'이 상황이 평생 계속되면 나는 어떻게 해서든 출세를 해 보일 텐데.'

이렇게 생각하며, 미키오는 감개무량한 마음으로 빵에 버터를 발랐다. 식사를 마치고 미키오는 유키코를 데리고 밖으로 나갔다. 이제 밖은 저녁이 되어 어슴프레해 졌다. 희미하게 안개가 낀 포장도로를 두 사람은 나란히 걸었다. 미키오는 어쩐지 슬픈 기분에 휩싸이면서도 유키코를 아카시에게 데려다 줘야 겠다고 생각했다.

"어쨌든 유키코 씨, 약속을 했으면 좋겠어요."

미키오는 고개를 숙이고 이렇게 말했다.

"뭘요?"

"나하고 남매사이가 되자고. 나는 사다코 씨하고는 실패를 했으니까 유키코 씨를 동생으로 삼는 것 정도는 하느님이 허락해 주시겠지?"

"네, 당신이 원하시는 대로 해 드릴 게요. 하지만 언니는 분명 화를 낼 거예요."

유키코는 미키오에게 어깨를 바짝 갖다대고 말했다. 미키오는 이미 다음 행복이 찾아오고 있음을 깨달았다. 그러나 더 이상 유키코에게 다가가고, 유키오에게 그 이야기를 하면 아카시는 얼마나 괴로워할까?

"하지만 아카시가 오지 않고 사야마가 오다니, 주의해야 해요. 그건 안 돼요."

미키오는 유키코를 보며 확인을 했다.

두 사람은 다리를 건너 아카시와 만나기로 약속을 한 카페 고를 향해 갔다. 미키오는 약속 장소가 가까워짐에 따라 마음속에서 갈등을 하기 시작했다 .

"지금 집에 데려다 줄까? 아니면 활동사진이라도 보러 갈까?"

그러나 내일부터 매일 몰래 유키코를 만날 수 있다면 아마 사다코에게서 받은 상처가 어느 정도는 아물 것이다.

그렇게 생각하는 동안 고는 몇 발자국 앞으로 다가왔다.

미키오는 걸음을 멈추고 그 옆에 있는 포목점 쇼윈도를 바라보았다.

'지금 유키코를 데리고 고에 가면 아카시와 유키코는 분명 떨어질 수 없는 사이가 될 것임에 틀림없다. 지금 여기에서 한 번 고를 지나치면 두 사람은 그냥 이대로 있을 것이다.'

미키오는 히죽히죽 심술궂은 미소를 지으며 유키코를 데리고 고 쪽으로 걸어갔다. 하지만 그 앞까지 오자 고 쪽은 보지도 않고 휙 지나쳤다.

"오늘 밤은 따뜻해서 땀이 나네요.'

유키코는 이렇게 말했다. 그러자 갑자기 미키오는 다시 멈춰 섰다.

"왜 그러세요?"

유키코는 슬픈 표정을 하고 있는 미키오의 얼굴을 올려다보며 물었다. 미키오는 입을 다문 채 대답을 하지 않았다. 하지만 지금 당장이라도 울음을 터드릴 듯한 입가에서 갑자기 기괴한 미소가 비쭉 흘러나왔다.

'아카시에게 넘겼다가는 사야마에게 빼앗길 뿐이야.'

미키오는 이렇게 생각했다.

(1935.4.22)

54회

5의 8

그러나 미키오는 50미터 정도 갔을 때 다시 갑자기 뒤를 돌아보았다.

"차를 마시러 갈까요?"

유키코는 미키오가 하자는 대로 뒤를 따라갔다. 미키오는 고에 들어가서 카페안을 둘러보았다. 하지만 아카시는 아직 오지 않았다.

빈 의자에 앉더니 미키오는 팔꿈치로 턱을 괴고는 뚱하게 입을 다물고 있었다.

그는 만약 아카시가 오지 않으면 모처럼의 자신의 호의도 물거품이 될 것이라고 생각했다.

그러는 사이 주문한 음료수도 다 마시고 과자도 다 먹었다 .그래도 여전히 아카시는 모습을 드러내지 않았다.

'오는 것일까? 안 오는 것일까?'

미키오는 마치 주사위 눈을 보듯이 긴장을 하며 가끔씩 입구 쪽을 바라보았다.

아마 아카시는 자신에게 건네받은 교코에게 주는 이혼장을 들고 지금쯤 이리저리 생각을 하며 돌아다니고 있을 것이다.

"뭐 좀 마실래요?"

미키오는 시간을 끌기 위해 유키코에게 물었다.

"저 이제 충분해요. 지금 막 밥을 먹었잖아요."

유키코는 대답했다. 그러나 이렇게 형세가 아카시에게 불리하게 돌아가는 것은 어찌된 일일까? 미키오는 담배에 불을 붙였다.

'이제 10분 안에 오지 않으면, 너는 나를 악마로 만드는 거다.'

미키오는 아카시에게 말을 하듯이 시계를 보며 이렇게 생각했다.

'너는 나에게 교코를 빼앗기고 유키코를 빼앗기는 것이다. 얼마나 바보 같은 놈이냐?'

미키오는 기다리다 지쳐서 이제 화가 나기 시작했다. 그러나 10분이 지나도 여전히 아카시는 나타나지 않았다.

'아니, 내가 평생에 한 번 좋은 일을 하려고 이렇게 기다리고 있는데, 왜 안 오는 거지? 나를 악마로 만들겠다는 것인가?'

유키코는 미키오의 심기가 불편한 것은 신경도 쓰지 않고 주변 사람들을 둘러보다가 미키오에게 말했다.

"이제 나가요."

"그럼, 나가죠."

그는 걸으면서 덕의를 지킨다는 것은 이렇게나 어려운 것인가 하며 괴로워 했다.

'아, 기다려라. 덕의가 무너진다는 것은 이렇게도 괴로운 것이구나.'

그는 다시 생각했다.

그는 뒤에 있는 유키코를 지금 3분 만에 확실히 자신의 새 아내로 만들 수 있다고 자신했다.

"오늘밤은 남매가 된 기념으로 옷이라도 한 벌 사 주고 싶어."

"아니, 저 아무것도 필요 없어요."

유키코는 대답했다.

"왜?"

미키오는 이 의외의 반응에 이 사람도 또 사다코처럼 고집이 센 아가씨가 아닌가 하여 흠칫하며 멈춰 서서 유키코를 돌아보았다.

"그렇다면 뭐가 좋을까? 내가 사 주는 게 불만이라면 그만 둘게."

"하지만, 저 이제 돌아가지 않으면 어머니에게 야단맞아요."

"아, 그런가. 당신은 아직 어린애였군. 하지만 좋아. 우리 집에 가자구."

미키오는 택시를 잡은 후 유키코를 태웠다.

(1935.4.23)

55회

6의 1

아카시는 미키오와 고에서 만나기로 약속한 바로 그 때, 교코에게 보낼 편지를 쓰고 있었다.

그는 교코에게 미키오에게 부탁을 받은 이혼장에 더해 자신의 의견과 미키오의 전언을 썼다. 그런데, 그것을 우편함에 넣고 고에 갔을 때는 이미 미키오가 유키코를 데리고 돌아간 후였다.

아카시는 그 때부터 한 동안 미키오를 만나지 않았다. 그러던 어느 날 갑자기 교코가 아카시 회사로 찾아왔다.

아카시는 지하실 그릴에서 교코를 만났다.

"나, 지금 가마쿠라 별장에 있어. 아무한테도 말하지 말아."

교코는 부탁을 했다.

"그럼, 내 편지는 받지 못했나요?"

"아, 고마워. 갖다 줘서 봤어. 하지만 그 편지 뭔가 좀 애매해. 미키오 쪽 말야."

"나는 속 내용은 모르지만, 당신이 마음에 들지 않으면 돌려보내라고 했어요. 점잖은 내용이겠죠?"

"너무 점잖아서 눈물이 날 지경이야. 미키오에게 그런 마음이 있었나 싶었을 정도라구. 그래도 말야. 미키오를 위해서 나 그 편지 받아 두려구. 그 사람 자유로워지는 거지. 미키오를 조금 더 도와주고 싶어. 나하고 같이 있으면 분명 미키오도 힘들 거야."

아카시는 말이 없었다.

"나, 그래서 오늘 찾아온 것은 미키오 일 때문이 아니야. 미키오는 미키오 대로 이대로 놔두겠다고 당신이 말해 줘. 알았지?"

"알았어요."

아카시는 이렇게 대답했지만, 아직 뭔가 납득이 안 되는 부분이 남았다.

"나, 미키오가 그 편지를 당신에게 부탁한 것은 무슨 이유일까 생각했어. 그야 나와 당신 사이를 원만하게 도와주고 싶어서 그랬다고는 생각할 수 없어. 당신은 어떻게 생각해?"

"아니, 그것도 둘이 의논을 했어요. 데라시마는 이미 당신하고 사야마의 관계를 알고 있으니까요."

"아, 기분 나빠. 나하고 사야마가 어쨌다는 거지?"

교코는 소리를 높혀 웃고 싶었지만 겨우 입을 앙 다물고 아카시를 바라보았다. 아카시는 얼굴이 확 붉어졌다.

"나는 사야마에 대해서는 딱히 할 말은 없지만, 당신하고 사야마가 친하게 지내는 것은 괜찮다고 생각할 뿐이에요."

"그것뿐이야?"

교코는 가슴을 들썩거리며 물었다.

"그뿐이에요."

"그럼 당신하고 나는 어떤 사이지?"

"그건 교코 씨, 당신이 잘 알잖아요."

"내가 뭘 안다고 그러는 거지? 나는 단지 당신이 성의가 없다는 것이 개탄스러울 뿐이야."

"나는 옛날부터 당신의 성의 따위 인정하지 않는 것이 나았을 것을 그랬어요. 나는 당신에게 너무 성의를 가지고 대하다가 실패를 했으니까요. 그런데 아직도 더 성의를 보이라고 하니, 당신 억지가 심하군요."

이렇게 말하고 아카시는 갑자기 큰 소리로 다시 말했다.

"내가 당신에게서 떨어져서 살려고 얼마나 고심을 했는지 당신은 아마 모를 거예요. 나는 당신하고 완전히 남남이 되고 싶으니까요."

(1935.4.24)

56회

6의 2

교코는 입을 꼭 다문 채 새파래져서 입술을 떨었다. 하지만 곧 옅은 미소를 띠며, 정중하게 말했다.

"아카시 씨는 요즘 사다코 씨의 여동생하고 친밀하게 지내죠? 부러워요."

"저는 그 아가씨를 좋아합니다."

아카시는 단호하게 대꾸했다.

교코의 입술은 더 한층 떨렸다.

"멋지네."

"당신한테 그런 말을 들을 이유는 없어요."

"왜?"

"생각해 보세요."

"그래도, 그래."

"뭐가요?"

"이제 됐어."

두 사람은 말이 없었다.

"나는 당신 때문에 침로(針路)를 두 번이나 바꿨는데, 이제 또 세 번째 바꿔야 한다는 것은 참을 수가 없습니다. 당신은 오늘 왜 데라시마에게 가지 않았나요? 이곳은 당신이 올 곳이 아니에요."

"나는 야단맞으러 온 게 아냐."

"그러니까 여기가 아니고 가야 할 곳이 따로 있다는 겁니다."

"그럼 당신은 아직도 나하고 미키오를 재결합시키려고 하는 거예요?"

"이제 이렇게 되면 마찬가지 아닌가요? 나는 당신이 데라시마에게 평생 단 한 번이라도 충실해졌으면 하는 그 마음뿐입니다. 그 외에 다른 것은 바라는 것이 아무것도 없어요. 당신은 데라시마에게 참혹한 짓을 했으니까요. 한번은 돌이켜 생각해 보지 않으면 당신의 값어치는 없는 것 아닌가요?"

"아무 말이나 막 하는 군요."

이렇게 말하며 교코는 얼굴을 돌렸다.

"이렇게 할 말을 하지 않으면 당신은 알 리가 없어요. 나는 데라시마를 대신해서 말하는 거예요. 그 친구는 당신한테 아무 말도 못하니까요."

"이제 됐어요."

교코는 이렇게 말하고 일어서서 화장실로 가 버렸다. 아카시는 사무실로 돌아갈까 생각했다. 이제 더 이상 교코를 만나도 싸움이 끝이 날 것 같지 않았다.

그러나 왜 이렇게 싸우게 된 것일까 하고 그는 생각했다.

그렇다. 유키코 때문이다. 하지만 유키코와 자신이 뭐 어떻다는 거냐.

—아카시는 유키코와 야마시타공원을 거닐던 때가 얼마나 즐거웠는지를 떠올렸다. 하지만 그것도 다 지난 일이고 지금은 아무런 감정도 일지 않는다.

그보다 아카시는 지금 새 일을 시작했다. 그것은 그가 발견한 고향 이즈(伊豆)의 석회산 경영이었다.

교코는 어찌된 일인지 방금 전과는 달리 몹시 기분이 좋아져서 화장실에서 돌아왔다.

"그럼, 오늘은 실례할 게요."

"그래요?"

"하지만, 나 또 올지도 몰라. 이제 자유가 되었으니까. 가급적이면 당신을 괴롭히려구. 싫다고 해도 소용 없어. 그럼 안녕."

아카시는 교코를 뒤에서 바라보았다 .

"있잖아, 오늘밤 같이 밥 먹을래?"

"안 돼요."

"어머."

교코는 울음을 터트릴 듯이 눈썹을 찌푸렸다.

"응, 가자, 가자."

"안녕히 가세요."

아카시는 말했다.

(1935.4.25)

58회[04]

6의 3

교코는 아카시와 헤어져서 저녁을 먹으러 자동차를 달리다가, 갑자기 차를 미키오의 집 방향으로 돌렸다.

그녀는 집에 도착하자 차를 밖에 세워 놓은 채 말없이 들어가서 미키오의 방문을 홱 열었다. 미키오는 잡지를 읽다 말고 돌아보았다.

"안녕."

교코는 두 손을 다다미에 짚고 인사를 했다.

"당신이야?"

이 한 마디만 할 뿐, 미키오는 입을 다물어 버렸다.

"당신이냐고? 그래, 그렇지. 일전에는 대단한 것 보내 줘서 고마웠어. 소중히 간직하고 있어."

"음."

그는 고개를 끄덕였다.

---

04 57회와 58회는 순서가 바뀌어 게재되었기에 본서에서는 순서를 바꿈.

"아, 음이라니."

"왜 온 거지?"

"오늘은 올 생각이 없었어. 나, 가마쿠라에 있으니까. 오랜만에 나와 봤는데, 아직 혼자?"

"혼자야."

"외롭겠네. 어디 밥 먹으러 갈까?"

"가지."

"그럼, 가요. 나 혼자 가려고 하다가 도중에 차를 돌려서 밖에 세워두었어."

미키오는 일어서서 하오리로 갈아입었다. 두 사람은 자동차를 탔다.

"묘하네. 뭘까?"

이렇게 말하며 교코는 풋 하고 웃었다.

"뭐가 묘하지?"

"그래도 이혼장을 보낸 사람하고 같이 밥을 먹으로 가다니, 꿈에도 생각하지 않았죠. 좋아, 이런 게. 음, 그렇지? 나 잠시 그 이혼장 받아 두고 말이야. 어쩌면 내일이라도 도쿄에 나와서 혼자 아파트를 빌려 생활할까 하고 생각하고 있어. 당신 귀찮게 하지 않을 테니까 안심해."

"돈은 낼게."

미키오가 대답했다.

"필요 없어, 그런 것. 나 말야. 뭔가 혼자서 수예 같은 것을 배워서 가게를 낼까 생각해. 강습회에 다닐 생각인데, 가끔 방해가 되지 않는 범위에서 찾아갈게. 방해가 될 것 같으면 이야기하라구."

"괜찮아. 와도."

미키오는 이렇게 대답했지만, 이렇게 급변한 교코의 밝은 태도에 뭔가 알 수 없는 원인이 있는 게 틀림없다고 생각했다.

"나, 아버지한테는 이야기 안 할 생각이야. 당신하고 헤어진 것 말야. 이야기하면 귀찮아질 테니까, 당신도 그런 줄 알고 있어. 알았지? 그게 서로에게 좋을 거야."

미키오는 그냥 말없이 고개만 끄덕였지만, 문득 자신들 두 사람은 대체 어떻게 되는 것일까 하고 생각했다. 그로서는 물론 부부 사이는 이래도 괜찮은 것인지 어떤지 잘 알 수가 없었다. 다만 두 사람은 지금은 이렇게 각자 생활을 해 보지 않으면 더 한층 현재의 두 사람을 이해할 수 없을 뿐이었다.

"나 오늘 아카시 씨 만났는데, 야단맞았어. 당신한테 충실하지 못한 것은 내 잘못이라고. 그건 나도 그렇게 생각해. 하지만, 아카시 씨는 부부생활을 해 본 적이 없는 분이잖아. 알 수가 없다고 생각해. 그분은 내가 당신에게 그냥 충실하기만 하면 아무 문제가 없는 것이라고 생각하는 단순한 사람이니까 말이야."

(1935.4.27)

6의 4

"그러나 나는 당신이 내게 충실한 아내였다고 생각할 수는 없어."

미키오는 유키코에게 이렇게 말하며 쓴 웃음을 지었다.

"그건 그렇지. 하지만 나 부부생활을 하면서 아내를 자신의 충실한 하녀로 여기는 남자를 보면 바보라는 생각밖에 들지 않아요. 그런데 당신은 그런 사람이 되고 싶어서 못 견뎌했죠."

"뭐, 그런 이야기는 지금은 하지 않는 게 좋아. 오늘저녁엔 점잖게 밥을 먹자구."

"네, 그러죠. 하지만 당신은 내게 그런 이혼장을 주었잖아요? 난 그 이혼장에 완전히 감동했어요. 그렇게 아름다운 이혼장은 설사 거짓말이라도 그렇게 썼다는 사실만으로도 당신에게 뭔가 훌륭한 점이 있는 것 같은 생각이 문득 들어서요. 그래서 오늘도 이렇게 기쁜 마음으로 올 수 있었죠. 그래서 난 당신을 조금 더 자유롭게 해 두고 조만간 어떻게든 되면 된다고 생각했죠. 그러니까 내가 오늘 왔다고 해도 절대 걱정할 필요 없어요."

"이제 됐잖아. 그런 건."

미키오는 창밖을 보며 부끄러운 듯이 말했다.

"그래도 그 점은 중요해. 당신이 사다코 씨하고 틀어진 것도 분명히 이 점 때문일 걸. 내가 사다코 씨라면 분명 나를 생각해서 당신을 찼을 거라고 생각해. 그 사람은 그런 사람이지. 당신이 그것 때문에 상당히 타격을 받았다면 내가 대신 사다코 씨에게 말해 줄 수도 있어.”

교코는 얼굴을 붉히며 입을 다물고 있는 미키오를 들여다 보며 또 말을 했다.

“알았지? 사양하지 않아도 돼. 나 당신한테 한 번은 충실한 아내가 되어 보고 헤어지지 않으면 미안한 걸.”

“이제 늦었어.”

미키오는 이렇게 말하며 웃었다.

“그래도 나 같은 사람이 당신한테 충실해 질 수 있는 것은 이런 일이 아니면 불가능해서 말이야. 당신은 내가 당신을 비웃는 것이라고 생각하겠지만, 그렇게 생각하면 모처럼 내가 당신을 생각해서 신경 쓰는 것도 아무 소용이 없게 되고 말겠지. 나라는 여자는 헤어지고 나면 착해지는 여자야. 그래도 나, 당신은 잘 지내고 있을까 하고 늘 걱정하고 있었어. 그런데 당신하고 같이 있으면 안 돼.”

“그런 것 같아. 아무래도.”

미키오는 이렇게 말을 했지만, 갑자기 쓸쓸한 듯이 거리를 질주하는 불빛을 멍하니 바라보았다.

요정에 들어가서 두 사람은 식사를 했다. 그 사이에도 교코는 바지런하게 미키오에게 최선을 다해 시중을 들었다. 미키오는 꿈만 같았던 교코와의 신혼 시절을 떠올렸지만, 그렇다고 해서 지금 다시 교코에게 집으로 돌아와서 다시 살자고 하면 교코는 반드시 뒤로 뺄 것이 틀림없다고 생각했다.

잠시 후 두 사람은 요정을 나와서 번화한 거리를 산보했다. 하지만, 미키오는 교코에게 오늘밤은 이만 돌아가라는 말을 한 마디도 하지 않았다. 신바시 정차장 가까이까지 가자 교코는 인사를 했다.

"그럼 난 여기에서 가마쿠라로 돌아갈게. 안녕."

두 사람은 그곳에서 즐겁게 헤어지기로 했다.

(1935.4.26)

59회

6의 5

어느 날 아카시가 회사에서 퇴근을 하려는데 사다코에게서 전화가 왔다. 지금 이 시점에 사다코가 무슨 볼일이 있을까 생각하며, 그는 수화기를 들었다. 사다코의 용건은, 이제부터 그쪽으로 찾아가도 되겠지만, 퇴근을 하실 거면 긴자 어디에선가 기다릴 테니 그쪽으로 와주었으면 하는 것이었다.

아카시는 긴자에 가서 사다코와 약속을 한 찻집을 찾아 갔다. 그러자 이윽고 사다코도 도착했다. 두 사람은 그 간의 안부 인사를 하고 테이블에 마주 앉았다.

사다코는 잠시 말을 꺼내기 거북한 듯 우물쭈물하면서 말했다.

"저, 오늘 찾아뵌 것은 다름 아니라 유키코의 일로 잠깐 드리고 싶은 말씀이 있어서입니다. 이렇게 불러내서 죄송합니다."

"아니요, 그런 것은 상관없습니다. 하지만 사다코 씨는 어떻게 되셨을까 하고 늘 궁금해 하고 있었습니다. 저도 한 가지 드리고 싶은 말씀이 있었습니다만, 그만 바쁜 바람에 그냥저냥 하다가 이렇게 되었는데, 마침 연락 잘 주셨습니다. 어떻게 된 거죠? 저는 잘 모르겠지만, 미키오는 매우 실망을 하고 있었어요.”

사다코는 아카시를 보더니 얼굴을 붉히며 곧 눈을 내리떴다.

“그 일에 대해 말씀하시면 저는 난처하군요. 저도 어찌해야 좋을지 몰라서, 그만 그렇게 되었어요.”

“그러니까 그것은 미키오에게 아내가 있다는 것이 이유였던 것인가요? 아니면 그 외에 뭔가 다른 생각이 있었던 것인가요?”

“네, 그건 이미, 뭐라 말씀드리면 좋을까요. 데라시마 씨가 하시는 말씀에 너무 익숙해져 있던 것이 잘 못 되었던 것 같아요. 남자들은 그런 이야기를 자주들 하세요. 저는 어느 쪽인가 하면 그런 말씀을 하시는 분들을 별로 신용할 수 없어요.”

“그건 그렇지요. 하지만 사다코 씨도, 너무 친절하게 대해 주셔서 그래요.”

“그건 아닙니다만, 저도 직업이니까 될 수 있는 한 할 수 있는 것은 해 드리려고 노력합니다. 그렇지 않으면 불쌍해서요. 그만 저도 모르게 그렇게 된 것이에요.”

“그럼 미키오가 김칫국을 마신 거군요.”

“아니, 그건.”

사다코는 말을 하다말고 입가에서 웃음이 나오는 것을 억지로 참았다.

"환자가 되는 것도 상당히 연습을 해야 하는 거군요. 나 같은 사람은 병을 앓아 본 적이 없어서 저도 입원을 해서 정성스럽게 대접을 받으면 미키오처럼 이상해질 지도 모르겠군요."

두 사람은 소리를 맞추어 웃었다.

"저에게 묻고 싶다는 것은 무엇입니까?"

아카시는 차를 마시며 물었다.

"네, 말씀이 늦었습니다만, 그게 말이죠, 유키코의 결혼 이야기가 나와서요. 그래서 한 번 아카시 씨에게 어떻게 하면 좋을까 여쭤 보려고 했습니다. 사야마 씨말이에요."

사다코는 아카시를 흘끗 보고는 입을 다물었다.

"사야마 말입니까?"

아카시는 일순 얼굴이 창백해지는 것 같았다.

(1935.4.28)

60회

6의 6

"저 그래서 언젠가 데라시마 씨가 하셨던 말씀이 생각나서요. 유키코를 아카시 씨가 받아주시면 더 이상 좋은 일은 없을 것 같습니다. 저도 말씀드리기 너무 어렵지만, 한 번 아카시 씨에게 부탁을 드려봐서 만약 상황이 좋지 않으시다면, 사야마 씨 쪽으로 하는 것이 어떤지 묻고 싶어서요. 그런 염치없는 생각으로 찾아왔습니다."

아카시는 사다코가 하는 말을 듣고 있는 동안 차츰 얼굴이 새빨개졌다.

"저는 그 말씀은 대단히 감사합니다만, 나하고 유키코 씨는 미키오나 사야마가 상상하는 그런 사이가 아닙니다. 내가 만약 유키코 씨에게 결혼을 하고 싶다고 하면, 분명 그건 거절을 당할 것입니다."

"그럴 일은 없습니다. 저, 아직 유키코에게 물어보지는 않았지만 그 애는 제가 하라는 대로 말을 잘 듣는 애라서, 만약 아카시 씨만 승낙을 하신다면 저희로서는 크게 감사드릴 것 같습니다."

"그런가요? 하지만 저는 아무래도 유키코 씨의 생각을 전혀 알 수가 없습니다. 그 분은 누구에게나 친절하죠. 나는 미키오처럼 김칫국을 마시는 성격이 아니라서 유키코 씨가 친절해도 적당히 감안을 합니다."

사다코는 걱정스러운 듯이 입을 다물고 테이블 위를 응시하다가 말했다.

"그것은 유키코가 아직 어려서 아무것도 몰라서 그러는 겁니다. 그래서 그런 애는 일찌감치 믿을 만한 분에게 시집을 보내지 않으면 불행해질 지도 모르기 때문에, 저 혼자 생각에 말씀드린 것입니다. 하지만 우선 고려는 해 주실 수 있겠죠? 그러면 제가 또 유키코에게 잘 알아듣게 이야기를 할 게요. 그 아이는 그런 아이니 부디 잘 부탁드립니다."

"아니, 정말 감사드립니다."

아카시는 이렇게 말을 했지만, 기뻐서 잔뜩 기대에 부품과 동시에 뭐라 말할 수 없는 불안감에 휩싸였다. 특히 자산이 충분히 있는 사야마와 경쟁을 해야 한다는 것이 불안했다.

"사야마가 유키코 씨에게 벌써 직접 결혼신청을 했습니까?"

아카시는 이렇게 물었다.

"아니요, 아직 유키코는 몰라요. 제가 근무하는 곳에 오늘 오셔서 그런 이야기를 하시길래, 아직 집에도 가지 않고 바로 이곳으로 온 거예요."

"그럼 어머님은 아직 승낙을 하신 게 아니군요."

"네, 하지만, 저도 그렇고 어머니도 그렇고, 평소 아카시 씨 같은 분에게 유키코를 맡기면 얼마나 좋을까 하는 이야기를 나누었습니다."

"아이쿠, 그것 참. 그럼 저도 상당히 어깨가 무겁군요."

아카시는 기쁜 듯이 말했다.

그날 밤, 사다코와 아카시는 그것으로 헤어졌지만, 아카시는 이 기쁨을 한시라도 빨리 미키오에게 전하지 않으면 그동안 그가 수고한데 대해 미안할 것이라고 생각했다.

그래서 아카시는 택시를 잡아타고 그대로 미키오의 집으로 달려갔다.

(1935.4.29)

61회

6의 7

미키오에게 가는 아카시는 평소의 그와는 달랐다. 그는 앞쪽에서 밀려오는 가로등의 불빛이나 질주하는 자동차에 눈길 한 번 주지 않고, 희망으로 황홀한 눈빛은 뭔가 꿈을 꾸는 듯한 즐거운 기분으로 가득했다.

마침내 자동차가 기오이초에 있는 미키오의 집 앞에 도착하자, 아카시는 차에서 뛰어내렸다. 그는 현관에 들어갔다.

"계세요?"

그런데 소리를 지르려다 문득 아래를 보니, 현관에 여자 신발 한 켤레가 놓여 있었다. 그 신발은 유키코가 자기 집에 왔을 때 신고 있던 것과 같은 것이었다. 순간 그는 뒤로 물러섰다. 전에도 이곳에서 그는 사야마의 신발이 놓여 있던 것을 본 것이었다.

"하지만 신발이 있다고 해서 무슨 일이 있는 것도 아니지 않는가?"

아카시는 이렇게 생각해 보았다. 하지만 상대가 미키오였다. 여자 문제에 대해서는 전혀 아무 의욕이 없는 그다. 특히 사다코와 교코로부터 자유로워진 현재의 그이고 보면, 의심의 여지는 있다.

아카시는 다시 현관으로 들어가려고 생각했다. 그러나 시각도 이르지는 않다. 유키코도 얼마 안 있어 돌아갈 것이다. 그렇게 생각하자 우선 유키코가 나가는 것을 살펴봐야겠다고 생각했다.

아카시는 언덕을 오르락내리락 하는 동안 점점 이렇게 숨어서 기다리는 자신이 불쾌해졌다.

　그러나 이런 의심이 일어난 이상은 다 글렀다. 돌아가도 잠도 오지 않을 것이라고 생각하니 돌아갈 수도 없었다. 그러자 앞쪽에서 사람 발자국 소리가 들렸다. 보니 눈에 익은 여성이 그에게로 걸어왔다.

　아카시는 실망을 하며, 만약 유키코와 미키오 사이에 새로운 관계가 생겼다면 자신은 어떻게 해야 하나 하고 생각했다. 뭔가 위축되는 기분이 몰려오는 고통에 아카시는 눈을 들어 주위를 둘러보았다.

　그 때, 현관에서 소리 높여 웃으며 유키코와 미키오가 나란히 걸어 나왔다.

　이래도 아직 미키오와 유키코의 사이를 의심하지 않을 수 있는 여지가 남아 있는 것일까 하고 아카시는 생각했다. 그는 대로 쪽으로 가는 두 사람의 뒤를 따라 걸었다. 미키오는 길에서 택시를 잡더니 유키코를 먼저 태우고 아카사카에 있는 유키코의 집쪽으로 달려갔다.

　아카시는 두 사람의 자동차가 눈앞에서 사라지자 그 뒤에서 또 택시를 잡아타고 달렸다.

　그러자 아카시는 중간에 문득 어쩐지 슬퍼졌다. 그는 소리내어 울고 싶은 충동이 밀려올라왔고, 미키오를 단칼에 찔러 죽일까 하고 생각했다.

　하지만 아카시의 그런 흥분은 곧 차분하게 진정이 되었다.

　'아아, 나는 왜 지금까지 쓸데없는 일에 마음을 썼던 것일까? 이런 일은 어떻게 되든 상관없지 않은가?'

　아카시는 이렇게 생각했다. 그는 곧 운전수에게 자기 집으로 돌아가 달라고 명령했다.

'이제 유키코는 두 번 다시 생각하지 않을 거야.'

그는 굳게 결심했다.

(1935.4.30)

62회

6의 8

아카시는 자기 집으로 돌아옴과 동시에 미키오의 얼굴을 떠올리며 다시 아무 말도 하지 못하고 분노하기 시작했다.

"개자식!"

그는 욕을 했다. 그가 이렇게 거친 말을 내뱉은 것은 아마 평생에 이번이 처음이었을 것이다. 그는 잠시 후 부들부들 떨기 시작했다.

'교코를 자기에게서 빼앗은 것은 미키오다. 유키코를 자신에게서 빼앗은 것도 그 자식이다. 이것을 용서할 수 있을까? 이를 용서하는 자식은 이미 악마다.'

이렇게 생각하자 아카시는 초조한 마음에 가만히 있을 수가 없었다.

그는 즉시 밖으로 달려나갔다. 그리고 자동차를 잡아타고 미키오의 단골가게인 오뎅집으로 차를 달렸다.

이제 자신은 오늘 밤에 어찌 해야 좋을지 모르겠다고 생각했다. 얼굴이 충혈이 되고 달아올랐다. 오뎅집에 도착하자 역시 미키오가 앉아 있었다.

아카시는 미키오 앞으로 성큼성큼 걸어가더니 말없이 그 앞에 털썩 앉았다.

"아니, 무슨 일인가?"

미키오는 싱글벙글하며 이렇게 물었다. 그러나 아카시는 미키오의 얼굴을 노려보며 아무 표정 없이 계속 입을 다물고 있다.

"이보게. 일전에 교코가 또 와서 말이네. 무슨 말인가 했더니 내가 보낸 이혼장을 칭찬을 하더라구. 이것 참 곤란하군 하고 생각했는데, 같이 저녁을 먹으러 가자는 거야. 분위기가 바뀌어서 무슨 일인가 했는데, 자네한테 야단을 맞았다더군."

미키오가 기분이 좋아서 이렇게 이야기하는 데, 아카시의 얼굴은 마치 가면처럼 움직이지 않고 점점 더 새파래져 갔다.

"왜 그래?"

미키오도 웃음을 멈추고 얼굴 표정이 굳었나 싶더니, 그 역시 곧 새파래졌다.

두 사람은 서로 입을 다문 채 3분간이나 움직이지 않았다.

"이봐, 잠깐 밖으로 나와 주게."

미키오가 먼저 아카시에게 말을 했다. 아카시는 미키오의 뒤를 따라 밖으로 나와, 컴컴한 다리 끝자락으로 왔다. 거리에도 사람은 아무도 없었다.

미키오는 뒤를 돌아보며 말했다.

"이보게, 자네에게 하고 싶은 이야기가 있었네. 그게 실은."

그리고는 말을 하다 말고 다시 되물었다.

"자네, 벌써 알고 있는 거지?"

그러나 아카시는 거기에도 대답이 없었다.

"이보게, 미안하네. 진심으로. 미안하네."

미키오가 갑자기 사과를 했다. 아카시는 있는 힘을 다해 참고 있는 듯이 몸을 떨면서 미키오를 뚫어져라 쏘아보았다. 미키오는 한 손으로 사과하듯이 아카시의 어깨에 손을 올렸다. 그 순간 미키오의 몸은 다리 끝자락 바위 위에 내동댕이쳐졌다.

미키오는 곧 다시 일어나서 아카시 쪽으로 다가갔다.

"아, 잠깐 기다려, 잠깐만."

미키오는 이렇게 말하다가 또 내동댕이쳐졌다. 아카시는 약해보이지만 학생 때부터 유도선수였기 때문에 기술이 대단하고 동작이 빠르다. 그는 쓰러진 미키오의 곁에 턱 버티고 서서 내려다보았지만, 미키오가 일어나면 시간이 허용하는 한 계속 내던지려고 생각하는 듯 조용히 있었다.

(1935.5.1)

63회

6의 9

미키오는 일어나려고 반신을 일으켰지만 일어나면 아카시가 또 내동댕이칠 것이라 생각해서 다리를 축 늘어뜨린 채 말을 했다.

"이야기를 하면 알게 될 것이 아닌가? 그렇게 화내지 말게."

"자네는 이야기를 해야 이해가 되는 사람인가?"

아카시는 비로소 입을 열었다.

"하지만 내가 하는 말은 들어 줘도 되지 않겠는가?"

"듣기 싫네."

"그럼 어쩔 수 없지. 마음대로 하게."

"그럼, 들어 보지, 말해 보게."

미키오는 일어서서 아카시 옆을 벗어나 뚱하게 입을 다물고 걸어가려 했다.

"어이, 이보게."

아카시는 다시 미키오의 소매를 세게 잡아당겼다. 미키오는 비틀거리며 아카시 옆으로 쓰려지려 했다.

"말 안 하겠나?"

"하겠네. 하기는 하겠네만, 자네 정말 들을 생각이 있는 것인가?"

미키오는 아카시를 보았다.

"자네가 이야기를 할 수 있다면 해 보라구."

"나는 자네에게 미안하게 생각하고 있네. 하지만 내동댕이를 쳤

으니 이제 사과할 생각이 없어졌네. 그야 거듭거듭 몇 번이고 내가 잘
못했다고는 생각하네. 이제 이렇게 됐으니 윤리나 도덕의 문제로 끝
날 일이 아니네. 나는 나대로 유키코 씨를 받아들일 테니 자네는 자네
대로 마음대로 찾아가면 될 것 아닌가?"

"자네한테 그런 이야기 듣고 싶지 않네. 지금까지 자네는 나를 어
떻게 생각하고 있던 거지? 자네는 돈이 있으니까 나 같은 거 어찌되
든 상관없다고 멋대로 생각하고 있는 거지. 자네의 그 오만함을 용서
할 수 없네. 자네에게 성실함이라는 것이 있기는 한가?"

"성실하지 않으니 이렇게 고통스러워하는 것 아닌가? 나는 내가
왜 이렇게 하고 싶지 않은 짓을 언제까지고 하고 있는가 하며 고통스
러워 하고 있다네. 나는 우쭐한 마음에 내 자신의 불성실을 이야기하
고 있는 것이 아니네. 자네가 보고 있는 이 꼴 그대로네."

"그럼, 자네는 나에게 아직도 더 참으라는 것인가?"

아카시는 거세게 따지며 미키오에게 다가갔다.

"아니, 그건 내가 하고 싶은 말이네. 나는 왜 이렇게 한심한가 하며
이를 악물고 참고 있는 거네. 그 점을 이해해 주게. 좋아서 이러고 있
는 것이 아니네."

아카시는 울컥하여 고함을 질렀다.

"그럼, 참으라구."

그와 동시에 또 미키오는 내동댕이쳐졌다. 미키오는 다리 위에 쓰
러진 채 일어나려고 하지도 않았다.

아카시는 미키오 곁을 떠나서 모습을 감추었다. 미키오는 일어나

려했지만, 일어서기가 싫어졌다. 그는 아카시에게 화를 낼 생각이 전혀 없었다. 단지 지금은 내동댕이쳐지는 것이 자신의 더러운 마음을 구원하는 유일한 방법인 것으로 여겨졌다.

'아아, 이것으로 가슴이 조금은 후련해졌어.'

미키오는 이렇게 생각했다. 강가 옆 건물 위로 커다란 달이 떠 있다.

'아카시 자식도 정말 불쌍한 녀석이야. 나한테 또 유키코를 빼앗겼으니 말야. 만약 내가 아카시였다면 어떻게 했을까?'

미키오는 일어서서 흙먼지를 털며 멍하니 달을 바라다보았다.

'저 녀석에게 어떻게든 해서 돌려 주고 싶은데.'

그는 또 생각했다.

(1935.5.2)

64회

6의 4

사다코는 아카시와 헤어져서 집으로 돌아갔지만, 유키코는 그 때까지 여전히 미키오의 집에서 돌아오지 않았다.

사다코는 그 날 밤, 간호 일을 하는 곳으로 돌아가야만 했기 때문에 유키코가 늦을 것 같으면 만나지 않고 그대로 집을 떠날까 하고 있었다.

그 때 유키코가 돌아왔다.

"유키코, 어떻게 된 거야. 이렇게 늦게까지."

사다코는 심기가 언짢은 듯 유키코를 보았다.

"나, 오늘은 아무래도 돌아올 수가 없었어. 일이 있어서."

유키코는 기쁜 듯이 마음이 들떠서 말을 했지만, 갑자기 사다코를 외면하고 옆방으로 가려고 했다.

"나 이제 돌아갈 건데, 잠깐 저기로 같이 가자."

사다코는 어머니에게 묻기 전에 직접 유키코에게 아카시와의 혼담을 이야기해 두고 싶어서 유키코를 밖으로 데리고 나갔다.

사다코는 어두운 골목길에 서서 유키코에게 말했다.

"오늘 아카시 씨 만났어. 그랬더니 유키코 씨하고 결혼을 하고 싶다는 거야. 이렇게 좋은 일은 없을 것이라 생각해. 어머니도 아카시 씨하고 라면 좋다고 하셨어. 그러니 유키코, 너도 생각을 좀 해 봐."

유키코는 초연해졌다.

"괜찮지?"

사다코는 의아한 듯이 유키코를 바라보며 물었다.

"하지만, 나."

"너, 아카시 씨 싫어해?"

"싫어하지 않아."

"그럼, 된 것 아냐? 너도 참 이상한 애네."

"나, 난처해."

유키코가 이렇게 대답하자, 어머니에게 도움을 요청하기라도 하 듯 집 쪽을 보았다.

"왜? 무슨 일 있어?"

"응."

유키코는 고개를 끄덕였다.

"무슨 일이야? 말을 해 봐."

"하지만, 곤란해."

"괜찮으니까 말해 봐. 어서."

"나, 따로 약속한 사람이 있어."

"약속이라니, 무슨 약속?"

"그게, 나 일전에 회사에 있는데, 전화가 오더라구. 그리고 그 분이 이렇게 말하는 거야."

"약속이라니 무슨 약속? 그냥 말뿐인 약속?"

"응."

유키코는 작은 목소리로 대답했다.

"대체 누구야? 그 분이."

"그건 아직 말 못해."

"그럼 뭐하는 사람인데?"

"아무 일도 안 해."

"안 돼. 그런 사람은."

"하지만, 불쌍한 걸. 게다가……."

"거절해."

"나, 그런 말 못해."

"하지만 지금이 중요하지 않니?"

"그럼, 언니가 말해."

"내가 말해 줄게. 하지만 내가 그런 말을 해도 괜찮겠니? 유키코? 참을 수 있겠어?"

유키코는 말없이 울음을 터뜨릴 듯 고개를 숙였다.

"지금이라면 아직 괜찮으니까 분명하게 말해. 내가 거절해도 네가 화를 내지 않는다면 대신 말을 해 줄 테니까 말이야."

"데라시마 씨라구."

유키코는 작은 목소리로 그렇게 말하고 훌쩍훌쩍 울기 시작했다.

"어머나."

사다코도 아무 말을 할 수 없었다.

(1935.5.3)

65회

6의 11

사다코는 이제 이 일은 유키코만의 일이 아니라고 생각했다.

"데라시마 씨라면 더더욱 안 되는 것 아니니? 그 분에게는 부인이 있어. 몰랐니? 그런 줄."

사다코는 유키코를 노려보며 말했다.

"그렇지 않아. 데라시마 씨, 부인하고 이혼하고 지금 혼자라구. 나, 불쌍해졌다구."

사다코는 이 때 유키코를 야단을 치고 있는 자신이 뭔가 억지를 부리고 있다는 느낌이 들었다.

"데라시마 씨가 언제 이혼을 했는데?"

"병원에서 퇴원하고 얼마 안 있어서인 것 같아. 나, 데라시마 씨에게 언니가 일하는 곳을 이야기해 줄까 생각했지만, 언니가 말하면 안된다고 했잖아. 그래서 말 안했다고."

"그래도 데라시마 씨는 역시 안 된다고 생각해. 유키코, 너 그렇게 좋아? 그 분이?"

유키코는 말이 없다.

"아카시 씨가 얼마나 좋은 사람인지 모르는구나."

"그건 나도 그렇게 생각해. 하지만 할 수 없어. 그 분, 언니를 진정으로 사랑하지만 그렇게 몰라주면 화가 날 뿐이니까, 하다못해 언니하고 닮은 나하고라도 결혼하지 않으면 살 수가 없겠다고 하시는 걸. 나 그 말에 완전히 공감이 된다고."

사다코는 뭔가에 뒤통수를 맞은 것 같았다.

이제 사다코는 유키코와 더 이상 이야기를 할 수가 없었다. 그녀는 간호 일을 하는 근무처로 돌아가는 시각도 늦추고 미키오에게 당장 가지 않을 수 없었다.

'하지만, 저런 어린애는 누구나 속일 수 있어.'

이렇게 생각하자 사다코는 유키코의 행복을 위해 어떻게든 유키코와 미키오의 결혼을 막아야 한다는 생각이 들었다.

사다코는 미키오의 집에 도착했지만, 그는 아직 집에 돌아오지 않았다. 그래서 사다코는 하녀에게 허락을 받고 그가 돌아올 때까지 응접실에서 기다리기로 했다.

그녀는 오늘 밤 안으로 동생과의 이 문제를 해결하지 않으면, 첫째는 아카시에게 면목이 없으므로 간호하는 곳에서 목이 잘리는 한이 있더라도 미키오가 돌아올 때까지 기다리기로 결심했다.

근 한 시간이나 기다려서야 미키오는 돌아왔다. 그는 하녀에게 사다코가 와 있다는 이야기를 들었는지, 응접실에 들어오는 것을 몇 번이나 주저했지만 이윽고 눈가에 살짝 취기를 띠고 사다코 앞에 나타났다.

"오랫만입니다."

사다코는 인사를 하며 일어섰다.

미키오는 가볍게 고개를 까딱할 뿐, 사다코와 마주앉기는 했지만 그녀에게서 얼굴을 돌린 채 언제까지고 말이 없다. 그리고 차츰 미키오의 표정은 들어왔을 때와는 달리 엄하고 가까이 할 수 없게 엄하게 딱딱하게 바뀌어 왔다.

"나는 당신을 만나고 싶지 않아요."

마침내 미키오는 냉담하게 한 마디 던졌다.

"그것은 당연하다고 생각합니다만, 꼭 여쭤 보고 싶은 것이 하나 있어서요."

"나는 유키코에게 결혼을 신청했습니다."

미키오는 화가 난 듯이 뚱하게 말했다.

"그렇다고 하더군요."

"당신은 유키코와 저를 갈라 놓으려 온 것이죠?"

(1935.5.4)

66회

6의 12

사다코는 자신이 하고 싶은 이야기를 미키오가 먼저 이야기를 하자, 질책을 하려고 왔던 마음도 맥이 탁 풀려 버렸다.

"저, 유키코에 대해서는 어머니한테 부탁을 받은 것이 있어서요. 방금 전 유키코에게 데라시마 씨가 하신 말씀을 듣고 조금 더 생각을 해 보았으면 싶어서 이렇게 불쑥 찾아온 것입니다. 아무리 그래도 그 아이는 아직 어린애니까요. 그래서 실례되는 말씀이 아닌가 생각합니다만."

"당신 같이 그렇게 이야기하는 사람을 귀신이라고 하는 겁니다. 내가 유키코 씨에게 결혼 신청을 한 것이 뭐가 잘못된 것입니까? 나는 당신에게서 험한 꼴을 겪고 유키코 씨에게서 겨우 구원을 찾았습니다. 제게 그것까지 거두어들이라고 하는 겁니까?"

"아니, 저는 그런 생각이 아닙니다. 제가 오늘 밤 찾아뵌 것은."

사다코가 이렇게 몸을 낮추며 이야기를 하자, 미키오는 또 불쾌한 듯이 사다코를 쏘아보았다.

"이제 당신같이 냉혈한 여자하고 이야기해 봤자 내 입만 아파."

사다코는 말없이 고개를 숙이고 있다가 갑자기 눈썹을 떨며 소매로 얼굴을 덮었다. 미키오는 사다코의 두발을 힐끗 보았지만 곧 분연히 말했다.

"이제 돌아가 주세요."

미키오는 일어서서 자기 방으로 들어가려고 했다. 사다코는 고개를 들고 서둘러 자신도 일어섰다.

"잠깐 기다려 주세요."

"이제 아시지 않았습니까? 나는 당신이 아무리 반대를 해도 유키코와 결혼을 할 겁니다. 방해를 하고 싶으면 얼마든지 방해를 해도 괜찮습니다."

"저, 당신이 부인과 이혼하신 줄을 전혀 몰랐어요. 그러니까 조금만 더 이야기해 주시지 않겠습니까?"

미키오는 아직도 화가 난 표정으로 버티고 서 있었다.

"내가 아내와 이혼을 하든 말든 당신하고 아무 관련이 없지 않습니까?"

"저는, 유키코를 결혼하여 맞아 주시는 것은 감사하게 생각해요. 하지만 유키코를 아카시 씨에게 소개해 준 것은 당신이잖아요. 그랬으면서 당신이 지금 그런 짓을 하시다니 저는 어떻게 해야 할지 모르겠어요. 저, 오늘 아카시 씨를 만나서 유키코를 아내로 맞이해 달라고 부탁을 하고 온 참이에요."

미키오는 아카시 이야기를 듣자 말없이 털썩 앉았다.

"그래서 실은 저 오늘밤에 데라시마 씨에게 부탁을 해서 유키코를 다시 한 번 아카시 씨에게 보내달라고 부탁을 하러 온 거예요. 정말 폐를 끼치는 것 같지만 이렇게 난처한 상황이니, 제 얼굴을 봐서라도 다시 한 번 용서를 구할 수 없을까요?"

미키오는 여전히 계속해서 입을 다물고 있다.

"저, 그야 이런 말씀 드리면 당신과 아카시 씨를 비교하는 것 같아서 좀 뭡니다만, 그래도 아카시 씨의 일이니 데라시마 씨도 참아달라고 부탁할 수 있다고 생각해서요."

(1935.5.5)

67회

6의 13

아카시 이야기를 꺼내자 미키오도 대답을 할 방법이 없었다. 특히 지금 사다코가 이야기했듯이 아카시와 유키코의 혼담이 성립되려고 할 때라면, 더더욱 그랬다.

미키오는 이제 눈 앞에 있는 사다코가 문제가 아니었다. 마음은 괴로움으로 인해 허공에서 헤매이며 지각조차 신체에서 탈락되어 가는 것 같았다.

그러나 사다코로서는 뚱하게 입을 다물고 있는 미키오의 얼굴이 자신에게 더 심하게 화를 내는 것처럼 보이는 것이었다.

"그럼 저, 이런 부탁을 드리면 안 되겠지만, 제 동생 유키코의 긴

인생을 생각한다면 아무래도 데라시마 씨의 결혼 상대는 안 될 것 같습니다. 유키코의 앞날의 행복을 생각해 주신다면요. 그래서 억지로라도 갈라놓으려고 왔습니다."

"실은 오늘밤 나는 아카시에게 유키코 이야기를 이미 했습니다. 그랬더니 아카시는 화를 내며 나를 두세 대 쳤습니다."

"어머나."

사다코는 이해하기 어려운 듯이 미키오의 얼굴을 계속해서 바라보았다.

"그럼, 아카시 씨 이미 알고 계시네요."

"알고 있습니다. 그러나 이 일에 대해서는 이제 난 전혀 모르겠습니다. 아니 모르겠다는 것은 내가 잘 하고 있는 것인지 잘못 하고 있는 것인지 모르겠다는 말입니다만, 사다코 씨는 어느 쪽이라고 생각하나요?"

"그건 잘못하신 것이라 생각해요. 당신이 유키코와 아카시 씨를 결혼시키려고 하신 거잖아요. 그런데 갑자기 그렇게 사이를 틀어 놓는다면 누구라도 화를 내죠."

"틀어 놓는 것이 잘못된 일이라면, 당신 잘못이 제일 큽니다. 하지만 아카시와 유키코 씨는 틀어지게 되어 있었다고 생각합니다. 거기에 우연히 내가 나타난 것이므로 내가 두 사람 사이를 틀어 놓은 것처럼 보이는 겁니다. 만약 내가 두 사람 사이를 틀어 놓지 않았다면 분명 사야마가 이 두 사람을 틀어 놓았을 것입니다. 그런 식으로 생각하면, 미적지근한 아카시도 잘했다고는 할 수 없으니까요."

미키오는 이렇게 말을 했지만, 새삼 자신의 행위의 선악에 대해 생각하지는 않았다.

"하지만 데라시마 씨도 조금이라도 유키코를 생각해 주신다면, 감사하겠습니다."

"나는 그 점을 생각해서 이러고 있는 겁니다. 나는 어차피 다른 여성과 결혼할 바엔 차라리 최소한 당신과 비슷한 유키코 씨하고라도 결혼을 하지 않으면 견딜 수 없습니다. 당신은 나를 그저 차 버리기만 하고 아무렇지도 않을 수 있을 만큼 수양을 쌓은 여성인지 모르겠습니다. 그리고 차인 나는 그대로 찌그러져 있을 것이라고 당신은 생각하겠지요. 하지만, 교코도 나한테서 도망갔고 당신도 도망갔습니다. 그리고, 겨우 다가온 유키코 씨를 또 당신은 단념하라는 겁니다. 그것도 단념할 이유가 당신에게는 확실히 있겠지만, 저에게는 이제 이유 같은 것 없습니다. 이제 될 대로 되라지요. 나는 잘못했다고 해도 전혀 후회 같은 것 하지 않습니다."

미키오는 흥분을 한 어조로 이렇게 말을 하기는 했지만, 그가 하고 싶은 말은 이런 것은 아닌 것 같았다.

(1935.5.6)

68회

6의 14

사다코는 이제 아무 말도 하지 못하고 고개를 숙이고 있었다. 그러자 갑자기 미키오는 다그치듯이 얼굴이 벌개진 채 말했다.

"사다코 씨, 당신 지금 나하고 아카시에게 가 주시겠습니까? 아카시에게 다시 한 번 사죄를 하고 유키코 씨를 당신이 하라는 대로 하게 하겠습니다."

"예, 그렇게만 해 주신다면 저는 무슨 일이든 하겠습니다."

사다코는 갑자기 기쁜 듯이 생기가 돌았다.

"그래요, 그러면 그렇게 해 주세요. 나 혼자 가면 아카시는 믿지 않을 거예요. 실은 나는 아카시에게 아까부터 사죄할 방법이 없을까 하는 생각만 하고 있었습니다. 그런데 내동댕이쳐진 것을 생각하면 화가 나서 견딜 수가 없어요."

미키오는 기세 좋게 일어섰다. 사다코도 서둘러 그의 뒤를 따랐다. 두 사람은 자동차를 타고 아카시 집으로 달려갔다.

"이야기가 잘 매듭이 지어질지 어떨지 모르겠지만, 어쩌면 유키코 씨가 화를 낼지도 몰라요."

미키오는 걱정스러운 듯이 말했다.

"유키코 쪽은 괜찮아요. 내가 오기 전에 유키코에게 물어 보았는데, 데라시마 씨와의 약속을 깨면 당신에게 야단을 맞을 거라고 하며 무서워하고 있었으니까요."

"그렇다면 더더욱 안 돼요. 내가 유키코 씨를 이렇게나 좋아할 줄은 꿈에도 생각 못했어요."

그러나 미키오가 이렇게 이야기를 하고 있을 때도, 사다코는 지금 자신이 유키코를 대신해서 미키오와 결혼하려고 하고 있다는 생각은 하지 못했다. 그녀는 언제 미키오와 결혼하려고 생각했을까? 하지만 사실은 그렇게 결심한 것이나 마찬가지였다.

사다코는 자동차가 달림에 따라 차차 끝을 알 수 없는 공포심에 사로잡혔다.

'아아, 나도 오늘밤이 마지막이다. 오늘밤 돌아오면 미키오의 방에서 자야만 한다.'

이 얼마나 급박하게 뒤바뀐 처지인가?

사다코는 미키오에게서 좀 떨어져서 부르르 떨며 미키오와 결혼한 후의 자신에 대해 생각했다.

'난 이 사람을 좋아하지 않아. 아무리 생각해도 좋아할 것 같지가 않아. 그런데 나는 왜 이렇게 무모한 짓을 한 것일까?'

하지만 어찌된 일인지, 그녀는 자신도 모르게 미키오의 신체에 마음이 점점 끌리는 것이었다.

두 사람은 아카시의 집에 도착했다. 하지만 아카시는 아직 돌아오지 않았다. 미키오는 하숙집 식모에게 종이를 달라고 해서, 오늘밤 사다코와 둘이 온 뜻을 적은 후에 아카시가 돌아오면 꼭 전해달라고 부탁을 하고 밖으로 나왔다.

"이제 당신 집까지 바래다주지요."

미키오는 말했다.

"아니, 저 오늘밤은 당신 집에서 잘 거예요."

사다코는 자기 스스로도 깜짝 놀라며 그렇게 거침없이 말했다. 미키오는 어이가 없다는 표정으로 사다코를 보았다.

"그건 안 됩니다. 당신은 바로 나를 그런 식으로 생각하니까 저를 이해하지 못하는 거예요."

사다코는 얼굴이 빨개졌다.

(1935.5.7)

69회

6의 15

미키오는 도로 한 복판에 멈춰선 채 자동차를 잡으려고도 하지 않고 어쩔 줄을 몰라 했다. 사다코가 왜 갑자기 오늘밤에 자기 집에서 자고 싶다고 했는지 생각을 해 보니 이상했다.

"네, 그러죠. 저는 지금 이러니저러니 따지고 싶지는 않아요. 아니, 일단 자동차를 탑시다."

미키오는 이렇게 말하고 택시를 불러 세웠다. 그러나 자동차를 타도 어디로 가야 좋을지 알 수가 없었다.

"어디로 갈까요?"

운전수는 물었다.

"뭐, 아무데나 괜찮으니까 가 주세요. 잠시 후에 마음이 정해지면 알려 줄 게요."

택시는 정처 없이 아무렇게나 달렸다.

"그야 나로서는 당신이 나한테 오겠다고 하면 그보다 고마운 일은 없습니다. 하지만 당신이 이제 와서 그렇게 말씀하시면 헷갈립니다."

"하지만 저 결심했어요."

사다코는 작은 목소리로 말했다.

"아니 바로 그런 점이 내 마음에 안 들어요. 결심이라니 뭘 결심했다는 거예요? 지옥에라도 뛰어드는 심정으로 결심을 하셨다고 하면 저는 전혀 고맙지가 않아요. 나는 당신이 무슨 결심을 했다는 것인지 잘 알고 있으니까요."

미키오는 이렇게 말하며 껄껄 웃었다.

"아니요, 저는 그럴 생각으로 한 말이 아니에요."

사다코는 쩔쩔매며 대답했다.

"아니, 당신은 유키코 씨를 위해 희생할 생각으로 나와 결혼하려고 생각하는 것이잖아요. 내가 말입니다, 사다코 씨, 유키코 씨를 아카시에게 돌려주려는 것은 당신이 내게 다시 돌아왔으면 해서 그러는 것이 아닙니다."

"아니, 저, 그런."

"아, 기다리세요. 나한테는 말입니다, 당신에게도 교코에게도 유키코 씨에게도 모두 한 번씩 버림을 받는 것이 더 잘된 일인 것 같습니다. 내가 이런 상황을 바란 것은 아닙니다만, 나라는 인간은 한 번 그런 꼴을 겪지 않으면 정신을 차리지 못하는 인간입니다."

사다코는 이렇게 새로운 미키오의 감정을 이해할 수 없다는 듯, 눈이 동그래져서 미키오를 바라보고 있었다.

"손님, 어디로 갈까요?"

운전수가 다시 물었다.

"아 참 그렇지. 아직 정하지 못했군. 그럼 어쨌든 기오이초로 가 주세요."

자동차는 미키오의 집쪽으로 핸들을 돌렸다. 두 사람은 입을 다물어 버렸다. 길에는 인적이 뚝 끊겼다.

"저, 당신을 이해하지 못하겠어요."

사다코는 잠시 후 이렇게 입을 열었다.

"그야 무리는 아니죠. 나 같은 처지가 되어 보지 않으면 아무도 이해하지 못할 겁니다. 당신이 싫어하는 점도 바로 이 점이니까요. 내가 유키코 씨를 좋아하는 것은, 그 사람은 정말로 마음씨가 고운 사람으로, 나의 이런 이해할 수 없는 마음을 문제 삼지 않는 천사 같이 아름다운 마음을 지녔기 때문입니다. 그런 마음씨를 가진 사람은 좀처럼 없어요."

자동차는 미키오의 집 앞에 도착했다. 미키오는 내려서 현관으로 들어갔다. 그리고 그는 '앗'하고 소리를 질렀다.

(1935.5.8)

70회

6의 16

현관에 교코가 벗어 놓은 신발이 있었다. 미키오는 잠시 말없이 교코의 신발을 보고나서, 너무나 재수가 없다는 생각이 들어 웃음이 나왔다.

"하하하하하."

"그럼, 저 돌아가겠어요."

사다코는 미키오의 혼란스런 마음을 눈치챈 듯, 바로 밖으로 나가려 했다.

"괜찮아요, 괜찮아요. 교코가 와 있는 것 같아요. 하지만, 뭐, 그 사람은 얼마 전에 나보고 당신하고 결혼을 하라고 권했어요. 어디 한 번 깜짝 놀라켜 주죠, 뭐."

미키오는 도망치려는 사다코의 팔을 꽉 붙잡고 성큼성큼 안으로 들어갔다.

"안 되겠어요. 저 돌아갈래요."

"괜찮다니까요. 상관없어요."

미키오가 너무 큰 소리로 말을 하는 바람에 교코가 안에서 듣고 뛰어나왔다. 이제 사다코는 달아날 수가 없었다.

"어머, 어서 오세요."

교코는 생글생글 웃으며 인사를 했다.

"저, 정말 죄송합니다."

사다코는 쥐구멍에라도 들어가고 싶은 심정이었다.

"자, 어서 들어오세요."

교코는 미닫이 문을 홱 열었다.

"자, 들어오세요. 이 사람은 내 아내가 아니니까 신경쓰지 않아도 괜찮아요."

미키오는 이렇게 말하고 교코에게 또 말했다.

"이봐, 오늘은 사다코 씨 쪽이 당신보다는 위야. 그런 줄 알고 있어."

"네, 네."

"저, 정말 돌아가겠어요."

사다코는 아직 엉거주춤한 자세로 말했다.

"아니에요, 괜찮아요. 저 오늘밤에 가마쿠라에 돌아가려고 했는데, 연극이 늦게 끝나서 이렇게 되었어요. 자, 어서 들어오세요."

사다코는 응접실로 들어가자 교코와 다시 한 번 그간의 안부 인사를 나누었다. 교코는 전혀 어색한 기색도 없이 들떠서 큰 목소리로 웃었다.

"저, 한 번은 감사 인사를 하러 가야지, 가야지 하고 생각하고 있었어요. 하지만 데라시마가 가지 말라고 해서요. 재미있군요."

사다코는 초라하게 위축이 되어서 아무 말도 하지 않았다. 미키오는 서로 마주 앉아 있는 두 사람 사이에 있는 의자에 앉아 교코에게 말했다.

"당신한테 돌아가라는 건 아니지만, 참 절묘할 때 와 주었군 그래."

"아유, 실례했어. 나 당신이 사다코 씨한테 차였다고 해서 딱해서

봐 주러 온 거잖아."

"그야 고생은 했지만, 뭐 이럴 때 등장하지 않아도 괜찮았을 텐데. 오늘밤에도 사다코 씨는 중요한 볼일이 있어서 온 거라서 말야."

이렇게 이야기를 하는 찰나, 현관에서 소리가 났다.

"실례하네."

교코는 바로 나갔다.

"어머, 아카시 씨 아니야?"

"아카시."

미키오는 이렇게 부르며 자리에서 일어섰다.

(1935.5.9)

71회

6의 17

미키오도 그렇고 사다코도 그렇고 이것 참 난처하다고 생각했는지, 동시에 눈이 마주쳤다. 하지만, 미키오는 이제 체념했는지 씁쓸하게 싱글벙글 하며 아무 말도 하지 않는다. 기묘하게 넋이 나간 표정이되더니 갑자기 아주 여유 있고 침착한 표정으로 담배에 불을 붙였다.

그곳으로 아카시가 창백한 표정을 하고 말없이 들어왔다.

"방금 전 사다코하고 둘이서 자네 집에 갔었네. 자네가 없어서 돌아와 보니, 교코가 와 있군 그래. 그러니까 말이네 오늘은 아무 말도 않기로 하세. 한 마디라도 하면 엉망진창이 될 거네."

미키오는 이렇게 말을 하고 있지만, 아카시는 들으려고도 하지 않는다 .

그는 아직도 흥분을 한 상태인지 핏발이 선 눈이 빛나고 있었다.

"아까 찾아갔었어요. 하지만 계시지 않아서."

사다코가 아카시에게 거기까지 말을 했을 때, 갑자기 미키오가 큰 목소리로 말했다.

"이제 그만해. 아무 말도 하지 마."

"무슨 말씀이세요? 제 정신이 아닌 것 같은 말씀을 하시고."

사다코는 여유가 있는 듯 생글생글 모두의 얼굴을 바라보며 말했다.

"자네가 두고 간 편지를 보았네."

아카시가 말했다. 그리고 잠시 입을 다물고 있다가 갑자기 일어서서 사과를 했다.

"대단히 미안했네."

"아니, 그건 내가 할 말이지, 자네가 할 말은 아니네. 하지만, 오늘 밤은 이렇게 뒤죽박죽이 되었으니 이해해 주었으면 하네. 무슨 말을 해야 할지 전혀 모르겠네. 일단 앉게."

이렇게 어수선한 상태가 되면, 미키오는 전부터 시치미를 뚝 뗀 표정으로 얼이 빠져 있다가 이상하게 천재적 능력을 발휘하여 일좌의 분위기를 정리하는 버릇이 있다. 이때도 역시 미키오는 자연스럽게 아무도 할 수 없는 조정의 묘를 발휘하여 태연하게 유유자적하는 모습을 보이며 소란을 떨지 않았다.

"이 봐, 교코. 당신 그렇게 우물쭈물 하지 말고 차 준비라도 도와."

"하지만, 난 손님이야. 당신이 나한테 차 정도는 대접해도 되잖아."

"그렇게 따지지 마. 재미없어."

"하지만, 아카시 씨, 나 이제 이혼장 받았지 않았나요?"

교코로서는 이 말은 그저 단순한 응수에 지나지 않았지만 사다코로서는 가슴이 철렁 할 정도로 강한 충격을 받았다. 그녀는 가슴을 두근거리며 등을 폈다 오므렸다 하며 일이 어떻게 되 가는 것인지 궁금해 할 뿐이었다.

"그럼, 내가 차를 내오지."

미키오가 일어섰다. 그러자 사다코도 같이 일어서며 말했다.

"저, 이제 저는 돌아가겠어요."

"괜찮아요. 저쪽에 침대가 있어요. 피곤하시죠? 이제 주무시지 않겠어요?"

교코는 이렇게 권했다. 그러나 그녀는 역시 마음에 걸렸는지 아차 하는 표정으로 말을 이었다.

"정말 이제 늦었어요. 저쪽에서 저하고 같이 자요. 그렇게 해요."

"사다코 씨, 그렇게 해요."

미키오도 거들었다.

(1935.5.10)

72회

미키오는 자신이 직접 차를 내오는 것은 그만두기로 했다. 그러나 일좌는 사다코가 머뭇머뭇하며 다시 자리에 앉자 일순 조용해지며 아무도 말이 없었다.

"자네."

미키오는 아카시 쪽을 보며 말을 꺼냈다.

"오늘밤에 사다코 씨하고 의논을 했는데, 유키코 씨하고 결혼하지 않겠나? 그 아이는 여기 있는 사다코 씨나 교코하고는 달라서 남자를 못살게 구는 여자가 아니네. 절대적으로 좋은 사람이야. 그런 여자가 아니면 나 같은 남자는 구제 불능이라서 말이네."

"그럼, 당신이 결혼하면 되겠네요."

옆에서 교코가 엷은 미소를 띠며 참견을 했다.

"그런데 그게 그럴 수가 없다고. 사다코 씨가 방해를 해서 말이야."

"나는 이제 그만두었네."

아카시가 단호하게 말했다.

"왜지?"

"아니, 이유는 없네."

"그런 바보 같은 짓이 어디 있나? 자네는 나를 세 번이나 내동댕이 치지 않았나? 이제 와서 그런 불만을 이야기하면 안 돼지."

"아니, 그만 두겠네."

"내가 어떻게 하든 문제가 아니지 않은가? 나는 유키코 씨한테 아무 짓도 하지 않았네."

"어쨌든 오늘밤은 돌아가겠네."

아카시는 이렇게 말하고 벌떡 일어났다.

"이봐, 그만 하게."

미키오는 아카시의 뒤를 따라갔다. 그러나 아카시는 여전히 말없이 뭔가 각오를 한 듯 뒤도 돌아보지 않고 돌아갔다. 미키오는 현관에 멍하니 멈춰 서서 꼼짝도 하지 못했다. 그는 거의 울음을 터트릴 듯한 표정이 되었다.

"내가 대체 저 자식에게 무슨 말을 한 거지?"

그는 이렇게 생각했다.

그러나 그는 아카시의 기분을 도저히 이해할 수 없었다.

미키오가 다시 방으로 들어가자, 사다코는 걱정스러운 듯이 미키오의 얼굴을 뚫어져라 바라보고 있었다.

"나 이제부터 아카시에게 다녀올 거야. 그러니 당신들도 이제 자. 나는 오늘밤에는 아카시의 집에서 자고 돌아오지 않을 거야."

미키오는 어느 누구의 얼굴도 보지 않고 그렇게 말을 하고는 곧 아카시의 뒤를 쫓아갔다.

그러나 미키오가 간 길은 아카시가 간 길과 반대였는지 아무리 가도 그의 모습은 보이지 않았다. 그래서 어쩔 수 없이 자동차를 잡아타고 아카시의 하숙집으로 달려갔다. 하지만 하숙집에 가도 아카시는 아직 돌아오지 않았다.

"좋아, 그럼 여기서 오늘 하루 밤 버티지 뭐."

미키오는 아카시의 집 앞에서 왔다갔다 하고 있었다. 주변은 고요하고 이따금씩 자동차 불빛이 강하게 빛나고 있을 뿐이었다. 그러는 사이 점점 배가 고파졌다. 그는 도랑을 따라 가면서 유키코를 다시 한 번 보고 싶다고 생각했다.

'그런데 나는 또 유키코를 아카시에게 넘기려고 했어. 아니, 이것은 —왜 이렇게 나는 왔다갔다 마음이 흔들리는 것일까? 하지만 유키코가 보고 싶어. 내 마음 어디에 거짓이 있느냐 말이다. 아니, 참을 수가 없어. 아카시, 어서 유키코를 거두어 주게. 뭘 꾸물거리고 있는 건가?'

그러나 미키오의 고통은 여전히 계속되고 있었다.

(1935.5.11)

73회

6의 19

20분이나 지나서 자동차가 오고 안에서 미키오가 내렸다.

"어이."

미키오는 어둠 속에서 성큼성큼 걸어나왔다. 아카시는 미키오인 줄 모르는지, 멍하니 서서 이쪽을 보고 있다가 물었다.

"자넨가?"

그는 집안으로 들어가려 하지 않았다.

"오늘밤 재워주지 않겠나? 우리 집은 자네도 알다시피 저 지경이니 돌아가고 싶지 않네."

미키오는 이렇게 부탁을 했다.

그러나 아카시는 말없이 생각에 잠겨 있다.

"안 되겠나?"

"음. 오늘밤은 자네하고 자기가 싫네."

아카시는 외면을 했다.

"하지만 유키코 씨 문제를 매듭을 짓고 싶네. 그러지 않으면 견딜 수가 없지 않은가?"

"그 일에 대해서는 이미 말하지 않았나? 나는 절대로 두 번 다시 그 이야기는 더 하고 싶지 않네."

"그럼 안 되네. 자네가 한 번 유키코 씨와 결혼을 하기로 마음을 먹은 이상 아무리 속이려 해도 그런 말은 거짓이네. 결혼하면 되지 않겠나."

그러자 아카시는 벌컥 화가 난 듯한 표정을 지었다.

"자네는 대체 왜 나하고 유키코 씨를 그렇게까지 결혼을 시키고 싶어 하는 것인가? 데라시마, 자네가 하는 말은 순 엉터리네."

"아니, 그렇지 않네. 나는 가장 진심이라고 생각하는 말만 하니까 그렇게 엉터리로 보이는 것이네. 내가 자네에게 유키코 씨와의 결혼을 권하는 것은 내가 유키코 씨를 너무너무 좋아하기 때문이네. 자네는 좋아한다면 자신이 직접 결혼을 하면 될 것이라고 할 지도 모르지만, 진심으로 좋아하니까 어서 자네에게 넘겨 버리고 싶은 것이네. 그런데 자네가 그렇게 마음에 없는 말을 하면, 나는 여전히 갈팡질팡하게 되고 그렇게 고통스러운 일은 없을 거네. 이제 이런 고통은 이 쯤에서 적당히 끝내고 싶네."

"그런 건 내가 알 바 아니네. 자네 마음대로 괴롭고 싶으면 괴로워하면 되는 것 아닌가?"

아카시는 더 한층 뚱하게 대답했다.

"자네는 왜 또 그렇게 마음에 없는 말을 하고 싶은 것인가? 빨리 결혼을 하라구. 나처럼 한 번 솔직해 지라구."

미키오는 고함을 치듯 말했다. 그러자 아카시는 미키오를 노려보며 말없이 그의 곁으로 다가왔다.

그리고 미키오의 멱살을 잡으며 분하다는 듯이 이를 박박 갈며 흔들어댔다.

"분하면 치라구."

미키오는 고함을 질렀다. 아카시는 미키오를 내던지려다 갑자기 손을 놓았다.

"이제 그만 하지. 내가 잘못 했네."

아카시는 자기 집 쪽으로 걸어갔다. 미키오는 그의 뒤에서 따라들어가려 했다.

"안 돼. 돌아가."

아카시는 이렇게 말하며 미키오를 밖으로 밀어 냈다.

"왜 안 들여보내 주는 거지?"

"오늘밤은 이제 지쳤어. 제발 얌전히 돌아가게."

"안 돼. 나 같은 놈 한 놈 어찌 되는 상관없지 않은가? 난 이제 글렀으니까 자네만이라도 제대로 된 인간이 되었으면 하네. 그것을 모르겠나? 바보 자식."

미키오는 고함을 지르고는 아카시의 뺨을 찰싹 때리고 돌아갔다.

(1935.5.12)

74회

6의 20

사다코는 밤 1시도 넘어서 혼자 집으로 돌아왔다. 이제 모두 자고 있겠지 하고 생각했는데, 유키코가 혼자 일어나서 문을 열어 주었다. 유키코는 이제 언니와 자신에게 무슨 일이 일어났는지 아는 모양으로, 사다코에게는 아무 것도 묻지 않으려 했다. 사다코는 유키코 옆에 이불을 펴고 바로 누웠다.

"유키코, 좀 잤니?"

사다코가 물었다.

"응."

유키코는 대답을 했지만, 아직 전혀 졸려운 것 같지 않았다.

"저, 내일 아침에 너 일찍 아카시 씨 댁에 가서 사과하고 와. 나 오늘밤에 데라시마 씨를 만나서 너하고 아카시 씨의 결혼에 대해 이야기했어. 그랬더니 데라시마 씨는 그렇다면 자신은 이제 너에 대해서는 단념을 하겠다고 했어. 유키코, 그게 좋겠지?"

유키코는 베개에 뜨거운 뺨을 대고는 아무 대답도 하지 않았다.

"안 되겠니?"

"아니."

유키코는 희미하게 대답했다. 그러나 그 목소리는 잘 알아들을 수 없을 정도로 작았다. 사다코가, 감고 있는 유키코의 긴 눈썹을 보고 있자니, 가끔씩 어깨가 바르르 떨리고 있었다.

"알았지? 그렇게 해. 아카시 씨에게는 정말이지 미안해 죽겠어. 그리고 유키코 너도 아카시와 결혼하는 게 훨씬 행복할 것이라 생각해."

그러나 유키코는 왜 아무 말이 없는 것일까? 사다코는 그것이 궁금했다.

"왜 아무 말이 없니?"

"뭐가 뭔지 모르겠어."

"하지만, 잘 알잖아."

사다코는 이렇게 말했다. 하지만 사다코는, 자신이 유키코와 아카시를 억지로 결혼시키려는 것은 자신과 미키오가 결혼하고 싶기 때문이라고 유키코가 생각할 것이라고는 알지 못했다.

'알았지? 그러면 내가 네 대신 데라시마 씨하고 결혼해 줄게.'

자신은 왜 이때 이렇게 말할 수 없는 것일까?—사다코는 자신에게, 미키오를 유키코에게서 되찾아오고 싶어서 견딜 수 없는 감정이 자신에게 전혀 없다고 할 수 없다는 것을 깨닫고는 그 어두운 마음에 눈을 감았다.

이렇게 되자 사다코는 이제 더 이상 유키코에게 아카시를 권할 수 없게 되었다.

'왜 내 마음은 아직도 이런 것일까?'

사다코는 뜻하지 않게 자신의 마음속 괴물을 본 것이었다.

'아아, 괴로워.'

사다코는 생각했다.

만약 지금 유키코와 미키오를 갈라놓는다면, 이제 유키코에게 영원히 행복은 찾아오지 않을 지도 모른다. 그것을 알면서도 사다코는 지금 유키코의 행복을 위해 아카시와 결혼하라고 권하는 것이다.

다음날 아침이 되자, 사다코와 유키코는 서로 얼굴을 마주하지 않으려 했다. 사다코는 뒤꼍 툇마루로 비쳐 들어오는 아침햇살을 보며, 어젯밤 유키코에게 한 말은 모두 유키코를 위해서 한 말이라고 다시 생각했다. 그녀는 유키코가 회사에 가려고 할 때 다시 한 번 확인했다.

"그럼 아카시 씨에게 갔다가 가."

"응, 알았어."

유키코는 작은 목소리로 대답했다.

(1935.5.13)

75회

6의 21

유키코는 아카시에게 가기 전에 먼저 미키오를 만나 다시 한 번 언니의 의견을 전달하고 미키오도 언니와 같은 생각인지 묻고 싶었다.

미키오는 일어나 나와서 유키코를 집안으로 들이지 않고, 벤케이바시(弁慶橋) 쪽으로 데리고 갔다. 아직 흙먼지가 일지 않은 아침 길을, 두 사람은 세상에 불쌍한 긴장된 표정을 하고 말없이 걸었다. 만약 이때 누군가 이 두 사람을 보았다면, 누구라도 지인이 위독하다는 소식을 듣고 서둘러 달려가는 것이라고 오해를 했을 것이다.

얼마 안 있어 하얀 공원 길 위로 커다란 빗방울이 떨어졌다. 조용했던 나뭇잎들이 소리를 냈다. 그러자 미키오는 비로소 자신이 왜 유키코를 여기까지 데리고 왔는지 깨닫게 되었다.

"그래? 언니가 그렇게 말을 했다는 거지?"

미키오는 갑자기 이야기를 꺼냈다.

"아카시 씨에게 가라고 했어요. 하지만 저는 어찌 해야 할지 모르겠어요."

"그럼, 너도 난처하겠구나."

"난처해요."

"하지만, 나도 난처해. 어젯밤 겪은 일은 마치 꿈 같아. 아카시에게는 나도 유키코 씨와 결혼하지 않겠냐고 권하기는 했지만, 아카시는 싫다고 했어."

유키코는 울음을 터트릴 듯한 표정이 되어, 떨어지는 빗방울을 말 없이 바라보며 걸어갔다.

"하지만 내가 이렇게 말한다고 해서, 유키코 씨를 싫어한다는 것은 아니야. 네 언니는 네가 나한테 오는 것보다 아카시에게 가는 것이 더 행복해지는 길이라고 생각하는 거지. 그건 나도 그렇게 생각하니까 말이야."

미키오는 자못 이야기하기 거북스럽다는 듯이 어물쩍거리며 말했다.

"그럼, 저 이제 데라시마 씨하고는 만나지 않는 것이 좋겠네요."

이상하게도 유키코는 원망스런 눈빛으로 미키오를 올려다보았다.

"그런 게 아니야. 하지만 유키코는 나를 동정해서 사다코 씨 대신 나와 결혼하려고 생각한 거잖아. 그걸 알고 나니 나도 좀 생각을 한 거지. 나는 네가 내 동생 같아. 그래서 네가 행복해 진다면 나는 어떤 고통이라도 참고 희생을 할 생각이야. 네 혼수도 내가 다 준비하고 싶어. 내가 그렇게 하게 해 주기다, 알았지?"

"저 싫어요. 그런 것."

유키코는 토라진 듯이 말했다.

"싫다고 해도 어쩔 수 없어. 나도 너와 결혼하지 못하는 것은 싫어. 하지만 그건 모두 참아야지."

"당신하고 결혼하면 내가 왜 불행해지는 거죠?"

"그야 누구나 그렇게 생각하지."

"그럼 당신도 그렇게 생각해요?"

"나는 그렇게 생각하지 않아. 하지만 아카시 쪽이 너를 더 행복하게 할지도 모르니까 말이야."

미키오는 점점 더 말하기 거북한 것 같았다.

"나 불행해져도 괜찮아요."

유키코는 고개를 숙이고 말했다. 미키오는 무슨 말인가 하려다 깊은 한숨을 쉬고는 입을 다물었다. 어느새 비는 그쳤고 꽃을 잔뜩 피운 벚나무가 둑방 위에 가득했다.

(1935.5.14)

76회

6의 22

"저, 데라시마 씨가 하시는 말씀 납득이 안 돼요."

유키코는 작은 목소리로 중얼거리듯 말했다. 미키오도, 전혀 납득이 안 되겠지라고 생각했다. 미키오는, 그렇게나 유키코를 사랑했고 그래서 결혼하고 싶다고 하여 유키코의 승낙을 받아 놓고는, 물러나려는 이런 기특한 마음이 자신에게 있으리라고는 생각도 못했다. 하지만 지금은 그것이 사실인 것이다.

'이 얼마나 웃기는 일인가?'

미키오는 이렇게 생각했다. 또한 그로서도 유키코의 아름다움을 생각하면 자신이 물러나려는 생각은 정말이지 허세스럽기 짝이 없는 일이었다.

　그러나 어떤 한 가지 행위에 관한 생각이란 이렇게 여러 가지로 갈릴 수도 있구나 하며, 자기 자신도 종잡을 수가 없었다.

　'아아, 이제 몸도 마음도 옴짝달싹 할 수가 없어.'

　미키오는 이렇게 생각하고는 멈춰 섰다.

　"유키코, 오늘은 이만 회사에 가 봐. 너 끝나는 시간에 내가 다시 갈게."

　"하지만 저, 이제 아카시 씨에게 가야 해요. 언니가 꼭 가라고 한 걸요. 어떻게 하면 좋을까요?'

　미키오는, 그건 네 마음이야 라고 하고 싶었다. 하지만 무엇이 그 말을 가로 막은 것일까? 눈물을 삼키듯 고통스런 표정을 하고 말문이 탁 막혀 꿀 먹은 벙어리처럼 입을 꾹 다물고 있었다.

　"그럼, 안녕히 가세요."

　유키코는 인사를 했다.

　"잠깐 기다려."

　유키코는 멈춰 서서 미키오의 얼굴을 바라보았다.

　"5시에 너희 회사로 갈게."

　"네, 하지만 저 이제 아카시 씨에게 가서 뭐라고 하면 좋을까요? 가르쳐 주세요."

　미키오는 싱글벙글 웃기 시작했다.

　"글쎄. 뭐 네가 아카시에게 사과할 필요는 전혀 없으니까 말야. 그럼, 어려운데."

"저, 아카시 씨에게 해서는 안되는 짓 한 것 없어요."

"그러니까 아카시가 미적거린 것이 잘못이지. 아카시에게 사과하라고 하러 가는 거지."

"싫어요, 그러기."

유키코는 비로소 생긋 웃었다.

"아니, 갈 거면 그렇게 마음 단단히 먹고 가라는 거야."

"그러면 아카시 씨, 뭐라고 할까요?"

"그야 아카시는 난처해 하겠지. 분명히 너를 사랑하게 될 거야. 바로 그 자리에서 사랑하게 될 테니까 말야. 그럼, 잘 가."

미키오는 이렇게 말하고, 이제는 유키오의 얼굴도 보지 않고 돌아갔다.

유키코는 마침내 아카시의 집에 도착했다. 그 때는 마침 아카시가 회사에 가려고 나서던 참이었다. 그는 유키코를 보고는 얼굴이 새빨개져서 현관에 서서 말했다.

"지금 이 시간에 무슨 일이죠? 뭔가 볼일이 있어요?"

"아니요."

유키코는 계속해서 생글생글 웃으며 아카시의 얼굴을 바라보고 있었다.

"그럼 같이 나가요. 나도 회사에 가려던 참이니까요."

아카시는 이렇게 말을 하기는 했지만, 유키코가 지금 이 시간에 왜 왔는지 말하지 않아도 이미 다 알고 있었다.

두 사람은 밖으로 나갔다. 평소 같으면 바로 버스를 탔겠지만, 아카시는 보도 위를 걸었다.

"언니가 아카시 씨 댁에 갔다 오라고 하는데, 무슨 일이에요?"

유키코는 자연스럽고 부드러운 말투로 물었다.

(1935.5.15)

77회

6의 23

아카시로서는 무엇보다 이 유키코의 질문이 마음이 아팠다. 자신이 바라고 있던 것이, 뚝 떨어진 것이 바로 이 순간이다.

하지만, 유키코가 오늘 아침 일찍 온 것은 유키코의 의지는 아니었다. 그게 왜 기쁜 것일까?

아카시는 뭔가 유키코에게 화가 나서 갑자기 유키코를 내던져 버리고 싶었다.

"나는 당신 언니가 뭐라고 했는지 모르겠지만, 당신은 별로 만나고 싶지 않습니다."

유키코는 입을 다물어 버렸다. 아카시는 영원히 할 수 없는 말이라고 생각하고 있던 말을 어느새 하고 있는 자신을 깨달았다.

"그럼, 저 오지 말걸 그랬군요."

유키코는 작은 목소리로 말했다.

"그야 오지 않는 것이 서로를 위해 좋았을 것이라고 생각해요. 언니가 아무리 가라고 했다 해도 당신이 싫다고 하면 되는 것 아닌가요? 왜 싫다고 하지 않았어요?"

"하지만, 저 그럴 수 없었어요."

"그렇다면, 내가 당신에게 아무리 난폭한 짓을 해도 괜찮나요? 당신은 좀 더 강한 자기자신을 가져야 해요."

"하지만 아카시 씨가 난폭한 짓을 하실 분이라고는 생각하지 않아요."

아카시는 말문이 탁 막혀 입을 다물어 버렸다. 이제 두 사람의 교정(交情)은 깨져버렸다고는 해도, 지금 이것을 기회로 삼아 유키코에게 강한 의지를 불어넣는 것은 서로 아는 사이가 된 그녀에 대한 감사의 마음이라고 생각했다.

"당신은 언니 말을 듣지 말고 미키오와 결혼을 하면 돼요. 내 눈치보지 않아도 되니까 당신은 당신 생각대로 한 번 실행해 보세요."

유키코는 지금은 전혀 이해가 되지 않는 것 같았다.

"그럼, 저 오늘은 이만 돌아가겠어요. 이제 늦었으니까요."

잠시 후에 유키코는 이렇게 말했다.

"그래요? 하지만, 제가 한 말 이해 되셨죠?"

"네."

유키코는 그대로 인사를 하고 전철을 탔다.

아카시는 유키코가 보이지 않게 되자, 가장 좋아하는 사람과 영원히 헤어진 실망감을 느끼며 마음이 점점 가라앉아 갔다. 그러나 그는 이 때 자신이 유키코를 그 무엇과도 바꿀 수 없을 만큼 사랑할 수밖에 없는 감정에 휩싸인 적이 한 번도 없었다는 것을 깨닫고는 오히려 다행이라고 생각했다.

만약 자신에게 유키코가 도저히 빼도박도 할 수 없는 애인이었다면, 지금의 괴로움은 상상조차 할 수 없었을 것이다.

"살았다."

그는 이렇게 중얼거리며 터벅터벅 걸었다.

아카시는 일찍이 교코를 미키오에게서 빼앗긴 고통스런 경험이 기억이 났다. 그 때는 지금보다 훨씬 더 고통스러웠다.

그것을 생각하면, 지금 그가 유키코에게 받은 이 고통을 인내할 수 있는 것도 그 때 교코에게 시달려 단련된 덕분임에 틀림없다.

'그러나, 얼마나 이상하게 단련된 것인가?'

아카시는 히죽 히죽 쓸쓸하게 괴이한 미소를 지으며 전철을 기다렸다.

(1935.5.16)

78회

6의 24

5시가 되자 유키코는 미키오와 약속한 상호빌딩 5층 양식당으로 올라갔다. 이곳 양식당은 정치가나 유명한 실업가가 가족 동반으로 놀러 오는 곳이다. 이곳 카페는 호화로운 집기나 세트로 우아하고 품위 있는 만남의 장소가 되어 있었다.

유키코는 그곳 찻집 구석에 혼자 멍하니 앉아 있었다. 마침 저녁 식사시간이라 엘리베이터로 기품 있어 보이는 몇몇 가족이 올라왔다. 그 안에는 유키코가 신문 사진으로 가끔 본 적이 있는 유명한 정치가도 섞여 있었다. 그런데 그 때 다리가 쭉 뻗은 훌륭한 청년을 앞세우고 여동생 두 명과 아버지, 이렇게 어딘가 품위가 있어 보이는 4인 가족이 유키코 앞을 지나가고 있었다. 유키코는 미키오가 아닌가 하여 얼굴을 들었다.

"어머."

큰 영양이 놀란 듯한 소리를 내며 멈춰 섰다.

"어머나."

유키코도 자신도 모르게 소리를 질렀다.

"어떻게 지내고 있었지? 나도 꽤 찾았어."

영양은 기쁜 듯이 말했다. 지나가던 청년과 부친도 미소를 지으며 유키코 쪽을 바라보고 있었다.

"아버지, 이 분이에요. 마키무라 유키코(槙村雪子) 양."

"아, 그래요."

딸의 말을 들은 부친은 더 한층 생글생글 웃으며 돌아왔다.

"많이 컸네요. 어디에 살아요?"

"아카사카에 살아요."

유키코는 대답을 했다. 그러나 평소 어머니한테 아버지의 지인들을 만나도 주소를 알려주지 말라는 말을 듣고 있었기 때문에, 자세한 이야기는 하지 않았다.

"마침 잘 만났습니다. 어때요. 같이 저녁을 먹지 않겠어요?"

"네, 감사합니다."

"그래, 그러지."

"어서 와."

영양도 권유를 했다. 사람들 눈에 띈 이상 유키코도 더 이상 이곳에서 미키오를 계속 기다릴 수는 없었다.

일동은 홀 테이블에 마주 앉았다. 아버지는 살아생전에 때때로 유키코를 이 아리와라가(在原家)에 데리고 가 주셨다. 아리와라가와 아버지는 어느 대실업가의 매니저였으나, 주인인 실업가의 몰락과 함께 유키코의 아버지도 쓰러졌다. 그러나 아리와라는 그 때 이미 독립을 해서 활동을 할 수 있는 지반을 확실하게 마련해 놓았다. 이 때문에 한 때 위험하게 도산 위기를 만났으나 다시 일어설 수 있었다. 그리고 아리와라는 선량하고 착실하여 은행가들로부터 신용이 깊어서 세월이 흐름에 따라 그의 재산은 크게 불어났다.

지금 유키코는 아버지의 옛 친구의 일가족에게 둘러싸여 여러 가지 질문을 계속 받았다. 그리고 거짓말을 할 수 없는 그녀는 질문을 받는 대로 집안의 어려운 사정을 이야기해 버렸다.

아리와라는 물어보는 동안 깊이 감동하는 바가 있었는지, 메쿠로(目黑)의 별장이 비어 있으니까 일가족이 이사를 와서 살라고 권했다. 또한 유키코에게는 괜찮다면 자기 회사에 와서 근무하라고 간곡하게 부탁을 했다.

"오빠는 어떻게 지내시나요?"

아까부터 별로 이야기를 하지 않던 아리와라의 아들 게이조(慶造)가 유키코에게 물었다.

"오빠는 집에 안 계세요."

유키코는 집을 버리고 행방불명이 된 오빠에 대해서는 정말로 이야기를 하고 싶지 않았다.

요리가 절반 정도 나왔을 무렵 유키코가 문득 뒤를 돌아보니, 미키오는 이미 도착해서 혼자 한 쪽 테이블에 앉아 어쩐지 만족스런 미소를 띠고 이쪽을 지켜보고 있었다.

(1935.5.17)

79회

6의 25

식사가 끝났을 때 아리와라는 유키코에게 지금부터 아이들은 가부키좌에 갈 것이니까 같이 가자고 권했다.

유키코가 뒤에 미키오가 와 있기 때문에 그에게 신경이 쓰이는 듯 대답하기를 주저하고 있자 아리와라는가 말했다.

"늦어서 어머니께서 걱정을 하실 것 같으면, 운전수를 같이 보낼 테니."

유키코는 이 상황에서 그것까지 거절할 수는 없었다.

그녀는 미키오에게 오늘밤은 이제 이대로 아리와라의 권유에 따르고 싶다고 알리려고 일어서서 가려고 했다. 그런데 미키오는 어찌된 일인지 방에 없었다.

아리와라의 가족과 함께 유키코는 홀에서 카페로 돌아왔다. 그러자 그곳에 미키오가 있었다. 그는 유키코가 곤란한 입장인 것을 눈치챈 듯, 곧 화장실 쪽으로 가 버렸다. 유키코도 뒤를 따라 가니, 아무도 없는 복도의 쑥 들어간 곳에서 미키오는 유키코가 오기를 기다리고 있었다.

"유키코 씨, 난처하면 괜찮아요. 내 신경 쓰지 말고 가세요."

"네, 저 분은 아버지의 친구 분이세요. 지금 가부키를 보러 가자고 하셔서요."

가고 싶어 하는 유키코의 모습을 눈치 챈 미키오가 물었다.

"그럼 잘 된 것 아닌가요? 가세요. 하지만 아카시는 뭐라고 하던가요?"

아카시가 유키코의 의사를 거절했다고 하면, 유키코는 이때 아리와라가 사람들에게 접근하는 것보다 더 나은 일은 없을 것이라고 생각해서 던지는 질문이었다. 하지만, 유키코에게 그 마음은 통하지 않았다.

"아카시 씨, 내가 갔더니 화를 냈어요. 미키오 씨와 결혼하라고 했어요."

미키오는 미소를 띠고 듣고 있었지만, 이 때 그의 미소는 몹시 선량해 보였다.

그는 유키코가 아리와라가에 접근하게 되는 것은 유키코 일가에 행복이 찾아오는 전조라고 생각한 것이다.

아카시가 유키코를 차버린 이상, 한 시라도 빨리 유키코를 아리와라가에 접근하게 하자.—미키오가 이렇게 생각하는 것은 그에게는 전혀 부자연스러운 일은 아니었다. 왜냐하면 미키오는 유키코를 진심으로 사랑하고 있었기 때문이었다.

물론 그는 자신이 유키코와 결혼하고 싶은 마음은 굴뚝같았다. 하지만, 미키오처럼 자신을 보잘 것 없는 하등한 남자라고 생각하고 그 때문에 보통 사람들보다 아름다운 마음을 남몰래 키우고 있는 인물은, 막상 이런 경우가 되면 정반대로 마음이 아름다워 보이는 행동을 하는 법이다.

정말이지 이 때의 미키오는 유키코를 한시라도 빨리 행복하게 해주고 싶어서 안달이었다. 그리하여 미키오의 혜안은 이미 아리와라가의 장남 게이조의 인물됨됨이를 간파한 것이었다.

만약 지금 유키코를 아리와라가에 접근을 시키면, 장남은 반드시 유키코를 사랑할 것임에 틀림이 없을 것이다, 그리고 그는 반드시 유키코를 안전하고 행복하게 지켜줄 수 있는 인물이다, 미키오는 이렇게 생각했다.

게다가 더 좋은 것은 아리와라의 아버지도 보기에 자애로운 호인물 상을 하고 있었다. 유키코에게 만사 더 이상 좋은 상대는 없을 것이다.

"그럼, 오늘 나는 이만 실례할 테니까요. 그 사람들하고 가세요."

미키오는 이렇게 부탁했다.

(1935.5.18)

80회

6의 26

미키오는 유키코와 헤어지고나서 긴자 거리를 돌아다녔다. 바람이 없는 밤이라서 인파는 평소보다 많았다.

그는 사다코가 자신과 결혼할 각오로 자기 집에서 자고 가고 싶다고 한 날 밤, 마침 교코가 집에 와 있어서 자연스럽게 자기들 둘을 방해한 것을 생각하자, 이제 이대로 자신과 사다코는 결혼하지 못할 것이라는 생각이 들었다.

특히 자신의 마음에 한 번 상처를 준 사다코와 결혼하고 싶은 생각은 없었다. 그러나 그는 어쨌든 외롭고 지쳐서 맥이 탁 풀린 기분이 되었다.

집에 돌아가도 아무도 없고, 딱히 가고 싶은 곳도 생각나지 않았다. 그는 마음 둘 곳이 없다가 문득 오늘밤 유키코는 잘 할까 어떨까 신경이 쓰였다.

그렇다. 지금 가부키좌에 가서 살짝 아리와라 남매와 유키코의 모습을 보고 와야지, 이렇게 생각하고 미키오는 가부키좌로 갔다.

1층을 찾아보고 2층으로 가자, 유키코와 아리와라 게이조, 그리고 그 동생 다에코(妙子)와 막내 여동생 네 명이 중앙에서 오른쪽 지정석에 앉아 있었다. 미키오는 왼쪽 측면에 자리를 잡고 일동이 있는 쪽을 가끔씩 바라보았다. 네 명의 동작은 보통의 다른 관객들과 딱히 다른 점은 아무것도 없었다. 하지만 보고 있는 동안 게이조만은 어디에서인가 본 적이 있는 얼굴같다는 생각이 들었다.

"이상하네."

그는 여러 가지로 생각을 해 보았지만, 아무래도 생각이 나지 않았다.

그러는 동안 가부키 「문방구(筆屋)」가 끝났다. 관객들이 복도로 쏟아져 나왔다. 미키오도 같이 자리에서 일어나 담배에 불을 붙였다.

그 순간 지금까지 생각이 나지 않았던 게이조가 누구인지 갑자기 생각이 났다.

셰퍼드회(會) 때였다. 그렇다. 아마 그 모임에 출석했을 것이다.─

미키오는 복도에서 돌아다니고 싶었지만, 혹시라도 유키코를 만나면 안 될 것 같았다. 그녀는 분명 아리와라 남매 앞에서도 자신에게 말을 걸어 모처럼 찾아온 자신의 행복을 깨버리지 않는다는 보장이 없을 것이라고 걱정이 되었다.

그는 될 수 있는 한 움직이지 않으려고 복도에서 사람들 뒤에 서 있었다. 그런데, 그곳으로 이동해 온 관객들 속에 섞여 갑자기 유키코와 다에코가 나타났다.

미키오는 유키코가 아직 알아채지 않은 것을 잘 됐다 싶어 확 뒤로 돌았다.

그러나 때는 이미 늦었다.

"어머."

유키코는 재빨리 미키오 쪽으로 다가왔다. 미키오는 뚱한 얼굴을 하고 친근감을 드러내지 않으려 입을 다물고 있었다.

"언제 왔어요? 재미있어요. 연극. 이 분은 아리와라 다에코 씨라고 해요."

다에코는 처음에는 이상한 듯이 미키오를 보고 있더니 갑다기 유키코가 소개를 하자 확 얼굴을 붉히며 인사를 했다.

"당신, 어디 계세요? 저는 2층 저쪽이에요."

이렇게 말하며 유키코는 기쁜 듯이 사람들 앞이라는 것도 신경 쓰지 않고 생글생글 웃고 있다.

이것 참 낭패라고 미키오는 생각했다.

"「문방구」는 아무래도 슬퍼서요. 이런 연극은 재미가 없어요."

(1935.5.19)

81회

6의 27

"하지만 재미있어요. 저 울었어요. 실성을 하는 곳, 무서워요."

미키오는 유키코가 더 이상 이야기하지 말고 어딘가 가 버렸으면 좋겠다고 생각했지만, 그녀는 좀처럼 그의 곁을 떠날 것 같지가 않았다.

그러는 사이 미키오가 가장 걱정을 하고 있던 아리와라 게이조가 막내동생을 데리고 다가왔다. 그러자 유키코는 사뭇 유쾌한 듯이 미키오를 게이조에게 또 소개했다.

"저는 아리와라 게이조라고 합니다. 부디 잘 부탁드립니다."

게이조는 정중하게 인사를 했다. 미키오는 자신의 이름을 대며 물어보았다.

"저는 당신과 셰퍼드회에서 뵌 적이 있습니다만, 기억이 없으신가요?"

게이조는 금바 얼굴에 싱글벙글 미소를 드러냈다.

"아, 그랬군요. 저도 어디에선가 뵌 분이라고 생각했습니다만, 그때였습니까? 까맣게 잊고 있었습니다. 대단히 죄송합니다."

개를 좋아하는 사람들은 서로 만나면 옛친구처럼 이야기가 통하기 마련이다. 게이조와 미키오도 셰퍼드 이야기가 나오니 이제 유키코도 다에코도 안중에 없는 것 같았다.

두 사람은 서로 자신의 개의 혈통을 이야기하고, 매일 개를 훈련하는 것이나 심장사상충을 예방하는 것이 얼마나 어려운지 등 이런 저런 이야기를 했다. 유키코와 다에코도 게이조와 미키오가 격의 없이 이야기하는 것을 처음에는 이상하게 바라보다가 차츰 두 사람의 재미있는 이야기에 끌려들어갔다.

"우리 집에는 이번에 도베르만과 와이어가 왔는데, 와이어는 다에코가 좋아해서요. 내가 한쪽 귀가 서 있어서 별로라고 했더니, 귀가 늘어지라고 반창고로 귀를 뺨에 찰싹 붙이기도 하고 풀로 붙이기도 하더라구요."

게이조가 이런 이야기를 하자 다에코는 얼굴을 붉히며 말했다.

"아, 싫어요. 그런 이야기 하시면."

"귀가 꺾였나요?"

미키오는 물었다.

"아니요, 아직이요. 하지만 오빠가 귀가 늘어지지 않으면 어딘가 줘 버리겠다고 하잖아요. 그래서 저 불쌍해서 늘어지게 해 주고 싶어서 매일 귀를 만져 준 거예요."

"그럼, 언제까지고 계속해서 귀가 늘어지지 않으면 한 마리 주셨으면 좋겠군요. 저희 집에는 얼마 전까지 콜리가 있었는데, 지금은 병이 나서 다른 집에 맡겼어요. 좋아하시면 드려도 괜찮아요."

"감사합니다, 저 콜리 엄청 좋아해요."

"그럼, 보내 드리지요."

"아니요, 제가 유키코 양하고 데리러 갈게요."

"데리고 오는 것은 좋지만, 너 같은 주인한테 오면 콜리가 불쌍하지."

게이조는 이렇게 놀려댔다.

그러는 사이 다음 막이 시작되었다. 다음은 기쿠고로(菊五郎)와 미쓰고로(三津五郎)의 춤이었다. 게이조와 미키오는 모두 조만간 셰퍼드를 보러 가겠다는 약속을 하고 양쪽으로 헤어졌다.

미키오는 자리에 앉아서도 유키코와 자신의 관계에 대해 게이조가 이미 눈치를 채고 있을 것이라고 생각되자, 어떻게든 해서 그의 의심을 풀 방법은 없을까, 오로지 그 걱정만 했다.

(1935.5.20)

82회

7의 1

벚꽃이 지자, 비 오는 날이 계속 되었고 비가 그치자 바람 부는 날이 계속되었다. 사다코는 돌보던 환자가 회복이 되어 집으로 돌아왔다.

유키코는 아리와라의 아버지로부터 종종 권유를 받아, 메쿠로 별장으로 이사를 가자고 언니와 엄마에게 이야기했지만 어느 쪽도 찬성을 하지 않았다.

사다코는 유키코와 미키오의 결혼을 반대하고 나서는 서서히 자기 자신이 미키오와 결혼하고 싶은 마음이 생겼다. 하지만 미키오에게 그럴 생각이 있는지 없는지는 속 시원하게 알 길이 없었다.

그녀는 밤에 잠이 오지 않을 때는 반드시 미키오의 이상한 성격에 대해 생각을 하게 되었다. 그녀에게는 미키오가 선한 사람인지 악한 사람인지 그것도 잘 알 수가 없었다. 전에는 미키오에게 신용할 수 없는 무뢰한 같은 구석이 있어서 도저히 자신의 남편으로서 평생을 함께 할 인물이 아니라고 생각했지만, 유키코와의 문제가 일어난 이후의 유키오를 보면 자신의 생각이 잘못된 것 같았다.

"유키코, 너 다시 한 번 아카시 씨에게 놀러 가는 게 어떻겠니?"

어느 날 사다코는 유키코에게 권해 보았다. 그것은 유키코가 아직도 미키오와의 결혼을 꿈꾸는 것이 아닌가 하는 의심이 들어 견딜 수 없었기 때문이다.

"하지만 아카시 씨는 나한테 화를 냈다고."

"그렇지 않아. 아카시 씨는 자신이 직접 말을 하지 못하는, 사려 깊은 분이라 너한테는 그렇게 보인 거야. 정말로."

"그래도 언니, 난 안 될 것 같아. 나를 헷갈리게 하는 말만 하고 있는 걸. 나 아직 결혼하고 싶지 않아."

"그야, 유키코 네가 아직 어려서 그래. 나처럼 이렇게 나이를 좀 먹으면 막상 결혼하고 싶은 사람이 생겨도 아무래도 나이를 생각해서 그만 체념을 하고 놓쳐 버리게 된다고."

"나 언니가 하라는 대로 하고 싶지만, 그래도 요즘에는 그렇게 하면 안 되는 게 아닌가 하는 생각이 들어. 아카시 씨도 나한테 그렇게 말했어."

"뭐라고 했는데?"

"당신은 자신의 의지가 없어서 안 된다고. 미키오와 결혼을 하고 싶으면 언니가 하는 말 듣지 말고 그냥 그대로 자신의 의지대로 움직이라고 했어."

사다코는 얼굴이 빨개졌다. 그녀는 입을 다물었지만, 유키코도 그런 사실을 자각한 이상은 자신은 자신대로 자신의 결혼도 생각해야 한다고 더 한층 깊이 생각하는 것이었다.

"그럼 유키코, 너는 아직 미키오와 결혼할 생각이 있는 거니?"

"하지만, 미키오 씨는 안 된다고 했어."

"그럼 내가 만약 그 분과 결혼하면 유키코 너는 어떨 것 같아?"

"나는 그게 제일 좋다고 생각해."

"정말 그렇게 생각해?"

"응."

유키코는 작은 목소리로 대답했다.

(1935.5.21)

83회

7의 2

'내가 자기 언니니까 미키오와 결혼을 해도 불만이 없다는 것인가?'

사다코는 만약 정말로 유키코가 미키오를 사랑한다면 자신과 미키오의 결혼을 용서할 리가 없다고 생각했다.

그러나 이 때부터 사다코는 유키코라는 사람을 알 수 없게 되었다고 할 수 있다.

형제자매라는 것은 서로 충분히 상대의 성격을 이해하고 있으면서도 한 번 이해관계가 생기게 되면, 갑자기 자신이 생각하고 있던 인물과는 전혀 다른 성격이 되어 갑자기 다른 사람처럼 나오는 법이다.

지금 사다코에게는 유키코라는 동생이 지금까지 생각하고 있던 유키코와는 상상도 할 수 없을 만큼 다른 동생으로 보였다.

그러던 어느 날 밤, 사다코는 미키오의 집에 가 보았다. 그녀는 오늘 밤은 오히려 자신이 미키오와 결혼할 각오로 찾아간 것이다.

미키오는 사다코를 안으로 들이기는 했지만 별 흥미가 없다는 듯 느긋한 표정을 짓고 있었다.

"아, 그렇지, 그렇지."

미키오는 말했다.

"아카시는 유키코하고 결혼을 하지 않겠다고 버틴다고 하던데 당신은 알고 있나요?"

"네, 하지만 왜 그렇게 말씀을 하실까요? 제가 다시 한 번 가서 사과를 하면 용서를 해 주실까요?"

미키오는 싱글벙글 웃기 시작했다.

"당신도 참 마음이 약하군요. 그런 것은 그냥 내버려 두면 되잖아요. 아카시가 단호하게 유키코 씨를 차 버린 것은 뭔가 생각이 있어서 그러는 거예요."

"무슨 생각이요?"

"하하하하."

미키오는 갑자기 유쾌한 듯이 웃었다.

"사다코 씨."

이렇게 사다코의 이름을 부른 뒤 말을 이었다.

"당신은 아직도 내게 유키코에 대한 미련이 있다고 생각하시는 것 아닌가요?"

"아니요, 저 그렇게 생각하지 않아요."

"그럼 내가 당신한테 차이고 교코에게도 버림을 받고 유키코 씨에게도 이렇게 상처를 받은 이 상황에서 내가 어떻게 하면 된다고 생각합니까?"

"하지만, 그것은 제 탓이 아닌가요?"

"뭐, 그건 누구의 탓이라도 상관없습니다. 나는 지금은 당신을 원망하지 않으니까 이렇게 물어 보는 것입니다. 하지만, 나로서는 이대로 가만히 있을 수는 없어서 뭔가 새로운 것을 찾아야 합니다. 하지만 그것이 뭐라고 생각합니까?"

"저는 잘 모르겠어요."

사다코는 잠시 후 이렇게 대답했다.

그러자 미키오는 갑자기 일어서서 사다코의 곁으로 갔다.

(1935.5.22)

84회

7의 3

사다코는 미키오를 힐끗 보았다. 그러자 미키오는 언젠가 봤던 결사적 눈빛으로 가만히 자기를 바라보고 있었다.

사다코는 위축이 되어 작아져서 언제까지고 꼼짝 않고 있었다. 미키오도 가만히 입을 다물고 사다코를 내려다보며 서 있었다.

"당신은 정말로 이상해요."

미키오는 이렇게 말하고 다시 사다코 옆에 있는 의자에 앉았다.

사다코는 마음이 놓이는 듯 미키오를 보았지만, 아무 말도 하지 않았다.

"아시겠어요? 나는 지금 이 순간 당신을 다시 한 번 마음대로 사랑할까 하고 생각했어요. 그런데 옛날의 당신에게 질려 버려서 문득 보류를 해야겠다고 생각했어요. 즉 당신은 내게 이 정도로 반성하는 마음을 주신 거예요. 저는 이것은 슬픈 일이라고 생각합니다. 하지만, 이것도 하나의 성장과정이라 생각하고 단념했습니다."

사다코는 이제 밝게 불이 켜진 것처럼 미키오를 보았다.

"전, 이제 어떻게 하셔도 상관없어요."

"아니, 아니, 그런 말이 아니에요."

미키오는 이렇게 말하며 담배로 테이블을 톡톡 두들겼다.

"나는 당신 덕분에 확실히 옛날보다 성숙해졌습니다. 인간이란 성숙해지면 상당히 더 힘들어 져서 말입니다. 하하하하."

사다코는 깜짝 놀란 듯이 끊임없이 미키오의 얼굴을 계속 바라보며 입을 다물고 있었다.

"사다코 씨, 나는 요즘 이렇게 생각해요. 남자란 참 나쁜 인간이라고요. 자신이 사랑하는 여자하고는 결혼을 하지 않고 가만이 내버려 두려고 하니까요. 이게 대체 무슨 현상일까 하는 거죠. 당신은 이것도 아직 이해가 안 되겠죠?"

"네."

사다코는 말문이 막힌 듯 대답했다.

"즉, 자기가 좋아하는 사람하고 결혼을 하게 되면, 상대를 좋아할 때보다 반드시 좋아하지 않게 되니까, 언제까지고 계속해서 좋아하기 위해서는 결혼을 하지 않는 것이 제일이다, 이렇게 생각하지 않나요? 그런데 선량한 인간이라면, 그것을 참을 수가 없어서 당황하여 결혼을 하게 되지만, 악인이라면 조용히 그것을 참을 수가 있는 것이지요. 즉 사다코 씨는 나를 악인으로 만들어 버렸어요."

사다코는 갑자기 진지한 표정이 하고 생각에 잠겼다.

"하지만, 그것은 어쨌든, 나는 확실히 결혼할 생각은 사라졌어요. 제 성격에 어울리지 않게 그런 번거로운 짓을 해야 한다면, 그 만큼 좋은 일을 하고 싶다는 생각을 하게 되었습니다. 이것은 잘못된 것일까요? 나는 결혼만 하지 않았다면, 좋은 일을 얼마나 많이 했을까 하고 생각합니다.

"왜 그렇죠?"

"그야 그렇겠지요. 나는 결혼을 하게 되면 완전히 제 멋대로 다른 사람을 괴롭히니까요. 결혼만 하지 않으면 나도 사다코 씨처럼 많은 사람들을 도울 자신이 있습니다. 당신은 첫째로 저를 구해 주셨으니까요. 나도 어떻게든 한 번 천사 흉내를 내 보고 싶습니다. 그렇지 않으면 살아갈 보람이 없습니다. 결혼 같은 것은 누구나 할 수 있어요."

(1935.5.23)

85회

7의 4

사다코는 들으면서 차차 미키오의 이상한 말투가 자신과의 결혼을 거부하는 말이라는 것을 알게 되었다. 분명히 미키오는 유키코를 사랑하고 있다.

이렇게 생각하자 사다코는 초조하고 괴로웠다.

"당신은 유키코를 정말로 사랑하는 건가요?"

사다코는 갑자기 불평인지 의문인지 모르는 말투로 질문을 했다.

"물론이지요."

미키오는 분명하게 대답했다.

"그러면 유키코에게 아카시 씨에게 가라고 말씀하신 것도 언제까지고 사랑하실 생각으로 그러신 거네요?"

"그래요. 하지만, 그 외에 제가 어떻게 하면 좋겠습니까?"

"하지만, 유키코와 아카시 씨는 잘 안 되었어요."

"그야 아마 그렇겠죠."

사다코는 얼이 빠진 멍한 표정이 되었다.

"당신은 왜 그렇게 아무렇지도 않은 듯 말씀하시죠? 저는 잘 이해가 안 돼요."

"아니, 난 그런 것은 아무래도 괜찮아요. 아까도 말했듯이 사다코 씨한테 한 번 호되게 당하고 나서는 완전히 다른 사람이 되었습니다만, 그렇게 말씀하시니 과연 그런 것 같습니다. 나는 당신을 사랑했고 당신으로 인해 몸이 완전히 바뀌었을 때 이미 한 번 스스로 죽은 것이나 마찬가지가 되었으니까요. 그것을 이러니저러니 지금에 와서 당신이 나무라 봤자 별 소용도 없습니다."

이렇게 이야기를 하는 동안 갑자기 분노가 끓어오르는 듯 미키오의 얼굴은 상기되었다.

그러자 사다코는 이마에 손을 대고 울기 시작했다.

"저, 알겠어요. 하지만 그 때는 어쩔 수 없었어요."

"아니, 저는 당신에게 그런 말을 듣고 싶어서 한 말이 아닙니다. 당신이 내 기분을 설명하게끔 한 거예요."

"저 사과의 의미로 무엇이든 할 테니, 이제부터 이곳에 있게 해 주시겠어요?"

사다코는 몸을 떨며 말했다.

"안 됩니다."

미키오는 차갑게 대답했다.

"그러시겠지만, 저, 식모 대신 무엇이든 하겠어요."

"안 됩니다."

사다코는 울기 시작했다. 그러자 미키오는 더 한층 강하게 고함을 치듯 말했다.

"당신, 왜 우는 거죠? 당신은 나 같은 남자에게 그런 한심한 이야기를 해서는 안 됩니다. 당신은 좀 더 제대로 된 분이었죠. 게다가 뭐죠. 그 추태는?"

사다코는 무엇엔가 한 대 쾅하고 맞은 듯 울음을 딱 그쳤다. 그녀는 분노로 새파래져서 이를 악물고 말이 없다.

"나는 사다코 씨가 좀 더 제대로 처신해 주었으면 합니다. 그렇지 않으면 내가 당신에게 차인 보람이 없으니까요."

"왜 그렇게 심술궂은 말씀만 하시는 거죠?"

사다코는 원망스러운 듯이 미키오를 보며 말했다.

(1935.5.24)

86회

7의 5

그러자 엉뚱하게도 미키오는 히죽 히죽 웃기 시작했다.

사다코는 얼어붙은 표정으로 미키오를 가만히 바라보고 있었다. 그러는 사이 그녀는 미키오의 고백처럼 자신이 준 타격으로 그의 머리가 좀 이상해진 것이 아닌가 생각했다.

"데라시마 씨, 저를 위협하고 계신 건가요?"

사다코는 두려운 듯이 물었다.

"당신을 위협해서 무엇 하게요?"

"하지만 너무 깜짝 놀랄 말씀만 하시잖아요."

"하지만, 이런 일로 깜짝 놀라실 것이라면, 왜 병원에 있을 때는 놀라지 않았죠? 당신이 누군가와 결혼을 해 보세요. 남자라는 것은 내가 당신을 깜짝 놀라게 하는 것보다 훨씬 더, 더 깜짝 놀랄 일만 하거나 깜짝 놀랄 말만 한다는 사실을 알게 될 겁니다. 거기에 비하면 저는 아무래도 너무 일찍부터 정직해서 내 자신의 못난 부분을 다른 누구보다 일찍 드러냈을 뿐입니다. 고상하게 감추어 두어도 드러날 것은 드러나니까요."

이렇게 말을 하고 미키오는 다시 일어서서 자기 의자 쪽으로 걸어갔다.

"그러니까 그 때 내가 세상 남자들처럼 모르는 척 하고 듬직한 표정을 지었다면 당신이 그렇게 싫어하지 않았을 텐데요. 당신은 속고 싶어 안달이 난 여자예요. 물론 그것은 사다코 씨만 그런 것은 아니지만요."

사다코는 움직이는 미키오의 발밑으로 눈을 떨어뜨리고 입을 다물고 있었다. 미키오는 사다코를 보고는 또 말을 이었다.

"사다코 씨, 말을 좀 더 해도 되겠습니까? 나는 당신에게 한 번 복수를 하고 싶습니다. 더 솔직히 말하자면, 당신은 아마 내심 나를 다시 한 번 구원하기 위해 결혼을 해 줄까 하고 생각하고 계시겠죠. 아마 그럴 겁니다. 하지만 나는 당신하고 결혼해도 곧 당신을 버릴 것 같아서 두렵습니다. 만약 병원에서 그 때 내가 말한 대로 나와 결혼해 주셨다면 둘은 얼마나 행복했을까요. 또 나는 얼마나 선량해졌을까요. 하지만 지금은 안 됩니다."

사다코는 또 몸이 부르르 떨렸다.

"저, 상관없어요."

사다코는 작은 목소리로 대답했다. 미키오는 무슨 말인가 하려다가 갑자기 입을 다물고 사다코를 바라보았다.

"지금 뭐라고 하셨습니까?"

사다코는 대답하지 않았다.

"당신의 어떤 마음이 지금 그런 말을 하게 한 것인지 알고 계신가요?"

"네."

사다코는 바로 수긍을 했다.

그러자 미키오는 소리 높혀 껄껄 웃으며 말했다.

"사다코 씨, 이제 돌아가세요. 더 이상 계시다가는 당신은 후회할 것입니다. 나는 지금 당신을 보면서 마음이 악마가 되었습니다. 그러니 당신에게 무슨 짓을 할지 모릅니다. 어서 돌아가세요."

"저 돌아가지 않겠어요."

사다코는 강하게 말하며 미키오를 올려다보았다.

"그럼 좋아요."

미키오도 사다코도 말없이 묵묵히 앉아 있었다.

(1935.5.25)

87회

8의 1

사다코는 그 후 미키오의 집에서 돌아가지 않았다. 그러나 미키오는 사다코를 억지로 나가라고 하지도 않았다. 이 두 사람의 동거는 뭐라 할 수 없는 일종의 기묘한 생활이었다.

물론 미키오는 사다코와 함께 생활하고 있다고는 해도 절대로 부부와 같은 행위는 하지 않았다. 밤에 잘 때도 그녀는 식모에게 이야기하여 침실을 2층과 아래층 따로따로 준비하게 했다.

뭐, 말하자면 이 두 사람은 병원에서 하던 생활을 다시 시작한 것과 같았다. 사다코로서도 밤마다의 습관을 생각하면 아무런 문제가 없었다. 하지만 그녀는 미키오의 냉담한 심리를 이해할 수 없었다. 이제 자신에 대한 사랑이 식었다고 생각하며 풀이 죽어 마음이 아팠지만, 이것도 아마 자신에 대한 미키오의 복수일 것이라고 생각하고 점점 더 눌러 앉을 각오를 굳히는 것이었다.

이렇게 되자 사다코의 결심은 확고부동해졌다. 미키오는 사다코의 그런 완고한 버릇에 적대감이 느껴지자 그는 그대로 점점 더 사다코에게 냉담해졌다.

그는 뭔가 용무가 생기면 간호사를 부리듯이 턱으로 명령을 했고, 웃는 얼굴을 보이려 하지 않았다. 밤이 되면 일부러 일급도 또박또박 계산해서 지불했다. 처음에는 사다코도 일급을 받지 않으려 했지만 미키오에게 뭔가 생각이 있을 것이라 생각하고는 그것도 받게 되었다.

미키오는 집에 들어오는 날이 점점 줄어들었다.

미키오는 유키코를 만나러 상호빌딩에 또 갔다.

유키코가 오면 두 사람은 밖으로 나갔다. 미키오는 뒷골목 수로 옆을 걸으며 말했다.

"네 언니는 정말이지 이상한 사람이야. 이제 적당히 하고 집으로 돌아갈 것이라 생각했는데, 절대 돌아가지를 않아. 나도 두 손 두 발 다 들었으니 네가 어서 돌아오라고 해 주지 않겠어? 그렇지 않으면 언제까지고 이렇게 계속 같이 지내는 수밖에 별 뾰족한 방법이 없으니까 말이야."

"하지만 데라시마 씨가 있으라고 하지 않았어요?"

유키코는 이상하다는 듯이 물었다.

"설마 누가 그러라고 했겠어. 사다코 씨가 돌아가지 않겠다고 하니까 나로서는 쫓아낼 수도 없잖아. 병원에서 돌봐준 의리가 있으니까 말이야."

"그래도 그런 의리는 이제 끝나지 않았어요?"

"하지만 나는 오랫동안 간호를 받고 병을 치료했으니까 말야."

"우리 언니는 그래요. 마음을 먹으면 무슨 일이 있어도 뒤로 물러서지 않는 사람이에요. 저 그래서 상당히 곤란했어요."

그 때 미키오는 갑자기 불안한 기분에 휩싸였다. 이런 상황이 계속되면 사다코는 분명 자살을 할 것이 틀림없다고 생각했기 때문이다.

그러나 내가 잘못한 것일까? 나는 유키코가 누군가와 결혼할 때까지는 아무하고도 결혼하고 싶지 않다. 그는 이렇게 생각했다.

"유키코, 너 그 후에 아리와라 씨 집에 갔어?"

"네, 갔어요."

"어땠어? 반겨 주던가?"

"네, 많이요."

유키코는 이렇게 대답을 하며, 기쁜 듯이 갑자기 생글생글 웃었다.

"그 게이조라는 사람은 어때?"

"그야 그분 친절하고 좋은 사람이에요."

(1935.5.26)

88회

8의 2

"그래, 그것 참 잘 됐군."

미키오는 혼자 고개를 끄덕이며 말했다.

"아리와라 씨가 절 보고 그 회사에 오라고 하시는데 어떨까요?"

유키코는 미키오를 올려다보며 물었다.

"나는 그게 좋을 것 같은데, 옮기는 게 어때?"

"하지만 어머니가 싫어하세요. 아마 옛날 일이 생각나서 그러시는 것이겠죠."

"하지만 그런 이야기를 하다보면 넌 불행해 질 거야. 어머니를 설득하고 아리와라의 회사에 가도록 해."

"그럼, 갈까요?"

그러나 미키오는 문득 왜 또 자신은 유키코를 이렇게 사랑하면서 그녀를 딱 붙잡아서 결혼하려 하지 않는 것인지 이상했다.

아니 이는 유키코가 너무 천진난만하기 때문이다. 오히려 자신이 이 여자하고 전에 결혼하려고 생각한 것은 잘못된 것이었다는 생각이 들었다. 유키코를 보고 있으면 뭐라 말할 수 없는 애절한 느낌이 들어서, 결혼은커녕 옆에서 불안불안하며 보고 있는 것 같은 아름다운 마음이 솟는 것이었다.

원래 미키오와 같이 제멋대로 구는 남자의 가슴에 이와 같은 상냥한 마음이 인다는 것은, 남녀 사이는 다른 무엇보다 아름다운 꽃이라는 말도 있듯이, 지금 바야흐로 두 사람 사이에 그 꽃이 피려는 징조인 것이다.

"게이조 씨가 너한테 나에 대해 물어 보지 않았나?"

"물어 봤죠. 그래도 딱히 뭐라 하지는 않았어요."

"게이조라는 사람은 좋은 사람이니까 말이야. 유키코 너는 그런 사람을 소중히 생각해야 해. 네가 그 사람에게 상냥하게 군다고 해서 내가 화를 내거나 섭섭해 할 것이라고 생각하면 안 돼."

유키코는 미키오를 보고 아무 의미도 없이 생긋 웃었다.

"그래 나 같은 것 생각하지 말고 게이조에 대해 매일 한 번은 생각해야 해."

"왜, 그래야 하는 거죠?"

"딱히 이유는 없지만, 될 수 있으면 그렇게 하는 것이 좋은 것은 당연하잖아. 내가 그렇게 말하더라고 다음에 가면 말해 봐. 정말로 이야기하기야, 알았지?"

"하지만, 이상해요."

"이상하지 않아. 그 사람은 좋은 사람이니까 소중히 여겨야 한다고, 내가 그렇게 이야기했다고 하면 알 거야."

수로 맞은편 물가에서 비치는 불빛에 유키코의 빨개진 얼굴이 드러났다. 이윽고 두 사람은 어느 요정에 들어가서 닭요리를 먹었다.

미키오는 서로 마주 앉아 있으면서도 가끔씩 집에 있는 사다코를 어떻게 처치할까 하며 고개를 숙인 채 우울하게 입을 다물었다.

"우울해 보여요. 무슨 일 있어요?"

유키코는 미키오의 얼굴을 들여다보듯 물었다. 그러자 정말이지 갑자기 이대로 유키코와 어디론가 도망을 쳐 버릴까 하는 생각이 들었다.

그는 유키코를 가만히 지켜보았다. 그러자 유키코는 머뭇머뭇하며 물었다.

"아니, 무슨 일이세요? 이상해요. 데라시마 씨."

그는 말했다.

"뭐라고?"

(1935.5.27)

89회

8의 3

미키오는 마음 속 깊은 곳에서 불쑥 밀려올라오는 어떤 힘과 격투를 벌이 듯이 눈을 번득이며 입을 다물고 있었다.

"무서워요. 당신 얼굴."

유키코는 웃으며 무섭다는 듯이 어깨를 움츠려 보였다. 미키오는 잠시 서서 후 하고 숨을 내쉬었다.

"위험해, 위험해. 나 지금 유키코 씨하고 사랑의 도피행각을 할까 하고 생각했어."

"어머, 징그러워요."

"하지만 이제 괜찮아. 이제 그런 난폭한 짓 할 생각은 없어. 방금 전에는 정말 그랬다고. 이상해. 사랑의 도피행각을 하는 사람은 동반자살을 하는 사람과 같아서, 마음이 이리저리 흔들리다가 갑자기 그런 생각을 하는 것 같아."

이렇게 말을 하며 미키오는 소리 높여 웃었다.

"핫핫핫핫."

유키코는 지금 그런 위험한 상황이 두 사람 앞에 놓여 있었다는 사실을 깨닫지 못한 듯, 마음 편히 생글생글 같이 웃고 있었다.

"그렇지만 유키코 씨도 내가 지금 아무래도 당신과 같이 도망을 치자고 조르면 그럴 생각이 들 걸?"

"그야 저도 도망치죠."

유키코는 천연덕스럽게 대답했다.

"것 봐."

"그럼 왜 당신도 나도 그런 마음이 들지 않는 걸까요?"

"그게 이상한 거지. 하지만 이제 쓸데없는 이야기는 그만두고 모두 안전하게 집으로 돌아가자구. 너는 어머니가 기다리고 있을 것이고, 나는 사다코 씨가 기다리고 있으니 말이야, 하하하.”

두 사람은 일어서서 밖으로 나왔다. 미키오가 유키코를 집까지 바래다주고 집으로 돌아와 보니, 이상하게도 아버지가 와 있었다.

아버지는 갑자기 2층으로 미키오를 불러올렸다.

“미키오, 너 저기 있는 여자하고 무슨 관계냐?”

아버지가 너무 느닷없이 질문을 하는 바람에 미키오도 가슴이 철렁했다.

“무슨 관계라니요. 딱히 별 관계는 아닙니다만, 그 사람은 내가 입원했을 때 여러 가지로 따뜻하게 간병을 해 준 사람인데 지금 갈 곳이 없다 해서, 그러면 당분간 집안일이라도 도와달라고 했어요. 그래서 있게 된 거예요.”

미키오의 모습이 아버지 면전에서도 의외로 태연하고 거리낄 것이 없어 보였기 때문일 것이다. 아버지 헤에(兵衛)의 얼굴도 곧 부드러워졌다.

“하지만 너는 교코를 내쫓지 않았느냐?”

“그래요.”

“그래요라니, 무슨 말이냐?”

“아니, 딱히 쫓아낸 것은 아니고 스스로 나간 거예요.”

미키오는 괴로운 듯이 말을 하기는 했지만, 표정은 묘하게 시치미를 뚝 뗀 표정이었다.

“그러면 이제 돌아오지 않을 거란 말이냐?”

“그건 잘 모르겠어요.”

"바보같이."

아버지는 고함을 질렀다.

미키오는 머리를 긁적거리며 히죽히죽 웃었다.

"너는 교코네 집안에 은혜를 입은 것을 잊었느냐? 우리 집이 그 집에 얼마나 은혜를 입고 있는지 생각은 하는 거냐? 그런 것을 잊어버리는 녀석이 어디 있대냐?"

헤에는 얼굴이 시뻘개져서 야단을 쳤다. 그러나 미키오는 전혀 아무렇지도 않은 듯, 계속 머리만 긁적거릴 뿐이었다.

(1935.5.28)

90회

8의 4

"너, 오늘밤 당장 교코의 집에 가서 사죄를 하고 오너라."

아버지 헤에는 그렇게 명령했다.

"어서 갔다 와."

이렇게 말하며 턱으로 미키오를 내쫓았다.

"하지만, 아버지, 그건 좀 기다려 주세요."

"뭐라고 궁시렁궁시렁 할 것 없다."

"궁시렁거리는 게 아니에요. 교코가 자기 마음대로 나간 것이니까 자기 마음대로 돌아올 때까지 기다리고 있을 뿐이에요. 그렇지 않으면 저는 견딜 수가 없으니까요."

아버지 헤에와 미키오는 전부터 싸우는 일이 자주 있었지만, 고압적인 아버지도 이런 상황에서 미키오의 익살스런 표정에는 늘 씁쓸히 미소를 지었다. 하지만, 오늘 헤에의 기세는 꺾일 것 같지가 않았다.

"아내란 남편하기 나름이다. 네가 교코를 쫓아낼 만한 짓을 했겠지."

"그게 그렇지 않아요. 나하고 교코는 둘 다 이 일로 참았다고 생각하는데요, 교코보다 내가 훨씬 더 참아왔어요. 당분간은 이대로 그 사람 하고 싶은 대로 내버려 두어야 해요. 그렇지 않으면 교코라는 여자는 좀처럼 집으로 돌아오지 않아요."

헤에는 묵묵히 미키오에게서 눈길을 돌렸지만, 이마의 주름 사이로 괴로운 표정이 배어나왔다.

미키오는 아버지가 가슴 아파하는 것을 보고 고개를 숙이고 말했다.

"그래서 이번 일은 제가 부탁드리는데요, 제 일은 당분간 제게 맡겨 주시지 않겠습니까? 조만간 어떻게든 해결을 할 테니까요."

"그렇다면 내일이라도 다시 한 번 네가 다녀와라."

"가는 거야 언제든지 가겠지만, 교코도 가끔씩 오니까 싸우고 헤어진 것이 아니에요."

"교코도 오는 거냐?"

헤에는 어느 정도 안심을 한 듯 물었다.

"오죠. 하지만 교코는 저를 동정하고 있어요. 자기가 있으면 내가 난처하다고 생각해요."

"그렇다면 네가 잘 못 한 게 아니냐?"

"그런데 그렇지도 않아요. 교코는 따로 지내기를 바라는 거예요."

헤에는 얼굴에 노기를 띠고 옆을 보며 말했다.

"네가 하는 말은 무슨 말인지 도통 모르겠다."

헤에는 그 다음날 돌아갔다. 그러나 헤에는 이 때 미키오에게 이 달 중에 교코와 함께 봉천에 가서 지배인에게 경영을 맡겨 두었던 호텔을 보고 오라고 명령을 했다. 그곳으로 가는 도중에는 시즈오카(静岡), 나고야(名古屋), 고베(神戸), 그리고 경성에 있는 미키오의 아버지의 계열사에 속하는 여관을 돌아보며 가야만 했다.

미키오로서는 지금 아버지에게 이 명령을 받은 것은 무엇보다 바라던 바이기는 했지만, 교코를 데리고 갈 것을 생각하니 내키지가 않았다.

그러나 지금 아버지의 명령을 거스르는 것은 불리하다고 생각해서 일단 편지로 교코에게, 당신이 갈 생각이 있다면 나도 그럴 생각인데 어떻게 생각하냐, 지급(至急) 대답을 달라고 물어 보았다.

그러자 교코에게서, 자신은 가고 싶지 않으니 혼자서 갔으면 좋겠다는 대답이 왔다.

그러면 유키코를 데리고 갈까, 미키오는 문득 이런 생각이 들었다.

(1935.5.29)

91회

8의 5

다음 날 미키오는 마음을 굳히고 사다코에게 아버지에게 명령을 받은 봉천행 이야기를 하려고 생각했다. 그가 만약 유키코를 봉천까지 데리고 가게 되면 그 관리를 위해 사다코도 당연히 같이 데리고 가야만 했다.

그러나 막상 사다코에게 그 이야기를 하려니 아무리 미키오라도 말을 꺼내기 어려웠다.

"나, 이번에 봉천에 가게 되었는데, 당신을 혼자 놓고 갈 수 없어서. 어떻게 생각해?"

미키오는 이렇게 살짝 말을 꺼내 보았다. 사다코는 잠시 입을 다물고 있다가 대답했다.

"그럼 이 집도 처분을 하시는 것인가요?"

"아니, 이곳은 뭐 당분간 이대로 놔두고 가서 정하려고 해요."

"그럼 저도 같이 데리고 가 주실 수 있어요?"

그래도 같이 가겠다는 것인가 하고 미키오는 생각했다. 하지만, 그는 이상하게 강한 사다코의 이 결심에 어느 정도 당혹스러울 수밖에 없었다. 아버지가 와도 돌아가려 들지 않고, 여행을 간다고 해도 떨어지지 않으려는 것이었다.

미키오는 지금은 사다코의 심리를 납득하기 어려웠다.

"당신은 왜 그렇게 나를 좋아하는 겁니까? 당신은 나를 좋아할 이유가 없지 않나요?"

"당신은 무슨 말을 해도 믿지 않으시니까 이제 그런 이야기 하고 싶지 않아요."

"당신은 이상하게 오기를 부려서 나를 난처하게 하기만 하면 된다고 생각하는 거군요. 내 옆에 가만히 있으면 언젠가 반드시 내가 당신에게 항복을 할 것이라고 생각하는 거죠."

"그런 건 어찌 되든 상관없다고 생각해요. 저, 당신이 한 번 그렇게 사랑해 주신 것을 생각하면 이렇게 하는 수밖에 없어요."

역시 사다코로서는 그것도 그렇겠구나 하고 미키오는 생각했다.

"하지만 내가 당신을 싫어한다면 어쩌겠습니까? 싫어하지 않는다고 단정할 수 없잖아요."

"전, 그럴 리가 없다고 생각해요. 전 당신이 거짓말만 하시는 분 같아요."

"당신은 꿈을 꾸고 있어요. 나는 이제 옛날의 내가 아니니까요."

"상관없어요."

사다코는 작은 목소리로 이렇게 대답을 하고는 눈물을 닦았다. 미키오는 딱하다는 듯이, 말없이 사다코를 바라보고 있었다.

한 때는 미치도록 사랑했는데, 그런데 지금의 이 감정은 대체 무엇이란 말인가? 하지만 만약 둘이서 같이 긴 여행을 한다면, 언젠가는 전처럼 자신은 사다코를 사랑할 수 있을 지도 모른다.

"그렇다면 그것은 행복이지."

미키오는 이렇게 생각했다.

"그럼 같이 가죠. 그 대신 나하고 당신은 아무 사이도 아니에요. 당신, 그것은 각오하세요. 여비는 내가 낼 테니까."

"아니요, 그것은 제가 준비할 거예요."

'그렇다면 함께 가는 건 싫어요.'

미키오는 웃으며 말했다. 사다코는 입을 다물었지만, 갑자기 기쁜 듯이 가슴이 설레기 시작했다.

(1935.5.30)

92회

8의 6

미키오와 사다코는 도쿄를 출발했다. 시즈오카의 숙소는 다이도 칸(大東館)으로 했다. 미키오는 자기에게 소속된 숙소에 묵으면 공부가 되지 않기 때문에 될 수 있는 한, 다른 사람의 여관에 묵어야 했다. 그것도 고급 숙소에도 묵어 보고 가장 싸구려 방에 묵어 보기도 하지 않으면, 손님 취급의 심리나 숙소의 분위기를 알 수가 없었다. 그래서, 미키오는 시즈오카에서는 사다코를 가장 고급 방에서 재우고 자신은 싸구려 방에 묵는 식으로 서로 따로따로 묵기로 했다.

그러나 같은 숙소라도 이렇게 둘이 따로 묵는다는 것은, 첫째로 미키오가 사다코와 언제까지 결혼하지 않고 있을 수 있는 것인지 시험을 해 보는 것이었다.

"좀 심술궂은 것 같지만, 될 수 있으면 따로따로 묵고 싶어요. 나는 이 여행에서는 사다코 씨하고 결혼해서는 안 된다고 생각하니까요."

사다코에게는 이렇게 이야기해 두었다.

"하지만 제가 좋은 방에서 자고 당신이 안 좋은 방에서 자면 당신이 시중을 드는 것 같아서 안 돼요."

사다코는 자신을 안 좋은 방에서 자게 했으면 좋겠다고 하며 말을 듣지 않았지만 미키오는 미키오대로 또 고집을 부렸다.

"그런 것은 아무래도 상관없습니다. 나는 이 여행에서는 될 수 있는 한 아버지의 말씀에 따라 공부를 해 보려는 것이니까요. 게다가 당신에게는 병원에서 신세를 졌으니까 이런 때만이라도 뭐 어느 정도는 은혜를 갚고 싶습니다. 만약 이러다가 결혼이라도 하게 되면, 은혜고 뭐고 갚을 수도 없으니까요. 전혀 모르는 사이인 지금은 이렇게 해요."

사다코는 그저 쓸쓸히 웃을 뿐이었다.

시즈오카에 도착했다. 다이도칸에 도착하자, 미키오는 욕실 근처 아래층의 오래된 방을 잡고, 사다코는 신관 2층 안쪽 방을 잡았다.

2층 베란다에서는 아래층 연못이 내려다보였다. 두 사람은 그곳 의자에 기대어 앉았다. 기차를 타고 온 여독으로 둘 다 말이 없다.

사다코는 피곤한 상태에서 문득 자신이 이렇게 해서 미키오와 함께 억지로 출발한 것을 생각하니, 새삼 결심이란 참 엄청난 것이구나 하는 느낌이 들었다.

하지만 그녀는 이제 두 사람은 결국 어떻게 될까 하는 생각은 하려 하지 않았다. 만약 자신의 팔자가 박복하면 박복한 대로 괜찮다고 생각했다.

잉어와 붕어가 샘물 입구에 모여 있는 것을 들여다보며, 사다코는 자신은 아직 미키오를 별로 사랑하고 있지 않음을 느꼈다.

'나는 아직도 사랑하지 않으면서 사랑하는 척 하는 거야. 그럼에도 불구하고 이렇게 같이 미키오를 따라 오다니. 나도 내가 무슨 짓을 하고 있는 것인지 전혀 모르겠어.'

이렇게 그녀는 자신이 하고 있는 짓이 무슨 짓인지 모르면서도 전혀 후회는 하지 않았다.

"이 방에서는 아직 새 목재 냄새가 나요."

"음, 이 근처에서는 뭐 이 숙소가 제일 급이 높지만 너무 좋게 이야기하면 좀 질투가 나는 걸. 뭔가 안 좋은 점을 찾아 봐요."

미키오는 찻잔 가장자리의 두께를 살펴보거나 방의 기둥을 살펴보거나 하며 상당히 열심히 업무에 충실했다.

(1935.5.31)

93회

8의 7

미키오와 사다코는 다음날 오전 중에 시즈오카 시내를 돌고 오후에 나고야로 출발했다.

사다코는 시즈오카에서 더 서쪽으로 가는 여행은 이번이 처음이었기 때문에 연선(沿線)의 풍경에 지루함을 느낄 새가 없었다.

도요하시(豊橋), 가마고리(蒲郡)를 지나자 다시 풍경은 평범해졌고, 미키오는 피곤함을 느꼈다.

나고야에 도착한 것은 오후 4시 무렵이었다. 두 사람은 곧 마루분(丸文)에 가서 안쪽 2층으로 안내를 받았다.

미키오는 이 숙소에는 처음 머물기 때문에 안내를 받으면서도 복도나 기둥 목재의 품질을 꼼꼼히 살펴보며 걸었다.

머리를 양갈래로 묶은 예쁜 여종업원이 차를 가지고 왔다.

"저 여자 아이, 예쁘네요."

사다코는 자못 감탄한 듯이 말했다. 미키오는 마침 내온 찻잔에 입을 대고 입술에 닿은 찻잔 가장자리의 촉감에 정신이 팔려 있어서 대충 '음, 음'하고 대답했다.

"나고야미인이란 건 저런 여자를 말하는 거예요?"

"아이쿠, 제대로 보지 못했는데, 그렇게 예뻤나?"

미키오는 찻잔을 내려놓고 마당을 보았다. 마당은 교묘하게 이웃집 돌담을 배경으로 이용하여 몇 안 되는 나무가 오히려 더 간소하고 아름다워 조용한 분위기를 만들고 있었다.

"이 정원 좋네. 그보다 아까 지나온 복도가 좋았는데, 당신 알았어?"

"아니요, 복도는 보지 못했어요."

"숙소에 왔을 때 복도를 안내해 주는 여종업원의 흰 버선의 움직임을 보지 않으면 좋은 숙소에 묵는 보람이 없지. 나고야에는 시나추(志那忠)라는 숙소가 하나 더 있는데, 그곳의 건축도 좀 특이해서 말이야. 뭐, 이 집하고는 대조적이라 재미있어. 시나추는 나고야의 오래된 건축으로 묵직하고 복도도 삐걱거리는 것 같고 어두침침한데, 바로 그 점 때문에 마음이 편안해서 느긋하게 지낼 수 있어. 처음에는 서비스가 나빠 보였는데, 그렇지 않더라구. 이상한 게 미련한 마누라 같은데 신뢰가 가. 성실성이 느껴지지.”

미키오의 설명에 사다코는 가볍게 고개를 끄덕이며 듣고 있다가, 숙소를 아내에 비유를 하자 정신이 번쩍 들어 자기도 모르게 자신을 돌아보았다.

“그럼, 여기는 어떤 식이에요? 부인으로 치면?”

“글쎄. 아직 잘 모르겠지만, 싹싹하고 쌈박한 아내라고나 할까? 살림도 잘하고 친척들도 잘 챙겨주는 아내가 아닐까? 하지만 가끔은 남편을 다그쳐서 어영부영 못하게 하겠지.”

“당신은 어느 쪽이 좋아요?”

“나는 아내란 좀 맹한 구석이 없으면 견딜 수 없을 것 같아. 하지만 언제였더라? 도호쿠(東北)에 여행을 가서 그곳에서 제일가는 숙소에 묵은 적이 있었는데, 그때는 깜짝 놀랐어. 여종업원이 복도에 물걸레질을 하고 있었어. 그런데 옷자락을 허리에 질러 넣고 그대로 불쑥불쑥 손님 방에 들어와서 방석을 탁 놓더니 거기에 앉으라고 명령을 하더라구. 손님은 엉겁결에 네 하고 시키는 대로 했지.”

사다코는 자지러지듯 웃기 시작했다. 그때 여종업원이 목욕은 어떻게 할 것이냐고 물으러 왔다.

(1935.6.1)

94회

8의 8

미키오가 목욕을 하고 돌아오자, 다음에 사다코가 들어갔다. 그는 혼자가 되자 피곤이 몰려와서 그대로 팔베개를 하고 누웠다. 아직 그렇게 멀리 온 것 같지는 않은데, 도쿄를 떠난지 꼬박 하루가 되자 곁에 있는 사다코가 점점 마음속으로 파고드는 느낌이 들었다.

이런 식으로 봉천까지 가면, 두 사람은 어딘가에서 반드시 결혼을 해야 할 것이다. 그렇다면 왜 굳이 서로 불편한 기분을 참아야 하는 것일까?

미키오는 이러는 자신의 마음을 이해할 수 없었다. 다만 결혼은 늦출 수 있는 만큼 늦추고 싶다. 아마 사다코도 그럴 것이다.

하지만, 미키오는 병원에서 사다코에게 받은 치욕을 생각하면, 될 수 있는 한 참고 참아 사다코와 결혼하지 말아야겠다고 생각했다.

"이것은 남자의 자존심이다. 아무리 사다코를 사랑해도 절대로 얼굴에 그것을 드러내서는 안 된다."

미키오는 이렇게 결심했다.

"물이 참 좋네요."

사다코는 목욕을 마치고 와서 몰라보게 아름다워졌다. 지금까지는 화장을 한 적이 없었기 때문에 그녀의 모습은 늘 똑같았다. 그러나 지금의 사다코는 정성스레 화장을 한 탓인지, 간호사 같은 딱딱한 느낌은 전혀 없고 어딘지 모르게 이전의 부호의 딸의 기품이 드러나서 느굿하고 여유 있고 침착하며 고운 모양이 우미하게 빛날 정도로 아름다웠다.

미키오는 잠시 넋을 잃고 사다코를 바라보았지만, 이것 안 되겠군 하고 내심 허둥지둥하며 그녀에게서 시선을 돌려 정원을 보았다.

사다코는 난간에 수건을 걸고는 휙 일어나서 사뭇 기분이 좋은 듯 창고 지붕을 바라보았다.

"나고야성은 어디 쯤에 있어요?"

"성은 여기에서 보이지 않아요. 내일 보러 갑시다."

사다코는 미키오와 마주 앉았다. 살짝 상기된 피부가 옷깃으로 희미하게 호흡하는 것을 미키오는 가끔씩 바라보며, 사다코는 과연 자신과 결혼할 생각이 있는 것일까 하고 의심스럽게 생각하기조차 했다.

두 사람은 저녁 식사를 마치고 잠시 편안히 쉰 후에 거리를 산책했다.

지나가는 사람들 중에는 사다코를 돌아보는 이들이 많았다. 그 때마다 미키오는 아무 말 없이 사다코에게 화가 치밀었다.

'이것 참, 이번 여행은 고통을 당하러 온 것 같군. 분명 나는 굴복할 거야.'

이렇게 생각을 하면서도 미키오는 상당히 한가로운 기분이었다. 두 사람은 갓 결혼한 신혼부부처럼 다정하게 나란히 여기저기 상점을 돌아다니며 끊임없이 미소를 짓고 있었다.

두 사람이 숙소로 돌아온 것은 밤 10시가 넘어서였다. 방에 들어가니 벌써 잠자리가 두 개 나란히 준비되어 있었다.

"이것 곤란한 걸."

미키오는 이렇게 말하며 웃었다. 그는 곧 여종업원을 불러 자기 이불을 옆방으로 옮기라고 했다.

여종업원은 이상하다는 표정을 지었지만, 시키는 대로 이불을 다른 방으로 옮겨 깔았다.

(1935.6.2)

95회

8의 9

다음 날 미키오와 사다코는 나고야 성을 구경했다. 나고야 성 안에 들어가는 것은 미키오도 처음이었다. 옆에까지 가니 과연 명성(名城)이니 만큼 장대한 아름다움은 두 사람으로 하여금 넋을 잃게 했다.

맑게 개인 하늘에 우뚝 솟은 성곽의 기와와 흰 벽의 배색은 보는 이의 마음을 덧없게 하여 무(無)의 아름다움에 잠기게 했다. 미키오는 그것이 마치, 세속을 떠난 깊은 산속에서 송백(松柏)을 가로지르는 바람의 향기를 듣는 것 같은 고독한 외로움으로 느껴졌다.

"이것이 바로 봉건 시대의 취향인가?"

미키오는 멈춰 서서 우뚝 솟아 있는 천수각(天守閣) 쪽을 올려다보았다.

"일본인은 이런 성을 보면, 감격스러워서 어느 분이 계셨는지 모르지만 하며 감탄하고 싶어 하는 게 신기해. 생리적으로 그렇게 되니 말이야."

혼자 감탄을 하고 있는 미키오 옆에서 사다코도 고개를 끄덕이며 물었다.

"하지만 이런 성을 공격하는 사람의 심정은 어떤 것일까요?"

"이 성의 건축은 지키는 자나 공격하는 자나 모두 자연히 죽을 각오를 하게끔 하네요. 이 성을 올려다보면 누구나 죽을 각오를 하게 되죠. 인간이 바보 같이 보이니까요."

"그래요. 살겠다는 한가한 마음은 사라질지도 몰라요."

둘은 점점 더 안으로 깊이 들어갔다. 철문이나 총안(銃眼)이 늘어선 몇 겹이나 되는 역학적 성벽, 싸늘하고 어두운 돌 사이를 지나다가 미키오는 문득 뒤를 돌아 사다코를 보았다.

그러자 주위의 견고하고 위압적인 돌 사이에서 사다코의 신체는 이상하게 부드럽고 끈적끈적한 생물처럼 보이기 시작했다.

마침내 그들은 성주가 살던 방안으로 안내를 받았다. 그곳은 마치 화랑처럼, 훌륭한 그림이 미닫이문이고 벽이고 할 것 없이 죽 늘어서 있다. 그 안에 성주 부인의 방이 있다고 했다.

"이런 방에 있으면, 평생 햇빛을 볼 수 없어서 견딜 수 없지 않을까요?"

이런 이야기를 하는 동안, 미키오는 싸늘한 냉기에 이미 연거푸 두 번이나 재채기를 했다.

"옛날 사람들은 아마 몸이 튼튼했던 것 같아요."

사다코는 이렇게 말하며 웃었다.

"어느 방이나 적만을 생각해서 지은 것 같아. 우리들의 조상은 모두 이런 생각만 하며 괴로워하면서도 용케 미치지 않았군. 이래서 조금이라도 마음이 편해지면, 세상이 한심해 보여 출가하여 돈생(頓生)[05]하고 싶어지는 것은 당연하지."

무가(武家) 융성의 이면에서 그에 필적하여 질기게도 이어져 온 불교의 융성은 이유가 없는 것이 아니라고, 미키오는 생각했다.

"나고야라는 곳은 일본에서 불교가 가장 성행한 곳인데, 동시에 성도 일본 제일이니 재미있군. 이 도시는 일본을 대표하는 것 같아요."

사다코는 미키오의 말을 이해를 했는지 못했는지, 가노 단유(狩野探幽)[06]의 그림에 정신이 팔려 있었다.

성을 나와서 두 사람은 그날 정오에 교토(京都)로 출발했다.

(1935.6.3)

---

05 불교 용어로 어떠한 기회에 단번에 깨달음을 얻는다는 의미의 돈증보리(頓證菩提)를 말하는 것으로 추정. 극락왕생을 기원할 때 외는 말.

06 가노 단유(狩野探幽, 1602-74). 에도시대(江戶時代) 초기 가리노파(狩野派) 화가이자 가리노 다카노부(狩野孝信)의 아들.

96회

8의 10

교토에서 미키오들은 교토호텔을 숙소로 삼았다.

호텔에서는 방을 따로따로 썼기 때문에 미키오는 사다코가 전혀 부담스럽지 않았다. 다음날, 두 사람은 아라시야마(嵐山), 긴카쿠지(金閣寺), 기요미즈(淸水) 절, 마루야마(円山) 공원 등 하루 동안 밖으로 나가 명소를 둘러보고 왔다. 그 때문인지 밤이 되자 두 사람은 피곤하여 일찍부터 각자의 방으로 헤어졌다.

그 다음날은 고베였다. 이곳에서는 숙소를 니시무라(西村) 여관으로 했다. 이 여관은 외국에서 돌아온 사람이 묵는 숙소였기 때문에 어딘지 모르게 여유롭고 색다른 구석이 있었다. 사다코도 고베까지 오자 여행에 익숙해졌는지 여러 가지로 숙소를 비교하기도 하고 미키오를 따라 비평을 할 정도까지 되었다.

"이 숙소는 여종업원 관리가 제대로 안 되는 것 같은데 이는 지방 특성일까요?"

사다코는 이렇게 말했다.

"그건 숙소가 큰데 비해 여종업원 숫자가 부족하기도 하고, 주인이 부자이고 풍류를 찾는 사람이라서 숙소 정도는 잘 되든 말든 상관이 없다는 거지요. 그러니까 첫째는 그것이 빡빡하지 않아서 머무는 사람들도 마음이 편한 거겠지요."

숙소는 바다 쪽으로 갈수록 점점 더 경사가 급해지는 정상의 좋은 위치에 있기 때문에, 두 사람이 있는 창가에서는 맑게 개인 바다가 시원하게 내려다 보였다.

"하지만 숙소 위치가 좋으니까 아무 말 안 해도 한 번 묵은 사람은 자연히 또 묵게 되는 건지도 몰라요. 이곳은 정말 좋은 곳 같아요."

사다코는 상당히 견식이 있는 비평을 했다. 이렇게 예리한 견해는 유키코로서는 불가능할 것이라고 생각하자, 미키오는 문득 처음에 자신이 예상했던 것처럼 사다코는 자신의 가업을 맡기기에 그 누구보다 적임자라는 생각이 들었다.

"당신은 숙소에서 가장 묵기 좋은 곳은 어떤 숙소라고 생각해요?"

"저는 여종업원이 늘 곁에서 어정버정하지 않고, 부르면 바로 올 수 있는 곳에 있는 숙소가 좋다고 생각해요. 그래서 여종업원을 뽑는 것이 무엇보다 어려운 게 아닐까요? 생글생글 미소를 짓지 않으면 안 되기도 하고, 그렇다고 해서 키득키득 웃으면 또 보기 싫고, 옆방 손님을 대하는 태도와 나를 대하는 태도가 다르면 두 번 다시 묵고 싶은 기분이 안 들 것이고, 옷은 옷자락이 너무 치렁거리지 않는 단정한 것을 입어야 하고, 이런 여종업원은 별로 없지 싶어서요."

"그래요. 숙소라는 것은 일종의 예술품 같은 것이에요. 방도 그렇고 여종업원도 그렇고 기물도 그렇고, 하나에서 열까지 모두 통일을 해서 손님의 감각을 만족시켜야 하니 이는 상당히 어려운 일이에요."

만약 사다코에게 숙소를 맡기면 일을 어떻게 할까 하고 미키오는 공상을 하면서 내일 갈 경성에 대해 생각을 했다. 두 사람은 저녁식사를 하고 모토마치(元町)에 갔다. 그리고 야마노테(山の手)에 갔다가 숙

소에 돌아온 것은 10시가 넘어서였다.

　두 사람은 그 날 밤은 빈 방이 없어서 한 방에서 자게 되었지만, 이 날 밤은 미키오도 여행을 하다보니 외롭기도 하고 사람이 그립기도 하여 옆에 있는 사다코에 대한 마음의 거리도 없어져 버렸다.

　그래도 아직 미키오는 사다코와 결혼할 수는 없었다.

(1935.6.4)

97회

8의 11

　경성까지 기차는 무사했지만, 바다는 좀 거칠었다. 사다코는 괴로워하며 배안에서는 계속해서 미키오 곁에서 누워 지냈다. 밤 9시 쯤 부산에 도착하고, 그곳에서 다시 기차로 경성에 도착한 것은 다음날 정오였다.

　두 사람은 경성역 앞 광장에 내리자 피곤한 탓인지 경성 전체가 샛노란 덩어리로 보여 한 동안 자동차를 타는 것도 잊고서 있었다.

　"이야."

　숙소는 천진루(天眞樓)나 조선호텔로 할까 하고 어젯밤부터 생각을 했는데, 이곳까지 오자 문득 호텔에서 묵어 볼까 하는 마음이 들어 조선호텔로 가자고 자동차 운전수에게 부탁을 했다.

　호텔에 도착하자 두 사람은 북측 방으로 안내를 받았다.

"그런데 이 호텔은 상당히 훌륭하군 그래."

미키오는 감탄을 하며 말했다. 벽돌색 외관에 내부의 융단 색이 안성맞춤이었고 또한 중후한 아프간[07]제로 통일감이 있었다.

"계통상으로는 도쿄의 스테이션 호텔이 이것과 비슷한데, 그것보다 음울하지 않아. 교토 호텔은 내부의 취향이 메이지시대 초기 느낌이라서 박물관 안에 들어가는 것 같은데, 이곳은 정말이지 좋아."

혼자 들떠서 기뻐하던 미키오는 창문 커튼을 열어 보았다. 우선 장쾌한 북한산이 삼각산 맞은 편에서 거대한 바위의 모습을 드러내고 있었다.

"이야, 이것 참 멋진 풍경이군. 사다코 씨, 저건 백운대야. 왼쪽에 있는 사각형으로 된 멋진 산은 인왕산이라는 곳이야. 정면의 삼각산 아래 유명한 경복궁이 있군."

사다코는 창문 바로 앞에 있는 육각당을 가리키며 말했다.

"이 육각당은 멋지군요. 맞은편에 있는 산이 멋져서 그런가?"

"그래요. 그렇지만; 당이 있는 곳은 로즈 가든이라고 해서 위치도 상당히 좋은 곳이에요."

"당신, 잘 아시네요."

사다코는 미키오에게 기억력이 좋다며 감탄을 했다.

"나는 전에 이곳에 한 번 온 적이 있어요. 하지만, 이 호텔은 처음

---

07 아프간(afghan) 바늘로 대바늘뜨기와 코바늘뜨기의 기술을 혼합하여 왕복 두 번의 동작을 되풀이해 가며 뜨는 입체적인 뜨개질 방식. 또는 그 방식으로 짠 편물.

이에요. 아마 이 호텔의 양식은 맛이 있어서 유명했던 것 같은데, 확실하지는 않아요."

두 사람은 잠시 경치에 정신이 팔렸다. 하지만, 경치도 다 보고 나자 갑자기 오랜 여행의 피로가 몰려왔다. 미키오는 옷을 기모노로 갈아입고 침대 위에 푹 쓰러졌다. 그러나 그 순간 문득 그는 자신이 이곳에서 사다코와 결혼을 할 것 같다는 생각이 들었다. 게다가 그는 이제 이것저것 생각하는 것은 쓸데없는 짓인 것 같은 생각이 든데다가 어쩐지 마음속에서 행복하게 융합된 감정이 우러나오는 것 같았다. 그리고 여행의 애수와 같은 공연한 시정(詩情)에 반항심이 완전히 사라져 버렸다.

'나도 드디어 어쩔 수 없이 넘어가게 되었군.'

방 한 쪽에서 허리띠를 풀며 옷을 갈아입고 있는 사다코의 옷깃을 바라보며, 미키오는 꿈에 부푼 듯한 상냥함으로 가득 찬 기분으로 언제까지고 누워 있었다.

"그 기모노는 사다코 씨에게 잘 어울리네."

"그래요?"

사다코는 기쁜 듯이 눈을 동그랗게 뜨고 그 쪽을 돌아보았다. 그 눈이 얼마나 아름다움으로 가득차 있던지.

(1935.6.5)

98회

8의 12

이제는 사다코도 완전히 미키오를 신뢰하고 사랑하는 것 같았다. 그녀는 옷을 다 갈아입고 거울 앞에 가서 화장을 고치고 미키오가 쓰러져 있는 침대 옆 의자에 앉았다.

두 사람은 잠시 말없이 꼼짝도 하지 않고 있었다. 그것은 어쩐지 의미심장한 침묵이었다. 그러나 미키오는 아직 뭔가 생각하듯이 계속해서 멍하니 천정을 바라보고 있었다.

"상당히 멀리까지 온 것 같아요."

사다코가 이렇게 말을 시작했다.

"그렇군."

"언제 돌아가실 거예요?"

"그게 아직 잘 몰라."

두 사람은 또 말이 없다. 창밖으로 보이는 성공회(聖公會)의 높은 첨탑의 유리가 햇빛을 받아 강하게 반짝이고 있었다. 그 맞은편에서 백운대가 장엄한 모습을 창공에 드러내고 있는 것을 보며, 미키오는 일어났다. 그리고 사다코의 뒤에서 그녀를 끌어안고 조용히 말없이 입을 맞추었다.

저녁 식사가 다 되었다고 알리러 오자 두 사람은 식당으로 갔다. 그곳에서 두 사람은 외국인들에게 둘러싸여 오랜만에 맛있는 프랑스 요리를 먹었다.

사다코의 아름다움은 그곳 외국인 일동을 압도하고 있었다. 사다코는 평소의 그녀와는 달리 행복한 기쁨으로 생기 있게 빛나 보였다.

"경성에는 내 친구가 많지만, 내가 지금 이곳에 온 것은 아무도 몰라요. 만약 알면 깜짝 놀라겠지요. 분명 놀랄 거예요."

"그래도 친구들을 만나야 하지 않아요?"

"그럼 만날까요? 그런데 이곳 양식은 어때요? 도쿄라면 맛은 레인보우 것 하고 비슷한 것 같은데, 후타바테이(双葉亭)하고도 비슷해요."

"저, 양식 맛은 잘 몰라요."

사다코는 어색한 듯이 이렇게 말하며 얼굴을 붉혔다.

"호텔 양식은 별로 맛이 없지만, 이곳 음식은 조금만 더 담백하면 후타바테이만큼 맛이 있을 것 같아."

슬슬 또 미키오의 비평벽이 나오기 시작하자 그 자신도 자각을 하고는 쓴웃음을 지었다. 식사를 마친 뒤, 잠시 쉬고 나서 두 사람은 산책을 하러 밖으로 나갔다.

"조금 더 경성다운 곳이 있으면 좋을 텐데, 산 쪽으로 가지 않으면 경성다운 곳은 이제 찾아볼 수 없어요. 이러면 도쿄 어디 하고 비슷할까?"

미키오는 본정(本町)을 걸으며 사다코에게 말했다.

"가구라자카(神楽坂)와 비슷하다고 생각해요."

"아니, 시부야(渋谷)야."

이렇게 이야기하며 두 사람은 나카무라야(中村屋)라는 큰 제과점 앞까지 왔다. 그곳에는 다방도 있었기 때문에 그곳에서 쉬기로 했다.

"알렌 씨, 알렌 씨."

한 학생이 주부로 보이는 아름다운 여성에게 말을 걸고 있는 것을 보며, 미키오는 오늘밤 돌아가면 반드시 치루어질 사다코와의 결혼식을 축하하기 위해 가장 잘 어울리는 과자를 사서 돌아가려고 알렌 부인 옆에 서서 말을 했다.

나카무라야를 나오자 시계방이 있었다. 미키오는 사다코에게 기념으로 반지를 하나 사 주려고 그 안으로 들어갔다.

(1935.6.6)

99회

8의 13

다이아, 아메시스트, 에메랄드, 진주, 토파즈. 이렇게 각양각색으로 진열된 반지 중에서 미키오는 사다코의 성격과 품격에 가장 잘 어울리는 에메랄드를 골라 가늘고 나긋나긋한 사다코의 가운데 손가락에 끼워 보았다.

"이게 어울려. 이것으로 하지."

이렇게 해서 반지 준비는 끝났다고 미키오는 생각했다.

그러나 생각해 보니, 신기했다. 여행을 떠나기 전에 아마 어디에서인가 결혼을 할 것이라고 생각하고 아마 그것도 경성쯤일 것이라고 혼자 몰래 예상을 하고 있었다. 그런데 그런 예상을 했기 때문인지 정말로 경성 땅에 도착하자 갑자기 결혼이 하고 싶어진 자신. 이런 자신의 마음이 신기하다고 미키오는 생각했다. 왜냐하면 만약 그것을 경성이 아니라 고베 쯤으로 예상을 했다면 어쩌면 고베에서 긴장을 풀고 그곳에서 결혼을 했을지도 모르기 때문이다.

"투명한 에메랄드는 당신한테 안성맞춤이에요. 아니면 여기까지 온 기념으로 경성은 노란 색이니까 토파즈가 좋으려나?"

"저는 에메랄드가 더 좋아요."

이렇게 두 사람은 다정하게 이야기를 나누며 조선호텔로 돌아왔다.

방에 들어가자 테이블 위에 사가지고 온 쇼트 케이크를 꺼내 놓고 마주앉아 먹었다. 그리고 맥주.

"아니, 샴페인이다."

미키오는 다시 말했다.

샴페인이 오자, 사다코도 은연 중에 드디어 자신의 결혼이 시작되려는 것을 알았는지, 엄숙한 표정을 하고 미키오의 얼굴을 바라보았다. 그러자 미키오는 일어서서 샴페인을 바쳤다.

"영원히 사다코 씨의 건강과 행복을 기원합니다.

사다코도 얼떨결에 일어나서 얼굴이 새빨개져서 인사했다.

"대단히 감사합니다."

두 사람은 컵 끝을 짠하고 부딪치고 샴페인을 마셨다.

그러나 미키오는 그것 만으로는 만족하지 못하고 갑자기 누군가 증인이 있었으면 하고 창가로 성큼성큼 걸어가 커튼을 젖히고 창문을 열었다. 경성 거리에서 환하게 빛나는 불빛들이 창문을 통해 실내로 흘러들어왔다.

"이리 오세요."

미키오는 사다코를 불렀다.

두 사람은 창가에 나란히 섰다.

"우리들의 기념의 땅, 경성에 감사합니다. 경성이여, 만세."

미키오는 진지하게 이렇게 말을 하며 샴페인 잔을 거리를 향해 치켜
들었다. 경성의 거리는 말이 없었다. 그래도 미키오는 만족스러웠다.

두 사람은 창문을 닫고 커튼을 친 후, 다시 테이블 앞으로 돌아왔다.

고운 금색 선이 들어간 흰 벽으로 둘러싸인 이 방은 두 사람의 결혼
장소로서는 지극히 잘 어울리는 숭고한 곳이었다. 미키오는 방안을
둘러보며 사다코에게 말했다.

"나는 지금 당신과 결혼을 하고 싶습니다."

"그래요."

사다코는 작은 목소리로 대답을 하고 고개를 숙였다.

그리고 곧 두 사람은 기모노를 갈아입고 침대에 올라갔다.

(1935.6.7)

100회

9의 1

결혼식은 만사 경사스럽게 끝났다. 이에 오랜 동안의 미키오의 마

음의 상처는 사라져 버렸다. 경성에서 봉천으로 가는 기차 안은 미키오 부부에게는 그야말로 신혼여행이었다.

봉천에서는 호텔을 심양관(瀋陽館)으로 했다. 이 호텔은 만주답게 복도나 방바닥이 몽골의 사진(沙塵)으로 지글거렸다. 방의 비품 준비도 조잡스럽지는 않았지만 대체적으로 서툴렀고 어딘가 빈틈이 있었다.

일단 목욕을 하고 저녁을 먹으려고 하는데, 미키오 아버지가 경영하는 호텔 지배인에게서 전화가 왔다. 그것은 미키오의 아버지에게서 전보가 와 있으니 지금 곧 가져오겠다는 것이었다.

"그럼, 사다코를 데리고 온 것을 아버지가 아신 것이군."

미키오는 이렇게 생각했다. 그렇지만 그는 새삼 그것을 걱정하지 않았다. 언젠가 한 번은 반드시 아버지와 싸워야 했다.

"여보, 아버지한테서 내게 전보가 왔다는데, 무슨 일이 있어도 당신 괜찮은 거지?"

미키오는 웃으며 사다코에게 물었다.

"네, 저는 이미 각오를 했어요."

사다코는 이렇게 대답을 하기는 했지만, 걱정으로 안색이 바뀌었다.

"전보 내용은 대충 짐작이 가지만, 그래도 좀 귀찮군."

"무슨 전보일까요?"

"그야 화가 나셨겠지. 당신하고 같이 온 것을 아신 거야. 좀 무리라고는 생각했지만, 무리를 하지 않으면 아버지는 말이 안 통하는 양반이니까 말야."

사다코는 입을 다물고 말았다.

"도쿄로 당장 돌아오라고 했을까, 아니면 이제 돌아오지 말라고 했을까? 둘 중 하나라고 생각하지만, 돌아오지 말라고 하면 그것은 평생 봉천 호텔을 경영하며 이곳에 있으라는 의미이고, 돌아오라고 하면 당신과 헤어지라는 의미라구."

미키오는 아직 히죽히죽 웃고 있었지만, 이윽고 생각에 잠겼다.

"저, 나쁜 짓을 했군요."

잠시 후에 사다코는 이렇게 말했다.

"아니, 절대 그렇지 않아요. 이런 번거로운 일은 당연히 찾아올 것이라 생각했으니까."

20분이나 지나서 미키오의 호텔에서 지배인이 찾아왔다. 그는 벌써 50줄에 들어선 규슈(九州) 사투리를 쓰는 착실한 인물이었다.

지배인은 두 사람의 여행의 피로를 위로하기도 하고 봉천 거리가 지저분하다며 겸손을 떨기도 했다. 그리고 전쟁 후 호텔 경영이 어려워져서 다른 호텔이 하나 쓰러졌다고 하고나서, 전보를 미키오에게 내밀며 말했다.

"이번 여행에서는 공부 많이 하셨죠?"

"아니요, 뭐 그냥 어영부영했어요."

미키오는 이렇게 말하며 아버지가 보낸 전보를 뜯어보았다.

급한 용무 발생. 지급(至急) 돌아올 것.

미키오는 전보를 사다코에게 건넸다.

"그럼, 나중에 또 뵙겠습니다."

지배인은 인사를 하고 돌아갔다. 전보문을 읽은 사다코는 '지급 헤어질 것' 이런 명령문을 접한 것 같아서 가슴이 벌써부터 쿵쾅거렸다.

(1935.6.8)

101회

9의 2

아버지 전보 하나로 이제 와서 소란을 떨 일도 없다. 이렇게 생각한 미키오는 결심을 하고 2, 3일 봉천거리를 놀러 다녔다.

그러나 사다코는 역시 여자인 만큼, 빨리 돌아가지 않으면 미키오의 아버지에게 죄송하다고 하며 미키오에게 돌아갈 것을 권했다.

미키오는 돌아갈 준비를 하며 물었다.

"그럼, 이번에 도쿄에 돌아가면 어머니께 돌아가 있지 않겠어? 그렇지 않으면 나는 분명 아버지에게 의절을 당할 테니까. 나는 의절당하는 것은 딱히 겁나지는 않은데, 돈을 받지 못하면 좀 번거로워져서 말이지."

"전 당신 편하신 대로 할게요."

사다코는 아무 걱정 없이 말했다.

"저 여기까지 데리고 와 준 것만으로도 정말 행복했어요. 아마 평생의 추억이 될 거예요."

"그건 나도 마찬가지. 하지만 돌아가면 분명 아버지하고 대판 싸울 거야. 그래도 안 되면 집을 나오면 되지 뭐. 나도 적당히 혼자 살아보고 싶으니까. 딱 좋을 때지."

"저도 그럼 다시 일을 하러 다닐 게요."

"맞벌이인가. 그것 참 딱하네."

미키오는 머리를 긁적이며 웃었다.

그 다음날 두 사람은 피로가 회복되자 그 길로 도쿄를 향해 출발했다.

도쿄에 도착한 다음 날, 미키오는 혼자 요코하마의 아버지 집으로 갔다.

미키오가 응접실에서 기다리자, 아버지는 나와서 눈썹 사이에 부르르 분노의 빛을 띠며 머리 너머로 고함을 쳤다.

"너, 봉천에 왜 간 거냐?"

이제 어쩔 수 없다. 이렇게 생각한 미키오는 아버지를 화나게 할 만큼 나게 하고 말없이 돌아가는 게 상책이라고 생각했다.

"다 알고 있어. 대체 누가 여자를 데리고 가라고 했냐?"

"저는 그 여자하고 결혼하고 싶습니다."

"바보 녀서. 너한테는 아내가 있잖아."

아버지는 더 큰 소리로 화를 내고 일어섰다.

"교코하고는 이혼했어요."

미키오는 테이블 위를 내려다보았다. 아버지는 무슨 말인가 하려다 말없이 옆으로 다가와 미키오의 머리를 후려갈겼다. 미키오는 일어서서 아버지를 쏘아보았다.

"뻔뻔스런 놈 같으니라구."

아버지는 할 수 있는 말이 없는지 혀가 제대로 돌지 않았다.

"누구의 허락을 받았느냐 말이다, 누구의?"

"뭘 말입니까?"

미키오는 평정심을 되찾고 물었다.

그러자 아버지는 또 말없이 들이받으며 옆에 있던 스틱으로 등을 때렸다.

"배은망덕한 놈. 교코를 무슨 낯으로 볼 거냐? 대체 뭐하는 놈이냐?"

미키오는 바닥에 앉아 말없이 아버지의 다리를 바라보고 있었다.

"저하고 그 여자를 결혼시켜 주세요. 어쨌든 이제 어쩔 수 없으니까요. 아하하하."

생각지도 못하게 갑자기 미키오는 웃음을 터뜨렸다. 아버지는 깜짝 놀란 듯이 미키오를 보더니 제정신이라는 것을 알고는 미키오의 다리를 잡고 바닥 위에서 질질 끌었다.

"뭐 하시는 거예요?"

미키오는 고함을 질렀다.

(1935.6.9)

102회

9의 3

아버지 헤에는 미키오의 화난 눈빛을 보고는 더 한층 고함을 지르며 부들부들 떨었다. 미키오는 일어서서 옷자락의 먼지를 털며 말했다.

"아버지, 그렇게 화내실 것 없잖아요. 제가 말씀드리지 않은 것은 거듭 죄송합니다. 하지만 제가 한 일은 절대로 옳은 일이라고 믿고 한 일이에요. 그러니까 이야기를 듣고 나서 화를 내시든 때리시든 해 주세요. 아버지는 제 이야기를 들어주신 적이 한 번도 없으시잖아요."

"교코의 친정이 망한 것 모르냐?"

아버지는 이렇게 말했다.

"언제 망했어요?"

미키오에게도 그것은 뜻밖의 사실이었다.

"전보를 친 것은 그 때문이었다. 그 집이 망했는데 그 집 딸을 내친 놈은 너다. 그런 참혹한 짓을 할 수 있는 게냐?"

"아, 그것 참 난처하군요."

미키오도 갑자기 풀이 죽었다.

"왜 망했어요?"

"그런 건 알아서 뭐 하게? 우리 집안이 이렇게 살 수 있는 것은 다 교코 집안 덕이다. 넌 교코를 생각하면 잠이 편히 오냐? 오늘부터 한 발짝도 밖으로 나가지 말고, 여기에 있어라."

아버지는 이렇게 말을 하고는 그대로 안으로 들어가 버렸다. 아버지가 화를 내는 것도 이해가 되는 만큼, 미키오도 난처했다. 그로서도 교코의 친정이 잘 나가면 교코를 버려도 걱정이 되지 않겠지만, 파산을 했다니 생각이 복잡해지는 것이었다. 하지만 아무리 그래도 이미 늦었다. 그걸 반 달 만이라도 더 일찍 알았다면 자신은 교코와 재결합을 했을 것이다. 뭔가 좋은 방법은 없을까 하며 미키오는 팔짱을 끼고 혼자 응접실에서 생각에 잠겨 있었다. 그 때 어머니가 나왔다. 미키오는 어머니에게 교코 친정의 파산상황을 물어보았다.

"아버지는 교코네 집이 망했다고 하시는데 어떻게 된 거예요?"

"그래서 걱정이구나. 뭐, 백화점을 하겠다고 하며 주주를 모집했는데 예정액의 절반도 모이지 않아 어려워졌다는구나. 그런데 그 중간에 낀 여러 사람들이 또 나쁜 사람들인 듯, 이런 저런 말을 해대고 선동을 하고 해서 결국 저렇게 무너져 버렸으니 어찌 되는 것인지, 원. 아버지도 매일 걱정을 하시며 나한테도 화만 내시는구나. 하지만 너도 참 너구나."

"실은 저 아까부터 그래서 난처해요. 어머니, 좋은 방법이 없을까요? 병원에서 나를 돌봐 준 그 간호사하고 결혼을 하기로 했거든요. 이건 이제 와서 취소를 할 수도 없는 상황이에요."

"그게 나도 네 기분은 잘 알겠다만, 교코는 또 다른 문제니 난처하겠구나."

어머니도 불안한 듯이 멍한 표정이었다.

"어머니, 그래서 생각한 건데요. 저한테 아버지 모르게 돈을 좀 주시겠어요? 아버지한테 이야기해 봤자 의절만 당할 것이니까요. 이것 참 상황이 곤란하네요."

(1935.6.10)

9의 4

미키오에게는 당할 수가 없다는 식으로, 어머니도 웃으며 말했다.

"그래도 나한테 돈이 어디 있겠느냐?"

"하지만, 아버지는 교코 친정을 저대로 내버려 두시지는 않을 거예요. 반드시 뭔가 할 수 있는 일은 하실 테니까, 내가 교코와 다시 결혼하지 않아도 될 거라 생각해요. 내가 아버지에게 말씀드리면 또 고함만 지르실 테니까, 어머니가 그 점을 잘 이야기해 주세요."

"말을 하기는 하겠다만, 아버지가 어떻게 나오시려나. 엄청 화가 나셔서 말이다."

"하지만, 교코로서도 나하고 헤어진 이상은 친정이 파산하지 않았을 때가 마음이 편할 테니까요. 분명 교코는 지금 쯤 뭐 잘됐네 하고 있을 지도 몰라요. 나한테 마음에도 없는, 다시 한 번 결혼하고 싶다는 말을 듣느니, 차라리 교코가 생활할 수 있는 돈을 내가 주는 것이 만사 원만하게 정리가 될 것 같아요."

"나도 그게 좋다고 생각은 하지만, 아버지가 저렇게 고집을 부리시니 말이다."

"하지만 교코를 도울 방법은 지금은 그것 밖에 없는 것 아니에요?"

"그러니까 난 네가 교코와 헤어진 것은 마침 잘 되었다고 생각한다만, 아버지는 바보라고 저렇게 야단만 치시는구나."

"그야 아버지 말씀은 맞는 말씀이시죠. 아버지는 아버지 방식대로 하시는 되는 것이죠. 다만 저한테 아버지 방식을 강요할 필요는 없다고 생각해요. 그러니까, 어머니, 아버지도 그렇고 저도 그렇고 둘 다 이렇게 되면 서로 물러설 것 같지 않으니 뒷일을 잘 부탁해요.”

어머니는 미키오의 말을 어떻게 해석한 것인지 갑자기 안색이 싹 바뀌었다.

“너, 어디 가려구?”

“아무데도 가지 않지만, 저는 누가 뭐라 해도 사다코와 결혼을 하고 싶어요. 이제 이 사실은 절대 변하지 않으니까 만약 그게 안 된다면 집에는 돌아오지 않을 거예요.”

“이 엄마는 너만 좋으면 괜찮다만....”

어머니는 걱정스러운 듯이 말했다.

“그래서 말인데요. 저도 큰소리를 치고 나가기는 하지만 실은 그렇게 마음이 강한 것은 아니니까 결국 돈에 구애를 받을 거예요. 그러니 아버지 몰래 좀 보내 주시겠어요? 뭐, 교코에게는 주고 싶은 만큼 주면 되니까요.”

“얘, 쓸 데 없는 짓 하지 말고 당분간 집에 가만히 있어.”

“그게 가능하다면 저도 기꺼이 그러지요. 하지만 저도 남자니까요. 사다코에게 걱정을 하게 하고 그 사람한테 빌붙어 살면 그것도 너무 속이 상할 테니까 될 수 있으면 일자리를 찾을 거예요. 그런데 그게 지금은 마땅한 일이 없어요. 그래서 난처한 거예요.”

“돈은 주겠다. 그러니 당분간 좀 참거라.”

“어머니, 사다코를 한 번 만나 주시겠어요? 그 사람 정말 괜찮은 사람이에요.”

갑자기 너무 기쁜 나머지 미키오가 그렇게 말을 하자, 어머니는 얼굴이 빨개지며 그저 웃기만 할 뿐이었다.

(1935.6.11)

104회

9의 5

미키오도 아버지와 어머니에게 사다코와의 결혼을 한 번 강하게 주장을 하기는 했지만, 교코의 입장이 되어 생각하면 슬픔도 꽤 깊었다.

싫고좋고를 따지면 애초부터 그로서는 교코가 싫은 것은 아니었으므로, 오래 함께 살던 아내가 빈곤한 처지가 되고 보니 그저 사다코 생각만 하고 있을 수는 없었다.

'즉, 내가 이렇게 생각이 왔다갔다 하는 바람에 다른 사람에게 피해가 가는 거야.'

이렇게 생각을 해 보았다.

그러나 언젠가 교코가 한 말이 생각났다.

"저도 헤어져 있으면 좋은 아내예요. 그래도 매일 밤 당신 잘 지내고 있나, 그런 생각만 하고 있으니까요."

실은 미키오도 교코와 헤어져 있으면 마찬가지로 그녀가 신경이 쓰였다.

"가엾기도 하지. 교코도 이제 평생 뻐기며 살지는 못하겠군."

미키오는 이런 생각이 들자, 헤어지고 안 헤어지고는 별개의 문제로 한 번 교코를 만나 위로해 주고 싶은 생각이 드는 것은 어쩔 수가 없었다.

다음날, 미키오는 요코하마의 집에서 가마쿠라에 있는 교코의 별장으로 전화를 걸어, 양쪽 모두 가기 편한 노게야마공원(野毛山公園)에서 만나기로 약속을 했다.

오후 2시에 미키오는 교회 앞에 차를 세웠다. 그러자 20분이나 늦게 공원으로 교코가 찾아왔다.

"기다리셨나?"

이렇게 말하는 교코는, 역시 평소에 비해 살이 빠지기는 했지만, 워낙 사치스러운 그녀이다보니 아직 미키오가 한 번도 본 적이 없는 옷차림을 하고 있었다. 즉 커다란 마형 모양 기모노를 입고 노란 바탕에 하얀 강아지를 그린 허리띠를 하고 있었다.

"봉천에 다녀왔어. 돌아온 지 2, 3일밖에 안 돼."

미키오는 이렇게 말했다.

"그래, 오랜만이야."

일단의 흰 철쭉이 여기 저기 피어 있는 화단 너머로 맑게 개인 바다가 훤히 보였다. 두 사람은 벤치에 앉았다. 골짜기 풀장에서는 벌써 흰 물보라를 일으키며 수영 연습이 시작되었다.

미키오는 교코의 친정 일을 묻고 싶었지만, 어쩐지 참혹한 기분이 들어 좀처럼 말을 꺼낼 수가 없었다.

"오늘은 딱히 일이 있는 것은 아니고 그냥 당신이 어떻게 지내나 걱정이 되어서 말야."

"그래? 기특하네."

미키오도 교코가 그렇게 생기있게 대답을 하자 그만 위로의 말은 나오지 않았다.

"그 허리띠 무지 잘 어울리네."

그리고 이렇게 말하며 웃어버리고 말았다.

"이런 곳에 앉아 있으면 센티멘탈해지니까 조금 걷자구."

교코는 일어섰다.

두 사람은 푸른 잎이 우거진 큰 나무 밑을 걸어 해안 쪽으로 갔다. 외국인 묘지의 밝은 광선 속에서 교회에서 나온 장례운구 일단이 찬송가를 부르고 있었다.

"여보, 몹시 실례지만, 오늘은 혹시 당신이 어려운 처지가 아닌가 해서 왔어. 그러니 사실이 어떤지 이야기해주지 않겠어? 물론 이런 말을 하기는 하지만 당신하고 다시 재결합하겠다느니 하며 당신을 난처하게 하는 것은 아니니까 걱정할 필요는 없어."

"까다롭네."

교코는 미키오를 힐끗 보며 웃었다.

"그렇지도 않아. 다만 내가 하는 말을 당신은 순순히 들어주기만 하면 돼."

"알았어. 들을 게."

(1935.6.12)

105회

교코는 밝은 표정을 하고 있지만, 살짝 한숨 비슷한 숨을 쉬고 입을 다물었다.

그러나 어찌된 일인지 미키오는 한층 더 슬퍼졌다.

"실은 나 아버지한테 당신 집안이 어려워졌다는 이야기를 들었는데, 그게 정말이야?"

"난 잘 모르겠지만, 아마 그런 것 같아. 하지만 괜찮아. 내 걱정은 하지 마."

"그래서 안 된다는 거야. 걱정을 하고 말고의 문제가 아니라고."

미키오는 강한 어투로 말했다.

"하지만 난 괜찮아. 이미 하고 싶은 것은 다 해 봤고, 이제 와서 사치를 부리고 싶지는 않아. 게다가 양재(洋裁), 이게 꽤 늘었다고."

교코는 어디까지나 미소를 잃지 않았고 슬퍼하는 기색도 보이지 않았다.

"하지만 양재라고 해도 뻔하지 뭐. 곧 어려워 질 테니까 그 때는 내게 말을 해 주지 않겠어? 당신은 숨길 지도 모르겠지만 그런 건 쓸데 없는 오기야."

"그렇지 않아."

"아니, 그럴 거야."

"나 힘들면 아무 말이나 막 할지도 몰라. 하지만 그렇게 어려워질 것 같지는 않아"

옛날에 자신의 집을 도왔다는 자부심이 아직 교코에게 있는 것이라고 생각하면 은근히 불쾌해 질 상황임에도 불구하고, 미키오는 그렇지는 않았다. 그는 교코가 자신과 함께 살지 않아서 조심을 하는 것이라고 생각하자, 그녀와 헤어진 것에 대한 아타까운 마음이 가슴을 파고 들었다.

"지금 이런 말을 하면 미안한데, 나 고백할게. 실은 어쩔 수 없는 사정이 있어서 사다코하고 몰래 결혼했어. 그것도 경성에서 결혼을 했는데, 돌아와서 아버지에게 당신 집안 이야기를 듣고 참 난처했어. 만약 사다코와 결혼만 하지 않았다면, 틀림없이 당신하고 재결합하고 싶었을 거야. 물론 당신은 싫다고 하겠지만, 나로서는 그런 생각을 하고 있을 수는 없을 상황이니까 말이야. 그래서 이제 늦기는 했지만 일단 사과하는 뜻에서 오늘은 당신을 꼭 만나고 싶어서 나오라고 했어. 부디 나쁘게 생각하지 말아 줘."

미키오가 이런 이야기를 하는 동안 몇 번이나 말이 끊어졌다. 고개를 숙이고 걷고 있던 교코는 벤치가 있는 곳까지 오더니 갑자기 앉아서 울기 시작했다. 그러나 그녀는 곧 울음을 그치고 달려들 듯한 표정으로 기쁨에 생글생글 웃고 있었다.

"나, 고맙게 생각해. 그것으로 충분해. 이제 오늘은 아무 말 말아 줘. 나 당신하고 한 번 결혼한 것 무엇보다 행복했다고 생각해."

미키오는 견딜 수 없는 고통에 휩싸인 듯이 눈썹을 찌푸리며 말했다.

"난 당신이 고마워 할 일을 한 게 아무 것도 없어. 더 잘 해 주었으면 좋았을 텐데."

"괜찮아. 나 그것으로 충분해. 슬프지만 어쩔 수 없어. 자, 이제 걸어."

기세 좋게 다시 일어선 교코 뒤에서 미키오는 쓸쓸히 걷고 있었다.

(1935.6.13)

106회

9의 7

미키오는 교코와 나란히 언덕을 내려오면서 자신이 오늘 교코를 만나러 온 것은 잘못이었다는 생각이 들었다. 그는 사다코 곁으로 돌아가는 것이 점점 싫어지는 것이었다.

교코를 만나기 전까지만 해도 만나도 그렇게 인정에 흔들리지는 않을 것이라고 생각했는데, 막상 만나보니 완전히 의외였다. 지금 교코와 함께 걷는 것이 전에 교코와 함께 생활했던 그 어느 때보다 즐거워서 헤어지기가 싫었다.

'아아, 나는 실패를 거듭하지 않고서는 무엇 하나 진실된 마음을 모르는구나. 인생이란 이렇게 느물느물 고통스러운 것일까? 이게 언제까지 계속될까?'

미키오는 이런 생각이 들자, 어쩔 수 없이 이제 누구라도 좋으니 자신의 마음을 꽉 잡아 주는 사람이 있었으면 하는 생각이 들었다.

'난 얼마나 칠칠치 못한 사람인가?'

이런 생각은 날이면 날마다 드는 것으로, 지금은 미키오도 우스워져서 울다 웃는 것처럼, 눈이 부신 듯 터벅터벅 언덕길을 내려갔다.

밝은 요코하마의 바다색이 투명한 하늘 아래에서 쓸쓸히 잠들어 있다.

"어이, 교코, 그렇게 빨리 걷지 마. 당신하고 헤어지는 것이 점점 싫어져서 큰일이네."

"후훗."

교코는 웃으며 미키오를 돌아보았다.

"나 아까부터 생각했는데, 이럴 줄 알았으면 오지 말걸 그랬어."

"싫어, 그런 말 하면. 겨우 헤어질 결심을 했는데. 나도 이렇게 어영부영한 상태는 힘들어."

"난 이제 사는 게 싫어졌어. 뭔지 모르겠지만, 어떻게 되든 될 대로 되라는 기분이야."

"당신은 줏대가 없어. 그런 건 요즘 시세에 맞지 않아."

"당신은 인정이 없어."

"그래, 나는 딱 부러지는 게 좋아. 당신은 사다코 씨가 어울려. 어서 돌아가지 않으면 걱정할 거야."

"별 쓸데없는 걱정을 다 하네."

미키오는 말했다. 그러나 그는 교코가 슬픈 듯이 질퍽거리지 않는 것이 그나마 다행이라는 생각도 들었다.

두 사람은 난킨마치(南京町)에서 중화요리를 먹기로 했다. 요리를 먹고 밖으로 나오자 아직 밤이 되기에는 일러서 항구 쪽으로 갔다.

부두에는 미국 배와 영국 배가 정박해 있었다. 야마시타공원 안에 들어가서 저녁 어스름 무렵의 잔디밭을 거니는 동안 두 사람은 차차 헤어질 시간이 다가오는 것을 느꼈다.

"이제 돌아가야 해."

교코는 시계를 보며 말했다.

"이제 돌아가고 싶은 거군."

"그래도 나는 괜찮지만, 당신 불편하잖아."

"괜찮아, 나는."

"그래도 그러면 곤란하지."

"누가? 사다코가?"

"으음."

바다 내음이 나는 가운데 부웅 하고 기선소리가 났다. 그것은 마치 이별의 신호처럼 길게 꼬리를 끌며 파도 위로 퍼져갔다.

"그럼, 난 이제 돌아갈게."

교코는 공원 입구에서 길 쪽으로 나갔다.

(1935.6.14)

107회

9의 8

한 때는 사다코에게도 교코에게도 배반을 당했는데, 상황은 일변하여 두 사람이 동시에 다시 미키오에게 돌아온 것이다. 그것도 전 같으면 미키오는 사다코가 좋아서 교코가 자신에게서 떠나는데 아무 미련도 없었지만, 이번에는 정 반대로 사다코와 헤어지는 것보다 교코와 헤어지는 것이 더 마음 아프게 여겨지기 시작한 것이다.

만약 교코가 강하게 미키오에게 재결합을 하자고 한다면, 미키오도 망설임없이 차 버릴 수 있었을 것이다. 그런데, 미키오와 사다코의 사이가 다시 시작되려다 꼬이는 것을 이렇게나 교코가 걱정을 하고 있는 것을 알게 되니, 미키오도 교코의 마음씨가 곱다고 생각하지 않을 수 없었다.

미키오는 교코와 야마시타공원에서 헤어진 다음 날부터, 요코하마의 아버지 집에서 나가지 않았다. 그는 그곳에서 아무도 만나지 않고 자기 마음이 사다코와 교코 둘 중 어느 쪽으로 더 기우는지 몰래 살펴보고 있었다.

이렇게 불안정한 날들이 계속되자 이제 그는 어느 쪽과도 결혼하는 것이 싫어졌을 뿐만 아니라, 항구에서 기선 소리가 들려올 때마다 둘 다하고 헤어져서 혼자 외국에 가 버리고 싶어졌다.

그는 생각에 생각을 거듭하며, 아무 일을 하지 않고 일어났다 누웠다 하며 항구를 어슬렁거리며 돌아다녔다. 그러나 그것도 더 이상 참을 수가 없게 되자 어느 날 전화를 걸어 교코를 불러내었다.

"그 이후 여러 가지로 생각을 해 보았는데 아무래도 좋은 생각이 나지 않아서 어찌해야 할지 모르겠어. 당신한테 무슨 좋은 생각 있어?"

"뭐야, 잘 모르겠어."

"그 때 이후 지금까지 계속 요코하마 집에 있어. 내 마음을 모르겠어. 도쿄로 돌아가기가 두려워. 마음이 왔다 갔다 해."

"아, 그래. 왔다 갔다 하면 안 돼지. 돌아가."

"조만간 돌아가게 되기는 하겠지만, 한 번 더 보고 싶은데 나와 줄 거야?"

"나가기는 하겠지만, 당신 분명히 후회할 거야."

"이미 후회는 하고 있어."

"그렇지 않아. 당신은 나를 만나다 보면 또 나를 만나는 게 점점 더 싫어질 거야. 난 그런 건 이제 지겨워."

"그야 과거가 과거니만큼, 당신한테 그런 말을 들어도 별수 없지 뭐. 하지만 보고 싶은 건 어쩔 수 없지 않아?"

"그럼 안 된다고. 나 모처럼 당신하고 만나길 잘했다고 생각하며 좋아했는데, 또 불쾌해지는 것은 참을 수가 없어. 그러니까 이제 어서 도쿄로 돌아가. 나는 참을 테니까."

참을 수 있겠어? 라고 미키오는 묻고 싶었다. 하지만 그런 말을 하면 모처럼 고심을 한 교코의 아름다운 마음씨가 소용없게 된다.

"그럼, 또 만날 때가 되면 만나자구."

그는 말했다.

"어머, 당신, 좀. 나 오늘은 나갈 필요가 이제 없어."

"아아, 알겠어."

미키오는 전화를 끊었다. 그러나 미키오가 이제 와서 이렇게 자연스럽게 교코에게 애정을 느끼기 시작한 것은 역으로 미키오와 사다코에게는 매우 좋은 결과가 되었다. 무슨 말인가 하면 미키오가 사다코와 결혼해도, 자신의 양심에 비추어 교코를 비정하게 버린 것은 아니라는 핑계를 댈 수 있기 때문이었다.

(1935.6.15)

108회

9의 9

미키오는 다음 번에 사다코를 만나면 자신이 교코에게 애정을 느낀 것에 대해 이야기를 해 버려야 겠다고 생각했다. 만약 그 일로 사다코가 화를 내면 그것은 사다코가 별 볼일 없는 여자라는 것이다.

이렇게 생각하고, 2, 3일 지나서 미키오는 기오이초의 집으로 돌아가서 사다코를 불렀다.

사다코는 미키오에게서 아무런 소식이 없었던 것이 원망스러웠지만 그런 말은 전혀 입밖에 내지 않았다.

"그 이후 요코하마로 돌아갔더니 아버지가 엄청 화를 내서 말야. 집에서 나가지 말라고 하더라구. 왜냐하면 교코의 친정이 파산을 해서 말이야. 그럴 때 교코를 버리고 당신하고 결혼을 하다니 괘씸하다는 거야. 아버지 입장에서 보면 그것도 당연하지. 우리 집이 전에 한 번 망할 뻔 했을 때 교코의 집안에서 도와준 적이 있거든. 그래서 아버지는 다시 교코와 재결합하라고 고집을 부리시더라구.”

화로 앞에서 입을 다물고 있던 사다코는 창백한 표정으로 고개를 끄덕이고 있을 뿐이었다. 미키오는 집안 사정에 대해 좀 더 자세히 이야기해야겠다고 생각했지만, 풀이 죽은 사다코의 모습을 앞에 놓고서는 더 이상 이야기할 기분이 나지 않았다.

“하지만 어쨌든, 이대로라면 나는 돈을 받지 못할 것 같으니 어딘가 일자리를 찾아야 할 것 같아. 그래서 나도 한 번 무슨 일이든 괜찮으니 취직을 해서 직접 내가 생활을 해 보고 싶어졌어. 당신 어머니나 당신에게는 미안하지만 당분간 당신 집에 신세를 지든가 아니면 이곳으로 당신 가족들이 이사를 오든가 해야 할 것 같은데, 어때? 당신 의견은?”

“그건 저도 이미 각오하고 있어요. 그러니까 우리 집으로 오셔도 상관없지만, 지금 집은 지저분해서 당신은 견딜 수 없을 것 같아요.”

“나는 지저분해도 괜찮지만, 내가 당신 집으로 가면 어머니가 곤란하실 것 같아서 말이야. 게다가 적은 월급으로 당신과 어머니에게 폐를 끼치면 안 되니까, 우리 아버지 마음이 바뀔 때까지 어디 아파트라도 빌릴까 생각 중이야. 당신 어머니께 가야 할 돈은 내가 어머니에게서 얼마간 씩 받을 테니까, 그것을 돌려쓰고 당분간 그것으로 견뎌야 해. 어쩔 수가 없네.”

병원에 있을 때, 두 사람의 결혼 과정에서 생길 미키오 집안의 오해를 몇 번이나 이야기해서 미키오의 바람을 물리쳤는데, 그것이 지금 마침내 사다코의 말대로 되고보니 미키오의 마음도 너무 고통스러웠다.

그러나 이런 식으로 부득이한 상황이 되자, 사다코의 태도는 역시 분명했다.

"저, 이제 다시 일을 하러 나갈 테니 저희 어머니는 전혀 걱정하지 않아도 괜찮아요. 그러니 당신이 취직을 하실 때까지 지금처럼 계시는 게 좋지 않겠어요?"

"나로서는 그게 가장 편하지만, 당신한테는 너무 면목이 없어서 말야. 첫째 우선 당연히 당신 어머니를 만나는 것이 도리이겠지만, 경제적으로 안정이 되고나서 찾아뵙고 싶어. 그러니 이대로라면 조금만 더 기다려 줘. 우리 어머니는 당신과의 결혼을 기뻐하시니까 어떻게든 조만간 확실해질 거라 생각해. 그때까지만 당분간 참아 줘."

(1935.6.16)

109회

10의 1

미키오와 헤어진 다음날부터 사다코는 다시 간호사가 되었다. 그녀는 병원에서 미키오에게 결혼 신청을 받았을 때 기분 좋게 승낙을 했더라면 아무 문제가 없었을 것이라 생각했다. 만약 일이 제대로 진척되지 않았더라도 그것 보라고 미키오에게 큰소리를 칠 수 있었을 것이다. 그러나 지금 사다코는 상황에 밀려 운 나쁘게도 만사 미키오가 하라는 대로 해야만 했다. 그것도 진정 자신이 미키오를 사랑해서 그런 것이라면 무슨 일이라도 인내할 수 있을 것이다. 그러나 그것이 사다코의 경우는 좀 달랐다.

사다코는 동생 유키코에게 미키오를 빼앗길 것 같은 불안감에 어느새 미키오의 집으로 간 것이다. 그것을 생각하면 사다코는 후회를 할 수조차 없었다. 왜냐하면 이제 그것은 여자로서의 자존심이었기 때문이다.

그러나 아무런 후회도 없이 단지 오기와 고집만으로 미키오와 결혼을 해 버리자, 사다코는 갑자기 지금까지는 상상조차 못 했을 만큼 미키오에 대한 강한 애정을 느끼게 되었다.

괜히 쓸데없이 너무 먼 길을 돌아온 것이다.

사다코는 이렇게 생각했다. 하지만 하루하루 미키오를 사랑하는 자신을 깨닫고나서야 비로소 사다코는 삶의 보람을 느끼게 되었다. 이제 어떤 장해가 있어도 미키오와 헤어질 생각은 전혀 할 수 없었다. 그 뿐만이 아니었다. 간호사 일을 해서 번 수입도 어머니에게 건네기 보다는 미키오에게 주고 그가 기뻐하는 모습을 보고 싶다는 생각까지 했다.

'난 얼마나 이상한 사람인가?'

사다코는 자기가 생각해도 깜짝깜짝 놀랐다. 그녀는 간호 일을 하는 집에서 3,4일 걸러 미키오를 만나러 그의 집으로 갔다. 그 때 미키오는 혼자서 하숙생활을 하고 있었지만, 만날 때마다 미키오는 우울한 표정을 하고 있고 전처럼 생기가 있지는 않았다.

"꽤 기운이 없어 보여요."

사다코는 미키오에게 이렇게 물어보는 일도 있었다.

"음, 맥이 빠져."

그럴 때면 미키오는 간단히 대답할 뿐이었다. 하지만 그가 풀이 죽어 있는 원인은 단순히 아버지에게서 돈을 받지 못해서만은 아닐 것이라고 사다코는 생각했다.

사다코는, 어쩌면 미키오가 아직 유키코를 사랑할지도 모른다는 생각을 했다. 하지만 그렇다면 미키오는 자신과 결혼했을 리가 없다고 생각했다. 어느 날 사다코가 여느 때처럼 간호 일을 하는 곳에서 미키오의 하숙집으로 돌아와 보니 편지가 놓여 있었다.

아버지가 와서 당장 같이 요코하마로 돌아오라고 했어. 편지에 자세한 이야기를 쓸 틈이 없어. 곧 다시 빠져나올 생각이지만, 이렇게 되면 아버지는 반드시 당신에게 와서 나와 연을 끊으라고 부탁을 할 거야. 우리 아버지는 그런 사람이야. 그 때 그냥 네, 네 하면 안 돼. 만사 미키오에게 물어보겠다고 대답을 했으면 해. 교코는 나와 당신의 결혼을 기뻐하고 있어.

늘 집을 비우고 간호 일을 하는 곳에 가 있으니, 자기도 미키오에게 자유를 주어야 한다고 체념했다. 그녀는 그 날 실망을 하고 어머니 집으로 돌아갔다.

(1935.6.17)

110회—122회[08]

미키오가 아버지의 집으로 돌아간 그날 밤, 교코도 헤에게 연락을 받았는지 요코하마의 집에 와 있었다. 두 사람은 안쪽 별채에서 얼굴을 딱 마주치자 어느 쪽이 먼저랄 것도 없이 자기도 모르게 얼굴을 마주보며 웃었다.

"뭐야, 당신도 와 있었네."

"하지만, 아버님이 아무래도 한 번 꼭 오라고 하셔서. 참 난처해."

교코도 옅은 미소를 띠며 미키오 옆으로 앉았다.

"일전에는 그리고나서 도쿄로 돌아가 버렸는데, 곤란하군. 이것 참."

요코하마에 돌아와도 자기 혼자일 것이라고 생각했는데 교코도 같이 있으니, 미키오도 어영부영하고 있을 수는 없다고 생각했다. 그 때 마침 아버지가 테이블 앞에 와서 앉더니 미키오를 보고 말했다.

---

08 신문 원본 소실로 단행본 『천사(天使)』(創元社, 1935)를 번역함.

"오늘부터 너는 교코하고 여기에서 살 거라. 그리고 교코도 다시한 번 잘 생각해서 이 녀석을 돌봐주기를 바란다. 젊었을 때는 정말아무것도 아닌 것도 부부 사이에서는 큰일로 번지게 마련이지만, 그건 어느 쪽이든 참아야 한다. 나이를 먹으면 부부가 서로 헤어진 것을 후회하게 되는 법이야. 그러니, 조금씩 마음에 안 드는 점이 있어도 참다 보면 나중에 반드시 잘했다고 생각할 때가 올 것이다. 알겠냐들? 별 것 아닌 것을 마음 속에 꿍하고 담고 있으면 세상 만사 제대로될 일이 없다. 알았지? 그래서 내가 부탁하고 싶은 것은 둘 다 상대가하는 일은 너그럽게 봐 주고 신경질적으로 되지 말라는 것이다. 오늘밤에는 그래서 두 사람을 불렀다만, 이제 모두 기분 나쁜 일들은 다잊거라. 교코네 집안하고 우리 집안하고는 끊을래야 끊을 수 없는 사이고 두 사람이 헤어진다는 것은 어느 쪽 조상님께든 모두 죄송한 일이다. 그러니, 서로 잘 생각해서 오늘 밤 하루는 여기에서 천천히 이야기를 하기 바란다. 알아들 들었냐?"

"네."

교코는 신묘하게도 바닥에 손을 짚고 대답했다. 그러나 미키오는말도 없고 고개도 숙이지 않았다.

"미키오 너는 불복하겠다는 거냐?"

헤에는 아들을 보며 말했다. 미키오는 교코와 별리를 하게 된 이유나 현재 자신의 심정을 이야기할까 생각했다. 그러나 그런 이야기를해 봤자 아버지가 이해해 줄 리가 없다고 생각했다.

"저는 아버지께서 말씀하시지 않아도 교코와 재결합을 하는 것은 좋은 일이라고 생각합니다. 하지만, 그러려면 좀 어려운 점이 있으니 둘이 다시 한 번 이야기를 하게 해 주세요. 오늘밤에는 어쨌든 교코와 천천히 의논을 할 테니 이제 저쪽으로 가 주시지 않겠습니까?"

"너는 그래도 내 말을 안 듣겠다는 거냐?"

아버지는 날카롭게 말했다.

"말씀하시는 것을 안 듣겠다는 것이 아니에요."

"토 달지 말거라."

교코는 미키오와 헤에 사이에 서서 안절부절 못하고 있다가 한 마디 했다.

"여러 가지로 심려를 끼쳐서 죄송합니다만, 거기에는 사정이 있으니 부디 오늘밤에는 저희들에게 맡겨주시지 않겠어요? 둘이서 잘 이야기하겠습니다."

헤에가 마지못해 나가고 나자 교코도 그렇고 미키오도 그렇고 새삼 의논할 것이 아무것도 없었다.

"이렇게 기습을 당하면 정말이지 곤란해."

교코는 이렇게 말했다.

"곤란하지. 뭐 난, 당신을 싫어한다든가 같이 사는 게 싫다든가, 그런게 곤란하다는 것은 아니야. 사정이 허락한다면, 지금부터라도 나는 다시 당신하고 전처럼 같이 살고 싶지만, 어쨌든 사다코하고는 이상하게도 부부 같이 되어 버려서 말이야. 하지만, 이것은 당신한테도 책임이 있다구."

"왜?"

교코는 이제 알겠다는 식으로 웃으며 말했다.

"왜냐니. 내가 봉천에 갈 때 당신도 같이 갔더라면 이렇게 되지는 않았을 것 아냐? 당신이 가지 않겠다고 해서, 그래서 사다코가 가겠다고 따라온 거잖아. 그런데, 경성까지는 무사했는데, 경성에서 둘 다 여수(旅愁) 때문에 그만 결혼을 하게 되는 지경에 이른 거라구. 이런 걸 운명이라고 하는 거지. 당신도 운이 좋았던 것인지 나빴던 것인지 모르겠지만, 사다코와 결혼을 하게 된 것도 당신 책임이 없다고 할 수는 없지."

"그러니까 나는 일전에도 말했지만, 그런 건 뭐 아무렇지도 않아. 내가 오기로 그런 말을 하는 거라고 생각하겠지만 사다코 씨에게는 정말 미안한 생각뿐이야. 하지만 오늘밤은 이제 어쩔 수 없으니, 같이 얌전히 여기에서 자고 내일 나 혼자 사다코 씨에게 갔다 오게 해 줘. 당신 사다코 씨에게 뭐라고 하고 빠져나왔어?"

"그게 실은 만나지 않고 왔어. 아버지가 같이 오자고 하며 아무래도 듣지 않으셔서 말이야. 짧게 편지를 써놓고 왔는데, 그것도 급하게 쓴 것이라 제대로 쓰지 못했어. 설마 오늘밤 당신하고 이곳에서 같이 갇혀 있으리라고는 상상도 못할 거야."

둘은 소리를 내어 함께 웃었다. 하지만 동시에 딱 입을 다물고, 이렇게 씁쓸한 회합에서 어떻게 이렇게 느긋하게 웃을 수 있는가 하고 이상한 생각마저 들었다. 만약 두 사람이 전부터 이렇게 관대한 마음을 가지고 있었다면 두 사람은 얼마나 행복했을까 하고 미키오는 생각했다. 그러자 그는 또 이런 교코와 헤어진다는 괴로움에 씁쓸하게 가슴이 저려 왔다.

"어쨌든 둘이서 이러고 있으니, 다시 당신과 내가 부부가 된 것 같은 기분이 들어. 그러면 너무 엉망진창이 되어 버릴 것 같아. 그러니 당신도 이번에는 내 얼굴을 봐서 어떻게 좀 용서해 줘. 내가 이렇게 빌게."

미키오는 이렇게 말하더니 유키코 앞에 두 손을 짚고 고개를 숙였다.

"아, 정말 싫어."

교코는 몸을 옆으로 돌리고·얼굴을 붉혔다.

"하지만 나도 너무 무책임하다고 생각해. 이렇게 내심으로는 당신하고 재결합하고 싶어서 이상한 기분이 되니 말야. 이상해."

'그야, 나도 다시 한 번 당신하고 재결합하고 싶어.'

교코는 이렇게 이야기하고 싶은 듯한 표정으로 미키오의 얼굴을 힐끗 보았지만, 곧 고개를 숙여버렸다. 그리고 희미하게 한숨을 내 쉴 뿐 말이 없었다.

물방울이 계속해서 떨어지는 연못돌 안쪽에서 등롱 불빛을 받고 있는 우거진 푸른 잎들을 물끄러미 바라보며 미키오는 말했다.

"하지만, 이런 일은 체념을 해도 그렇게 불행해지지는 않아. 얼마 안 있어 당신도 나 같은 남자보다 더 좋은 남편을 얼마든지 만나게 될 거야. 게다가 당신은 아직 젊고 예쁘니까 괜찮아."

"힘을 내라는 거군. 고마워."

교코는 빙둘러쳐진 툇마루 끝에 방석을 들고 와서 말했다.

"하지만 사다코 씨, 봉천까지 당신하고 용케도 갔네."

"그게 참 신기해. 나는 사다코에게 같이 가지 않겠다고 했는데 아무래도 가겠다고 고집을 부리며 따라온 거라구. 나는 여자의 심리는 전혀 모르겠어."

"그런 거지 뭐. 나도 당신을 좋아하게 된 것은 요즘 들어서의 일이잖아. 사다코 씨도 아마 그럴 거야. 당신의 좋은 점은 완전히 이상한 곳에 있어. 그래서 나, 다시 누군가와 결혼을 하게 되면, 당신의 좋은 점이 생각이 나서 곤란할 것 같아. 나 그 만큼 세상에 대해서 알게 된 것인지도 몰라."

"당신은 확실히 전보다 나아졌어. 내가 당신과 헤어지는 것을 슬프게 한 것만으로도 대단한 거지."

"고마워. 그것으로 충분해."

교코는 돌아보며 빈정거리듯 웃었다.

"내가 진지하게 말을 할 때는 진지하게 들어 달라구."

"그럼, 내일 사다코 씨 만나면 그렇게 말해 줘. 알았지?"

"사다코는 사다코야. 그 사람은 또 따로 존경할 만한 점이 있어."

"그래 맞아. 그 분 나도 존경할 수 있는 분이야. 난 그게 만약 다른 여자였다면 이렇게 느긋이 마음 편히 있을 수 없다고 생각해. 나는 분명히 찾아가서 싸웠을 거야. 하지만 사다코 씨한테라면 당신을 줘도 괜찮아. 병원에 있을 때, 당신을 사다코 씨가 괴롭혔다고 해도 그것은 나를 생각해서 그런 거라구. 그런데 또 당신을 되찾아온다는 것은 부끄러워. 그게 내 진심이야. 알겠어?"

교코가 이렇게 진지하게 이야기하자, 미키오는 벗어나려는 듯이 어색한 표정을 하고 말했다.

"아버지도 그렇게 말씀하셨어. 당신 아버님께 신세를 졌는데, 그것을 버리고 무슨 낯으로 교코 쪽을 보고 누워 잘 수 있겠냐고 말이야. 이렇게 되면 나만 점점 더 난처해지는군. 의지가 너무 강하니 약하니 변덕이 심하니 별나다느니 그런게 아니니까 말야. 어느 쪽을 둘러봐도 동정만 해야 하니, 나도 어쩔 수가 없어. 하지만, 어쨌든 이미 일은 벌어져서 나는 사다코하고 결혼할 테니까 만사 잘 부탁해."

미키오는 이렇게 말하고, 식모를 불러 이불을 깔라고 했다.

식모가 두 사람의 이불을 펴는 동안, 교코와 미키오는 툇마루에 나란히 앉아 마당을 바라보고 있었다. 그러나 미키오는 이제 아버지의 체면상 옛 부부 생활을 반복하는 것처럼 교코와 이불을 나란히 하고 자야 한다고 생각하니 자연스레 사다코 생각이 났다. 만약 지금 살짝 이 집을 빠져나가 자기 혼자 도쿄로 돌아가 버리면 아마 교코하고는 다시는 만나지 않고 끝낼 수 있을 것이다. 하지만, 미키오는 오늘밤은 교코에게 몹시 동정이 되었고, 지금까지 보이지 않았던 그녀의 상냥한 마음씨를 접했을 때도 자칫 잘못하면 다시 교코와 결혼을 해야 할 처지가 되지 말라는 법도 없다는 불안한 생각이 들었다.

"그럼, 안녕히 주무세요."

식모는 손을 짚고 인사를 하고 나갔다.

"그럼 이제 나는 먼저 실례하겠습니다."

미키오는 남처럼 정중한 말씨로 교코에게 인사를 했다.

"그러세요."

교코는 교코 대로 어색한 듯이 작은 목소리로 인사를 했다.

미키오는 교코가 잠이 들기 전에 먼저 잠이 들고 싶었다. 그러면 자기도 모르는 사이에 내일이 와 있을 것이다. 내일이 되기만 하면 어떻게든 이곳에서 벗어날 수 있을 것이다.

미키오는 마치 유폐된 처녀가 괴한에게 당하기라도 하 듯, 무언가 알 수 없는 기분 나쁜 공포감에 휩싸여 잠자리에 들었다. 자연히 몰래 찾아온 운명이라는 것은 괴한과 같은 것이라고 생각하자, 미키오는 대체 자신의 앞날이 어떻게 될지 전혀 알 수가 없었다.

"어머, 벌써 2시네."

교코는 이렇게 말을 하고는 이윽고 잠옷으로 갈아입는지 옷자락이 스치는 소리가 났다.

교코는 자기 잠자리에 들어가서 잠시 아무 말도 않고 눈을 감고 있었다. 그러나 미키오는 이제 오늘밤은 잠이 올 것 같지 않자, 밤새도록 교코와 이야기를 해야겠다고 생각했다. 그렇다면 이제 곧 날도 밝을 테니까, 날이 밝으면 교코와 사이좋게 다시 결혼을 한 것처럼 보여서 아버지를 안심시키면 2, 3일은 별 문제없이 지날 것이라 생각했다.

"이봐, 당신, 여보."

미키오는 교코를 불렀다.

"왜?"

교코는 미키오 쪽을 돌아보았다.

"나는 실은 당신한테 박정하다고 생각하겠지만, 사다코하고도 결혼을 했으면서 다시 당신하고 결혼을 할 생각이 들지는 않아."

"알고 있어. 그런 것 신경 쓰지 말고 어서 자."

"아니, 그게 말이야. 당신하고 다시 결혼하고 싶은 생각은 태산 같아. 당신이 전과는 전혀 다르게 상냥하고 아름다운 마음씨를 가진 여자가 된 것을 보고 나는 아까부터 깜짝 놀랐어. 그렇지만 그렇다고 해서 당신, 내가 어떻게 하면 좋다고 생각해? 나는 지금은 당신한테도 동정심이 생기고 사다코에게도 똑같이 동정심이 생겨."

"나는 당신한테 동정심이 생겨. 알고나 있으라고. 그야 나도 당신 입장이 되면 어떻게 해야 좋을지 모를 것 같아. 그러니까 이제 내 걱정은 하지 말라고. 나만 참으면 되는 거니까, 그렇지 않아?"

"음, 당신도 그렇게 생각해 주는 거군."

미키오는 이렇게 말했다. 하지만 지금 같은 경우 교코가 자신과 결혼하지 않고 사다코에게 양보를 할 수 있다는 것은 미키오에게는 전부터 몰래 계속되고 있는 의문이었다. 그러나 역시 생각하기에 따라서는, 교코가 지금 사다코에게 결혼을 양보한다는 것은 자신의 상냥한 마음을 보여주고 싶은 그녀의 허영심이라는 생각도 들었다. 그러나 그렇다면 교코는 역시 그렇게 상냥하게 생각할 만큼 자신을 사랑하는 것은 아니라는 생각도 들었다.

"나는 당신이 하라는 대로 하는 것이 좋다고 생각해. 하지만 솔직히 말하면 당신이 왜 그렇게 사다코와 나를 결혼시키고 싶어 하는지 모르겠어. 당신이 그 정도로 나를 사랑하지 않는다고, 그렇게 나쁘게 생각하고 싶지는 않아. 옛날 같으면 그렇게 당신을 나쁘게 생각했을

지도 모르지. 하지만 나도 그 이후 마음고생을 많이 했기 때문에 조금은 나아져서 당신의 그 아름다운 마음을 있는 그대로 아름다운 마음이라고 생각하고 싶다고. 그러니까 당신도 역시 내가 당신에게 좋은 남자가 된 것이라고 생각했으면 하는 거지."

"나도 그럴지도 몰라."

교코는 이렇게 말하고 가만히 미키오의 눈을 바라보았다. 그것은 지금까지 볼 수 없었던 강렬한 정열에 빛나는 눈이었다. 그런데 갑자기 교코는 울기 시작했다. 미키오도 가슴이 저려와서 자신도 모르게 유키코 쪽으로 손을 뻗으려 했다.

'아아, 위험해. 이래서 항상 실패하는 거야.'

미키오는 이렇게 생각하고 뻗으려던 손을 다시 제자리로 집어넣고, 교코에게서 눈을 돌려 천정의 나무결을 바라보았다. 교코는 잠시 울다가 울음을 그치고 일어나서 단정하게 앉아서 이야기했다.

"여보, 나 이제 아무 말도 하고 싶지 않으니까 사다코 씨하고 결혼해 줘요. 나 모처럼 결심을 했으니까 이제 와서 새삼 당신을 괴롭히고 싶지 않아."

그러나 미키오는 교코에게 그런 말을 듣자 더 한층 고통스러워질 뿐이었다. 그도 같이 일어나서 눈을 가늘게 뜨고 팔짱을 낀 채 말이 없다.

"당신이 그렇게까지 말을 하니 사다코도 만족할 거라 생각해. 지금 그런 말을 해 주는 사람은 아무도 없어."

"나, 사다코 씨를 위해서 하는 말이 아니야."

"하지만 그런 말을 하는 건 누구를 위하는 것이든 마찬가지야."

이제 미키오는 공중에 떠 있는 인형 같았다. 그는 자기 마음이 어느 쪽으로 기우는지 보려는 것처럼, 공허한 표정을 하고 이불 위를 바라보고 있을 뿐이었다.

그러자 이렇게 위험한 순간에 어찌된 일인지 미키오는 돌연 병원에서 사다코에게 심하게 마음의 상처를 받은, 잊을 수 없는 기억이 떠올랐다. 그러자 갑자기 사다코에게서 마음이 떠나 교코 쪽으로 마음이 확 기우는 것을 느꼈다.

'이제 끝장이야. 사다코, 용서해 줘.'

미키오는 벌레를 씹은 듯한 표정으로 사다코를 당겨 안으려 했다.

그러나 교코는 미키오의 손이 자신의 어깨에 닿자 몸을 뒤로 싹 뺐다.

"안 돼. 이런 건 좀 더 잘 생각하고 나서 행동하라구. 그렇지 않으면 당신 절대로 또 후회하게 될 거야. 나, 당신이 매일 괴로워하는 표정을 보며 사는 거 싫어."

"그건 그래."

미키오는 누구에게 찬성을 하겠다는 것인지 모를 말을 웅얼거렸지만, 아직도 여전히 교코의 손을 잡고 놓지 않았다.

"그러니까 이제 자. 내일이 되면 분명 당신은 잘했다고 생각할 거야."

"그런 것 알 게 뭐야. 나는 아까까지는 아무래도 사다코와 결혼해야 한다고 생각했는데 이제 어쩔 수 없어. 자연의 순리가 이렇게 하게 한 거야. 나는 이제 당신하고 재결합하는 것이 자연의 이치에도 맞고 도덕적으로도 옳은 일이라고 생각해."

그러자 교코는 손을 잡아 빼며 재미있다는 듯이 웃었다.

"당신은 왜 그렇게 솔직한 말만 할까? 이럴 때는 뭔가 더 그럴듯한 말을 해야 하는 거야."

교코는 왜 지금 이렇게 쓸데없는 말을 하는 것일까? 이런 생각을 하자 미키오는 그저 마음이 초조해질 뿐이었다.

"이럴 때는 그럴 듯한 말이든 바보 같은 말이든 상관없어. 괴로우면 괴롭다고 말을 하는 게 내 성격이라서 거짓말을 해 봐야 아무 소용없어."

교코는 웃음을 딱 멈추고 화가 난 듯이 말을 하는 미키오의 얼굴을 가만히 들여다보았다.

"그럼, 내가 지금 당신하고 결혼한다고 하면 좋을 것 같아?"

이제 더 이상 이러니 저러니 따질 필요가 없다고 생각을 했지만, 미키오도 어이가 없어서 말없이 교코의 얼굴을 보았다.

"거 봐. 그러니까 내가 잘 생각하고 나서 말하라 했잖아요."

병원에 있을 때 사다코도 지금 교코가 하는 말과 똑같은 말을 해서 미키오에게 고통을 주었던 것이다. 그런데 이번에는 교코가 그런 말을 하는 것이었다.

미키오는 타오르는 정열에 찬물을 끼얹은 것 같은 썰렁한 심정이 되어 혼자 이불 위로 쓰러지며 말했다.

"인간이라는 것은 남들에게 보이는 행동상으로는 뭐라 흠잡을 곳

없는 것 같아도 마음속으로는 매우 타락한 사람도 있고, 또 그와 반대로 행동상으로는 매우 타락한 인간이라도 마음속으로는 전혀 타락하지 않은 사람도 있는 법인데, 당신도 그렇고 나도 그렇고 행동은 타락했지만 마음은 훌륭한 사람들이야."

교코는 느닷없이 그런 말을 꺼내는 미키오의 마음이 이해가 되지 않았다.

"하지만 그게 뭐 어쨌다는 거야?"

"그러니까 나도 당신도 그런 부류의 사람이라서, 당신은 상대방의 진지한 마음을 조금은 잘 이해할 수 있다는 거지. 사다코는 훌륭한 여자지만 남자의 행동만으로 판단을 하고 사람의 마음은 잘 이해를 못한다는 말이야. 하지만 당신은 사다코보다 사람의 마음을 잘 이해할 거야."

그러자 미키오의 얼굴 위로 갑자기 교코의 얼굴이 기울어져 왔다.

다음날 하늘은 맑게 개였다. 미키오가 잠에서 깨어났을 때는 이미 교코는 일어나서 그가 일어나기를 기다리고 있었다. 교코는 아침부터 전날 밤보다 더 쾌활해졌다. 교코는 미키오에게 산책을 하자고 해서 공원으로 나갔다.

미키오는 다시 교코와 결혼을 한 어젯밤의 사건에 대해서는 이제 골치 아프게 생각하지 않으려 노력했다. 생각을 하면 도쿄에 남겨져 있는 사다코 생각만 났다.

다리를 건너 언덕을 올라가서 기후관측소 옆 광장으로 나왔다. 그곳은 커다란 저택이 불에 탄 자리로 보였는데, 눈 밑으로 바다가 펼쳐진 고지대였다. 온통 잡초가 자라고 있는 툭 튀어나온 곳으로 가서 아래를 내려다보니 현기증이 날 듯한 절벽이 있었다.

"나, 이제 가마쿠라로 돌아가도 괜찮을까?"

교코는 쇼난(湘南)의 바다 쪽을 바라보며 말했다. 미키오도 처음에는 단지 교코의 말을 있는 그대로 받아들여 별 깊은 뜻이 있는 말이라고는 생각하지 않았다. 하지만, 문득 교코의 얼굴을 보니 어쩐지 가마쿠라로 돌아가는 것이 또 전처럼 두 사람이 헤어져 살아가는 것을 의미하는 것으로 여겨졌다.

"무슨 뜻이지? 짐을 가지러 가겠다는 건가?"

"그렇지 않아. 나 왠지 모르지만 당신이 딱해. 역시 어제처럼 당신하고는 헤어지는 것이 서로를 위해서 좋다고 생각해. 당신도 아마 그렇게 생각할 게 틀림없어."

"당신 또 그런 말을 하는 거야?"

미키오는 교코의 완고한 생각이 과연 그녀의 실감에서 오는 것인지 어떤지 몰랐다.

"하지만 그렇잖아. 나 어제저녁에는 당신하고 다시 같이 사는 것인가 해서 기뻤어. 그건 거짓은 아니야. 하지만 오늘 아침에 다시 생각해 보니 역시 그건 아무래도 안 되겠다는 생각이 들어. 나, 내 생각이 이렇게 바뀐 것은 잘못됐다고 생각하지 않아. 당신, 어떻게 생각해?"

"당신이 그렇게 생각하는 것은 나도 이해가 돼."

미키오는 불쾌한 듯한 표정으로 대답했다.

"그렇지?"

"하지만 그렇다고 해도 나는 변하지 않아."

"그건 당신이 이제 어쩔 수 없다고 체념하고 있기 때문이야."

"당신은 안 돼. 당신은 지금 같은 때 여러 가지로 내 심리를 너무 세세하게 나누어 생각하기 때문이야. 이럴 때는 상대의 마음을 분석해서 생각하는 게 아니야. 당신하고 내가 전처럼 재결합을 하게 되면 그야 나로서도 당분간은 사다코를 생각할 테니까 여러 가지로 괴로운 일이 남겠지. 그걸 당신은 지금 일일이 자꾸 캐내면 아름다운 일도 모두 지저분해져 버려."

"그건 나도 알아. 하지만 내 입장에서는 모처럼 당신하고 이렇게 사이가 좋아졌는데, 다시 한 번 같이 합쳤다가 또 틀어지는 거 싫어. 나 당신하고 재결합하는 거 점점 두려워지져."

"당신이 그런 생각이 들었다면 이젠 틀렸군."

미키오는 쓸쓸하게 말하며 바다를 내려다보았다.

"그럴까?"

"그야 그렇지. 그런 걸 중대하다고 생각하면 나도 그렇고 당신도 그렇고 역시 헤어져서 사는 수밖에 없어."

교코는 말없이 절벽 아래를 내려다보았지만, 이제 입가에서 미소는 사라졌다. 두 사람은 오랫동안 말없이 앉아있었다. 출범하는 배가 서서히 선수를 돌려 부두를 떠나가는 것을 보면서, 미키오는 그것이 지금의 자신과 교코의 마음과 같다고 생각했다.

"지금 배가 떠나가는군. 저것을 다시 돌이키려면 상당히 힘이 들 거야."

"그렇지."

교코는 이렇게 말했지만, 이제 자신의 마음을 돌이키려는 기색도 보이지 않았다.

"하지만 나 어젯밤 일은 부자연스러운 것 같아. 그건 아버님이 당신과 나를 같이 있게 하셔서 그런 거야. 우리들 자신의 의지는 아니었어. 나하고 당신은 아무래도 억지로 그렇게 하면 안 된다고 생각해."

"확실히 무리이긴 했지. 하지만 억지로라도 하지 않으면 인간에게 행복이 오겠어? 또 마음에 들지 않으면 싸우면 되지 뭐."

교코는 가볍게 웃으며 미키오를 보았다.

"그렇게 생각하면 되겠네. 하지만 나는 아직은 당신처럼 생각할 수는 없어."

"하지만 지금 나하고 당신하고 헤어지면 내가 바로 그 길로 사다코하고 결혼할 거라고 생각해?"

교코는 깜짝 놀라서 시선을 멈추고 움직이지 않았다.

"당신을 위협하는 것은 아니지만, 나도 그렇게 그쪽으로 갔다 이쪽으로 왔다 할 수 없어. 이제 너무 지쳐서 빨리 정리가 되었으면 좋겠어."

교코는 미키오의 탄식에 깊이 감동을 한 듯, 더 한층 풀이 푹 죽어 생각에 잠겼다. 그러나 잠시 입을 다물고 있다가 교코는 말했다.

"하지만, 나 오늘은 돌아갈게. 다음이 언제가 될지 모르겠지만, 이대로 당신하고 계속 같이 지내기보다는 이제 잠시 헤어져 있는 것이 좋을 것 같아. 지금 서두르면 정말이지 당신을 괴롭힐 뿐이야. 이대로 함께 지내는 것이 좋다고 이야기해 주는 것은 고마워. 하지만 그러니만큼 역시 신중하고 싶어."

미키오는 이제 더 이상 아무 말도 할 의욕이 없었다.

"그럼 이제 그 일은 당신에게 맡길게. 당신은 저 배 같아."

미키오는 이렇게 말하며 문득 배를 보았다. 배는 어느새 항구를 떠나 속력을 내고 있었다.

교코와 미키오는 언덕 아래까지 내려가서 그곳에서 헤어졌다. 미키오는 혼자가 되자 교코가 한 말이 올바르고 의의가 있는 것 같았다. 만약 교코가 지금 자신의 곁에서 떠나지 않고 그대로 있게 된다면, 교코의 말대로 어쩌면 더 괴로워질 것이 틀림없다고 생각했다.

사다코는 시나가와(品川)의 어느 실업가 노인의 수발을 들며, 바다가 보이는 광활한 정원에서 매일 미키오의 편지를 기다리고 있었다. 그러는 사이 1주일이 지나고 2주일이 지났다. 미키오가 어디 여행이라도 가서 편지가 오지 않으면 그래도 이해가 되지만 사건이 사건인만큼 그에게서 편지가 오지 않는다는 것은 사다코로서는 상당히 각오를 요하는 일이었다.

미키오가 써 놓고 간 편지에는 그의 아버지가 반드시 만나러 갈 것이니 그 때는 미키오가 하라는 대로 할 생각이라고 대답하라고 했다. 그러니까 지금쯤은 아마 미키오도 아버지에게 질책을 받고 난처한 상황일 것이라고 사다코도 조용히 동정을 하기조차 했다.

하지만, 그렇다고 해도 뭐라고 전화 한통 오지 않을 리가 없었다. 그렇게 생각하자 사다코도 기다리는 나날들이 암담해져서 성실하게 하던 일도 걸핏하면 소홀히 하기 십상이었다.

"역시 미키오와 결혼한 것은 잘못된 것인지도 몰라. 이건 처음부터 무리였어."

사다코도 이렇게 생각했다. 하지만 미키오는 한 번은 자신을 확실하고 강렬하게 사랑해 줬다. 그 사실 만큼은 사다코도 의심할 수 없었다. 다만 잘못한 것은 미키오가 자신을 사랑해 주었을 때보다 자신이 미키오를 사랑한 것이 훨씬 늦었다는 것이다. 그러나 그것도 자신으로서는 어찌 할 수 없는 일이었다. 이 감정의 어긋남 때문에 만약 미키오가 자신을 떠나가게 되었다면 그것도 아무도 원망할 수 없다고 생각했다.

드디어 어느 날 사다코에게 전화가 걸려왔다. 그녀는 오늘이야말로 미키오가 전화를 했을 것이라고 생각하고 받아 보았다. 그러나 그것은 미키오의 아버지에게서 온 전화였다.

그것은 오늘밤 의논할 일이 있으니, 시간이 될 때 한 시간만 근처 요정에서 식사를 꼭 같이 했으면 한다는 것이었다.

사다코는 만약 이것이 미키오에게서 편지가 오고 난 후라면 아직 무슨 일인지 몰랐을 것이다. 하지만, 미키오에게서 아무런 소식도 없이 아버지에게서 갑자기 전화가 온 것이다. 사다코는 알겠다는 대답을 하고 전화를 끊었지만 의논할 내용이 무엇인지는 이미 다 알 수 있었다.

지금까지는 설령 미키오에게서 배신을 당한다고 하더라도 원망하지 않겠다고 결심을 했지만, 막상 그 시기가 왔다고 생각하니 사다코의 가슴은 싸늘히 식어갔다.

환자가 식사를 한 후 한 시간 자는 시간에 틈을 내서 사다코는 약속한 요정으로 갔다. 미키오의 아버지 헤에는 벌써 와 있었다. 사다코가 2층 방으로 안내를 받자 헤에는 앉아 있던 방석을 뒤로 빼고 두 손을 짚었다.

"아, 아, 이쪽으로 오세요. 그곳은 안 됩니다."

낮은 곳에 앉으려는 사다코를 헤에는 억지로 도코노마로 데리고 갔다.

"저는 미키오의 애비입니다. 전에는 미키오가 여러 가지로 신세를 져서 진심으로 감사드립니다."

헤에는 해야 할 인사를 하고 잠시 말없이 사다코를 보다가, 고개를 숙이고 잠자코 있는 사다코의 기품에 마음이 움직인 것 같았다.

차가 나오자 헤에는 여종업원에게 식사는 나중에 부탁할 것이라고 하고 사다코에게 말했다.

"시장하시겠지만 말씀을 여쭙고 나서 천천히 드시기로 하고, 음──대단히 주제넘은 말씀인 것 같습니다만, 저는 이번에는 미키오에 대해 심각하게 걱정을 하고 있습니다. 그래서 이렇게 일부러 오시게 했습니다만, 죄송합니다."

헤에도 어떻게 말을 꺼내야 할지 난처한 듯, 느긋하기는 했지만 어조가 상당히 흔들렸다.

"저야말로 여러 가지로 심려를 끼쳐서 죄송합니다."

사다코도 작은 목소리로 분명하게 대답했다.

"아니요, 아니요. 음, 그러니까 뵙자고 한 것은 다름이 아니라, 이번에 미키오의 아내 교코의 친정이 몹시 어려운 상황이 되어서 파산을 하게 되었습니다. 그런데 저희 집은 사실을 말씀드리자면 전에 교코의 친정에서 여러 가지로 도움을 받아 이번에는 아무래도 제가 무슨 일이 있어도 어떻게든 이것을 전처럼 되돌려 놓지 않으면 세상 사람들에게 면목이 없습니다. 저도 매일 밤낮으로 생각을 하고 있습니다만, 그러니까 이런 상황이므로 교코와 미키오를 이혼을 시킨다는 것은 저로서는 용납할 수 없는 일로 억지로라도 전처럼 가정을 유지하게 하고 싶습니다. 그래서 대단히 죄송스러워 뭐라 할 수 없습니다만, 이 점을 이해해 주셨으면 해서 이렇게 번거롭게 나오시라고 한 것입니다."

희미하게 떨면서 입을 꼭 다물고 있던 사다코는 헤에에게 가볍게 인사를 했다.

"그래서 이도 역시 죄송스럽지만 의논을 드리니, 당신에게도 뭔가 의견이나 바라는 점이 있으면 말씀을 해 주세요. 될 수 있으면 바라시는 대로 해 드리고 싶어서 오시라고 한 것이니 부디 어려워 말고 의견을 말씀해 주시지 않겠습니까?"

무릎을 조아리는 헤에의 정중한 말씨에 사다코는 화를 낼 수도 없었다. 그녀는 잠시 말없이 있다가 이야기를 시작했다.

"저, 미키오 씨가 저를 떠날 때 써 놓고 간 편지를 받았습니다. 그 편지에는 조만간 아버님이 당신을 찾아올 것이니 그 때는 자신이 알아서 할 거라고 대답하라고, 단지 그 말만 씌여 있었습니다. 그래서 지금 제가 드릴 수 있는 말씀도 그 외에는 뭐라 드릴 말씀이 없습니다."

사다코가 헤에를 보니, 헤에는 갑자기 싱글벙글 웃고 있었다.

"그러세요? 역시 그랬군요. 하지만 이것 참, 대단히 말씀드리기 어렵지만, 실은 미키오는 이미 교코와 재결합을 하겠다고 해서, 그래서 제가 미키오를 대신하여 사과를 하러 온 것입니다만, 미키오에게서는 아직 아무 말 못 들으셨습니까?"

"네에."

사다코는 갑자기 분노와 슬픔이 밀려 올라와 입을 다물어 버렸다.

"그렇다면, 지금 하신 말씀이 사실이라면, 미키오 씨가 직접 제게 그 이야기를 해 달라고 말씀해 주시지 않겠습니까? 저 미키오 씨께 그런 말씀을 듣는다면 드릴 말씀이 아무것도 없습니다만, 저를 지금까지 말없이 기다리게 한 것은 유감스럽습니다. 딱히 불복의 말씀을 드리는 것은 아닙니다만 뭔가 한 말씀 해 주셔도 괜찮을 것 같습니다."

이렇게 이야기를 하는 동안 사다코는 눈물이 흘러 넘쳤다.

"그러고 말고요. 그건 미키오가 괘씸한 것 같군요. 돌아가면 제가 잘 이야기를 할 테니 부디 오늘 일은 용서해 주시기 바랍니다."

헤에는 딱하다는 듯이 혼자 고개를 끄덕이며 품속에서 두터운 종이꾸러미를 꺼내 사다코 앞에 내놓았다.

"대단히 실례입니다만, 당장 아쉬운 대로 쓰시면 저도 마음이 편해질 것 같으니 부디 받아 주세요. 정말 마음의 표시일 뿐으로 실례합니다."

"무엇입니까?"

사다코는 새파래져서 강한 눈빛으로 헤에를 노려보았다. 헤에는 눈길을 피하며 당황해하면서 종이꾸러미를 다시 밀었다.

"아니 이건 정말 마음뿐이니, 어서 받아 주세요."

"저 그렇지 않아도 슬픈데 이렇게까지 하시면 저희 어머니를 뵐 수도 없습니다. 부디 이것만은 거두어 주세요."

사다코는 종이꾸러미를 되밀었다. 헤에는 예상과 달리 더 혼란스러워 사다코에게 다가가 억지로 종이꾸러미를 쥐어주려 했다.

"이것만은 제발 신세를 진데 대한 감사의 표시이니 받아 주세요. 어서요."

"아니요, 이런."

이렇게 말을 하면서 사다코는 울며 쓰러졌다. 헤에는 얼굴이 빨개져서 딱하다는 듯이 미소를 짓고 있다가 말을 이었다.

"아니, 뭐, 이것도 미키오 녀석의 잘못입니다. 그 녀석만 정신이 똑바로 박혔으면 여러분에게 이렇게 폐를 끼치지는 않았을 것입니다만, 어렸을 때부터 얼러서 키웠더니 부모가 하는 말을 전혀 듣지 않아서."

사다코는 고개를 들었다.

"그럼, 저 실례하겠습니다."

인사를 하는 사다코의 손에 헤에는 다시 종이꾸러미를 쥐어주었다.

"그럼, 부디 이것만은 받아 주세요."

"아니, 저는 받을 수 없습니다."

"그러지 마시고 가지고 가세요. 거듭거듭 무례하다고 생각합니다만, 뭐 이럴 때는 이렇게라고 하는 것이 예의인지라."

사다코는 이제 헤에를 상대도 하지 않고 일어서서 복도로 나갔다. 헤에는 뒤를 따라갔지만, 사다코는 이미 아래로 내려가고 있었다.

바깥은 캄캄했다. 사다코는 시나가와 역 앞을 지나다가 문득 내친 김에 요코하마에 있는 미키오의 집으로 그를 만나러 가고 싶어졌다.

사다코는 시나가와에서 사쿠라기초(桜木町) 행 전차를 탔다. 지금 미키오를 만나서 무엇을 어떻게 해야 할지는 그녀도 알 수가 없었다. 하지만 만나면 마지막 한 마디를 전할 수 있을 것이라는 생각은 하나 있었다.

사다코는 요코하마에 도착하자 일찍이 들어서 알고 있던 고지대 주택지구에 있는 미키오의 집쪽으로 걸어갔다. 지나가다가 중국요리점 앞까지 왔을 때 입구에서 나는 진한 기름냄새가 미적지근하게 얼굴을 확 덮쳤다. 그 바람에 사다코는 가슴이 갑갑하게 밀려올라오고 갑자기 구역질이 날 것 같아서, 전봇대에 손을 짚은 채 한동안 고개를 숙이고 서 있었다.

어딘가 약국이 없나 해서 주위를 둘러보는 동안 맞은편 담배가게에 약도 팔고 있는 것 같아서 그곳에서 골프[09]를 사고 다시 걸었다. 열도 좀 있는지 번화한 거리를 빠져나와 강가의 바람을 쐬이자 양 옆구리에 소름이 끼치는 것이 느껴졌다.

마침내 미키오의 집을 찾아갔을 때는 사다코는 이미 가슴이 갑갑

---

09 약이름으로 추정되나 미상.

한 것도 잊었지만, 바로 집안으로 들어가는 것이 내키지가 않아 잠시 문 옆에 서서 안을 들여다보았다.

미키오의 집은 사택이라 그런지 상가 같지 않게, 정원 나무 사이로 현관까지 물이 뿌려진 징검돌이 죽 이어져 있었다. 사다코는 미키오를 만나도 아직 무슨 말을 해야 할지 떠오르지 않았지만 이제 망설이지 않았다.

그 때 아까부터 모습이 보였다 안 보였다 하며 한 남자가 따라 왔다. 이 남자는 담배를 살 생각으로 집을 훌쩍 나왔다가 돌아가던 미키오였다. 그는 밤에 문을 연 가게들을 여기저기 돌아다니며 산책을 하다가 돌아오는 중이었는데 갑자기 전방에 여자의 모습이 나타났다. 그런데 전봇대에 몸을 의지하고 담배가게 간판을 올려다보는 얼굴이 어쩐지 사다코와 비슷했다. 하지만 지금 이 시간에 사다코가 이곳에 올리는 없다고 생각하고 그대로 어슬렁어슬렁 집으로 돌아온 것이다.

그러나 집 앞까지 와서 보니 아까 본 그 여자는 역시 자신의 집 앞에 멈춰 섰다. 그래서, 몰래 숨어 바라보니 역시 그것은 사다코라는 사실을 알게 되었다.

미키오는 사다코를 불러세우려고 했다. 하지만 지금은 아직 교코에게서 아무 대답도 듣지 못한 상태다. 지금 사다코를 불러세우면 자신은 또 마음이 흔들려 사다코에게로 마음이 기울어 버릴 것이 뻔하다고 생각했다.

그러는 사이 사다코는 집안으로 들어갔다. 미키오는 곧 나올 거라고 생각하고 문 옆에서 사다코를 기다리고 있었다. 그러자 예기한 대로 곧 사다코는 창백하기 그지없는 얼굴을 하늘을 향해 들고 아무것도 모르는 채 그의 앞으로 지나갔다.

'만사 끝이다.'

미키오는 이렇게 생각했다. 그는 잠시 집에도 들어가지 못하고 그렇다고 해서 사다코의 뒤를 따르지도 못하고 그저 그녀의 뒷모습을 바라보고 있을 뿐이었다. 하지만 갑자기 그는 역시 사다코의 뒤를 따라갔다.

'하지만 나는 사다코를 만나서 무슨 말을 해야 하지? 나는 또 사다코와 결혼하겠다고 할 건가? 그렇다면 뭐라고 사죄를 해야 하지?'

아니 사죄가 무슨 도움이 되겠어. 그는 이 세상의 모든 죄를 짊어진 듯한 괴로운 표정을 하는가 싶더니, 갑자기 폭하고 거품을 뿜는 물고기처럼 아무 생각 없이 미소를 지으면서도 역시 사다코의 뒤를 쫓기는 쫓는 것이었다.

'그러나 이렇게 쫓아가서 만약 사다코가 알아보면 어쩌려는 거지?

그는 문득 이렇게 생각하고 멈춰 섰다. 하지만 알아보려면 알아보라지. 지금 도망을 치는 것보다는 마음이 편해.─

하지만 이제 이렇게 되니 뭐가 뭔지 모르겠어. 누군가 어떻게 잘 좀 처리해 주길, 하는 기분으로, 무엇엔가 질질 끌려가듯이 휘청휘청하며 걸었다.

'아니, 대체 이렇게 기묘한 기분이 어디 있단 말인가? 나는 무슨 생각을 하고 있는 것인가?'

사다코가 집에서 나왔을 때, 우연히 자신이 보이지 않는 곳에 서 있어서 그녀가 보지 못했을 뿐이다. 사다코는 캄캄한 골목길로 나오자 사람들 눈에 띄지 않는 곳에 웅크리고 앉았다. 그리고는 괴로운 듯이 고개를 숙이고 구역질을 했다. 미키오는 뒤로 다가가 말없이 사다코의 등을 문질러주었다.

"감사합니다. 부디 이대로 그냥 놔두세요."

사다코는 목이 메어 떠듬떠듬 말을 이어가며 말했다. 그래도 미키오는 계속 문질렀다.

"부디, 이만."

사다코는 미키오인 줄 모르고 인사를 하고는 또 걸었다. 미키오는 일어서서 사다코쪽을 보고 있었지만, 사다코는 금방 또 작게 쭈그리고 앉았다.

이제 미키오는 이름을 대는 수밖에 없었다. 그는 사다코 쪽으로 걸어가서 다시 그녀의 등을 가볍게 쓰다듬었다.

"아, 이렇게 또 죄송합니다. 덕분에 좀 편해졌습니다."

아직 자기인 줄 모르는 것을 보고, 아마 사다코도 괴로울 것이라고 생각했다. 그러나 사다코가 이렇게 둔감한 것은 너무 절망하여 넋이 나간 때문일까? 미키오도 이제 넋이 나가 웩웩 구역질을 반복하고 있는 사다코와 함께 자신도 구역질이 날 듯 가슴이 갑갑하게 메어 왔다.

"뭘, 먹었어?"

"어머."

사다코는 깜짝 놀란 듯이 소리를 질렀다. 그리고 곧 벌떡 일어서서 부들부들 떨며 미키오의 얼굴을 보고 있었다.

"뒤에서 따라 왔어. 의사에게 가 봐."

사다코는 아무 말도 하지 않고 혼자 걸어가기 시작했다.

"오늘은 나한테 아무 말도 하지 말아 줘. 오늘밤에는 아무 말도 못 하겠어. 그냥 뒤에서 따라왔는데 당신이 너무 괴로워해서 도망칠 수 가 없었어."

사다코는 입을 다물고 있었지만, 몸이 무거운 듯 천천히 걸었다.

"병원에 가 봐. 이 근처에 있어."

"돌아가 주세요."

사다코는 작은 목소리로 대답했다.

"조금 만 더 바래다 줄게."

"아니, 이제 혼자 돌아갈 수 있어요."

두 사람은 말없이 나란히 걸었다. 그곳에 자동차가 한 대 왔다. 사 다코는 그것을 불러 세우고는 미키오에게 인사를 했다.

"안녕히 계세요."

미키오는 사다코를 따라 타려했다. 그러자 차 안에서 문이 탁 닫혔 고 차는 그대로 달려갔다.

123회

11의 1

교코는 미키오와 다시 가정을 꾸리게 된 것에 대해서는 바로 받아들이기 어려웠다. 그것은 미키오라는 인물이 문제였다. 그는 선량하고 정직하고 유쾌한 구석이 많았지만, 세상의 상식이나 습관을 경멸하는 버릇이 있기 때문에 다시 결혼을 해도 지금 이상으로 자신에게 호감이나 기쁨을 계속 느끼게 하지는 않을 것이라는 불안감이 있었다. 또한 첫째로는 교코의 친정의 파산이 미키오의 동정심을 뒤흔들고 있는 것이 빤히 보이고 있다.

그것을 생각하면 교코도 참을 수 있는 한도 내에서 사다코와 미키오의 결혼이야말로 정당하다고 생각할 수밖에 없었다. 하지만 교코가 미키오와의 재결합을 거절할 경우, 미키오로서도 이제 와서 그렇게 호락호락 사다코에게 돌아가지는 않을 게 틀림없다.

이런 식으로 이것저것 생각을 해 보니 교코도 지금은 미키오를 혼자 괴로워하게 내버려 두는 것은 너무 잔혹한 것 같았다. 그러나 그렇다고 해서 막상 미키오와 결혼을 한다고 해도, 사다코를 한 번 만나서 자신의 심정을 이야기하고 사다코의 심정도 어떤 것인지 알아두지 않으면 개운하지 않을 것이라 생각했다. 그래서 어느 날 교코는 혼자서 사다코를 만나러 가기로 했다.

사다코의 주소는 사다코의 친정에 가자 바로 알 수 있었다.

시나가와의 고지대에 있는 넓은 저택을 들어가니, 커다란 느티나무가 울창하게 서 있었다. 초여름 햇살이 나뭇잎 사이로 흘러드는 언덕을 올라가 현관에 도착했다. 교코는 자신이 사다코에게서 미키오를 되찾는 것이라는 주눅이 드는 마음은 조금도 없었다. 그보다는 만약 사다코에게 도저히 미키오와 헤어질 수 없다는 의사가 있다면 자신은 이를 계기로 깨끗하게 미키오의 일은 체념을 해도 된다고까지 결심을 했다.

교코는 초인종을 누르고 나온 식모에게 자신이 왔다는 것을 알렸다. 그러자 곧 사다코가 나왔다.

"어머, 어서 오세요."

사다코는 침착하기는 했지만, 그녀의 눈가의 미소는 이제 아무런 적의도 드러내지 않고 있었다.

"저, 잠깐 드리고 싶은 말씀이 있어서요. 정말 아주 잠깐이면 됩니다."

"아아, 그러세요? 아유, 이것 참. 어서 들어오세요."

교코는 응접실로 안내를 받았다. 그곳은 바다를 향한 넓은 지면의 잔디밭이 수목에 둘러싸여 남쪽 방향의 바다 쪽으로 내려가고 있었다. 두 사람은 테이블을 사이에 두고 마주앉았다.

"저, 어려운 말씀입니다만, 무슨 말이든 과감하고 솔직하게 말씀드리려고 찾아뵈었습니다. 그러니 사다코 씨도 부디 숨김없이 말씀해 주셨으면 합니다."

"감사합니다."

"저 지금 가마쿠라에 있는 친정에서 지내고 있습니다. 그게 말이에요, 이번에 친정 아버님이 파산을 하셨습니다. 그래서 어딘가에 취직이라도 해서 일을 해 볼까 하는데, 얼마 전에 데라시마의 아버님이 부르러 오셔서 아무래도 데라시마하고 재결합을 하라고 고집을 부리셨습니다. 그래서 저 한 번 결심을 하고 데라시마가에서 나온 처지이기도 하고 또 그런 짓을 하면 당신께 실례라고 생각해서요. 그렇게 못 하겠다고 고사를 하고 싶지만, 미키오와 저를 억지로 불러다 놓고 놓아주지를 않으세요. 저는 미키오 씨에게는 당신에게 어서 돌아가라고 했습니다만, 이제 와서 내가 어떻게 돌아가냐 하는 군요.”

(1935.7.1)

124회

11의 2

교코가 이야기를 하는 대로 고개를 끄덕이며 듣고 있던 사다코는 갑자기 이 때부터 수긍을 하지 못하게 되었다. 그러나 교코는 오지 않아도 되는 것을 굳이 온 청순한 애정으로, 이제 오히려 사다코의 슬픔은 신경을 쓰고 싶지 않은 모양이었다.

“저, 미키오에게 당신은 사다코 씨에게 돌아가지 않으면 대신 내가 갔다 오겠다고 했어요. 하지만 오늘은 저 부탁을 받고 온 것은 아닙나다. 하지만, 미키오 입장에서 보면 일단 아버지가 시키는 대로 다시 저와 함께 살 생각이 든 이상은, 이제 와서 새삼 사다코 씨에게 돌아갈 의리는 없다고 생각하는 것 같아요. 그래서 저, 분명 시간이 되면 조만간 당신에게 또 미키오가 귀찮게 굴러 오지 않을까 생각합니다. 하지만 그 때는 사다코 씨도 분명 너무 화가 나실 것 같아서요.”

교코는 이렇게 이야기를 하다가 문득, 이런 이야기를 하면 안 되겠다 싶었는지 말을 끊었다.

"저, 이런 말씀 드리면 실례라고 생각하겠지만, 저는 모든 것을 데라시마 씨에게 맡겼기 때문에 지금에 와서 새삼 제가 드릴 말씀도 없습니다."

사다코는 지금은 만사 체념을 한 듯, 고개를 푹 숙이고 조용히 말했다.

"하지만 그렇게 말씀하시면 안 됩니다. 저는 아직 미키오와 꼭 재결합을 하겠다고 마음을 정한 것은 아닙니다. 그러니까 사다코 씨의 의견도 들어두는 것이 나중을 위해서 좋겠다고 생각해서 이렇게 실례를 한 것입니다. 그야 물론 너무 이상한 여자라고 생각하시겠지만, 미키오도 전에 당신을 그렇게 신뢰했으니, 아직 제게 여유가 있는 지금은 미키오가 사다코 씨에게 신세를 지는 것이 저를 위해 좋을 것이라 생각합니다. 저는 당신의 호의를 잊을 수 없습니다. 그러니 오늘 제가 온 것도 저 같은 여자로서는 대단한 결심을 한 것이라는 이상한 생각이 들었습니다."

이와 같이 자랑스런 교코의 말투는 의외로 사다코의 마음을 온화하고 아름답게 물들였다. 사다코는 부끄러운 듯이 얼굴을 붉히고 웃으며 인사를 했다.

"그야 저도 아까부터 무슨 일로 오셨나 깜짝 놀랐습니다. 정말 이렇게 해 주시는 분은 없습니다. 하지만 저, 그렇게까지 정중하게 말씀하시니 이제 데라시마 씨를 만나뵐 수도 없습니다."

"아니요, 그런 건 아무래도 상관이 없습니다. 저, 사다코 씨가 사려 깊으신 분이라는 생각은 이미 있었습니다만, 이렇게까지 사려가 깊으신 줄은 몰랐습니다."

사다코에게 한 번은 졌지만, 자신이 다시 이겼다는 우월감이 이렇게 겸손하게 만든 것이라 생각했다. 그러니 교코도 역시 새삼 이 해후의 무의미함을 깨달았다.

그러나 교코는 오기 전보다 한층 더 밝고 명랑해졌다.

(1935.7.2)

125회

11의 3

"여러 가지로 심려해 주셔서 너무 믿고 말씀드리는 것 같지만, 저도 그 이후 혼자가 되어 데라시마 씨의 아버지님께서 하신 말씀을 생각해 보니, 제가 실례를 했습니다. 그래서 지금은 차라리 사모님과 데라시마 씨가 재결합하시는 것이 두 분을 위해 얼마나 행복한 일인가, 실례지만 그렇게 생각합니다."

사다코에게 이렇게 비참한 패배의 말을 듣기 위해 온 것인가 하고 교코는 생각했다. 그렇게 생각하자 교코는 완전히 자신이 이겨서 우월한 위치에 있는 것 같은 느낌이 들어 견딜 수가 없었다.

"그렇게까지 말씀하시니, 저는 이제 물러나겠습니다. 하지만 저 오늘 찾아뵙기를 정말 잘했다고 생각합니다. 왜냐하면, 미키오가 또 당신을 여러 가지로 생각해서 곧 조만간 당신에게 신세를 지게 되어도 당신 우물쭈물 혼자 쓸데없는 생각하지 않아도 됩니다. 저 돌아가면 다시 한 번 미키오에게 그렇게 이야기해 둘 테니까 부디 그 점 잘 부탁드립니다."

"아니, 이제 그런 말씀을 하지 말아 주세요."

사다코는 작아져서 쭈뼛쭈뼛하며 대답했다.

교코는 사다코가 애처로울 정도로 고통을 억눌러 감추며 웃고 있는 얼굴을 보고, 자신이 오늘 한 좋은 행동으로 사다코에게만은 평생 기억할 수 있는 기분 좋은 자신감을 느끼는 것이었다.

그러나 그녀는 이때 갑자기 미키오와 결혼을 할지 말지 고민이 되었다.

"하지만 저 아직 미키오와 결혼할지 말지 고민하고 있어요. 데라시마의 아버님께도 확실한 이야기는 아무 것도 하지 않았어요. 아시는 바와 같이 미키오는 그런 사람이에요. 그러니까 주위 사람을 모두 불행하게 만들어요. 사다코 씨, 제 속마음을 이야기하자면, 사다코 씨가 거두어 주었을 때 정말이지 절망적이라 생각했어요."

어리광을 부리는 고소(苦笑)에 가까운 교코의 웃는 모습을 보고 사다코는 좀 의외라는 표정을 지었다.

"하지만 저 미키오가 요즘 안 됐다는 생각이 들었어요. 하지만, 데라시마나 데라시마의 아버님은 저를 안 됐다고 생각하겠죠. 그러니까 저 헤어질 것이라면 분명하게 헤어져서 다시 당신이 거두어 주시면 어떨까 그런 뻔뻔스런 생각을 해요. 저는 분명히 곧 다시 싸울 테니까요."

하지만 의외로 겸손해진 교코의 이 말은 사다코에게 더 한층 호감을 갖게 했다.

잠시 후 여종업원이 사다코를 부르러 와서 교코는 그 날은 그 길로 작별을 고하고 문을 나섰다. 동시에 이 날 사다코와의 만남이 단지 사다코에게 미키오를 체념시키기 위해 가장 좋은 방법을 자연스럽게 취한 형태로 끝난 것이 어쩐지 괴로워졌다.

(1935.7.3)

126회

11의 4

미키오와 교코는 어느새 다시 같이 생활을 하기 시작했다. 하지만 교코는 예기했듯이, 미키오가 사다코를 떠올리며 쓸쓸히 침울해 있어도 아무 고통도 없이 모르는 척 할 수 있었다. 이는 교코가 애써 사다코를 만나러 간 상냥한 행위의 선물임에 다름 아니었다. 그녀는 미키오가 침울해 하고 있으면 가끔 자신이 먼저 아무 거리낌없이 말을 꺼내기도 했다.

"여보, 사다코 씨 보고 싶죠? 다녀와도 괜찮아요."

"보고 싶은 적도 있지. 하지만 조만간 좋은 남편을 만나서 결혼하는 것이 좋으니까 만나지 않는 것이 좋을 것 같아."

그러면 미키오는 이렇게 말하며 농담처럼 얼버무렸다.

헤에는 두 사람 사이가 전처럼 돈독하게 회복된 것을 보고, 안심을 한 것 같았는데, 어느 날 미키오에게 다시 교코를 데리고 봉천을 가라고 명령을 했다.

장마에 들어서서도 비는 내리지 않고 서서히 더워지기 시작할 무렵 교코와 미키오는 도쿄를 출발했다. 미키오는 이번 여행은 숙소를 사다코와 같이 갔을 때와는 달리 잡았다. 두 사람은 신혼의 화려함은 없다고 해도, 이제 아무 의심도 없고, 굳이 보여 주기식 친절함도 없고, 부담도 없는, 말하자면 관계가 회복되어 안정되고 차분하고 느긋한 마음으로 기쁘게 여행을 할 수 있었다.

시즈오카, 나고야, 교코, 고베, 경성, 순서는 사다코 때와 똑같았지만, 기차가 경성 근처까지 왔을 때, 미키오는 교코에게 말했다.

"사다코와 왔을 때는 조선호텔에서 묵었는데, 난 완전히 결백했어. 그런데 여행을 하느라 피곤한 탓에 호텔에서 결국 결혼을 한 거지."

"하지만, 사다코 씨 용케도 같이 오셨네."

"당신도 그렇게 생각하나? 나도 그게 납득이 안 돼. 하지만 내가 오지 말라고 하는데도 아무래도 따라오고 싶다고 한 것은, 첫째는 여동생 유키코가 무서웠던 것이 아닌가 해. 게다가 나는 사다코하고는 오기 전에 싸움을 해서 조만간 당신에게 복수를 할 것이니 그렇게 알고 있으면 좋겠다고 했지. 그것을 곧이곧대로 믿고 의욕이 생긴 것 아닌가 하는 생각도 들어."

"하지만 당신 집에서 같이 잔 건 이해가 안 돼."

교코는 이렇게 말했다.

"그건 사다코 씨에게는 아무 것도 아닌 흔한 일이야. 그 사람은 간호사니까 누구하고 같은 방에서 자든 그런 면에서는 순결한 것 치고는 둔감한 구석이 있어."

"그럴까? 나는 당신하고 헤어져 있을 무렵, 여러 남자들과 같이 놀러 다녔지만, 같은 방에서 묵은 일은 한 번도 없어. 그럼 내가 사다코 씨보다 훨씬 더 순결한 거네."

"당신, 순결했던 거야?"

미키오는 이상하다는 듯한 표정을 하고 교코를 보았다.

"그건 실례야. 나는 헤어지기는 했지만, 그래도 그 점만은 확실히 지켰다고."

"고마워."

미키오는 이렇게 말하며 자기도 모르게 교코의 손을 잡았다.

(1935.7.4)

127회

11의 5

경성에서는 미키오는 숙소를 천진루(天眞樓)로 하고 싶다고 했지만, 교코는 조선호텔로 하고 싶다고 하며 고집을 부렸다.

"왜 당신은 그런 곳에 묵고 싶은 거지?"

미키오는 이렇게 주장을 했지만, 교코는 교코 대로 논리가 있었다.

"하지만 나는 사다코 씨가 좋은 걸. 당신보다는 사다코 씨가 더 좋은 지도 몰라."

"그렇다면 더욱더 사다코 씨와 결혼한 방에서 묵는 것은 사다코를 모욕하는 것이야."

"그런 건 다른 문제지. 나는 사다코 대신 당신을 보살피는 거라구. 괜찮지 않아? 사다코 씨 아마 기뻐할 걸. 이렇게 하는 게 예의지."

"그럼, 안내하지."

미키오도 쓴웃음을 지으며 말했다. 드디어 경성에 도착하자 두 사람은 자동차를 조선호텔로 몰았다. 교코는 미키오의 뒤에서 계단을 올라가며 남편의 소매를 잡고 이렇게 말했다.

"당신 묵은 방이야. 다른 곳은 안돼."

이제 이렇게 되니 미키오도 이제 와서 방을 바꿀 필요도 없었다. 다시 사다코와의 추억을 견디는 것도 교코와의 사이에서는 일종의 복잡한 애정을 배가시키는 것이라 생각했기 때문에 사다코와 결혼한 방을 선택했다. 다행히 전에 묵었던 방은 비어 있었다.

미키오는 방에 들어가더니 곧 커튼을 치고 창문을 열었다.

눈에 들어오는 북한산도 인왕산도 육각 탑의 배경이 되어, 흰 구름 사이로 희미한 연보라색을 하고 솟아 있었다.

그 때 성공회 첨탑이 강하게 빛나며 미키오의 눈을 관통했다.

'너의 그 추태는 무엇이더냐?'

이렇게 갑자기 온 거리 전체가 미키오에게 말을 거는가 싶더니 히죽 히죽 비웃고 있는 것처럼 느껴졌다.

미키오는 고통스런 가슴을 짓누르고 돌아와서 침대 위에 길게 누웠다.

"여보, 잠깐 만 와 봐. 배경이 아름다워. 저 산, 무슨 산이야? 이빨 같아. 멋진데, 이곳."

교코는 혼자 창가에 서서 느긋하게 부채질을 하며 자못 행복한 듯이 전방의 경치에 정신이 팔려 있었다.

"당신 이렇게 좋은 곳에서 결혼한 거야? 좋네. 우리도 당분간 이곳에 있어요. 당신 이곳 마음에 든 거지?"

미키오는 기뻐하며 웃고 있는 교코의 얼굴을 보고 이건 나를 위로하기 위해 일부러 과장하고 있는 것이라 생각했다.

이윽고 교코는 그의 곁으로 돌아와서 의자에 앉아 방안을 둘러보았다.

"이 방도 상당히 좋네. 모두 금장식이 들어갔어."

"여기로 오는 게 아니었는데."

미키오는 쓸쓸히 웃었다.

"하지만 좋잖아요. 당신 사다코 씨 생각해 주면 그 만큼 죄를 씻게 되는 거야."

비웃는 것인지 아니면 화통한 깊은 애정의 발로인지, 미키오로서는 교코의 태도를 확실하게 이해할 수 없었다. 그는 어쩐지 사다코를 대신하여 복수를 당하고 있는 것 같은 공포를 느꼈다.

"이제 이것으로 됐어."

그리고 교코에게 옷을 갈아입으라고 명령했다.

(1935.7.5)

128회

12의 1

미키오와 헤어진 날부터 사다코의 초조함도 진정이 되어 왔다. 그녀는 미키오를 교코에게 돌려주는 것을 당연한 일로 생각하지는 않았다. 하지만 이제 분한 마음도 후회도 미련도 사라져서 차분하면서도 조용한 나날을 보낼 수 있게 되었다.

장마철에 들어서서 마른장마도 마침내 장맛비가 되었다. 어느 날 사다코에게 경성에서 편지가 왔다. 그것은 교코에게서 온 것이었다.

> 사다코 씨께.
>
> 오랜만에 소식 전합니다.
>
> 이번에 미키오와 함께 이 땅에 왔습니다. 아버님의 명령이었습니다. 지금 저희들은 당신이 결혼을 하신 방에 있습니다. 미키오는 이 방을 잡는 것은 당신을 모욕하는 것이므로 그러지 말자고 했습니다만, 저는 그에 반대하여 억지로 당신의 추억이 있는 방을 잡았습니다. 당신의 아름다운 마음에 대해 반드시 함께 이야기하고자 한 것입니다. 미키오

는 혼자 당신을 생각하며 괴로워하고 있는 것 같습니다. 다름이 아니라, 저는 당신을 대신하여 미키오에게 복수를 한 셈이 되었습니다. 당신은 아마 나의 이런 행동을 비웃을 것이라 생각합니다. 하지만 저는 장난으로 이런 짓을 하고 있는 것이 아닙니다. 저는 미키오와 함께 있는 동안은 될 수 있는 한, 당신을 생각하게 하고 싶어 견딜 수가 없습니다. 이는 제가 사다코 씨에게 질투를 느끼고 있기 때문일까요? 만약 저의 이런 행동이 계속된다면 조만간 분명히 미키오는 당신에게 돌아갈 것이 틀림없다고 생각되어 견딜 수가 없습니다. 저는 미키오가 당신에게 돌아가는 것이 기쁜 것도 아닌데 왜 이런 짓을 해야만 하는 것일까요? 이것도 모두 당신이 전에 저를 위해 베풀어준 아름다운 마음씨 때문이라고 한탄하며 펜을 들고 있습니다. 방금 전에도 저는 미키오에게 당신에게 편지를 같이 쓰자고 하니, 쓰기는 쓰지만 만약 쓰게 되면 자신은 사다코를 사랑한다고 쓸 수 밖에 없으니, 대신 당신이 쓰라고 합니다. 이는 제 입장을 생각해서 그러는 것이 아닙니다. 나와 미키오 사이에는 이제 서로 거짓말을 해야 할 이유가 전혀 없기 때문에, 뭔가 저는 미키오의 비서 같은 쓸쓸한 기분이 들고 말았습니다. 그러면 여행 보고 삼아 잠시 소식을 전했습니다.

교코 올림.

그러나 이제 사다코는 기쁘지도 않고 슬프지도 않았다. 멀리 구름 속으로 사라지는 새의 모습을 바라보며 내일은 또 내일의 해가 떠오를 것이라 생각하며, 조용히 간호를 하는 방으로 들어갔다.

(끝)

(1935.7.6)

　본서는 재조일본인 류칸손(瀧閑村)의 「평행선(平行線)」과 당시 일본의 주류 작가 요코미쓰 리이치(橫光利一)의 「천사(天使)」를 번역한 것이다.

　『경성일보(京城日報)』는 한반도에서 간행되었지만 문예물, 특히 장편소설은 주로 일본문단의 주류작가나 신인작가, 재조일본인 작가의 작품들이 게재되었다. 그 중에는 『경성일보』 초출이거나 일본 동시 게재된 작품들도 있다. 이러한 『경성일보』 초출 혹은 동시게재 작품들에는 조선의 사람이나 문화, 풍물, 자연 등 소재나 배경이 되고 있거나 식민지 지배와 문화정책과 밀접하게 관련되고 있는 경우가 많아서, 작품의 이해를 위해서는 『경성일보』라는 매체의 성격을 시야에 넣고 읽어야 하는 경우가 많다. 그러나 그와 같은 서지정보는 현재 일본문학 연구분야에서 제대로 알려지지 않거나 알려졌다 해도 그와 같은 발표매체의 성격을 중요시하지 않고 작가 전집에 수록되지 않은 경우도 있다.

　본서에서 번역하는 류칸손의 「평행선」과 요코미쓰 리이치의 「천사」 역시 배경이나 소재 등에 있어 식민지 조선의 수도 경성이 중요

한 작품의 공간적 배경이 되고 있으며 집필 계기나 배경도 『경성일
보』라는 발표매체의 성격과 밀접한 관련을 보이고 있다. 이들 작품을
간단히 소개하면 다음과 같다.

〈「평행선」과 '내지'의 대안으로서의 '외지' 인식〉

「평행선」은 1918년 6월 7일부터 1918년 9월 23일까지 총 88회에
걸쳐 『경성일보』에 연재된 소설이다. 필명으로 보이는 작자 류칸손
(瀧閑村)에 대한 정보는 찾을 수 없으나, 1908년 종합잡지 『조선(朝鮮)』
의 창간호에 류칸손(瀧閑邨)이라는 필명으로 단편소설 「새끼고양이여
(子猫よ)」와 제1권 2호에 「벚꽃사람(さくら人)」을 게재한 것으로 보아
초기 식민지시기에 재조일본인 일본어 매체를 기반으로 작품 활동을
한 것으로 보인다.

소설 「평행선」의 주인공 센타로는 조선에서 화학제지사업을 준비
하던 중 아버지의 사망을 계기로 일본 '내지(內地)'에 귀국하지만, 동
료의 배신과 가족의 질투로 인해 조선에 남기고 온 사업과 연인 시즈
코를 빼앗기고 만다. 이후 사업을 재개하기 위해 재력가의 딸과 결혼
을 하며 '내지'에서 새로운 출발을 도모하지만, 결국 사업과 가정 모
두 실패하며 다시 '외지'로 떠날 것을 결심하며 소설은 끝이 난다.

본 소설은 작품 서두에서 작자가 서술하고 있다시피 제1차 세계
대전 이후 일본이 경제호황을 맞이하며 '벼락부자'가 양산되던 시기
를 시대적 배경으로 한다. 1910년대 조선의 산업계는 1910년 12월에

공포된 '조선회사령(朝鮮會社令)'으로 인해 조선인 자본은 물론 일본인 자본의 한반도 민간투자가 제한됨으로써 대금업이나 매매업 등 영세 규모의 사업이 주를 이루며 한국 내의 제조업 설립은 극히 억제되던 상황이었다. 그러나 제1차 세계대전 기간 중 과잉 투자된 일본의 산업자본은 일본 사업가들의 해외 진출 욕구를 증대시켰다. 그리고 조선총독부는 이 욕구를 수용하여 1918년에 회사령을 개정하고 1920년 철폐하기에 이른다. 소설 「평행선」은 이와 같은 시대를 배경으로 재조일본인 사업가의 실패와 좌절을 그리고 있다. 이야기의 주된 줄거리는 센타로의 사업과 연애담으로 구성되었는데, 일간신문에 연재된 대중소설이니만큼 형수의 질투로 인한 센타로와 시즈코의 엇갈림, 오노부와 센타로의 갈등과 이어지는 시즈코와 어린 아들의 죽음 등 소설 전반에 걸쳐 사랑이야기를 중심으로 한 갈등과 반목, 비극이 긴장감 있게 그려지고 있다.

소설의 구성상 주목할 점은 본 소설의 이야기가 '외지'에서 '내지'로, 다시 '외지'라는 공간의 이동에 따라 구성되어 있으며, '내지'와 '외지'를 뚜렷하게 구분하고 있다는 점이다. 즉 '외지' 식민지의 사업가인 센타로가 '내지'로 돌아와 숱한 좌절 끝에 결국 모든 것을 잃고는 또 다른 '외지(外地)'인 만주로 떠난다는 설정에 주목해 볼 필요가 있다. 센타로의 고국이자 고향인 '내지'의 시즈오카(静岡) 일대는 '외지'의 사업과 연애에서 격리된 채로 '내몰린 듯한 기분'으로 '초조하고 나른한 나날'을 보내는 공간으로 나타난다. '후회와 상상이 끝없이 이어지는' 신경쇠약에서 벗어나고자 도피처로서 이즈(伊豆)의 온천으로 요양을 떠나지만, 그곳에서 역시 여전히 '초조함과 권태감'을 벗어나지 못한다는 점에서 이즈 역시 도피처로서의 역할을 제대로 수행하지 못한다. 반면에 '내지'에서 벌어지는 배신과 사업실패, 시즈코와 아들의 죽음 등 좌절의 순간에 센타로의 머릿속에 떠오르는 공간은 동창인 구로타가 성공적으로 일을 하고 있는 '만주'이다. 그곳 만주는 암울한 현실에서 벗어날 수 있는 도피처임과 동시에, 더 나아가 새로운 도약을 시도할 수 있는 돌파구로 그려지고 있는 것이다. 이는 제1차 세계대전 이후 경제 특수를 누리면서 만주에 대한 독점적 이권을 확보하기 위해 자국민의 진출을 독려하던 시대 상황과도 무관하지 않다는 점에서 당시 '내지'의 현실을 타개할 수 있는 가능성의 공간으로서, 확대되는 '외지'에 대한 식민자의 인식을 확인해 볼 수 있는 지점이기도 하다.

〈「천사」: '순수소설론'과 식민지 근대도시 경성의 표상〉

요코미쓰의 「천사」는 『경성일보』에 1935년 2월 28일부터 7월 6일까지 128회에 걸쳐 초출 게재된 후, 같은 해 9월 소겐샤(創元社)에서 단행본으로 간행된 장편연재소설이다. 본서에서는 110회에서 120회까지는 『경성일보』의 소실로 소겐샤의 단행본을 번역했다. 소겐샤의 단행본은 『경성일보』초출 표현의 수정이 군데군데 눈에 띄며, 주인공 미키오(幹雄)가 교코(京子)와의 재결합을 결심하고 경성으로 여행을 간 부분은 상당 부분 추가된 것으로 보인다. 본서에서는 소실된 부분과 함께 개작 과정에서 추가된 부분도 함께 번역했다. 작품이 발표된 1935년 전후 시기는 요코미쓰에게 있어 평론 「순수소설론(純粹小說論)」을 발표함으로써 '문학의 신'이라고 불리웠으며, 시가 나오야(志賀直哉)와 함께 '소설의 신'으로 평가받았을 만큼 작가로서의 전성기에 해당된다.

작품의 내용은 다음과 같다. 사업상 위기에 처한 미키오의 아버지 헤에(兵衛)는 교코(京子)의 아버지의 도움으로 재기에 성공한다. 그 인연으로 미키오와 교코는 결혼을 하지만 사랑없이 집안의 필요에 의해 이루어진 둘의 결혼은 원만하지 못하다. 이와 같은 둘의 관계는 미키오가 병이 들어 가마쿠라(鎌倉)에서 요양원 생활을 하면서 표면화된다. 미키오는 간호사인 사다코(貞子)와 가까워지고 교코는 둘의 관계를 눈치채고 결혼 전 애인이었던 아카시(明石)에게 매달린다. 이와 같은 상황에서 미키오는 사다코에게 자신의 기분을 고백하지만 교코의 존재를 신경쓰는 사다코는 미키오의 결혼 신청을 거절한다. 교코에게서도 버림받고 사다코에게서도 버림받았다고 생각하는 미키오는 자포자기의 심정으로 교코에게 이혼장을 보낸다. 교코는 친정으로 돌아가고. 둘의 결혼생활이 파탄난 것을 알게 된 아버지 헤에는 아들 부부의 관계를 회복시키기 위해 봉천(奉天)에 가서 집안의 사업인 호텔경영을 시찰하고 오라고 명령한다. 그러나 미키오는 교코가 아닌 사다코와 함께 봉천으로 떠나고 그 도중에 둘은 경성에서 결혼을 한다. 그 사실을 안 헤에는 두 사람을 불러들여 사다코를 아들과 헤어지게 하고. 그 결과 미키오는 교코와 재결합을 하게 된다.

이와 같은 내용으로 작품은 신문연재소설답게 매우 통속적인 요소를 내포하고 있다고 할 수 있다. 그러나 등장인물의 심리변화가 메타퍼로서의 공간에 대한 시각적 이미지와 긴밀하게 연결되어 묘사되고 있다는 점에서 신감각파의 기수로서 주목받았던 순문학 작가로서의 역량이 유감없이 발휘되고 있기도 하다. 이는 평론 「순수소설론」에서 '순문학 통속소설'을 제창하고 그때까지 순문학이 배제했던 우연성을 중시하고 '모노가타리(物語)' 문학의 전통과 근대소설의 지적 기교를 결합시키고자 의도했던 작가 정신의 집약으로서도 주목할 필요가 있다.

또한 이 작품은 기쿠치 간(菊地寬)이 「천사」의 『경성일보』 게재 광고란에서 '순문학의 예장(銳匠)' 요코미쓰가 '신문소설에 집필을 하는 것은 이번이 최초이며, 본지는 이 문단의 혹성(=요코미쓰, 인용자 주)이 최초의 신문소설을 "획득"한 것을 자랑스럽게 여김과 동시에 발표된 새 작품이 반도문단에 프레쉬한 충격을 주고 또한 우리 신문소설계에 신기원을 이룰 것을 믿어 의심치 않습니다'(「천사」광고『경성일보』1935년 2월 20일)라고 하고 있듯이, 요코미쓰의 최초의 신문소설이라는 점, '내지'가 아닌 '외지'인 조선 총독부 기관지인 『경성일보』에 초출 게재했다는 점, 조선 문단에 대한 충격을 기대했다는 점 등에서 주목할 만하다고 할 수 있다.

아울러 작품의 중요한 무대가 되고 있을 뿐만 아니라 등장인물의 성격, 작품 전체의 구도와도 관련이 되고 있는 경성, 봉천여행 장면은 90회에서 100회에 걸쳐 상당한 비중을 할애하여 다루어지고 있으며 경성의 조선호텔 체류 장면은 요코미쓰의 두 번에 걸친 경성 체재 경험을 바탕으로 하고 있다는 점도 주목할 만하다. 요코미쓰는 1922년에는 군사철도 부설을 위해 1906년 조선에 건너온 아버지의 죽음으로 인하여 경성을 처음 방문했고, 1930년에는 남만주철도 초청 강연으로 경성을 방문한 경험이 있다. 1930년 만철은 당시 문단의 거장 기쿠치 간을 필두로 구메 마사오(久米正雄), 나오키 산주고(直樹三十五), 사사키 모키치(佐々木茂吉), 이케타니 신자부로(池谷信三郎), 요코미쓰 등 6인을 초청하여 만철 연선(沿線) 강연 여행을 실시하고, 이들은 1930년 9월 15일 일본공수회사(日本空輸会社) 여객기를 전세로 여의도에 화려하게 도착하여 조선호텔에 묵는다. 이 때의 경험이 작품의 소재, 공간적 배경은 물론 작품 전체의 구도에도 작용을 하고 있는 것이다.

이상과 같이 「천사」는 당시 '문학의 신'으로 불리우며 전성기를 구가했던 요코미쓰가 「순수소설론」에서 주창했던 자신의 문학관을 집약한 작품이라는 점, 식민지 조선에서의 문화 정치의 맥락을 드러내고 있다는 점, 메타퍼로서의 공간에 대한 시각적 이미지를 등장인물의 심리변화의 긴밀하게 연결지어 그려내며 신감각파 작가로서의 역량을 발휘하고 있다는 점 등에서 다각적으로 주목을 요하는 작품이라 할 수 있다. 그런 의미에서 이 작품을 이해하기 위해서는 작품의 집필 배경이나 초출 매체의 성격에 대한 파악이 우선시 되어야 함에도 불구하고 지금까지 『경성일보』에 이 작품이 발표되었다는 사실은 알려지지 않았다.

이와 같이 본서는 '내지'의 대안으로서 주목되는 '외지'로 경성을 그리고 있는 재조일본인 작가의 「평행선」과 순문학 작가로서 평론가로서 전성기를 구가했던 요코미쓰의 「천사」를 번역하여 소개하고자 하는 것으로, 이로써 해당시기에 관심을 갖고 있는 연구자나 독자들에게 식민지 시기 일본인들에 의해 그려진 조선의 문화, 사람, 자연, 그리고 '내지' 문학과 조선문단과의 관계 뿐만 아니라 일본 주류 문학을 입체적으로 파악할 수 있는 시좌를 제시할 수 있다면 역자로서는 큰 기쁨이라 생각한다.

2020년 5월
역자 김효순, 이가혜

평행선

지은이 **류칸손**(瀧閑村, 생몰년 미상)

작자에 대한 상세한 정보는 확인되지 않는다. 다만, 1908
년 종합잡지『조선(朝鮮)』의 창간호에 단편소설「새끼고양이여
(子猫よ)」와 제1권 2호에「벚꽃사람(さくら人)」을 게재한 류칸
손(瀧閑邨)이라는 필명이 동일인으로 사료된다는 점에서, 1910
년을 전후로 한 초기 식민지시기에 재조일본인 일본어 매체를
기반으로 작품 활동을 한 것으로 보인다.

인천대학교 일본문화연구소 연구중점교수. 전남대학교 졸
업 후, 고려대학교에서『초기 재조일본인잡지의 유곽물(遊廓
物) 및 기사에 나타난 재조일본인 유녀의 표상』으로 석사,『식
민지기 재조일본인 화류계(花柳界) 여성의 표상 연구』로 박사
학위를 받았다. 일본근대문학, 식민지문학, 여성문학에 관심
이 있으며, 대표 논문으로는「Discourse on the Prostitution
Abolition of Japanese Society in Colonial Korea During the
1920s-30s: Focusing on『Chosen and Manshu(朝鮮及滿
洲)』,『Chosenkoron(朝鮮公論)』」(『日本學報』, 제120집, 2019.8)과
「1920년대『조선급만주(朝鮮及滿洲)』에 나타난 화류계 여성의
표상 ― 유곽물과 여급소설을 중심으로―」(『인문학연구』, 제53집,
2017.2) 등이 있다. 역서로는『재조일본인 유곽 이야기』(역락,
2015)와『(식민지 조선에 온) 일본인 화류여성 이야기』(역락, 2016)
가 있다.

천사

지은이 **요코미쓰 리이치**(橫光利一, 1898~1947)

　　일본의 소설가, 하이쿠(俳句) 작가, 평론가. 기쿠치 간(菊池
寬)에게 사사하여 가와바타 야스나리(川端康成)와 함께 신감각
파로서 활동. 「일륜(日輪)」(1923), 「파리(蠅)」(1923)로 화려하게
데뷔하고, 「기계(機械)」(1930)는 일본 모더니즘의 정점으로 높
이 평가 받는다. 형식주의 논쟁을 전재하여 「순수소설론(純粹
小說論)」(1935)을 발표하는 등 평론 활동도 전개. 장편『여수(旅
愁)』(1937-46)에서는 서양과 동양 문명의 대립을 다루는 등 다
양한 표현을 구사하였다. 「천사」의 집필과 관련해서는, 1906
년 군사철도 부설로 조선에 건너온 아버지의 죽음으로 1922
년 경성을 방문한 경험과 1930년 남만주철도 초청 강연으로
경성을 방문한 경험이 배경이 되고 있다. 1935년 전후에는 시
가 나오야(志賀直哉)와 함께 '소설의 신'으로 불리웠지만, 1945
년 이후 연합군점령 시기에는 전쟁협력으로 '문단의 전쟁범죄
자'로 비판받았다.

옮긴이 **김효순**

　　고려대학교 글로벌일본연구원 교수. 고려대학교와 쓰쿠바
대학에서 아쿠타가와 류노스케 문학을 연구하였고, 현재는 식
민지시기에 일본어로 번역된 조선의 문예물에 관심을 갖고 연
구하고 있다. 주요 논문으로 「식민지 조선의 문화정치와 경
성일보 현상문학 연구―「파도치는 반도」와 나카니시 이노스

케 작「동아를 둘러싼 사랑」을 중심으로─」(『일본학보』 제115호, 2018.5),「'에밀레종' 전설의 일본어 번역과 식민지시기 희곡의 정치성─함세덕의 희곡「에밀레종」을 중심으로─」(『일본언어문화』 제36호, 2016.10) 등이 있고, 역서 다니자키 준이치로의 『열쇠』(민음사, 2018), 편저 『(동아시아의 일본어문학과) 문화의 번역, 번역의 문화』(역락, 2018) 등이 있다.

『경성일보』 문학 · 문화 총서 ❷
장편소설 **평행선 · 천사**

초판 1쇄 인쇄   2020년 5월 12일
초판 1쇄 발행   2020년 5월 20일

지은이   류칸손(瀧閑村) · 요코미쓰 리이치(橫光利一)
옮긴이   이가혜 · 김효순
펴낸이   이대현
편 집   이태곤 문선희 권분옥 임애정 백초혜
디자인   안혜진 최선주 김주화
마케팅   박태훈 안현진
펴낸곳   도서출판 역락
주 소   서울시 서초구 동광로 46길 6-6 문창빌딩 2층
전 화   02-3409-2060(편집), 2058(마케팅)
팩 스   02-3409-2059
등 록   1999년 4월 19일 제303-2002-000014호
전자우편   youkrack@hanmail.net
홈페이지   www.youkrackbooks.com

ISBN   979-11-6244-507-5 04800
           979-11-6244-505-1 04800(전12권)